Benvenuto Cellini

Leben des Benvenuto Cellini

I0592459

Verone

Benvenuto Cellini

Leben des Benvenuto Cellini

1st Edition | ISBN: 978-9-92500-166-8

Place of Publication: Nikosia, Cyprus

Erscheinungsjahr: 2016

TP Verone Publishing House Ltd.

Reproduktion des Originals in Großdruckschrift.

Leben des Benvenuto Cellini

Leben des Benvenuto Cellini florentinischen Gold-
schmieds und Bildhauers von ihm selbst geschrieben.
Übersetzt und mit einem Anhange herausgegeben von
Goethe

Vorrede des italienischen Herausgebers

Wenn umständliche Nachrichten von den Leben geschickter Künstler sich einer guten Aufnahme bei solchen Personen schmeicheln dürfen, welche die Künste
lieben und treiben, dergleichen es in unsern gebildeten
Zeiten viele gibt, so darf ich erwarten, dass man ein
zweihundert Jahre versäumtes Unternehmen lobens-
würdig finden werde: ich meine die Herausgabe der Lebensbeschreibung des trefflichen Benvenuto Cellini, eines der besten Zöglinge der florentinischen Schule. Eine
solche Hoffnung belebt mich umso mehr, als man wenig
von ihm in den bisherigen Kunstgeschichten erzählt findet, welche doch sonst mit großem Fleiße geschrieben
und gesammelt sind.

Zu diesem Werte der Neuheit gesellt sich noch das höhere Verdienst einer besondern Urkundlichkeit: Denn er
schrieb diese Nachrichten selbst, in reifem Alter, mit besonderer Rücksicht auf Belehrung und Nutzen derjenigen, welche sich nach ihm den Künsten, die er auf einen
so hohen Grad besaß, ergeben würden.

Dabei finden sich noch sehr viele Umstände, die auf
wichtige Epochen der damaligen Zeitgeschichte Bezug

1

haben, indem dieser Mann teils durch Ausübung seiner Kunst, teils durch fortdauernde Regsamkeit Gelegenheit fand, mit den berühmtesten Personen seines Jahrhunderts zu sprechen oder sonst in Verhältnisse zu kommen, wodurch dieses Werk umso viel bedeutender wird. Denn man hat schon oft bemerkt, dass sich der Menschen Art und wahrer Charakter aus geringen Handlungen und häuslichen Gesprächen besser fassen lässt als aus ihrem künstlichen Betragen bei feierlichen Auftritten oder aus der idealen Schilderung, welche die prächtigen Geschichtsbücher von ihnen darstellen. Dessen ungeachtet ist nicht zu leugnen, dass unter diesen Erzählungen sich manches findet, das zum Nachteil anderer gereicht und keinen völligen Glauben verdienen dürfte. Nicht als wenn der Autor seine brennende Wahrheitsliebe hie und da verleugne, sondern weil er sich zuzeiten entweder von dem unbestimmten und oft betrügerischen Rufe oder von übereilten Vermutungen hinreißen lässt, wodurch er sich denn ohne seine Schuld betrogen haben mag.

Aber diese bösen Nachreden nicht allein könnten das Werk bei manchem verdächtig machen, sondern auch die unglaublichen Dinge, die er erzählt, möchten viel hierzu beitragen, wenn man nicht bedächte, dass er doch alles aus Überzeugung gesagt haben könne, indem er Träume oder leere Bilder einer kranken Einbildungskraft als wahre und wirkliche Gegenstände gesehen zu haben glaubte. Daher lassen sich die Geistererscheinungen wohl erklären, wenn er erzählt, dass bei den Beschwörungen betäubendes Räucherwerk gebraucht worden; ingleichen die Visionen, wo durch Krankheit, Unglück, lebhafte, schmerzliche Gedanken, am meisten aber durch Einsamkeit und eine unveränderte elende Lage des Körpers der Unterschied zwischen Wachen und Träumen völlig verschwinden konnte. Und möchte man nicht annehmen, dass ein Gleiches andern weisen und geehrten Menschen begegnet sei, auf deren Erzählung und Versicherung uns die Geschichtsbücher so manche berühmte Begebenheiten, welche den ewigen und unveränderlichen Gesetzen der Natur widersprechen, ernsthaft überliefert haben?

Sodann ersuche ich meine Leser, dass sie mich nicht verdammen, weil ich eine Schrift herausgebe, worin einige Handlungen, teils des Verfassers, teils seiner Zeitgenossen, erzählt sind, woran man ein böses Beispiel nehmen könnte. Vielmehr glaube ich, dass es nützlich sei, wenn jeder sobald als möglich sowohl mit den menschlichen Lastern als mit der menschlichen Tugend bekannt wird. Ein großer Teil der Klugheit besteht darin, wenn wir den Schaden vermeiden, der uns daher entspringt, wenn wir an die natürliche Güte des menschlichen Herzens glauben, die von einigen mit Unrecht angenommen wird. Besser ist es nach meiner Meinung, dieses gefährliche Zutrauen durch Betrachtung des Schadens, welchen andere erlitten haben, baldmöglichst los zu werden als abzuwarten, dass eine lange Erfahrung uns davon befreie.

Dieses leisten vorzüglich die wahren Geschichten, aus denen man lernt, dass die Menschen bösartig sind, wenn sie nicht irgendein Vorteil anders zu handeln bewegt. Ist nun diese Geschichte eine solche Meinung zu bestärken geschickt, so fürchte ich nicht, dass man mich, der ich sie bekannt mache, tadeln werde. Denn indem man so deutlich sieht, in welche Gefahr und Verdruss allzu offnes Reden, raue, gewaltsame Manieren und ein unversöhnlicher Hass, welche sämtlich unserm Verfasser nur allzu eigen waren, den Menschen hinführen können, so zweifle ich nicht, dass das Lesen dieses Buchs einer gelehrigen Jugend zur sittlichen Besserung dienen und ihr eine sanfte, gefällige Handelsweise, wodurch wir uns die Gunst der Menschen erwerben, empfehlen werde.

Ich habe genau, außer in einigen Perioden zu Anfang, die sich nicht wohl verstehen ließen, den Bau der Schreibart beibehalten, den ich im Manuskripte fand, ob er gleich an einigen Orten vom gewöhnlichen Gebrauche abweicht. Der Autor gesteht, dass ihm die Kenntnis der lateinischen Sprache mangle, durch welche man sich einen festen und sichern Stil zu eigen macht. Dessen ungeachtet aber, wenn man einige geringe Nachlässigkeiten verzeiht, wird man ihm das Lob nicht versagen, dass er sich mit vieler Leichtigkeit und Lebhaftigkeit ausdrückt, und obgleich sein Stil sich keineswegs erhebt noch anstrengt, so scheint er sich doch von der gewöhnlichen Wohlredenheit der besten italienischen Schriftsteller nicht zu entfernen: ein eigner und natürlicher Vorzug der gemeinen florentinischen Redart, in welcher es unmöglich ist, roh und ungeschickt zu schreiben, da sie schon einige Jahrhunderte her durch Übereinstimmung aller übrigen Völker Italiens als eine ausgebildete und gefällige Sprache vor andern hervorgezogen und durch den Gebrauch in öffentlichen Schriften geadelt worden ist.

So viel glaubte ich nötig anzuzeigen, um mir leichter Euren Beifall zu erwerben. Lest und lebt glücklich!

Erstes Buch

Erstes Kapitel

Was den Autor bewogen, die Geschichte seines Lebens zu schreiben. – Ursprung der Stadt Florenz. – Nachricht von des Autors Familie und Verwandtschaft. – Ursache, warum er Benvenuto genannt worden. – Er zeigt einen frühen Geschmack für Nachbilden und Zeichnen, aber sein Vater unterrichtet ihn in der Musik. Aus Gefälligkeit, obgleich mit Widerstreben, lernt der Knabe die Flöte. – Sein Vater von Leo X. begünstigt. – Benvenuto kommt zu einem Juwelier und Goldschmied in die Lehre.

Alle Menschen, von welchem Stande sie auch seien, die etwas Tugendsames oder Tugendähnliches vollbracht haben, sollten, wenn sie sich wahrhaft guter Absichten bewusst sind, eigenhändig ihr Leben aufsetzen, jedoch nicht eher zu einer so schönen Unternehmung schreiten, als bis sie das Alter von vierzig Jahren erreicht haben.

Dieser Gedanke beschäftigt mich gegenwärtig, da ich im achtundfünfzigsten stehe und mich hier in Florenz mancher vergangenen Widerwärtigkeiten wohl erinnern mag, da mich nicht, wie sonst, böse Schicksale verfolgen und ich zugleich eine bessere Gesundheit und größere Heiterkeit des Geistes als in meinem ganzen übrigen Leben genieße.

Sehr lebhaft ist die Erinnerung manches Angenehmen und Guten, aber auch manches unschätzbaren Übels, das mich erschreckt, wenn ich zurücksehe, und mich zugleich mit Verwunderung erfüllt, wie ich zu einem solchen Alter habe gelangen können, in welchem ich so bequem durch die Gnade Gottes vorwärts gehe. Unter solchen Betrachtungen beschließe ich, mein Leben zu beschreiben.

Nun sollten zwar diejenigen, die bemüht waren, einiges Gute zu leisten und sich in der Welt zu zeigen, nur ihrer eigenen Tugenden erwähnen: Denn deshalb werden sie als vorzügliche Menschen von andern anerkannt; weil man sich aber doch auch nach den Gesinnungen mehrerer zu richten hat, so kommt zum Anfange meiner Erzählung manches Eigne dieses Weltwesens vor, und zwar mag man gern vor allen Dingen jeden überzeugen, dass man von trefflichen Personen abstamme.

Ich heiße Benvenuto Cellini. Meinen Vater nannte man Meister Johann, meinen Großvater Andreas, meinen Urgroßvater Christoph Cellini. Meine Mutter war Madonna Elisabetha, Stephan Granaccis Tochter. Ich stamme also väterlicher- und mütterlicherseits von florentinischen Bürgern ab.

Man findet in den Chroniken unserer alten glaubwürdigen Florentiner, dass Florenz nach dem Muster der schönen Stadt Rom gebaut gewesen. Davon zeugen die Überbleibsel eines Koliseum und öffentlicher Bäder, welche letzte sich zunächst beim heiligen Kreuz befinden. Der alte Markt war ehemals das Kapitol; die Rotonde steht noch ganz, sie ward als Tempel des Mars erbaut und ist jetzt unserm heiligen Johannes gewidmet. Man schenkt also gern jener Meinung Glauben, obgleich diese Gebäude viel kleiner als die römischen sind.

Julius Caesar und einige römische Edelleute sollen nach Eroberung von Fiesole eine Stadt in der Nähe des Arno gebaut und jeder über sich genommen haben, eines der ansehnlichen Gebäude zu errichten.

Unter den ersten und tapfersten Hauptleuten befand sich Florin von Cellino, der seinen Namen von einem Kastell herschrieb, das zwei Miglien von Monte Fiascone entfernt ist. Dieser hatte sein Lager unter Fiesole geschlagen, an dem Orte, wo gegenwärtig Florenz liegt; denn der Platz nahe an dem Flusse war dem Heere sehr bequem. Nun sagten Soldaten und andere, die mit dem Hauptmann zu tun hatten: Lasset uns nach Florenz gehen! Teils, weil er den Namen Florino führte, teils, weil der Ort seines Lagers von Natur die größte Menge von Blumen hervorbrachte.

Daher gefiel auch dieser schöne Name Julius Caesarn, als er die Stadt gründete. Eine Benennung von Blumen abzuleiten, schien eine gute Vorbedeutung, und auf diese Weise wurde sie Florenz genannt. Wobei der Feldherr zugleich seinen tapfern Hauptmann begünstigte, dem er umso mehr geneigt war, als er ihn von geringem Stande heraufgehoben und selbst einen so trefflichen Mann aus ihm gebildet hatte.

Wenn aber die gelehrten Untersucher und Entdecker solcher Namensverwandtschaften behaupten wollen: Die Stadt habe zuerst Fluenz geheißen, weil sie am Flusse Arno liege, so kann man einer solchen Meinung nicht beitreten; denn bei Rom fließt die Tiber, bei Ferrara der Po, bei Lyon die Rhone, bei Paris die Seine vorbei, und alle diese Städte sind aus verschiedenen Ursachen verschieden benannt. Daher finden wir eine größere Wahrscheinlichkeit, dass unsere Stadt ihren Namen von jenem tugendsamen Manne herschreibe.

Weiter finden wir unsere Cellinis auch in Ravenna, einer Stadt, die viel älter als Florenz ist, und zwar sind es dort vornehme Edelleute. Gleichfalls gibt es ihrer in Pisa, und ich habe denselben Namen in vielen Städten der Christenheit gefunden; auch in unserm Lande sind noch einige Häuser übrig geblieben.

Meistens waren diese Männer den Waffen ergeben, und noch ist es nicht lange, dass ein unbärtiger Jüngling namens Lukas Cellini einen geübten und tapfern Soldaten bekämpfte, der schon mehrmals in den Schranken gefochten hatte und Franziskus von Vicorati hieß. Diesen überwand Lukas durch eigne Tapferkeit und brachte ihn um. Sein Mut setzte die ganze Welt in Erstaunen, da man gerade das Gegenteil erwartete. Und so darf ich mich wohl rühmen, dass ich von braven Männern abstamme.

Auf welche Weise nun auch ich meinem Hause durch meine Kunst einige Ehre verschafft habe, das freilich nach unserer heutigen Denkart und aus mancherlei Ursachen nicht gar zu viel bedeuten will, werde ich an seinem Ort erzählen. Ja, ich glaube, dass es rühmlicher ist, in geringem Zustande geboren zu sein und eine Familie ehrenvoll zu gründen, als einem hohen Stamm durch schlechte Aufführung Schande zu machen. Zuerst also will ich erzählen, wie es Gott gefallen, mich auf die Welt kommen zu lassen.

Meine Vorfahren wohnten in Val d'Ambra und lebten daselbst bei vielen Besitzungen wie kleine Herren. Sie waren alle den Waffen ergeben und die tapfersten Leute.

Es geschah aber, dass einer ihrer Söhne, namens Christoph, einen großen Streit mit einigen Nachbarn und Freunden anfing, sodass von einer sowohl als der andern Seite die Häupter der Familien sich der Sache annehmen mussten; denn sie sahen wohl, das Feuer sei von solcher Gewalt, dass beide Häuser dadurch hätten können völlig aufgezehrt werden. Dieses betrachteten die Ältesten und wurden einig, sowohl gedachten Christoph als den andern Urheber des Streites wegzuschaffen. Jene schickten den Ihrigen nach Siena, die Unsrigen versetzten Christoph nach Florenz und kauften ihm ein kleines Haus in der Straße Chiara, des Klosters Sankt Ursula und verschiedene gute Besitzungen an der Brücke Rifredi. Er heiratete in Florenz und hatte Söhne und Töchter; diese stattete er aus, und jene teilten sich in das übrige.

Nach dem Tode des Vaters fiel die Wohnung in der Straße Chiara mit einigen andern wenigen Dingen an einen der Söhne, der Andreas hieß; auch dieser verheiratete sich und zeugte vier Söhne. Den ersten nannte man Hieronymus, den zweiten Bartholomäus, den dritten Johannes, der mein Vater ward, und den vierten Franziskus.

Andreas Cellini, mein Großvater, verstand sich genugsam auf die Weise der Baukunst, die in jenen Zeiten üblich war, und lebte von dieser Beschäftigung. Johannes, mein Vater, legte sich besonders darauf, und weil Vitruv unter anderm behauptet, dass man, um diese Kunst recht auszuüben, nicht allein gut zeichnen, sondern auch etwas Musik verstehen müsse, so fing Johannes, nachdem er sich zum guten Zeichner gebildet hatte, auch die Musik zu studieren an, und lernte, nächst den Grundsätzen, sehr gut Viole und Flöte spielen. Dabei ging er, weil er sehr fleißig war, wenig aus dem Hause.

Sein Wandnachbar, Stephan Granacci, hatte mehrere Töchter, alle von großer Schönheit, worunter nach Gottes Willen Johannes eine besonders bemerkte, die Elisabeth hieß und ihm so wohl gefiel, dass er sie zur Frau verlangte.

Diese Verbindung war leicht zu schließen, denn beide Väter kannten sich wegen der nahen Nachbarschaft sehr gut, und beiden schien die Sache vorteilhaft. Zuerst also beschlossen die guten Alten die Heirat, dann fingen sie an, vom Heiratsgute zu sprechen, wobei zwischen ihnen einiger Streit entstand. Endlich sagte Andreas zu Stephan: Johann, mein Sohn, ist der trefflichste Jüngling von Florenz und Italien, und wenn ich ihn hätte längst verheiraten wollen, so könnte ich wohl eine größere Mitgift erlangt haben, als unseresgleichen in Florenz finden mögen. Stephan versetzte: Auf deine tausend Gründe antworte ich nur, dass ich an fünf Töchter und fast ebenso viel Söhne zu denken habe. Meine Rechnung ist gemacht, und mehr kann ich nicht geben.

Johann hatte indes eine Zeit lang heimlich zugehört; er trat unvermutet hervor und sagte: Ich verlange, ich liebe das Mädchen und nicht ihr Geld. Wehe dem Manne, der sich an der Mitgift seiner Frau erholen will! Habt Ihr nicht gerühmt, dass ich so geschickt sei? Sollte ich nun diese Frau nicht erhalten und ihr verschaffen können, was sie bedarf, wodurch zugleich Euer Wunsch befriedigt würde? Aber wisst nur, das Mädchen soll mein sein, und die Aussteuer mag Euer bleiben.

Darüber ward Andreas Cellini, ein etwas wunderlicher Mann, einigermaßen böse; doch in wenigen Tagen führte Johann seine Geliebte nach Hause und verlangte keine weitere Mitgift.

So erfreuten sie sich ihrer heiligen Liebe achtzehn Jahre, mit dem größten Verlangen, Kinder zu besitzen. Nach Verlauf dieser Zeit gebar sie zwei tote Knaben, woran die Ungeschicklichkeit der Ärzte schuld war. Als sie zunächst wieder guter Hoffnung ward, brachte sie eine Tochter zur Welt, welche man Cosa nannte, nach der Mutter meines Vaters.

Zwei Jahre darauf befand sie sich wieder in gesegneten Umständen, und als die Gelüste, denen sie, wie andere Frauen in solchen Fällen, ausgesetzt war, völlig mit jenen übereinstimmten, die sie in der vorigen Schwangerschaft empfunden, so glaubten alle, es würde wieder ein Mädchen werden, und waren schon übereingekommen, sie Reparata zu nennen, um das Andenken ihrer Großmutter zu erneuern.

Nun begab sichs, dass sie in der Nacht nach Allerheiligen niederkam, um vier und ein halb Uhr im Jahr fünfzehnhundert. Die Hebamme, welcher bekannt war, dass man im Hause ein Mädchen erwartete, reinigte die Kreatur und wickelte sie in das schönste weiße Zeug; dann ging sie, stille, stille, zu Johann, meinem Vater, und sagte: Ich bringe Euch ein schönes Geschenk, das Ihr nicht erwartet.

Mein Vater, der ein Philosoph war, ging auf und nieder und sagte: Was mir Gott gibt, ist mir lieb! Und als er die Tücher auseinanderlegte, sähe er den unerwarteten Sohn. Er schlug die alten Hände zusammen, hub sie und die Augen gen Himmel und sagte: Herr, ich danke dir von ganzem Herzen! Dieser ist mir sehr lieb, er sei willkommen! Alle gegenwärtigen Personen fragten ihn freudig, wie ich heißen solle? Johannes aber antwortete ihnen nur: Er sei willkommen (ben venuto)! Daher entschlossen sie sich, mir diesen Namen in der heiligen Taufe zu geben, und ich lebte mit Gottes Gnade weiter fort.

Noch war Andreas Cellini, mein Großvater, am Leben, als ich etwa drei Jahr alt sein mochte, er aber stand im Hundertsten. Man hatte eines Tages die Röhre einer Wasserleitung verändert, und es war ein großer Skorpion, ohne dass ihn jemand bemerkte, heraus und unter ein Brett gekrochen. Als ich ihn erblickte, lief ich drauf los und haschte ihn. Der Skorpion war so groß, dass, wie ich ihn in meiner kleinen Hand hielt, auf der einen Seite der Schwanz, auf der andern die beiden Zangen zu sehen waren. Sie sagen, ich sei eilig zu dem Alten gelaufen und habe gerufen: Seht, lieber Großvater, mein schönes Krebschen! Der gute Alte, der sogleich das Tier für einen Skorpion erkannte, wäre fast für Schrecken und Besorgnis des Todes gewesen; er verlangte das Tier mit den äußersten Liebkosungen. Aber ich drückte es nur desto fester, weinte und wollte es nicht hergeben. Mein Vater lief auf das Geschrei herzu und wusste sich vor Angst nicht zu helfen, denn er fürchtete, das giftige Tier werde mich töten. Indessen erblickte er eine Schere, begütigte mich und schnitt dem Tiere den Schwanz und die Zangen ab, und nach überstandener Gefahr hielt er diese Begebenheit für ein gutes Zeichen.

Ungefähr in meinem fünften Jahr befand sich mein Vater in einem kleinen Gewölbe unsers Hauses, wo man gewaschen hatte und wo ein gutes Feuer von eichnen Kohlen übrig geblieben war; er hatte eine Geige in der Hand und sang und spielte um das Feuer, denn es war sehr kalt. Zufälligerweise erblickte er mitten in der stärksten Glut ein Tierchen wie eine Eidechse, das sich in diesen lebhaften Flammen ergötzte. Er merkte gleich, was es war, ließ mich und meine Schwester rufen, zeigte uns Kindern das Tier und gab mir eine tüchtige Ohrfeige. Als ich darüber heftig zu weinen anfing, suchte er mich aufs Freundlichste zu besänftigen und sagte: Lieber Sohn! Ich schlage dich nicht, weil du etwas Übles begangen hast, vielmehr dass du dich dieser Eidechse erinnerst, die du im Feuer siehst. Das ist ein Salamander, wie man, soviel ich weiß, noch keinen gesehen hat. Er küsste mich darauf und gab mir einige Pfennige.

Mein Vater fing an, mich die Flöte zu lehren, und unterwies mich im Singen; aber ungeachtet meines zarten Alters, in welchem die kleinen Kinder sich an einem Pfeifchen und anderm solchen Spielzeuge ergötzen, missfiel mirs unsäglich, und ich sang und blies nur aus Gehorsam. Mein Vater machte zu selbiger Zeit wundersame Orgeln mit hölzernen Pfeifen, Klaviere, so schön und gut, als man sie damals nur sehen konnte, Violen, Lauten und Harfen auf das Beste.

Er war auch in der Kriegsbaukunst erfahren und verfertigte mancherlei Werkzeuge, als: Modelle zu Brücken,

Mühlen und andre Maschinen; er arbeitete wundersam in Elfenbein und war der erste, der in dieser Kunst etwas leistete. Aber da er sich in meine nachherige Mutter verliebt hatte, mochte er sich mehr als billig mit der Flöte beschäftigen und ward von den Ratspfeifern ersucht, mit ihnen zu blasen. So trieb er es eine Weile zu seinem Vergnügen, bis sie ihn endlich festhielten, anstellten und unter ihre Gesellschaft aufnahmen.

Lorenz Medicis und Peter, sein Sohn, die ihm sehr günstig waren, sahen nicht gern, dass er, indem er sich ganz der Musik ergab, seine übrigen Fähigkeiten und seine Kunst vernachlässigte, und entfernten ihn von gedachter Stelle. Mein Vater nahm es sehr übel, er glaubte, man tue ihm das größte Unrecht.

Nun begab er sich wieder zur Kunst und machte einen Spiegel, ungefähr eine Elle im Durchmesser, von Knochen und Elfenbein; Figuren und Laubwerk waren sehr zierlich und wohlgezeichnet. Das Ganze hatte er wie ein Rad gebildet; in der Mitte befand sich der Spiegel, ringsherum waren sieben Rundungen angebracht und in solchen die sieben Tugenden, aus Elfenbein und schwarzen Knochen geschnitten. Sowohl der Spiegel als die Tugenden hingen im Gleichgewicht, sodass, wenn man das Rad drehte, sich die Figuren bewegten: denn sie hatten ein Gegengewicht, das sie grad hielte; und da mein Vater einige Kenntnis der lateinischen Sprache besaß, setzte er einen Vers umher, welcher sagte, dass bei allen Umwälzungen des Glücksrads die Tugend immer aufrecht bleibe:

Rota sum: semper, quoquo me verto, stat virtus.

Nachher ward ihm bald sein Platz unter den Ratspfeifern wiedergegeben. Damals, vor der Zeit meiner Geburt, wurden zu diesen Leuten lauter geehrte Handwerker genommen; einige davon arbeiteten Wolle und Seide im großen, daher verschmähte mein Vater auch nicht, sich zu ihnen zu gesellen, und der größte Wunsch, den er in der Welt für mich hegte, war, dass ich ein großer Musikus werden möchte. Dagegen war mirs äußerst unangenehm, wenn er mir davon erzählte und mir versicherte: Wenn ich nur wollte, könnte ich der erste Mensch in der Welt werden.

Wie gesagt, war mein Vater ein treuer und verbundener Diener des Hauses Medicis, und da Peter vertrieben wurde (1494), vertraute er meinem Vater viele Dinge von großer Bedeutung. Als nun darauf Peter Soderini Gonfaloniere ward (1498) und mein Vater unter den Ratspfeifern sein Amt forttat, erfuhr diese Magistratsperson, wie geschickt der Mann überhaupt sei, und bediente sich seiner zum Kriegsbaumeister in bedeutenden Fällen. Um diese Zeit ließ mein Vater mich schon vor dem Rate mit den andern Musikern den Diskant blasen, und da ich noch so jung und zart war, trug mich ein Ratsdiener auf dem Arme. Soderini fand Vergnügen, sich mit mir abzugeben und mich schwätzen zu lassen; er gab mir Zuckerwerk und sagte zu meinem Vater: Meister Johann, lehre ihn neben der Musik auch die beiden andern schönen Künste. Mein Vater antwortete: Er soll keine andere Kunst treiben als Blasen und Komponieren, und auf diesem Wege, wenn ihm Gott das Leben lässt, hoffe ich, ihn zum ersten Mann in der Welt zu machen. Darauf sagte einer von den alten Herren: Tue nur ja, was der Gonfaloniere sagt; denn warum sollte er nichts anders als ein guter Musikus werden?

So ging eine Zeit vorbei, bis die Medicis zurückkamen (1512). Der Kardinal, der nachher Papst Leo wurde, begegnete meinem Vater sehr freundlich. Aus dem Wappen am mediceischen Palast hatte man die Kugeln genommen, sobald die Familie vertrieben war, und das Wappen der Gemeine, ein rotes Kreuz, dagegen in das Feld malen lassen. Als die Medicis zurückkehrten, ward das Kreuz wieder ausgekratzt, die roten Kugeln kamen wieder hinein, und das goldne Feld ward vortrefflich ausstaffiert.

Wenige Tage nachher starb Papst Julius II. (1513), der Kardinal Medicis ging nach Rom und ward, gegen alles Vermuten, zum Papst erwählt. Er ließ meinen Vater zu sich rufen, und wohl hätte dieser getan, wenn er mitgegangen wäre; denn er verlor seine Stelle im Palast, sobald Jakob Salviati Gonfaloniere geworden war.

Nun bestimmte ich mich, ein Goldschmied zu werden, und lernte zum Teil diese Kunst, zum Teil musste ich viel, gegen meinen Willen, blasen. Ich bat meinen Vater, er möchte mich nur gewisse Stunden des Tages zeichnen lassen, die übrige Zeit wollte ich Musik machen, wenn er es beföhle. Darauf sagte er zu mir: So hast du denn kein Vergnügen am Blasen? Ich sagte: Nein! Denn diese Kunst schien mir zu niedrig gegen jene, die ich im Sinne hatte.

Mein guter Vater geriet darüber in Verzweiflung und tat mich in die Werkstatt des Vaters des Kavalier Bandinello, der Michelagnolo hieß, trefflich in seiner Kunst war, aber von geringer Geburt, denn er war der Sohn eines Kohlenhändlers. Ich sage das nicht, um den Bandinello zu schelten, der sein Haus zuerst gegründet hat. Wäre er nur auf dem rechten Wege dazu gelangt! Doch wie es zugegangen ist, davon hab ich nichts zu reden. Nur einige Tage blieb ich daselbst, als mein Vater mich wieder wegnahm; denn er konnte nicht leben, ohne mich immer um sich zu haben, und so musste ich wider Willen blasen, bis ich fünfzehn Jahr alt war. Wollte ich die sonderbaren Begebenheiten erzählen, die ich bis zu diesem Alter erlebt, und die Lebensgefahren, in welchen ich mich befunden, so würde sich der Leser gewiss verwundern.

Als ich fünfzehn Jahr alt war, begab ich mich, wider den Willen meines Vaters, in die Werkstatt eines Goldschmiedes, der Antonio Sandro hieß. Er war ein trefflicher Arbeiter, stolz und frei in seinen Handlungen. Mein Vater wollte nicht, dass er mir Geld gäbe, wie es andere Unternehmer tun, damit ich, bei meiner freiwilligen Neigung zur Kunst, auch zeichnen könnte, wann es mir gefiele. Das war mir sehr angenehm, und mein redlicher Meister hatte große Freude daran. Er erzog einen einzigen, natürlichen Sohn bei sich, dem er manches auftrug, um mich zu schonen. Meine Neigung war so groß, dass ich in wenig Monaten die besten Gesellen einholte und auch einigen Vorteil von meinen Arbeiten zog. Dessen ungeachtet verfehlte ich nicht, meinem Vater zuliebe bald auf der Flöte, bald auf dem Hörnchen zu blasen, und sooft er mich hörte, fielen ihm unter vielen Seufzern die Tränen aus den Augen. Ich tat mein möglichstes zu seiner Zufriedenheit und stellte mich, als wenn ich auch großes Vergnügen dabei empfände.

Zweites Kapitel

Der Autor sieht seinen Bruder in einem Gefecht beinahe erschlagen und nimmt seine Partei; daraus entspringen einige unangenehme Vorfälle, und er wird deshalb von Florenz verbannt. – Er begibt sich nach Siena und von da nach Bologna, wo er in der Kunst, auf der Flöte zu blasen, zunimmt, mehr aber noch in der Profession des Goldschmieds. – Streit zwischen seinem Vater und Pierino, einem Tonkünstler; trauriges Ende des letztern. – Der Autor begibt sich nach Pisa und geht bei einem dortigen Goldschmied in Arbeit. – Er kommt krank nach Florenz zurück. – Nach seiner Genesung tritt er bei seinem alten Meister Marcone in Arbeit.

Ich hatte einen Bruder, der zwei Jahre jünger als ich und sehr kühn und heftig war. Er galt nachher für einen der besten Soldaten, die in der Schule des vortrefflichen Herrn Johannes von Medicis, Vater des Herzogs Cosmus, gebildet wurden. Dieser Knabe war ungefähr vierzehn Jahr alt und bekam eines Sonntags zwei Stunden vor Nacht zwischen den Toren San Gallo und Pinti mit einem Menschen von zwanzig Jahren Händel, forderte ihn auf den Degen, setzte ihm tapfer zu und wollte nicht ablassen, ob er ihn gleich schon übel verwundet hatte. Viele Leute sahen zu, und unter ihnen mehrere Verwandte des jungen Menschen. Da diese merkten, dass die Sache übel ging, griffen sie nach Steinen, trafen meinen armen Bruder an den Kopf, dass er für tot zur Erden fiel. Zufällig kam ich auch in die Gegend, ohne Freunde und ohne Waffen; ich hatte meinem Bruder aus allen Kräften zugerufen, er solle sich zurückziehen. Als er fiel, nahm ich seinen Degen und hielt mich, in seiner Nähe, gegen viele Degen und Steine. Einige tapfere Soldaten kamen mir zu Hilfe und befreiten mich von der Wut der Gegner. Ich trug meinen Bruder für tot nach Hause; mit vieler Mühe ward er wieder zu sich selbst gebracht und geheilt. Die Herren Achte verbannten unsere Gegner auf einige Jahre und uns auf sechs Monate zehn Miglien von der Stadt. So schieden wir von unserm armen Vater, der uns seinen Segen gab, da er uns kein Geld geben konnte.

Ich ging nach Siena zu einem braven Manne, der Meister Francesco Castoro hieß. Ich war vorher schon einmal bei ihm gewesen, denn ich war meinem Vater entlaufen und hatte dort gearbeitet; nun erkannte er mich wieder, gab mir zu tun und freies Quartier, solange ich in Siena blieb, wo ich mich mit meinem Bruder mehrere Monate aufhielt.

Sodann ließ uns der Kardinal Medicis, der nachher Papst Clemens ward, auf die Bitte meines Vaters wieder nach Florenz zurückkehren. Ein gewisser Schüler meines Vaters sagte aus böser Absicht zum Kardinal: Er solle mich doch nach Bologna schicken, damit ich dort von einem geschickten Meister das Blasen in Vollkommenheit lernen möchte. Der Kardinal versprach meinem Vater, mir Empfehlungsschreiben zu geben; mein Vater wünschte nichts Besseres, und ich ging gerne, aus Verlangen, die Welt zu sehen.

In Bologna gab ich mich zu einem in die Lehre, der Meister Herkules der Pfeifer hieß. Ich fing an, Geld zu verdienen, nahm zugleich täglich meine Lektionen in der Musik, und in kurzer Zeit brachte ich es weit genug in dem verfluchten Blasen. Aber weit mehr Vorteil zog ich von der Goldschmiedekunst; denn da mir der Kardinal keine Hilfe reichte, begab ich mich in das Haus eines Bologneser Miniaturmalers, der Scipio Cavalletti hieß, ich zeichnete und arbeitete für einen Juden, und gewann genug dabei.

Nach sechs Monaten kehrte ich nach Florenz zurück, worüber der ehemalige Schüler meines Vaters, Peter der Pfeifer, sehr verdrießlich war; aber ich ging doch meinem Vater zuliebe in sein Haus und blies mit seinem Bruder Hieronymus auf der Flöte und dem Hörnchen. Eines Tages kam mein Vater hin, um uns zu hören; er hatte große Freude an mir und sagte: Ich will doch einen großen Musikus aus dir machen, zum Trotz eines jeden, der mich daran zu verhindern denkt. Darauf antwortete Peter: Weit mehr Ehre und Nutzen wird Euer Benvenuto davon haben, wenn er sich auf die Goldschmiedekunst legt, als von dieser Pfeiferei. Das war nun freilich wahr gesprochen, aber es verdross meinen Vater um desto mehr, je mehr er sahe, dass ich auch derselben Meinung war, und sagte sehr zornig zu Petern: Ich wusste wohl, dass du der seist, der sich meinem so erwünschten Zwecke entgegensetzt. Durch dich habe ich meine Stelle im Palast verloren, mit solchem Undank hast du meine große Wohltat belohnt, dir hab ich sie verschafft, mir hast du sie entzogen. Aber merke diese prophetischen Worte: nicht Jahre und Monate, nur wenig Wochen werden vorbeigehen, und du wirst wegen deines schändlichen Undanks umkommen. Darauf antwortete Peter: Meister

Johann, viele Menschen werden im Alter schwach und kindisch, wie es Euch auch geht; man muss Euch nichts übel nehmen, denn Ihr habt ja alles verschenkt und nicht bedacht, dass Eure Kinder etwas nötig haben dürften. Ich denke, das Gegenteil zu tun und meinen Söhnen so viel zu hinterlassen, dass sie den Euern allenfalls zu Hilfe kommen können.

Darauf antwortete mein Vater: Kein schlechter Baum bringt gute Früchte hervor, und ich sage dir: Da du bös bist, werden deine Söhne arm und Narren werden und werden bei meinen braven und reichen Söhnen in Dienste gehn.

So eilten wir aus dem Hause, und es fielen noch manche heftige Worte. Ich nahm die Partie meines Vaters und sagte im Herausgehen zu ihm: Wenn er mich bei der Zeichenkunst ließe, so wollte ich ihn an dem unartigen Menschen rächen. Er sagte darauf: Lieber Sohn! Ich bin auch ein guter Zeichner gewesen und habe es mir in meinem Leben sauer werden lassen; willst du nun nicht, um deinen Vater, der dich gezeugt und erzogen und den Grund zu so vieler Geschicklichkeit gelegt hat, manchmal zu erquicken, die Flöte und das allerliebste Hörnchen in die Hand nehmen? Darauf sagte ich: Aus Liebe zu ihm wollte ichs gerne tun. Der gute Vater versetzte: Mit solchen Geschicklichkeiten und Tugenden würde man sich am sichersten an seinen Feinden rächen. Kein ganzer Monat war vorbei, und Pierino hatte in seinem Hause ein Gewölbe machen lassen und war mit mehrern Freunden in einem Zimmer über dem Gewölbe, sprach über meinen Vater, seinen Meister, und scherzte über die Drohung, dass er zugrunde gehen solle. Kaum war es gesagt, so fiel das Gewölbe ein, entweder weil es schlecht angelegt war, oder durch Gottes Schickung, der die Frevler bestraft. Er fiel hinunter, und die Steine und Ziegeln des Gewölbes, die mit ihm hinabstürzten, zerbrachen ihm beide Beine; aber alle, die mit ihm waren, blieben auf dem Rand des Gewölbes, und niemand tat sich ein Leid. Sie waren erstaunt und verwundert genug, besonders da sie sich erinnerten, wie er kurz vorher gespottet hatte. Sobald mein Vater das erfuhr, eilte er zu ihm und sagte, in Gegenwart seines Vaters: Piero, mein lieber Schüler, wie betrübt mich dein Unfall! Aber erinnerst du dich, wie ich dich vor Kurzem warnte? Und so wird auch das, was ich von deinen und meinen Söhnen gesagt habe, wahr werden. Bald darauf starb der undankbare Piero an dieser Krankheit; er hinterließ ein liederliches Weib und einen Sohn, der einige Jahre nachher in Rom mich um Almosen ansprach. Ich gab sie ihm, denn es ist in meiner Natur und erinnerte mich mit Tränen an den glücklichen Zustand Pierinos, zur Zeit, da mein Vater zu ihm die prophetischen Worte gesagt hatte. Ich fuhr fort, der Goldschmiedekunst mich zu ergeben, und stand meinem Vater mit meinem Verdienste bei. Mein Bruder Cecchino musste anfangs Lateinisch lernen: Denn wie der Vater aus mir den größten Tonkünstler bilden wollte, so sollte mein Bruder, der jüngere, ein gelehrter Jurist werden; nun konnte er aber in uns beiden die natürliche Neigung nicht zwingen, ich legte mich aufs Zeichnen, und mein Bruder, der von schöner und angenehmer Gestalt war, neigte sich ganz zu den Waffen. Einst kam er aus der Schule des Herrn Johann von Medicis nach Hause, wo ich mich eben nicht befand, und weil er sehr schlecht mit Kleidern versehen war, bewegte er unsere Schwestern, dass sie ihm ein ganz neues Kleid gaben, das ich mir hatte machen lassen. Denn außerdem, dass ich meinem Vater und meinen guten Schwestern durch meinen Fleiß beistand, hatte ich mir auch ein hübsches, ansehnliches Kleid angeschafft. Ich kam und fand mich hintergangen und beraubt, mein Bruder hatte sich davongemacht, und ich setzte meinen Vater zur Rede, warum er mir so großes Unrecht geschehen ließe, da ich doch so gerne arbeitete, um ihm beizustehen. Darauf antwortete er mir: Ich sei sein guter Sohn; was ich glaubte verloren zu haben, würde mir Gewinst bringen; es sei nötig, es sei Gottes Gebot, dass derjenige, der etwas besitzt, dem Bedürftigen gebe, und wenn ich dieses Unrecht aus Liebe zu ihm ertrüge, so würde Gott meine Wohlfahrt auf alle Weise vermehren. Ich antwortete meinem armen, bekümmerten Vater wie ein Knabe ohne Erfahrung, nahm einen armseligen Rest von Kleidern und Geld und ging grade zu einem Stadttor hinaus, und da ich nicht wusste, welches Tor nach Rom führte, befand ich mich in Lucca. Von da ging ich nach Pisa (ich mochte ungefähr sechzehn Jahr alt sein) und blieb auf der mittelsten Brücke, wo sie es ›zum Fischstein‹ nennen, bei einer Goldschmiedwerkstatt stehen und sah mit Aufmerksamkeit auf das, was der Meister machte. Er fragte: wer ich sei und was ich gelernt hätte? Darauf antwortete ich: dass ich ein wenig in seiner Kunst arbeitete. Er hieß mich hereinkommen und gab mir gleich etwas zu tun, wobei er sagte: Dein gutes Ansehn überzeugt mich, dass du ein wackrer Mensch bist; und so gab er mir Gold, Silber und Juwelen hin. Abends führte er mich in sein Haus, wo er mit einer schönen Frau und einigen Kindern wohl eingerichtet lebte. Nun erinnerte ich mich der Betrübnis, die mein Vater wohl empfinden mochte, und schrieb ihm, dass ich in dem Hause eines sehr guten Mannes aufgenommen sei und mit ihm große und schöne Arbeit verfertige; er möchte sich beruhigen: Ich suche was zu lernen und hoffe, mit meiner Geschicklichkeit ihm bald Nutzen und Ehre zu bringen. Geschwind antwortete er mir: Mein lieber Sohn! Meine Liebe zu dir ist so groß, dass ich, wenn es nur schicklich wäre, mich gleich aufgemacht hätte, zu dir zu kommen; denn gewiss, mir ist es, als wenn ich des Lichts dieser Augen beraubt wäre, dass ich dich nicht täglich sehe und zum Guten ermahnen kann. Diese Antwort fiel in die Hände meines Meisters; er las sie heimlich und gestand es mir dann mit diesen Worten: Wahrlich, mein Benvenuto, dein gutes Ansehn betrog mich nicht! Ein Brief deines Vaters, der ein recht braver Mann sein muss, gibt dir das beste Zeugnis; rechne, als wenn du in deinem Hause und bei deinem Vater seist. Ich ging nun, den Gottesacker von Pisa zu besehen, und fand dort besonders antike Sarkophagen von Marmor und an vielen Orten der Stadt noch mehr Altertümer, an denen ich mich, sobald ich in der Werkstatt frei hatte, beständig übte. Mein Meister fasste darüber große Liebe zu mir, besuchte mich oft auf meiner Kammer und sah mit Freuden, dass ich meine Stunden so gut anwendete. Das Jahr, das ich dort blieb, nahm ich sehr zu, arbeitete in Gold und Silber schöne und bedeutende Sachen, die meine Lust, weiter vorwärtszugehn, immer vermehrten. Indessen schrieb mir mein Vater auf das liebreichste, ich möchte doch wieder zu ihm kommen; dabei ermahnte er mich in allen Briefen, dass ich doch das Blasen nicht unterlassen sollte, das er mich mit so großer Mühe gelehrt hätte. Darüber verging mir die Lust, jemals wieder zu ihm zurückzukehren, dergestalt hasste ich das abscheuliche Blasen, und wirklich, ich glaubte das Jahr in Pisa im Paradiese zu sein, wo ich niemals Musik machte. Am Ende des Jahrs fand mein Meister Ursache, nach Florenz zu reisen, um einige Gold- und Silberabgänge zu verkaufen, und weil mich in der bösen Luft ein kleines Fieber angewandelt hatte, so ging ich mit ihm nach meiner Vaterstadt, wo ihn mein Vater insgeheim und auf das Inständigste bat, mich nicht wieder nach Pisa zu führen. So blieb ich krank zurück und musste ungefähr zwei Monate das Bette hüten. Mein Vater sorgte für mich mit großer Liebe und sagte immer, es schienen ihm tausend Jahre, bis ich gesund wäre, damit er mich wieder könnte blasen hören. Als er nun zugleich den Finger an meinem Puls hatte (denn er verstand sich ein wenig auf die Medizin und auf die lateinische Sprache), so fühlte er, dass in meinem Blute, da ich vom Blasen hörte, die größte Bewegung entstand, und er ging ganz bekümmert und mit Tränen von mir. Da ich nun sein großes Herzeleid sah, sagte ich zu einer meiner Schwestern, sie sollte mir eine Flöte bringen, und ob ich gleich ein anhaltendes Fieber hatte, so machte mir doch dies Instrument, das keine große Anstrengung erfordert, nicht die mindeste Beschwerlichkeit; ich blies mit so glücklicher Disposition der Finger und der Zunge, dass mein Vater, der eben unvermutet hereintrat, mich tausendmal segnete und mich versicherte, dass ich in der Zeit, die ich auswärts gewesen, unendlich gewonnen habe; er bat mich, dass ich vorwärtsgehen und ein so schönes Talent nicht vernachlässigen solle. Als ich nun wieder gesund war, kehrte ich zu meinem braven Marcone, dem Goldschmied, zurück, und mit dem, was er mir zu verdienen gab, unterstützte ich meinen Vater und mein Haus.

Drittes Kapitel

Peter Torrigiani, ein italienischer Bildhauer, kommt nach Florenz und sucht junge Künstler für den König von England. – Der Autor wird mit ihm bekannt und wirft einen Hass auf ihn. – Der Autor befleißigt sich, nach den Kartonen von Michelagnolo und Leonard da Vinci zu studieren. – Um sich in seiner Kunst zu vervollkommnen, geht er nach Rom, begleitet von einem jungen Gesellen, namens Tasso. – Er findet in dieser Hauptstadt große Aufmunterung sowie mancherlei Abenteuer. – Nach zwei Jahren kehrt er nach Florenz zurück, wo er seine Kunst mit gutem Erfolg treibt. – Seine Mitkünstler werden eifersüchtig über seine Geschicklichkeit. – Streit zwischen ihm und Gherardo Guasconti. – Verfolgt, weil er seinen Gegner geschlagen und verwundet, kleidet er sich in eine Mönchskutte und flieht nach Rom.

Zu dieser Zeit kam ein Bildhauer nach Florenz, der Peter Torrigiani hieß. Er hatte sich lange in England aufgehalten und besuchte täglich meinen Meister, zu dem er große Freundschaft hegte. Da er meine Zeichnungen und meine Arbeiten angesehen hatte, sagte er: Ich bin zurückgekommen, umso viel junge Leute als möglich anzuwerben, und da ich eine große Arbeit für meinen König zu machen habe, so will ich mir besonders meine Florentiner zu Gehilfen nehmen. Deine Arbeiten und deine Zeichnungen sind mehr eines Bildhauers als eines Goldschmieds, und da ich große Werke von Erz zu machen habe, so sollst du bei mir zugleich geschickt und reich werden. Es war dieser Mann von der schönsten Gestalt und von dem kühnsten Betragen: Er sah eher einem großen Soldaten als einem Bildhauer ähnlich; seine entschiedenen Gebärden, seine klingende Stimme, das Runzeln seiner Augbrauen hätten auch einen braven Mann erschrecken können, und alle Tage sprach er von seinen Händeln mit den Bestien, den Engländern. So kam er auch einmal auf Michelagnolo Buonarroti zu reden, und zwar bei Gelegenheit einer Zeichnung, die ich nach dem Karton dieses göttlichsten Mannes gemacht hatte. Dieser Karton war das erste Werk, in welchem Michelagnolo sein erstaunliches Talent zeigte; er hatte ihn in die Wette mit Leonard da Vinci gemacht, der einen andern in die Arbeit nahm. Beide waren für das Zimmer des Konseils im Palast der Signorie bestimmt; sie stellten einige Begebenheiten der Belagerung von Pisa vor, durch welche die Florentiner die Stadt eroberten. Der treffliche Leonard da Vinci hatte ein Treffen der Reiterei unternommen, dabei einige Fahnen erobert wurden, so göttlich gemacht, als man sichs nur vorstellen kann. Michelagnolo dagegen hatte eine Menge Fußvolk vorgestellt, die bei dem heißen Wetter sich im Arno badeten; der Augenblick war gewählt, wie unverhofft das Zeichen zur Schlacht gegeben wird und diese nackten Völker schnell nach den Waffen rennen: So schön und vortrefflich waren die Stellungen und Gebärden, dass man weder von Alten noch Neuen ein Werk gesehen hatte, das auf diesen hohen und herrlichen Grad gelangt wäre. So war auch die Arbeit des großen Leonard höchst schön und wunderbar. Es hingen diese Kartone, einer in dem Palast der Medicis, einer in dem Saale des Papstes, und solange sie ausgestellt blieben, waren sie die Schule der Welt. Denn obgleich der göttliche Michelagnolo die große Kapelle des Papstes Julius malte, so erreichte er doch nicht zur Hälfte die Vortrefflichkeit dieses ersten Werks, und sein Talent erhob sich niemals zur Stärke dieser früheren Studien wieder. Um nun wieder auf Peter Torrigiani zu kommen, der meine Zeichnung in der Hand hatte und sagte: Dieser Buonarroti und ich gingen als Knaben in die Kirche [Santa Maria] del Carmine, um in der Kapelle des Masaccio zu studieren, und Buonarroti hatte die Art, alle zu foppen, die dort zeichneten. Eines Tages machte er sich unter andern auch an mich, und es verdross mich mehr als sonst; ich ballte die Faust und schlug ihn so heftig auf die Nase, dass ich Knochen und Knorpel so mürbe fühlte, als wenn es eine Oblate gewesen wäre, und so habe ich ihn für sein ganzes Leben gezeichnet. Diese Worte erregten in mir einen solchen Hass, da ich die Arbeiten dieses unvergleichlichen Mannes vor Augen hatte, dass ich, weit entfernt, mit Torrigiani nach England zu gehen, ihn nicht wieder ansehen mochte. Und so fuhr ich fort, mich nach der schönen Manier des Michelagnolo zu bilden, von der ich mich niemals getrennt habe, und zu gleicher Zeit ging ich mit einem liebenswürdigen jungen Menschen um, zu dem ich die größte Freundschaft fasste. Er war von meinem

Alter, gleichfalls ein Goldschmied und der Sohn des trefflichen Malers Filippo di Fra Filippo. Wir liebten uns so sehr, dass wir uns weder Tags noch nachts trennen konnten; sein Haus war voller schöner Studien, die sein Vater nach den römischen Altertümern gezeichnet hatte, die in mehreren Büchern aufbewahrt wurden. Von diesen Dingen war ich ganz hingerissen, und fast zwei Jahre arbeiteten wir zusammen. Alsdann machte ich eine erhabene Arbeit in Silber, so groß, wie eine kleine Kindshand; sie diente zum Schloss für einen Mannsgürtel, wie man sie damals zu tragen pflegte. Es war auf demselben, nach antiker Art, eine Verwicklung von Blättern, Kindern und artigen Masken zu sehen. Ich machte diese Arbeit in der Werkstatt eines Francesco Salimbene, und die Gilde der Goldschmiede, der sie vorgezeigt wurde, erklärte mich für den geschicktesten Gesellen.

Zu der Zeit entzweite ich mich wieder mit meinem Vater über das Blasen, und ein gewisser Holzschneider, den man Tasso nannte, hatte sich auch mit seiner Mutter überworfen. Ich sagte zu ihm: Wenn du nur der Mensch wärst, anstatt vieler Worte etwas zu unternehmen! Er antwortete mir: Hätte ich nur so viel Geld, um nach Rom zu kommen, so wollte ich nicht einmal umkehren, um meine armselige Werkstatt zu verschließen. Darauf sagte ich: Wenn ihn weiter nichts hindere, so hätte ich so viel bei mir, als wir beide bis Rom brauchten.

Da wir so im Gehen zusammen sprachen, fanden wir uns unvermutet am Tore St. Peter Gattolini. Darauf sagte ich: Mein Tasso, das ist göttliche Schickung, dass wir, ohne daran zu denken, an dies Tor gekommen sind! Nun, da ich hier bin, ist mirs, als wenn ich schon die

Hälfte des Weges zurückgelegt hätte. Wir gingen weiter und sprachen zusammen: Was werden unsere Alten diesen Abend sagen? Dann nahmen wir uns vor, nicht weiter daran zu denken, bis wir nach Rom gekommen wären, banden unsre Schurzfelle auf den Rücken und gingen stillschweigend bis nach Siena.

Tasso hatte sich wund gegangen, wollte nicht weiter und bat mich, dass ich ihm Geld borgen sollte, um wieder zurückzukehren; ich antwortete: Daran hättest du denken sollen, ehe du von Hause weggingst. Ich habe nur noch so viel, um nach Rom zu kommen; kannst du zu Fuße nicht fort, so ist da ein Pferd, das zurück nach Rom geht, zu haben, und du hast keine weitere Entschuldigung. Ich mietete das Pferd, und da er mir nicht antwortete, ritt ich gegen das römische Tor zu. Als er mich entschlossen sah, kam er murrend und hinkend hinter mir drein. Am Tore wartete ich mitleidig auf ihn, nahm ihn hinter mich und sagte zu ihm: Was würden morgen unsere Freunde von uns sagen, wenn wir den Entschluss, nach Rom zu gehen, nicht weiter als Siena hätten festhalten können? Er gab mir recht, und weil er ein froher Mensch war, fing er an zu lachen und zu singen, und so kamen wir immer lachend und singend nach Rom.

Ich zählte neunzehn Jahre, wie das Jahrhundert, und begab mich gleich in die Werkstatt eines Meisters, der Firenzuola di Lombardia hieß und in Gefäßen und großen Arbeiten höchst geschickt war. Ich zeigte ihm das Modell des Schlosses, das ich gearbeitet hatte; es gefiel ihm außerordentlich, und er sagte zu einem Florentiner Gesellen, der schon einige Jahre bei ihm stand: Das ist ein Florentiner, ders versteht, und du bist einer von denen, die's nicht verstehen. Ich erkannte darauf den Menschen und wollte ihn grüßen, denn wir hatten ehemals oft miteinander gezeichnet und waren viel miteinander umgegangen; er aber, höchst missvergnügt über die Worte seines Meisters, behauptete, mich nicht zu kennen noch etwas von mir zu wissen. Ich antwortete ihm mit Verdruss: O Gianotto! Ehemals mein Hausfreund, mit dem ich da und da zusammen gezeichnet, auf dessen Landhaus ich gegessen und getrunken habe, ich brauche dein Zeugnis nicht bei diesem braven Manne, deinem Meister, und hoffe, dass meine Hände ohne deinen Beistand beweisen sollen, wer ich bin. Hierauf wendete sich Firenzuola, der ein lebhafter und wackrer Mann war, zu seinem Gesellen und sagte: Schlechter Mensch! Schämst du dich nicht, einem alten Freund und Bekannten so zu begegnen? Und mit eben der Lebhaftigkeit wendete er sich zu mir und sagte: Komm herein und tue, wie du gesagt hast! Deine Hände mögen sprechen, wer du bist. Und sogleich gab er mir eine schöne Silberarbeit für einen Kardinal zu machen. Es war ein Kästchen nach dem porphyrnen Sarg vor der Türe der Rotonde. Was ich von dem Meinen dazu tat und womit ich die Arbeit bereicherte, die Menge schöner kleiner Masken, erfreuten meinen Meister höchlich, der das Werk überall zeigte und sich rühmte, dass ein solches aus seiner Werkstatt ausgegangen sei. Das Kästchen war ungefähr eine halbe Elle groß und eingerichtet, das Salzfass bei Tafel aufzunehmen.

Das war mein erster Verdienst in Rom. Einen Teil schickte ich meinem Vater, von dem andern lebte ich, indessen ich nach den Altertümern studierte. Endlich, da mir das Geld ausging, war ich genötigt, mich wieder an die Arbeit zu begeben. Tasso aber, mein Geselle, kehrte bald nach Florenz zurück.

Da meine neue Arbeit geendigt war, kam mich die Lust an, zu einem andern Meister zu gehen. Ein gewisser Mailänder, Paul Arsago, hatte mich an sich gezogen. Darüber fing Firenzuola mit ihm große Händel an und sagte ihm in meiner Gegenwart beleidigende Worte. Ich nahm mich meines neuen Meisters an und versetzte, dass ich frei geboren sei und auch frei leben wolle; ich habe mich nicht über ihn und er sich nicht über mich zu beklagen, vielmehr habe er mir noch einiges herauszuzahlen, und als ein freier Arbeiter wolle ich hingehen, wohin es mir gefiele, weil ich dadurch niemand ein Leid täte. Auch mein neuer Meister sagte ungefähr dasselbe und versicherte, dass er mich nicht verleitet habe, und dass es ihm angenehm sein werde, wenn ich zu meinem ersten Meister zurückginge. Auf das sagte ich: Ich wollte niemanden schaden; ich hätte meine angefangenen Arbeiten geendigt, würde immer nur mir selbst und niemand anders angehören, und wer mich brauchte, möchte mit mir übereinkommen.

Ich habe nichts mehr mit dir zu tun, versetzte Firenzuola, du sollst mir nicht mehr unter die Augen kommen! Da erinnerte ich ihn an mein Geld, worauf er mir spöttisch antwortete. Aber ich versetzte: Hab ich Stahl und Eisen gebraucht, um deine Arbeiten zu machen, so sollen sie mir auch zu meinem Lohn verhelfen. Als ich so sprach, blieb ein alter Mann am Laden stehen, der Meister Antonio von San Marino hieß, der erste, vortrefflichste Goldschmied von Rom und Meister des Firenzuola; er hörte meine Gründe an, gab mir recht und verlangte, dass Firenzuola mich bezahlen solle.

Man stritt sich lebhaft, denn Firenzuola, ein weit besserer Fechter als Goldschmied, wollte nicht nachgeben; doch zuletzt fand die Vernunft ihren Platz, und meine Festigkeit verschaffte mir Recht: Er bezahlte mich, und in der Folge erneuerten wir unsere Freundschaft. Er bat mich sogar, bei ihm Gevatter zu stehn.

Unter meinem neuen Meister verdiente ich genug und schickte den größten Teil meinem guten Vater. Dessen ungeachtet lag dieser mir immer an, nach Florenz zurückzukehren, und am Ende von zwei Jahren tat ich ihm seinen Willen. Ich arbeitete wieder bei Salimbene, verdiente viel und suchte immer zu lernen; ich erneuerte meinen Umgang mit Francesco di Filippo, und ob mir gleich das verwünschte Blasen viel Zeit verdarb, so unterließ ich doch nicht, gewisse Stunden des Tags und der Nacht zu studieren.

Ich machte damals ein silbernes Herzschloss – so nannte man einen Gürtel, drei Fingerbreit, den die Bräute zu tragen pflegten; er war in halberhobener Arbeit gemacht und einige runde Figuren dazwischen, und ob ich gleich äußerst schlecht bezahlt ward, so war mir doch die Ehre, die ich dadurch erlangte, unschätzbar.

Indessen hatte ich bei verschiedenen Meistern gearbeitet und sehr wohldenkende Männer, wie zum Beispiel Marcone, darunter gefunden. Andere hatten einen sehr guten Namen und bevorteilten mich aufs Äußerste. Sobald ich es merkte, machte ich mich von ihnen los und hütete mich vor diesen Räubern. Als ich nun fortfuhr zu arbeiten und zu gewinnen, besonders da ein Meister, Sogliani genannt, freundlich seine Werkstatt mit mir teilte, waren jene gehässigen Leute neidisch, und da sie drei große Werkstätten und viel zu tun hatten, druckten sie mich auf alle mögliche Weise. Ich beklagte mich darüber gegen einen Freund und sagte: Es sollte ihnen genug sein, dass sie mich unter dem Schein der Güte beraubt hätten. Sie erfuhren es wieder und schwuren, ich sollte meine Worte bereuen; ich aber, der ich nicht wusste, was die Furcht für eine Farbe hatte, achtete ihre Drohungen nicht. Eines Tages trat ich an den Laden des einen: Er hatte mich gerufen und wollte mich schelten und gegen mich großtun; dagegen sagte ich: Sie möchten sichs selbst zuschreiben, denn ich hätte von ihren Handlungen gesprochen, wie sie wären.

Indessen da ich so sprach, passte ein Vetter, den sie wahrscheinlich angestiftet hatten, heimtückisch auf, als ein Maultier mit Ziegeln vorbeigetrieben wurde, und schob mir den Korb so auf den Leib, dass mir sehr wehe geschah. Schnell kehrte ich mich um, sah, dass er lachte, und schlug ihn mit der Faust so tüchtig auf den Schlaf, dass er für tot zur Erden fiel. Dann rief ich seinen Vettern zu: So behandelt man feige Spitzbuben euresgleichen! Und da sie Miene machten, soviel ihrer waren, auf mich zu fallen, zog ich in der Wut ein Messer und rief: Kömmt einer zum Laden heraus, so laufe der andere zum Beichtvater, denn der Arzt soll hier nichts zu tun kriegen. Sie erschraken hierüber so sehr, dass keiner von der Stelle ging.

Als ich weg war, liefen Väter und Söhne zu dem Collegio der Achte und klagten: Ich habe sie mit bewaffneter Hand angefallen, das in Florenz unerhört sei. Die Herren Achte ließen mich rufen und machten mich tüchtig herunter, sowohl, weil ich in der Jacke gelaufen kam, da die andern Mäntel umgenommen hatten, als weil die Herren schon zu Hause einzeln durch meine Gegner eingenommen waren, welches ich, als ein unerfahrner Knabe, versäumt hatte, der ich mich auf mein vollkommenes Recht verließ.

Ich sagte, dass ich, aufgebracht durch die große Beleidigung, dem Gherardo nur eine Ohrfeige gegeben hätte und deshalb keinen so heftigen Ausputzer verdiente.

Kaum ließ mich Prinzivalle della Stufa, der von den Achten war, das Wort Ohrfeige aussprechen, so rief er: Keine Ohrfeige, einen Faustschlag hast du ihm gegeben! Er zog darauf die Glocke, schickte uns alle hinaus und sprach, wie ich nachher vernahm, zu meinen Gunsten. Betrachtet, sagte er, Ihr Herren, die Einfalt dieses armen Menschen: Er klagt sich an, eine Ohrfeige gegeben zu haben, da seine Gegner nur von einem Faustschlag reden. Eine Ohrfeige auf dem neuen Markt kostet fünfundzwanzig Scudi, ein Faustschlag wenig oder nichts. Er ist ein braver Junge und erhält sein Haus durch anhaltende Arbeit. Wollte der Himmel, es gäbe viel solche in unserer Stadt!

Es waren aber einige unter den Rotkappen durch Bitten und falsche Vorstellungen meiner Feinde bewegt, auch ohnedies von ihrer Partei, die mich gern ins Gefängnis geschickt und mir eine starke Strafe auferlegt hätten; aber der gute Prinzivalle gewann die Oberhand und verurteilte mich, vier Maß Mehl als Almosen in ein Kloster zu geben. Man ließ uns wieder hereinkommen; er verbot mir, bei Strafe ihrer Ungnade, nicht zu reden und meine Buße sogleich zu erlegen. Sie wiederholten ihren derben Verweis und schickten uns zum Aktuarius; ich aber murmelte immer vor mich hin: Ohrfeige! Keinen Faustschlag! Sodass die Achte über mich lachen mussten. Der Aktuarius befahl uns, dass wir einander Bürgschaft leisten sollten. So gingen die andern frei aus, und mich allein verdammten sie in die vier Maß Mehl, welches mir die größte Ungerechtigkeit schien. Ich schickte nach einem Vetter, der sich für mich verbürgen sollte, er aber wollte nicht kommen; darüber wurd ich ganz rasend und giftig wie eine Otter, da ich bedachte, wie sehr dieser Mann meinem Hause verbunden sei. Ich fasste mich in meiner Wut, so gut ich konnte, und wartete, bis das Kollegium der Achte zu Tische ging. Da ich nun allein war und niemand von den Gerichtsdienern auf mich achtgab, sprang ich wütend aus dem Palast, lief nach meiner Werkstatt, ergriff einen Dolch und rannte in das Haus meiner Gegner, die ich beim Essen fand. Gherardo, der Urheber des Streits, fiel gleich über mich her, ich stieß ihm aber den Dolch nach der Brust und durchbohrte Rock und Weste; sonst geschah ihm kein Leid, ob ich gleich dachte, er wäre schwer verwundet, weil der Stoß ein gewaltig Geräusch in den Kleidern machte und er vor Schrecken zur Erde fiel. Verräter! Rief ich aus, heute sollt Ihr alle sterben!

Vater, Mutter und Schwester glaubten, der Jüngste Tag sei gekommen; sie warfen sich auf die Knie und flehten schreiend um Barmherzigkeit. Da sie sich nicht gegen mich verteidigten und der andere für tot auf der Erde lag, schien es mir niedrig, sie zu verletzen. Wütend sprang ich die Stiegen hinunter und fand auf der Straße die ganze Sippschaft beisammen. Mehr als zwölfe waren herbeigelaufen, einer hatte einen eisernen Stab, der andere einen Flintenlauf, die übrigen Hämmer und Stöcke; ich fuhr unter sie hinein wie ein wütender Stier und warf vier oder fünfe nieder, ich stürzte mit ihnen und führte meinen Dolch bald gegen diesen, bald gegen jenen. Die, welche noch standen, schlugen tüchtig auf mich zu, und doch lenkte es Gott, dass wir einander keinen Schaden taten; nur blieb ihnen meine Mütze zurück, auf die sie, weil ich ihnen entgangen war, wacker zuschlugen. Dann wollten sie nach ihren Verwundeten und Toten sehen, aber es war niemand beschädigt.

Ich ging in das Kloster Santa Maria Novella, und gleich begegnete ich dem Bruder Alexius Strozzi, dem ich mich empfahl, ohne ihn zu kennen. Ich bat ihn, mir das Leben zu retten, denn ich hätte einen großen Fehler begangen. Der gute Frater sagte zu mir: Ich sollte mich nicht fürchten, denn wenn ich alles Übel in der Welt angestellt hätte, wäre ich doch in seiner Kammer vollkommen sicher. Ungefähr eine Stunde nachher hatten sich die Achte außerordentlich versammelt; sie ließen einen schrecklichen Bann ausgehen und drohten dem die größten Strafen, der mich verberge oder von meinem Aufenthalt wisse, ohne Ansehn des Orts und der Person. Mein betrübter armer Vater kam zu den Achten hinein, warf sich auf die Knie und bat um Barmherzigkeit; da stand einer von ihnen auf und schüttelte die Quaste seines Käppchens und sagte unter andern beleidigenden Worten zu meinem Vater: Hebe dich weg und mache, dass du fortkömmst! Morgen des Tags soll er seinen Lohn empfangen. Mein Vater antwortete: Was Gottes Wille ist, werdet Ihr tun und nicht mehr. Aber der andre sagte darauf: Das wird Gottes Wille sein! Mein Vater versetzte dagegen: Es ist mein Trost, dass Ihr das gewiss nicht wisst.

Er kam sogleich, mich aufzusuchen, mit einem jungen Menschen von meinem Alter, der Peter Landi hieß; wir liebten uns als leibliche Brüder. Dieser hatte unter seinem Mantel einen trefflichen Degen und das schönste Panzerhemd. Mein lebhafter Vater erzählte, wie es ihm bei den Achten ergangen sei, dann küsste er mir die Stirne und beide Augen, segnete mich von Herzen und sagte: Die Macht Gottes stehe dir bei! Und so reichte er mir Degen und Waffen und half mir mit eignen Händen, sie anlegen. Dann fuhr er fort: Lieber Sohn! Mit diesen in der Hand leb oder stirb! Peter Landi hörte indessen nicht auf zu weinen und gab mir zehn Goldgulden. Ich ließ mir noch einige Barthaare wegnehmen, die eben hervorzukeimen anfingen. Frater Alexius gab mir die Kleidung eines Geistlichen und einen Laienbruder zum Begleiter. Ich ging aus dem Kloster und längs der Mauer bis auf den Platz; nicht weit davon fand ich in einem Hause einen Freund, entmönchte mich sogleich und ward wieder Mann. Wir bestiegen zwei Pferde, die man bereithielt, und ritten die Nacht auf Siena. Als mein Freund zurückkam und meinem Vater meldete, dass ich glücklich entkommen sei, hatte derselbe eine unendliche Freude und konnte nicht erwarten, den von den Achten zu finden, der ihn so angefahren hatte. Endlich begegnete er ihm und sagte: Seht, Antonio, Gott wusste besser als Ihr, was aus meinem Sohn werden sollte. Jener antwortete: Er soll uns nur wieder unter die Hände kommen! Indes, versetzte mein Vater, will ich Gott danken, der ihn diesmal glücklich errettet hat.

In Siena erwartete ich die ordinäre römische Post und verdung mich darauf. Unterwegs begegnete uns ein Kurier, der den neu erwählten Papst Clemens ankündigte (1523).

Viertes Kapitel

Der Autor macht außerordentliches Glück in Rom. – Er wird von einer edlen Dame, Porzia Chigi, höchlich aufgemuntert. – Besonderes Zutrauen dieser Dame. – Eifersucht zwischen ihm und Lucagnolo von Jesi. – Er bläst vor Papst Clemens VII., der mit ihm wohl zufrieden ist und ihn, wegen der doppelten Fähigkeit als Goldschmied und Musikus, in Dienst nimmt. – Der Bischof von Salamanca gibt ihm auf die Empfehlung des Franziskus Penni, Schülers von Raphael, Arbeit. – Seltsame Abenteuer zwischen ihm und dem Bischof.

In Rom arbeitete ich wieder in der Werkstatt des Meister Santi, der verstorben war, und dessen Sohn das Gewerb fortsetzte, nicht selbst arbeitete, sondern alles durch einen jungen Menschen besorgen ließ, der sich Lucagnolo von Jesi nannte. Er war Sohn eines mailändischen Bauern und hatte von Jugend auf bei Meister Santi gearbeitet, klein von Statur und wohlgebildet. Dieser junge Mensch arbeitete besser als irgendeiner, den ich bis dahin gekannt hatte, mit der größten Leichtigkeit, und zwar nur große Gefäße, Becken und solche Dinge.

Ich übernahm für den Bischof von Salamanca, einen Spanier, Leuchter zu machen; sie wurden sehr reich gearbeitet, wie es für solche Werke gehört. Ein Schüler Raphaels, Johann Franziskus Penni, mit dem Zunamen il Fattore, ein trefflicher Maler und Freund des gedachten Bischofs, setzte mich bei ihm in Gunst; man gab mir viel zu arbeiten, und ich ward gut bezahlt.

Zu derselbigen Zeit ging ich an Festtagen manchmal in die Kapelle des Michelagnolo und manchmal in das Haus des Augustin Chigi von Siena, um zu zeichnen. Hier waren die schönsten Arbeiten von der Hand des vortrefflichen Malers Raphael von Urbino. Gismondo Chigi, der Bruder, wohnte daselbst. Sie waren stolz darauf, wenn junge Leute meinesgleichen bei ihnen zu studieren kamen. Die Frau des gedachten Gismondo, welche sehr angenehm und äußerst schön war, hatte mich oft in ihrem Hause gesehen; sie trat eines Tages zu mir, besah meine Zeichnungen und fragte: ob ich Maler oder Bildhauer sei? Ich antwortete ihr: Ich sei ein Goldschmied, worauf sie versetzte, dass ich zu gut für einen Goldschmied zeichnete. Sie ließ sich durch ihr Kammermädchen eine Lilie von schönen Diamanten bringen; die in Gold gefasst waren, und verlangte, dass ich sie schätzen sollte. Ich schätzte sie auf achthundert Scudi; sie sagte: Ich habe es getroffen, und fragte: ob ich Lust hätte, sie recht gut umzufassen? Ich versicherte, dass ich es mit Freuden tun würde, und machte auf der Stelle eine kleine Zeichnung, die ich um desto besser ausführte, je mehr ich Lust hatte, mich mit dieser schönen und angenehmen Frau zu unterhalten.

Als die Zeichnung fertig war, kam eine andere schöne, edle Römerin aus dem Hause herunter und fragte ihre Freundin, was sie da mache? Porzia antwortete lächelnd: Ich sehe diesem wackern jungen Menschen mit Vergnügen zu, der so schön als gut ist. Ich ward rot und versetzte halb verschämt und halb mutig: Wie ich auch sei, bin ich bereit, Euch zu dienen. Die schöne Frau errötete auch ein wenig und sagte: Du weißt, dass ich deine Dienste verlange. Sie gab mir die Lilie und zwanzig Goldgulden, die sie in der Tasche hatte. Fasse mir die Steine nach deiner Zeichnung, sagte sie, und bringe mir das alte Gold zurück. Ihre Freundin sagte darauf: Wenn ich in dem jungen Menschen stäke, so ging' ich in Gottes Namen durch. Porzia antwortete: Solche Talente sind selten mit Lastern verbunden, er wird das Ansehen eines braven Jünglings nicht zuschanden machen. Sie nahm ihre Freundin bei der Hand, und indem sie sich umwendete, sagte sie mit dem freundlichsten Lächeln: Lebe wohl, Benvenuto!

Ich vollendete noch erst meine Zeichnung, die ich nach Raphaels Jupiter angefangen hatte, dann ging ich, ein kleines Wachsmodell zu machen, um zu zeigen, wie die Arbeit werden sollte. Ich wies es den beiden Damen, die mich so sehr lobten und mir so artig begegneten, dass ich kühn genug war zu versprechen, die Arbeit solle doppelt so schön als das Modell werden. So machte ich mich daran und endigte das Werk in zwölf Tagen, zwar wieder in Gestalt einer Lilie, aber mit so viel Masken, Kindern und Tieren gezieret und so sorgfältig emailliert, dass die Diamanten dadurch einen doppelten Wert erhielten.

Indessen ich daran arbeitete, war der geschickte Lucagnolo mit mir unzufrieden und versicherte: Es würde mir zu viel mehr Nutzen und Ehre gereichen, wenn ich ihm an seinen silbernen Gefäßen hülfe; ich aber behauptete, dass Arbeiten wie die meine nicht alle Tage kämen, und dass man damit ebenso viel Ehre und Geld erwerben könne. Er lachte mich aus und sagte: Wir wollen sehen! Ich habe dieses Gefäß zugleich mit dir angefangen und denke auch mit dir zu endigen, wir können alsdann vergleichen, was wir beide gewinnen. Ich sagte: Es würde mich freuen, mit einem so geschickten Manne in die Wette zu arbeiten, und so bückten wir, ein wenig verdrießlich, unsere Köpfe über die Arbeit und hielten uns beide so fleißig daran, dass in zehn Tagen ungefähr jeder mit aller Kunst und Reinlichkeit sein Werk geendigt hatte.

Das Gefäß des Lucagnolo sollte dem Papst Clemens bei Tafel dienen, um Knochen und Schalen der Früchte hineinzuwerfen, überhaupt mehr zur Pracht als zur Notwendigkeit. Es war mit zwei schönen Henkeln geziert, mit vielen Masken, so großen als kleinen, und mit den schönsten Blättern, alles von solcher Zeichnung und Zierde, als man nur wünschen konnte. Ich versicherte, in meinem Leben nichts Schöneres gesehen zu haben.

Lucagnolo glaubte, ich habe meinen Sinn verändert, lobte gleichfalls meine Arbeit, sagte aber: Den Unterschied werden wir bald sehen! Er trug sein Gefäß zum Papst und ward nach dem Maßstab dieser großen Arbeiten bezahlt. Indessen trug ich meinen Schmuck zur Frau Porzia, die mich mit großer Verwunderung versicherte, dass ich mein Versprechen weit übertroffen habe; ich solle für meine Arbeit, was ich wolle, verlangen, denn sie glaube nicht, mich belohnen zu können, auch wenn sie imstande wäre, mir ein Landgut zu schenken. Ich versetzte: Meine größte Belohnung sei ihr Beifall, ich verlange nichts weiter; und so wollte ich mich ihr empfehlen.

Porzia sagte darauf zu ihrer Freundin: Sehet, wie sich in Gesellschaft seiner Talente auch die Tugenden befinden! Und so schienen beide Frauen verwundert zu sein. Darauf sagte Porzia: Du hast wohl sagen hören, wenn der Arme dem Reichen schenkt, so lacht der Teufel. Ich versetzte, der Böse habe Verdruss genug; diesmal möchte er immer lachen. Darauf ging ich weg, und sie riefen mir nach: Er solle den Spaß nicht haben!

Als ich in die Werkstatt zurückkam, zeigte Lucagnolo eine Rolle Geld und sagte: Lass nun einmal deinen Verdienst neben dem Meinigen sehen! Ich ersuchte ihn, bis auf den nächsten Tag zu warten, da ich denn, weil ich mich in meiner Arbeit so brav wie er in der Seinigen gehalten hätte, auch in Absicht der Belohnung nicht mit Schanden zu bestehen hoffte.

Den andern Tag kam ein Hausmeister der Frau Porzia, rief mich aus der Werkstatt und gab mir eine Rolle Geld. Sie wolle nicht, sagte er, dass der Teufel sich gar zu lustig machen sollte; doch seie das, was sie mir schicke, weder mein ganzes Verdienst noch die ganze Belohnung. Er setzte noch mehr freundliche Worte hinzu, wie eine solche vortreffliche Dame sich ausdrückt. Lucagnolo konnte nicht erwarten, meine Rolle mit der Seinigen zu vergleichen, und brachte diese, sobald ich zurückkam, in Gegenwart von zwölf Arbeitern und andern

Nachbarn, die, auf die Entscheidung des Streits neugierig, herbeigekommen waren, hervor, lachte verächtlich, sagte drei- oder viermal: Au! Und goss mit vielem Lärm sein Geld auf die Tafel aus. Es waren fünfundzwanzig Scudi in Münze. Mich hatten sein Geschrei, seine Blicke, die Späße und das Gelächter der Umstehenden ein wenig irregemacht; ich schielte nur in meine Hülse hinein, und da ich merkte, dass es lauter Gold war, hub ich am andern Ende der Tafel, mit niedergeschlagenen Augen und ohne Geräusch, mit beiden Händen meine Rolle stark in die Höhe und ließ das Geld wie aus einem Mühltrichter auf den Tisch laufen. Da sprangen noch die Hälfte so viel Stücke als bei ihm hervor, und alle Augen, die mich erst mit einiger Verachtung angeblickt hatten, wendeten sich auf ihn. Man rief: Hier siehts viel besser aus! Hier sind Goldstücke und die Hälfte mehr! Ich dachte, er wollte für Neid und Verdruss auf der Stelle umkommen, und ob er gleich als Meister den dritten Teil meines Verdienstes erhielt, so kannte er sich doch nicht vor Bosheit. Auch ich war verdrießlich und sagte: Jeder Vogel singe nach seiner Weise. Er verfluchte darauf seine Kunst und den, der sie ihn gelehrt hatte, und schwur, er wolle keine großen Arbeiten mehr machen, sondern sich auf solche Lumpereien legen, da sie so gut bezahlt würden. Ich antwortete darauf: Er möchte es immer versuchen, doch ich sagte ihm voraus, seine Arbeiten wollte ich wohl auch machen, aber diese Lumpereien würden ihm nicht gelingen. So ging ich erzürnt weg und schwur: Ich wollte es ihm schon zeigen. Die Umstehenden gaben ihm laut unrecht und schalten ihn, wie ers verdiente; von mir aber sprachen sie, wie ich mich erwiesen hatte.

Den andern Tag ging ich, Madame Porzia zu danken, und sagte, dass sie, gerade umgekehrt, anstatt dem Teufel Gelegenheit zum Lachen zu geben, Ursache wäre, dass er nochmals Gott verleugnete. Wir lachten freundlich zusammen, und sie bestellte bei mir noch mehr schöne und gute Arbeiten.

Zu derselben Zeit verschaffte mir Franz Penni abermals Arbeit beim Bischof von Salamanca. Dieser Herr wollte zwei große Wasserkessel von gleicher Größe auf die Kredenztische haben; den einen sollte ich, den ändern Lucagnolo machen, und wie es bei solchen Werken gebräuchlich war, gab uns Penni die Zeichnungen dazu.

So legte ich mit der größten Begierde Hand an das Gefäß. Ein Mailänder hatte mir ein Eckchen in seiner Werkstatt gegeben; dabei überschlug ich mein Geld und schickte, was ich entbehren konnte, meinem Vater, der, als es ihm in Florenz ausgezahlt wurde, zufällig jenem unfreundlichen Mitglied der Achte begegnete, dessen Söhne sich sehr schlecht aufführten. Mein Vater ließ ihn sein Unrecht und mein Glück recht lebhaft empfinden, wie er es denn mir auch gleich mit Freuden schrieb und mich dabei um Gottes willen bat, dass ich doch von Zeit zu Zeit blasen und das schöne Talent, das er mich mit so vieler Mühe gelehrt hätte, nicht vernachlässigen sollte. Ich nahm mir vor, ihm noch vor seinem Ende die Freude zu machen, dass er mich recht gut sollte blasen hören, in Betrachtung, dass ja Gott selbst, wenn wir ihn darum bitten, uns ein erlaubtes Vergnügen gewährt.

Indessen ich an dem Gefäß des Salamanca arbeitete, hatte ich zu meiner Beihilfe nur einen Knaben, den ich auf inständiges Bitten meiner Freunde, halb wider Willen, zu meiner Aufwartung genommen hatte. Er war ungefähr vierzehn Jahr alt, hieß Paulin und war der Sohn eines römischen Bürgers, der von seinen Einkünften lebte. Paulin war so glücklich geboren, der ehrbarste und schönste Knabe, den ich im Leben gesehen hatte; sein gutes Wesen, sein angenehmes Betragen, seine unendliche Schönheit, seine Anhänglichkeit an mich waren die gerechten Ursachen, dass ich so große Liebe für ihn empfand, als die Brust eines Menschen fassen kann. Diese lebhafte Neigung bewog mich, um dieses herrliche Gesicht, das von Natur ernsthaft und traurig war, erheitert zu sehen, manchmal mein Hörnchen zur Hand zu nehmen. Denn wenn er mich hörte, so lächelte er so schön und herzlich, dass ich mich gar nicht mehr über jene Fabeln verwunderte, welche die Heiden von ihren Göttern des Himmels erzählten. Ja gewiss, wenn er zu jener Zeit gelebt hätte, so würde er die Menschen ganz außer sich gebracht haben. Er hatte eine Schwester, die so schön war wie er und Faustina hieß; der Vater führte mich oft in seinen Weinberg, und ich konnte merken, dass er mich gern zu seinem Schwiegersohn gehabt hätte. Durch diese Veranlassung blies ich mehr als gewöhnlich.

Um diese Zeit ließ mich ein gewisser Jakob von Cesena, ein trefflicher Musikus, der bei dem Papste in Diensten war, fragen, ob ich ihnen am ersten August helfen und den Sopran blasen wollte; sie hätten auf diesen Tag die schönsten Stücke zu des Papstes Tafelmusik ausgesucht.

So ein großes Verlangen ich trug, mein schönes angefangenes Gefäß zu endigen, so reizte mich doch die Musik, als eine wunderbare Sache an sich, wobei ich zugleich meinem Vater zu gefallen dachte, und ich nahm
mir vor, von der Gesellschaft zu sein. Acht Tage vorher
probierten wir täglich zwei Stunden und gingen sodann
am Festtage ins Belvedere und bliesen bei Tafel die geübten Motetten, sodass der Papst sagte, er habe keine
angenehmere Musik gehört. Er rief jenen Jakob von Cesena zu sich und fragte ihn: wie er es angefangen habe,
um einen so guten Sopran zu finden? Und fragte ihn genau, wer ich sei? Als er meinen Namen erfuhr, sagte er:
Ist das ein Sohn des Meister Johannes? Den will ich in
meine Dienste haben! Jakob versetzte: Er wird schwer zu
bereden sein, denn er ist ein Goldschmied, sehr fleißig
bei seiner Kunst, in der er vortrefflich arbeitet, und die
ihm mehr einbringt, als die Musik nicht tun würde. Desto besser, versetzte der Papst, dass er noch ein anderes
Talent hat, das ich nicht erwartete! Er soll seine Besoldung wie die übrigen empfangen und mir dienen; in
seiner andern Profession will ich ihm auch schon zu arbeiten geben. Darauf reichte ihm der Papst ein Schnupftuch mit hundert Goldgulden, unter uns zu verteilen.
Jakob wiederholte uns des Papstes Rede und teilte das
Geld unter uns achte. Als er mir meinen Teil gab, sagte
er: Ich will dich in unsere Zahl einschreiben lassen. Ich
verlangte Bedenkzeit bis morgen.

Da ich allein war, dachte ich hin und her, ob ich die
Stelle annehmen sollte? Denn ich sah wohl, welchen
Schaden meine Kunst darunter leiden würde. Die fol-
gende Nacht erschien mir mein Vater im Traume und

bat mich mit den liebevollsten Tränen, dass ich um Gott und seinetwillen doch das Anerbieten annehmen möchte. Ich glaubte ihm zu antworten, dass ich es auf keine Weise tun könne; schnell erschreckte mich seine fürchterliche Gestalt, er drohte mir mit seinem Fluch, wenn ich es ausschlüge, und versprach mir, wenn ich gehorchte, seinen ewigen Segen. Kaum war ich erwacht, so lief ich, mich einschreiben zu lassen, und meldete es meinem Vater, der aus übergroßer Freude darüber beinahe den Tod gehabt hätte. Er schrieb mir, dass auch er beinah dasselbe geträumt habe, und ich glaubte nun, da ich das billige Verlangen meines Vaters erfüllt hatte, dass mir auch alles zu Glück und Ehre gereichen müsse.

Inzwischen arbeitete ich mit großer Sorgfalt, das angefangene Gefäß für den Bischof von Salamanca zu endigen. Er war ein trefflicher Mann, sehr reich, aber schwer zu befriedigen; er schickte täglich, um zu erfahren, was ich machte, und ward, wenn der Abgeordnete mich nicht fand, wütend und drohte: Er wolle mir die Arbeit wegnehmen und sie durch einen andern endigen lassen. Daran war denn doch das verdammte Blasen schuld, denn übrigens arbeitete ich Tag und Nacht mit dem größten Fleiße, sodass ich dem Bischof das Gefäß wenigstens zeigen konnte. Aber ich hatte es darum nicht besser, denn nun ward erst seine Lust so groß, dass ich viel Unbequemlichkeit davon empfand. Nach drei Monaten war das Gefäß endlich fertig, mit so viel schönen Tieren, Laubwerk und Masken, als man sich vorstellen kann. Sogleich schickte ich es durch meinen Paulin zu Lucagnolo, dem der Knabe mit seiner gewöhnlichen Zierlichkeit sagte: Hier schickt Euch Benvenuto sein

Versprechen und seine H ... eien; er hofft, von Euch bald auch Eure Lumpereien zu sehen. Lucagnolo nahm das Gefäß in die Hand, und nachdem er es lang genug betrachtet hatte, sagte er zu Paulin: Schöner Knabe, sage deinem Herrn, dass er ein trefflicher Mann ist; er soll mein Freund sein und das Übrige auf sich beruhen lassen. Der gute Knabe brachte mir freudig die Botschaft; das Gefäß wurde zu Salamanca getragen, welcher verlangte, dass es geschätzt werden sollte. Lucagnolo kam dazu, seine Schätzung war ehrenvoll und sein Lob weit größer, als ichs zu verdienen glaubte. Salamanca nahm das Gefäß und sagte in spanischer Manier: Bei Gott! Er soll so lange auf die Zahlung warten, als er mich mit der Arbeit hat warten lassen! Hierüber ward ich äußerst verdrießlich, ich verfluchte ganz Spanien und jeden, der dem Volke wohlwollte.

Unter andern Zierraten daran war ein Henkel von *einem* Stücke, auf das Zarteste gearbeitet, der durch Hilfe einer gewissen Stahlfeder grade über der Öffnung des Gefäßes gehalten wurde. Eines Tages zeigte der Bischof mit großer Zufriedenheit einigen seiner Spanier dieses Gefäß; einer der Edelleute mochte mit dem Henkel nicht auf das Feinste umgegangen sein: Die zarte Feder konnte seiner bäuerischen Gewalt nicht widerstehen, und der Henkel brach ab. Der Bischof war schon weggegangen, und der Edelmann, äußerst erschrocken, bat den Mundschenken, er möchte doch geschwind das Gefäß zum Meister tragen, damit es schnell wiederhergestellt würde, es möchte kosten, was es wollte. So kam mir dies Gefäß wieder in die Hände; ich versprach, es schnell zu ergänzen, und tat es auch: Denn zu Mittag war es mir gebracht worden, und zwei Stunden vor Nacht hatte ich es schon fertig. Nun kam der Mundschenk wieder, eilig und im Schweiß, denn der Herr hatte es nochmals verlangt, um es andern Gästen zu zeigen. Der Mundschenk ließ mich nicht zum Worte kommen und rief: Nur schnell! Schnell das Gefäß her! Ich, der ich keine Lust hatte, es herauszugeben, sagte nur: Ich habe keine Eile. Er kam darüber in solche Wut, dass er mit der einen Hand nach dem Degen griff und mit der andern gewaltsam in die Werkstatt eindringen wollte. Ich widersetzte mich ihm mit den Waffen in der Hand und ließ es an heftigen Reden nicht fehlen. Ich geb es nicht heraus! Rief ich. Geh, sage deinem Herrn, dass ich Geld für meine Bemühung haben will, ehe es wieder aus meinem Laden kömmt! Da er sah, dass sein Drohen nichts half, bat er mich, wie man das heilige Kreuz anzurufen pflegt, und versprach, wenn ich es herausgäbe, wollte er mir zu meiner Bezahlung verhelfen. Ich veränderte darum meinen Vorsatz nicht, und da ich ihm immer dasselbe antwortete, verzweifelte er endlich und schwur, mit so viel Spaniern wiederzukommen, dass sie mich in Stücken hauen sollten, und so lief er fort. Da ich sie nun wohl solcher Mordtat fähig hielte, setzte ich mir vor, mich lebhaft zu verteidigen, nahm meine Jagdbüchse zur Hand und dachte: Wenn mir jemand meine Sachen und meine Mühe rauben will, so kann ich ja wohl das Leben daran wagen. Da ich so mit mir zurate ging, erschienen viele Spanier mit dem Haushofmeister, der auf ungestüm-spanische Weise befahl, sie sollten hineindringen. Darauf zeigte ich ihm die Mündung der Büchse mit gespanntem Hahn und schrie mit lauter Stimme: Nichtswürdige Verräter und Meuchelmörder! Stürmt man so Häuser und Läden in Rom? Soviel sich von Euch Spitzbuben dieser Tür nähern, so viel will ich mit dieser Büchse tot hinstrecken. Ich zielte sogleich nach dem Haushofmeister und rief: Du Erzschelm, der du sie anstiftest, sollst mir zuerst sterben! Schnell gab er seinem Pferd die Sporen und floh mit verhängtem Zügel davon.

Über diesem großen Lärm waren alle Nachbarn herausgekommen, und einige römische Edelleute, welche eben vorbeigingen, sagten zu mir: Schlag die Hunde nur tot, wir wollen dir helfen. Diese kräftigen Worte jagten meinen Gegnern große Furcht ein; sie sahen sich genötigt, zu fliehen und ihrem Herrn den Fall mit allen Umständen zu erzählen. Der stolze Mann machte seine Bedienten und Offizianten heftig herunter, teils weil sie einen solchen Exzess begangen, teils, weil sie den Handel, den sie einmal angefangen hatten, nicht besser durchsetzten.

Franz Penni, der in der ganzen Sache den Mittelsmann gemacht hatte, kam dazu, und Monsignore sagte zu ihm: Er könne mir nur melden, dass, wenn ich ihm das Gefäß nicht geschwind brächte, so sollten meine Ohren das größte Stück sein, das an mir bliebe; brächte ich das Gefäß gleich, so sollte ich die Zahlung erhalten. Ich fürchtete mich keineswegs und ließ ihm wissen, dass ich die Sache gleich an den Papst bringen würde.

Indessen waren wir beide kälter geworden; einige römische Edelleute schlugen sich ins Mittel und verbürgten sich, dass er mich nicht beleidigen, vielmehr die Zahlung meiner Arbeit leisten würde. Darauf machte ich mich auf den Weg, in meinem Panzerhemde und mit einem großen Dolche; so kam ich in das Haus des Bischofs, der sein ganzes Gesinde hatte auftreten lassen. Ich hatte meinen Paulin an der Seite, der das Gefäß trug, und es war, als wenn ich durch den Tierkreis zu gehen hätte: einer sah aus wie der Löwe, einer wie der Skorpion, andere glichen dem Krebs, bis wir endlich vor den Pfaffen selbst kamen; der sprudelte äußerst pfäffische und überspanische Worte hervor. Ich hub den Kopf nicht auf, ihn anzusehen, und antwortete nicht; darüber wurde er noch giftiger, ließ ein Schreibzeug bringen und befahl mir, ich sollte quittieren, dass ich bezahlt und mit ihm wohl zufrieden sei. Darauf hob ich den Kopf und sagte zu ihm: Ich würde es gerne tun, wenn ich nur erst mein Geld hätte. Der Bischof ereiferte sich noch mehr und fuhr fort, zu drohen und zu schreien; endlich zahlte man mir erst das Geld, dann schrieb ich, und munter und zufrieden ging ich von dannen.

Papst Clemens vernahm die Geschichte und freute sich sehr daran. Man hatte ihm vorher das Gefäß, aber nicht als meine Arbeit, gezeigt, und nun sagte er öffentlich, dass er mir sehr wohl wolle, sodass Monsignor Salamanca sein übles Betragen bereute und, um mich wieder anzukörnen, mir durch Franz Penni sagen ließ, dass er mir noch große Werke auftragen wolle. Ich antwortete, dass ich sie gerne übernehmen würde, aber voraus die Bezahlung verlangte.

Auch diese Worte kamen zu den Ohren des Papstes, der herzlich darüber lachte. Kardinal Cibo war eben gegenwärtig, dem der Papst die Händel zwischen mir und Salamanca erzählte; dann wandte er sich zu seinen Leuten und befahl, dass man mir immer sollte für den Palast zu tun geben. Kardinal Cibo selbst schickte zu mir, und nachdem er mir viel Angenehmes gesagt hatte, bestellte er ein Gefäß, größer als das für Salamanca. So gaben mir auch die Kardinäle Cornaro und besonders Ridolfi und Salviati vieles zu verdienen.

Madonna Porzia Chigi trieb mich, dass ich selbst eine Werkstatt eröffnen sollte; ich folgte ihr und fuhr fort, für diese treffliche Frau zu arbeiten, und vielleicht ist sie die Ursache, dass ich mich in der Welt als etwas gezeigt habe.

Ich gewann die Freundschaft des Herrn Gabriel Cesarini, der Gonfaloniere von Rom war; für diesen Herrn machte ich viele Werke, unter andern eine große Medaille von Gold, an einem Hute zu tragen; darauf war Leda mit dem Schwane zu sehen. Sehr zufrieden mit meiner Arbeit, wollte er sie schätzen lassen, um mich nach Verdienst zu bezahlen. Sie war mit größter Sorgfalt gemacht, und die Meister schätzten sie viel höher, als er geglaubt hatte. So behielt er meine Arbeit in der Hand und zauderte, mich zu bezahlen. Fast wäre mirs damit wie mit dem Gefäße des Salamanca gegangen.

Fünftes Kapitel

Der Autor findet Händel und nimmt eine Ausforderung eines der Leute des Rienzo da Ceri an. – Er arbeitet große Kardinalssiegel, nach Art des Lautizio. – Die Pest bricht in Rom aus; während derselben hält er sich viel in den Ruinen auf und studiert dort nach den architektonischen Zierraten. – Geschichte des Herrn Jakob Carpi, berühmten Wundarztes. – Begebenheiten mit einigen Vasen, welche Benvenuto

gezeichnet. – Nachdem die Pestilenz vorbei war, tre-
ten mehrere Künstler zusammen, Maler, Bildhauer
und Goldschmiede, sich wöchentlich zu vergnügen.
– Angenehme Beschreibung eines dieser Bankette,
welches der Autor durch einen glücklichen Einfall
verherrlicht.

Da ich mein Leben beschreiben will, so muss ich andere Dinge, die sich zwar nicht auf meine Profession bezie-hen, doch im Vorbeigehn bemerken. Am Feste unsers Patrons St. Johann aßen viele Florentiner zusammen, von verschiedenen Professionen, Maler, Bildhauer und Goldschmiede; unter andern angesehenen Leuten waren Rosso, der Maler und Penni, Raphaels Schüler, dabei. Ich hatte sie eigentlich zusammengebracht. Sie lachten und scherzten, wie es geschieht, wenn viele Männer bei-sammen sind, die sich eines gemeinsamen Festes erfreu-en. Zufällig ging ein tollköpfiger junger Mensch vorbei, der Travaccio hieß und Soldat unter Rienzo da Ceri war. Da er uns so lustig hörte, spottete er auf eine unanstän-dige Weise über die florentinische Nation. Ich hielt mich für den Anführer so vieler geschickten und braven Leute und konnte das nicht hingehen lassen; still, und ohne dass es jemand bemerkte, erreichte ich ihn noch. Er ging mit seiner Liebsten, und um sie zum Lachen zu bringen, setzte er sein albernes Geschwätze fort. Ich stellte ihn zur Rede und fragte ihn: ob er der Freche sei, der schlecht von der florentinischen Nation spreche? Er antwortete schnell: Ich bins! Drauf schlug ich ihn ins Ge-sicht und sagte: Das bin ich! Und sogleich waren unsere Degen gezogen. Aber kaum war der Handel begonnen, als sich viele dazwischen legten und, da sie die Sache vernahmen, mir recht gaben.

Den andern Tag wurde mir eine Ausforderung von ihm zugestellt; ich nahm sie freudig an und sagte: Damit wollte ich wohl eher als mit einem Werke meiner andern Kunst fertig werden. Sogleich ging ich zu einem Alten, der Bevilacqua hieß; er hatte den Ruf, der erste Degen von Italien gewesen zu sein, denn er hatte sich wohl zwanzigmal geschlagen und war immer mit Ehren aus der Sache geschieden. Dieser brave Mann hatte viel Freundschaft für mich, er kannte mich und mein Talent in der Kunst und hatte mir schon bei fürchterlichen Händeln beigestanden. Er pflegte zu sagen: Mein Benvenuto! Wenn du mit dem Kriegsgott zu tun hättest, so bin ich gewiss, du würdest mit Ehren bestehen; denn so viel Jahre ich dich kenne, habe ich dich noch keinen ungerechten Handel anfangen sehen. So nahm er teil an meinen Unternehmungen und führte uns auf den Platz, wo wir, doch ohne Blutvergießen, mit Ehren den Streit endigten. Ich übergehe viele schöne Geschichten dieser Art, um von meiner Kunst zu reden, um derentwillen ich eigentlich schreibe, und ich werde darin nur zu viel zu sagen haben.

Man weiß, wie ich mit einem löblichen Wetteifer die Art und Kunst des Lucagnolo zu übertreffen suchte und dabei die Geschäfte eines Juweliers nicht versäumte; ebenso bemühte ich mich, die Geschicklichkeiten anderer Künstler nachzuahmen. Es war zur selbigen Zeit in Rom ein trefflicher Peruginer, mit Namen Lautizio, der nur eine Profession trieb, in dieser aber auch einzig war. Es ist gewöhnlich, dass in Rom jeder Kardinal sein

Wappen im Siegel führt. Diese Siegel sind groß, wie die ganze Hand eines zehnjährigen Knaben, und da in dem Wappen viele Figuren vorkommen, so bezahlt man für ein solches hundert und mehr Scudi. Auch diesem braven Manne wünschte ich nachzueifern, obgleich seine Kunst sehr von den Künsten entfernt war, die ein Goldschmied auszuüben hat; auch verstand Lautizio nichts zu machen als nur diese Siegel. Ich aber befleißigte mich nebst andern Arbeiten auch dieser, und so schwer ich sie auch fand, ließ ich doch nicht nach, weil ich zu lernen und zu verdienen geneigt war.

Dann befand sich in Rom ein andrer trefflicher Künstler, von Mailand gebürtig, mit Namen Caradosso; er arbeitete bloß getriebene Medaillen von Metallblech und andere Dinge dieser Art. Er machte einige Friedensbilder in halberhobener Arbeit, auch Kruzifixe, einen Palm groß, von dem zartesten Goldblech auf das Vortrefflichste gearbeitet, und ich wünschte, ihn mehr als jemanden zu erreichen. Überdies fanden sich andere Meister, welche Stahlstempel, wodurch man die schönen Münzen hervorbringt, verfertigten. Alle diese verschiedenen Arbeiten übernahm ich und suchte sie unermüdet zur Vollkommenheit zu bringen. Die schöne Kunst des Emaillierens ließ ich mir gleichfalls angelegen sein und nahm mir darin einen unserer Florentiner, der Amerigo hieß, den ich niemals persönlich gekannt hatte, zum Vorbild. Niemand hat sich, dass ich wüsste, seiner göttlichen Arbeit genähert. Auch diese schweren Bemühungen legte ich mir auf, wo man sein Werk und die Frucht seines Fleißes zuletzt dem Feuer überlassen muss, das alles wieder verderben kann; aber die Freude, die ich daran hatte, machte, dass ich die großen Schwierigkeiten für ein Ausruhen ansahe. Denn Gott und die Natur haben mir die glücklichste Gabe, eine so gute und wohlproportionierte Komplexion gegeben, dass ich damit frei alles, was mir in den Sinn kam, ausrichten konnte. Was ich in diesen so ganz verschiedenen Professionen geleistet habe, werde ich an seinem Orte anzeigen.

Zu dieser Zeit (ich war ungefähr dreiundzwanzig Jahr alt) wütete in Rom eine pestilenzialische Krankheit; viele Tausende starben jeden Tag, und dadurch geschreckt, gewöhnte ich mich zu einer gewissen Lebensart, die ich gemütlich fand, und zwar durch folgenden Anlass. An Festtagen ging ich gewöhnlich nach Altertümern aus und studierte nach ihnen, entweder in Wachs oder mit Zeichnen. Weil sich nun viele schöne Sachen in den Ruinen finden und dabei viele Tauben nisten, fand ich Vergnügen, meine Büchse gegen sie zu brauchen. Nun gab ich öfters, aus Furcht vor der Pest und um allen menschlichen Umgang zu fliehen, meinem Paulin das Gewehr auf die Schulter. Wir gingen allein nach jenen Altertümern aus und kamen gewöhnlich mit einer großen Beute nach Hause. Ich lud immer nur eine Kugel in das Gewehr und vergnügte mich, durch Kunst und Geschicklichkeit große Jagd zu machen. Ich hatte mir selbst meine Büchse eingerichtet, sie war von außen und innen spiegelglatt; dazu machte ich mir selbst das feinste Schießpulver, wobei ich Geheimnisse fand, die noch niemand entdeckt hatte: Ich will nur diesen Wink geben, dass ich mit dem fünften Teil des Gewichts der Kugel von meinem Pulver auf zweihundert Schritte einen weißen Punkt traf, worüber sich die, welche das Handwerk verstehen, gewiss verwundern werden.

So ein großes Vergnügen fand ich an dieser Übung, dass sie mich manchmal von meiner Kunst und von meinen Studien zu entfernen schien; allein ich zog von der andern Seite daraus wieder großen Vorteil: Denn ich verbesserte dadurch meine Lebenskräfte, und die Luft war mir sehr heilsam, da ich von Natur zur Melancholie geneigt bin. Dieses Vergnügen erfreute mir gleich das Herz, ich ward geschickter zur Arbeit, und mein Talent zeigte sich mehr, als wenn ich immer bei meinen Studien und Übungen blieb, sodass mir am Ende meine Büchse mehr zum Vorteil als zum Nachteil gereichte.

Bei dieser Gelegenheit hatte ich auch die Bekanntschaft mit Antiquitätensuchern gemacht, die den lombardischen Bauern aufpassten, welche zu bestimmten Zeiten nach Rom kamen, um die Weinberge zu bearbeiten und im Umwenden des Erdreichs immer alte Medaillen, Achate, Prasem, Karneole und Kameen fanden; manchmal hatten sie sogar das Glück, Edelsteine, zum Beispiel Smaragde, Saphire, Diamanten und Rubinen auszugraben. Jene Aufsucher kauften gewöhnlich solche Dinge von den Bauern für geringes Geld, und indem ich sie öfters auf der Stelle antraf, zahlte ich ihnen wohl so viele Goldgulden, als sie Julier gegeben hatten. Ich verhandelte diese Dinge wieder, und ob ich dabei gleich wieder zehn für eins gewann, so machte ich mir doch dadurch fast alle Kardinale zu Freunden.

Um nur von den seltensten Stücken zu reden, die mir in die Hand fielen, nenne ich den Kopf eines Delfins, groß wie eine mäßige Bohne, in dem schöngefärbtesten

Smaragd; einen Minervenkopf in Topas, einer starken Nuss groß; einen Kamee mit Herkules und Cerberus, ein Werk, das unser großer Michelagnolo höchlich bewunderte. Unter vielen Münzen erhielt ich einen Jupiterskopf von der größten Schönheit, und auf der andern Seite waren einige gleich treffliche Figuren gebildet.

Dass ich hier noch eine Geschichte erzähle, die früher vorfiel! Es kam ein großer Chirurgus nach Rom, der Meister Jakob da Carpi hieß; dieser treffliche Mann kurierte unter andern besonders desperate französische Übel. Er verstand sich sehr auf Zeichnung, und da er eines Tags vor meiner Werkstatt vorbeiging, sah er zufälligerweise einige Handrisse, worunter sich wunderliche Vasen befanden, die ich zu meinem Vergnügen erfunden hatte; sie waren ganz verschieden von allem, was bis dahin gesehen worden war. Meister Jakob verlangte, ich sollte sie ihm von Silber machen, welches ich äußerst gern tat, weil ich dabei meinen Grillen folgen konnte; er bezahlte mir sie gut, aber hundertfach war die Ehre, die sie mir verschafften. Denn die Goldschmiede lobten die Arbeit über die Maßen, und ich hatte sie nicht sobald ihrem Herrn übergeben, als er sie dem Papst zeigte und den andern Tag verreiste. Er war sehr gelehrt und sprach zum Erstaunen über die Medizin. Der Papst verlangte, er sollte in seinen Diensten bleiben, aber er sagte: Er wolle in keines Menschen Dienste treten, und wer ihn nötig hätte, sollte ihn aufsuchen. Es war ein verschlagner Mann, und er tat wohl, von Rom wegzugehn, denn wenige Monate darauf befanden sich alle, die er kuriert hatte, viel schlimmer als vorher; sie hätten ihn umgebracht, wenn er geblieben wäre.

Er zeigte meine Gefäße dem Herzog von Ferrara und vielen andern Herren, auch unserm durchlauchtigsten Herzog, und sagte: Er habe sie von einem großen Herrn in Rom erhalten, den er nur unter der Bedingung, dass er ihm diese Gefäße abträte, habe kurieren wollen. Der Herr habe sich sehr geweigert, ihm versichert, dass sie antik seien, und ihn gebeten, er möchte lieber alles andere verlangen; er aber sei darauf bestanden und habe die Kur nicht eher begonnen, als bis er die Gefäße erhalten.

Dieses erzählte mir Alberto Bendidio, der mir mit großen Umständen einige Kopien wies, die in Ferrara in Ton gemacht worden waren. Ich lachte und sagte nichts weiter. Der stolze Mann erzürnte sich und rief: Du lachst, und ich sage dir, seit tausend Jahren ist keiner geboren, der sie nur zeichnen könnte! Ich war still, um ihnen den großen Ruf nicht zu rauben, und schien sie selbst zu bewundern.

Viele Herren in Rom, und darunter auch einige meiner Freunde, sprachen mit Verwunderung von diesen Arbeiten, die sie selbst für alt hielten: Ich konnte meinen Stolz nicht verbergen und behauptete, dass ich sie gemacht habe; man wollte es nicht glauben, und zum Beweis machte ich neue Zeichnungen, denn die alten hatte Meister Jakob klüglich mitgenommen.

Die Pest war vorüber, und ich hatte mich glücklich durchgebracht, aber viele meiner Gesellen waren gestorben. Man suchte sich wieder auf und umarmte freudig und getröstet diejenigen, die man lebend antraf. Daraus entstand in Rom eine Gesellschaft der besten Maler, Bildhauer und Goldschmiede, die ein Bildhauer von Siena, namens Michelagnolo, stiftete. Er durfte in seiner

Kunst sich neben jedem andern zeigen, und man konnte dabei keinen gefälligern und lustigern Mann finden. Er war der älteste in der Gesellschaft, aber der jüngste nach der Gesundheit seines Körpers. Wir kamen wöchentlich wenigstens zweimal zusammen; Julius Romano und Franziskus Penni waren von den Unsern.

Schon hatten wir uns öfters versammelt, als es unserm guten Anführer beliebte, uns auf den nächsten Sonntag bei sich zu Tische zu laden; jeder sollte seine Krähe mitbringen (das war der Name, den er unsern Mädchen gegeben hatte), und wer sie nicht mitbrächte, sollte zur Strafe die ganze Gesellschaft zunächst zu Tische laden. Wer nun von uns mit solchen Mädchen keinen Umgang hatte, musste mit großen Kosten und Anstalten eine für den Tag sich aufsuchen, um nicht beschämt bei dem herrlichen Gastmahl zu erscheinen. Ich dachte wunder, wie gut versehen ich wäre, denn ein sehr schönes Mädchen, mit Namen Pantasilea, war sterblich in mich verliebt; ich fand mich aber genötigt, sie meinem besten Freunde Bachiacca zu überlassen, der gleichfalls heftig in sie verliebt war. Darüber gab es einigen Verdruss, denn das Mädchen, als sie sah, dass ich sie so leicht abtrat, glaubte, dass ich ihre große Liebe schlecht zu schätzen wisse; darüber entstand mir ein böser Handel in der Folge, dessen ich an seinem Ort gedenken will.

Schon nahte sich die Stunde, da jeder mit seiner Krähe in die treffliche Gesellschaft kommen sollte. Bei einem solchen Spaße mich auszuschließen, hielt ich für unschicklich, und dann hatte ich wieder Bedenken, unter meinem Schutz und Ansehn irgendeinen schlechten, gerupften Vogel einzuführen. Alsbald fiel mir ein Scherz ein, durch den ich die Freude zu vermehren gedachte. So entschlossen, rief ich einen Knaben von sechzehn Jahren, der neben mir wohnte, den Sohn eines spanischen Messingarbeiters; er hieß Diego, studierte fleißig Latein, war schön von Figur und hatte die beste Gesichtsfarbe. Der Schnitt seines Gesichts war viel schöner als des alten Antinous, ich hatte ihn oft gezeichnet und in meinen Werken große Ehre dadurch eingelegt. Er ging mit niemand um, sodass man ihn nicht kannte, war gewöhnlich sehr schlecht gekleidet und nur in seine Studien verliebt. Ich rief ihn in meine Wohnung und bat ihn, dass er die Frauenkleider anlegen möchte, die er daselbst vorfand. Er war willig, zog sich schnell an, und ich suchte mit allerlei Schmuck sein reizendes Gesicht zu verschönern: Ich legte ihm zwei Ringe mit großen schönen Perlen an die Ohren (die Ringe waren offen und klemmten das Läppchen so, als wenn es durchstochen wäre), dann schmückte ich seinen Hals mit goldnen Ketten und andern Edelsteinen, auch seine Finger steckte ich voll Ringe, nahm ihn dann freundlich beim Ohr und zog ihn vor meinen großen Spiegel. Er erstaunte über sich selbst und sagte mit Zufriedenheit: Ists möglich! Das wäre Diego?

Ja! Versetzte ich, das ist Diego, von dem ich niemals eine Gefälligkeit verlangt habe. Nur gegenwärtig bitt ich ihn, dass er mir den Gefallen tue, mit diesen Kleidern zu jener vortrefflichen Gesellschaft zu Tische zu kommen, von der ich ihm so oft erzählt habe. Der ehrbare, tugendsame und kluge Knabe schlug die Augen nieder und blieb eine Weile stille, dann hob er auf einmal sein himmlisches Gesicht auf und sagte: Mit Benvenuto komme ich! Lass uns gehen! Darauf schlug ich ihm ein großes seidnes Tuch über den Kopf, wie die Römerinnen im Sommer tragen.

Als wir an dem Platz ankamen, waren schon alle beisammen und gingen mir sämtlich entgegen. Michelagnolo von Siena, zwischen Julius Romano und Penni, nahm den Schleier meiner schönen Figur ab, und wie er der allerlustigste und launigste Mann von der Welt war, fasste er seine Freunde zu beiden Seiten an und nötigte sie, sich so tief als möglich zur Erde zu bücken. Er selbst fiel auf die Knie, flehte um Barmherzigkeit, rief alle zusammen und sagte: Sehet nur, so sehen die Engel im Paradiese aus! Man sagt immer nur Engel, aber da sehet ihr, dass es auch Engelinnen gibt. Dann mit erhobener Stimme sprach er: O schöner Engel, o würdiger Engel, beglücke mich, segne mich! Darauf erhob die angenehme Kreatur lächelnd ihre Hand und gab ihm den päpstlichen Segen. Michelagnolo erhub sich und sagte: Dem Papst küsse man die Füße, den Engeln die Wangen! Und so tat er auch. Der Knabe ward über und über rot, und seine Schönheit erhöhte sich außerordentlich.

Als wir uns weiter umsahen, fanden wir in dem Zimmer viele Sonette angeschlagen, die jeder von uns gemacht und dem Michelagnolo zugeschickt hatte. Das schöne Kind fing an, sie zu lesen, und las sie alle mit so viel Ausdruck, dass jedermann erstaunen musste. Auf diese Weise wurde viel gesprochen, und jeder zeigte seine Verwunderung, davon ich nur die Worte des berühmten Julius erwähnen will. Nachdem er alle die Anwesenden und besonders die Frauen angesehen hatte, sagte er: Lieber Michelagnolo! Wenn Ihr die Mädchen Krähen benennt, so habt Ihr diesmal doppelt recht, denn sie nehmen sich noch schlimmer aus als Krähen neben dem schönsten Pfau.

Die Speisen waren aufgetragen, und Julius erbat sich die Erlaubnis, uns die Plätze anzuweisen. Als es ihm gestattet war, nahm er die Mädchen bei der Hand und ließ sie alle an einer Seite und die meine in der Mitte niedersitzen, alsdann die Männer an der andern Seite und mich in der Mitte, mit dem Ausdruck, dass ich diese Ehre wohl verdiente. Im Rücken unserer Frauenzimmer war eine Wand von natürlichen Jasminen, worauf sich die Gestalten, und besonders meiner Schönen, über alle Begriffe herrlich ausnahmen, und so genossen wir eines Gastmahls, das mit Überfluss und Zierlichkeit bereitet war. Gegen Ende des Tisches kamen einige Singstimmen zugleich mit einigen Instrumenten, und da sie ihre Notenbücher bei sich hatten, verlangte meine schöne Figur, gleichfalls mitzusingen. Sie leistete so viel mehr als die andern, dass Julius und Michelagnolo nicht mehr wie vorher munter und angenehm scherzten, sondern ernsthaft wichtige und tiefsinnige Betrachtungen anstellten.

Darauf fing ein gewisser Aurelius von Ascoli, der sehr glücklich aus dem Stegreif sang, mit göttlichen und herrlichen Worten an, die Frauenzimmer zu loben. Indessen hörten die beiden Frauen, die meine schöne Figur in der Mitte hatten, nicht auf, zu schwätzen. Die eine erzählte, wie es ihr übel ergangen, und die andere fragte mein Geschöpfchen: wie sie sich geholfen hätte? Wer ihre Freunde wären? Wie lange sie sich in Rom befände? Und andere Dinge der Art. Indessen hatte Pantasilea, meine Liebste, aus Neid und Verdruss auch allerlei Händel erregt, die ich der Kürze willen übergehe. Endlich wurden meiner schönen Figur, welche den Namen Pomona führte, die abgeschmackten Zudringlichkeiten zur Last, und sie drehte sich verlegen bald auf die eine, bald auf die andere Seite. Da fragte das Mädchen, das Julius mitgebracht hatte: ob sie sich übel befinde? Mit einigem Missbehagen sagte meine Schönheit: Ja! Und setzte hinzu: Sie glaube, seit einigen Monaten guter Hoffnung zu sein, und fürchte, ohnmächtig zu werden. Sogleich hatten ihre beiden Nachbarinnen Mitleid mit ihr und wollten ihr Luft machen: Da ergab sichs, dass es ein Knabe war! Sie schrien, schalten und standen vom Tische auf. Da erhub sich ein lauter Lärm und ein unbändiges Gelächter. Michelagnolo verlangte die Erlaubnis, mich bestrafen zu dürfen, und erhielt sie unter großem Geschrei. Er soll leben! Rief der Alte aus; wir sind ihm Dank schuldig, dass er durch diesen Scherz unser Fest vollkommen gemacht hat. So endigte sich dieser Tag, von dem wir alle vergnügt nach Hause kehrten.

Sechstes Kapitel

Der Autor ahmt türkische, mit Silber damaszierte Dolche nach. – Ableitung des Worts Groteske, von Zierraten gebraucht. – Des Autors Fleiß an Medaillen und Ringen. – Seine Wohltaten an Ludwig Pulci werden mit Undank belohnt. Leidenschaft des Pulci zu Pantasilea und tragisches Ende desselben. – Kühnes Betragen des Autors, der die Verliebten und ihr bewaffnetes Geleit angreift. – Der Autor entkommt und versöhnt sich mit Benvenuto von Perugia.

Wollte ich umständlich beschreiben, wie vielfach die Werke waren, welche ich für mehrere Personen vollendete, so hätte ich genug zu erzählen; gegenwärtig ist aber nur so viel notwendig zu sagen, dass ich mich mit Sorgfalt und Fleiß in allen den verschiedenen Künsten zu üben suchte, von denen ich oben gesprochen habe. Ich fuhr beständig fort, mancherlei zu unternehmen, und weil ich meiner merkwürdigsten Arbeiten zu erwähnen gedenke, so soll es von Zeit zu Zeit am gehörigen Orte, und zwar balde geschehen.

Obgedachter Michelagnolo von Siena, der Bildhauer, verfertigte zu selbiger Zeit das Grabmal des letztverstorbenen Papstes Hadrian; Julius Romano, der Maler, war in des Marchese von Mantua Dienste getreten, und die andern Freunde begaben sich nach und nach dieser da-, der andere dorthin, je nachdem er zu tun hatte, sodass jene treffliche Gesellschaft fast ganz auseinanderging.

Zu der Zeit kamen mir einige kleine türkische Dolche in die Hände, wovon sowohl Griff und Scheide als auch die Klinge von Eisen war; zugleich fand sich auf diesem Gewehr das schönste Blätterwerk nach türkischer Art eingegraben und auf das Zierlichste mit Gold ausgelegt. Eine solche Arbeit reizte mich gewaltig, auch in dieser Profession etwas zu leisten, die doch so verschieden von meinen übrigen war, und als ich sah, dass sie mir aufs Beste gelang, fuhr ich fort, mehrere dergleichen Gewehre zu machen, welche schöner und dauerhafter als die türkischen selbst ausfielen, und zwar wegen verschiedener Ursachen. Erstlich, weil ich in meinem Stahl die Figuren tiefer untergrub, als es die türkischen Arbeiter zu tun pflegen; zweitens, weil jenes türkische Laubwerk eigentlich nur aus Arumsblättern mit einigen ägyptischen Blümchen besteht, die, ob sie gleich etwas weniges Grazie haben, dennoch auf die Dauer nicht wie unser Laubwerk gefallen.

Denn wir haben in Italien gar verschiedene Arten, und die Künstler selbst arbeiten verschieden. So ahmen die Lombarden den Efeu und wilden Wein nach, deren schöne Ranken sehr angenehm zu sehen sind; die Florentiner und Römer dagegen haben mit noch weit mehr Geschmack gewählt: denn sie bilden den Akanth mit seinen Blättern und Blumen, die sich auf verschiedene Weise herumschlingen, und zwischen gedachten Blättern werden gewisse Vögel und verschiedene Tiere angebracht, woran man erst sehen kann, wer guten Geschmack habe. Manches kann man auch von der Natur und den wilden Blumen lernen, zum Beispiel von denen, die man Löwenmäuler nennt, und was dergleichen mehr sein mag – da denn die trefflichen Goldschmiede ihre eignen Erfindungen hinzufügen.

Solche Arbeiten werden von den Unkundigen Grotesken genannt, welche Benennung sich von den Neueren herschreibt, indem die aufmerksamen Künstler in Rom in manchen unterirdischen Höhlen dergleichen Zierraten fanden, weil diese Orte ehemals als Zimmer, Stuben, Studien, Säle und sonst gebraucht wurden, nun aber, da durch den Ruin so großer Gebäude jene Teile in die Tiefe gekommen sind, gleichsam Höhlen zu sein scheinen, welche in Rom Grotten genannt werden; daher denn, wie gesagt, der Name Grotesken sich ableitet. Die Benennung aber ist nicht eigentlich. Denn wie die Alten sich vergnügten, Monstra zusammenzusetzen, indem sie die Gestalten der Ziegen, Kühe und Stuten verbanden, so sollten auch diese Verbindungen verschiedener Pflanzen- und Blätterarten Monstra und nicht Grotesken genannt werden. Auf diese Weise machte ich solche wundersam zusammengesetzte Blätter, die viel schöner als die türkischen anzusehen waren.

Auch begab sichs, dass in dieser Zeit in einigen alten Graburnen unter der Asche gewisse eiserne Ringe gefunden wurden, von den Alten schön mit Gold eingelegt. In jedem war ein kleiner Onyx gefasst. Die Gelehrten, die darüber Untersuchungen anstellten, behaupteten, dass man diese Ringe getragen habe, um in allen seltsamen Fällen des Lebens, sowohl glücklichen als unglücklichen, bei gesetztem Gemüte zu bleiben. Darauf machte ich verschiedene solche Ringe auf Verlangen einiger Herren, die meine großen Freunde waren. Ich nahm dazu den reinsten Stahl und grub und legte die Zierraten mit großer Sorgfalt ein; sie sahen sehr gut aus, und ich erhielt manchmal mehr als vierzig Scudi bloß für meine Arbeit.

Ferner bediente man sich zu jener Zeit goldner Medaillen, worauf ein jeder Herr und Edelmann irgendeine Grille oder Unternehmung vorstellen ließ und sie an der Mütze trug. Dergleichen machte ich viele, ob es gleich eine sehr schwere Arbeit war. Bisher hatte sie der große, geschickte Meister Caradosso, den ich schon genannt habe, verfertigt, und da gewöhnlich mehr als *eine* Figur darauf bestellt wurde, verlangte er nicht weniger als hundert Goldgulden. Nun empfahl ich mich gedachten Herren, nicht weil jener so teuer, sondern weil er so langsam war, und arbeitete für sie unter andern eine Medaille mit ihm um die Wette, worauf vier Figuren zu sehen waren, an welche ich großen Fleiß wendete.

Als die Herren beide Arbeiten verglichen, gaben sie meiner den Vorzug und behaupteten, sie sei schöner und besser als die andre, verlangten den Preis zu wissen und sagten: Weil ich ihnen so sehr Genüge geleistet habe, so wünschten sie, auch mir ein Gleiches zu tun. Darauf antwortete ich: die größte Belohnung, nach der ich am meisten gestrebt habe, sei, die Kunst eines so vortrefflichen Mannes zu erreichen, und wenn mir nach dem Urteil der Herren diese Absicht geglückt sei, so fände ich mich überflüssig bezahlt. Als ich darauf fortging, schickten sie mir ein so freigebiges Geschenk nach, dass ich sehr zufrieden sein konnte und meine Lust zu arbeiten dergestalt zunahm, dass die Folgen daraus entstanden, die man künftig vernehmen wird.

Nun muss ich mich aber ein wenig von meiner Profession entfernen, um einige unangenehme Zufälle meines mühseligen Lebens zu erzählen.

Man wird sich erinnern, dass ich oben, indem ich von jener trefflichen Gesellschaft und von den anmutigen Scherzen sprach, die bei Gelegenheit des verkleideten Knaben vorgekommen waren, auch einer Pantasilea gedachte, die erst eine falsche und beschwerliche Liebe zu mir zeigte, nun aber auf mich äußerst erzürnt war, weil sie glaubte, dass ich sie damals höchlich beleidigt habe. Sie hatte geschworen, sich zu rächen, und fand dazu Gelegenheit. Da ich denn beschreiben will, wie sich mein Leben in der größten Gefahr befand, und zwar verhielt es sich damit folgendermaßen.

Als ich nach Rom kam, fand ich daselbst einen jungen Menschen, der Ludwig Pulci hieß, Sohn desjenigen Pulci, dem man den Kopf abschlug, weil er sich seiner eignen Tochter nicht enthielt. Dieser junge Mensch hatte einen trefflichen poetischen Geist, schöne Kenntnisse der lateinischen Literatur, schrieb sehr gut und war über die Maßen schön und anmutig. Er hatte sich ich weiß nicht von welchem Bischof getrennt und stak tief in den französischen Übeln. Meine Bekanntschaft mit ihm schrieb sich noch aus Florenz her, wo man sich in Sommernächten auf den Straßen häufig versammelte und woselbst dieser Jüngling sich mit den besten Liedern aus dem Stegreif hören ließ. Sein Gesang war so angenehm, dass der göttlichste Michelagnolo Buonarroti, der trefflichste Bildhauer und Maler, immer ihn zu hören ging, sobald er ihn nur anzutreffen wusste; dabei waren ein gewisser Goldschmied Piloto und ich in seiner Gesellschaft.

Da wir uns nun nach zwei Jahren in Rom fanden, entdeckte er mir seinen traurigen Zustand und bat mich um Gottes willen: Ich möchte ihm helfen! Mich bewegten seine großen Talente, die Liebe des gemeinsamen Vaterlands und meine eigene mitleidige Natur; ich nahm ihn ins Haus und ließ ihn heilen, sodass er, als ein junger Mensch, sehr bald wiederhergestellt war. Indessen studierte er sehr fleißig, und ich hatte ihn mit vielen Büchern, nach meinem Vermögen, versehen. Für diese große Wohltat dankte er mir oft mit Worten und Tränen und sagte: Wenn ihm nur Gott die Gelegenheit gäbe, so wolle er sich gewiss erkenntlich bezeigen. Darauf gab ich zur Antwort: Ich habe nur getan, was ich gekonnt, nicht was ich gewollt. Die Schuldigkeit der menschlichen Geschöpfe sei, einander zu Hilfe zu kommen. Er möchte nur die Wohltat, die ich ihm erzeigt, auch wieder einem andern erweisen, der seiner gleichfalls bedürfen könne. Übrigens solle er mein Freund sein und mich für den Seinigen halten.

Darauf bemühte er sich um ein Unterkommen am römischen Hof, welches er auch bald fand. Er schloss sich an einen Bischof an, einen Mann von achtzig Jahren, den man den Bischof von Urgenis [von Gurk] nannte. Dieser hatte einen Neffen, Herrn Johannes, einen venezianischen Edelmann, welcher sehr große Vorliebe für die Talente des Ludwig Pulci zeigte und ihn unter diesem Scheine ganz und gar an sich zog, sodass beide zusammen in der größten Vertraulichkeit lebten. Ludwig konnte ihm daher nicht verschweigen, wie sehr er mir wegen so vieler Wohltaten verbunden sei; deshalb mich Herr Johannes wollte kennenlernen.

Nun begab sichs unter anderm, dass ich eines Abends gedachter Pantasilea ein kleines Essen gab, wozu ich viele meiner kunstreichen Freunde eingeladen hatte. Eben als wir uns zu Tische setzen wollten, trat Herr Johannes mit gedachtem Ludwig herein, und nach einigen Komplimenten blieben sie bei uns.

Als das unverschämte Weib den schönen Jüngling sah, warf sie gleich die Augen auf ihn. Deswegen rief ich nach eingenommenem Essen sogleich Ludwig beiseite und sagte: Wenn er bekenne, mir manches schuldig zu sein, so solle er sich auf keine Weise mit diesem Weibsbild einlassen. Darauf versetzte er: Wie, mein Benvenuto? Haltet Ihr mich denn für unsinnig? Nicht für unsinnig, sagte ich, aber für jung! Dabei schwur ich, dass mir an ihr nichts gelegen sei, aber wohl an ihm, und dass es mir leidtun sollte, wenn er um ihrentwillen den Hals bräche. Darauf schwur er und bat Gott, dass er den Hals brechen möge, wenn er sich mit ihr einließe! Diesen Schwur mag er wohl von ganzem Herzen getan haben, denn dasselbe begegnete ihm, wie wir nachher vernehmen werden.

Leider entdeckte man bald an Herrn Johannes nicht eine tugendsame, sondern eine unreine Liebe zu dem jungen Menschen, denn dieser erschien fast alle Tage in neuen samt- und seidenen Kleidern; man konnte leicht erkennen, dass er seine schönen Tugenden abgeschafft und sich ganz dem Verbrechen ergeben hatte. So tat er denn auch, als wenn er mich nicht sähe noch kenne, denn ich hatte ihn einmal zur Rede gestellt und ihm seine Laster vorgeworfen, worüber er nach seinen eigenen Worten den Hals brechen sollte. Unter anderm hatte ihm auch Herr Johannes einen schönen Rappen gekauft und dafür hundertundfünfzig Scudi gegeben. Dieses Pferd war trefflich zugeritten, und Ludwig ließ es alle Tage vor den Fenstern der Pantasilea seine Männchen machen. Ich bemerkte es wohl, bekümmerte mich aber nicht darum und sagte vielmehr: Jedes Ding wolle nach seiner Weise leben, und hielt mich an meine Arbeit.

Nun begab sichs einen Sonntag abends, dass uns Michelagnolo von Siena, der Bildhauer, zu Tische lud; es war im Sommer, und Bachiacca, von dem ich schon gesprochen habe, war auch geladen. Dieser hatte die Pantasilea mitgebracht, als ihr alter Kunde. So saßen wir zu Tische. Auf einmal gab sie Leibschmerzen vor, stand auf und versprach, sogleich wiederzukommen. Indessen wir nun aufs Anmutigste scherzten und speisten, blieb sie etwas länger als billig aus. Ich horchte zufälligerweise, und es kam mir vor, als wenn ich auf der Straße ganz leise wispern hörte; ich hatte eben das Tischmesser in der Hand.

Da ich nah an dem Fenster saß, erhub ich mich ein wenig, sah den Ludwig mit Pantasilea zusammen und hörte jenen sagen: Wehe, wenn uns der Teufel Benvenuto sehen sollte! Darauf antwortete sie: Seid nur ruhig! Hört, welchen Lärm sie machen! Sie denken an ganz was anders als an uns. Kaum hatte ich diese Worte gehört, als ich mich zum Fenster hinaus auf die Straße warf und Ludwig bei der Jacke erwischte, den ich gewiss würde mit meinem Messer ermordet haben, wenn er nicht seinen Schimmel gespornt und mir die Jacke in der Hand gelassen hätte. So rettete er sein Leben und flüchtete mit Pantasilea in eine benachbarte Kirche.

Sogleich standen alle Gäste vom Tische auf, folgten mir nach und baten mich, dass ich doch weder mich noch sie umso einer Kreatur willen beunruhigen sollte. Da sagte ich: Um der Dirne willen würde ich mich nicht gerührt haben, aber der schändliche Jüngling bringe mich auf, der mir so wenig Achtung bezeige. Und so ließ ich mich durch die Worte dieser trefflichen Männer nicht bewegen, nahm meinen Degen und ging hinaus auf die Wiesen; denn das Haus, in dem wir speisten, war nahe am Tore des Kastells, das dahinaus führt. Es dauerte nicht lange, so ging die Sonne unter, und ich kehrte mit langsamen Schritten nach Rom zurück.

Schon war es Nacht und dunkel, und die Tore von Rom noch nicht geschlossen. Gegen zwei Uhr ging ich an dem

Hause der Pantasilea vorbei und hatte mir vorgesetzt, wenn ich Ludwig bei ihr fände, beiden etwas Unangenehmes zu erzeigen. Da ich aber daselbst nur eine Magd antraf, die Candida hieß, ging ich nach meiner Wohnung, legte die Jacke und die Scheide des Degens weg und kehrte zu jenem Hause zurück, das hinter den Bänken an der Tiber lag. Gegenüber war der Garten eines Wirtes, der sich Romolo nannte, und zwar mit einer starken Hagebuttenhecke eingefasst; in diese versteckte ich mich und wartete, dass das Mädchen mit Ludwig nach Hause kommen sollte.

Nach einiger Zeit kam mein Freund, der gedachte Bachiacca. Er mochte sichs nun vorgestellt, oder es mochte ihm jemand meinen Aufenthalt verraten haben, genug, er rief mich ganz leise: Gevatter! Denn so nannten wir einander im Scherze. Er bat mich um Gottes willen und sagte fast weinend: Lieber Gevatter, tue doch dem armen Mädchen nichts zuleide, denn sie hat nicht die mindeste Schuld! Darauf versetzte ich: Wenn Ihr Euch nicht sogleich hinwegpackt, so schlage ich Euch diesen Degen um die Ohren. Mein armer Gevatter erschrak, und es fuhr ihm in den Leib, sodass er nicht weit gehen konnte, ohne den Forderungen der Natur zu gehorchen.

Der Himmel stand voll Sterne, und die Hellung war sehr groß. Auf einmal hörte ich einen Lärm von mehreren Pferden, die hüben und drüben vorwärts kamen. Es waren Ludwig und Pantasilea, begleitet von einem gewissen Herrn Benvenuto von Perugia, Kämmerer des Papstes Clemens. Sie hatten noch vier tapfre Hauptleute aus gedachter Stadt bei sich, nicht weniger einige brave junge Soldaten; es mochten mehr als zwölf Degen sein.

Da ich das merkte, betrachtete ich, dass kein Weg vor mir war zu entkommen; ich wollte in der Hecke verborgen bleiben, aber die Dornen stachen und hetzten mich so, dass ich fast einen Sprung zu tun und zu fliehen dachte. Zu gleicher Zeit hatte Ludwig die Pantasilea um den Hals gefasst und sagte: Ich will dich doch in *einem* Zug fortküssen, und wenn der Verräter Benvenuto darüber rasend werden sollte. Nun ärgerten mich die Worte des Burschen um desto mehr, als ich schon von den Hagebutten zu leiden hatte. Da sprang ich hervor und rief mit starker Stimme: Ihr seid alle des Todes! Der erste Hieb meines Degens traf die Schulter Ludwigs, und weil sie den armen Jungen mit Harnischen und anderm solchen Eisenwerk überblecht hatten, tat es einen gewaltigen Schlag. Der Degen wandte sich und traf die Pantasilea an Nase und Mund. Beide Personen fielen auf die Erde, und Bachiacca, mit halbnackten Schenkeln, schrie und floh. Sodann wendete ich mich mit Kühnheit gegen die andern. Diese wackern Leute, die den großen Lärm vernahmen, der im Wirtshaus indessen entstanden war, glaubten, es sei ein Heer von hundert Mann daselbst, und legten tapfer die Hand an den Degen. Indessen wurden ein paar Pferdchen unter der Truppe wild und warfen ihre Reiter, die von den bravsten waren, herab, und die übrigen ergriffen die Flucht. Ich ersah meinen Vorteil und entkam mit großer Schnelligkeit diesem Handel, von dem ich Ehre genug davontrug und das Glück nicht mehr als billig versuchen wollte.

In dieser unmäßigen Unordnung hatten sich einige Soldaten und Hauptleute selbst mit ihren Degen verwundet. Herr Benvenuto, der Kämmerer, war von seinem Maultiere herabgestoßen und getreten worden, und ein Diener, der den Degen gezogen hatte, fiel zugleich mit seinem Herrn und verwundete ihn übel an der Hand. Das war Ursache, dass dieser auf seine peruginische Weise schwur: Bei Gott, Benvenuto soll den Benvenuto Lebensart lehren!

Nun trug er einem seiner Hauptleute auf, mich herauszufordern. Dieser war vielleicht kühner als die andern; aber weil er zu jung war, wusste er sich nicht zu benehmen. Er kam, mich in dem Hause eines neapolitanischen Edelmanns aufzusuchen, der mir bei sich gern eine Zuflucht erlaubte, teils weil er einige Sachen meiner Profession gesehen und zugleich die Richtung meines Körpers und Geistes zu kriegerischen Taten, wozu er auch sehr geneigt war, bemerkt hatte. Da er mir nun nach seiner großen Liebe recht gab und ich schon hartnäckig genug war, erteilte ich jenem Hauptmann eine solche Antwort, dass es ihm wohl gereuen mochte, vor mich getreten zu sein.

Wenige Tage darauf, als die Wunden Ludwigs, der Pantasilea und anderer sich einigermaßen geschlossen hatten, wurde gedachter großer neapolitanischer Kavalier von Herrn Benvenuto, bei dem sich die Wut wieder mochte gelegt haben, ersucht, zwischen mir und Ludwig Frieden zu stiften. Dabei ward erklärt, dass die tapfern Soldaten, die nichts weiter mit mir zu tun hätten, mich nur wollten kennenlernen. Der Herr antwortete darauf: Er wolle mich hinbringen, wohin sie verlangten, und würde mich gerne zum Frieden bewegen; aber man müsse von beiden Seiten nicht viel Worte machen, denn eine umständliche Erklärung würde ihnen nicht zur Ehre gereichen. Es sei genug, zusammen zu trinken und sich zu umarmen; er wolle das Wort führen und wolle ihnen mit Ehren durchhelfen. So geschah es auch.

Einen Donnerstag abends führte er mich in das Haus des Herrn Benvenuto, wo sich alle die Kriegsleute befanden, die bei dieser Niederlage gewesen waren; sie saßen noch alle zu Tische. Im Gefolge meines Edelmanns waren dreißig tapfere, wohlbewaffnete Männer, worauf Herr Benvenuto nicht vorbereitet war. Der Edelmann trat zuerst in den Saal und ich nach ihm. Darauf sagte er: Gott erhalte Euch, meine Herren! Hier sind wir, Benvenuto und ich, den ich wie meinen leiblichen Bruder liebe. Wir kommen hierher, um alles zu tun, was Euch beliebt. Herr Benvenuto, der den Saal nach und nach mit so vielen Personen gefüllt sah, versetzte darauf: Friede wollen wir und nichts weiter! Ferner versprach er, dass der Gouverneur von Rom und seine Leute mir nichts in den Weg legen sollten. So war der Friede gemacht, und ich kehrte sogleich zu meiner Werkstatt zurück.

Nicht eine Stunde konnte ich ohne den gedachten Edelmann leben: Entweder er schickte nach mir, oder er kam, mich zu besuchen. Indessen war Ludwig Pulci geheilt und ließ sich alle Tage auf seinem Rappen sehen. Einst, als es ein wenig regnete, sollte das Pferd seine Künste vor Pantasileens Türe sehen lassen; es strauchelte und fiel und stürzte auf den Reiter: Er brach den Schenkel des rechten Fußes und starb im Hause der Pantasilea in wenig Tagen. So war der Schwur erfüllt, den er so ernstlich vor Gott getan hatte, und so sieht man, dass der Höchste die Guten sowie die Bösen bemerkt und einem jeden nach seinen Verdiensten geschehen lässt.

Siebentes Kapitel

Der Herzog von Bourbon belagert Rom. Es wird eingenommen und geplündert. – Der Autor tötet den Herzog von Bourbon durch Büchsenschüsse von der Mauer. – Er flüchtet ins Kastell Sant Angelo, wo er als Bombardier angestellt wird und sich außerordentlich hervortut. – Der Prinz von Oranien fällt auf einen Kanonenschuss des Autors. – Der Papst erkennt die Dienste des Benvenuto. – Das Kastell Sant Angelo geht über durch Vertrag.

1527

Schon war alles in Waffen! Papst Clemens hatte sich vom Herrn Johann von Medicis einige Haufen Soldaten ausgebeten, welche auch ankamen; diese trieben so wildes Zeug in Rom, dass es gefährlich war, in öffentlichen Werkstätten zu arbeiten. Deswegen zog ich in ein gutes Haus hinter den Bänken und arbeitete daselbst für alle meine Freunde; doch bedeuteten in der Zeit meine Arbeiten nicht viel, und ich schweige deshalb davon. Ich vergnügte mich damals viel mit Musik und ändern ähnlichen Lustbarkeiten. Papst Clemens hatte indessen auf Anraten des Herrn Jakob Salviati die fünf Kompanien des Johann von Medicis, der schon in der Lombardie umgekommen war, wieder verabschiedet. Bourbon, der erfuhr, dass keine Soldaten in Rom waren, drang mit seinem Heer gerade auf die Stadt. Bei dieser Gelegenheit griff jedermann zu den Waffen, und Alexander del Bene, dessen Freund ich war und dem ich schon einmal, zu der Zeit, als die Colonneser nach Rom kamen, das Haus bewacht hatte, bat mich bei dieser wichtigen Gelegenheit, dass ich fünfzig bewaffnete Männer aufbringen und an ihrer Spitze wie vormals sein Haus bewachen solle. Ich brachte fünfzig der tapfersten jungen Leute zusammen, und wir wurden bei ihm wohl unterhalten und bezahlt.

Schon war das bourbonische Heer vor den Mauern von Rom, und Alexander bat mich, ich möchte mit ihm ausgehen. Wir nahmen einen der besten Leute mit, und unterwegs schlug sich noch ein junger Mensch zu uns, der Cecchino della Casa hieß. Wir kamen auf die Mauern beim Campo Santo und sahen das mächtige Heer, das alle Gewalt anwendete, grade an diesem Flecke in die Stadt zu dringen. Die Feinde verloren viel, man stritt mit aller Macht, und es war der dickste Nebel. Ich kehrte mich zu Alexandern und sagte: Lass uns sobald als möglich nach Hause gehen; hier ist kein Mittel in der Welt. Jene kommen herauf, und diese fliehen. Alexander sagte erschrocken: Wollte Gott, wir wären gar nicht hergekommen! Und wendete sich mit großer Heftigkeit, nach Hause zu gehen. Ich tadelte ihn und sagte: Da Ihr mich hergeführt habt, müssen wir auch irgendetwas Männliches tun! Und so kehrte ich meine Büchse gegen den Feind und zielte in ein recht dichtes Gedränge nach einem, den ich über die ändern erhoben sah; der Nebel aber ließ mich nicht unterscheiden, ob er zu Fuß oder zu Pferd sei. Ich wendete mich zu Alexandern und Cecchino und sagte ihnen, wie sie auch ihre Büchsen abschießen und sich dabei vor den Kugeln der Feinde in acht nehmen sollten. So feuerten wir unsere Gewehre zweimal ab. Darauf schaute ich behutsam über die Mauer und sah einen ganz außerordentlichen Tumult unter ihnen. Es war der Connetable von Bourbon von unsern Schüssen gefallen; denn, wie man nachher vernahm, so war es der gewesen, den ich über die andern erhoben gesehen hatte. Wir machten, dass wir über Campo Santo wegkamen, gingen durch St. Peter und gelangten mit größter Schwierigkeit zu dem Tore der Engelsburg; denn die Herren Rienzo da Ceri und Orazio Baglioni verwundeten und erschlugen alle, die von der Verteidigung der Mauer zurückweichen wollten. Schon aber war ein Teil der Feinde in Rom, und wir hatten sie auf dem Leibe. Der Kastellan wollte eben das Fallgatter niederlassen, es ward ein wenig Platz, und wir vier kamen noch hinein. Sogleich fasste mich der Kapitän Pallone von den Mediceern an als einen, der zum Hause des Papstes gehörte, und führte mich hinauf auf die Bastei, sodass ich wider Willen Alexandern verlassen musste.

Zu gleicher Zeit war Papst Clemens über die Galerien des Kastells gekommen, denn er wollte nicht früher aus seinem Palaste gehen und glaubte nicht, dass die Feinde in die Stadt dringen würden. So war ich nun mit den andern eingesperrt und fand mich nicht weit von einigen Kanonen, die ein Bombardier von Florenz, namens Julian, in Aufsicht hatte. Dieser sah durch eine Öffnung des Mauerkranzes sein Haus plündern und Weib und Kinder herumschleppen; er unterstand sich nicht zu schießen, aus Furcht, die Seinigen zu treffen, warf die Lunte auf die Erde und zerriss sich heulend und schreiend das Gesicht; ebenso taten einige andere Bombardiere. Deswegen nahm ich eine Lunte, ließ mir von einigen helfen, die nicht solche Leidenschaften hatten, richtete die Stücke dahin, wo ich es nützlich glaubte; erlegte vie-

le Feinde und verhinderte, dass die Truppen, die eben-
diesen Morgen nach Rom hereinkamen, sich dem Kastell
nicht zu nahe wagten; denn vielleicht hätten sie sich
dessen in diesem Augenblicke bemächtigt, wenn man
ihnen nicht das grobe Geschütz entgegengestellt hätte.
So fuhr ich fort zu feuern, darüber mich einige Kardinäle
und Herren von Herzen segneten und anfeuerten, sodass ich voller Mut und Eifer das möglichste zu tun fortfuhr. Genug, ich war Ursache, dass diesen Morgen das
Kastell erhalten wurde, und so hielt ich mich den ganzen Tag dazu, da denn nach und nach die übrigen Artilleristen sich wieder zu ihrem Dienste bequemten.

Papst Clemens hatte einem großen römischen Edelmann, Herrn Antonius Santa Croce, die sämtlichen Artilleristen untergeben. Gegen Abend, während dass die
Armee von der Seite di Trastevere hereinkam, trat dieser
treffliche Mann zu mir, war sehr freundlich und stellte
mich bei fünf Stücke auf den höchsten Ort des Schlosses,
zunächst dem Engel; man kann daselbst rings herumgehen und sieht sowohl nach Rom hinein als hinauswärts.
Er untergab mir so viel Leute, als nötig war, reichte mir
eine Löhnung voraus und wies mir Brot und ein wenig
Wein an; dann bat er mich, ich möchte auf die Weise,
wie ich angefangen, fortfahren. Nun hatte ich manchmal
zu dieser Profession mehr Lust als zu der meinen gehabt, und jetzt tat ich solche Dienste umso lieber, als sie
mir sehr zustattenkamen. Da es Nacht wurde, sah ich,
der ich ohnedem zu neuen und wunderbaren Sachen
immer ein großes Verlangen trug, von der Zinne des
Kastells, wo ich war, den schrecklichen und erstaunli-

chen Brand von Rom, den so viele, die in den übrigen Winkeln des Kastells steckten, nicht gewahr wurden.

So fuhr ich einen ganzen Monat fort, als so lange Zeit wir im Kastell belagert waren, die Artillerie zu bedienen, und ich erzähle nur die merkwürdigsten Vorfälle, die mir dabei begegneten. Obgedachter Herr Antonio von Santa Croce hatte mich vom Engel heruntergerufen, um nach Häusern in der Nachbarschaft des Kastells zu schießen, in die man einige Feinde hatte schleichen sehen. Indem ich schoss, kam eine Kugel von außen, traf die Ecke einer Zinne und nahm ein großes Stück davon mit, das mich zwar traf, doch aber mir keinen großen Schaden tat. Die ganze Masse schlug mir auf die Brust, nahm mir den Atem, sodass ich für tot zur Erde fiel; doch hörte ich alles, was die Umstehenden sagten. Unter diesen beklagte sich Herr Santa Croce am meisten und rief: O wehe! Sie haben uns unsere beste Hilfe genommen! Auf solchen Lärm kam einer meiner Gesellen herbeigelaufen, der Franz der Pfeifer hieß, aber mehr auf die Medizin als auf die Musik studierte; dieser machte einen Ziegel heiß, streute eine gute Hand Wermut darauf, spritzte griechischen Wein darüber und legte mir den Stein auf die Brust, da wo der Schlag sichtbar war. Durch die Tugend des Wermuts erlangte ich sogleich meine verlornen Kräfte wieder; ich wollte reden, aber es ging nicht, denn einige dumme Soldaten hatten mir den Mund mit Erde verstopft und glaubten, mir damit die Kommunion gereicht zu haben. Wahrhaftig, sie hätten mich dadurch beinahe exkommuniziert; denn ich konnte nicht wieder zu Atem kommen, und die Erde machte mir mehr zu schaffen als der Schlag.

Da ich mich nun erholt hatte, ging ich wieder mit aller Sorgfalt und Tapferkeit an meinen Dienst. Papst Clemens hatte nach dem Herzog von Urbino um Hilfe geschickt, der sich bei dem venezianischen Heere befand; der Abgesandte hatte den Auftrag, Seiner Exzellenz zu sagen, dass, solange das Kastell sich hielte, alle Abend drei Feuer auf dem Gipfel angezündet und drei Kanonenschüsse dreimal wiederholt werden sollten. Ich hatte den Befehl, die Feuer zu unterhalten und die Stücke loszubrennen. Unterdessen fuhren die Feinde fort, übel zu hausen, und ich richtete bei Tage mein Geschütz dahin, wo es ihnen den meisten Schaden tat. Der Papst wollte mir deshalb besonders wohl, weil er sähe, dass ich mein Geschäft mit der größten Aufmerksamkeit betrieb. Der Entsatz des Herzogs blieb außen, und es ist hier der Platz nicht, die Ursachen aufzuzeichnen.

Indessen ich das teuflische Handwerk trieb, kamen einige Kardinäle, mich zu besuchen, am meisten der Kardinal Ravenna und de' Gaddi, denen ich öfters sagte, sie sollten nicht heraufkommen, weil man ihre roten Käppchen von Weitem sähe und man deswegen von den benachbarten Gebäuden, zum Beispiel von Torre de' Beni, uns das größte Übel zufügen könnte; am Ende ließ ich sie aussperren, welches sie mir äußerst übel nahmen.

Auch kam oft Herr Orazio Baglioni zu mir, der mir sehr wohl wollte. Eines Tages sah er, indem wir sprachen, in einem Wirtshause vor dem Tor des Kastells einige Bewegungen. An diesem Gebäude war das Zeichen der Sonne zwischen zwei Fenstern mit roter Farbe angemalt, die Fenster waren zu, und er glaubte, dass an der Wand hinter der Sonne eine Gesellschaft Soldaten bei Tische säße und schmauste. Deswegen sagte er: Benvenuto! Wenn du Lust hättest, einen Schuss auf diese Sonne zu richten, so würdest du gewiss ein gutes Werk tun; denn es ist dort herum ein großer Lärm, es müssen Leute von Bedeutung sein. Ich antwortete darauf: Herr, es ist was Leichtes, den Schuss zu tun, aber die Mündung der Kanone kommt nahe an den Korb mit Steinen, der auf der Mauer steht, und die Heftigkeit des Feuers und der Luft werden ihn hinunterwerfen. Besinne dich nicht lange, antwortete er sogleich, und der Korb wird, wie er steht, nicht fallen; und fiel er auch und stünde der Papst drunten, so wäre das Übel kleiner, als du denkst. Schieße! Schieße! Ich dachte nicht weiter nach und traf, wie ich versprochen hatte, in die Mitte der Sonne; aber auch der Korb fiel, wie ich gesagt hatte, und stürzte grade zwischen den Kardinal Farnese und Herrn Jakob Salviati hinein und hätte sie erschlagen, wenn sie sich nicht eben glücklicherweise gezankt hätten. Denn der Kardinal warf Herrn Jakob vor, er sei schuld an der Verheerung Roms; darüber schimpften sie einander beide und waren im Zorn ein wenig auseinander getreten. Als nun unten im Hofe der große Lärm entstand, eilte Herr Orazio schnell hinab, und ich schaute über die Mauer, wohin der Korb gefallen war, und hörte einige sagen: man sollte die Kanoniere gleich totschlagen. Deswegen richtete ich zwei Falkonette grade auf meine Treppe, fest entschlossen, den ersten, der heraufkäme, mit meinem Feuer zu empfangen. Es kamen auch wirklich einige Diener des Kardinals Farnese und schienen Auftrag zu haben, mir etwas Unangenehmes zu erzeigen. Deswegen trat ich vor, mit der Lunte in der Hand. Einige davon kannte ich und rief: Beim Himmel! Wenn Ihr Euch nicht gleich wegmacht und sich einer untersteht, diese Treppe heraufzukommen: Hier habe ich zwei Falkonette ganz bereit, mit diesen will ich Euch schlecht bewillkommen. Geht, sagt dem Kardinal, ich habe getan, was meine Obern mir befohlen haben, und was wir tun, geschieht zum Besten der Pfaffen, nicht um sie zu beleidigen.

Hierauf kam Herr Orazio Baglioni gleichfalls heraufgelaufen; ich traute nicht und rief ihm zu: Er solle zurückbleiben, oder ich würde nach ihm schießen! Er hielt an, nicht ohne Furcht, und sagte: Benvenuto, ich bin dein Freund! Ich versetzte: Wenn Ihr allein seid, so kommt nur diesmal, wenn Ihr wollt.

Dieser Herr war sehr stolz, besann sich einen Augenblick und sagte mit Verdruss: Ich hätte Lust, nicht mehr zu dir hinaufzukommen und grade das Gegenteil zu tun von dem, was ich für dich im Sinne hatte. Ich sagte: Wie ich hierher gesetzt sei, andere zu verteidigen, so würde ich auch im Notfall mich selbst zu schützen wissen. Darauf sagte er: Ich komme allein! Und als er heraufstieg, sah ich, dass er sich mehr als billig verfärbt hatte; deswegen legte ich die Hand an den Degen und war auf meiner Hut. Darüber fing er an zu lachen, die Farbe kam in sein Gesicht zurück, und er sagte mir auf die freundlichste Weise von der Welt: mein Benvenuto! Ich will dir so wohl, als ich vermag, und wenn mit Gottes Willen die Zeit kommt, sollst du es erfahren. Wollte Gott, du hättest die beiden Schurken erschlagen! Der eine ist schuld an so großem Unheil, und von dem andern ist vielleicht noch etwas Schlimmeres zu erwarten. Alsdann ersuchte er mich, ich solle nicht sagen, dass er im Augenblick, da der Korb hinabgestürzt, bei mir gewesen sei, und übrigens ruhig bleiben. Der Lärm war groß und dauerte eine Weile fort.

Indessen tat ich alle Tage etwas Bedeutendes mit meinen Stücken und erwarb die gute Meinung und Gnade des Papstes. Er stand einst auf der runden Bastei und sah auf den Wiesen einen spanischen Hauptmann, den er an einigen Merkmalen für einen ehemaligen Diener erkannte, und sprach darüber mit seinen Begleitern. Ich war oben beim Engel und wusste nichts davon, aber ich sah einen Mann, der, mit einem Spieß in der Hand, an den Laufgräben arbeiten ließ und ganz rosenfarb gekleidet war. Ich überlegte, was ich ihm anhaben könnte, wählte ein Stück, lud es mit Sorgfalt und richtete es im Bogen auf den roten Mann, der aus einer spanischen Großsprecherei den bloßen Degen quer vor dem Leibe trug. Meine Kugel traf den Degen, und man sah den Mann, in zwei Stücke geteilt, niederfallen.

Der Papst, der so etwas nicht erwartete, teils, weil er nicht glaubte, dass eine Kugel so weit reichen könne, teils, weil es ihm unbegreiflich war, den Mann in zwei Stücke geteilt zu sehen, ließ mich rufen, und ich erzählte ihm umständlich, welche Sorgfalt ich beim Schießen gebraucht hatte; wie aber der Mann in zwei Teile geteilt worden, konnte ich so wenig als er erklären.

Ich kniete nieder und bat ihn, er möchte mir diesen Totschlag und die übrigen, die ich von hier aus im Dienste der Kirche begangen hatte, vergeben. Darauf erhub er die Hand und machte mir ein gewaltiges Kreuz über meine ganze Figur, segnete mich und verzieh mir alle Mordtaten, die ich jemals im Dienste der apostolischen Kirche verübt hatte und noch verüben würde. Ich ging wieder hinauf, fuhr fort zu schießen und traf immer besser; aber mein Zeichnen, meine schönen Studien, meine angenehme Musik gingen mir alle im Rauch fort, und ich hätte wunderbare Sachen zu erzählen, wenn ich alle schönen Taten aufzeichnen wollte, welche ich in diesem grausamen Höllenwesen verrichtet habe. Ich will nur noch gedenken, dass ich den Feind durch anhaltendes Feuer verhinderte, seine Ablösungen durch den Portone von Santo Spirito zu führen, worauf er mit großer Unbequemlichkeit jedes Mal einen Umweg von drei Miglien machen musste.

Einige Zeit vorher hatte Papst Clemens, der die dreifachen Kronen und die sämtlichen schönen Juwelen der Apostolischen Kammer retten wollte, mich kommen lassen und schloss sich mit mir und seinem Kavalier in ein Zimmer ein. Dieses Kavalierchen war ein Franzos und diente sonst im Stall des Herrn Philipp Strozzi; der Papst hatte ihn aber wegen großer Dienste sehr reich gemacht und vertraute ihm, ob er gleich von der niedrigsten Herkunft war, wie sich selbst. Sie legten mir die Kronen und die sämtlichen Edelsteine vor und trugen mir auf, sie aus ihrer goldnen Fassung auszubrechen. Ich tat es, dann wickelten wir jeden Edelstein in ein Stückchen Papier und näheten sie dem Papst und dem Kavalier in die Falten der Kleider. Sie gaben mir darauf das Gold, das ungefähr zweihundert Pfund betrug, mit dem Auftrag, es aufs Heimlichste zu schmelzen. Ich ging hinauf zum Engel, wo mein Zimmer war, das ich verschließen konnte, und erbaute sogleich einen Windofen, richtete unten einen ziemlich großen Aschenherd ein; oben lag das Gold auf Kohlen und fiel, sowie es schmolz, in den Herd herunter. Indessen der Ofen arbeitete, passte ich beständig auf, wie ich dem Feind einen Abbruch tun könnte, und richtete in den Laufgräben großen Schaden an. Gegen Abend kam einer sehr schnell auf einem Maultier geritten, der mit den Leuten in der Tranchée sprach; ich und die Meinigen schossen so gut, dass das Maultier tot zur Erde fiel und der Reiter verwundet weggetragen wurde. Darauf entstand ein großer Tumult in den Laufgräben, und ich feuerte noch einige Mal hin. Es war der Prinz von Oranien, den sie bald darauf in ein nahes Wirtshaus trugen, und in kurzem versammelte sich daselbst der ganze Adel des Kriegsheeres.

Kaum hatte der Papst die Tat vernommen, als er mich rufen ließ und sich näher erkundigte. Ich erzählte ihm den Fall und fügte hinzu: Es müsse ein Mann von großer Bedeutung sein, weil sich in dem gedachten Wirtshaus alles versammle. Der Papst, dem dies zu einem guten Gedanken Anlass gab, ließ Herrn Santa Croce rufen und sagte: Er solle uns andern Bombardieren befehlen, unser Geschütz auf gedachtes Haus zu richten, und wir sollten auf das Zeichen eines Flintenschusses sämtlich auf einmal losschießen, wodurch das Haus zusammenstürzen und die Häupter des feindlichen Heeres umkommen würden. Die Soldaten, ohne Anführer, würden sich alsdann zerstreuen, und so würde Gott sein Gebet erhören, das er so eifrig tue, ihn von diesen Räubern zu befreien. Wir richteten unser Geschütz nach dem Befehl des Herrn Santa Croce und erwarteten das Zeichen.

Dieses vernahm der Kardinal Orsino und fing an, sich mit dem Papste zu streiten. Man solle, sagte er, einen solchen Schlag nicht so leichtsinnig tun: sie wären eben im Begriff, eine Kapitulation zu schließen, und die Truppen, wenn sie keine Anführer hätten, würden erst recht unbändig werden und das Kastell stürmen, darüber denn alles zugrunde gehen müsste. Der arme Papst, in Verzweiflung, sich von innen und außen verraten zu sehen, widerrief seinen Befehl; ich aber konnte mich nicht halten, gab Feuer und traf einen Pfeiler des Hofes, an den sich viele Personen lehnten: Ich muss ihnen dadurch viel Schaden zugefügt haben, denn sie verließen das Haus. Der Kardinal Orsino schwur, dass er mich wollte hängen oder auf irgendeine Weise umbringen lassen, aber der Papst verteidigte mich sehr lebhaft.

Sobald das Gold geschmolzen war, trug ich es zum Papste. Er dankte mir aufs Beste und befahl dem Kavalier, dass er mir fünfundzwanzig Scudi geben solle, entschuldigte sich zugleich, dass er gegenwärtig nicht mehr entbehren könne.

Achtes Kapitel

Der Autor kehrt nach Florenz zurück und kauft seinen Bann ab. – Orazio Baglioni möchte ihn zum Soldatenstand bereden; aber auf seines Vaters Bitten geht er nach Mantua. – Er findet seinen Freund Julius Romano daselbst, der seine Kunst dem Herzog empfiehlt. – Eine unvorsichtige Rede nötigt ihn, von Mantua zu gehen. – Er kommt nach Florenz zurück, wo sein Vater indes und die meisten seiner Bekannten an der Pest gestorben. – Gutes Verhält-

nis zwischen ihm und Michelagnolo Buonarroti, durch dessen Empfehlung er bei seinen Arbeiten sehr aufgemuntert wird. – Geschichte Friedrichs Ginori. – Bruch zwischen Papst Clemens und der Stadt Florenz. – Der Autor folgt einem Rufe nach Rom.

Wenig Tage darauf kam die Kapitulation zustande, und ich machte mich mit Herrn Orazio Baglioni auf den Weg nach Perugia, wo mir derselbe die Kompanie übergeben wollte. Ich mochte sie aber damals nicht annehmen, sondern verlangte, meinen Vater zu besuchen und meine Verbannung von Florenz abzukaufen. Herr Orazio, der eben in florentinische Dienste getreten war, empfahl mich einem ihrer Abgeordneten als einen von den Seinigen, und so eilte ich mit einigen andern Gesellen in die Stadt. Die Pest wütete gewaltsam in derselben, und meine Ankunft machte dem alten Vater große Freude; er glaubte, ich sei bei der Verheerung Roms umgekommen oder würde doch wenigstens nackt zu ihm zurückkehren. Schnell erzählte ich ihm die Teufeleien von der Verheerung und Plünderung und steckte ihm eine Anzahl Scudi in die Hand, die ich auch auf gut soldatisch gewonnen hatte, und nachdem wir uns genug geliebkost, gingen wir zu den Achten, um den Bann abzukaufen. Es war derselbige Mann noch darunter, der mich ehemals verdammt und meinem Vater die harten Worte gesagt hatte. Mein Alter ließ nicht undeutlich merken, dass die Sache jetzt ganz anders stehe, und bezog sich auf die Protektion des Herrn Orazio mit nicht geringer Zufriedenheit. Ich ließ mich dadurch verleiten, ihm zu erzählen, dass Herr Orazio mich zum Hauptmann erwählt habe, und dass ich nun daran denken müsse, die Kompanie zu übernehmen. Mein Vater, über diese Eröffnung bestürzt, bat mich um Gottes willen, von diesem Vorsatz abzulassen: er wisse zwar, dass ich hierzu, wie zu größern Dingen, geschickt sei; sein anderer Sohn, mein Bruder, sei aber schon ein so braver Soldat, und ich möchte doch die schöne Kunst, die ich so viele Jahre getrieben, nicht auf einmal hintansetzen. Er traute mir nicht, ob ich gleich versprach, ihm zu gehorchen; denn als ein kluger Mann sah er wohl ein, dass, wenn Herr Orazio käme, ich, sowohl um mein Versprechen zu erfüllen als auch aus eigner Neigung, mich in den Krieg begeben würde, und so suchte er mich auf eine gute Art von Florenz zu entfernen. Er gab mir bei der entsetzlichen Pest seine Angst zu bedenken, er fürchte immer, mich angesteckt nach Hause kommen zu sehen, er erinnere sich einiger vergnügter Jugendjahre in Mantua und der guten Aufnahme, die er daselbst gefunden. Er beschwur mich, je eher je lieber dorthin zu gehen und der ansteckenden Seuche auszuweichen. Ich war niemals in Mantua gewesen und mochte überhaupt gern die Welt sehen; daher entschloss ich mich zu reisen, ließ den größten Teil meines Geldes dem Vater und empfahl ihn der Sorge einer Schwester, die Cosa hieß und die, da sie sich zum ehelichen Stand nicht entschließen konnte, als Nonne in das Kloster Sant' Orsola gegangen war; sie sorgte dabei für den alten Vater und nahm sich einer jüngern Schwester an, die an einen Bildhauer verheiratet war. So empfing ich meines Vaters Segen und machte auf einem guten Pferde den Weg nach Mantua.

Ich hätte viel zu erzählen, wenn ich beschreiben wollte, wie es mir unterwegs gegangen ist; denn die Welt war voll Pest und Krieg, sodass ich diese kleine Reise nur mit vieler Schwierigkeit zurücklegte.

Sobald ich anlangte, sah ich mich nach Arbeit um und ward von Meister Nikolaus von Mailand, dem Goldschmiede des Herzogs, aufgenommen. Einige Tage hernach ging ich, den trefflichen Julius Romano zu besuchen, den ich von Rom aus kannte, der mich auf das Freundlichste empfing und übel nahm, dass ich nicht bei ihm abgestiegen war. Er lebte als ein großer Herr und baute für den Herzog außen vor der Stadt ein herrliches Werk, das man noch immer bewundert.

Julius säumte nicht, mit dem Herzog von mir aufs Ehrenvollste zu sprechen, der mir auftrug, ein Modell zu machen zu einem Kästchen, um das Blut Christi darin aufzunehmen, von welchem sie sagen, dass Longin es nach Mantua gebracht habe. Darauf wendete er sich zu Herrn Julius und sagte: Er möchte mir eine Zeichnung zu gedachter Arbeit machen. Herr Julius aber antwortete: Benvenuto ist ein Mann, der keiner fremden Zeichnungen bedarf, und Sie werden es, gnädiger Herr, selbst gestehen, sobald Sie sein Modell sehen werden. Ich machte also zuerst eine Zeichnung zum Reliquienkästchen, in welches man die Ampulle bequem setzen konnte, dann machte ich ein Modellchen von Wachs für eine Figur oben drauf. Sie stellte einen sitzenden Christus vor, der in der linken erhöhten Hand ein Kreuz hielt, woran er sich lehnte, mit der rechten schien er die Wunde der Brust zu eröffnen. Dieses Modell gefiel dem Herzog außerordentlich; er bezeigte mir darüber die größte

Gunst und gab mir zu verstehen, dass er mich in seinem Dienste zu behalten wünsche.

Indessen hatte ich seinem Bruder, dem Kardinal, meine Aufwartung gemacht; dieser erbat sich von dem Herzog, dass ich ihm sein großes Siegel machen dürfte, welches ich auch anfing. Unter der Arbeit überfiel mich das viertägige Fieber, und der Paroxysmus machte mich jederzeit rasend: Da verfluchte ich Mantua und seinen Herrn und jeden, der daselbst zu verweilen Lust habe. Diese Worte wurden dem Herzog durch einen Goldschmied hinterbracht, der ungern sah, dass der Fürst sich meiner bediente, und über diese meine kranken Worte zürnte der Herr mit mir. Ich war dagegen auf seine Residenz verdrießlich, und wir hegten also beide einen Groll gegeneinander. In vier Monaten hatte ich mein Siegel geendigt, sowie andere kleine Arbeiten für den Herzog, unter dem Namen des Kardinals. Dieser bezahlte mich reichlich, bat mich aber, dass ich nach Rom, in jenes herrliche Vaterland zurückkehren möchte, wo wir uns erst gekannt hatten.

Mit einer guten Summe Scudi reiste ich von Mantua und kam nach Governo, wo der tapfere Herr Johann von Medicis umgekommen war. Hier ergriff mich ein kleiner Fieberanfall, der aber meine Reise nicht verhinderte; denn die Krankheit blieb an dem Ort und war mir nicht wieder beschwerlich.

In Florenz eilte ich sogleich nach meines Vaters Haus und klopfte stark an: da guckte ein tolles, bucklichtes Weib aus dem Fenster, hieß mich mit vielen Scheltworten fortgehen und beteuerte, dass ich angesteckt sei. Ich sagte darauf: Verruchter Buckel! Ist niemand anders im

Hause als du, so solls dein Unglück sein. Lass mich nicht länger warten! Rief ich mit lauter Stimme. Über diesem Lärm kam eine Nachbarin heraus, die mir sagte: Mein Vater und alle vom Hause seien gestorben, meine jüngere Schwester Liperata, die auch ihren Mann verloren habe, sei nur noch allein übrig und sei von einer frommen Dame aufgenommen worden. Ich hatte schon so etwas vermutet und erschrak deswegen weniger.

Unterweges nach dem Wirtshause fand ich zufälligerweise einen Freund, an dessen Hause ich abstieg. Wir gingen sodann auf den Markt, wo ich erfuhr, dass mein Bruder noch lebte und sich bei einem Bekannten aufhielt. Wir suchten ihn sogleich und hatten beide unendliche Freude, uns wiederzusehen, denn jedem war die Nachricht von des andern Tod zugekommen. Alsdann lachte er, nahm mich bei der Hand und sagte: Komm, ich führe dich an einen Ort, den du nicht vermutest! Ich habe Schwester Liperaten wieder verheiratet; sie hält dich auch für tot. Unterweges erzählten wir einander die lustigsten Geschichten, die uns begegnet waren, und als wir zu meiner Schwester kamen, war sie über die unerwartete Neuigkeit dergestalt außer sich, dass sie mir ohnmächtig in die Arme fiel. Niemand sprach ein Wort, und der Mann, der nicht wusste, dass ich ihr Bruder war, verstummte gleichfalls. Mein Bruder erklärte das Rätsel; man kam der Schwester zu Hilfe, die sich bald wieder erholte, und nachdem sie den Vater, die Schwester, den Mann und einen Sohn ein wenig beweint hatte, machte sie das Abendessen zurecht. Wir feierten auf das Anmutigste ihre Hochzeit und sprachen nicht mehr von

Toten, sondern waren lustig und froh, wie es sich bei einem solchen Feste geziemet.

Bruder und Schwester baten mich gar sehr, in Florenz zu bleiben und mich von meiner Lust, nach Rom zu gehen, nicht hinreißen zu lassen. Auch mein alter Freund Peter Landi, der mir in meinen Verlegenheiten so treulich beigestanden hatte, riet mir, in meiner Vaterstadt zu verweilen, um zu sehen, wie die Sachen abliefen; denn man hatte die Medicis wieder verjagt, und zwar Herrn Hippolyt, der nachher Kardinal, und Herrn Alexandern, der Herzog ward. Ich fing an, auf dem neuen Markt zu arbeiten, fasste viel Juwelen und gewann ein ansehnliches Geld.

Zu der Zeit war ein Saneser, Marretti genannt, aus der Türkei, wo er sich lange aufgehalten hatte, nach Florenz gekommen. Er bestellte bei mir eine goldene Medaille, am Hute zu tragen. Er war ein Mann von lebhaftem Geist und verlangte, ich solle ihm einen Herkules machen, der dem Löwen den Rachen aufreißt. Ich schritt zum Werke, und Michelagnolo Buonarroti kam, meine Arbeit zu sehen, und teils, weil ich mir alle Mühe gegeben hatte, die Stellung der Figur und die Bravour des Löwen auf eine ganz andere Weise als meine Vorgänger abzubilden, teils auch weil die Art zu arbeiten dem göttlichen Michelagnolo gänzlich unbekannt war, rühmte er mein Werk aufs Höchste, sodass bei mir das Verlangen, etwas Wichtiges zu machen, auf das äußerste vermehrt wurde. Darüber ward mir das Juwelenfassen verleidet, so viel Geld es auch eintrug.

Nach meinem Wunsche bestellte bei mir ein junger Mann, namens Friedrich Ginori, gleichfalls eine Medaille. Er war von erhabenem Geiste, war viele Jahre in Neapel gewesen und hatte sich daselbst, als ein Mann von schöner Gestalt und Gegenwart, in eine Prinzessin verliebt. Er wollte den Atlas mit der Himmelskugel auf dem Rücken vorgestellt haben und bat den göttlichsten Michelagnolo, ihm eine kleine Zeichnung zu machen. Dieser sagte: Gehet zu einem gewissen jungen Goldschmied, der Benvenuto heißt, der Euch gut bedienen wird und meiner Zeichnung nicht bedarf. Damit Ihr aber nicht denkt, dass ich in einer solchen Kleinigkeit ungefällig sein könne, will ich Euch eine Zeichnung machen; Benvenuto mag indessen ein Modell bossieren, und das Beste kann man alsdann ins Werk setzen.

Friedrich Ginori kam zu mir und sagte mir seinen Willen, zugleich auch, wie sehr Michelagnolo mich gelobt hatte. Da ich nun vernahm, dass ich ein Wachsmodell machen sollte, indessen der treffliche Mann zeichnete, gab mir das einen solchen Trieb, dass ich mit der größten Sorgfalt mich an die Arbeit machte. Da sie geendigt war, brachte mir ein genauer Freund des Michelagnolo, der Maler Bugiardini, die Zeichnung des Atlas, alsdann wies ich ihm und Ginori mein Modell, das ganz verschieden von der Zeichnung des großen Mannes war, und beide beschlossen, dass das Werk nach meinem Modell gemacht werden sollte. So fing ich es an, Michelagnolo sah es und erteilte mir und meinem Werk das größte Lob. Die Figur war aus Goldblech getrieben und hatte den Himmel als eine Kristallkugel auf dem Rücken, auf welcher der Tierkreis eingeschnitten war. Beides hatte einen Grund von Lapislazuli und nahm sich äußerst reizend aus. Unten standen die Worte: Summum tulisse juvat. Ginori war sehr zufrieden, bezahlte mich aufs Freigebigste und machte mir die Bekanntschaft von Herrn Ludwig Alamanni, der sich eben in Florenz aufhielt, brachte ihn oft in mein Haus und war Ursache, dass ich mir dieses trefflichen Mannes Freundschaft erwarb.

Indessen hatte der Papst Clemens der Stadt Florenz den Krieg angekündigt. Man bereitete sich zur Verteidigung, und in jedem Quartier richtete man die Bürgermiliz ein. Ich equipierte mich reichlich und ging mit den größten Florentinischen von Adel um, die sich sehr bereit und einig zur Verteidigung der Stadt zeigten. Nun fanden sich die jungen Leute mehr als gewöhnlich zusammen, und man sprach von nichts als von diesen Anstalten. Einmal, um die Mittagsstunde, stand eine Menge Menschen, worunter sich die ersten jungen Edelleute befanden, um meine Werkstatt, als ich einen Brief von Rom bekam. Es schrieb mir ihn ein Mann, der Meister Jakob vom Kahn genannt wurde, weil er zwischen Ponte Sisto und [Ponte] Sant Angelo die Leute übersetzte. Dieser Meister Jakob war ein sehr gescheiter Mann und führte die gefälligsten und geistreichsten Reden. Er war ehemals in Florenz ein Verleger beim Tuchmacherhandwerk gewesen; Papst Clemens war ihm sehr günstig und hörte ihn gerne reden. Als er sich eines Tages mit ihm unterhielt, kamen sie auch auf die Belagerung der Engelsburg zu sprechen; der Papst sagte viel Gutes von mir und fügte hinzu: Wenn er wüsste, wo ich wäre, möchte er mich wohl wieder haben. Meister Jakob sagte: Ich sei in Florenz. Der Papst trug ihm auf, mich einzuladen, und nun schrieb er mir: Ich sollte wieder Dienste beim Papst nehmen, es würde mein Glück sein.

Die jungen Leute wollten wissen, was der Brief enthalte; ich aber verbarg ihn, so gut ich konnte, schrieb an Meister Jakob und bat ihn, er möchte mir weder im bösen noch im guten schreiben und mich mit seinen Briefen verschonen. Darauf ward seine Begierde nur noch größer, und er schrieb mir einen andern Brief, der so ganz und gar das Maß überschritt, dass es mir übel bekommen wäre, wenn ihn jemand gesehen hätte. Es ward mir darin im Namen des Papstes gesagt, dass ich sogleich kommen solle. Meister Jakob meinte dabei: Ich täte wohl, wenn ich alles stehen und liegen ließe und mich nicht mit den rasenden Narren gegen den Papst auflehnte.

Der Anblick dieses Briefes erregte in mir eine solche Furcht, dass ich schnell meinen lieben Freund Landi aufzusuchen eilte. Er sah mich mit Verwunderung an und fragte, was ich habe, da ich ihm so sehr in Bewegung schien. Ich sagte, dass ich ihm mein Anliegen nicht eröffnen könne; ich bat ihn nur, die Schlüssel zu nehmen, die ich ihm überreichte, und dass er Edelgesteine und Gold diesem und jenem, den er auf meinem Buch würde geschrieben finden, zurückgeben sollte. Dann möchte er meine Sachen zu sich nehmen und sie nach seiner gewöhnlichen liebevollen Art verwahren; in wenig Tagen wollte ich ihm melden, wo ich mich befände.

Vielleicht stellte er sich selbst die Sache ungefähr vor und sagte: Lieber Bruder, eile nur jetzt; dann schreibe mir, und wegen deiner Sachen sei völlig unbesorgt. So tat ich denn auch und hatte recht, mich ihm zu vertrauen; denn er war der treueste, weiseste, redlichste, verschwiegenste, liebevollste Freund, den ich jemals gehabt habe.

Neuntes Kapitel

Der Autor kehrt nach Rom zurück und wird dem Papst vorgestellt. – Unterredung zwischen ihm und Seiner Heiligkeit. – Der Papst überträgt ihm eine vortreffliche Goldschmied- und Juwelierarbeit. – Nach des Papstes Wunsch wird er als Stempelschneider bei der Münze angestellt, ungeachtet sich die Hofleute und besonders Pompeo von Mailand, des Papstes Günstling, dagegensetzen. – Schöne Medaille nach seiner Erfindung. – Streit zwischen ihm und Bandinelli, dem Bildhauer.

Von Rom aus gab ich ihm sogleich Nachricht. Ich hatte daselbst einen Teil meiner alten Freunde gefunden, von denen ich aufs Beste aufgenommen ward. Ein alter Goldschmied, Raphael del Moro genannt, berühmt in seiner Kunst und übrigens ein braver Mann, lud mich ein, in seiner Werkstatt zu arbeiten und ihm an einigen wichtigen Werken zu helfen, wozu ich mich gern entschloss und einen guten Verdienst fand.

Schon über zehn Tage war ich in Rom und hatte mich noch nicht bei Meister Jakob sehen lassen. Er begegnete mir von ungefähr, empfing mich sehr gut und fragte: wie lange ich in Rom sei? Als ich ihm sagte: Ungefähr vierzehn Tage, nahm er es sehr übel und sagte mir: es schien, dass ich mir aus einem Papste wenig mache, der mir schon dreimal habe angelegentlich schreiben lassen. Ebendiese verwünschten Briefe hatten mich in Verdruss und Verlegenheit gesetzt, ich war böse darüber und gab ihm keine Antwort. Dieser Mann war unerschöpflich in Worten, es strömte nur so aus dem Munde; ich wartete daher, bis er müde war, und sagte dann ganz kurz: Er möchte mich nur gelegentlich zum Papste führen. Darauf antwortete er: Es sei immer Zeit, und ich versicherte ihn, dass ich immer bereit sei. So gingen wir nach dem Palaste (es war am grünen Donnerstage), und wir wurden in die Zimmer des Papstes, er als bekannt und ich als erwartet, sogleich eingelassen.

Der Papst, nicht ganz wohl, lag im Bette, Herr Jakob Salviati und der Erzbischof von Capua waren bei ihm. Er freute sich außerordentlich, mich wiederzusehen, ich küsste ihm die Füße, und so bescheiden als möglich trat ich etwas näher und gab ihm zu verstehen, dass ich etwas von Wichtigkeit ihm zu eröffnen hätte. Er winkte mit der Hand, und die beiden Herren traten weit hinweg. Sogleich fing ich an: Heiligster Vater! Seit der Plünderung habe ich weder beichten noch kommunizieren können; denn man will mir die Absolution nicht erteilen. Der Fall ist *der*: Als ich das Gold schmolz und die Mühe übernahm, die Edelsteine auszubrechen, befahl Eure Heiligkeit dem Kavalier, dass er mir etwas weniges für meine Mühe reichen solle; ich erhielt aber nichts von ihm, vielmehr hat er mir unfreundliche Worte gegeben. Ich ging hinauf, wo ich das Gold geschmolzen hatte, durchsuchte die Asche und fand ungefähr anderthalb Pfund Gold, in Körnern so groß wie Hirsen. Nun hatte ich nicht so viel Geld, um mit Ehren nach Hause zu kommen; ich dachte mich dieses Goldes zu bedienen und den Wert zurückzugeben, sobald ich imstande wäre. Nun bin ich hier zu den Füßen Eurer Heiligkeit, des wahren Beichtigers: Erzeigen Sie mir die Gnade, mich freizusprechen, damit ich beichten und kommunizieren könne und durch die Gnade Eurer Heiligkeit auch die Gnade Gottes wiedererlangen möge.

Darauf versetzte der Papst mit einem stillen Seufzer (vielleicht dass er dabei seiner vergangenen Not gedachte): Benvenuto, ich bin gewiss, dass du die Wahrheit redest! Ich kann dich von allem, was du irgend begangen hast, freisprechen, und ich will es auch. Deswegen bekenne mir frei und offenherzig alles, was du auf dem Herzen hast, und wenn es den Wert einer meiner Kronen ausmachte, so bin ich ganz bereit, dir zu verzeihen.

Darauf antwortete ich: Mehr betrug es nicht, als was ich gesagt habe, denn es war nicht gar der Wert von hundertundfünfzig Dukaten. So viel zahlte man mir in der Münze von Perugia dafür, und ich ging, damit meinen armen Vater zu trösten.

Der Papst antwortete: Dein Vater war ein geschickter, guter und braver Mann, und du wirst auch nicht ausarten. Es tut mir leid, dass es nicht mehr war; aber das, was du angibst, schenke ich dir und verzeihe dir. Sage das deinem Beichtvater, und wenn er Bedenken hat, so soll er sich an mich selbst wenden. Hast du gebeichtet und kommuniziert, so lass dich wieder sehen: Es soll dein Schade nicht sein.

Da ich mich vom Papste zurückzog, traten Meister Jakob und der Erzbischof von Capua herbei. Der Papst sagte sehr viel Gutes von mir und erzählte, dass er mich beichten gehört und losgesprochen habe; dann sagte er dem Erzbischof: Er solle nach mir schicken und hören, ob ich sonst noch etwas auf dem Herzen habe, auch mich in allem absolvieren, wozu er ihm vollkommene Gewalt gebe, und solle mir überhaupt so freundlich sein als möglich.

Indem wir weggingen, fragte mich Meister Jakob sehr neugierig: was für Geheimnisse und für lange Unterhaltung ich mit dem Papst gehabt hätte? Worauf ich ihm antwortete, dass ich es weder sagen wollte noch könnte, und dass er mich nicht weiter fragen sollte.

Ich tat alles, was mir der Papst befohlen hatte, und als die beiden Festtage vorbei waren, ging ich, ihn zu besuchen. Er war noch freundlicher als das erste Mal und sagte: Wenn du ein wenig früher nach Rom kämest, so ließ ich dich die zwei Kronen machen, die wir im Kastell ausgebrochen haben; aber außer der Fassung der Juwelen gehört wenig Geschicklichkeit dazu, und ich will dich zu einer andern Arbeit brauchen, wo du zeigen kannst, was du verstehst. Es ist der Knopf von dem Pluvial, der in Gestalt eines mäßigen Tellers von einer halben, auch einer drittel Elle im Durchschnitt gemacht wird; darauf will ich einen Gott Vater in halberhabener Arbeit sehen, und in der Mitte des Werks soll ein schöner Diamant mit vielen andern kostbaren Edelsteinen angebracht werden. Caradosso hat schon einen angefangen und wird niemals fertig; den Deinigen musst du bald enden, denn ich will auch noch einige Freude daran haben. So gehe nun und mache ein schönes Modell! Er ließ mir darauf die Juwelen zeigen, und ich ging ganz vergnügt hinweg.

Indessen dass Florenz belagert ward, starb Friedrich Ginori, dem ich die Medaille des Atlas gemacht hatte, an der Schwindsucht, und das Werk kam in die Hände des Herrn Ludwig Alamanni, der kurze Zeit darauf nach Frankreich ging und dasselbe, mit einigen seiner Schriften, dem Könige Franz dem Ersten verehrte. Die Medaille gefiel dem Könige außerordentlich, und der treffliche Herr Alamanni sprach mit Seiner Majestät so günstig von mir, dass der König den Wunsch bezeigte, mich kennenzulernen.

Indessen arbeitete ich mit größtem Fleiß an dem Modell, das ich so groß machte, wie das Werk selbst werden sollte. Nun rührten sich bei dieser Gelegenheit viele unter den Goldschmieden, die sich für geschickt hielten, ein solches Werk zu unternehmen. Es war auch ein gewisser Micheletto nach Rom gekommen, sehr geschickt im Steinschneiden und Goldarbeiten; er war ein alter Mann, hatte großen Ruf und war der Mittelsmann bei der Arbeit der zwei päpstlichen Kronen geworden. Als ich nun gedachtes Modell verfertigte, wunderte er sich sehr, dass ich ihn darum nicht begrüßte, da er doch die Sache verstand und bei dem Papst viel zu gelten sich bewusst war. Zuletzt, da er sah, dass ich nicht zu ihm kam, besuchte er mich und fragte: was ich mache? Was mir der Papst befohlen hat! Antwortete ich. Nun versetzte er: Der Papst hat mir befohlen, alles anzusehen, was für Seine Heiligkeit gemacht wird. Dagegen sagte ich: Ich würde den Papst darüber fragen und von ihm selbst erfahren, wem ich Red und Antwort zu geben hätte. Er sagte: Es werde mich reuen! Ging erzürnt weg und berief die ganze Gilde zusammen. Sie wurden eins, dass er die Sache einleiten solle. Darauf ließ er als ein kluger Mann von geschickten Zeichnern über dreißig Zeichnungen machen, alle denselben Gegenstand, jedes Mal mit Veränderungen, darstellend.

Weil er nun von seiner Seite das Ohr des Papstes hatte, verband er sich noch mit einem andern [Juwelier], der Pompeo hieß, einem Verwandten des Herrn Traiano, des ersten und sehr begünstigten Kämmerers des Papstes. Beide fingen an, mit dem Papst zu sprechen. Sie hätten, sagten sie, mein Modell gesehen, aber es schien ihnen nicht, dass ich zu so einer wichtigen Unternehmung der Mann sei. Darauf antwortete der Papst: Er wolle es auch sehen, und wenn ich nicht fähig sei, wolle er sich nach einem Bessern umtun. Sie sagten, dass sie schöne Zeichnungen von demselbigen Gegenstande besäßen. Der Papst sagte darauf: Das wäre ihm sehr lieb, nur möchten sie warten, bis mein Modell geendigt wäre, dann wolle er alles zusammen ansehn.

Nach einigen Tagen hatte ich mein Modell fertig und trug es eines Morgens zum Papst hinauf. Traiano ließ mich warten und schickte schnell nach Micheletto und Pompeo mit der Anweisung, sie sollten ihre Zeichnungen bringen. Sie kamen, und wir wurden zusammen hineingelassen. Sogleich legten beide dem Papst die Zeichnungen sehr emsig vor; aber die Zeichner, die nicht zugleich Goldschmiede waren, hatten die Juwelen nicht geschickt angebracht, und die Goldschmiede hatten ihnen darüber keine Anweisung gegeben. Denn das ist eben die Ursache, warum ein Goldschmied selbst muss zeichnen können, um, wenn Juwelen mit Figuren zu verbinden sind, es mit Verstand zu machen. Alle diese

Zeichner hatten den großen Diamanten auf der Brust Gott Vaters angebracht. Dem Papste, der einen sehr guten Geschmack hatte, konnte das keineswegs gefallen, und da er ungefähr zehn Zeichnungen gesehen hatte, warf er die übrigen auf die Erde und sagte zu mir, der ich an der Seite stand: Zeig einmal dein Modell her, Benvenuto, damit ich sehe, ob du auch in demselbigen Irrtum bist wie diese.

Als ich herbeitrat und meine runde Schachtel öffnete, schien es, als wenn eigentlich dem Papste etwas in die Augen glänzte, darauf er mit lebhafter Stimme sagte: Wenn du mir im Leibe gesteckt hättest, so hättest du es nicht anders machen können, als ichs sehe; jene haben sich gar nicht in die Sache finden können. Es traten viele große Herren herbei, und der Papst zeigte den Unterschied zwischen meinem Modell und ihren Zeichnungen. Als er mich genug gelobt und die andern beschämt hatte, wendete er sich zu mir und sagte: Es ist denn doch dabei noch eine Schwierigkeit zu bedenken: das Wachs ist leicht zu arbeiten, aber das Werk von Gold zu machen, das ist die Kunst. Darauf antwortete ich kecklich: Heiliger Vater! Wenn ich es nicht zehnmal besser als mein Modell mache, so sollt Ihr mir nichts dafür bezahlen. Darüber entstand eine große Bewegung unter den Herren, und sie behaupteten, dass ich zu viel verspräche. Unter ihnen aber war einer ein großer Philosoph, der zu meinen Gunsten sprach und sagte: Wie ich an diesem jungen Mann eine gute Symmetrie seines Körpers und seiner Physiognomie wahrnehme, so verspreche ich mir viel von ihm. Ich glaube es auch, sagte der

Papst. Darauf rief er den Kämmerer Traiano und sagte: Er sollte fünfhundert Golddukaten bringen.

Indessen, als man das Geld erwartete, besah der Papst nochmals mit mehr Gelassenheit, wie glücklich Gott Vater mit dem Diamanten zusammengestellt war. Den Diamanten hatte ich grade in die Mitte des Werks angebracht, und darüber saß die Figur, mit einer leichten Bewegung, wodurch der Edelstein nicht bedeckt wurde, vielmehr eine angenehme Übereinstimmung sich zeigte. Die Gestalt hub die rechte Hand auf, um den Segen zu erteilen. Unter den Diamanten hatte ich drei Knaben angebracht, die mit aufgehobenen Händen den Stein unterstützten; der mittelste war ganz, und die beiden andern nur halb erhoben. Um sie her war eine Menge anderer Knaben mit schönen Edelsteinen in ein Verhältnis gebracht; übrigens hatte Gott Vater einen Mantel, welcher flog und aus welchem viele Kinder hervorkamen. Daneben andere Zierraten, die dem Ganzen ein sehr schönes Ansehen gaben. Die Arbeit war aus einer weißen Masse auf einem schwarzen Steine gearbeitet. Als das Geld kam, überreichte es mir der Papst mit eigner Hand und ersuchte mich, ich sollte nach seinem Geschmack und seinem Willen arbeiten: Das werde mein Vorteil sein.

Ich trug das Geld und das Modell weg und konnte nicht ruhen, bis ich an die Arbeit kam. Ich blieb mit großer Sorgfalt darüber, als mir nach acht Tagen der Papst durch einen seiner Kämmerer, einen bolognesischen Edelmann, sagen ließ: Ich möchte zu ihm kommen und meine Arbeit, soweit sie wäre, mitbringen. Indessen wir auf dem Wege waren, sagte mir dieser Kämmerer, der die gefälligste Person an dem ganzen Hofe war, dass der Papst nicht sowohl meine Arbeit sehen, als mir ein anderes Werk von der größten Bedeutung übergeben wolle, nämlich die Stempel zu den Münzen, die in Rom geprägt werden sollten; ich möchte mich bereiten, Seiner Heiligkeit zu antworten: Deswegen habe er mich davon unterrichtet.

Ich kam zum Papst und zeigte ihm das Goldblech, worauf schon Gott Vater im Umriss eingegraben war, welche Figur, auch nur so angelegt, schon mehr bedeuten wollte als das Wachsmodell, sodass der Papst erstaunt ausrief: Von jetzt an will ich dir alles glauben, was du sagst, und ich will dir hiezu noch einen andern Auftrag geben, der mir so lieb ist wie dieser und lieber. Das wäre, wenn du die Stempel zu meinen Münzen übernehmen wolltest. Hast du jemals dergleichen gemacht, oder hast du Lust, so etwas zu machen?

Ich sagte, dass es mir dazu an Mut nicht fehle, dass ich auch gesehen habe, wie man sie arbeite, dass ich aber selbst noch keine gemacht habe. Bei diesem Gespräch war ein gewisser Tommaso da Prato gegenwärtig, der Sekretär bei Seiner Heiligkeit und ein großer Freund meiner Feinde war. Er sagte: Heiligster Vater! Bei der Gunst, die Ihro Heiligkeit diesem jungen Mann zeigen, wird er, der von Natur kühn genug ist, alles Mögliche versprechen. Ich sorge, dass der erste wichtige Auftrag, den ihm Ihro Heiligkeit gegeben, durch den zweiten, der nicht geringer ist, leiden werde.

Der Papst kehrte sich erzürnt zu ihm und sagte: Er solle sich um sein Amt bekümmern! Und zu mir sprach er: Ich sollte zu einer goldenen Doppie das Modell machen;

darauf wolle er einen nackten Christus mit gebundenen Händen sehen, mit der Umschrift: Ecce homo. Auf der Rückseite sollte ein Papst und ein Kaiser abgebildet sein, die ein Kreuz, das eben fallen will, aufrichten, mit der Unterschrift: Unus Spiritus et una fides erat in eis.

Als mir der Papst diese schöne Münze aufgetragen hatte, kam Bandinelli, der Bildhauer, hinein; er war damals noch nicht zum Kavalier gemacht und sagte mit seiner gewohnten, anmaßlichen Unwissenheit: Diesen Goldschmieden muss man zu solchen schönen Arbeiten die Zeichnungen machen. Ich kehrte mich schnell zu ihm und sagte: Ich brauche zu meiner Kunst seine Zeichnungen nicht; ich hoffe aber, mit meiner Arbeit und meinen Zeichnungen ihm künftig im Wege zu sein. Der Papst, dem diese Worte sehr zu gefallen schienen, wendete sich zu mir und sagte: Geh nur, Benvenuto, diene mir eifrig und lass die Narren reden! So ging ich geschwind weg und schnitt zwei Formen mit der größten Sorgfalt, prägte sogleich eine Münze in Gold aus, und eines Tages (es war an einem Sonntag nach Tische) trug ich die Münze und die Stempel zum Papste. Da er sie sah, war er erstaunt und zufrieden, sowohl über die Arbeit, die ihm außerordentlich gefiel, als über die Geschwindigkeit, mit der ich ihn befriedigt hatte. Darauf ich, um die gute Wirkung meiner Arbeit zu vermehren, die alten Münzen vorzeigte, die von braven Leuten für die Päpste Julius und Leo gemacht worden waren. Da ich nun sah, dass ihm die Meinigen über die Maßen wohlgefielen, zog ich einen Aufsatz aus dem Busen, in welchem ich bat, dass das Amt eines Stempelschneiders bei der Münze mir übertragen werden möchte, welches monatlich sechs

Goldgulden eintrug; außerdem wurden die Stempel noch vom Münzmeister bezahlt. Der Papst nahm meine Bittschrift, gab sie dem Sekretär und sagte: Er solle sie sogleich ausfertigen. Dieser wollte sie in die Tasche stecken und sagte: Eure Heiligkeit eile nicht so sehr! Das sind Dinge, die einige Überlegung verdienen. Der Papst versetzte: Ich versteh Euch schon, gebt das Papier mir her! Er nahm es zurück, unterzeichnete es auf der Stelle und sagte: Ohne Widerrede fertigt mir sogleich aus! Denn die Schuhe des Benvenuto sind mir lieber als die Augen jener dummen Teufel. Ich dankte Seiner Heiligkeit und ging fröhlich wieder an meine Arbeit.

Zehntes Kapitel

Die Tochter des Raphael del Moro hat eine böse Hand; der Autor ist bei der Kur geschäftig, aber seine Absicht, sie zu heiraten, wird vereitelt. – Er schlägt eine schöne Medaille auf Papst Clemens VII. – Trauriges Ende seines Bruders, der zu Rom in einem Gefechte fällt. – Schmerz des Autors darüber, der seinem Bruder ein Monument mit einer Inschrift errichtet und den Tod rächt. – Seine Werkstatt wird bestohlen. – Außerordentliches Beispiel von der Treue eines Hundes bei dieser Gelegenheit. – Der Papst setzt großes Vertrauen auf den Autor und muntert ihn außerordentlich auf.

Noch arbeitete ich in der Werkstatt des Raphael del Moro, dessen ich oben erwähnte. Dieser brave Mann hatte ein gar artiges Töchterchen, auf die ich ein Auge warf und sie zu heiraten gedachte; ich ließ mir aber nichts merken und war vielmehr so heiter und froh, dass sie sich über mich wunderten. Dem armen Kinde begegnete an der rechten Hand das Unglück, dass ihm zwei Knöchelchen am kleinen Finger und eines am nächsten angegriffen waren. Der Vater war unaufmerksam und ließ sie von einem unwissenden Medikaster kurieren, der versicherte, der ganze rechte Arm würde dem Kinde steif werden, wenn nichts Schlimmeres daraus entstünde. Als ich den armen Vater in der größten Verlegenheit sah, sagte ich ihm: Er solle nur nicht glauben, was der unwissende Mensch behauptete. Darauf bat er mich: Weil er weder Arzt noch Chirurgus kenne, so möchte ich ihm einen verschaffen. Ich ließ sogleich den Meister Jakob von Perugia kommen, einen trefflichen Chirurgus. Er sah das arme Mädchen, das durch die Worte des unwissenden Menschen in die größte Angst versetzt war, sprach ihr Mut ein und versicherte, dass sie den Gebrauch ihrer ganzen Hand behalten solle, wenn auch die zwei letzten Finger etwas schwächer als die übrigen blieben. Da er nun zur Hilfe schritt und etwas von den kranken Knochen wegnehmen wollte, rief mich der Vater: Ich möchte doch bei der Operation gegenwärtig sein! Ich sah bald, dass die Eisen des Meister Jakob zu stark waren, er richtete wenig aus und machte dem Kinde große Schmerzen. Ich bat, er möchte nur eine Achtelstunde warten und innehalten. Ich lief darauf in die Werkstatt und machte vom feinsten Stahl ein Eischen, womit er hernach mit solcher Leichtigkeit arbeitete, dass sie kaum einigen Schmerz fühlte und er in kurzer Zeit fertig war. Deswegen, und um anderer Ursachen willen, liebte er mich mehr als seine beiden Söhne und gab sich viele Mühe, das gute Mädchen zu heilen.

Ich hatte große Freundschaft mit einem Herrn Johann Gaddi, der Kämmerer des Papstes und ein großer Freund von Talenten war, wenn er auch selbst keine hatte. Bei ihm fand man immer die gelehrten Leute, Johann Greco, Ludwig von Fano, Antonio Allegretti und auch Hannibal Caro, einen jungen Fremden, Bastian von Venedig, einen trefflichen Maler und mich. Wir gingen gewöhnlich des Tages einmal zu ihm. Der gute Raphael wusste von dieser Freundschaft und begab sich deswegen zum Herrn Johann Gaddi und sagte zu ihm: Mein Herr! Ihr kennet mich wohl, und da ich gern meine Tochter dem Benvenuto geben möchte, so wüsste ich mich an niemand besser, als an Eure Gnaden zu wenden. Darauf ließ der kurzsichtige Gönner den armen Mann kaum ausreden, und ohne irgendeinen Anlass in der Welt sagte er zu ihm: Raphael, denket mir daran nicht mehr! Ihr seid weiter von ihm entfernt als der Jänner von den Maulbeeren. Der arme niedergeschlagene Mann suchte schnell das Mädchen zu verheiraten, die Mutter und die ganze Familie machten mir böse Gesichter, ich wusste nicht, was das heißen sollte, und verdrießlich, dass sie mir meine treue Freundschaft so schlecht belohnten, nahm ich mir vor, eine Werkstatt in ihrer Nachbarschaft zu errichten. Meister Johann sagte mir nichts als nach einigen Monaten, da das Mädchen schon verheiratet war.

Ich arbeitete immer mit großer Sorgfalt, mein Hauptwerk zu endigen und die Münze zu bedienen, als der Papst aufs Neue mir einen Stempel zu einem Stücke von zwei Karlinen auftrug, worauf das Bildnis Seiner Heiligkeit stehen sollte und auf der andern Seite Christus auf dem Meer, der St. Petern die Hand reicht, mit der Umschrift: Quare dubitasti? Die Münze gefiel so außerordentlich, dass ein gewisser Sekretär des Papstes, ein trefflicher Mann, Sanga genannt, sagte: Eure Heiligkeit kann sich rühmen, dass Sie eine Art Münze hat, wie die alten Kaiser mit aller ihrer Pracht nicht gesehen haben. Darauf antwortete der Papst: Aber auch Benvenuto kann sich rühmen, dass er einem Kaiser meinesgleichen dient, der ihn zu schätzen weiß. Nun war ich unausgesetzt mit der großen goldnen Arbeit beschäftigt und zeigte sie oft dem Papste, der immer mehr Vergnügen daran zu empfinden schien. Auch mein Bruder war um diese Zeit in Rom, und zwar in Diensten Herzog Alexanders, dem der Papst damals das Herzogtum Penna verschafft hatte, zugleich mit vielen jungen tapfern Leuten aus der Schule des außerordentlichen Herrn Johann von Medicis, und der Herzog hielt so viel auf ihn als auf irgendeinen. Mein Bruder war eines Tages nach Tische unter den Bänken in der Werkstatt eines gewissen Baccino della Croce, wo alle die rüstigsten Brüder zusammenkamen; er saß auf einem Stuhle und schlief. Zu der Zeit gingen die Häscher mit ihrem Anführer vorbei und führten einen gewissen Kapitän Cisti, der auch aus der Schule des Herrn Giovanni war, aber nicht bei dem Herzog in Diensten stand. Als dieser vorbeigeführt wurde, sah er den Kapitän Cattivanza Strozzi in der gedachten Werkstatt und rief ihm zu: Soeben wollt ich Euch das Geld bringen, das ich Euch schuldig bin; wollt Ihr es haben, so kommt, ehe es mit mir ins Gefängnis spaziert. Kapitän Cattivanza hatte keine große Lust, sich selbst aufs Spiel zu setzen, desto mehr, andere vorzuschieben; und weil einige von den tapfersten jungen Leuten gegenwärtig waren, die mehr Trieb als Stärke zu so großer Unternehmung hatten, sagte er ihnen: Sie sollten hinzutreten und sich vom Hauptmann Cisti das Geld geben lassen. Wollten die Häscher widerstehn, so sollten sie Gewalt brauchen, wenn sie Mut hätten. Es waren vier unbärtige junge Leute. Der eine hieß Bertino Aldobrandi, der andere Anguillotto von Lucca, der übrigen erinnere ich mich nicht. Bertino war der Zögling und der wahre Schüler meines Bruders, der ihn über die Maßen liebte. Gleich waren die braven Jungen den Häschern auf dem Halse, die, mehr als vierzig stark, mit Piken, Büchsen und großen Schwertern zu zwei Händen bewaffnet einhergingen. Nach wenig Worten griff man zum Degen und hätte sich Kapitän Cattivanza nur ein wenig gezeigt, so hätten die jungen Leute das ganze Gefolge in die Flucht geschlagen; aber so fanden sie Widerstand, und Bertino ward tüchtig getroffen, sodass er für tot zur Erden fiel. Auch Anguillotto ward auf den rechten Arm geschlagen, sodass er nicht mehr den Degen halten konnte, sondern sich so gut als möglich zurückziehen musste. Bertino, gefährlich verwundet, ward aufgehoben.

Indessen diese Händel sich ereigneten, waren wir andern zu Tische, denn man hatte diesmal eine Stunde später gegessen. Der älteste Sohn stand vom Tische auf, um die Händel zu sehen. Ich sagte zu ihm: Giovanni, ich bitte dich, bleib da! In dergleichen Fällen ist immer gewiss zu verlieren und nichts zu gewinnen. So vermahnte ihn auch sein Vater, aber der Knabe sah und hörte nichts, lief die Treppe hinunter und eilte dahin, wo das dickste Getümmel war. Als er sah, dass Bertino aufgehoben wurde, lief er zurück und begegnete Cecchino, meinem Bruder, der ihn fragte: was es gebe? Der unverständige Knabe, ob er gleich von einigen gewarnt war, dass er meinem Bruder nichts sagen sollte, versetzte doch ganz ohne Kopf: Die Häscher hätten Bertinen umgebracht. Da brüllte mein Bruder auf eine Weise, dass man es zehn Miglien hätte hören können, und sagte zu Giovanni: Kannst du mir sagen, wer mir ihn erschlagen hat? Der Knabe sagte: ja! Es sei einer mit dem Schwert zu zwei Händen, und auf der Mütze trage er eine blaue Feder. Mein armer Bruder rannte fort, erkannte sogleich den Mörder am Zeichen, und mit seiner bewundernswerten Schnelligkeit und Tapferkeit drang er in die Mitte des Haufens, und ehe ein Mensch sichs versah, stach er dem Täter den Wanst durch und durch und stieß ihn mit dem Griff des Degens zur Erde. Alsdann wendete er sich gegen die andern mit solcher Gewalt, dass er sie alle würde in die Flucht gejagt haben, hätte er sich nicht gegen einen Büchsenträger gewendet, der zu seiner Selbstverteidigung losdrückte und den trefflichen unglücklichen Knaben über dem Knie des rechten Fußes traf. Da er niederlag, machten sich die Häscher davon, denn sie fürchteten sich vor einem andern dieser Art.

Der Lärm dauerte immer fort, und ich stand endlich vom Tische auf, schnallte meinen Degen an (wie denn damals jedermann bewaffnet ging) und kam zu der Engelsbrücke, wo ich einen großen Zudrang von Menschen sah. Einige, die mich kannten, machten mir Platz, und ich sah, was ich unerachtet meiner Neugierde gerne nicht gesehen hätte. Anfangs erkannte ich ihn nicht: Er hatte ein anderes Kleid an, als ich kurz vorher an ihm gesehen hatte. Deswegen kannte er mich zuerst und sagte: Lieber Bruder! Mein großes Übel beunruhige dich nicht; denn mein Beruf versprach mir ein solches Ende. Lass mich schnell hier wegnehmen, ich habe nur noch wenig Stunden zu leben. Nachdem ich seinen Fall in aller Kürze vernommen hatte, sagte ich zu ihm: Das ist der schlimmste, traurigste Fall, der mir in meinem ganzen Leben begegnen konnte; aber sei zufrieden, denn ehe dir der Atem ausgeht, sollst du dich noch durch meine Hände an dem gerochen sehen, der dich in diesen Zustand versetzt hat.

Solche kurze Worte wechselten wir gegeneinander. Die Häscher waren fünfzig Schritte von uns, denn Maffio, ihr Anführer, hatte vorher einen Teil zurückgeschickt, den Korporal zu holen, der meinen Bruder erschlagen hatte. Ich erreichte sie geschwinde, drängte mich, in meinen Mantel gewickelt, mit möglichster Schnelligkeit durchs Volk und war schon zu der Seite des Maffio gelangt, und gewiss, ich brachte ihn um, wenn nicht im Augenblick, als ich den Degen schon gezogen hatte, mir ein Berlinghieri in die Arme fiel, der ein tapferer Jüngling und mein großer Freund war. Vier seiner Gesellen waren mit ihm und sagten zu Maffio: Mache, dass du wegkommst, denn dieser allein bringt dich um! Maffio fragte: Wer ist es? Sie sagten: Es ist der leibliche Bruder von dem, der dort liegt. Da wollt er nichts weiter hören und machte, dass er sich eilig nach Torre di Nona zurückzog. Die andern sagten zu mir: Benvenuto! Wenn wir dich gegen deinen Willen verhinderten, so ist es aus guter Absicht geschehen. Lass uns nun dem zu Hilfe kommen, der nicht lange mehr leben wird. So kehrten wir um und gingen zu meinem Bruder, den wir in ein Haus tragen ließen. Sogleich traten die Ärzte zusammen und verbanden ihn nach einiger Überlegung. Sie konnten sich nicht entschließen, ihm den Fuß abzunehmen, wodurch man ihn vielleicht gerettet hätte. Gleich nach dem Verbande erschien Herzog Alexander selbst, der sich sehr freundlich und teilnehmend gegen ihn bezeigte. Mein Bruder war noch bei sich und sagte zu ihm: Ich bedaure nur, dass Sie, gnädiger Herr, einen Diener verlieren, den Sie wohl braver, aber nicht treuer und anhänglicher finden können.

Der Herzog sagte: Er möge für sein Leben sorgen, er sei ihm als ein wackrer und braver Mann bekannt; dann kehrte er sich zu seinen Leuten und sagte: Sie sollten es an nichts fehlen lassen. Man konnte das Blut nicht stillen, er fing an, irre zu reden, und fantasierte die ganze Nacht; außer, da man ihm die Kommunion reichen wollte, sagte er: Ich hätte wohlgetan, früher zu beichten, denn gegenwärtig kann ich das heilige Sakrament in dieses schon zerstörte Gefäß nicht aufnehmen; es sei genug, dass ich es mit den Augen empfange, und durch diese soll meine unsterbliche Seele teil daran nehmen, die ihren Gott um Barmherzigkeit und Vergebung anfleht.

Sobald man das Sakrament weggenommen, fingen dieselben Torheiten wieder an, die aus den schrecklichsten Dingen, der ungeheuersten Wut und den fürchterlichsten Worten, die ein Mensch sich denken kann, zusammengesetzt waren, und so hörte er nicht auf, die ganze Nacht bis an den Morgen. Als die Sonne aufgegangen war, wendete er sich zu mir und sagte: Mein Bruder! Ich will nicht länger hier bleiben, denn ich würde etwas tun, das jene bereuen sollten, die mir Verdruss gemacht haben. Alsbald warf er sich mit beiden Füßen herum, ob wir ihm gleich den einen in einen schweren Kasten gesteckt hatten, und gleichsam in der Bewegung eines, der zu Pferde steigen will, sagte er mir dreimal: Lebe wohl! Und so schied diese tapfre Seele von dannen.

Abends zu gehöriger Stunde ließ ich ihn mit den größten Ehren in der Kirche der Florentiner begraben und ihm nachher einen schönen Leichenstein von Marmor setzen, auf welchem Siegeszeichen und Fahnen gebildet waren. Übergehen kann ich nicht, dass ein Freund meinen Bruder fragte: ob er wohl den Mann, der ihn verwundet, kenne? Worauf denn der Sterbende hinter mir her einige Zeichen gab, die ich aber wohl bemerkte und wovon ich die Folgen bald erzählen werde.

Einige vorzügliche Gelehrte, die meinen Bruder wohl gekannt und seine Tapferkeit bewundert hatten, gaben mir eine Inschrift, mit der Versicherung, dass der außerordentliche Jüngling sie wohl verdiene. Sie lautete folgendermaßen:

Francisco Cellino Florentino, qui, quod in teneris annis ad Joannem Medicem ducem plures Victorias retulit et signifer fuit, facile documentum dedit, quantae fortitudinis et consilii vir erat futurus, ni crudelis fati archibuso transfossus quinto aetatis lustro jaceret, Benvenutus frater posuit. Obiit die XXVII. Maii M.D.XXIX.

Er war fünfundzwanzig Jahr alt, und ob er gleich Johann Franziskus Cellini hieß, so nannte man ihn doch unter seinen Kameraden Cecchin, den Pfeifer. Diesen Kriegsnamen ließ ich denn auch auf den Grabstein setzen, mit schönen antiken Buchstaben, die ich alle zerbrochen vorstellen lassen, außer dem ersten und letzten. Als mich nun die gelehrten Verfasser der Inschrift darüber befragten, erklärte ich ihnen, dass ich durch diese zerbrochenen Buchstaben das wundersame Werkzeug seines Körpers, das nun zertrümmert sei, vorstellen wollen. Der erste ganze Buchstabe hingegen solle die von Gott uns geschenkte Seele bedeuten, welche unzerstört in Ewigkeit bleibe, so wie der letzte den dauerhaften Ruhm des Verstorbenen anzeige. Dieser Gedanke fand Beifall; auch hat ihn ein und der andere in der Folge nachgeahmt.

Sodann ließ ich auf gedachten Stein das Wappen der Cellini setzen, jedoch mit einiger Veränderung. In Ravenna, einer sehr alten Stadt, finden sich unsere Cellinis als die geehrtesten Edelleute, welche einen aufwärts gerichteten, zum Kampf geschickten goldenen Löwen mit vorwärts geworfenen Pranken, in deren rechter er eine rote Lilie hält, im blauen Felde führen. Das Haupt des Schildes, von Silber, trägt einen roten Turnierkragen von vier Lätzen, zwischen welchen drei rote Lilien stehen. Unser Haus aber führt die Löwenpranke ohne Körper, mit allem Übrigen, was ich erzählt habe: und so ließ ich auch das Wappen auf meines Bruders Grabstein setzen, nur dass ich statt der Lilie ein Beil anbrachte, um mich zu erinnern, dass ich ihn zu rächen habe.

Ich suchte nunmehr mit der größten Sorgfalt jene Arbeit in Gold, die der Papst so sehr verlangte, fertigzumachen; er ließ mich zwei-, dreimal die Woche rufen, und immer gefiel das Werk ihm besser. Öfters aber verwies er mir die große Traurigkeit um meinen Bruder. Eines Tages, als er mich über die Maßen niedergeschlagen sah, sagte er: Benvenuto! Ich glaubte nicht, dass du so gar töricht wärest. Hast du denn nicht vorher gewusst, dass gegen den Tod keine Arznei ist? Du bist auf dem Wege, ihm nachzufolgen.

Indessen ich aber so an gedachter Arbeit und an den Stempeln für die Münze fortfuhr, hatte ich die Leidenschaft gefasst, den, der meinen Bruder geliefert hatte, wie ein geliebtes Mädchen nicht aus den Augen zu lassen. Er war erst Kavallerist gewesen und hatte sich nachher als Büchsenschütze unter die Zahl der Häscher begeben, und was mich gegen ihn am grimmigsten machte, war, dass er sich seiner Tat noch berühmt und gesagt hatte: Wäre ich nicht gewesen, der den braven Kerl aus dem Wege räumte, so hätte er uns alle zu unserm größten Schaden in die Flucht geschlagen. Ich konnte nun wohl bemerken, dass meine Leidenschaft, ihn so oft zu sehen, mir Schlaf und Appetit nahm und mich den Weg zum Grabe führte; ich fasste also meinen Entschluss und scheute mich nicht vor einer so niedrigen und keineswegs lobenswürdigen Tat: genug, ich wollte eines Abends mich von diesem Zustande befreien.

Er wohnte neben einem Hause, in welchem eine der stolzesten Kurtisanen sich aufhielt, die man jemals in Rom reich und beliebt gesehen hatte. Man hieß sie Signora Antea. Es hatte eben vierundzwanzig geschlagen, als er, nach dem Nachtessen, den Degen in der Hand, an seiner Tür lehnte. Ich schlich mich mit großer Gewandtheit an ihn heran, und mit einem großen pistojesischen Dolch holte ich rücklings dergestalt aus, dass ich ihm den Hals rein abzuschneiden gedachte. Er wendete sich schnell um, der Stoß traf auf die Höhe der linken Schulter und beschädigte den Knochen. Er ließ den Degen fallen und entsprang, von Schmerzen betäubt. Mit wenig Schritten erreichte ich ihn wieder, hob den Dolch ihm über den Kopf, und da er sich niederbückte, traf die Klinge zwischen Hals und Nacken und drang so tief in die Knochen hinein, dass ich mit aller Gewalt sie nicht herausziehen konnte; denn aus dem Hause der Antea sprangen vier Soldaten mit bloßen Degen heraus, und ich musste also auch ziehen und mich verteidigen. Ich ließ den Dolch zurück und machte mich fort, und um nicht erkannt zu werden, ging ich zu Herzog Alexander, der zwischen Piazza Navona und der Rotonda wohnte. Ich ließ mit ihm reden, und er ließ mich bedeuten, dass, wenn ich nicht verfolgt würde, sollte ich nur ruhig sein und keine Sorge haben; ich sollte mich wenigstens acht Tage innehalten und an dem Werke; das der Papst wünschte, zu arbeiten fortfahren.

Die Soldaten, die mich verhindert und den Dolch noch in Händen hatten, erzählten, wie die Geschichte gegangen war und was sie für eine Mühe gehabt, den Dolch aus dem Nacken und dem Halse des Verwundeten herauszubringen, den sie weiter nicht kannten. Zu ihnen trat Johann Bandini und sagte: Das ist mein Dolch, ich habe ihn Benvenuto geborgt, der seinen Bruder rächen wollte. Da bedauerten die Soldaten, dass sie mich nicht ganz gewähren lassen, ob ich ihm gleich so schon in reichlichem Maß seinen Frevel vergolten hatte.

Es vergingen mehr als acht Tage, dass der Papst mich nicht nach seiner Gewohnheit rufen ließ; endlich kam der bolognesische Kämmerer, mich abzuholen, der mich mit vieler Bescheidenheit merken ließ, dass der Papst alles wisse, aber mir demungeachtet sehr wohl wolle. Ich solle nur ruhig sein und fleißig arbeiten.

Der Papst sah mich mit einem grimmigen Seitenblick an: Das war aber auch alles, was ich auszustehen hatte. Denn als er das Werk sah, fing er wieder an, heiter zu werden, und lobte mich, dass ich in kurzer Zeit so viel getan hätte; alsdann sah er mir ins Gesicht und sagte: Da du nun geheilt bist, so sorge für dein Leben! Ich verstand ihn und sagte: Ich würde nicht fehlen.

Sodann eröffnete ich gleich eine schöne Werkstatt unter den Bänken, grad gegen Raphael del Moro über, und arbeitete an der Vollendung des oftgedachten Werks. Der Papst schickte mir alle Juwelen dazu, außer dem Diamanten, den er wegen einiger Bedürfnisse an Genueser Wechsler verpfändet und mir nur einen Abdruck davon gegeben hatte.

Durch fünf geschickte Gesellen, die ich hielt, ließ ich noch außerdem vieles arbeiten, sodass in meiner Werkstatt ein großer Wert an Juwelen, Gold und Silber sich befand.

Ich war eben neunundzwanzig Jahr alt und hatte eine Magd zu mir ins Haus genommen, von der größten Schönheit und Anmut. Sie diente mir zum Modell in meiner Kunst, und ich brachte die meisten Nächte mit ihr zu; und ob ich gleich sonst den leisesten Schlaf von der Welt hatte, so überfiel er mich doch unter solchen

Umständen dergestalt, dass ich nicht zu erwecken war. Dieses begegnete mir auch eine Nacht, als ein Dieb bei mir einbrach, der unter dem Vorwand, er sei ein Goldschmied, meine Kostbarkeiten gesehen und den Plan gefasst hatte, mich zu berauben. Er fand zwar verschiedene Gold- und Silberarbeiten vor sich, doch erbrach er einige Kästchen, um auch zu den Juwelen zu kommen.

Ein Hund, den mir Herzog Alexander geschenkt hatte und der so brauchbar auf der Jagd als wachsam im Hause war, fiel über den Dieb her, der sich mit dem Degen so gut verteidigte, als er konnte. Der Hund lief durch das Haus hin und wider, kam in die Schlafzimmer meiner Arbeiter, deren Türen bei der Sommerhitze offenstanden, und weckte die Leute teils durch sein Bellen, teils, indem er ihre Decken wegzog, ja bald den einen, bald den ändern bei dem Arme packte. Dann lief er wieder mit erschrecklichem Bellen weg, als wenn er ihnen den Weg zeigen wollte; sie wurden diesen Unfug müde, und weil sie auf meinen Befehl immer ein Nachtlicht brannten, so griffen sie voll Zorn nach den Stöcken, verjagten den guten Hund und verschlossen ihre Türen. Der Hund, von diesen Schelmen ohne Hilfe gelassen, blieb fest auf seinem Vorsatze, und da er den Dieb nicht mehr in der Werkstatt fand, verfolgte er ihn auf der Straße und hatte ihm schon das Kleid vom Leibe gerissen. Der Dieb rief einige Schneider zu Hilfe, die schon auf waren, und bat sie um Gottes willen: Sie möchten ihn von dem tollen Hund befreien; sie glaubten ihm, erbarmten sich seiner und verjagten den Hund mit großer Mühe.

Als es Tag ward, gingen meine Leute in die Werkstatt, und da sie die Türe erbrochen und offen und die Schubladen in Stücken fanden, fingen sie an, mit lauter Stimme Wehe über den Unfall zu schreien. Ich hörte es, erschrak und kam heraus. Sie riefen mir entgegen: Wir sind bestohlen! Alles ist fort! Die Schubladen sind alle erbrochen! Diese Worte taten so eine schreckliche Wirkung auf mich, dass ich nicht imstande war, vom Fleck zu gehen und nach der Schublade zu sehen, in welcher die Juwelen des Papstes waren. Mein Schrecken war so groß, dass mir fast das Sehen verging; ich sagte: Sie sollten die Schublade öffnen! Um zu erfahren, was von den Juwelen des Papstes fehle. Mit großer Freude fanden sie die sämtlichen Edelsteine und die Arbeit in Golde dabei; sie riefen aus: Nun ist weiter kein Übel! Genug, dass dieser Schatz unberührt ist, ob uns gleich der Schelm nur die Hemden gelassen hat, die wir auf dem Leibe tragen; denn gestern Abend, da es so heiß war, zogen wir uns in der Werkstatt aus und ließen unsere Kleider daselbst.

Schnell kam ich wieder zu mir, dankte Gott und sagte: Gehet nur und kleidet euch alle neu, ich will es bezahlen. Ich konnte mich nicht genug freuen, dass die Sache so abgelaufen war; denn was mich so sehr, gegen meine Natur, erschreckte, war, dass die Leute mir gewiss würden schuld gegeben haben, ich habe die Geschichte mit dem Dieb nur ersonnen, um den Papst um seine Juwelen zu bringen. Gleich in den ersten Augenblicken erinnerte ich mich, dass der Papst schon vor mir gewarnt worden war. Seine Vertrautesten hatten zu ihm gesagt: Wie könnt Ihr, Heiligster Vater, die Juwelen von so großem Werte einem Jüngling anvertrauen, der ganz Feuer ist, mehr an die Waffen als an die Kunst denkt und noch nicht dreißig Jahre hat? Der Papst fragte, ob jemand von mir etwas wisse, das Verdacht erregen könne? Franziskus del Nero antwortete: Nein! Er hat aber auch noch niemals solche Gelegenheit gehabt. Darauf versetzte der Papst: Ich halte ihn für einen vollkommen ehrlichen Mann, und wenn ich selbst ein Übel an ihm sähe, so würde ich es nicht glauben.

Ich erinnerte mich gleich dieses Gesprächs, brachte, so gut ich konnte, die Juwelen an ihre Plätze und ging mit der Arbeit geschwind zum Papste, dem Franziskus del Nero schon etwas von dem Gerüchte, dass meine Werkstatt bestohlen sei, gesagt hatte. Der Papst warf mir einen fürchterlichen Blick zu und sagte mit heftiger Stimme: Was willst du hier? Was gibts? Sehet hier Eure Juwelen! Sagte ich, es fehlt nichts daran. Darauf erheiterte der Papst sein Gesicht und sagte: So sei willkommen! Und indes er die Arbeit ansah, erzählte ich ihm die ganze Begebenheit, meinen Schrecken, und was mich eigentlich in so große Angst gesetzt habe. Der Papst kehrte sich einige Mal um, mir ins Gesicht zu sehen, und lachte zuletzt über alle die Umstände, die ich ihm erzählte. Endlich sprach er: Geh und sei ein ehrlicher Mann, wie ich dich gekannt habe!

Elftes Kapitel

Des Autors Feinde bedienen sich der Gelegenheit, dass falsche Münzen zum Vorschein kommen, um ihn bei dem Papste zu verleumden; allein er beweist seine Unschuld zu des Papstes Überzeugung. – Er entdeckt den Schelm, der seine Werkstatt bestohlen,

durch die Spürkräfte seines Hundes. – Über-
schwemmung von Rom. – Er macht eine Zeichnung
zu einem prächtigen Kelche für den Papst. – Miss-
verstand zwischen ihm und Seiner Heiligkeit. –
Kardinal Salviati wird Legat von Rom in des Paps-
tes Abwesenheit, beleidigt und verfolgt den Autor. –
Eine Augenkrankheit verhindert diesen, den Kelch
zu endigen. – Der Papst, bei seiner Rückkunft, ist
über ihn erzürnt. – Außerordentliche Szene zwi-
schen ihm und Seiner Heiligkeit. – Der Autor leidet
an venerischen Übeln und wird durch das heilige
Holz geheilt.

Indessen ich an dem Werke immer fortfuhr, ließen sich in Rom einige falsche Münzen sehen, die mit meinem eigenen Stempel geprägt waren. Schnell brachte man sie dem Papst und wollte ihm Verdacht gegen mich einflößen. Er sagte darauf zu dem Münzmeister: Suchet mit allem Fleiße den Täter zu entdecken; denn wir wissen, dass Benvenuto ein ehrlicher Mann ist! Jener, der mein großer Feind war, antwortete: Wollte Gott, dass es so wäre! Wir haben aber schon einige Spur. Darauf gab der Papst dem Gouverneur von Rom den Auftrag, womöglich den Täter zu entdecken, ließ mich kommen, sprach über mancherlei, endlich auch über die Münze und sagte wie zufällig: Benvenuto! Könntest du wohl auch falsche Münzen machen? Ich versetzte, dass ich sie besser machen wollte als alle die Leute, die so ein schändliches Handwerk trieben; denn es wären nur unwissende und ungeschickte Menschen, die sich auf solche schlechte Streiche einließen. Ich verdiente so viel mit meiner wenigen Kunst, als ich nur brauchte, und könnte dabei vor

Gott und der Welt bestehen, und wenn ich falsche Münzen machen wollte, könnte ich nicht einmal so viel als bei meinem ordentlichen Gewerbe verdienen.

Ich muss hier bemerken, dass ich alle Morgen, wenn ich für die Münze arbeitete, drei Scudi gewann, denn so hoch wurde ein Stempel bezahlt; aber der Münzmeister feindete mich an, weil er sie gerne wohlfeiler gehabt hätte.

Der Papst merkte wohl auf meine Worte, und da er vorher befohlen hatte, dass man auf mich achtgeben und mich nicht aus Rom lassen sollte, befahl er nunmehr, die Untersuchung weiter fortzusetzen und sich um mich nicht zu bekümmern; denn er wollte mich nicht aufbringen, um mich nicht etwa zu verlieren. Diejenigen, welche die Sache näher anging und denen der Papst sie lebhaft aufgetragen hatte, fanden bald den Täter. Es war ein Arbeiter bei der Münze selbst, und zugleich mit ihm wurde ein Mitschuldiger eingezogen.

An demselbigen Tage ging ich mit meinem Hund über Piazza Navona. Als ich vor die Türe des obersten Häschers kam, stürzte mein Hund mit großem Gebelle ins Haus und fiel einen jungen Menschen an, den ein gewisser Goldschmied von Parma, namens Donnino, als des Diebstahls verdächtig hatte einziehen lassen. Sie waren eben im Wortwechsel begriffen: Der junge Mensch leugnete kecklich alles ab, und Donnino schien nicht Beweise genug zu haben; nun fiel noch gar der Hund mit solcher Gewalt den Beklagten an, dass die Häscher Mitleid mit ihm hatten und ihn wollten gehen lassen, umso mehr, als unter diesen ein Genueser war, der seinen Vater kannte. Ich trat hinzu, und der Hund zeigte keine

Furcht, weder vor Degen noch vor Stöcken, und warf sich aufs Neue dem Menschen an den Hals, sodass sie mir zuriefen: Wenn ich den Hund nicht wegnähme, so würden sie mir ihn totschlagen!

Ich riss den Hund ab, so gut ich konnte, und als der Mensch weggehen wollte, fielen ihm einige Papiertüten aus der Jacke, die Donnino sogleich für sein Eigentum erkannte. Auch ich fand einen meiner Ringe darunter. Da rief ich aus: Das ist der Dieb, der meine Werkstatt erbrochen hat, mein Hund erkennt ihn! Sogleich ließ ich das treue Tier wieder los, das ihn wieder anpackte. Der Schelm bat mich, ihn zu schonen, und versprach mir, alles das Meinige zurückzugeben. Ich nahm den Hund wieder ab, und darauf gab er mir Gold, Silber und Ringe wieder und in der Verwirrung fünfundzwanzig Scudi drüber; dabei bat er um Gnade, ich aber sagte: Er sollte Gott um Gnade bitten, ich würde ihm weder etwas zuliebe noch zuleide tun. Ich kehrte zu meiner Arbeit zurück und erlebte bald, dass der falsche Münzer vor der Türe der Münze aufgehenkt, sein Mitschuldiger auf die Galeere verbannt wurde und der genuesische Dieb gleichfalls an den Galgen kam; ich aber behielt über Verdienst den Ruf eines ehrlichen Mannes.

Meine große Arbeit ging zu Ende, als die fürchterliche Wasserflut eintrat, durch welche ganz Rom überschwemmt wurde. Es war schon gegen Abend, als das Wasser noch immer wuchs; meine Werkstatt lag niedrig, wie die Bänke überhaupt, das Haus aber war hinterwärts an den Hügel gebaut. Ich dachte daher an mein Leben und an meine Ehre, nahm alle die Juwelen zu mir, ließ die Goldarbeit meinen Gesellen, stieg barfuß zu meinen hintersten Fenstern heraus, watete, so gut ich konnte, durch das Wasser und suchte auf Monte Cavallo zu kommen; daselbst bat ich Herrn Johann Gaddi, der mein großer Freund war, mir diesen Schatz aufzuheben.

Nach einigen Tagen verlief sich das Wasser, ich konnte endlich das große Werk fertigmachen, und ich erlangte durch meine anhaltende Bemühung und durch die Gnade Gottes großen Ruhm; denn man behauptete, es sei die schönste Arbeit, die noch jemals dieser Art in Rom gesehen worden.

Nun brachte ich sie dem Papst, der mich nicht genug rühmen und preisen konnte und ausrief: Wenn ich ein reicher Kaiser wär, wollte ich meinem Benvenuto so viel Land geben, als er mit den Augen erreichen könnte; so aber sind wir heutzutage nur arme, bankrotte Kaiser! Doch soll er haben, soviel er bedarf.

Ich ließ den Papst seine übertriebenen Reden vollenden und bat ihn darauf um eine Stelle unter seinen Leibtrabanten, die eben vakant war. Er versetzte, dass er mir was Besseres zugedacht habe; ich aber antwortete: Er möchte mir diese Stelle nur einstweilen zum Mietpfennig geben. Lachend versetzte der Papst: Er sei es zufrieden, doch wolle er nicht, dass ich den Dienst tun solle, und um die übrigen darüber zu beruhigen, werde er ihnen einige Freiheiten zugestehen, um die sie ihn gebeten hätten. Dieser Trabantendienst brachte mir jährlich über zweihundert Scudi ein.

(1532 – 1533)

Nachdem ich dem Papst eine Weile mit verschiedenen kleinen Arbeiten gedient hatte, befahl er mir, eine

Zeichnung zu einem prächtigen Kelche zu machen, die ich sogleich nebst einem Modell zustande brachte; das letztere war von Holz und Wachs. Statt des Fußes hatte ich drei runde Figuren, Glauben, Hoffnung und Liebe, unter dem Kelche angebracht: sie standen auf einem Untersatze, auf welchem halb erhaben die Geburt und Auferstehung Christi, sodann die Kreuzigung Petri, wie man mir befohlen hatte, zu sehen war. Indem ich an dieser Arbeit fortfuhr, wollte der Papst sie öfters sehen; allein ich konnte leider bemerken, dass er nicht mehr daran dachte, mich irgend besser zu versorgen. Daher, als einst die Stelle eines Frate del Piombo vakant wurde, bat ich ihn eines Abends darum. Der gute Papst, der sich nicht mehr der Entzückung erinnerte, in die er über mein voriges vollendetes Werk geraten war, sagte zu mir: Eine Pfründe del Piombo trägt achthundert Scudi ein; wenn ich dir sie gäbe, würdest du nur deinem Leibe wohltun, deine schöne Kunst vernachlässigen, und man würde mich tadeln. Darauf antwortete ich sogleich: Die Katzen guter Art mausen besser, wenn sie fett, als wenn sie hungrig sind; so auch rechtschaffene Männer, die Talent haben, bringen es viel weiter, wenn sie eines reichlichen Lebens genießen, und ein Fürst, der solche Männer in Wohlstand versetzt, pflegt und nährt die Künste selbst, die bei einer entgegengesetzten Behandlung nur langsam und kümmerlich fortwachsen. Und ich will Eurer Heiligkeit nur gestehn, dass ich mir auf diese Pfründe keine Hoffnung machte, glücklich genug, dass ich den armen Trabantendienst erhielt. Geben Eure Heiligkeit jene gute Stelle einem verdienten kunstreichen Manne, nicht einem unwissenden, der seinen Leib pflegt. Nehmen Sie ein Beispiel an Papst Julius, Ihrem in Gott ruhenden Vorfahren: Er gab dem trefflichen Baumeister Bramante eine solche Pfründe. Und alsbald machte ich meine Verbeugung und ging weg.

Darauf trat Sebastian, der venezianische Maler, hervor und sagte: Wenn Eure Heiligkeit diese Pfründe jemanden zu geben gedenken, der sich in den Künsten Mühe gibt, so darf ich bitten, mich dadurch zu beglücken. Darauf antwortete der Papst: Lässt sich doch der verteufelte Benvenuto auch gar nichts sagen! Ich war geneigt, sie ihm zu geben, er sollte aber mit einem Papste nicht so stolz sein; doch weiß ich nicht, was ich tun soll. Hierauf bat der Bischof von Vasona für den gedachten Sebastian und sagte: Heiliger Vater! Benvenuto ist jung, und der Degen an der Seite kleidet ihn besser als der geistliche Rock. Geben Eure Heiligkeit diese Stelle dem geschickten Sebastian, und Benvenuto kann immer noch etwas Gutes, das vielleicht schicklicher ist, erhalten. Da wandte sich der Papst zu Herrn Bartholomäus Valori und sagte zu ihm: Wenn Ihr Benvenuto begegnet, so sagt ihm, dass er dem Maler Sebastian die Pfründe verschafft hat; aber er soll wissen, dass die erste bessere Stelle, die aufgeht, ihm zugedacht ist. Inzwischen soll er sich gut halten und meine Arbeit endigen.

Die andere Nacht begegnete ich Herrn Valori auf der Straße, zwei Fackelträger gingen vor ihm her, er eilte zum Papst, der ihn hatte rufen lassen. Er blieb stehen und sagte mit großer Freundlichkeit alles, was ihm der Papst aufgetragen hatte. Darauf antwortete ich: Mit mehr Fleiß und Nachdenken als jemals werde ich diese Arbeit vollenden, ob ich gleich nicht die mindeste Hoffnung habe, vom Papste etwas zu erhalten. Herr Bartholomäus verwies mir, dass ich die Anträge eines Papstes nicht besser zu schätzen wisse. Ich antwortete: Da ich weiß, dass ich nichts haben werde, so war ich ein Tor, wenn ich hoffen wollte. Und so schieden wir auseinander. Vermutlich hat Herr Bartholomäus dem Papst meine kühnen Reden und vielleicht noch mehr hinterbracht, denn ich ward in zwei Monaten nicht gerufen, und ich ging auf keine Weise nach dem Palaste.

Der Papst, der darüber ungeduldig war, gab Herrn Robert Pucci den Auftrag, nachzusehen, was ich mache. Das gute Männchen kam alle Tage und sagte mir etwas Freundliches, und so tat ich auch gegen ihn. Endlich, als der Papst nach Bologna verreisen wollte und sah, dass ich von freien Stücken nicht zu ihm kam, gab mir Herr Robert zu verstehen, dass ich meine Arbeit hinauftragen solle; denn er wollte sehen, wie weit ich gekommen sei. Ich trug die Arbeit hin und zeigte, dass ich nicht gefeiert hatte, und bat den Papst, dass er mir fünfhundert Scudi da lassen sollte, teils auf Rechnung meines Verdienstes, teils, weil mir noch Gold fehlte, um das Werk zu vollenden. Der Papst sagte darauf: Machs nur erst fertig! Und ich antwortete im Fortgehen: Wenn er mir Geld ließe, so sollte es nicht fehlen.

Bei seiner Abreise nach Bologna ließ der Papst den Kardinal Salviati als Legaten von Rom zurück und gab ihm den Auftrag, die Arbeit bei mir zu betreiben, indem er sagte: Benvenuto ist ein Mann, der sich aus seinem Talent wenig macht und ebenso wenig aus uns; deshalb müsst Ihr ihn anfeuern, sodass ich das Werk vollendet finde, wenn ich wiederkomme. Da schickte nach Verlauf von acht Tagen diese Bestie von einem Kardinal zu mir und befahl, ich sollte meine Arbeit mitbringen; ich ging aber ohne Arbeit hin. Darauf sagte er zu mir: Wo hast du dein Zwiebelmus? Ists fertig? Darauf antwortete ich: Hochwürdigster Herr! Mein Zwiebelmus ist nicht fertig und wird nicht fertig werden, wenn Ihr mir nicht die Zwiebeln dazu gebt. Darauf ward der Kardinal, der ohnehin mehr einem Esel als einem Menschen ähnlich sah, noch um die Hälfte hässlicher, fuhr auf mich los und rief: Ich werde dich auf die Galeere setzen, dass du Zeit hast, deine Arbeit zu vollenden! Da ward ich denn mit dieser Bestie auch bestialisch und sagte: Gnädiger Herr, wenn ich durch Übeltaten die Galeere verdiene, dann werdet Ihr mich darauf setzen, aber gegenwärtig fürchte ich sie nicht! Und was mehr ist, so beteuere ich, dass ich, eben um Eurer Gnaden willen, jetzt die Arbeit nicht endigen will. Schickt nicht mehr zu mir, denn ich komme nicht mehr her, Ihr müsstet mich denn durch die Häscher holen lassen.

Darauf schickte der gute Kardinal einige Mal zu mir, um mich im guten zur Arbeit bereden zu lassen, dagegen ich ihm aber jederzeit nur antworten ließ: Er möchte mir Zwiebeln schicken, damit mein Zwiebelmus fertig werden könnte, und so musste er zuletzt an dieser Kur verzweifeln.

Der Papst kam von Bologna zurück und fragte sogleich nach mir; denn der Kardinal hatte schon das Schlimmste, was er konnte, von mir geschrieben. Der Papst war in unglaublicher Wut und befahl, ich sollte mit dem Werke zu ihm kommen, welches ich auch tat.

Hier muss ich bemerken, dass in der Zwischenzeit mich ein großes Augenübel befallen hatte, welches die vornehmste Ursache war, dass ich nicht weiter hatte arbeiten können: Ich fürchtete wirklich, blind zu werden, und hatte darauf schon meine Berechnung gemacht. Da ich nun so zum Papste ging, dachte ich auf meine Entschuldigung, warum das Werk nicht weiter wäre, und wie ich sie vorbringen wollte, indes der Papst die Arbeit betrachtete; allein es gelang mir nicht, denn sobald ich zu ihm kam, fuhr er gleich mit wilden Worten heraus und sagte: Gib die Arbeit her! Ist sie fertig? Schnell deckte ich sie auf, und er fuhr mit größerer Wut fort: Bei dem wahrhaftigen Gott schwöre ich dir (denn du glaubst, dich nicht um mich bekümmern zu dürfen): Hielt mich nicht das Urteil der Welt zurück, ich ließ dich und das Werk zu diesem Fenster hinauswerfen! Da ich nun sah, dass der Papst eine so schlimme Bestie geworden war, dachte ich darauf, mich sachte wegzubegeben, und nahm, indes er immer zu schelten fortfuhr, die Arbeit unter das Kleid und sagte murmelnd: Könnte doch die ganze Welt einem Blinden zu einer solchen Arbeit nicht das Vermögen geben. Darauf erhob der Papst seine Stimme noch mehr und rief: Komm her! Was sagst du? Ich war im Begriff, fort- und die Treppe hinunterzuspringen, doch fasste ich mich, warf mich auf die Knie, und weil er zu schreien nicht aufhörte, schrie ich auch und rief: Wenn ich zu meinem größten Unglück blind werde, bin ich dann gebunden zu arbeiten? Darauf antwortete er: Du hast dich doch hierher finden können, und ich glaube nicht, dass etwas an deinem Vorgeben wahr sei. Da ich nun hörte, dass er seine Stimme mäßigte, versetzte ich: Lassen Sie es durch Ihren Arzt untersuchen, und Sie werden die Wahrheit finden! Darauf sagte er: Ich will schon erfahren, wie es mit dir steht. Da ich nun merkte, dass er mir Gehör gab, fuhr ich fort: An diesem großen Übel ist nur der Kardinal Salviati schuld; denn sobald Eure Heiligkeit verreist waren, ließ er mich rufen, nannte meine Arbeit ein Zwiebelmus und drohte mir mit der Galeere. Die Gewalt dieser niederträchtigen Worte war so groß, dass mir auf einmal vor heftiger Leidenschaft das ganze Gesicht brannte und mir eine so unendliche Hitze in die Augen drang, dass ich den Weg nach Hause nicht finden konnte. Wenige Tage darauf fiel mirs wie ein Star vor beide Augen, ich sah fast nichts und musste die Arbeit stehen lassen.

Nachdem ich also gesprochen, stand ich auf und ging in Gottes Namen fort. Nachher erfuhr ich, der Papst habe gesagt: Ämter kann man ihnen geben, aber nicht Verstand und Betragen! Ich habe dem Kardinal nicht befohlen, dass er so hart verfahren sollte. Mein Leibarzt soll seine Augenkrankheit untersuchen, und wird sie wahr befunden, so muss man Nachsicht mit ihm haben.

Ein Edelmann von Bedeutung, ein Freund des Papstes und voller Verdienste, war eben gegenwärtig; er fragte: wer ich sei? Heiliger Vater! Sagte er, ich erkundige mich darum, weil ich Sie niemals in so großem Zorn und alsbald wieder in so großem Mitleiden und wahrer Teilnahme gesehen habe. Wer ist der Mann? Und da Eurer Heiligkeit sehr viel an ihm gelegen scheint, so kann ich ihn ein Geheimnis lehren, wodurch seine Augen geheilt werden sollen. Der Papst antwortete: Das ist der größte Meister, der jemals in seiner Kunst geboren worden ist;

ich will Euch gelegentlich seine Arbeit zeigen, und es soll mir lieb sein, wenn etwas zu seinem Besten geschehen kann.

Nach drei Tagen ließ mich der Papst rufen, als er eben gespeist hatte. Jener Edelmann war gegenwärtig, und ich zeigte meinen Kelch vor, worüber dieser mir viel Lob erteilte. Da aber noch der Knopf herbeigebracht wurde, wuchs seine Verwunderung, er sah mir ins Gesicht und sagte: Er ist jung genug und kann es noch weiter bringen. Darauf erkundigte er sich nach meinem Namen. Benvenuto heiß ich, versetzte ich darauf. Er aber sagte: Diesmal bin *ich* für *dich willkommen*! Nimm Lilie, mit Stängel und Blume, und destilliere sie bei gelindem Feuer; mit dem Wasser, das du gewinnst, salbe dir die Augen mehrmals des Tages, und du wirst gewiss von deinem Übel genesen. Aber vor allen Dingen musst du ein Reinigungsmittel brauchen und alsdann mit dem Wasser fortfahren. Der Papst sagte mir einige freundliche Worte, und ich ging halb getröstet weg.

Eigentlich aber mochte an meinem Augenübel das schöne Mädchen schuld sein, das ich bei mir hatte, als ich bestohlen ward. Mehr als vier Monate blieb die Krankheit verborgen, alsdann zeigte sie sich mit Gewalt auf einmal; sie äußerte sich aber nicht wie gewöhnlich, vielmehr war ich mit roten Bläschen, so groß wie Pfennige, überdeckt. Die Ärzte wollten das Übel nicht für das anerkennen, was es war, ob ich ihnen gleich die Ursache und meine Vermutung angab. Eine Zeit lang ließ ich mich nach ihrer Art behandeln, aber es half mir nichts; doch zuletzt entschloss ich mich, das Holz zu nehmen, gegen den Willen dieser, welche man für die ersten Ärzte von Rom halten musste. Nachdem ich diese Medizin eine Zeit lang mit großer Sorgfalt und Diät genommen hatte, fühlte ich große Linderung, sodass ich nach Verlauf von fünfzig Tagen mich geheilt und gesund wie ein Fisch fühlte.

Darauf, da es gegen den Winter ging und ich mich von dem, was ich ausgestanden hatte, wieder einigermaßen erholen wollte, nahm ich meine Büchse hervor und ging auf die Jagd, setzte mich dem Regen und dem Winde aus und hielt mich in den Niederungen auf, sodass in wenig Tagen mich ein zehnfach größeres Übel befiel, als das erste gewesen war. Nun gab ich mich wieder in die Hände der Ärzte und ward von ihren Arzeneien abermals viel schlimmer. Es befiel mich ein Fieber, und ich nahm mir abermals vor, das Holz zu brauchen. Die Ärzte widersetzten sich und versicherten, wenn ich die Kur während des Fiebers anfinge, so würde ich in acht Tagen tot sein. Ich tat es aber doch mit derselbigen Ordnung und Vorsicht wie das erste Mal. Nachdem ich vier Tage dieses heilige Wasser des Holzes getrunken hatte, verlor sich das Fieber ganz und gar, und ich spürte die größte Besserung.

Unter dieser Kur arbeitete ich immer weiter an dem Modell des Kelchs, und es gelangen mir schönere Dinge und bessere Erfindungen in den Wochen dieser Fasten und Enthaltsamkeit als vorher in meinem ganzen Leben. Nach vierzig Tagen war ich wirklich rein von meinem Übel geheilt und suchte nun meine Gesundheit recht zu befestigen; dabei versäumte ich nicht, so wohl an dem bewussten Werke als für die Münze den gehörigen Fleiß anzuwenden.

Zwölftes Kapitel

Geschichte eines Goldschmieds von Mailand, der zu Parma als falscher Münzer zum Tode verdammt war und durch den Kardinal Salviati, Legaten dieser Stadt, gerettet wurde. – Der Kardinal sendet ihn nach Rom als einen geschickten Künstler, der dem Autor das Gegengewicht halten könne. – Tobias wird von dem Papst in Arbeit gesetzt, welches dem Autor sehr unangenehm ist. – Pompeo von Mailand verleumdet ihn; er verliert seine Stelle bei der Münze. – Er wird verhaftet, weil er den Kelch nicht ausliefern will, und vor den Gouverneur von Rom gebracht. – Sonderbare Unterhaltung zwischen ihm und dieser Magistratsperson. – Der Gouverneur, durch einen Kunstgriff, überredet ihn, den Kelch dem Papste auszuliefern, der ihn dem Autor zurückschickt mit Befehl, das Werk fortzusetzen.

Um diese Zeit ward Kardinal Salviati, der mich so sehr anfeindete, zum Legaten von Parma erwählt, und daselbst wurde eben ein mailändischer Goldschmied, Tobias genannt, als ein falscher Münzer eingezogen. Man hatte ihn zum Strick und Feuer verdammt, als der Kardinal, der davon hörte, sich diesen trefflichen Mann vorstellen ließ. Der Legat verschob darauf die Vollziehung, schrieb den Vorfall an den Papst, rühmte gedachten Tobias als den ersten Goldschmied von der Welt und gab ihm das Zeugnis, er sei ein einfältiger, guter Mann, der durch seinen Beichtvater, den er um Rat gefragt und der ihm diese Handlung erlaubt, eigentlich falsch geführt worden sei. Sodann könne der Papst, wenn er einen so geschickten Mann nach Rom zöge, den Stolz des Benvenuto am besten demütigen.

Der Papst ließ gedachten Tobias sogleich kommen, und nachdem er uns beide vor sich berufen hatte, trug er uns auf, eine Zeichnung zu machen, wie das Horn eines Einhorns am besten gefasst werden könnte. Er besaß ein solches von der größten Schönheit, es war für siebzehntausend Kammerdukaten verkauft worden. Er wollte es dem Könige Franz von Frankreich schenken, aber vorher reich mit Golde verzieren lassen.

Wir trugen beide unsere Zeichnungen, sobald sie fertig waren, zum Papste. Tobias hatte eine Art Leuchter vorgestellt, in welchen das Horn als eine Kerze eingesteckt werden sollte; statt der Füße des Leuchters waren vier Einhornsköpfchen angebracht. Ich konnte mich nicht enthalten, über diese schwache Erfindung auf eine bescheidene Weise zu lachen. Der Papst bemerkte es und sagte: Lass nun deine Zeichnung sehen! Ich hatte einen einzigen Einhornskopf vorgestellt, wozu ich teils die Bildung eines Pferdes, teils eines Hirsches genommen hatte; er war mit einer schönen Art von Schleier und andern gefälligen Zierraten bereichert. Darauf sollte das Horn eingepasst werden. Jedermann, der diese Erfindung sah, gab ihr den Vorzug.

Aber leider waren einige Mailänder von großem Ansehn gegenwärtig, die dem Papst einredeten und vorstellten: Er wolle ja das Werk nach Frankreich senden, die Franzosen seien rohe Leute und würden die Vortrefflichkeit der Arbeit des Benvenuto nicht einsehen, vielmehr würde ihnen die Art Kirchenputz der andern Zeichnung besser einleuchten, die auch geschwinder ins

Werk gesetzt sein würde; mittlerweile könne Benvenuto sich an den Kelch halten, zwei Arbeiten würden auf einmal fertig, und Tobias wäre doch auch nicht umsonst berufen worden. Der Papst, der Verlangen hatte, seinen Kelch vollendet zu sehen, folgte dem Rat, gab jenem das Horn in Arbeit und ließ mir sagen: Ich möchte den Kelch fertig machen. Darauf antwortete ich, dass ich in der Welt nichts mehr wünsche, und wenn er nur von einer andern Materie als von Gold war, so wollte ich ihn wohl ohne weitere Beihilfe zustande bringen. Darauf versetzte der pöbelhafte Hofmann: Verlange nur kein Gold vom Papst; denn er gerät sonst in den größten Zorn, und wehe dir danach! Ich antwortete darauf: Lehret mich ein wenig, mein Herr, wie man Brot ohne Mehl macht! Ohne Gold wird dieses Werk nicht fertig werden. Diese Worte verdrossen ihn; er drohte mir, dem Papst alles zu hinterbringen, und tat es auch. Der Papst brach in eine bestialische Wut aus und sagte: Er wolle doch sehen, ob ich so toll sei, mich dieser Arbeit zu weigern. So gingen zwei Monate vorbei, in denen ich, ungeachtet meiner Drohung, mit großer Liebe gearbeitet hatte. Da der Papst sah, dass ich die Arbeit nicht brachte, ward er mir äußerst ungünstig und drohte, mich auf jede Weise zu züchtigen.

Eben war ein gewisser mailändischer Goldschmied gegenwärtig, mit Namen Pompeo und ein naher Verwandter eines gewissen Herrn Trajans, eines sehr begünstigten Dieners des Papstes. Beide sagten einstimmig: Wenn Eure Heiligkeit ihm die Münze nehmen, so wird ihm die Lust schon kommen, den Kelch zu endigen. Darauf versetzte der Papst: Es würden vielmehr daraus zwei Übel entstehen: Ich würde bei der Münze übel bedient sein, und er würde den Kelch nicht mehr anrühren. Die beiden Mailänder ließen aber doch nicht ab und brachten es endlich dahin, dass er mir die Münze nahm und sie einem jungen Menschen von Perugia gab.

Pompeo kam selbst, mir im Namen Seiner Heiligkeit zu sagen, dass ich die Münze verloren habe, und wenn ich den Kelch nicht fertig machte, sollte ich noch andere Dinge verlieren. Ich antwortete: Sagt Seiner Heiligkeit, die Münze hat er sich, nicht mir genommen, und so wird es auch mit den andern Dingen gehen. Und sagt nur, wenn er mir die Münze auch wiedergeben wollte, würde ich sie nicht annehmen. Dieser abscheuliche, missgünstige Mensch eilte, was er konnte, alles dem Papste wiederzusagen, wobei er gewiss von dem Seinigen hinzutat.

Nach acht Tagen schickte der Papst denselbigen Menschen zu mir und ließ mir sagen: Er wolle nunmehr den Kelch nicht von mir geendigt haben, er verlange die Arbeit, so weit, wie sie gegenwärtig gekommen sei. Darauf antwortete ich: Das ist nicht wie mit der Münze, die er mir nehmen kann, wenn er will. Fünfhundert Scudi habe ich von ihm empfangen, und die will ich sogleich zurückzahlen; das Werk ist aber mein, und ich will damit nach Vergnügen schalten. Darauf sagte ich ihm noch einige beißende Worte, die sich auf ihn bezogen, und er eilte, dem Papst alles zu hinterbringen.

Nach Verlauf dreier Tage kamen zwei Kämmerlinge des Papstes zu mir, vornehme und von Seiner Heiligkeit sehr begünstigte Personen. Sie sagten zu mir: Benvenuto! Du hast bisher gewagt, den Papst aufzuziehen, und willst keinen vernünftigen Vorstellungen Gehör geben. Höre nun: Gibst du ihm sein Werk nicht heraus, so haben wir Befehl, dich ins Gefängnis zu führen! Darauf sah ich ihnen fröhlich ins Gesicht und sagte: Meine Herren! Wenn ich dem Papste dies Werk gäbe, so gäbe ich ihm mein Werk und nicht das Seinige, und ich habe nicht Lust, es herauszugeben; denn nachdem ich es mit Fleiß und Sorgfalt so weit geführt habe, will ich nicht, dass es etwa in die Hände einer unwissenden Bestie gerate, die es mit wenig Mühe verdürbe.

Es war bei dieser Unterredung auch jener Goldschmied Tobias gegenwärtig, der sich unterstand, von mir sogar die Modelle des Werks abzufordern; ich aber sagte ihm, was solch ein elender Mensch zu hören verdiente und was ich hier nicht wiederholen mag.

Da aber die beiden Herren in mich drangen und verlangten, ich solle mich eilig entschließen, sagte ich ihnen, dass ich schon entschlossen sei, nahm mein Überkleid, und ehe ich aus dem Laden ging, wendete ich mich mit großer Verehrung gegen ein Kruzifix und sagte mit der Mütze in der Hand: Gnädiger, unsterblicher, gerechter und heiliger Erlöser! Alles, was du tust und zulassest, geschieht nach deiner großen, unvergleichbaren Gerechtigkeit. Du weißt, dass ich ungefähr in das Lebensalter gelange, welches du auch erreicht hast, und ich habe bis hierher um keiner Ursache willen mich ins Gefängnis begeben müssen; ist es aber gegenwärtig dein Wille, dass ich diese Schmach erdulde, so danke ich dir auch dafür und übernehme sie geduldig. Darauf wendete ich mich zu den Kämmerlingen und sagte mit einem spottenden Lächeln: Meinesgleichen verdiente wohl keine geringern Häscher, als Ihr seid, meine Herren! So nehmt mich denn als Gefangenen in die Mitte und führt mich, wohin Ihr wollt!

Diese äußerst artigen und höflichen Männer begannen zu lachen, nahmen mich in die Mitte und führten mich unter gefälligen Gesprächen zum Gouverneur von Rom, der Magalotto hieß. Wir fanden bei ihm den Fiskal, sie hatten uns beide erwartet. Die beiden Herrn Kämmerlinge sagten lachend: Hier bringen wir Euch diesen Gefangenen, nehmt ihn wohl in acht! Wir haben uns genug erlustigt, indem wir Euren Leuten ins Amt greifen mussten, wie uns denn auch Benvenuto zu erkennen gab, dass er, da dies seine erste Gefangenschaft sei, durch Häscher unserer Art abgeführt werden müsse. Sie eilten darauf zum Papst und erzählten ihm alle Umstände. Anfangs wollte er in Zorn geraten, nachher tat er sich aber Gewalt an und lachte, denn es waren viele Herren und Kardinale gegenwärtig, die mich höchlich begünstigten.

Indessen beschäftigten sich der Gouverneur und der Fiskal mit mir; bald drohten sie, bald ermahnten sie, bald wollten sie mir raten. Sie sagten: es sei natürlich, dass, wenn einer von einem andern eine Arbeit machen lasse, so könne er sie auch nach seinem Belieben auf jede Weise wieder zurücknehmen. Dagegen versetzte ich, dass das keineswegs gerecht sei, und dass ein Papst das nicht tun könne; denn er sei nicht von der Art gewisser tyrannischer Herrchen, die ihrem Volk das Schlimmste, was sie nur können, anzutun fähig sind und weder Gesetz noch Gerechtigkeit beobachten; dergleichen Dinge könne aber der Statthalter Christi nicht verüben. Darauf sagte der Gouverneur mit gewissen häschermäßigen

Gebärden und Worten, die ihm eigen waren: Benvenuto! Benvenuto! Du gehst darauf aus, dass ich dich nach Verdienst behandeln soll. – So werdet Ihr mir alle Ehre und Höflichkeit widerfahren lassen! – Schicke sogleich nach der Arbeit und erwarte nicht das zweite Wort! Darauf sagte ich: Meine Herren! Erlaubt mir, dass ich noch vier Worte für meine Sache vorbringe. Der Fiskal, der ein bescheidenerer Büttel als der Gouverneur war, wendete sich zu ihm und sagte: Gnädiger Herr! Vergönnt ihm hundert Worte. Wenn er nur das Werk herausgibt, so haben wir genug. Darauf sagte ich: Wenn irgendjemand ein Gebäude aufmauern ließe, so könnte er zum Meister, der ihn schlecht bediente, mit Gerechtigkeit sagen: gib mir mein Haus, ich will nicht, dass du mir daran arbeiten sollst! Er könnte ihm seine Arbeit bezahlen und ihn wegschicken. Auch wenn einer einen kostbaren Edelstein wollte fassen lassen und der Juwelier bediente ihn nicht nach seinem Willen, der könnte sagen: gib mir mein Juwel heraus, ich mag deine Arbeit nicht! Aber hier ist nicht von dieser Art die Rede, denn es ist weder ein Haus noch ein Edelstein, und mir kann man nichts weiter auferlegen, als dass ich die fünfhundert Scudi zurückgebe, die ich erhalten habe. Und so, gnädiger Herr, tut, was Ihr könnt, von mir erhaltet Ihr nichts als die fünfhundert Scudi, und das mögt Ihr dem Papst sagen! Eure Drohungen machen mir nicht die mindeste Furcht; ich bin ein ehrlicher Mann, und bei meinen Handlungen wird mir nicht bange.

Der Gouverneur und Fiskal standen auf und sagten mir, dass sie zum Papste gingen, und der Auftrag, mit dem sie wahrscheinlich wiederkämen, würde mir übel bekommen. So blieb ich verwahrt zurück, ging in einem Saal auf und ab, und sie verzogen fast drei Stunden. Indessen besuchten mich alle die vornehmsten florentinischen Kaufleute und baten mich inständig: Ich solle nicht mit einem Papste rechten, denn das könne zu meinem völligen Verderben gereichen. Ich antwortete darauf, dass ich fest entschlossen sei und wisse, was ich zu tun habe.

Sobald der Gouverneur mit dem Fiskal zurückgekommen war, ließ er mich rufen und sagte: Der Auftrag, den ich vom Papste habe, tut mir selbst leid. Schaffe das Werk sogleich her oder erwarte, was dir begegnen kann! Darauf antwortete ich: Bis auf diese Stunde habe ich nicht geglaubt, dass der Statthalter Christi eine Ungerechtigkeit begehen könne, auch glaube ich es nicht, bis ich es sehe; tut daher, was Ihr nicht lassen könnt! Der Gouverneur versetzte nochmals: Ich habe dir vorerst noch zwei Worte vom Papste zu sagen, und dann werde ich meinen Auftrag vollbringen. Der Papst befiehlt, du sollst mir die Arbeit hierher bringen, sie soll vor meinen Augen in eine Schachtel gelegt und versiegelt werden, ich soll sie ihm hinbringen, und er verspricht bei Treue und Glauben, dass er sie nicht eröffnen, sondern sie dir sogleich zurückgeben will; aber so soll es sein um seiner eigenen Ehre willen. Darauf antwortete ich lächelnd: Herzlich gern will ich mein Werk auf diese Weise hingeben, denn ich möchte doch auch gern erfahren, wie Treu und Glaube eines Papstes beschaffen ist. So schickte ich nach meiner Arbeit, siegelte sie, wie ers verlangte, und gab sie hin.

Als der Gouverneur zum Papste zurückkam, nahm dieser die Schachtel, wie jener mir nachher selbst erzählte, wendete sie einige Mal um und fragte sodann den Gouverneur: ob er die Arbeit gesehen habe? Darauf sagte dieser: ja! Sie sei in seiner Gegenwart versiegelt worden, und versicherte dabei, die Arbeit habe ihm höchst bewundernswert geschienen. Darauf versetzte der Papst: Sage Benvenuto, die Päpste haben Gewalt, viel größere Dinge denn dieses zu lösen und zu binden. Und indem er dieses mit einigem Verdruss zu sagen schien, nahm er Siegel und Bindfaden weg und öffnete die Schachtel.

Nachdem er die Arbeit genugsam betrachtet hatte, zeigte er sie Tobias, dem Goldschmied, der sie sehr lobte und, als der Papst ihn fragte: ob er nunmehr, da er das Werk gesehen habe, ein ähnliches unternehmen wolle? Mit: Ja! Antwortete und vom Papste Befehl erhielt, sich ganz danach zu richten. Darauf wendete sich der Papst zum Gouverneur und sagte: Seht, ob Benvenuto Euch das Werk überlassen will! Bezahlt es ihm so hoch, als es ein Kenner schätzen mag; will er es selbst endigen und einen Termin setzen, so sucht, mit ihm übereinzukommen, und macht ihm die Bequemlichkeit, die er bedarf. Darauf sagte der Gouverneur: Heiliger Vater! Ich kenne die fürchterliche Art dieses jungen Mannes, erlaubt mir, dass ich ihm nach meiner Weise zu Leibe gehe. Darauf erwiderte der Papst: Mit Worten sollte er tun, was er wolle, ob dadurch gleich die Sache noch schlimmer werden würde; wenn er aber gar nicht mit mir fertig werden könnte, so sollte er mir befehlen, die fünfhundert Scudi an seinen Juwelier Pompeo zu bringen.

Der Gouverneur kam zurück, ließ mich in sein Zimmer rufen und sagte zu mir mit einem Häscherblick: Die Päpste haben Gewalt, die ganze Welt zu binden und zu lösen, und das wird sogleich im Himmel gutgeheißen. Hier ist dein Werk offen zurück, Seine Heiligkeit hat es gesehen. Darauf erhob ich die Stimme und rief: Nun weiß ich doch, wie Treue und Glaube der Päpste beschaffen ist! Darauf tat der Gouverneur einige ganz unvernünftige Ausfälle. Da er aber merkte, dass nichts auszurichten war, verzweifelte er an dem Unternehmen und sagte mit einer etwas sanftern Art: Benvenuto! Es tut mir leid, dass du dein Bestes nicht einsehen willst; so gehe denn hin und bringe die fünfhundert Scudi dem Juwelier Pompeo. So trug ich mein Werk fort und brachte sogleich die fünfhundert Scudi an Ort und Stelle.

Nun hatte der Papst, begierig, den Faden meiner Knechtschaft wieder anzuknüpfen, gehofft, ich sollte nicht imstande sein, sogleich das Geld zu überliefern; als daher Pompeo lächelnd mit dem Gelde in der Hand vor ihn kam, schimpfte er und ärgerte sich, dass die Sache so abgelaufen war. Dann sagte er: Geh und suche Benvenuto in seiner Werkstatt auf, sage ihm, er soll mir das Werk zu einer Monstranz fertig machen, dass ich am Fronleichnam das Hochwürdige darin in Prozession tragen kann. Er soll alle mögliche Bequemlichkeit haben, nur soll er arbeiten! Pompeo kam zu mir, rief mich heraus und machte mir nach seiner Art die ungeschicktesten Eselskaressen und sagte mir die Worte des Papstes wieder. Darauf antwortete ich schnell: Ich kann mir keinen größern Schatz in der Welt wünschen, als wenn ich die Gnade eines so großen Papstes wiedererlange, die ich nicht durch meine Schuld verloren habe, sondern durch meine unglückliche Krankheit und durch die Bösartigkeit gewisser neidischer Menschen, denen es eine Freude macht, Böses zu stiften. Hat doch der Papst eine Menge Diener! Er soll mir Euch nicht mehr schicken, um Eures Heils willen, und Ihr könnt Euch nur in acht nehmen. Ich aber werde Tag und Nacht an den Dienst des Papstes denken und alles tun, was ich vermag. Vergesst nur nicht, was Ihr dem Papst über mich gesagt habt, und mischt Euch nicht in meine Angelegenheiten, denn Eure Fehler sollen Euch noch verdientermaßen gereuen! Alles dieses hinterbrachte der Mensch dem Papste auf eine bestialische Weise, und so blieb die Sache eine Weile: Ich arbeitete in meiner Werkstatt und trieb meine Geschäfte. Tobias, der Goldschmied, hatte indessen jenes Einhorn garniert und die Verzierung nach seiner Art vollendet. Dann befahl ihm der Papst, er solle einen Kelch nach der Weise des meinen, den er gesehen hatte, sogleich anfangen, und ließ nach einiger Zeit sich die Arbeit zeigen, und als sie ihm missfiel, war es ihm verdrießlich, mit mir gebrochen zu haben: Er schalt auf die Werke des Tobias und auf alle, die ihn empfohlen hatten. Mehrmals schickte er mir darauf den Baccino della Croce und ließ mich wegen der Monstranz ermahnen. Ich antwortete: Seine Heiligkeit möchte mich nur so lange ausruhen lassen, bis ich mich von meiner Krankheit, von der ich noch nicht ganz geheilt sei, wieder erholt hätte; ich würde aber indessen doch zeigen, dass ich jede Stunde, in der ich zu arbeiten imstande sei, bloß Seinem Dienste widmen wolle. Denn ich hatte ihn heimlich porträtiert und arbeitete in meinem Hause an einer Medaille für ihn. In meiner Werkstatt aber hielt ich zu der Zeit einen Gesellen, der ehemals mein Lehrbursch gewesen war und sich Felix nannte.

Zweites Buch

Erstes Kapitel

Der Autor verliebt sich in eine sizilianische Kurtisane, namens Angelika, welche von ihrer Mutter geschwind nach Neapel geführt wird. – Seine Verzweiflung über den Verlust seiner Geliebten. – Er wird mit einem sizilianischen Priester bekannt, der sich mit Zauberei abgibt. – Zeremonien, deren er sich bedient. – Der Autor ist bei den Beschwörungen gegenwärtig, in Hoffnung, seine Geliebte wiederzuerlangen. – Wunderbare Wirkung der Beschwörung. – Ihm wird versprochen, er solle Angelika innerhalb eines Monats wiedersehen. – Streit zwischen ihm und Herrn Benedetto, den er tödlich mit einem Stein verwundet. – Pompeo von Mailand berichtet dem Papst, der Autor habe den Goldschmied Tobias umgebracht. – Seine Heiligkeit befiehlt dem Gouverneur von Rom, den Mörder zu ergreifen und auf der Stelle hinrichten zu lassen. – Er entflieht und begibt sich nach Neapel. – Auf dem Wege trifft er einen Freund an, Solosmeo, den Bildhauer.

Zu der Zeit hatte ich mich, wie junge Leute pflegen, in eine Sizilianerin von der größten Schönheit verliebt. Auch sie zeigte, dass sie mir sehr wohl wolle; die Mutter aber, welche unsere Leidenschaft bemerkt hatte und sich vor unsern Absichten fürchtete (denn ich wollte heimlich mit dem Mädchen nach Florenz fliehen), kam mir zuvor, ging nachts aus Rom und ließ mir vorspiegeln, als wenn sie nach Civitavecchia den Weg genommen hätte; sie begab sich aber auf Ostia und von da nach Neapel. Ich eilte grade auf Civitavecchia und beging unglaubliche Torheiten, um sie wiederzufinden. Es wäre zu umständlich, diese Dinge hier zu erzählen, genug, ich war im Begriff, toll zu werden oder zu sterben. Sie schrieb mir nach zwei Monaten, dass sie sich in Sizilien sehr missvergnügt befinde. Indessen hatte ich mich allen denkbaren Vergnügungen ergeben und eine andere Liebe ergriffen, nur um jene loszuwerden.

Unter solchen Ausschweifungen hatte ich gelegentlich mit einem gewissen sizilianischen Geistlichen Freundschaft gemacht; er war von dem erhabensten Geiste und wohl im Lateinischen und Griechischen erfahren. Einstmals, durch eine besondere Wendung des Gesprächs, kamen wir auch auf die Zauberei zu reden, und ich sagte, wie sehr ich mein ganzes Leben durch verlangt hätte, irgendetwas von dieser Kunst zu sehen oder zu spüren. Darauf versetzte der Priester: Zu einem solchen Unternehmen gehört ein starkes und sichres Gemüt. Ich versetzte, dass ich Stärke und Sicherheit wohl zeigen wolle, wenn sich nur die Art und Weise fände, ein solches Werk zu unternehmen. Darauf antwortete der Priester: Wenn dir am Anschauen solcher Dinge genug ist, so will ich deine Neugierde sättigen. Wir wurden eins, das Werk zu unternehmen, und eines Abends machte sich der Priester bereit, indem er mir sagte: Ich solle einen, auch zwei Gefährten suchen. Da rief ich Vincenzio Romoli, meinen besten Freund, welcher einen Pistojeser mit sich nahm, der sich auch auf die Schwarzkünstelei gelegt hatte. Wir gingen zusammen ins Kolisee; dort kleidete sich der Priester nach Art der Zauberer, zeichnete Zirkel auf die Erde mit den schönsten Zeremonien, die man sich auf der Welt nur denken kann. Er hatte uns Zaffetika (Asa foetida) mitbringen lassen, kostbares Räucherwerk und Feuer, auch böses Räucherwerk.

Da alles in Ordnung war, machte er das Tor in den Zirkel und führte uns bei der Hand hinein. Dem andern Schwarzkünstler befahl er, das Räucherwerk nach Bedürfnis ins Feuer zu werfen; uns überließ er die Sorge, das Feuer zu unterhalten und die Spezereien darzureichen. Dann fing er seine Beschwörungen an, welche über anderthalb Stunden dauerten. Darauf erschienen manche Legionen Teufel, sodass das Kolisee ganz voll ward. Ich war mit den köstlichsten Spezereien beschäftigt, und als der Priester eine so große Menge Geister bemerkte, wendete er sich zu mir und sagte: Verlange was von ihnen! Ich versetzte: Sie sollen machen, dass ich mit meiner Sizilianerin wieder zusammenkomme.

Diese Nacht erhielten wir keine Antwort, ob ich gleich sehr zufrieden über diese Begebenheit war. Der Nekromant behauptete: Wir müssten noch ein andermal hingehen, und ich würde in allem, was ich verlangte, völlig befriedigt werden; aber ich müsste einen unschuldigen Knaben mitbringen. Ich nahm einen Lehrknaben, ungefähr zwölf Jahr alt, und berief von Neuem Vincenzio Romoli, und da ein gewisser Agnolino Gaddi unser Hausfreund war, nahm ich auch diesen mit zu unserer Unternehmung. Wir kamen an den vorigen Ort; der Nekromant machte wieder seine Vorbereitung, und mit derselben, ja mit einer noch wundersamern Ordnung brachte er uns in den Zirkel, den er von Neuem mit mehr Kunst und Zeremonien bereitet hatte. Vincenz und Agnolino besorgten das Räucherwerk und das Feuer; mir gab er das Pentakel in die Hand und sagte: Er würde mir die Gegenden zeigen, wohin ichs zu wenden hätte. Nun fing der Nekromant die schrecklichsten Beschwörungen an, er rief bei ihren Namen eine Menge solcher Teufel, die Häupter der Legionen waren, und beschwur sie im Namen und Gewalt Gottes, des unerschaffnen, lebendigen und ewigen, und das in hebräischen Worten, auch mitunter in genügsamen griechischen und lateinischen, sodass in kurzer Zeit einhundert Mal mehr als bei der ersten Beschwörung erschienen und das ganze Kolisee sich erfüllte. Vincenzio Romoli und Gaddi unterhielten das Feuer und sparten das kostbare Räucherwerk nicht, mir aber gab der Nekromant den Rat, abermals zu verlangen, dass ich mit meiner Angelika sein möchte. Ich tat es, und er wendete sich zu mir und sagte: Hörst du, was sie sprechen? In Zeit eines Monats sollst du bei ihr sein! Darauf bat er mich von Neuem, ich möchte nur festhalten, denn es wären wohl eintausend Legionen mehr, als er verlangt habe, und sie seien von der gefährlichsten Art; da sie aber doch mein Begehren erfüllt hätten, so müsste man ihnen freundlich tun und sie geduldig entlassen.

Nun fing das Kind, das unter dem Pentakel war, zu jammern an und sagte: Es seien eintausend der tapfersten Männer beisammen, die uns alle drohten; dann sah es noch vier ungeheure Riesen, bewaffnet und mit der Gebärde, in den Kreis einbrechen zu wollen. Indessen suchte der Nekromant, der vor Furcht zitterte, sie auf die sanfteste und gefälligste Art, so gut er konnte, zu entlassen. Vincenzio Romoli, der über und über zitterte, hörte nicht auf zu räuchern; ich fürchtete mich so sehr als die andern, ließ mich es aber nur weniger merken und sprach ihnen allen Mut zu. Gewiss, ich war halbtot, als ich den Nekromanten in so großer Angst sah. Das Kind hatte den Kopf zwischen die Knie gesteckt und sagte: So will ich sterben! Denn wir kommen um, alle zusammen! Da sagte ich zum Knaben: Diese Kreaturen sind alle unter uns, und was du siehst, ist Rauch und Schatten. Hebe nur die Augen ohne Furcht auf! Das Kind blickte hin und sagte von Neuem: Das ganze Kolisee brennt, und das Feuer kömmt auf uns los. Es hielt die Hände vors Gesicht, rief: Es sei tot und wollte nichts mehr sehen! Der Nekromant empfahl sich mir, bat, ich möchte nur festhalten und stark mit Zaffetika räuchern. Ich wendete mich zu Vincenzio und sagte: Er möge schnell Zaffetika ausstreuen! Indem so betrachtete ich den Agnolino, der so erschrocken war, dass ihm die Augen in die Quere stunden und er halbtot schien. Agnolo! Rief ich, hier ist nicht Zeit, sich zu fürchten; mache dir was zu tun, rühre dich und streue schnell die Zaffetika! Agnolo, indem er sich bewegen wollte, verunreinigte sich mit so heftigem Getöse, dass die Kraft der Zaffetika nur gering dagegen war. Das Kind erhob bei diesem Schall und Gestank ein wenig das Gesicht, und da es mich lächeln sah, erholte es sich ein wenig von seiner Furcht und sagte: Sie zögen sich mit Macht zurück.

So blieben wir, bis die Morgenglocke zu läuten anfing und das Kind sagte: Nur wenige seien noch übrig geblieben, und sie stünden von ferne. Der Nekromant vollbrachte nun seine Zeremonien, zog sich aus, nahm seinen großen Pack Bücher zusammen, und wir verließen mit ihm auf einmal den Kreis: Einer drückte sich an den andern, besonders hatte sich das Kind in die Mitte gedrängt, indem es den Nekromanten bei der Weste und mich beim Überkleid hielt. Beständig, bis wir zu unsern Häusern unter den Bänken gelangt waren, versicherte es uns: Zwei von denen, die es im Kolisee gesehen habe, spazierten mit großen Sprüngen vor uns her und liefen bald über die Dächer, bald über die Straßen. Der Nekromant sagte: sooft er auch schon in dem Kreis gewesen, sei ihm doch niemals so etwas Außerordentliches begegnet; er bat mich, dass ich ihm beistehen sollte, ein Buch zu weihen, das uns unendliche Reichtümer bringen sollte, denn die Teufel müssten uns die Schätze zeigen, deren die Erde voll sei, und auf diese Weise müssten wir die reichsten Leute werden. Die Liebeshändel seien Eitelkeit und Narrheit, wobei nichts herauskomme. Ich versetzte darauf, dass ich ihm gerne beistehen wollte, wenn ich nur Latein verstünde; er aber versicherte mich, dass mir das Latein gar nichts helfen könne: Er habe gar manchen vortrefflichen Lateiner angetroffen, aber niemand von so gesetztem Gemüt wie mich, und ich solle mich nur nach seinem Rate halten. So kamen wir nach Hause und träumten die folgende Nacht alle von Teufeln.

Sobald der Nekromant des Tages darauf mich wiedersah, sprach er mir zu, ich möchte doch auf jenes Unternehmen eingehen. Darauf fragte ich ihn: wie viel Zeit wir dazu brauchen würden, und an welchen Ort wir zu gehen hätten? Er sagte mir: in weniger als *einem* Monat würden wir fertig sein, und der geschickteste Ort wäre in den Bergen von Norcia. Zwar habe sein Meister auch hier in der Nähe, in den Gebirgen der Abtei Farfa, eine solche Weihe vorgenommen, es hätten sich aber doch solche Schwierigkeiten gefunden, die in den Bergen von Norcia wegfielen; auch seien die Bauern daselbst in der Nachbarschaft zuverlässige Leute, nicht ganz unerfahren in diesen Dingen, und könnten uns im Notfall wichtige Dienste leisten.

So überredete mich der Priester-Nekromant umso leichter, als ich zu solchen Dingen schon geneigt war; aber ich sagte ihm: Ich wollte zuerst die Medaille für den Papst fertigmachen; denn er und niemand anders wusste um diese geheime Arbeit. Auch fragte ich ihn immer, ob ich nicht in der bestimmten Zeit meine Sizilianerin sehen würde? Denn der Termin kam näher heran, und es schien mir wunderbar, als ich nichts von ihr hörte. Der Nekromant versicherte mich, dass ich gewiss mit ihr zusammentreffen würde, denn jene hielten Wort, wenn sie auf solche Weise versprächen. Ich sollte aber aufmerken und mich vor Händeln in acht nehmen, die sich dabei ereignen könnten; ich sollte lieber etwas gegen meine Natur erdulden, denn es läge eine große Gefahr nicht weit. Es wäre besser für mich, wenn ich mit ihm ginge, das Buch zu weihen: Auf diese Weise würde die Gefahr vorbeigehen, und wir würden beide die glücklichsten Menschen werden.

Ich fing an, mehr Lust zu empfinden als er selbst, und sagte zu ihm: Es sei nur eben jetzt ein gewisser Meister nach Rom gekommen, namens Johann da Castello, ein

Bologneser, ein trefflicher Mann, Medaillen in Stahl zu schneiden, wie ich sie auch machte, und ich wünschte nichts mehr, als mit ihm in die Wette zu arbeiten, mich auch so der Welt zu zeigen und mit einem solchen Talente lieber, als mit dem Schwerte meine Feinde zu erlegen. Ich mochte aber sagen, was ich wollte, so hörte doch der Priester nicht auf, mir anzuliegen, und sagte: Mein Benvenuto! Komm mit mir, fliehe die große Gefahr, die dir bevorsteht! Ich hatte mir aber ein- für allemal vorgenommen, meine Medaille zu endigen. Der Monat war bald verlaufen, und ich war in meine Arbeit so verliebt, dass ich weder an Angelika noch an irgendetwas anderes dachte.

Eines Abends hatte ich mich zur ungewöhnlichen Zeit von meinem Hause nach meiner Werkstatt begeben, woselbst Felix, mein Geselle, alle Arbeiten besorgte; ich blieb nur einen Augenblick dort, denn ich erinnerte mich, dass ich mit Herrn Alexander del Bene etwas zu reden hatte. Da machte ich mich auf, und als ich unter die Bänke kam, begegnete mir ein sehr guter Freund, Herr Benedetto; er war Notar, von Florenz gebürtig, Sohn eines Blinden, der in den Kirchen betete, eines Saneser. Dieser Benedetto war lange in Neapel gewesen, hatte sich darauf in Rom niedergelassen und besorgte die Geschäfte gewisser Handelsleute von Siena. Mein Geselle hatte ihn öfters gemahnt, denn er war ihm Geld für einige anvertraute Ringe schuldig; an ebendem Tage waren sie einander wieder begegnet, und Felix hatte nach seiner Gewohnheit das Geld auf eine etwas raue Art verlangt, und zwar in Gegenwart der Herren des Benedetto, die zufällig dabei standen. Da sie vernahmen, wie sich die Sache verhalte, schalten sie ihren Faktor tüchtig aus und sagten: Sie würden sich eines andern bedienen, denn dergleichen Händel wollten sie nicht haben. Benedetto entschuldigte sich, so gut er konnte, und behauptete, er habe den Goldschmied bezahlt, sagte aber dabei: Er sei nicht imstande, die Tollheit eines jeden Wahnsinnigen zu bändigen. Diese Herren nahmen sein Betragen übel und jagten ihn sogleich weg. Darauf eilte er wütend nach meiner Werkstatt, vielleicht um gedachtem Felix Verdruss zu machen. Nun begab sichs, dass wir uns grade in der Mitte von den Bänken begegneten, und ich, der von nichts wusste, grüßte ihn aufs Freundlichste; er aber antwortete mir mit vielen groben Worten. Da erinnerte ich mich sogleich an alles, was mir der Nekromant gesagt hatte, und hielt an mich, was ich konnte, um dasjenige nicht zu tun, wozu seine Worte mich nötigten. Herr Benedetto! Sagte ich, Bruder! Entrüstet Euch nicht gegen mich! Habe ich Euch doch nichts zuleide getan, weiß ich doch nichts von dem Vorfall! Habt Ihr was mit Felix zu tun, so geht doch, ich bitte Euch, und machts mit ihm aus, er weiß am besten, was zu antworten ist. Ihr tut mir unrecht, da ich nichts davon weiß, mich dergestalt anzugreifen, umso mehr, da Ihr wisst, dass ich der Mann nicht bin, Beleidigungen zu erdulden.

Darauf antwortete Benedetto: ich wisse um alles, er sei der Mann, mit mir schon fertig zu werden, Felix und ich seien zwei große Lumpen.

Schon hatten sich viele Leute versammelt, diesen Streit anzuhören, und, gezwungen durch seine groben Worte, bückte ich mich schnell zur Erde, nahm eine Handvoll

Kot (denn es hatte geregnet) und holte aus, ihn ins Gesicht zu treffen; aber er bückte sich, und ich traf ihn mitten auf den Schädel. In dem Kote stak ein frischer Stein mit vielen scharfen Ecken, und mein Mann fiel ohnmächtig für tot auf die Erde, und jedermann, der das Blut so stark herabrieseln sah, hielt ihn wirklich für tot. Inzwischen dass einige Anstalt machten, ihn wegzutragen, kam Pompeo, der Juwelier, dessen ich schon öfters erwähnt habe, und als er diesen Mann so übel zugerichtet sah, fragte er: wer ihn geliefert habe? Man sagte: Benvenuto! Aber diese Bestie habe es an ihn gebracht. Sobald Pompeo zum Papst kam (denn er ging wegen einiger Geschäfte dahin) sagte er: Heiligster Vater! Eben hat Benvenuto den Tobias erschlagen, ich habe es mit meinen eigenen Augen gesehen. Da wurde der Papst wütend und sagte zum Gouverneur, der eben gegenwärtig war: er solle mich sahen und am Orte, da der Totschlag geschehen sei, sogleich aufhängen lassen.

Ich aber, da ich diesen Unglücklichen auf der Erde sah, dachte sogleich, mich zu retten, denn ich betrachtete die Macht meiner Feinde und was mir bei dieser Gelegenheit gefährlich werden konnte. Ich flüchtete mich in das Haus des Herrn Johann Gaddi, um mich so geschwind als möglich mit Gott davonzumachen. Herr Johannes riet mir, ich sollte nicht so eilig sein, manchmal sei das Übel so groß nicht, als man glaube. Er ließ Herrn Hannibal Caro rufen, der bei ihm wohnte, und ersuchte ihn hinzugehen, um sich nach der Sache zu erkundigen. Indessen erschien ein römischer Edelmann aus dem Gefolge des Kardinal Medicis, rief mich und den Herrn Johannes beiseite und sagte: Sein Herr schicke ihn her, der selbst die Worte des Papstes gehört habe. Es sei kein Mittel, mir zu helfen, wenn ich dieser ersten Wut nicht entränne; ich solle mich ja auf kein Haus in Rom verlassen! Der Edelmann entfernte sich sogleich, und Herr Johannes sah mich mit tränenden Augen an und rief: Wie traurig, dass ich kein Mittel habe, dir zu helfen! Darauf sagte ich: Mit der Hilfe Gottes will ich mir schon selbst helfen, nur bitte ich Euch, dient mir mit einem Eurer Pferde.

Sogleich ließ er mir ein türkisches Pferd satteln, das schönste und beste, das in Rom war. Ich bestieg es und nahm eine Büchse vor mich, um mich im Falle zu verteidigen. Da ich nach Ponte Sisto kam, fand ich die sämtlichen Häscher zu Pferde und zu Fuß; ich musste aus der Not eine Tugend machen: Herzhaft frischte ich mein Pferd gelind an, und mit Gottes Hilfe, der ihre Augen verblendet hatte, kam ich frei durch, und so schnell ich konnte, eilte ich nach Palombara zu Herrn Savelli und schickte von da das Pferd an Herrn Johannes zurück, ohne ihm jedoch wissen zu lassen, wo ich mich befände. Herr Savelli bewirtete mich zwei Tage aufs Freundlichste; dann riet er mir, ich solle mich aufmachen und auf Neapel zugehen, bis die erste Hitze vorüber sei. Er ließ mich begleiten und auf die neapolitanische Straße bringen. Auf derselben fand ich einen Bildhauer, meinen Freund, der Solosmeo hieß und nach San Germano ging, um das Grab Peters von Medicis auf Monte Cassino fertigzumachen. Er sagte mir, dass noch selbigen Abend Papst Clemens einen seiner Kämmerer geschickt habe, um nachfragen zu lassen: wie sich gedachter Tobias befinde? Der Abgeordnete habe diesen Mann bei der Arbeit angetroffen, dem nichts begegnet war und der auch von nichts wusste. Als dieses dem Papst hinterbracht wurde, wendete er sich zu Pompeo und sagte: Du bist ein schlechter Mensch! Aber ich versichre dir, du hast eine Schlange gekneipt, die dich beißen und dir dein Recht antun wird! Dann sprach er mit dem Kardinal Medicis und trug ihm auf, dass er ein wenig nach mir sehen solle; denn um alles wollte er mich nicht verlieren. Wir aber ritten singend auf Monte Cassino.

Zweites Kapitel

Der Autor gelangt glücklich nach Neapel. – Dort findet er seine geliebte Angelika und ihre Mutter. – Sonderbare Zusammenkunft dieser Personen. – Er wird von dem Vizekönig von Neapel günstig aufgenommen, welcher versucht, ihn in seinen Diensten zu behalten. – Angelikas Mutter macht ihm zu harte Bedingungen. – Er nimmt die Einladung des Kardinals von Medicis nach Rom an, da der Papst den Irrtum wegen Tobias' Tod schon entdeckt hat. – Besonderes und galantes Abenteuer auf der Straße. – Er kommt glücklich nach Rom, wo er hört, dass Benedetto von seiner Wunde genesen ist. – Er schlägt eine schöne Medaille auf Papst Clemens und wartet Seiner Heiligkeit auf. – Was in dieser Audienz begegnet. – Der Papst vergibt ihm und nimmt ihn in seine Dienste.

Als nun Solosmeo daselbst die Arbeit durchgesehen hatte, machten wir uns auf und zogen gegen Neapel. Ungefähr eine halbe Miglie von der Stadt kam uns ein Wirt entgegen, der uns in sein Gasthaus einlud und versicherte: Er sei lange Zeit mit Karl Ginori in Florenz gewesen; wenn wir bei ihm einkehrten, wolle er uns aufs Beste bewirten. Wir wiederholten ihm öfters, dass wir mit ihm nichts wollten zu schaffen haben; dessen ungeachtet war er bald vor, bald hinter uns und wiederholte seine Einladung, immer mit denselbigen Worten. Endlich war ich seiner Zudringlichkeit überdrüssig; und um ihn loszuwerden, fragte ich, ob er mir nicht eine Sizilianerin namens Beatrice nachweisen könne, die eine Tochter habe, welche Angelika heiße; beide seien Kurtisanen. Der Wirt, welcher glaubte, ich hätte ihn zum Besten, rief aus: Gott verdamme alle Kurtisanen und jeden, der ihnen wohl will! Darauf gab er seinem Pferde die Sporen und eilte von uns weg. Ich freute mich, auf so gute Weise die Bestie losgeworden zu sein, aber zu gleicher Zeit machte mir die Erinnerung der großen Liebe, die ich zu dem Mädchen getragen hatte, nicht wenig Schmerzen. Indem ich nun mit meinem Gefährten nicht ohne manchen verliebten Seufzer von meinem Abenteuer sprach, sahen wir den Wirt im Galopp zurückkehren. Es sind zwei oder drei Tage, rief er aus, dass neben meinem Hause ein Weib und ein Mädchen eingezogen sind, die so heißen; ob sie Sizilianerinnen sind, kann ich nicht sagen. Darauf versetzte ich: Der Name Angelika hat so große Gewalt auf mich, dass ich nunmehr gewiss bei dir einkehren will. Wir folgten dem Wirt und stiegen bei ihm ab. Eiligst brachte ich meine Sachen in Ordnung, ging in das benachbarte Haus und fand meine Angelika wirklich daselbst, die mich mit unmäßigen Liebkosungen empfing; ich blieb bei ihr bis den andern Morgen und war glücklicher als jemals. Mitten in diesem Genusse fiel mir ein, dass an diesem Tage grade der Monat um sei und dass ich, nach dem Versprechen der bösen Geister, meine Angelika nun besitze. Da bedenke nun jeder, der sich mit ihnen einlässt, die großen Gefahren, durch die ich hatte gehen müssen.

Ob ich gleich noch jung war, so kannte man mich in Neapel doch auch schon als einen Menschen von Bedeutung und empfing mich aufs Beste, besonders Herr Domenico Fontana, ein trefflicher Goldschmied; er ließ mich die drei Tage, die ich in Neapel war, in seiner Werkstatt arbeiten und begleitete mich, als ich dem Vizekönig aufwartete, der mich zu sehen verlangt hatte. Seine Exzellenz empfingen mich sehr gnädig, und es fiel ihm ein Diamant in die Augen, den ich eben an dem Finger hatte; zufälligerweise brachte ich ihn in meinem Beutel nach Neapel, denn er war mir zum Kauf angeboten worden. Der Vizekönig verlangte ihn zu sehen und wünschte ihn zu besitzen, wenn ich ihn entbehren könnte. Ich versetzte darauf, indem ich den Ring an seinen Finger steckte: Der Diamant und ich seien zu seinem Befehl. Er versetzte: der Diamant sei ihm angenehm, noch angenehmer würde es ihm aber sein, wenn ich bei ihm bleiben wollte; er wolle mir Bedingungen machen, mit denen ich zufrieden sein würde. So ward viel Höfliches hin und wieder gesprochen. Zuletzt verlangte er den Preis des Edelsteins mit *einem* Worte zu wissen; ich verlangte zweihundert Scudi, und Seine Exzellenz fanden die Forderung billig und sagten, dass Ihnen der Stein umso lieber sei, da ich ihn gefasst habe, denn sonst könne er nicht eine so treffliche Wirkung tun. Ich versetzte darauf: Der Stein sei nicht von mir gefasst; ich getraute mir, ihm durch eine andere Fassung noch einen viel größern Wert zugeben. Ich druckte sogleich mit dem Nagel den Stein aus dem Kästchen, putzte ihn und übergab ihn dem Vizekönig; er war zufrieden und erstaunt und gab mir eine Anweisung, worauf mir zweihundert Scudi ausgezahlt wurden.

Als ich nach Hause kam, fand ich Briefe vom Kardinal Medicis, worin mir gesagt wurde, ich solle wieder nach Rom kommen und gleich bei Seiner Eminenz Palast absteigen. Als ich meiner Angelika den Brief gelesen hatte, bat sie mich mit herzlichen Tränen: Ich möchte entweder in Neapel bleiben oder sie mit mir nehmen. Darauf antwortete ich: Wenn sie mit mir ginge, so wollte ich ihr die zweihundert Scudi, die ich vom Vizekönig erhalten hatte, aufzuheben geben. Da die Mutter sah, dass wir Ernst machten, trat sie herbei und sagte: Wenn du meine Angelika nach Rom führen willst, so lass mir fünfzehn Scudi, damit ich niederkommen kann, und alsdann will ich Euch nachfolgen. Ich antwortete der alten Kupplerin: Dreißig wollte ich ihr geben, wenn sie meine Angelika mit mir ließe. Diese Bedingung ging sie ein, und Angelika bat mich, ich solle ihr ein Kleid von schwarzem Samt kaufen, der in Neapel wohlfeil war: Auch das war ich zufrieden; ich schickte nach dem Samt und kaufte ihn. Da glaubte die Alte, ich sei nun völlig gekocht und gar und verlangte für sich ein Kleid von feinem Tuche, und dergleichen für ihre Söhne, auch mehr Geld, als ich ihr angeboten hatte. Darüber beklagte ich mich mit freundlichen Worten und sagte: Meine liebe Beatrice, ist dir das nicht genug, was ich dir angeboten habe? Sie sagte: Nein! Darauf versetzte ich: So ist es mir genug! Nahm

Abschied von meiner Angelika, sie weinte, und ich lachte, wir trennten uns, und ich kehrte nach Rom zurück.

Noch dieselbe Nacht reiste ich von Neapel weg, damit man mir nicht auflauern und mich berauben sollte, wie es die Gewohnheit von Neapel ist, und doch musste ich mich, als ich auf den Steinweg kam, mit allen Leibes- und Geisteskräften gegen mehrere Räuber wehren, die mir nachstellten. Einige Tage darauf ließ ich den Solosmeo bei seiner Arbeit auf Monte Cassino und stieg bei dem Gasthause von Anagni ab, um zu Mittag zu essen. Nicht weit von dem Hause schoss ich nach einigen Vögeln und erlegte sie; aber ein Stückchen Eisen am Schloss meiner Büchse verletzte mir bei dieser Gelegenheit die rechte Hand, und so wenig es bedeutete, so gefährlich sah es aus, weil das Blut sehr stark aus der Wunde strömte. Ich stellte mein Pferd in den Stall und stieg auf einen Altan, wo ich viele neapolitanische, Edelleute fand, die sich eben zu Tische setzen wollten, und mit ihnen ein junges Fräulein von der größten Schönheit. Kaum war ich oben, so stieg hinter mir mein Diener, ein braver Bursche, mit einer großen Partisane in der Hand, herauf, sodass vor uns beiden, den Waffen und dem Blute die guten Edelleute so erschraken (da ohnedem dieser Ort für ein Spitzbubennest bekannt war), dass sie vom Tische aufsprangen und mit großem Entsetzen Gott um Hilfe anriefen. Lachend sagte ich zu ihnen: Gott habe ihnen schon geholfen, denn ich sei der Mann, sie gegen jeden zu verteidigen, der sie angreifen wollte, und bitte nur um einigen Beistand, meine Hand zu verbinden. Das schöne Frauenzimmer nahm ihr Schnupftuch, das reich mit Gold gestickt war, und als ich damit nicht verbunden sein wollte, riss sie es sogleich in der Mitte durch und verband mich mit der größten Anmut; sie beruhigten sich einigermaßen, und wir speisten fröhlich. Nach Tische stiegen wir zu Pferde und reisten in Gesellschaft weiter. Die Edelleute waren noch nicht ganz ohne Furcht und ließen mich klugerweise durch das Frauenzimmer unterhalten, blieben aber immer etwas zurück. Da befahl ich meinem Diener, er sollte auch hinten bleiben. Ich ritt auf meinem schönen Pferdchen neben dem Fräulein her, wir sprachen von Dingen, mit denen kein Apotheker handelt, und so gelangte ich auf die angenehmste Weise nach Rom.

Sogleich stieg ich bei dem Palast Medicis ab, wartete dem Kardinal auf und dankte ihm für seine Vorsorge; dann bat ich ihn, er möchte mich vor dem Gefängnis und womöglich vor der Geldstrafe schützen. Dieser Herr empfing mich aufs Beste und sagte mir: Ich solle nur ruhig sein; dann wendete er sich zu einem seiner Edelleute, der Pecci hieß, und sagte ihm: Er habe dem Bargell von seinetwegen zu bedeuten, dass er sich nicht unterstehen solle, mich anzuführen. Dann fragte er: wie sich der befinde, den ich mit dem Stein auf den Kopf getroffen? Herr Pecci sagte: Er befinde sich schlimm und werde sich noch schlimmer befinden, denn er habe versichert, dass er mir zum Verdruss sterben wolle, sobald ich nach Rom käme. Darauf sagte der Kardinal mit großem Lachen: Konnte er uns denn auf keine andere Weise zeigen, dass er von Siena stamme? Alsdann wendete er sich zu mir und sagte: Beobachte um meinet- und deinetwillen den äußern Wohlstand und lass dich vier oder fünf Tage unter den Bänken nicht sehen; dann gehe hin, wohin du willst, und die Narren mögen nach Gefallen sterben. Ich ging nach Hause, um die angefangene Münze mit dem Bild des Papstes Clemens fertigzumachen; dazu hatte ich eine Rückseite erfunden, worauf ein Friedensbild zu sehen war. Es war ein Weibchen, mit den feinsten Kleidern angetan, welche mit der Fackel in der Hand vor einem Haufen Kriegsrüstungen stand, die wie eine Trophäe verbunden waren; auch sah man Teile eines Tempels, in welchem die Wut gefesselt war. Umher stand die Inschrift: Clauduntur belli portae. Inzwischen als ich diese Medaille fertigmachte, war der Verwundete genesen. Der Papst hörte nicht auf, nach mir zu fragen, und ich nahm mich auch in acht, den Kardinal Medicis zu besuchen, denn sooft ich vor ihn kam, gab er mir etwas Bedeutendes zu tun, wodurch ich denn immer aufgehalten wurde.

Endlich nahm sich Herr Piero Carnesecchi, ein großer Günstling des Papstes, der Sache an und sagte mir auf eine geschickte Weise, wie sehr der Papst wünsche, dass ich ihm dienen möchte. Darauf antwortete ich, dass ich in wenig Tagen Seiner Heiligkeit zeigen wolle, dass ich das nie vergessen noch unterlassen habe. Einige Tage darauf ward die Medaille fertig, und ich prägte sie in Gold, Silber und Kupfer, zeigte sie dem Herrn Piero, der mich sogleich bei dem Papst einführte. Es geschah nach Tische an einem schönen Tage im April, der Papst war im Belvedere, und ich überreichte ihm die Münzen sowie die Stempel. Er nahm sie und sah sogleich die große Gewalt der Kunst ein, zeigte sie Herrn Piero und sagte: Sind die Alten jemals so gut in Münzen bedient gewesen? Und indessen die Gegenwärtigen bald die Medail-

len, bald die Stempel beschauten, fing ich mit der größten Bescheidenheit zu reden an und sagte: Wenn das
Geschick, das mir unglücklicherweise Eurer Heiligkeit
Gnade entzog, nicht auch wieder die Folgen dieses Un-
willens verhindert hätte, so verloren Eure Heiligkeit ohne Ihre und meine Schuld einen treuen und liebevollen
Diener. Die böse lügenhafte Zunge meines größten
Feindes hat Eure Heiligkeit in so großen Zorn versetzt,
dass Sie dem Gouverneur auf der Stelle befohlen haben,
mich zu fassen und hängen zu lassen; wäre das geschehen, so hätten Eure Heiligkeit gewiss ein wenig Reue gefühlt, denn ein Herr, gleich einem guten und tugendhaf-
ten Vater, soll auf seine Diener nicht so übereilt den
schweren Arm fallen lassen, da hinterdrein die Reue
nichts helfen kann. Gott hat diesmal den ungünstigen
Lauf der Sterne unterbrochen und mich Eurer Heiligkeit
erhalten; ich bitte, künftig nicht so leicht auf mich zu
zürnen.

Der Papst fuhr immer fort, die Medaillen zu besehen,
und hörte mir mit der größten Aufmerksamkeit zu; da
aber viele große Herren gegenwärtig waren, schämte
sich der Papst ein wenig, und um aus dieser Verlegenheit zu kommen, wollte er von einem solchen Befehle
nichts wissen. Da ich das merkte, fing ich von etwas anderm an zu reden, und Seine Heiligkeit sprach von den
Münzen und fragte mich, wie ich sie so künstlich hätte
prägen können, da sie so groß seien, als er sie von den
Alten niemals gesehen. Darüber ward eine Weile gesprochen; er aber schien zu fürchten, dass ich ihm noch
einen schlimmeren Sermon halten möchte, und sagte:
Die Medaillen seien sehr schön und gefielen ihm wohl,

nur möchte er noch eine andere Rückseite haben, wenn es anginge. Ich versetzte, dass solches gar wohl geschehen könne, und er bestellte sich die Geschichte Mosis, der Wasser aus dem Felsen schlägt, mit der Umschrift: Ut bibat populus. Darauf sagte er: Gehe, Benvenuto! Sobald du fertig bist, soll auch an dich gedacht sein. Als ich weg war, versicherte der Papst vor allen Gegenwärtigen, dass er mir reichlich wolle zu leben geben, ohne dass ich nötig hätte, für andere zu arbeiten. Ich aber war fleißig, die verlangte neue Rückseite fertigzumachen.

Drittes Kapitel

Papst Clemens wird krank und stirbt. – Der Autor tötet Pompeo von Mailand. – Kardinal Cornaro nimmt ihn in Schutz. – Paul III. aus dem Hause Farnese wird Papst. Er setzt den Verfasser nieder an seinen Platz als Stempelschneider bei der Münze. – Peter Ludwig, des Papstes natürlicher Sohn, wird Cellinis Feind. Ursache davon. – Peter Ludwig, bestellt einen korsikanischen Soldaten, den Autor zu ermorden, der die Absicht erfährt und nach Florenz geht.

Indessen ward der Papst krank, und da die Ärzte den Zustand für gefährlich hielten, vermehrte sich die Furcht meines Gegners Pompeo dergestalt, dass er einigen neapolitanischen Soldaten auftrug, mir nachzustellen: Ich hatte viele Mühe, mein armes Leben zu verteidigen. Als meine Arbeit fertig war, trug ich sie sogleich zum Papste, den ich im Bette und in sehr übeln Umständen fand; mit allem dem empfing er mich sehr freundlich und wollte Münzen und Stempel sehen. Er ließ sich Licht und Brille reichen, allein er konnte nichts erkennen; darauf tastete er ein wenig mit den Fingern, seufzte tief und sagte zu denen, die zunächst standen: Benvenuto dauert mich! Wenn ich aber wieder gesund werde, so soll für ihn gesorgt sein. In drei Tagen starb der Papst, und ich hatte meine Arbeit umsonst getan; doch sprach ich mir Trost zu, denn ich war durch diese Medaillen so bekannt geworden, dass ich hoffen konnte, jeder Papst werde mich brauchen und vielleicht besser belohnen. So beruhigte ich mich selbst und löschte in meinem Sinne alles das große Unrecht aus, das mir Pompeo angetan hatte, ging bewaffnet nach St. Peter, dem toten Papst die Füße zu küssen, welches nicht ohne Tränen abging; dann kehrte ich unter die Bänke zurück, um die große Verwirrung zu sehen, die bei solchen Gelegenheiten zu entstehen pflegt.

Ich saß daselbst mit vielen meiner Freunde, als Pompeo in der Mitte von zehn wohlbewaffneten Männern einherkam. Er blieb mir gegenüber stehen, als wenn er Händel anfangen wollte. Meine Freunde, brave und willige Leute, winkten mir, dass ich Hand anlegen sollte; ich bedachte aber sogleich, dass, wenn ich zum Degen griffe, großer Schaden auch für die entstehen könnte, die nicht die mindeste Schuld hätten, und ich dachte, es sei besser, mein Leben allein daran zu wagen.

Pompeo blieb ungefähr zwei Ave Maria stehen, lachte verächtlich gegen mich, und da er wegging, lachten die Seinigen auch, schüttelten die Köpfe und forderten uns durch noch mehr solche unartige Zeichen heraus. Meine Gesellen wollten sogleich Hand ans Werk legen, ich aber sagte ihnen erzürnt: Um meine Händel auszumachen, brauchte ich keinen Braven als mich selbst, ein jeder möchte sich um sich bekümmern, ich wüsste schon, was ich zu tun hätte. Darüber wurden meine Freunde verdrießlich und gingen murrend hinweg. Unter ihnen war mein liebster Freund, Albertaccio del Bene, ein trefflicher Jüngling, voller Mut, der mich wie sich selbst liebte. Dieser wusste wohl, dass ich mich nicht aus Kleinmut geduldig gezeigt hatte, vielmehr erkannte er meine entschlossene Kühnheit sehr gut; deswegen bat er mich im Weggehen, ich möchte ihn doch ja an allem, was ich vorhätte, teilnehmen lassen. Ich antwortete ihm: Albertaccio, geliebtester unter allen meinen Freunden, es wird die Zeit kommen, da ich deiner Hilfe bedarf; aber in diesem Falle, wenn du mich liebst, bekümmere dich nicht um mich und mache, dass du fortkömmst. Diese Worte sagte ich schnell. Indessen waren meine Feinde aus den Bänken langsam auf einen Kreuzweg gekommen, wo die Straße nach verschiedenen Gegenden führt, und das Haus meines Feindes Pompeo war in der Gasse, die grade nach Campo di Fiore geht; er war wegen einiger Geschäfte bei einem Apotheker eingetreten, und ich hörte unterwegs, dass er sich seiner Aufführung gegen mich gerühmt habe.

Da war es denn auf alle Weise sein reines böses Schicksal, dass er, eben als ich an die Ecke kam, aus der Apotheke heraustrat; seine Braven hatten sich aufgetan und ihn schon in die Mitte genommen. Da drang ich durch alle hindurch, ergriff einen kleinen spitzigen Dolch und fasste ihn bei der Brust mit solcher Schnelle und Sicherheit des Geistes, dass ihm keiner zu Hilfe kommen konnte. Ich stieß ihm nach dem Gesicht, das er vor

Schrecken wegwendete; daher traf ich ihn unter dem Ohr, wohin ich ihm zwei einzige Stiche versetzte, sodass er beim zweiten mir tot in die Hände fiel. Das war nun freilich meine Absicht nicht, denn ich wollte ihn nur tüchtig zeichnen; aber, wie man sagt: Wunden lassen sich nicht messen. Ich nahm den Dolch mit der linken Hand und zog mit der rechten den Degen, mein Leben zu verteidigen: Da waren alle seine Begleiter mit dem toten Körper beschäftigt, keiner wendete sich gegen mich, keiner zeigte das Mindeste Verlangen, mit mir zu rechten; so zog ich mich allein durch Strada Julia zurück und überlegte, wohin ich mich flüchten wollte.

Ich war kaum dreihundert Schritte gegangen, als mich Piloto, der Goldschmied, mein großer Freund, einholte und sagte: Lieber Bruder! Da das Übel geschehen ist, so lass uns sehen, wie wir dich retten können! Darauf sagte ich: Gehn wir zu Albertaccio del Bene, dem ich vor Kurzem gesagt habe, es werde eine Zeit kommen, in der ich seiner bedürfe! Wir kamen zu ihm, und er empfing mich mit unschätzbaren Liebkosungen, und bald erschienen die vornehmsten Jünglinge aller Nationen, die nur in den Bänken wohnten, ausgenommen die Mailänder, und alle erboten sich, ihr Leben zu meiner Rettung dranzusetzen. Auch Herr Ludwig Rucellai schickte dringend zu mir, ich solle mich seiner auf alle Weise bedienen. Ebenso taten mehrere Männer seinesgleichen, denn alle segneten mich: Sie waren sämtlich überzeugt, dass mir der Mann allzu großen Schaden zugefügt habe, und hatten sich oft über die Geduld, womit ich seine Feindschaft ertrug, verwundert.

In demselben Augenblick hatte Kardinal Cornaro den Handel erfahren und schickte mir aus eigner Bewegung dreißig Soldaten mit Partisanen, Piken und Büchsen, die mich sicher in mein Haus begleiten sollten. Ich nahm das Erbieten an und ging mit ihnen fort, und wohl noch einmal so viel junge Leute begleiteten mich. Sobald Herr Traiano, der Verwandte des Entleibten, erster Kämmerer des Papstes, die Sache erfuhr, schickte er zum Kardinal Medicis einen mailändischen Edelmann, der das große Übel, das ich angerichtet hatte, erzählen und Seine Eminenz auffordern sollte, mich nach Verdienst zu bestrafen. Der Kardinal antwortete sogleich: Sehr übel hätte Benvenuto getan, das geringe Übel *nicht* zu tun! Dankt Herrn Traiano, dass er mich von dem, was ich nicht wusste, benachrichtigt hat. Dann wandte er sich zu dem Bischof von Forli und sagte: Seht Euch sorgfältig nach meinem Benvenuto um und bringt mir ihn hierher! Ich will ihn verteidigen und schützen, und wer was gegen ihn unternimmt, hat es mit mir zu tun. Der Mailänder ging sehr beschämt weg, und der Bischof eilte, mich aufzusuchen. Er ging zum Kardinal Cornaro und sagte: der Kardinal Medicis schicke nach Benvenuto und wolle ihn in seine Verwahrung nehmen. Der Kardinal Cornaro, der etwas seltsam und rau wie ein Bär war, antwortete voll Zorn, dass er mich ebenso gut als der Kardinal Medicis verwahren könne. Darauf sagte der Bischof: Er wünsche mich nur über einige andere Angelegenheiten zu sprechen; der Kardinal aber versicherte ihn, dass heute daraus nichts werden könne.

Der Kardinal Medicis war hierüber äußerst aufgebracht. Ich ging daher die folgende Nacht heimlich und wohlgeleitet zu ihm und bat ihn, er möchte gnädigst geruhen, mich in dem Haus des Cornaro zu lassen, da doch dieser sich so lebhaft meiner angenommen habe. Seine Eminenz würden mir dadurch einen neuen Freund in meinen Nöten erwerben, übrigens aber dächte ich Denselben nichts vorzuschreiben. Er antwortete mir: Ich möchte tun, was ich für gut hielte. Und so kehrte ich in das Haus des Cornaro zurück.

(1534)

Wenig Tage darauf ward Kardinal Farnese zum Papste erwählt, und als er die wichtigsten Sachen besorgt hatte, verlangte er nach mir und sagte: Ich allein solle ihm seine Münzen machen. Darauf sagte einer seiner Edelleute: Ich sei wegen eines Mordes flüchtig, den ich an einem Mailänder, Pompeo, begangen, und trug dabei die Ursachen, die mich zu dieser Tat bewegen hatten, sehr günstig vor. Ich wusste den Tod des Pompeo nicht, versetzte der Papst, aber die Ursachen des Benvenuto wusste ich wohl: Deswegen fertigt mir sogleich einen Freibrief aus, der ihn völlig sicherstelle. Dabei war ein Mailänder, ein Freund des Pompeo, gegenwärtig, welcher zum Papste sagte: Es ist nicht ratsam, in den ersten Tagen Eurer Regierung solche Verbrechen zu begnadigen. Darauf wendete sich der Papst heftig zu ihm und sagte: Das versteht Ihr nicht! Ihr müsst wissen, dass Männer wie Benvenuto, die einzig in ihrer Kunst sind, sich an die Gesetze nicht zu binden haben, umso mehr, als ich seine Ursachen weiß. So ward mir der Schutzbrief ausgestellt, und ich fing gleich an, für ihn zu arbeiten.

Herr Latino Juvinale kam zu mir und trug mir auf, ich solle die Münzen für den Papst machen: da setzten sich alle meine Feinde in Bewegung, mich daran zu verhindern; ich aber ließ mich nicht stören und machte die Stempel zu den Scudi, worauf ich die halbe Figur St. Pauls abbildete, mit der Unterschrift: Vas electionis. Diese Münze gefiel weit mehr als die andern, die man mit mir um die Wette gearbeitet hatte, sodass der Papst sagte: Er wolle von keinem weiter hören, ich allein solle seine Münzen arbeiten. So war ich frisch daran, und Herr Latino Juvinale, der den Auftrag hatte, führte mich ein bei dem Papste. Ich hätte gern das Dekret wegen der Münze wiedergehabt, allein da ließ er sich einreden und sagte: Ich müsste erst wegen des Totschlags begnadigt sein, und das könnte am Fest der heiligen Marien, im August, durch den Orden der Caporioni von Rom geschehen, denn man pflege diesem alle Jahre zu gedachtem Fest zwölf Verbannte zu schenken; indessen sollte mir ein anderer Freibrief ausgefertigt werden, damit ich bis auf jene Zeit ruhig sein könne.

Da meine Feinde sahen, dass sie mich auf keine Weise von der Münze abhalten konnten, so nahmen sie einen andern Ausweg. Pompeo hatte dreitausend Dukaten Aussteuer einer natürlichen Tochter hinterlassen, und man wusste es dergestalt einzuleiten, dass ein gewisser Favorit des Herrn Peter Ludwigs, des Sohns unsers neuen Papstes, sie zum Weibe nahm. Dieser Günstling war von geringer Herkunft und von gedachtem Herrn erzogen worden: wenig erhielt er daher von diesen Geldern, denn der Herr hatte Lust, sich ihrer selbst zu bedienen; dagegen trieb die Frau ihren Mann, er sollte seinem Herrn anliegen, dass man mich einfinge. Der Herr versprach, es zu tun, sobald nur die Gunst des Papstes sich ein wenig würde vermindert haben. So vergingen zwei Monate, der Diener verlangte seine Mitgift, der Herr wollte nichts davon hören, sagte aber desto öfter zu ihm und besonders zu der Frau, dass er gewiss den Vater rächen wolle. Ich wusste zwar etwas davon, doch verfehlte ich nicht, dem Herrn aufzuwarten, und er erzeigte mir die größte Gunst. Von der andern Seite hatte er dem Bargell befohlen, mich einzufangen oder mich durch irgendjemand umbringen zu lassen.

Um nun ein oder das andere zu erreichen, übertrug der Bargell einem seiner Soldaten, einem gewissen korsischen Teufelchen, die Sache so bald abzutun als möglich, und meine andern Feinde, besonders Herr Trajan, hatten dem kleinen Korsen ein Geschenk von hundert Scudi versprochen, der versicherte, dass er nicht leichter ein frisches Ei austrinken wolle. Als ich diesen Anschlag vernahm, war ich auf meiner Hut und ging meist in guter Gesellschaft und im Harnisch, wie ich dazu die Erlaubnis hatte. Der Korse, geizig genug, dachte das Geld nur so einzustreichen und die Sache für sich abzutun, sodass sie mich eines Tages im Namen des Herrn Ludwigs rufen ließen. Ich eilte, weil er mir von einigen großen silbernen Gefäßen gesprochen hatte, die er wollte machen lassen; doch hatte ich meine gewöhnlichen Waffen angelegt und ging schnell durch die Strada Julia, wo ich um diese Zeit niemand zu finden glaubte. Als ich am Ende war und mich nach dem Palast Farnese umwenden wollte, indem ich nach meiner Gewohnheit mich nach der mittlern Straße hielt, sah ich den Korsen, der aufstund, sich mir in den Weg zu stellen. Ich war gefasst, nahm mich zusammen, ging langsam und hielt mich nach der Mauer, um dem Korsen Platz zu machen und mich besser zu verteidigen. Auch er zog sich wieder gegen die Mauer, wir waren einander ziemlich nah, und ich sah in seinem ganzen Betragen, dass er mir etwas Unangenehmes erzeigen wollte und dass er glaubte, weil er mich allein sah, könne es ihm gelingen. Deswegen fing ich an zu reden und sagte: Tapfrer Soldat! Wenn es Nacht wäre, so könntet Ihr sagen, Ihr hättet mich für einen andern genommen; da es aber Tag ist, so wisst Ihr, wer ich bin: einer, der mit Euch nichts zu tun gehabt hat, einer, der Euch nie etwas zuleide tat, der aber auch nicht viel vertragen kann. Darauf blieb er mit kühner Gebärde vor mir stehen und sagte: Er verstehe nicht, was ich sage. Darauf versetzte ich: Ich weiß recht gut, was Ihr wollt und was Ihr sagt; aber Euer Vorhaben ist schwerer und gefährlicher, als Ihr glaubt, und könnte Euch vielleicht misslingen. Bedenkt, dass Ihr mit einem Manne zu tun habt, der sich gegen hundert wehren würde, und dass Euer Vorhaben sich für keinen braven Soldaten schickt. Indessen war ich wohl auf meiner Hut, und wir hatten uns beide verfärbt. Schon waren viele Leute herzugetreten, welche wohl merkten, dass unsere Worte von Eisen waren, und da mein Gegner seine Gelegenheit nicht fand, sagte er: Wir sehen uns ein andermal wieder. Darauf versetzte ich: Brave Leute sehe ich immer gerne wieder und den, der ihnen gleicht. So ging ich weg, den Herrn aufzusuchen, der aber nicht nach mir geschickt hatte.

Als ich in meine Werkstatt kam, ließ mir der Korse durch einen beiderseitigen Freund sagen: Ich brauche mich vor ihm nicht mehr in acht zu nehmen, denn wir wollten gute Freunde sein; aber ich könnte mich nicht genug vorsehen, denn es hätten mir wichtige Männer den Tod geschworen. Ich ließ ihm danken und nahm mich in acht, so gut ich konnte. Wenige Tage darauf vertraute mir ein Freund: Herr Peter Ludwig habe Befehl und Auftrag gegeben, dass man mich noch diesen Abend gefangen nehmen solle. Darüber besprach ich mich mit einigen Freunden, die mir zur Flucht rieten, und weil man mich um ein Uhr in der Nacht gefangen nehmen sollte, brach ich um dreiundzwanzig auf und eilte mit Postpferden nach Florenz.

Also hatte Herr Peter Ludwig, da dem Korsen der Mut gefallen war, die Sache auszuführen, aus eigner Macht und Gewalt den Befehl gegeben, mich gefangen zu nehmen, nur damit er die Tochter des Pompeo beruhigen möchte, die sich nach ihrer Mitgift erkundigte; und da nun auch dieser letzte Anschlag nicht gelang, so ersann er einen andern, von dem wir zu seiner Zeit reden wollen.

Viertes Kapitel

Herzog Alexander nimmt den Autor sehr freundlich auf. – Dieser macht eine Reise nach Venedig mit Tribolo, einem Bildhauer. – Sie kommen nach Ferrara und finden Händel mit florentinischen Ausgewanderten. – Nach einem kurzen Aufenthalte in Venedig kehren sie nach Florenz zurück. – Wunderliche Geschichte, wie der Autor sich an einem Gastwirte rächt. – Nach seiner Rückkunft macht ihn Herzog Alexander zum Münzmeister und schenkt ihm ein vortreffliches Schießgewehr. – Oktavian

*Medicis macht dem Autor mancherlei Verdruss. –
Papst Paul III. verspricht ihm Begnadigung und
lädt ihn wieder nach Rom in seine Dienste. – Er
nimmt es an und geht nach Rom zurück. – Großmütiges Betragen Herzog Alexanders.*

Ich kam nach Florenz und wartete dem Herzog Alexander auf, der mir sehr freundlich begegnete und verlangte, dass ich bei ihm bleiben sollte. Es war aber in
Florenz ein Bildhauer, namens Tribolo, mein Gevatter:
Ich hatte ihm einen Sohn aus der Taufe gehoben. Der
sagte mir, dass ein gewisser Jakob Sansovino, bei dem er
in der Lehre gestanden, ihn verschrieben habe, und weil
er Venedig niemals gesehen, denke er hinzureisen, besonders weil er daselbst etwas zu verdienen hoffe, und
da er höre, dass ich auch nicht in Venedig gewesen sei,
so bitte er mich, diese Spazierreise mit ihm zu machen.
Weil ich ihm nun dieses schon versprochen hatte, antwortete ich dem Herzog Alexander: Ich wünschte, erst
nach Venedig zu gehen, und würde nach meiner Rückkehr zu seinen Diensten sein. Er war es zufrieden, und
des andern Tages ging ich, reisefertig, mich nochmals zu
beurlauben. Ich fand ihn in dem Palast der Pazzi, zu der
Zeit, als die Frau und die Töchter des Herrn Lorenzo Cibo daselbst wohnten; ich ließ meine Absicht melden,
und der Herr Cosmus Medicis, der jetzt Herzog ist, kam
mit der Antwort zurück und sagte mir: ich solle Niccolo
da Monte Aguto aufsuchen: Der würde mir fünfzig
Goldgulden geben; diese schenke mir Seine Exzellenz
der Herzog, ich solle sie auf seine Gesundheit verzehren
und alsdann zu seinem Dienste zurückkommen.

Ich erhielt das Geld und ging zu Tribolo, der bereit war und mich fragte, ob ich meinen Degen aufgebunden hätte? Ich sagte ihm: Wer zu Pferde sei, um zu verreisen, brauche den Degen nicht festzubinden. Er versetzte darauf: In Florenz sei das nun der Gebrauch, denn ein gewisser Fra Maurizio sei ein sehr strenger Aufseher und würde um einer Kleinigkeit willen St. Johann den Täufer selbst wippen lassen; wenigstens bis vor das Tor müssten wir die Degen aufbinden. Ich lachte, und wir machten uns auf den Weg, indem wir uns an den Kondukteur der ordinären Post von Venedig anschlossen, der Lamentone hieß, und so zusammen weiterzogen.

Unter anderm kamen wir nach Ferrara und traten in dem Wirtshaus auf dem Platz ein. Lamentone ging, einige Ausgewanderte aufzusuchen, denen er Briefe und Aufträge von ihren Weibern brachte. Denn das hatte der Herzog erlaubt, dass der Kondukteur allein mit ihnen sprechen durfte, sonst niemand, bei Strafe gleicher Verbannung als die, in welche sie verfallen waren. Um die Zeit (es war ungefähr zweiundzwanzig Uhr) ging ich mit Tribolo, den Herzog von Ferrara auf seinem Rückwege zu sehen, der von Belfiore kam, wo man vor ihm turniert hatte. Wir fanden unter der Menge viele Ausgewanderte, die uns so starr in die Augen sahen, als wenn sie uns nötigen wollten, mit ihnen zu sprechen. Tribolo, der der furchtsamste Mensch von der Welt war, lispelte mir immer zu: Sieh sie nicht an! Rede nicht mit ihnen, wenn du wieder nach Florenz zurück willst! So sahen wir den Herzog einziehen und kehrten wieder in unsere Herberge, wo wir den Lamentone fanden. Gegen ein Uhr in der Nacht (nach Sonnenuntergang) kamen

Niccolo Benintendi mit Petern, seinem Bruder, und ein Alter (ich glaube, es war Jakob Nardi) und noch mehrere junge Leute, alles Ausgewanderte. Der Kondukteur sprach mit einem jeden von seinen Geschäften; Tribolo und ich hielten uns entfernt, um nicht mit ihnen zu reden. Nach einer Weile fing Niccolo Benintendi an: Ich kenne die beiden recht gut. Haben sie Quark im Maule, dass sie nicht mit uns reden können? Tribolo hielt mich an, ich sollte still sein, und Lamentone sagte zu ihnen: *Er* habe die Erlaubnis, mit ihnen zu reden, und nicht wir. Benintendi antwortete: Das sei eine Eselei! Der Teufel könne uns holen! Und andere dergleichen schöne Dinge. Da hub ich das Haupt auf und sagte so bescheiden, als ich nur wusste und konnte: Meine lieben Herren! bedenket, dass Ihr uns viel schaden könnet und wir Euch nicht zu helfen wüssten. Ihr habt zwar manches unschickliche Wort gesagt, aber wir wollen deshalb mit Euch nicht zürnen. Der alte Nardi sagte: Ich sei ein braver junger Mann und habe auch so gesprochen. Darauf versetzte Benintendi: Ich gebe nichts auf sie und ihren Herzog! Ich antwortete darauf: Er habe sehr unrecht, und wir wollten weiter nichts von ihm wissen. Der alte Nardi hielt es mit uns und stellte ihm seine Unart vor; aber er fuhr mit Schimpfreden fort, und ich sagte ihm: Wenn er nicht aufhörte, so sollte er es bereuen. Darauf rief er: Er verwünsche den Herzog und uns! Er und wir wären eine Handvoll Esel!

Darauf schalt ich ihn einen Esel und zog den Degen. Der Alte, der zuerst die Treppe hinunter wollte, stolperte auf den ersten Stufen, stürzte hinab, und die andern über ihn her; ich sprang vor und wetzte mit dem Degen an den Wänden und schrie wütend: Ich bringe Euch alle zusammen um! Doch nahm ich mich wohl in acht, jemand Leids zu tun, wie ich doch genug gekonnt hätte. Der Wirt schrie, Lamentone wollte mich abhalten, einige riefen: Wehe, mein Kopf! Andere: Lasst mich hinaus! Es war ein unschätzbarer Handel, es schien eine Herde Schweine durcheinander zu fahren. Der Wirt kam mit dem Lichte, ich ging wieder hinauf und steckte den Degen ein, Lamentone verwies dem Benintendi sein Unrecht, und auch der Wirt schalt ihn aus. Es steht das Leben darauf, sagte dieser, wenn hier jemand den Degen zieht, und wenn unserm Herzog Eure Insolenzen bekannt wären, so ließ er Euch alle aufhängen. Ihr verdientet wohl, dass ich es anzeigte; aber kommt mir nicht mehr ins Haus, sonst soll es Euch übel gehen! Hernach kam der Wirt herauf zu mir, und als ich mich entschuldigen wollte, ließ er mich nicht zum Worte kommen und sagte: Er wisse wohl, dass ich tausend Ursachen habe, ich solle mich nur auf der Reise vor ihnen in acht nehmen.

Da wir abgegessen hatten, kam ein Schiffer, uns nach Venedig zu führen. Ich fragte, ob wir das Schiff ganz frei für uns haben könnten? Er sagte: ja! Und darauf wurden wir einig.

Des Morgens, gut um achte, nahmen wir Pferde, um nach dem Hafen zu gehen, der einige Miglien von Ferrara entfernt ist. Als wir ankamen, fanden wir den Bruder des Niccolo Benintendi mit drei Gesellen, die mir aufpassten; zwei von ihnen waren mit Spießen bewaffnet. Ich hatte mich aber auch wohl versehen und mir einen Spieß in Ferrara gekauft, und so erschrak ich nicht im

Mindesten; Tribolo desto mehr, der ausrief: Gott helfe uns! Diese werden uns totschlagen. Lamentone kehrte sich zu mir und sagte: Du wirst am besten tun, nach Ferrara zurückzugehen, denn ich sehe, die Sache ist gefährlich. Mein Benvenuto! Gehe der Wut dieser rasenden Bestien aus dem Wege. Da sagte ich: Nur getrost vorwärts! Dem, der recht hat, hilft Gott, und du sollst sehen, wie ich mir selbst helfen will. Ist dieses Schiff nicht uns allein versprochen? Lamentone sagte: ja! Und ich antwortete: So wollen wir auch allein darin abfahren, wenn meine Kraft meinem Willen gleich ist. Ich trieb mein Pferd vorwärts, und da wir ungefähr zehn Schritte entfernt waren, stieg ich ab und ging mit meinem Spieße kühn auf sie los. Tribolo war zurückgeblieben und hatte sich auf seinem Pferde zusammengekauzt, dass er wie der Frost selbst aussah, und Lamentone schnaubte und blies, dass man einen Wind zu hören glaubte, denn es war seine Angewohnheit, und diesmal tat er es stärker als gewöhnlich, denn er bedachte, was diese Teufelei für einen Ausgang haben möchte.

Als ich zum Schiffe kam, trat der Schiffer vor mich und sagte, dass diese florentinischen Edelleute, wenn ich es zufrieden wäre, mit in das Schiff steigen wollten. Darauf versetzte ich: Das Schiff ist für uns, nicht für andere gemietet, und es tut mir herzlich leid, dass ich sie nicht einnehmen kann. Darauf sagte ein tapferer Jüngling, von den Magalotti: Benvenuto! Du wirst wohl können, was wir wollen? Darauf antwortete ich: Wenn Gott, mein Recht und meine Kräfte wollen und können, so werde ich wohl nicht wollen und können, wie Ihr wollt und meint. Mit diesen Worten sprang ich sogleich in das

Schiff, kehrte ihnen die Spitze der Waffen zu und sagte: Hiermit will ich Euch zeigen, dass ich nicht kann. Der von den Magalotti zeigte einige Lust, zog den Degen und kam heran; da sprang ich auf den Rand des Schiffes und stieß so gewaltsam nach ihm, dass, wäre er nicht rücklings zur Erde gefallen, ich ihn durch und durch gestoßen hätte. Die andern Gesellen, anstatt ihm zu helfen, zogen sich zurück: Ich hätte ihn auf der Stelle umbringen können. Aber anstatt ihm eins zu versetzen, sagte ich: Stehe auf, Bruder, nimm deine Waffen und gehe fort! Wohl hast du gesehen, dass ich nicht kann, was ich nicht will. Dann rief ich Tribolo, den Schiffer und Lamentone herein, und so fuhren wir gegen Venedig. Als wir zehn Meilen auf dem Boot zurückgelegt hatten, kamen uns diese jungen Leute in einem Kahne nach, und als sie gegen uns über waren, sagte mir der dumme Peter Benintendi: Komm nur weiter, Benvenuto! Es ist jetzt nicht Zeit, aber in Venedig wollen wir uns wiedersehen. Darauf versetzte ich: Lasst es nur gut sein, ich komme schon, und Ihr könnt mich überall wiederfinden!

So kamen wir nach Venedig, und ich wartete dem Bruder des Kardinal Cornaro auf, den ich bat, dass er mir die Erlaubnis verschaffen möge, den Degen tragen zu dürfen. Er versetzte darauf, dass ich ihn nur frei und ohne Erlaubnis anstecken sollte; das Schlimmste, was mir begegnen könnte, wäre, dass mir die Polizei den Degen wegnähme.

So gingen wir bewaffnet und besuchten Jakob del Sansovino, den Bildhauer, der den Tribolo verschrieben hatte. Er begegnete mir äußerst freundlich und behielt uns zum Essen. Da sagte er zu Tribolo: Er könne ihm gegenwärtig keine Arbeit geben, er möge doch ein andermal wiederkommen. Da fing ich an zu lachen und sagte scherzend zu Sansovino: Sein Haus ist zu weit von dem Eurigen, als dass er Euch so ganz bequem besuchen könnte. Der arme Tribolo erschrak und zeigte den Brief vor, durch den er berufen war. Darauf antwortete Sansovino: Wackre und kunstreiche Männer meinesgleichen dürfen das und noch mehr tun. Tribolo zog die Achseln und sagte: Geduld, Geduld! Ich nahm darauf ohne Rücksicht auf das herrliche Mittagsessen die Partie meines Gesellen, auf dessen Seite das Recht war, und überdies hatte Sansovino bei Tische nicht aufgehört, von seinen großen Werken zu sprechen, von Michelagnolo und allen Kunstverwandten Übels zu reden und sich ganz allein übermäßig zu loben, sodass mir für Verdruss kein Bissen schmecken wollte. Da sagte ich nur die paar Worte: Wackre Männer zeigen sich durch wackre Handlungen, und die kunstreichen, welche schöne und gute Werke machen, lernt man besser durch das Lob aus fremdem Munde als aus ihrem eigenen kennen. Darauf stiegen wir verdrießlich vom Tische auf.

Noch selbigen Tag begegnete ich beim Rialto dem Peter Benintendi, der von verschiedenen begleitet war, und da ich merkte, dass sie Händel suchten, trat ich bei einem Apotheker ein und ließ den Sturm vorüberziehen. Darnach hörte ich, dass der Junge von den Magalotti, dem ich artig begegnet war, sie tüchtig ausgescholten hatte, und so ging die Sache vorüber.

Einige Tage nachher machten wir uns wieder auf den Weg nach Ferrara. Wir kehrten in einem gewissen Ort ein, der diesseits Chioggia auf der linken Hand liegt, wenn man nach Ferrara geht. Der Wirt wollte bezahlt sein, ehe wir uns schlafen legten, und da wir ihm sagten, dass es an andern Orten gebräuchlich sei, erst morgens zu bezahlen, so sagte er: Ich will des Abends das Geld, es ist nun meine Art so. Darauf antwortete ich: Die Leute, die alles nach ihrer Art haben wollten, müssten sich auch eine besondere Welt dazu schaffen, denn in dieser gehe das nicht an. Er versetzte: Ich sollte ihm den Kopf nicht warm machen, denn er wollte es nun einmal so haben. Tribolo zitterte vor Furcht, stieß mich und sagte: Ich sollte still sein, damit es nicht noch schlimmer würde. Wir bezahlten also den Kerl und legten uns schlafen. Wir hatten fürtreffliche Betten, alles neu und recht, wie sichs gehört; mit allem dem aber schlief ich nicht und dachte nur die ganze Nacht, wie ich mich rächen wollte. Einmal kam mirs im Sinn, ihm das Haus anzustecken, ein andermal, ihm vier gute Pferde zu lähmen, die er im Stall hatte. So leicht das zu tun war, so schwer hätte ich mich darnach mit meinem Gesellen retten können. Zuletzt ließ ich unsere Sachen und die übrigen Gefährten einschiffen, und als die Pferde schon ans Seil gespannt waren, sagte ich: Sie sollten stillhalten, bis ich wiederkäme, denn ich hätte meine Pantoffeln im Schlafzimmer gelassen. So ging ich ins Wirtshaus zurück und rief nach dem Wirte; der rührte sich nicht und sagte: Er bekümmere sich nicht um uns, wir möchten zum Henker gehen! Es war noch ein Knäbchen im Hause, ein Stallbursche, der sagte ganz schlaftrunken zu mir: Selbst um des Papstes willen würde sich sein Herr nicht in Bewegung setzen; darneben verlangte er ein Trinkgeld. Ich gab ihm einige kleine venezianische Münzen und sagte ihm: Er solle die Schiffleute noch so lange aufhalten, bis ich mit meinen Pantoffeln zurückkäme. So ward ich auch den los und ging hinauf und nahm ein scharfes Messerchen und zerschnitt die vier Betten so über und über, dass ich wohl einen Schaden von fünfzig Scudi mochte getan haben, steckte darauf einige Fetzen des Zeuges ein, stieg in das Schiff und sagte eilig zu dem, der die Pferde führte: Er möchte machen, dass er fortkäme. Kaum waren wir ein wenig von dem Wirtshause entfernt, als Gevatter Tribolo sagte: Er habe ein paar Riemchen zurückgelassen, womit er seinen Mantelsack aufs Pferd zu binden pflege; er wolle zurück, denn er könne sie nicht entbehren. Ich sagte ihm: Er solle uns deswegen nicht aufhalten; ich wollte ihm Riemen machen lassen, so groß und soviel er wollte. Er sagte: Ich solle nicht spaßen, er wolle nun ein für alle Mal seine Riemen wiederhaben. Nun rief er: Man solle halten! Und ich rief: Man solle fortfahren! Indessen erzählte ich ihm den großen Schaden, den ich dem Wirte versetzt hatte, und zeigte ihm ein Pröbchen von dem Bettzeuge. Da ergriff ihn ein solcher Schrecken, dass er nicht aufhörte, zum Fährmann zu rufen: nur zu! Nur zu! Und die Angst verließ ihn nicht, bis wir vor die Tore von Florenz kamen.

Da sagte Tribolo: Lasst uns um Gottes willen die Degen aufbinden und treibts nur nicht weiter so fort! Mir wars die ganze Zeit, als wenn meine Eingeweide im Kessel kochten. Darauf sagte ich: Gevatter Tribolo! Wie solltet Ihr den Degen aufbinden, da Ihr ihn niemals losgebunden habt? Und das sagte ich, weil er auf der ganzen Reise kein Zeichen eines Mannes von sich gegeben hatte. Darauf sah er seinen Degen an und sagte: Bei Gott! Ihr habt recht! Das Gehenk ist noch geflochten, wie ich es zu Hause zurechtmachte. Und so mochte der Gevatter wohl glauben, dass ich ihm schlechte Gesellschaft geleistet habe, weil ich mich verteidigt und gerochen hatte, wenn man uns etwas Unangenehmes erzeigen wollte. Mir schien aber, er habe sich eigentlich schlecht gehalten, dass er mir in solchen Fällen nicht beistand. Das mag nun jeder beurteilen, wer ohne Leidenschaft die Sache betrachtet.

Sobald ich abgestiegen war, ging ich zum Herzog Alexander und dankte ihm für das Geschenk der fünfzig Scudi und sagte: Ich sei auf alle Weise bereit, Seiner Exzellenz zu dienen. Er antwortete mir: Ich solle die Stempel zu seinen Münzen schneiden. Die erste, die ich darauf fertigmachte, war von vierzig Soldi, mit dem Bilde des Herzogs auf der einen und mit dem Wappen auf der ändern Seite. Darnach schnitt ich den Stempel für die halben Julier und darauf den Kopf des heiligen Johannes im Vollgesichte, die erste Münze der Art, die in so dünnem Silber geprägt worden, wovon die Schwierigkeit nur diejenigen einsehen können, die es in dieser Kunst auf den höchsten Grad gebracht haben. Alsdann wurden die Stempel zu den Goldgülden fertig: Auf der einen Seite war ein Kreuz mit kleinen Cherubim, auf der andern das Wappen des Herzogs.

Da ich nun mit so vielerlei Münzen fertig war, bat ich Seine Exzellenz, Sie möchten mir nun eine Besoldung auswerfen und mich in die Zimmer auf der Münze einweisen lassen, wenn Ihnen meine Bemühungen gefielen. Darauf sagte er: Er sei es zufrieden und werde die nötigen Befehle erteilen. Seine Exzellenz sprach mich damals in der Gewehrkammer; ich bemerkte eine fürtreffliche Büchse, die aus Deutschland gekommen war, und als der Herzog sah, mit welcher Aufmerksamkeit ich das schöne Gewehr betrachtete, gab er mir es in die Hand und sagte: Er wisse wohl, wie viel Vergnügen ich an solchen Dingen fände, und zum Gottespfennig seines Versprechens sollte ich mir eine Büchse nach meinem Belieben wählen, nur diese nicht, und er versichre mich, es seien viele schönere und ebenso gute in seiner Gewehrkammer. Dankbar nahm ich das Erbieten an, und als er bemerkte, dass ich mit den Augen herumsuchte, befahl er dem Aufseher, der Pietro von Lucca hieß, er solle mich, was ich wolle, nehmen lassen. So ging er mit den gefälligsten Worten weg, und ich wählte die schönste und beste Büchse, die ich in meinem Leben gesehen hatte, und trug sie nach Hause.

Den andern Tag brachte ich ihm Zeichnungen, die er zu einigen Goldarbeiten bestellt hatte: Er wollte sie seiner Gemahlin schicken, die noch in Neapel war. Ich bat ihn bei der Gelegenheit nochmals, dass er meine Anstellung möge ausfertigen lassen. Darauf sagte Seine Exzellenz: Ich sollte ihm den Stempel von seinem Bilde machen, so schön wie das vom Papst Clemens. Ich fing sogleich das Bildnis in Wachs an, und der Herzog befahl, dass, sooft ich käme, ihn zu porträtieren, ich ohne Weiteres eingelassen werden sollte. Da ich merkte, dass meine Angelegenheit sich ins Weite zog, wählte ich einen gewissen Peter Paul von Monte Ritondo, der als kleiner Knabe in Rom bei mir gewesen war; er hielt sich gegenwärtig bei einem Goldschmiede auf, der ihn nicht gut behandelte. Deswegen nahm ich ihn weg und lehrte ihn die Stempel zu den Münzen aufs Beste verfertigen. Indessen porträtierte ich den Herzog, den ich öfters nach Tische mit seinem Lorenz Medicis schlummern fand, der ihn nachher umbrachte. Niemand war weiter zugegen, und ich verwunderte mich oft, dass ein solcher Fürst sich so vertrauen konnte.

Nun geschah es, dass Oktavian Medicis, der alles zu regieren schien, gegen den Willen des Herzogs den alten Münzmeister begünstigen wollte; er hieß Bastian Cennini, ein altfränkischer Mann, der wenig verstand und beim Ausmünzen der Scudi seine dummen Stempel mit den Meinigen durcheinander schlagen ließ. Ich beklagte mich darüber beim Herzog und legte ihm die Münzen vor, worüber er sehr verdrießlich war und sagte: Gehe zu Oktavian und zeig es ihm! Da ging ich schnell weg und wies diesem, wie man meine schönen Münzen verschändet hatte. Darauf antwortete er mir recht eselmäßig: Das beliebt uns so! Ich antwortete aber: Das gehöre sich nicht, und mir wolle das nicht gefallen. Darauf versetzte er: Und wenn es nun dem Herzog gefiele? Ich antwortete: Auch da würde es mir nicht gefallen, denn es ist weder gerecht noch vernünftig. Darauf sagte er: Ich solle mich wegpacken und sollte es hinunterschlucken, und wenn ich dran erwürgen sollte! Ich kehrte zum Herzog zurück, erzählte ihm das ganze verdrießliche Gespräch und bat ihn, dass er meine schönen Münzen nicht so möchte schänden lassen. Darauf sagte er: Oktavian will zu hoch hinaus; dein Wille soll geschehen, denn dadurch beleidigt man mich.

Denselben Tag (es war ein Donnerstag) erhielt ich von Rom einen umständlichen Freibrief vom Papste, damit ich nach Rom gehen und den Ablass durch die heiligen Marien im August erlangen und mich von dem Flecken des Totschlags reinigen könnte. Ich ging zum Herzog und fand ihn, da er nicht wohl war, im Bette; ich brauchte noch zwei volle Stunden zu dem Wachsbilde, zeigte es ihm vollendet, und es gefiel ihm gar sehr. Dann brachte ich den Freibrief hervor und eröffnete ihm, wie der Papst mich zu gewissen Arbeiten bestellt habe; ich wolle deswegen wieder die schöne Stadt Rom gewinnen und indessen an seiner Medaille arbeiten. Halb zornig sagte darauf der Herzog: Benvenuto, folge mir! Verreise nicht! Du sollst deine Besoldung und die Zimmer in der Münze haben und mehr, als du verlangen kannst. Denn das, was du verlangst, ist gerecht und billig; und wer sollte mir die schönen Münzen prägen, die du gemacht hast? Darauf sagte ich: Gnädiger Herr! Auch daran hab ich gedacht, denn ich habe hier einen jungen Römer, der mein Schüler ist: Den habe ich alles gelehrt, und der wird Eure Exzellenz recht gut bedienen können, bis ich mit der fertigen Denkmünze zurückkomme, um alsdann immer bei Ihnen zu bleiben. Denn ich habe auch noch in Rom eine offene Werkstatt, Arbeiter und verschiedene Geschäfte. Habe ich nur einmal erst den Ablass, so will ich das ganze römische Wesen einem meiner Zöglinge überlassen und mit Eurer Exzellenz Erlaubnis wieder zu Ihnen zurückkehren. Bei dieser Unterredung war auch Lorenz Medicis gegenwärtig; der Herzog winkte ihm einige Mal, er solle mir doch auch zureden, er sagte aber nichts als: Benvenuto, du tätest besser, da zu bleiben! Ich sagte aber, dass ich auf alle Weise nach Rom gehen wolle. Lorenz wiederholte immer dieselbigen Worte und sah beständig den Herzog mit einem fatalen Blick an.

Ich hatte indessen mein Modell geendigt und in die Schachtel geschlossen. Darauf sagte ich: Gnädiger Herr! Ich versichre Euch, Eure Medaille soll besser werden als die des Papst Clemens; denn jene war die erste, die ich machte, und ich versteh es nun besser. Ich hoffe, Herr Lorenzo gibt mir eine treffliche Rückseite: Er ist gelehrt und von schönem Geiste. Darauf antwortete Lorenz geschwind: Ich denke an nichts anders, als dir eine schöne Gegenseite zu geben, die Seiner Exzellenz wert sei. Der Herzog lächelte spöttisch und sagte: Bring ihn auf die Gegenseite, und so verreist er nicht. Da sagte Lorenz: Ich will so geschwind als möglich fertig sein, es soll etwas werden, worüber die Welt erstaunt. Der Herzog, der ihn zum Besten hatte und ihn überhaupt nicht achtete, kehrte sich im Bette herum und lachte über das, was er ihm gesagt hatte. Ich ging fort ohne weitere Umstände und ließ sie allein. Der Herzog glaubte nicht, dass ich abreisen würde, und sagte nichts weiter. Da er aber erfuhr, dass ich weg war, schickte er mir einen Bedienten nach, der mich in Siena antraf und mir fünfzig Golddukaten im Namen seines Herrn überbrachte mit den Worten: dass ich sie auf seine Gesundheit verzehren und sobald als möglich wiederkommen sollte. Dann setzte er hinzu: Herr Lorenz lässt dir sagen, dass er zu der Schaumünze, die du machen wirst, eine wundersame Rückseite im Sinne habe. Übrigens hatte ich alles obgedachtem Peter Paul übergeben und ihn angewiesen, wie er mit den Münzen verfahren sollte; weil es aber außerordentlich schwer ist, so konnte er niemals ganz damit zurechte kommen. Mir aber blieb das Münzamt über siebzig Scudi für meine Stempel schuldig.

Fünftes Kapitel

Der Autor, bald nach seiner Rückkunft, wird in seinem Hause bei Nacht von vielen Häschern angegriffen, die ihn wegen des an Pompeo von Mailand verübten Mordes einfangen sollen. – Er verteidigt sich tapfer und zeigt ihnen des Papstes Freibrief. – Er wartet dem Papst auf, und seine Begnadigung wird auf dem Kapitol eingezeichnet. – Er wird gefährlich krank. – Erzählung dessen, was während dieser Krankheit vorfällt. – Musterhafte Treue seines Dieners Felix.

So reiste ich nach Rom und hatte meine schöne Büchse mit dem Rade bei mir, die ich mit größtem Vergnügen unterwegs oft gebrauchte, und mehr als einen wundernswürdigen Schuss damit tat. Weil mein Haus in Rom, das in Strada Julia lag, nicht eingerichtet war, so stieg ich bei Herrn Johann Gaddi ab, dem ich vor meiner Abreise meine schönen Waffen und viele andere Dinge, die ich sehr wert hielt, in Verwahrung gegeben hatte (denn an meiner Werkstatt wollte ich nicht absteigen), und schickte nach Felix, meinem Gesellen, er sollte geschwind meine Wohnung aufs Beste in Ordnung bringen. Den andern Tag schlief ich dort, machte meine Kleider und alles, was ich bedurfte, zurechte, denn ich wollte den andern Tag zum Papste gehen und ihm danken. Ich hatte zwei Knaben in meinem Dienste, und unter mir wohnte eine Wäscherin, die mir sehr gut kochte.

Ich hatte des Abends einige meiner Freunde zu Tische gehabt, wir waren sehr vergnügt gewesen, und ich legte mich schlafen. Kaum war die Nacht vorbei (es mochte eine Stunde vor Tage sein), als ich mit entsetzlicher Wut an meine Türe schlagen hörte: Ein Schlag fiel auf den andern. Ich rief meinen ältesten Diener, der Cencio hieß, ebenden, der mit mir im Kreise des Nekromanten gewesen war, und sagte ihm: Er solle sehen, wer der Narr sei, der zu dieser Stunde so bestialisch poche. Der Knabe ging, und ich zündete noch ein Licht an (denn eins habe ich die Nacht immer brennen), warf ein vortreffliches Panzerhemd über und darüber eine Weste, wie sie mir in die Hand fiel. Cencio kam zurück und rief: O wehe, mein Herr! Der Bargell mit allen Häschern ist vor der Tür und sagt: Wenn Ihr nicht geschwind macht, so werde er die Tür niederrennen! Sie haben Fackeln und tausend Dinge bei sich. Darauf sprach ich: Sag ihnen, dass ich mich ankleide und sogleich komme. Da ich vermutete, dass es ein Streich von Herrn Peter Ludwig sei, nahm ich in die rechte Hand einen vortrefflichen Dolch, in die linke meinen Freibrief, dann lief ich an die hinteren Fenster, die auf gewisse Gärten gingen: Auch da sah ich mehr als dreißig Häscher und begriff, dass ich auf dieser Seite nicht entfliehen konnte. Da nahm ich die beiden Kinder vor mich und sagte: Sie sollten die Türe aufmachen, sobald ichs befähle! Und so stellte ich mich in Ordnung, den Dolch in der Rechten, den Freibrief in der Linken, vollkommen im Verteidigungszustande. Dann sagte ich zu den Kindern: Fürchtet euch nicht und macht auf!

Sogleich sprang Vittorio, der Bargell, mit zwei andern herein. Sie glaubten mich leicht in die Hände zu bekommen; da sie mich aber auf gedachte Weise bereitfanden, zogen sie sich zurück und sagten: Hier wills Ernst werden. Da sprach ich, indem ich den Freibrief hinwarf: Leset das! Und da Ihr mich nicht fangen könnt, so sollt Ihr mich auch nicht einmal berühren. Der Bargell sagte darauf zu einigen: Sie sollten mich ergreifen, und den Freibrief könnte man nachher sehen. Da hielt ich ihnen kühn den Dolch entgegen und rief: Lebend entkomm ich, oder tot habt Ihr mich! Der Platz war sehr enge, sie drohten jeden Augenblick gewaltsam auf mich einzudringen, und ich stand immer in Positur, mich zu verteidigen. Da nun der Bargell wohl sah, dass sie mich nur auf diese Weise haben könnten, wie ich gesagt hatte, rief er den Aktuarius und gab, indessen dieser den Freibrief las, einige Mal das Zeichen, dass sie mich fassen sollten, deswegen ich mich nicht aus meiner Stellung verrückte. Endlich gaben sie ihren Vorsatz auf, sie warfen mir den Freibrief auf die Erde und gingen ohne mich fort.

Als ich mich wieder hinlegte, fühlte ich mich sehr angegriffen und konnte nicht wieder einschlafen. Als es Tag war, hatte ich mir vorgesetzt, zur Ader zu lassen, und fragte nur erst den Herrn Johann Gaddi um Rat, und der ließ so ein Hausärztlein rufen, das fragte mich: ob ich denn erschrocken sei? Nun sage einer: Was soll man von dem Verstand eines Arztes denken, dem man einen so großen und außerordentlichen Fall erzählt und der so eine Frage tut? Es war eben ein Kauz, der gleichsam beständig über nichts lachte und mir auch lachend sagte: Ich sollte einen guten Becher griechischen Weines trinken, mich lustig machen und weiter nicht erschrocken sein. Herr Johann sagte: Meister! Und wenn einer von Erz und Marmor gewesen wäre, so hätte er sich bei dieser Gelegenheit entsetzt, geschweige ein Mensch. Darauf sagte das Ärztlein: Monsignor! Wir sind nicht alle nach *einer* Weise gebauet; dieser Mann ist nicht von Erz noch von Marmor, sondern von reinem Eisen. Somit legte er mir die Hand an den Puls und sagte unter seinem unmäßigen Gelächter: Fühlt einmal hierher, Johannes! Kein Mensch, kein erschrockener Mensch hat einen solchen Puls! Das ist ein Löwe, ein Drache. Ich, der ich wohl wusste, dass mein Puls stark und über das rechte Maß schlug, wie das Affengesicht von Hippokrates und Galen nicht gelernt hatte, fühlte wohl mein Übel, zeigte mich aber munter, um nicht erschrockener zu scheinen, als ich war.

Man ging eben zur Tafel, und ich aß mit der ganzen Gesellschaft. Sie war sehr auserlesen: Herr Ludwig von Fano, Herr Johann Greco, Herr Antonio Allegretti, alles sehr gelehrte Personen, auch Herr Hannibal Caro, der noch sehr jung war. Man sprach von nichts als von meinem wackren Betragen, und dann ließen sie sich die Geschichte von meinem Diener Cencio, der sehr geistreich, lebhaft und von schöner Gestalt war, oftmals wiederholen, und sooft er die rasende Begebenheit erzählte und dabei meine Stellungen und meine Worte wiederholte, fiel mir immer ein neuer Umstand ein. Dabei fragten sie ihn oft: ob er erschrocken wäre? Er antwortete: Sie sollten mich fragen, es war ihm geworden wie mir. Zuletzt ward mir das Geschwätz beschwerlich, und da ich mich sehr bewegt fühlte, stand ich vom Tische auf und sagte: Ich wollte gehen und mich und meinen Diener in blaues Tuch und Seide neu kleiden, da ich in vier Tagen am Feste der heiligen Marien in Prozession zu gehen hätte, und Cencio sollte mir die weiße brennende Kerze tragen. So ging ich und schnitt die blauen Tücher, sodann ein Westchen von blauem Ermisin und ein Überkleid von demselbigen; Cencio aber sollte beides von blauem Taffent haben.

Da ich das alles zugeschnitten hatte, ging ich zum Papste, der mir sagte: Ich sollte mit seinem Herrn Ambrosio reden; er habe befohlen, ich solle ein großes Werk von Gold machen. Ich ging zu Ambrosio, der recht gut um die Geschichte des Bargells wusste, denn er war mit meinen Feinden einverstanden und hatte den Bargell tüchtig ausgescholten, dass er mich nicht ergriffen hatte, der sich entschuldigte, dass sich gegen einen solchen Freibrief nichts tun lasse. Herr Ambrosio fing an, von den Arbeiten zu sprechen, wie ihm der Papst befohlen hatte; dann sagte er: Ich sollte die Zeichnungen machen, und er wolle sodann alles besorgen.

Inzwischen kam der Tag der heiligen Marien heran, und weil es die Gewohnheit mit sich bringt, dass die, welche einen solchen Ablass erlangen wollen, sich vorher ins Gefängnis begeben müssen, so ging ich abermals zum Papste und sagte Seiner Heiligkeit: Ich hätte nicht Lust, mich gefangen einzustellen, er möchte mir die Gnade erzeigen, bei mir eine Ausnahme zu machen. Der Papst antwortete mir: Es sei die Gewohnheit so. Da kniete ich von Neuem nieder, dankte ihm nochmals für den Freibrief, den er mir ausgestellt hatte, und sagte, dass ich nun mit demselben zu meinem Herzog von Florenz, der mich mit so viel Liebe und Verlangen erwartete, zurückkehren wolle. Darauf wendete sich Seine Heiligkeit zu einem Ihrer Vertrauten und sagte: Benvenuto mag den Ablass ohne Gefängnis haben! Setzt das Reskript auf, und so mags gut sein. Das geschah, der Papst unterzeichnete, auf dem Kapitol ward es registriert, und am bestimmten Tage ging ich zwischen zwei Edelleuten ehrenvoll in der Prozession und erhielt vollkommenen Ablass.

Nach vier Tagen überfiel mich ein schreckliches Fieber mit einem unglaublichen Frost. Ich legte mich gleich zu Bette und hielt die Krankheit für tödlich. Ich ließ sogleich die ersten Ärzte zusammenberufen. Darunter war Meister Franziskus von Norcia, ein sehr alter Arzt, der in Rom den größten Ruf hatte. Ich erzählte ihm, was ich für die Ursache meines großen Übels hielt, auch wie ich hatte wollen Blut lassen, und wie ich daran verhindert worden war; ich bat, wenn es Zeit wäre, möchten sie es noch tun. Meister Franziskus antwortete: es sei jetzt nicht Zeit, Ader zu lassen; hätte man es damals getan, so hätte mich nicht das mindeste Übel befallen, jetzt müsse man einen andern Weg nehmen.

So fingen sie nun die Kur an mit allem Fleiß, wie sie nur wussten und konnten, und alle Tage wurde es wütend schlimmer, und am Ende der Woche war das Übel so groß, dass die Ärzte, an ihrem Unternehmen verzweifelnd, meinen Leuten auftrugen: Man solle mich nur zufriedenstellen und mir geben, was ich verlangte. Meister Franziskus sagte: Solange Atem in ihm ist, rufet mich zu jeder Stunde, denn es kann sich niemand vorstellen, was die Natur in einem jungen Mann dieser Art zu tun vermag; und wenn er ohnmächtig werden sollte, wendet mir diese fünf Mittel, eines hinter dem andern, an und ruft mich. Ich will zu jeder Stunde der Nacht kommen; ich möchte diesen lieber durchbringen als irgendeinen Kardinal in Rom.

Auch kam täglich Herr Johann Gaddi zwei- oder dreimal zu mir, und jedes Mal nahm er meine schönen Büchsen in die Hand, meine Panzerhemden und Degen und sagte beständig: Wie ist das so schön! Wie ist das noch schöner! Und so machte er es mit meinen Modellen und andern Kleinigkeiten, sodass er mir zuletzt recht zur Last ward. Mit ihm kam auch ein gewisser Matthäus, ein Franzose, der eben auch auf meinen Tod recht sehnlich zu hoffen schien, nicht weil er von mir etwas zu erwarten hatte, sondern wahrscheinlich, weil er Herrn Gaddis Verlangen befriedigt zu sehen wünschte.

Indessen stand Felix, mein Geselle, mir auf alle Weise bei und tat für mich, was ein Mensch für den andern tun kann. Meine Natur war äußerst geschwächt und so herunter, dass mir kaum so viel Kraft übrig blieb, wenn ich ausgeatmet hatte, wieder Atem zu schöpfen. Doch war mein Kopf so stark als in gesunden Tagen. Da ich nun so völlig bei mir war, kam ein schrecklicher Alter an mein Bette, der mich gewaltsam in seinen ungeheuren Kahn hineinreißen wollte. Deswegen rief ich Felix: Er sollte zu mir treten und den abscheulichen Alten verjagen! Felix, der mich höchlich liebte, kam weinend gelaufen und rief: Fort, alter Verräter! Du sollst mir mein Glück nicht rauben. Herr Johannes Gaddi, der auch gegenwärtig war, sagte: Der arme Narr faselt; es wird nicht lange mehr währen. Matthäus der Franzose versetzte: Er hat den Dante gelesen, und für großer Schwäche fantasiert er. Darauf sagte er lachend: Fort, du alter Schelm! Lass unsern Benvenuto ungehudelt! Da ich sah, dass man über mich spottete, wendete ich mich zu Herrn Johann Gaddi und sagte: Wisst nur, lieber Herr, dass ich nicht fantasiere, dass es mit dem Alten richtig ist, der mir so zur Last fällt. Ihr tätet besser, mir den leidigen Matthäus zu entfernen, der über mein Unglück lacht, und da Euer Gnaden mir die Ehre Ihres Besuchs erzeigt, so wünschte ich, Ihr kämt mit Herrn Antonio Allegretti, Herrn Hannibal Caro und mit Euren übrigen trefflichen Männern: Das sind Personen von anderer Lebensart und anderm Geist als diese Bestie. Darauf sagte Herr Johannes im Scherze zu Matthäus: Er solle ihm auf immer aus den Augen gehen! Aber aus diesem Scherz ward Ernst, denn er sah ihn nachher nicht wieder. Darauf ließ er die Herren Allegretti, Ludwig und Caro rufen. Ihre Gegenwart diente mir zur größten Beruhigung; ich sprach ganz vernünftig mit ihnen und bat nur immer den Felix, er möchte mir den Alten wegjagen. Herr Ludwig fragte mich: was ich denn sehe, und wie er gestaltet sei? Indes ich ihn recht deutlich beschrieb, nahm mich der Alte beim Arme und riss mich in seinen schrecklichen Kahn. Kaum hatte ich ausgeredet, als ich in Ohnmacht fiel: Mir schien, als wenn mich der Alte wirklich in den Kahn würfe.

In dieser Ohnmacht soll ich mich herumgeworfen und gegen Herrn Gaddi harte Worte ausgestoßen haben, als wenn er mich zu berauben käme, als wenn er keine Barmherzigkeit gegen mich habe, und andere hässliche

Reden, wodurch Herr Gaddi sehr beschämt war. Alsdann blieb ich, wie sie sagten, als ein Toter und verharrte in solchem Zustande eine völlige Stunde. Als es ihnen deuchte, dass ich kalt würde, ließen sie mich für tot liegen, und als sie nach Hause kamen, erfuhr es Matthäus, der Franzose; der schrieb sogleich nach Florenz an Benedetto Varchi, meinen liebsten Freund; um welche Uhr der Nacht man mich habe sterben sehen. Auf diesen vermeinten Tod machte dieser treffliche Mann und Freund ein herrliches Sonett, das ich an seinem Platze einrücken werde.

Drei lange Stunden vergingen, ehe ich mich erholte, und da alle jene fünf Mittel des Meister Franziskus nicht helfen wollten und mein liebster Felix sah, dass ich kein Lebenszeichen von mir gab, lief er zum Hause des Arztes, pochte ihn heraus und bat ihn weinend: Er möchte doch mitkommen, denn ich sei wahrscheinlich tot. Darauf sagte Meister Franz, der ein heftiger Mann war: Sohn! Wozu soll ich kommen? Ist er tot, so schmerzt es mich mehr als dich. Denkst du, dass ich mit meiner Medizin ihm in den H*** blasen kann, um ihn wieder lebendig zu machen? Da er sah, dass der arme Knabe weinend wegging, rief er ihn zurück und gab ihm ein gewisses Öl, mir die Pulse und das Herz zu salben; dann, sagte er, sollten sie mir die kleinen Finger und Zehen recht festhalten: Kam ich wieder zu mir, so möchten sie ihn rufen. Felix lief und tat nach der Verordnung. Da es nun fast Tag war und ihm alle Hoffnung verloren schien, machten sie sich dran, um mich zu waschen. Auf einmal fühlte ich mich wieder und rief den Felix, dass er mir sobald als möglich den lästigen Alten wegjagen sollte. Felix wollte zu Meister Franzen laufen; da sagte ich ihm: Er solle bleiben, denn der Alte habe Furcht vor ihm und mache sich fort. Felix näherte sich, ich berührte ihn, und mir schien, dass der rasende Alte sogleich sich entfernte; deswegen bat ich den Knaben, immer bei mir zu bleiben. Nun kam auch der Arzt und sagte: Er wolle mir auf alle Weise durchhelfen; er habe seine Tage in einem jungen Mann so viel Kraft nicht gefunden. Nun fing er an zu schreiben und verordnete mir Bähungen, Pflaster, Waschwasser, Salben und andere unschätzbare Dinge; inzwischen litt ich an mehr als zwanzig Blutigeln am H***. Ich war durchbohrt, gebunden und ganz geknetet. Meine Freunde kamen, das Wunder vom auferstandenen Toten zu sehen. Viele Männer von großer Bedeutung besuchten mich, in deren Gegenwart ich sagte: das wenige Gold und meine Barschaft (es konnte ungefähr an Gold und Silber, Juwelen und Gelde achthundert Scudi sein) solle meiner armen Schwester in Florenz, namens Liperata, hinterlassen bleiben; alle meine übrigen Sachen, sowohl Waffen als was ich sonst besäße, sollten meinem armen Felix gehören und noch fünfzig Golddukaten, damit er sich kleiden könne. Auf diese Worte warf sich mir Felix um den Hals und sagte: Er verlange nichts, als dass ich leben solle. Darauf sagte ich ihm: Wenn du mich lebendig erhalten willst, so halte mich auf diese Weise fest und schilt auf den Alten da, der sich vor dir fürchtet. Da erschraken einige von den Gegenwärtigen, denn sie sahen, dass ich nicht fantasierte, sondern bei mir war und vernünftig sprach. So ging es mit meinem großen Übel, das nach und nach sich ganz langsam besserte. Der vortreffliche Meister Franz kam vier- oder fünfmal des Tages. Herr Johann Gaddi schämte sich und ließ sich nicht wieder sehen.

Auf einmal erschien mein Schwager, der, um mich zu beerben, von Florenz gekommen war, aber als ein braver Mann sich außerordentlich freute, mich lebendig zu finden. Ihn wiederzusehen, war mir der größte Trost; er begegnete mir aufs Freundlichste und versicherte mich, er sei nur gekommen, mich selbst zu warten. Das tat er auch mehrere Tage, dann entließ ich ihn, als ich fast sichre Hoffnung zur Genesung hatte, und da gab er mir das Sonett des Herrn Benedetto Varchi, dessen ich oben erwähnt habe.

> Wer wird uns trösten, Freund? Wer unterdrückt
> Der Klagen Flut bei so gerechtem Leide?
> Ach, ist es wahr? ward unsers Lebens Weide
> So grausam in der Blüte weggepflückt?
>
> Der edle Geist, mit Gaben ausgeschmückt,
> Die nie die Welt vereint gesehn, vom Neide
> Bewundert, seiner Zeitgenossen Freude,
> Hat sich so früh der niedern Erd entrückt?
>
> O liebt man in den seligen Gefilden
> Noch Sterbliches, so blick auf deinen Freund,
> Der nur sein eignes Los, nicht dich beweint!
>
> Wie du den ewgen Schöpfer abzubilden
> Hienieden unternahmst mit weiser Hand,
> So wird von dir sein Antlitz dort erkannt.

Indessen war meine Schwachheit außerordentlich, und es schien nicht möglich, sie zu heben. Der brave Meister

Franz gab sich mehr Mühe als jemals und brachte mir alle Tage neue Mittel, wodurch er das arme verstimmte Instrument wieder in Ordnung bringen wollte, und bei allen diesen unschätzbaren Bemühungen wollte sich diese Zerrüttung doch nicht wiederherstellen lassen, sodass alle Ärzte fast verzweifelten und nicht wussten, was sie tun sollten. Ich hatte einen unendlichen Durst und enthielt mich mehrere Tage des Trinkens, wie man mir verordnet hatte, und Felix, dem äußerst daran gelegen war, mich zu erhalten, ging mir nicht von der Seite. Der Alte war mir nicht mehr so beschwerlich, aber er kam manchmal im Traum zu mir.

Eines Tages war Felix ausgegangen; zu meiner Aufwartung waren ein kleiner Knabe und eine Magd übrig geblieben, die Beatrix hieß. Ich fragte den Knaben: was aus Cencio, meinem andern Diener, geworden sei? Und was das heiße, dass er sich nicht sehen lasse? Das Kind sagte mir: Cencio habe sich noch schlimmer befunden als ich und liege am Tode; Felix habe ihm befohlen, mir nichts davon zu sagen. Ich hörte diese Nachricht mit dem größten Verdrusse. Da rief ich die Magd und ersuchte sie, sie möchte mir helles und frisches Wasser in einem Kühlkessel bringen, der eben dastund. Gleich lief sie und brachte mir ihn ganz voll. Ich sagte: Sie sollte mir ihn an den Mund heben, und wenn sie mich nach Herzenslust trinken ließ, wollte ich ihr eine Jacke schenken. Das Mädchen hatte mir einige Sachen von Wert gestohlen und hätte mich gerne tot gesehen, damit ihre Untreue verborgen bliebe: So ließ sie mich auf zweimal trinken, soviel ich nur wollte, sodass ich wohl ein Maß Wasser verschluckt hatte; dann deckte ich mich zu, fing an auszudünsten und schlief ein. So hatte ich eine Stunde gelegen, als Felix zurückkam und das Kind fragte: was ich mache? Dieses antwortete: Ich weiß es nicht, Beatrix hat ihm den Kühlkessel voll Wasser geholt, und er hat ihn fast ganz ausgetrunken; ich weiß nicht, ob er tot oder lebendig ist.

Da war der arme Felix vor Schrecken fast umgefallen. Er ergriff sogleich einen Stock und schlug ganz unbarmherzig auf die Magd los und rief: Verräterin! Du hast mir ihn umgebracht! Indessen Felix zuschlug und sie schrie, träumte mir, der Alte kam mit Stricken in der Hand und wolle mich binden, Felix komme ihm zuvor und treffe ihn mit einem Beil. Der Alte floh und sagte: Lass mich gehen! Ich komme eine ganze Weile nicht wieder.

Beatrix war mit entsetzlichem Geschrei in meine Kammer gelaufen; ich erwachte und sagte zu Felix: Lass es gut sein! Vielleicht hat sie mir aus böser Absicht mehr genutzt, als du mit aller deiner Sorgfalt nicht imstande warst. Helft mir jetzt, da ich so außerordentlich geschwitzt habe, und kleidet mich schnell um! Felix fasste wieder Mut, trocknete und tröstete mich; ich fühlte große Erleichterung und fing an, auf Gesundheit zu hoffen. Meister Franz war gekommen, sah meine große Besserung, wie die Magd weinte, der Knabe hin und wider lief und Felix lachte: Da merkte der Arzt, dass etwas Außerordentliches vorgefallen sein müsse, wodurch ich auf einmal zu solcher Besserung hätte gelangen können. Indessen war auch Meister Bernardin angekommen, jener, der mir anfangs kein Blut lassen wollte. Meister Franz, der vortreffliche Mann, rief aus: O Gewalt der Natur! Sie kennt ihre Bedürfnisse, und die Ärzte verstehen nichts. Sogleich antwortete das andere Gehirnchen: Hätte er nur mehr als *eine* Flasche getrunken, so wäre er gleich völlig genesen. Meister Franz, dem sein Alter ein großes Ansehn gab, versetzte: Er wäre zum Henker gegangen, wohin ich Euch wünsche! Dann fragte er mich, ob ich mehr hätte trinken können; ich sagte: nein! Denn mein Durst sei völlig gestillt. Da wandte er sich zu Meister Bernardinen und sagte: Sehet, wie genau die Natur ihr Bedürfnis genommen hat, nicht mehr und nicht weniger, und dasselbe forderte sie auch damals, als der junge Mann verlangte, dass Ihr ihm Blut lassen solltet. Und hättet Ihr wirklich eingesehen, dass er mit zwei Maß Wasser zu kurieren wäre, so hättet Ihr es eher sagen und großen Ruhm dadurch erwerben können. Das fuhr dem Ärztlein vor den Kopf, er ging und kam nicht wieder. Darauf sagte Meister Franz: Man solle mich aus meiner Stube auf einen von den römischen Hügeln bringen.

Als der Kardinal Cornaro von meiner Besserung hörte, ließ er mich in eine seiner Wohnungen, die er auf Monte Cavallo hatte, bringen; es geschah noch selbigen Abend: ich saß in einem Tragsessel, wohl versorgt und bedeckt. Kaum war ich angekommen, als ich mich erbrechen musste. Da ging ein haariger Wurm von mir, wohl eine viertel Elle lang: die Haare waren groß und der Wurm abscheulich, gefleckt mit verschiedenen Farben, grünen, schwarzen und roten. Man hub ihn für den Arzt auf, der versicherte, er habe so etwas nie gesehen. Dann sagte er zu Felix: Sorge für deinen Benvenuto! Denn er ist genesen, und nun lass ihm weiter keine Unordnung zu; denn wenn ihm die eine durchhalf, so könnte die andere dir ihn umbringen. War er doch schon so weit, dass man sich ihm die letzte Ölung nicht zu geben getraute, und jetzt wird er mit ein wenig Zeit und Geduld sich bald wieder erholen, dass er treffliche Arbeiten fertigen kann. Darauf wandte er sich zu mir und sagte: Mein Benvenuto, sei klug und halte dich ordentlich! Und wenn du wieder völlig genesen bist, sollst du mir eine Muttergottes machen, die ich dir zuliebe immer anbeten will. Die versprach ich ihm und fragte: ob ich mich wohl dürfte nach Florenz bringen lassen? Er sagte, dass ich erst ein wenig stärker werden müsse: Man werde sehen, was die Natur tue.

Sechstes Kapitel

Der Autor, nachdem er genesen, reist nach Florenz mit Felix, um der vaterländischen Luft zu genießen. – Er findet Herzog Alexandern durch den Einfluss seiner Feinde sehr gegen sich eingenommen. – Er kehrt nach Rom zurück und hält sich fleißig an sein Geschäft. – Feuriges Luftzeichen, als er zu Nachtzeit von der Jagd nach Hause kehrt. – Seine Meinung darüber. – Nachricht von der Ermordung Herzog Alexanders, welchem Cosmus Medicis nachfolgt. – Der Papst vernimmt, dass Karl V. nach seinem glücklichen Zuge gegen Tunis nach Rom kommen werde, schickt nach unserm Autor, ein kostbares Werk zum Geschenke für Seine Kaiserliche Majestät zu bestellen.

Acht Tage waren vorbei, und die Besserung so unmerklich, dass ich anfing, mir selbst zur Last zu werden, denn ich hatte wohl dreißig Tage die große Not ausgestanden; endlich entschloss ich mich, mietete ein paar Tragsessel und ließ mich und meinen lieben Felix nach Florenz in das Haus meiner Schwester tragen, die mich zu gleicher Zeit beweinte und belachte.

Da kamen viele Freunde, mich zu besuchen, unter andern Peter Landi, der beste und liebste, den ich auf der Welt gehabt hatte. Den andern Tag kam ein gewisser Niccolo da Monte Aguto, auch mein großer Freund, und erzählte, er habe den Herzog sagen hören: Er hätte besser getan zu sterben, denn ich werde ihm niemals verzeihen, und nun hab ich ihn am Stricke. Ich antwortete meinem Freunde, der ganz außer sich vor Bangigkeit war: Meister Niccolo, erinnert Seine Exzellenz, dass Papst Clemens mich auch einmal übereilt bestrafen wollte; er solle mich beobachten lassen, und wenn ich gesund bin, wollte ich ihm zeigen, dass er nicht viel so treue Diener hat. Irgendein Feind hat mir bei ihm diesen bösen Dienst geleistet.

Dieser Feind war, wie ich wohl erfuhr, Georg Vasellai (Vasari), Maler von Arezzo. Wahrscheinlich verleumdete er mich aus Dank für die vielen Wohltaten, die ich ihm erzeigt hatte. Schon in Rom, wo ich ihn aufnahm und ihn unterhielt, kehrte er mein Haus das Oberste zu unterst. Er hatte so einen gewissen trocknen Ausschlag, und seine Hände waren immer gewohnt zu kratzen. Da schlief er mit einem guten Knaben, den ich hatte, der sich Manno nannte; er glaubte, sich zu kratzen, und hatte mit seinen schmutzigen Pfoten, an denen er niemals die Nägel abschnitt, seinem armen Schlafgesellen das ganze Bein abgeschunden. Manno ging aus meinen Diensten und schwur, ihn totzuschlagen; ich aber suchte die Sache beizulegen. So versöhnte ich auch den Kardinal Medicis mit gedachtem Georg und half ihm auf alle Weise. Zum Dank erzählte er nun dem Herzog Alexander, dass ich von Seiner Exzellenz übel gesprochen habe; ich hätte mich vermessen, in Verbindung mit den Ausgewanderten zuerst die Mauer von Florenz zu ersteigen. Nachher erfuhr ich wohl, dass der treffliche Herr Octaviano Medicis, der sich an mir wegen des Verdrusses über die Münze rächen wollte, den er nach meiner Abreise von Florenz mit dem Herzog gehabt hatte, ihm die Worte in den Mund gelegt habe. Ich hatte an dieser Nachrede nicht die mindeste Schuld und fürchtete mich auch nicht im geringsten. Der geschickte Meister Franz da Monte Varchi sorgte für meine Gesundheit; ihn hatte mein liebster Freund Lukas Martini zu mir geführt, der den größten Teil des Tages bei mir zubrachte. Indessen hatte ich meinen getreuen Felix wieder nach Rom geschickt, um meinen Sachen vorzustehen, und als ich mich nach vierzehn Tagen wieder ein wenig erholt hatte (ob ich gleich noch nicht auf den Füßen stehen konnte), ließ ich mich in den Palast Medicis auf die Terrasse tragen und setzte mich, um zu warten, bis der Herzog vorbeiging. Da versammelten sich meine vielen Freunde, die ich am Hof hatte, und verwunderten sich, dass ich, ohne meine Genesung abzuwarten, mich dem Herzog vorstellen wollte. Alle verwunderten sich, nicht sowohl, weil sie mich für tot gehalten hatten, sondern weil ich wie ein Toter aussah. Da sprach ich in aller Gegenwart: Es hat mich ein nichtswürdiger Mensch beim Herzog verleumdet, als wenn ich Übels von Seiner Exzellenz gesprochen und mich vermessen hätte, zuerst Ihre Mauern zu übersteigen. Nun kann ich nicht leben noch sterben, ehe ich diese Schande von mir gewälzt habe und bis ich weiß, wer der Verräter ist.

Inzwischen hatten sich mehrere Edelleute versammelt, die mir alle großen Anteil bezeugten; der eine sagte dies, der andere jenes, und ich versetzte, dass ich nicht von hinnen gehen wollte, ohne meinen Ankläger zu kennen. Da trat zwischen sie alle Meister Augustin, der Schneider des Herzogs, hinein und sagte: Wenn du weiter nichts wissen willst, das kannst du bald erfahren. In demselben Augenblick ging Meister Georg, der obbenannte Maler, vorbei. Da sagte Augustin: Hier ist dein Ankläger! Nun magst du dich weiter erkundigen. Lebhaft, ob ich mich gleich nicht vom Platze bewegen konnte, fragte ich Georgen: ob es wahr sei? Dieser leugnete die ganze Sache. Augustin aber versetzte: Du Galgenschwengel! Weißt du nicht, wie genau ich davon unterrichtet bin? Sogleich ging Georg hinweg und verharrte auf seinem Leugnen. Kurz darauf ging der Herzog vorbei; ich ließ mich aufheben und unterstützen, und er blieb stehen. Ich sagte ihm, dass ich in diesem Zustande nur gekommen sei, um mich zu rechtfertigen. Der Herzog sah mich an und war verwundert, mich lebendig zu sehen; dann sagte er: Ich sollte redlich und brav sein und an meine Gesundheit denken.

Da ich nach Hause kam, besuchte mich Niccolo da Monte Aguto und sagte mir: Ich sei für diesmal einer der größten und denklichsten Gefahren entgangen. Er habe mein Unglück mit unauslöschlicher Tinte geschrieben gesehen; ich solle nur suchen, bald gesund zu werden, und alsdann mit Gott mich davonmachen, denn es gedenke mirs ein Mann, der nicht leicht vergesse. Dann sagte er: Bedenk nur, was du dem Octaviano Medicis für Verdruss gemacht hast! Ich antwortete, dass ich ihm keinen, er wohl aber mir genug gemacht habe. Da erzählte ich ihm die Geschichte von der Münze, worauf er mir sagte: Gehe mit Gott so geschwind, als du kannst, und sei nur ruhig, denn geschwinder, als du denkst, wirst du dich gerochen sehen. Ich sorgte für meine Gesundheit und unterrichtete Peter Paulen weiters, wie er sich in verschiedenen Fällen wegen der Stempel zu verhalten habe; dann kehrte ich nach Rom zurück, ohne mich vom Herzog oder sonst jemand zu beurlauben.

Nachdem ich mich in Rom mit meinen Freunden genug ergötzt hatte, fing ich die Medaille des Herzogs an und hatte schon in wenig Tagen den Kopf in Stahl gegraben, das schönste Werk, das mir jemals in dieser Art gelungen war. Da kam wenigstens alle Tage einmal ein gewisser alberner Mensch, Franziskus Soderini, ein florentinischer Emigrierter, zu mir und sagte, da er meine Arbeit sah: Grausamer! So willst du uns doch den rasenden Tyrannen unsterblich machen! An deiner vortrefflichen Arbeit sieht man wohl, dass du unser grimmiger Feind und ebenso sehr Freund von jenem bist. Haben dich der Papst und er nicht zweimal ungerecht wollen aufhängen lassen? Jenes war der Vater, das ist der Sohn: nimm dich nun vorm Heiligen Geist in acht! Denn man glaubte ganz gewiss, Herzog Alexander sei der Sohn von Papst Clemens. Dabei schwur Herr Francesco: Wenn er könnte, wollte er mir die Stempel der Medaille entwenden. Ich sagte ihm drauf: Es wäre gut, dass ich es wüsste; ich wolle mich vor ihm schon in acht nehmen, und er solle sie nicht wieder sehen.

In der Zeit ließ ich nach Florenz wissen, man möchte Lorenzinen an die Rückseite der Schaumünze erinnern, die er mir versprochen habe. Niccolo da Monte Aguto, dem ich geschrieben hatte, antwortete mir: Er habe den närrischen, hypochondrischen Philosophen, den Lorenzin gesprochen, der ihn versichert habe, er denke Tag und Nacht an nichts anders und wolle sobald als möglich die Rückseite liefern. Doch riet mir mein Freund, ich solle darauf nur nicht weiter hoffen, die Rückseite nach meiner Erfindung vollenden und, wenn ich fertig sei, dem Herzog Alexander die Arbeit freien Mutes überbringen. Ich machte darauf eine Zeichnung und arbeitete fleißig vorwärts. Da ich mich aber noch nicht ganz von meiner entsetzlichen Krankheit erholt hatte, ging ich manchmal mit meinem lieben Felix auf die Jagd, der zwar nichts von meiner Kunst verstand, weil wir aber Tag und Nacht beisammen waren, von einem jeden für einen großen und trefflichen Meister gehalten wurde. Er war sehr angenehm und munter, und wir lachten oft über den großen Ruf, den er sich erworben hatte. Besonders scherzte er manchmal mit einer Anspielung auf seinen Namen, indem er Felix Guadagni hieß, dass sein Gewinn gering sein würde, wenn ich ihn nicht zu einem so großen Gewinner gemacht hätte. Ich sagte ihm darauf: Es gebe zwei Arten zu gewinnen, einmal für sich und dann für andere; an ihm hätte ich die zweite Art zu loben, denn er habe mir das Leben gewonnen.

Auf diese Weise unterhielten wir uns öfters, und einmal vorzüglich am Feste Epiphania (1537), da wir auf der Jagd waren, wo ich viel schoss und wieder recht krank hätte werden können, weil sich noch abends, indem ich eine getroffene Ente aus dem Graben holen wollte, mein rechter Stiefel mit Wasser füllte und mir bei der großen Kälte der Fuß erstarrt wäre, wenn ich nicht sogleich den Stiefel mit Entenflaumen angefüllt hätte.

Wir ritten wieder nach Rom zurück. Es war schon Nacht, und als wir auf eine kleine Höhe gelangten und nach der Gegend von Florenz hinsahen, riefen wir beide zugleich aus: Gott im Himmel! Was ist das für ein Zeichen, das über Florenz steht? Es war wie ein großer Feuerbalke, der funkelte und den stärksten Glanz von sich gab. Ich sagte zu Felix: Wir werden bald hören, dass etwas Großes in Florenz vorgefallen ist. So kamen wir nach Rom in finstrer Nacht. Ich stürzte noch über und über mit dem Pferde, das sehr brav war und einen Schutthaufen hinaufsprang, den ich nicht bemerkt hatte; doch tat ich mir, durch Gottes Hilfe, keinen Schaden, speiste abends mit guten Freunden, da denn noch viel von unsern Jagdstückchen, besonders auch von dem Feuerbalken gesprochen wurde. Jeder fragte: was das wohl bedeuten möchte? Worauf ich sagte: Wir werden schon was Neues von Florenz hören.

Den folgenden Abend spät kam die Nachricht von dem Tode des Herzogs Alexander, und meine Bekannten verwunderten sich, wie wahr ich gesprochen hatte. Da kam auf seinem Maultiere, mit Bockssprüngen, Franziskus Soderini herbeigehüpft, lachte unterwegs wie ein Narr und rief: Da hast du die Rückseite zur Medaille des schändlichen Tyrannen: Lorenzin hat sein Wort gehalten. Du wolltest die Herzoge verewigen: Wir wollen keine Herzoge mehr! Und so trutzte er mir spöttisch, als wenn ich ein Haupt der Sieben gewesen wäre, welche den Herzog zu wählen pflegen. Nun kam auch noch ein gewisser Baccio Bettini dazu, der einen garstigen dicken Kopf, wie ein Korb, hatte und mich auch aufziehen wollte. Haben wir sie doch entherzogt! Rief er; wir wollen keine Herzoge mehr, und du wolltest sie unsterblich machen!

Diese und andere verdrießliche Reden wurden mir denn doch zuletzt lästig, und ich sagte: O ihr albernen Menschen! Ich bin ein armer Goldschmied, ich diene jedem, der mich bezahlt, und ihr begegnet mir, als wenn ich das Haupt einer Partei wäre! Wollte ich euch Ausgewanderten jetzt eure ehemalige Unersättlichkeit, eure Narrheiten und euer ungeschicktes Betragen vorwerfen, so hätte ich viel zu tun. Aber so viel sollt ihr bei eurem albernen Lachen nur wissen: Ehe zwei oder höchstens drei Tage vergehen, werdet ihr einen neuen Herzog haben, der schlimmer ist als der letzte.

Den ändern Tag kam Bettini wieder an meine Werkstatt und sagte: Wahrlich, du brauchst kein Geld für Kuriere auszugeben, denn du weißt die Dinge, ehe sie geschehen; was für ein Geist offenbart dir das? Dann sagte er mir, dass Cosmus Medicis, Sohn des Herrn Johannes, Herzog geworden sei, doch nur unter gewissen Bedingungen, die ihn abhalten würden, nach Belieben zu schalten und zu walten. Da kam nun die Reihe, über sie zu lachen, an mich, wobei ich sagte: Die florentinischen Bürger haben einen Jüngling auf ein herrliches Pferd gehoben, sie haben ihm die Sporen selbst angeschnallt und ihm den Zaum frei in die Hand gegeben; dann haben sie ihn in das schönste Feld geführt, wo Blumen, Früchte und unzählige Reizungen sind, und haben ihm dabei gesagt, er möchte nur gewisse bestimmte Grenzen nicht überschreiten. Nun sagt mir: Wer will ihn halten, wenn er Lust hat, drüber hinauszugehen? Kann man *dem* Gesetze geben, den man so zum Herrn macht? Von der Zeit an ließen sie mich in Ruh, ich war ihr verdrießlich Geschwätze losgeworden und arbeitete immer fleißig in meiner Werkstatt, aber keine bedeutenden Sachen; denn es lag mir vorzüglich an der Wiederherstellung meiner Gesundheit, die noch nicht ganz befestigt war.

Indessen kam der Kaiser siegreich von seiner Unternehmung auf Tunis zurück, und der Papst schickte nach mir, um sich zu beraten, was er für ein würdiges Geschenk dem Kaiser machen könnte. Ich versetzte, dass ich für sehr schicklich hielt, Seiner Majestät ein goldenes Kreuz mit einem Christusbilde zu verehren, wozu ich die Zierraten gewissermaßen schon fertig hätte; dadurch würden mir Seine Heiligkeit auch eine besondere Gnade erzeigen, denn drei runde Figürchen von Gold, ungefähr einen Palm groß, stünden schon da. Es waren jene Figuren, die ich für den Kelch des Papst Clemens gearbeitet hatte, die Glaube, Hoffnung und Liebe vorstellten. Sogleich fügte ich alles Übrige von Wachs dazu, nicht weniger das Modell von dem Christusbilde und ändern sehr schönen Zierraten. Der Papst war alles sehr wohl zufrieden, und wir verglichen uns, wie es gemacht werden sollte; auch wurden wir einig über den Preis. Das war vier Uhr in der Nacht, und der Papst hatte Herrn Latino Juvinale Befehl und Auftrag gegeben, mir des andern Morgens das Geld auszahlen zu lassen. Diesem

Herrn Latino, der eine gewaltige Narrenader im Leibe hatte, fiel es ein, eine eigene Erfindung dem Papst aufzudringen, und so zerstörte er alles, was ausgemacht war. Des Morgens, da ich von ihm das Geld zu erhalten dachte, sagte er mit seinem bestialischen Dünkel: Uns gehört die Erfindung, und Ihr mögt immerhin ausführen. Ehe ich gestern Abend vom Papste wegging, haben wir uns was Besseres ausgedacht. Da ließ ich ihn gleich nicht weiterreden und versetzte: Weder Ihr noch der Papst könnt was Besseres erdenken, als wo Christus und sein Kreuz gegenwärtig ist. So sagt denn aber Euer höfisches Getratsch nur heraus! Zornig und ohne ein Wort zu reden, ging er fort und suchte die Arbeit einem andern zuzuwenden; der Papst aber ließ sich darauf nicht ein, schickte nach mir und sagte, dass ich wohl gesprochen hätte, sie wollten aber ein kleines Brevier zu Ehren der Muttergottes, das ganz herrlich gemalt sei, dem Kaiser zum Geschenk bestimmen: dem Kardinal Medicis habe die Miniatur mehr als zweitausend Scudi gekostet. Man müsse sich gegenwärtig nach der Zeit richten, denn der Kaiser werde in sechs Wochen erwartet; nachher könne man ihm noch immer das Geschenk, das ich vorgeschlagen hätte und das seiner würdig sei, verehren. Das Büchlein sollte einen Deckel von massivem Golde haben, reich gearbeitet und mit vielen Edelsteinen geziert; sie mochten ungefähr sechstausend Scudi wert sein. Ich erhielt sie und das Gold, legte fleißig Hand an, und in wenig Tagen erschien das Werk schon von solcher Schönheit, dass der Papst sich verwunderte und mir außerordentliche Gunst bezeigte. Besonders war ausgemacht, dass die Bestie, der Juvinale, mir nicht zu nahe kommen sollte.

Siebentes Kapitel

Kaiser Karl der Fünfte hält einen prächtigen Einzug in Rom. – Schöner Diamant, den dieser Fürst dem Papste schenkt. – Herr Durante und der Autor werden von Seiner Heiligkeit befehligt, die Geschenke dem Kaiser zu bringen. – Diese waren zwei türkische Pferde und ein Gebetbuch mit einem goldenen Deckel. – Der Autor hält eine Rede an den Kaiser, der sich mit ihm freundlich bespricht. – Ihm wird aufgegeben, den Diamanten zu fassen, den der Kaiser dem Papste geschenkt hatte. – Herr Latino Juvinale erfindet einige Geschichten, um Seine Heiligkeit gegen den Verfasser einzunehmen, der, als er sich vernachlässigt hält, nach Frankreich zu gehen den Entschluss fasst.

Ich hatte das Werk fast vollendet, als der Kaiser eintraf, dem man die herrlichsten Triumphbogen erbauet hatte. Die Pracht seines Einzuges mögen andere beschreiben, denn ich will mich nur auf das, was mich selbst angeht, einschränken. Gleich bei seiner Ankunft schenkte er dem Papst einen vortrefflichen Diamanten, den er für zwölftausend Scudi gekauft hatte. Der Papst übergab mir ihn sogleich, dass ich ihn in einen Ring nach dem Maß des Fingers Seiner Heiligkeit fassen sollte, doch wollte er erst das Büchelchen sehen, und wie weit ich damit sei. Als ich es brachte, war der Papst sehr damit zufrieden und befragte mich: was man wohl für eine gültige Entschuldigung finden könnte, da man dem Kaiser das

Werk unvollendet überreichen müsse? Ich versetzte darauf, dass ich wohl nur meine Krankheit anführen dürfte, und Seine Majestät, wenn Sie mich so blass und mager sähen, würden diese Entschuldigung wohl gelten lassen. Darauf versetzte der Papst: Das sei ganz recht; ich sollte aber, wenn ich dem Kaiser das Geschenk brächte, hinzusetzen, der Papst mache Seiner Majestät ein Geschenk mit mir selbst; und darauf sagte er mir die Worte vor, wie ich mich ausdrücken sollte. Ich wiederholte sie ihm sogleich und fragte: ob es so recht sei. Er versetzte: Das wäre wohl gut und schön, wenn du auch das Herz hättest, dich vor einem Kaiser so auszudrücken. Darauf antwortete ich: Es solle mir nicht an Mut fehlen, noch viel Mehreres zu sagen, denn der Kaiser sei nur gekleidet wie ich, und ich würde glauben, mit einem Menschen von meiner Art zu reden. Aber so gehe es mir nicht, wenn ich mit Seiner Heiligkeit spräche, in der ich eine höhere Gottheit erblickte, sowohl wegen der Würde der geistlichen Kleidung und Zierde als wegen des schönen Alters Seiner Heiligkeit, wodurch ich weit mehr in Verlegenheit gesetzt würde, als die Gegenwart des Kaisers jemals über mich vermöchte. Darauf sagte der Papst: Gehe, mein Benvenuto! Du bist ein tüchtiger Mann; mache uns Ehre, und es soll dir fruchten.

Der Papst bestimmte noch zwei türkische Pferde für den Kaiser, die seinem Vorfahren Clemens gehört hatten; keine schönern waren jemals in die Christenheit gekommen. Er gab Durante, seinem Kämmerer, den Auftrag, er solle sie hinunter in die Galerie des Palastes führen und sie dort dem Kaiser verehren. Zugleich legte er ihm die Worte in den Mund, die er zu sagen hatte. Wir gingen zusammen hinunter, und als wir vor den Kaiser kamen, führte man die beiden Pferde herein, die mit solcher Majestät und Geschick durch die Zimmer schritten, dass der Kaiser und jedermann darüber erstaunt war. Da trat nun auch Herr Durante hervor, mit den ungeschicktesten Manieren, und verwickelte sich mit gewissen brescianischen Redensarten die Zunge dergestalt im Munde, dass man nichts Schlimmeres hätte hören noch sehen können und der Kaiser einigermaßen zum Lachen bewegt wurde.

Inzwischen hatte ich auch meine Arbeit aufgedeckt, und da ich bemerkte, dass der Kaiser auf die gefälligste Weise sich nach mir umsah, trat ich hervor und sagte: Geheiligte Majestät! Unser heiligster Papst Paul lässt dieses Brevier Eurer Majestät überreichen: es ist geschrieben und gemalt von der Hand des größten Mannes, der jemals diese Kunst getrieben. Der reiche Deckel von Gold und Edelsteinen ist wegen meiner Krankheit unvollendet; deswegen übergibt seine Heiligkeit auch mich zugleich mit dem Buche, damit ich es bei Eurer Majestät vollende, wie alles Übrige, was Sie sonst zu befehlen haben möchte, und Ihr diene, solange ich lebe. Darauf antwortete der Kaiser: Das Buch ist mir angenehm, und Ihr seid es auch; aber Ihr sollt es mir in Rom vollenden. Ist es fertig und seid Ihr geheilt, so kommt und bringt mirs! Indem er nun weiter mit mir sprach, nannte er mich beim Namen, worüber ich mich sehr verwunderte, denn mein Name war bisher in der Unterredung nicht vorgekommen. Er sagte darauf: Er habe den Knopf des Pluvials gesehen, worauf ich für Papst Clemens so wundernswürdige Figuren gemacht habe.

So sprachen wir umständlich eine ganze halbe Stunde, von verschiedenen trefflichen und angenehmen Gegenständen uns unterhaltend; und da mir weit größere Ehre widerfahren war, als ich mir versprochen hatte, ergriff ich eine kleine Pause des Gesprächs, neigte mich und ging weg.

Der Kaiser soll gesagt haben: Man zahle sogleich fünfhundert Goldgulden an Benvenuto! Und der, der sie hinauftrug, fragte: wo der Diener des Papstes sei, der mit dem Kaiser gesprochen habe? Da zeigte sich Herr Durante und entwendete mir die fünfhundert Gulden. Ich beklagte mich darüber beim Papste, der mir sagte: Ich sollte ruhig sein. Er wisse, wie gut ich mich bei meiner Unterredung mit dem Kaiser gehalten habe, und von dem Gelde solle mir gewiss mein Teil nicht fehlen.

Ich kehrte in meine Werkstatt zurück und arbeitete mit großer Sorgfalt, den Diamanten zu fassen. Da schickte mir der Papst die vier ersten Juweliere von Rom zu, denn man hatte ihm gesagt, der Stein sei durch den ersten Goldschmied der Welt, Meister Miliano Targhetta in Venedig, gefasst worden, und da der Diamant ein wenig zart sei, so müsse man beim Fassen mit vieler Vorsicht zu Werke gehn. Unter diesen vier Meistern war ein Mailänder, Gaio genannt, eine eingebildete Bestie. Was er am wenigsten verstand, glaubte er eben am besten zu verstehen. Die übrigen waren bescheidene und geschickte Leute. So fing denn auch der Gaio vor allen andern an zu reden und sagte: Bleibe ja bei der Folie des Miliano! Denn vor der musst du die Mütze abnehmen. Beim Fassen ist es die größte Kunst, die rechte Folie zu finden.

Miliano ist der größte Juwelier, und das ist der gefährlichste Diamant.

Darauf versetzte ich: Desto größer ist die Ehre, in einer solchen Kunst mit einem so trefflichen Manne zu wetteifern. Dann wendete ich mich zu den andern Meistern und sagte: Seht! Hier verwahre ich die Folie des Miliano. Ich will nun einige selbst versuchen und sehen, ob ich sie besser machen kann. Gelingt es mir nicht, so will ich diese wieder unterlegen. Nun, sagte Gaio, wenn dir das gerät, so will ich gern selbst die Mütze abziehen.

Nun fing ich mit großem Fleiß an, verschiedene Folien zu machen, deren Bereitung ich Euch an einem andern Orte lehren will. Gewiss ist es, dieser Diamant war der bedenklichste, der mir vor- und nachher in die Hand kam, und die Folie des Miliano war trefflich gemacht; doch ließ ich nicht nach, schärfte die Werkzeuge meines Verstandes und erreichte jene nicht nur, sondern übertraf sie wirklich. Da ich nun meinen Vorgänger übertroffen hatte, ging ich darauf aus, mich selbst zu übertreffen, und es gelang mir, auf einem neuen Wege noch eine vollkommnere Folie zu finden.

Da ließ ich die Goldschmiede berufen und zeigte ihnen den Diamant mit der Folie des Miliano und hernach mit der meinen; darauf sagte Raphael del Moro, der geschickteste unter ihnen: Benvenuto hat die Folie des Miliano übertroffen! Gaio wollte es nicht glauben, und kaum hatte er den Diamanten in der Hand, so rief er: Der Stein ist zweitausend Dukaten mehr wert als vorher! Nun versetzte ich: Da ich einen solchen Meister übertroffen habe, lasst sehen, ob ich mich selbst übertreffen kann. Darauf bat ich, sie möchten einen Augenblick verziehen, ging auf meinen Altan und schob die andere Folie unter. Als ich den Stein zurückbrachte, rief Gaio: So etwas habe ich in meinem Leben nicht gesehen! Der Stein ist jetzt mehr als achtzehntausend wert, da wir ihn vorher nur auf zwölftausend geschätzt hatten. Die andern Goldschmiede sagten darauf: Benvenuto ist die Ehre unserer Kunst, und wir müssen vor ihm und seinen Folien die Mütze wohl abnehmen. Gaio sagte: Jetzt will ich gleich zum Papste gehen, er soll tausend Goldgulden für die Fassung zahlen. Auch lief er wirklich sogleich hin und erzählte alles. Darauf schickte der Papst desselbigen Tages dreimal, ob der Ring nicht fertig wäre?

Um dreiundzwanzig trug ich den Ring hinauf, und weil ich freien Eintritt hatte, so hub ich den Vorhang an der Türe bescheiden auf. Ich sah den Papst mit dem Marchese del Guasto sprechen; sie schienen über gewisse Dinge nicht einig zu sein, und ich hörte den Papst sagen: Es geht nun einmal nicht, ich muss neutral bleiben, sonst habe ich nichts zu tun. Ich zog mich sogleich zurück; der Papst rief mich. Schnell trat ich hinein, und da ich ihm den schönen Diamant überreichte, zog er mich ein wenig beiseite, und der Marchese entfernte sich. Indem der Papst den Diamant ansah, sagte er leise: Benvenuto! Fange etwas mit mir zu reden an, das wichtig aussieht, und höre nicht auf, solange der Marchese im Zimmer ist. Nun ging er mit mir auf und ab; es gefiel mir, dass ich mich bei dieser Gelegenheit zeigen konnte, und fing an, dem Papst zu erzählen, wie ich mich benommen hatte, dem Diamant die schöne Folie zu geben.

Der Marchese lehnte sich zur Seite an die Tapeten und wiegte sich von einem Fuß auf den andern; nun hatte ich zu meinem Diskurs ein solches Thema, dass ich drei ganze Stunden hätte reden können, um es recht auszuführen. Der Papst hörte mir mit Vergnügen zu und schien die unangenehme Gegenwart des Marchese zu vergessen. Ich hatte denn auch in meinen Vortrag den Teil von Philosophie gemischt, der zu dieser Kunst nötig ist, und hatte so beinah eine Stunde gesprochen; endlich fing es an, den Marchese zu verdrießen, und er ging halb erzürnt hinweg. Da erzeigte mir der Papst die vertrautesten Liebkosungen und sagte: Sei nur fleißig, Benvenuto! Ich will dich anders belohnen als mit den tausend Gulden, die mir Gaio vorgeschlagen hat.

Als ich weg war, lobte mich der Papst vor seinen Leuten, worunter denn auch Latino Juvinale sich befand. Der war nun mein abgesagter Feind geworden und suchte, mir auf alle mögliche Weise zu schaden. Als er sah, dass der Papst mit so vieler Neigung und Kraft von mir sprach, versetzte er: Es ist kein Zweifel, Benvenuto ist ein Mann von außerordentlichen Talenten, und es ist ihm nicht zu verargen, dass er von seinen Landsleuten vorteilhaft denkt, nur sollte er auch wissen, wie man von einem Papste spricht. Denn es ist doch unvorsichtig, wenn er sagt: Clemens sei der schönste Fürst gewesen und dabei der würdigste, nur habe er leider kein Glück gehabt; bei Eurer Heiligkeit sei es ganz umgekehrt, die Krone scheine sich auf Ihrem Haupte zu betrüben, man glaube, nur einen gekleideten Strohmann zu sehen, und nur Ihr gutes Glück sei zu rühmen. Diese Worte brachte er mit einer so ungezwungenen Art vor, dass sie leider nur eine zu starke Wirkung taten und der Papst ihnen Glauben beimaß, da ich sie doch weder jemals gesagt noch auch irgend so etwas gedacht hatte. Wäre es dem Papste möglich gewesen, mir mit Ehren etwas Unangenehmes zu erzeigen, so hätte er es wohl getan; aber als ein Mann von großem Geiste schien er darüber zu lachen. Dessen ungeachtet behielt er einen unversöhnlichen Hass gegen mich, wie ich bald merkte, denn ich konnte nur mit großer Mühe in die Zimmer gelangen. Da sah ich nun als einer, der an diesem Hofe viele Jahre gelebt hatte, wohl ein, dass mir jemand einen schlechten Dienst geleistet habe. Ich erkundigte mich auf geschickte Weise darnach und erfuhr die üble Nachrede, aber nicht den Urheber. Ich konnte mir auch damals nicht vorstellen, wer es gewesen sein könnte; hätte ich es gewusst, so hätte ich ihm die Rache mit dem Kohlenmaße zugemessen.

Als das Büchelchen fertig war, brachte ich es dem Papst, der, als er es erblickte, sich nicht enthalten konnte, mich höchlich zu loben; darauf bat ich ihn, er möchte mich es auch, wie er es mir versprochen, hinbringen lassen. Er versetzte: Ich hätte meine Arbeit getan, und er wolle nun tun, was ihm gefiele. Und so befahl er, ich sollte gut bezahlt werden. Ich erhielt fünfhundert Goldgulden: So viel hatte ich ungefähr in zwei Monaten verdient, und alles Übrige, was er mir versprochen hatte, war zunichte. Man rechnete den Ring für hundertundfünfzig Gulden, das übrige war für das Büchelchen, woran ich mehr als tausend verdient hatte; denn die Arbeit war äußerst reich an Figuren, Laubwerk, Schmelz und Juwelen. Ich nahm eben, was ich haben konnte, und setzte mir vor, mit Gott Rom zu verlassen. Der Papst schickte Herrn Sforza, einen seiner Nepoten, mit dem

Büchelchen zum Kaiser, der es sehr lobte und äußerst zufrieden war, auch sogleich nach mir fragte. Der junge Sforza, den man schon abgerichtet hatte, versetzte: Wegen meiner Krankheit sei ich nicht selbst gekommen. Das erfuhr ich alles wieder.

Achtes Kapitel

Wunderbare Geschichte seines Knaben Ascanio. – Der Autor zieht mit Ascanio nach Frankreich und kommt über Florenz, Bologna und Venedig nach Padua, wo er sich einige Zeit bei dem nachherigen Kardinal Bembo aufhält. – Großmütiges Betragen dieses Herrn gegen Cellini. – Dieser setzt bald seine Reise fort, indem er durch die Schweiz geht. – Mit großer Lebensgefahr schifft er über den Wallenstädter See. – Er besucht Genf auf seinem Wege nach Lyon, und nachdem er sich vier Tage in gedachter Stadt befunden, gelangt er glücklich nach Paris.

Indessen machte ich Anstalt, nach Frankreich zu gehen, und ich hätte die Reise wohl allein unternommen, wäre nicht ein junger Mensch namens Ascanio gewesen, der sich schon eine Zeit lang in meinen Diensten befand. Er war sehr jung und der beste Diener von der Welt. Er hatte vorher bei einem gewissen spanischen Goldschmied namens Francesco gedient, und ich sagte ihm mehr als einmal, dass ich ihn nicht zu mir nehmen wollte, um mit seinem Meister nicht in Streit zu geraten. Der Knabe, der aber nun einmal Verlangen zu mir hatte, trieb es so lange, bis mir sein Meister selbst ein Billett schrieb, worin er mir den Jungen willig überließ. So blieb er mehrere Monate bei mir und war mager und eingefallen: wir nannten ihn nur unser Altchen, und man hätte wirklich denken sollen, dass er alt sei; denn er diente fürtrefflich, war so vernünftig, und kaum schien es möglich, dass jemand im dreizehnten Jahre so viel Verstand haben könnte. In kurzer Zeit hatte sich der Knabe wieder erholt, und indem sein Körper zunahm, ward er der schönste Jüngling von Rom, und neben seinen übrigen Tugenden ward er auch in der Kunst fürtrefflich; ich liebte ihn wie meinen Sohn und hielt ihn auch so in der Kleidung. Als der Knabe sich wiederhergestellt sah, war er ganz entzückt über das Glück, das ihn in meine Hände geführt hatte, und ging oft, seinem Meister zu danken, der sich in dieser Sache hatte so willig finden lassen. Nun hatte der Meister eine schöne junge Frau, die sagte zum Knaben: Wie bist du nur so schön geworden? Darauf antwortete Ascanio: Es ist mein Meister, der mich schön, der mich aber auch gut gemacht hat. Das mochte dem Weibe gar nicht gefallen, und da sie es mit ihrem guten Rufe nicht genau nahm, mochte sie den Jüngling mit allerlei Liebreizungen an sich locken, die eben nicht die ehrbarsten waren, und ich merkte wohl, dass er anfing, mehr als gewöhnlich seine ehemalige Meisterin zu besuchen.

Nun begab sichs, dass er eines Tages einen meiner Lehrburschen ohne Ursache geschlagen hatte, der sich, als ich nach Hause kam, darüber beklagte und versicherte, Ascanio habe nicht die mindeste Ursache dazu gehabt. Darauf sagte ich zu diesem: Mit oder ohne Ursache sollst du niemand in meinem Hause schlagen, oder du sollst sehen, wie ich dich treffen will. Als er darauf etwas einwenden wollte, warf ich mich gleich über ihn her und versetzte ihm mit Fäusten und Füßen so raue Stöße, als er wohl jemals gefühlt haben mochte. Sobald er nur aus meinen Händen zu entkommen wusste, floh er ohne Jacke und Mütze aus der Werkstatt, und ich wusste zwei Tage nicht, wo er war, auch bekümmerte ich mich nicht um ihn. Nach Verlauf derselben kam ein spanischer Edelmann zu mir, der Don Diego hieß und der liberalste Mann war, den ich je gekannt habe. Ich hatte für ihn einige Arbeiten vollendet und noch einige unter der Hand, sodass er mein großer Freund war. Er sagte mir: Ascanio sei zu seinem alten Meister zurückgekehrt, und ich möchte doch so gut sein, ihm seine Mütze und Weste wiederzugeben. Ich antwortete: Meister Francesco habe sich übel betragen, und es sei dieses die rechte Art nicht. Hätte er mir gleich angezeigt, dass Ascanio sich in seinem Hause befinde, so hätte ich ihm gern den Abschied gegeben; da er ihn aber zwei Tage im Hause gehalten habe, ohne mir es anzuzeigen, so würde ich nicht leiden, dass er bei ihm bliebe, und sie sollten es nur nicht darauf ankommen lassen, dass ich ihn einmal dort erblickte. Alles das überbrachte Don Diego, und Francesco spottete nur darüber.

Den andern Morgen sah ich Ascanio, der an der Seite seines Meisters einige Lappalien arbeitete. Er grüßte mich, da ich vorbeiging, der Meister aber schien mich beinahe zu verlachen und ließ mir durch Don Diego sagen: Wenn mirs beliebte, so möchte ich Ascanio die Kleider schicken, die ich ihm geschenkt hätte; tat ichs auch nicht, so hätte es nichts zu sagen, Ascanio solle doch Kleider finden. Darauf wendete ich mich zu Don Diego und sagte: Mein Herr! Ich habe keinen edlern und rechtschaffnern Mann gekannt als Euch, und davon ist der nichtswürdige Francesco gerade das Gegenteil. Sagt ihm von meinetwegen, dass, wenn er mir vor der Nachtglocke nicht den Ascanio hierher in meine Werkstatt bringt, so ermorde ich ihn ohne Umstände! Und dem Ascanio sagt: Wenn er nicht in der bestimmten Stunde von seinem Meister weggeht, so soll es ihm gleichfalls übel bekommen.

Ohne hierauf etwas zu antworten, ging Don Diego fort, richtete umständlich aus, was ich gesagt hatte, und Francesco erschrak dergestalt, dass er nicht wusste, was er tun sollte. Inzwischen hatte Ascanio seinen Vater aufgesucht, der nach Rom gekommen war, der, nachdem er den Handel erfuhr, dem Francesco gleichfalls riet, den Ascanio zu mir zu führen. Darauf sagte Francesco: So gehe denn nur, Ascanio! Dein Vater mag dich begleiten. Darauf versetzte Don Diego: Francesco! Ich befürchte irgendein großes Unglück. Du kennst Benvenuto besser als ich, führe ihn sicher zurück, ich gehe mit dir. Indessen hatte ich mich zu Hause vorbereitet, ging in meiner Werkstatt auf und ab und erwartete den Schlag der Abendglocke, völlig entschlossen, die fürchterlichste Handlung meines Lebens zu begehen. Endlich traten herein Don Diego, Francesco, Ascanio und der Vater, den ich nicht kannte; ich sah sie alle mit einem fürchterlichen Blick an. Francesco, ganz blass, sagte: Siehe, hier ist Ascanio, den ich bisher bei mir gehabt habe, ohne dass es meine Absicht war, dir Missvergnügen zu machen. Ascanio sagte voll Ehrfurcht: Meister, verzeiht mir! Ich bin hier, alles zu tun, was Ihr befehlet. Darauf versetzte ich: Bist du gekommen, deine versprochene Zeit bei mir auszuhalten? Ja, sagte er, und ich will niemals wieder von Euch weichen. Darauf wendete ich mich und befahl dem Lehrburschen, den er geschlagen hatte, das Bündel Kleider zu holen. Hier ist, sagte ich zu Ascanio, was ich dir geschenkt hatte; nimm zugleich deine Freiheit und gehe, wohin du willst. Don Diego, der ganz etwas anders erwartete, stand verwundert. Indessen bat mich Ascanio: Ich möchte ihm verzeihen und ihn wiedernehmen; das Gleiche tat der fremde Mann, der dabei stund. Ich fragte ihn: wer er sei? Er sagte, dass er der Vater war, und fuhr zu bitten fort. Endlich versetzte ich: Aus Liebe zu Euch mags geschehen. Nun hatte ich mich, wie schon oben erwähnt ist, entschlossen, nach Frankreich zu gehen. Da der Papst mich nicht wie sonst mit günstigen Augen ansah, durch böse Zungen mein gutes Verhältnis gestört worden war und ich sogar befürchten musste, dass es noch schlimmer werden könnte, so wollte ich ein besseres Land und mit Gottes Hilfe ein besseres Glück suchen und gedachte, mich allein auf den Weg zu machen.

Als ich eines Abends meine Reise für den andern Morgen beschlossen hatte, sagte ich meinem treuen Felix: Er sollte sich aller meiner Sachen bis zu meiner Rückkunft bedienen, und wenn ich außen bliebe, sollte alles sein gehören. Nachher setzte ich mich noch mit einem Peruginer Gesellen auseinander, der mir geholfen hatte, die Arbeit für den Papst zu endigen; ich entließ ihn und bezahlte seine Arbeit, er aber bat mich, ich möchte ihn mit mir nehmen, er wolle die Reise auf seine Kosten machen. Nun war er freilich, wenn ich in Frankreich Arbeit finden sollte, der beste von den Italienern, die ich kannte, um mir zu helfen und beizustehen; da ließ ich mich denn überreden und nahm ihn mit auf die Bedingungen, die er mir vorgeschlagen hatte. Ascanio, der bei diesem Gespräche gegenwärtig war, sagte halb weinend: Ihr habt mich wiedergenommen, ich habe versprochen, lebenslang bei Euch zu bleiben, und das will ich auch tun. Ich sagte ihm: Diesmal könne ich ihn nun nicht mitnehmen. Darauf machte er Anstalt, mir zu Fuße zu folgen. Da ich diesen Entschluss sah, nahm ich ein Pferd auch für ihn, ließ ihn einen Mantelsack aufbinden, und so hatte ich mich viel mehr belästigt, als zuerst meine Absicht war.

So zog ich auf Florenz, nach Bologna, Venedig und von da nach Padua. Aus dem Wirtshause holte mich Albertaccio del Bene, mein werter Freund. Den andern Tag ging ich, Herrn Peter Bembo die Hand zu küssen, der damals noch nicht Kardinal war. Er empfing mich mit außerordentlichen Liebkosungen, dann wendete er sich zu Albertaccio und sagte: Benvenuto soll mit allen seinen Leuten bei mir wohnen, und wenn es hundert wären; auch Ihr bleibt nur gleich in meinem Hause, denn auf andere Weise kann ich ihn Euch nicht überlassen. Und so genoss ich des Umgangs dieses trefflichsten Herrn.

Er hatte mir ein Zimmer eingeräumt, das zu ehrenvoll für einen Kardinal gewesen wäre, und verlangte, dass ich beständig an Seiner Gnaden Seite speisen sollte; sodann zeigte er auf die bescheidenste Weise im Gespräche sein Verlangen, von mir abgebildet zu sein, und ich, der ich nichts mehr in der Welt wünschte, bereitete mir sogleich in ein Schächtelchen die weißeste Masse und fing an, diesen geistreichen Kopf mit so guter Art zu entwerfen, dass Seine Gnaden ganz erstaunt darüber waren.

Nun war er in den Wissenschaften der größte Mann und außerordentlich in der Poesie, aber von meiner Kunst verstanden Seine Gnaden auch gar nichts, sodass Sie glaubten, ich wäre fertig, als ich kaum angefangen hatte, und ich konnte ihm nicht begreiflich machen, dass man viel Zeit brauche, umso etwas gut zu machen. Ich aber entschloss mich, so viel Zeit und Mühe anzuwenden, als ein solcher Mann verdiente, und da er einen kurzen Bart nach venezianischer Art trug, hatte ich viele Not, einen Kopf zu machen, der mir genug tat. Doch ward ich endlich fertig, und es schien mir die schönste Arbeit, die ich jemals gemacht hatte, was meine Kunst betraf. Er aber war ganz verwirrt, denn er hatte geglaubt, ich würde das Modell in zwei Stunden und den Stempel vielleicht in zehn fertig machen; nun aber sah er wohl, dass ich verhältnismäßig über zweihundert brauchen würde und noch gar Urlaub nahm, nach Frankreich zu gehen. Da wusste er gar nicht, was er sagen sollte, und verlangte, dass ich nur noch zur Rückseite einen Pegasus innerhalb eines Myrtenkranzes abbilden sollte. Das tat ich in drei Stunden, und die Arbeit sah sehr gefällig aus. Er war äußerst zufrieden und sagte: Das Pferd scheint mir zehnmal schwerer zu machen als das Köpfchen, mit dem Ihr Euch so sehr gequält habt; ich kann die Schwierigkeit nicht einsehen. Dann bat er mich, ich sollte ihm doch noch den Stempel schneiden. Ich weiß, sagte er, Ihr macht das so geschwind, als Ihr nur wollt. Dagegen versetzte ich, dass ich sie hier nicht machen

könne; sobald ich aber irgendwo eine Werkstatt errichte-
te, sollte es nicht fehlen.

Mittlerweile hatte ich auch um drei Pferde gehandelt,
er aber ließ alle meine Schritte beobachten, denn er stand
zu Padua in dem größten Ansehn. Als ich nun die Pferde bezahlen wollte, die man mir um fünfzig Dukaten
überlassen hatte, sagte der Besitzer: Trefflicher Mann!
Ich verehre Euch diese drei Pferde. Darauf antwortete
ich: Du verehrst sie mir nicht, und von dem, der sie mir
verehrt, darf ich sie nicht annehmen, denn ich habe ihm
nichts leisten können. Darauf sagte der gute Mann:
Wenn Ihr diese Pferde nicht nehmt, so wird man Euch
gewiss in Padua keine andern geben, und Ihr würdet
genötigt sein, zu Fuße wegzugehn. Darauf ging ich zu
Herrn Pietro, der von nichts wissen wollte und mich
aufs Freundlichste ersuchte, in Padua zu bleiben. Ich
aber, der ich auf alle Weise fort wollte, war genötigt, die
Pferde anzunehmen, und so reiste ich weiter.

Ich nahm den Weg zu Land durch Graubünden, denn
die übrigen waren wegen des Krieges nicht sicher. Wir
kamen über die Berge Albula und Bernina nur mit großer Lebensgefahr; denn ob es schon der achte Mai war,
lag doch ein außerordentlicher Schnee. Jenseits der Berge blieben wir in einem Orte, der, wenn ich mich recht
erinnere, Wallenstadt hieß, und nahmen Quartier daselbst. Die Nacht kam ein florentinischer Kurier zu uns,
der sich Busbacca nannte; ich hatte von ihm vormals als
von einem wackern Manne reden hören, der in seiner
Profession sehr tüchtig sei, ich wusste aber nicht, dass er
durch seine Schelmstreiche heruntergekommen war. Als
er mich im Wirtshause erblickte, nannte er mich beim

Namen und sagte zu mir: Er gehe in wichtigen Geschäften nach Lyon, ich solle ihm Geld zur Reise borgen. Darauf antwortete ich: Zum Verborgen habe ich kein Geld; wenn Ihr aber mit mir in Gesellschaft kommen wollt, so werde ich bis Lyon für Euch bezahlen. Darauf weinte der Schelm, verstellte sich aufs Beste und sagte, dass in wichtigen Angelegenheiten der Nation, wenn einem armen Kurier das Geld ausgehe, unsereiner verbunden sei, ihm zu helfen. Ferner setzte er hinzu, dass er die wichtigsten Dinge von Herrn Philipp Strozzi bei sich habe, zeigte mir eine lederne Kapsel eines Bechers und sagte mir ins Ohr: In diesem Becher sei ein Edelstein, viele Tausend Dukaten an Wert, auch die wichtigsten Briefe von gedachtem Herrn. Darauf sagte ich: Ich wollte ihm die Edelsteine in seine Kleider verbergen, wo sie sichrer wären als in diesem Becher; den Becher aber solle er mir lassen, der ungefähr zehn Scudi wert wär, ich wollte ihm mit fünfundzwanzig dienen. Darauf versetzte er: Wenn es nicht anders gehe, so wollte er mit mir kommen, denn es würde ihm nicht zur Ehre gereichen, wenn er den Becher zurückließe; und dabei bliebs.

Des Morgens zogen wir ab und reisten von Wallenstadt nach Wesen, über einen See, der fünfzehn Meilen lang ist. Als ich die Kähne des Sees erblickte, fürchtete ich mich: Denn sie sind von Tannenholz, weder groß noch stark noch verpicht, und wenn ich nicht in einem andern ähnlichen Schiffe vier deutsche Edelleute mit ihren vier Pferden gesehen hätte, so war ich lieber zurückgekehrt, als dass ich mich hätte bewegen lassen, einzusteigen. Ja, ich musste denken, als ich die Bestialität jener Reisenden sah, dass die deutschen Wasser nicht ersäuften wie unsere italienischen.

Doch meine beiden jungen Leute sagten zu mir: Benvenuto! Es ist eine gefährliche Sache, mit vier Pferden in das Schiff zu steigen. Darauf versetzte ich: Sehet ihr nicht, ihr feigen Memmen, dass jene vier Edelleute vor euch eingestiegen sind und lachend fortfahren? Wenn der See statt Wasser Wein wäre, so würde ich sagen: sie reisen so lustig, um darin zu ersaufen; da es aber Wasser ist, so seid versichert, die Deutschen haben so wenig Lust, davon zu schlucken, als wir.

Der See war fünfzehn Miglien lang und ungefähr drei breit. An der einen Seite war ein hoher, höhlenvoller Berg, an der andern das Ufer flach und grün. Als wir ungefähr vier Miglien zurückgelegt hatten, fing der See an, stürmisch zu werden, sodass die Männer, welche ruderten, uns um Beistand anriefen: Wir sollten ihnen an der Arbeit helfen! Und so taten wir eine Weile. Ich verlangte und deutete ihnen, sie sollten uns auf jene Seite bringen; sie aber behaupteten: es sei unmöglich, denn es sei nicht Wasser genug, das Schiff zu tragen, und es befänden sich dort einige Untiefen, an denen wir sogleich scheitern und alle ersaufen würden. Dann verlangten sie wieder, wir sollten ihnen rudern helfen, und riefen einander zu und ermunterten sich zur Arbeit. Da ich sie dergestalt verlegen sah, legte ich den Zaum meines braunen Pferdes um dessen Hals zurecht und fasste die Halfter mit der linken Hand. Sogleich schien es, als verstehe mich das Tier (wie sie denn manchmal sehr gescheit sind) und wisse, was ich tun wollte: Denn ich hatte ihm das Gesicht gegen die frischen Wiesen gekehrt, und meine Absicht war, dass es schwimmend mich mit sich fortziehen sollte. In diesem Augenblick kam eine große Welle, welche über das Schiff schlug. Ascanio schrie: Barmherzigkeit! Lieber Vater, helft mir! Und wollte sich an mir halten. Darauf zog ich meinen Dolch und sagte: Sie sollten tun, was ich ihnen gezeigt habe, denn die Pferde würden ihnen ebenso gut das Leben retten, als ich auf diese Weise hoffte, davonzukommen; wer sich aber an mir halten wollte, den würde ich umbringen. So fuhren wir in dieser Todesgefahr einige Miglien weiter. Ungefähr auf dem halben See fanden wir ein wenig niedriges Ufer, wo man ausruhen konnte, und ich sah daselbst die vier deutschen Edelleute ausgestiegen. Als wir ein Gleiches zu tun verlangten, wollte der Schiffer es keinesweges zugeben. Darauf sagte ich: Meine Kinder, nun ist es Zeit, etwas zu versuchen! Ziehet die Degen und zwingt sie, dass sie uns ans Land setzen! Das erlangten wir mit großer Beschwerde, denn sie widersetzten sich, was sie konnten. Als wir aber ans Land gestiegen waren, mussten wir zwei Miglien einen Berg hinauf, schlimmer, als hätten wir über eine Leiter steigen sollen. Ich hatte ein schweres Panzerhemd an, starke Stiefel, und es regnete, was Gott nur schicken konnte. Die Teufel von deutschen Edelleuten taten Wunder mit ihren Pferden, aber die Unsrigen taugten nicht dazu und wollten vor Anstrengung umkommen, als wir sie diesen beschwerlichen Berg hinaufzwingen mussten.

Als wir ein wenig hinauf waren, strauchelte das Pferd des Ascanio, das ein trefflicher Unger war. Ein wenig hinter ihm ging Busbacca, der Kurier, dem Ascanio seinen Spieß zu tragen gegeben hatte. Als nun das Pferd fiel und sich überschlug, war der Schurke von Kurier nicht so behänd, die Spitze wegzuwenden, das Pferd stürzte vielmehr darauf und stach sich den Hals durch und durch und blieb für tot liegen.

Mein anderer Geselle wollte seinem Rappen gleichfalls ein wenig helfen, aber er strauchelte gegen den See zu und hielt sich nur noch an einer dünnen Weinrebe. Das Tier trug ein paar Mantelsäcke, worin all mein Geld war; denn ich hatte es darein getan, um es nicht bei mir zu tragen, und alles, was ich nur von Wert mit mir führte, hatte ich dazu gesteckt. Ich rief dem Jüngling zu: Er solle sein Leben retten und das Pferd zum Henker fallen lassen! Der Sturz war über eine Miglie, der Fels hing über, und es musste in den See fallen, und grade da unten hatten unsere Schiffer angelegt, sodass, wenn das Pferd fiel, so stürzte es ihnen auf den Hals.

Ich war allen voraus, wir sahen das Pferd straucheln und arbeiten, und es schien, als wenn es gewiss zugrunde gehen müsste. Ich sagte aber zu meinen Gesellen: Bekümmert euch um nichts! Wir wollen uns retten und Gott für alles danken. Nur jammert mich der arme Busbacca, der seine Edelsteine auch auf dem Pferde hat, in seinem Becher, die einige Tausend Dukaten wert sind: Er hat sie an den Sattel gebunden und glaubte, da seien sie am sichersten; das Meinige ist nicht viel über hundert Scudi, und ich fürchte nichts auf der Welt, wenn ich die Gnade Gottes habe. Busbacca versetzte: Ums Meine ist mirs nicht, wohl aber ums Eure! Da sagte ich zu ihm: Warum betrübst du dich um mein Weniges und nicht um dein Vieles? Voller Verdruss versetzte er darauf: In Gottes Namen, da wir einmal in solchen Umständen und in solcher Lage sind, so muss ich die Wahrheit sagen. Ich weiß recht gut, dass Eures wahrhafte Taler sind, aber in meinem Becherfutteral, das so viel erlogner Juwelen enthalten sollte, ist nichts als Kaviar. Da ich das hörte, musste ich lachen, meine Gesellen lachten auch, und er weinte. Das Pferd half sich aber, weil es sich selbst überlassen war, und so kamen unter dem Lachen unsere Kräfte wieder, und wir stiegen weiter bergauf.

Die vier deutschen Edelleute, welche eher als wir auf den Gipfel dieses steilen Berges gekommen waren, schickten einige Personen, uns zu helfen, sodass wir endlich bei dem allereinsamsten und wildesten Wirtshause ankamen, durchweicht, müde und hungrig. Man nahm uns freundlich auf; wir ruhten aus, trockneten uns und stillten unsern Hunger, auch wurden dem verwundeten Pferde gewisse Kräuter aufgelegt. Man zeigte uns eine solche Pflanze, die häufig an Zäunen wuchs, und sagte uns, dass, wenn wir die Wunde immer damit vollstopften, das Pferd nicht allein heilen, sondern uns auch indessen dienen würde, als wenn es kein weiteres Übel hätte. Wir befolgten den Rat, dankten den Edelleuten und reiseten weiter, recht wohl wiederhergestellt. So zogen wir hin und priesen Gott, dass er uns aus so großer Gefahr gerettet hatte.

Nun kamen wir in eine Stadt jenseits Wesen, wo wir die Nacht ruhten und alle Stunden einen Wächter hörten, der recht angenehm sang; weil aber daselbst die Häuser alle von Fichtenholz sind, so enthielt das Lied gar nichts anders, als dass man aufs Feuer achthaben sollte. Busbacca war noch vom Tage her in schreckhafter Bewegung und schrie im Traume: O Gott, ich ersaufe!

Und da er sich außer dem Schrecken des vergangenen Tages noch des Abends betrunken hatte, weil er es mit den Deutschen aufnehmen wollte, rief er manchmal: Ich brenne! Manchmal wieder glaubte er, in der Hölle zu sein, mit dem Kaviar am Halse. So hatten wir eine sehr lustige Nacht, und alle unsere Not war in Lachen verkehrt.

Des Morgens stiegen wir beim schönsten Wetter auf und hielten Mittag in einem fröhlichen Örtchen, Lachen genannt, wo wir trefflich bewirtet wurden. Darauf nahmen wir Führer, die eben nach einer Stadt zurückkehrten, welche Zürich heißt. Der Bote, der uns führte, ritt auf einem Damm, über den das Wasser ging, sodass der bestialische Führer strauchelte und mit dem Pferde ins Wasser stürzte. Ich war gerade hinter ihm, hielt mein Pferd an und sah die Bestie aus dem Wasser kommen. Er fing wieder an zu singen, als wenn nichts gewesen wäre, und machte mir ein Zeichen, dass ich ihm folgen sollte; ich warf mich aber auf die rechte Hand, durchbrach gewisse Zäune, und so führte ich meine Leute und den Busbacca.

Der Bote schrie und rief mir auf Deutsch: Wenn die Leute mich sähen, so würden sie mich totschlagen! So ritten wir weiter und kamen auch durch diesen Sturm. Wir gelangten nach Zürich, einer wundernswürdigen Stadt, so nett wie ein Edelstein; wir ruhten daselbst einen ganzen Tag. Des andern Morgens machten wir uns beizeiten auf und kamen in eine andere schöne Stadt, die Solothurn heißt, und gelangten ferner nach Lausanne, Genf und Lyon. Daselbst ruhten wir vier Tage. Wir waren singend und lachend hingekommen. Ich ergötzte mich sehr mit einigen meiner Freunde, und man bezahlte mir die Kosten, die ich gehabt hatte. Am Ende von vier Tagen nahm ich meinen Weg nach Paris. Das war eine angenehme Reise, außer dass in der Gegend von La Palice uns eine Bande Räuber anfiel, von der wir uns mit nicht geringer Tapferkeit losmachten; von da aber reisten wir nach Paris ohne irgendein Hindernis, und immer lachend und singend gelangten wir in Sicherheit.

Neuntes Kapitel

Undankbares Betragen Rosso des Malers. – Der Autor wird dem Könige Franz I. zu Fontainebleau vorgestellt und sehr gnädig empfangen. – Der König verlangt, ihn in Dienste zu nehmen; er aber, da ihn eine schnelle Krankheit heimsucht, missfällt sich in Frankreich und kehrt nach Italien zurück. – Große Gefälligkeit des Kardinals von Ferrara gegen den Autor. – Was ihm auf dem Wege zwischen Lyon und Ferrara begegnet. – Der Herzog nimmt ihn freundlich auf. – Er kommt nach Rom zurück, wo er seinen treuen Diener Felix wiederfindet. – Merkwürdiger Brief des Kardinals von Ferrara über das Betragen des Kardinal Gaddi. – Er wird fälschlich von einem Gesellen angeklagt, als wenn er einen großen Schatz von Edelsteinen besitze, den er damals entwandt, als ihm der im Kastell belagerte Papst die Krone auszubreiten gegeben. – Er wird gefangen genommen und auf die Engelsburg gebracht.

Als ich ein wenig ausgeruhet hatte, ging ich, Rosso den Maler aufzusuchen, der sich im Dienste des Königs Franziskus befand. Ich hielt diesen Mann für meinen größten Freund auf der Welt, denn ich hatte ihm in Rom alle Gefälligkeit erzeigt, die ein Mensch von dem andern erwarten kann; und weil sich mit kurzen Worten erzählen lässt, was er mir für Verbindlichkeiten schuldig war, so will ich nicht verfehlen; es anzuzeigen, und die Undankbarkeit eines heimtückischen Freundes öffentlich darstellen. Als er in Rom war, hatte er so viel Übles von den Werken des Raphael von Urbino gesagt, dass die Schüler dieses trefflichen Mannes ihn auf alle Weise ermorden wollten: Davon errettete ich ihn und bewachte ihn Tag und Nacht mit der größten Müh. Ferner hatte er auch von Herrn Antonio von San Gallo, einem herrlichen Architekten, Böses gesprochen, der ihm dagegen eine Arbeit nehmen ließ, die ihm Herr Agnolo von Cesi aufgetragen hatte, und so fuhr gedachter Meister gegen Rosso fort zu handeln, dass er bald vor Hunger umgekommen wäre: deswegen borgte ich ihm manche zehn Scudi, um zu leben, die ich noch nicht wiedererhalten hatte.

Nun, da ich wusste, dass er im Dienste des Königs war, ging ich, ihn, wie gesagt, zu besuchen, nicht sowohl, um mein Geld wiederzuhaben, aber weil ich hoffte, er solle mir helfen und beistehen, dass ich in den Dienst des großen Königs käme. Als der Mann mich erblickte, verwirrte er sich sogleich und sagte: Benvenuto! Du hast auf diese Reise zu großes Geld verwendet, besonders gegenwärtig, wo man an den Krieg denkt und nicht an Possen, *wie* mir machen können. Darauf versetzte ich: Ich habe so viel Geld mitgebracht, um wieder nach Rom auf ebendie Weise zurückzukehren, wie ich nach Paris gekommen sei; ich habe für meine Müh mit ihm eine andere Begegnung erwartet, und fast fange ich an zu glauben, dass Herr Antonio von San Gallo wahr von ihm gegen mich geredet habe. Er wollte darauf meine Worte in Scherz verkehren, denn er merkte, dass er sich vergangen hatte. Ich zeigte ihm einen Wechselbrief von fünfhundert Scudi auf Riccardo del Bene. Da schämte sich der Bösewicht und wollte mich gleichsam mit Gewalt festhalten, ich aber lachte ihn aus und ging mit einem andern Maler weg, der eben gegenwärtig war; er hieß Sguazella, war auch ein Florentiner, und ich wohnte in seinem Hause mit drei Pferden und Dienern für ein Gewisses die Woche. Er verköstigte mich gut, und ich bezahlte ihn noch besser.

Darauf suchte ich, den König zu sprechen, bei welchem mich ein gewisser Herr Julian Buonaccorsi, sein Schatzmeister, einführte. Ich eilte nicht damit, denn ich wusste nicht, dass Rosso sich mit allem Fleiß bemühte, mich von einer Unterredung mit dem König abzuhalten. Da aber Herr Julian dieses bemerkte, führte er mich schnell nach Fontainebleau und stellte mich vor den König, der mir eine ganze Stunde die gnädigste Audienz gab. Und weil er eben im Begriff war, nach Lyon zu gehen, sagte er zu Herrn Julian: Er solle mich mit sich nehmen; unterwegs wolle man von einigen schönen Werken sprechen, die Seine Majestät in Gedanken habe. So zog ich im Gefolge des Hofes nach, und unterwegs wartete ich dem Kardinal von Ferrara beständig auf, der damals den Hut noch nicht hatte. Dieser ließ sich alle Abend in große Unterredungen mit mir ein und sagte einstmals: Ich möchte in Lyon in einer seiner Abteien bleiben, wo ich vergnügt leben könne, bis der König aus dem Krieg zurückkomme; er selbst gehe nach Grenoble, und in seiner Abtei zu Lyon sollte ich alle Bequemlichkeiten finden. Als wir in dieser Stadt anlangten, war ich krank geworden, und mein Geselle Ascanio hatte das viertägige Fieber, sodass mir die Franzosen und ihr Hof äußerst zuwider waren und ich die Zeit nicht erwarten konnte, wieder nach Rom zu kommen.

Als der Kardinal meine feste Entschließung sah, wieder zurückzukehren, gab er mir so viel Geld, dass ich ihm in Rom ein Becken und einen Becher von Silber machen sollte, und so reisten wir fort auf den besten Pferden.

Als wir über die Gebirge des Simplons kamen, gesellte ich mich zu gewissen Franzosen, mit denen wir eine Zeit lang reisten, Ascanio mit seinem viertägigen und ich mit einem geheimen Fieber, das mich nicht einen Augenblick zu verlassen schien. Ich hatte mir den Magen so verdorben, dass ich kaum ein ganzes Brot die Woche verzehren mochte. Äußerst verlangte ich, nach Italien zu kommen. Ich wollte in meinem Vaterlande und nicht in Frankreich sterben. Als wir den Berg Simplon zurückgelegt hatten, fanden wir einen Fluss, nahe bei einem Ort, der Indevedro (Valdi vedro) hieß; das Wasser war sehr breit und tief, und darüber ging ein langer, schmaler Steg ohne Geländer. Des Morgens war ein starker Reif gefallen, und ich befand mich vor allen andern an der Brücke. Ich sah, wie gefährlich sie war, und befahl meinen Gesellen, sie sollten absteigen und ihre Pferde an der Hand führen. So kam ich glücklich über die Brücke und ging, mit einem der Franzosen, der ein Edelmann war, im Gespräch begriffen, weiter fort. Der andere, ein Notarius, war noch zurück und spottete über den Edelmann und mich, dass wir uns aus leerer Furcht die Mühe gegeben hätten, zu Fuße zu gehen. Da wendete ich mich, und als ich ihn mitten auf der Brücke sah, bat ich ihn, er möchte sachte kommen, denn er sei auf einer sehr gefährlichen Stelle. Dieser Mensch, der seine französische Natur nicht ablegen konnte, sagte mir in seiner Sprache: Ich sei ein Mann von wenig Herz, hier sei gar keine Gefahr. Indessen er diese Worte sprach, wollte er das Pferd ein wenig anspornen, das sogleich strauchelte und neben einen großen Stein fiel. Weil aber Gott sich oft der Narren erbarmet, so tat diese Bestie mit der andern Bestie, seinem Pferde, einen großen Sturz, beide unters Wasser. Als ich das sah, eilte ich und lief und sprang mit großer Beschwerlichkeit auf den Felsen, hing mich an denselben und erwischte den Zipfel eines Oberrocks, den der Mann anhatte; daran zog ich ihn herauf, als er schon ganz vom Wasser bedeckt war. Er hatte viel geschluckt, und wenig fehlte, so wär er ersoffen. Als ich ihn außer Gefahr sah, bezeigte ich ihm meine Freude, ihm das Leben gerettet zu haben; aber er antwortete mir auf Französisch und sagte: Er danke mir nicht dafür, seine Schriften seien die Hauptsache, die manche zehn Scudi wert wären. Er sagte das gleichsam im Zorn, ganz durchweicht, sprudelnd und triefend. Da wendete ich mich zu einigen Boten, die wir bei uns hatten, und verlangte, sie sollten der Bestie helfen, ich wolle sie bezahlen. Einer davon bemühte sich recht eifrig und fischte ihm seine Schriften wieder auf, sodass nichts verloren ging; der andere aber wollte auf keine Weise zugreifen, sodass er auch keine Bezahlung verdiente.

Nachdem wir an obgedachtem Orte angekommen waren, zog ich nach Tische die Börse, die wir gemeinschaftlich gemacht hatten, aus der ich die Auslagen bestritt, und gab dem Boten, der jenem beigestanden hatte, einiges Geld aus diesem gemeinschaftlichen Beutel. Da verlangte aber der Notarius, ich sollte den Mann von dem Meinigen bezahlen und ihm aus der Kasse nicht mehr als den ausgemachten Botenlohn reichen. Darauf schimpfte ich ihn aber wacker aus. Bald darauf trat der andere Bote vor mich, der gar nichts getan hatte, und verlangte, dass ich ihn auch bezahlen sollte. Ich sagte darauf: Jener verdient den Lohn, der das Kreuz getragen hat. Er antwortete: Er wollte mir bald ein Kreuz zeigen, bei dem ich weinen sollte. Ich versetzte, dass ich ihm zu dem Kreuz eine Kerze anzünden wolle, wobei er wohl zuerst weinen würde. Wir waren auf der Grenze zwischen dem Venezianischen und Deutschen; so lief er nach Leuten und kam mit ihnen, einen großen Spieß in der Hand. Ich saß auf meinem guten Pferde und öffnete die Pfanne meiner Büchse. Darauf wendete ich mich zu meinen Gesellen und sagte: Diesen bring ich zuerst um, und ihr andern tut eure Schuldigkeit, denn das sind Straßenräuber, welche nur diesen geringen Anlass ergreifen, uns zu überfallen.

Der Wirt, bei dem wir gegessen hatten, rief einen von den Anführern, einen Alten, und bat ihn: Er möchte einem so großen Übel vorbeugen. Denn, sagte er, das ist ein tapfrer junger Mann, und bis ihr ihn in Stücken haut, bringt er einen Teil von euch um; vielleicht entwischt er euch gar und schießt den Boten tot. Da ward alles ruhig, und der Alte, ihr Anführer, sagte zu mir: Gehe in Frieden! Du würdest mit uns zu tun haben, und wenn du hundert bei dir hättest. Ich wusste wohl, dass er die Wahrheit sagte, denn ich war schon entschlossen und hatte mich für tot gegeben; da ich aber nichts weiter Schimpfliches vernahm, schüttelte ich den Kopf und sagte: Ich würde mein möglichstes getan haben, um Euch zu zeigen, dass ich ein lebendiges Geschöpf und ein Mensch sei. Darauf reisten wir weiter. Abends, in der ersten Herberge, zählten wir unsere Kasse, und ich trennte mich von dem bestialischen Franzosen; mit dem andern aber, dem Edelmann, hielt ich Freundschaft und kam mit meinen drei Pferden allein nach Ferrara.

Sobald ich abgestiegen war, ging ich an den Hof des Herzogs, um Seiner Exzellenz aufzuwarten; denn ich wollte morgens nach Loreto verreisen. Ich wartete bis zwei Stunden in der Nacht, da erschien der Herzog und empfing mich aufs Gnädigste. Er befahl, als er zur Tafel ging, man solle mir auch das Handwasser reichen. Darauf antwortete ich aufs Anmutigste: Gnädigster Herr! Es sind über vier Monate, dass ich weniger gegessen habe, als man zum Lebensunterhalt nötig glauben sollte; deswegen weiß ich wohl, dass mich auch selbst die königlichen Speisen Ihrer Tafel nicht stärken würden. Erlauben Sie mir unterdessen, dass ich mich mit Ihnen unterhalte, und vielleicht haben wir beide davon mehr Vergnügen, als wenn ich an der Tafel säße. So fingen wir das Gespräch an, das bis fünf Uhr dauerte; dann beurlaubte ich mich, ging zu meinem Wirtshause und fand einen trefflichen Tisch, den der Herzog mir hatte von seinen Speisen ablegen lassen, dabei viel guten Wein. Da ich nun mehr als zwei Stunden meine gewöhnliche

Tischzeit ausgesetzt hatte, aß ich mit großem Appetit, das erste Mal seit vier Monaten.

Morgens verreiste ich zur heiligen Mutter von Loreto, und als ich daselbst meine Andacht verrichtet hatte, ging ich nach Rom, wo ich meinen getreuen Felix fand, dem ich meine Werkstatt mit allem Geräte und Zierraten überließ und eine andere, weit größer und geräumiger, neben Sugarell, dem Parfümeur, eröffnete. Und weil ich dachte, der große König Franziskus würde sich meiner nicht weiter erinnern, nahm ich mehrere Arbeiten von vielen Herren an und arbeitete indessen an dem Becher und Becken, die ich für den Kardinal von Ferrara unternommen hatte.

Viele Gesellen arbeiteten bei mir, ich hatte viel in Gold und Silber zu tun. Indessen bekam ich mit meinem Peruginer Gesellen Verdruss, der mir alles, was er auf seine Kleidung und sonstige eigne Bedürfnisse verwendet hatte, auf meine Rechnung schrieb, sodass er mir mit den Reisekosten ungefähr siebzig Scudi schuldig war. Wir hatten ausgemacht, er solle sich deswegen drei Scudi monatlich abziehen lassen, da ich ihn mehr als acht Scudi verdienen ließ. Nach Verlauf von zwei Monaten ging dieser Schelm aus meiner Werkstatt, ließ mich mit vieler Arbeit beladen und sagte: Er wolle mir nichts weiter zahlen. Deshalb riet man mir, ihn gerichtlich zu belangen; ich aber hatte mir in den Kopf gesetzt, ihm einen Arm abzuhauen, und ich hätte es auch gewiss getan. Doch meine Freunde sagten: es wäre nicht gut; ich verlor mein Geld und vielleicht Rom noch einmal, denn die Wunden lassen sich nicht abmessen, und ich könne ihn ja auf seine Schrift, die ich in Händen habe, sogleich einstecken lassen. Ich folgte ihrem Rate, aber ich wollte die Sache großmütiger behandeln: ich klagte auf meine Schuld vor dem Auditor der Kammer und gewann den Prozess, nachdem er verschiedene Monate gedauert hatte; dann ließ ich den Burschen ins Gefängnis bringen.

Meine Werkstatt war nun mit den größten Arbeiten beladen: Unter andern hatte ich allen Schmuck von Gold und Edelsteinen für die Gemahlin des Herrn Hieronymus Orsino in der Arbeit; dieser war der Vater Herrn Pauls, der gegenwärtig Schwiegersohn unsers Herrn Herzogs Cosmus ist. Diese Werke waren sämtlich dem Ende nah, und immer wuchsen mir neue zu. Ich hatte acht Arbeiter und musste noch vier anstellen, und so arbeitete ich, der Ehre und des Nutzens wegen, Tag und Nacht.

Indessen ich nun so aufs Eifrigste meine Arbeiten zu fördern bemüht war, erhielt ich einen Brief, den mir der Kardinal von Ferrara aus Frankreich mit besonderer Eile schickte, des Inhalts:

Benvenuto, lieber Freund! In diesen vergangenen Tagen hat sich der große allerchristlichste König deiner erinnert und dich abermal in seine Dienste begehret; worauf ich ihm antwortete: Du habest mir versprochen, dass du, sobald ich dich zum Dienst Seiner Majestät verlangte, sogleich kommen wolltest. Seine Majestät antwortete darauf: Ich will, man soll ihm so viel Geld schicken, als ein Mann seinesgleichen zu einer bequemen Reise braucht. Darauf befahl er dem Admiral, er solle mir tausend Goldgulden aus dem Schatz der Ersparnisse zahlen lassen. Bei dieser Unterredung war auch Kardinal Gaddi zugegen, der sogleich hervortrat und sagte:

Ein solcher Befehl sei nicht nötig, denn er habe dir Geld genug angewiesen, und du müsstest auf dem Wege sein. Verhielte sich nun die Sache nicht so, du hättest kein Geld erhalten, wärest nicht unterwegs, und es wäre dir von allem keine Nachricht zugekommen, sondern es wäre eine bloße Aufschneiderei des Kardinals, um zu zeigen, dass er sich auch um geschickte Leute bekümmere, nach denen der König fragt, wie ich fast glaube: So antworte mir, sobald du meinen Brief empfängst, der die reine Wahrheit enthält, damit ich ein andermal, wenn ich vor diesen großen König komme, in Gegenwart des Prahlhansen das Gespräch nach und nach auf dich leiten und sagen kann, dass du das Geld, welches dir der Kardinal Gaddi geschickt haben wolle, nicht erhalten hast, dass du nicht auf der Reise, sondern in Rom bist. Es wird sich zeigen, dass der Kardinal dies alles nur aus Eitelkeit gesagt hat, und ich will einen neuen Befehl an den Admiral und den Schatzmeister auswirken, dass du das Geld zur Reise, welches dir der großmütige König zugedacht hat, endlich erhalten mögest.

Nun mag die Welt bedenken, was ein ungünstiges Geschick über uns Menschen vermag! Ich hatte nicht zweimal in meinem Leben mit dem närrischen Kardinälchen Gaddi gesprochen, und er prahlte auch diesmal nicht, um mir Schaden zu tun, sondern es war eine Wirkung seines leeren und ungeschickten Gehirns, weil es auch scheinen sollte, als bekümmere er sich um talentreiche Leute, die der König in seinen Dienst wünschte: Er wollte darin dem Kardinal von Ferrara gleichen. Wenn er nur nachher so klug gewesen wär und mir den Vorfall gemeldet hätte, so würde ich doch, umso einen dummen Strohmann nicht stecken zu lassen, aus Patriotismus irgendeine Entschuldigung gefunden und seiner törichten Prahlerei einigermaßen nachgeholfen haben. Sobald ich den Brief des hochwürdigsten Kardinals von Ferrara erhielt, antwortete ich sogleich: Mir sei vom Kardinal Gaddi nichts in der Welt bekannt, und wenn er mich auch hätte bereden wollen, so würde ich mich ohne Vorwissen Seiner Hochwürden Gnaden nicht aus Italien bewegt haben, besonders da ich in Rom mehr Arbeit als jemals finde; indessen würde ich mich auf ein Wort Seiner allerchristlichsten Majestät, das mir durch so einen Herrn zukam, sogleich auf den Weg machen und alles andere beiseite werfen.

In dieser Zeit dachte mein Geselle von Perugia, der Verräter, eine Bosheit aus, die ihm auch sehr gut gelang: Denn er erregte den Geiz des Papstes Paul Farnese, oder vielmehr seines natürlichen Sohnes, den man damals Herzog von Castro nannte. Nun ließ mein gedachter Gesell einem der Sekretarien des Herrn Peter Ludwig merken, dass er, da er mehrere Jahre bei mir gearbeitet habe, wohl wisse und sich verbürgen könne, dass ich ein Vermögen von achtzigtausend Dukaten besitze, davon der größte Teil in Juwelen bestehe, die eigentlich der Kirche angehörten. Denn ich habe sie damals, bei der Verheerung Roms, im Kastell Sant Angelo beiseite gebracht. Sie sollten mich nur einmal schnell und ohne Geräusch wegfangen lassen.

Ich hatte einmal eines Morgens sehr früh über drei Stunden an obgedachtem Brautschmucke gearbeitet, und indes man meine Werkstatt eröffnete und kehrte, warf ich meine Jacke über, um mir ein wenig Bewegung zu machen. Ich ging durch Strada Julia und wandte mich an der Ecke nach der Chiavica um, da begegnete mir Crispin, der Bargell, mit seiner ganzen Häscherei und sagte: Du bist ein Gefangener des Papstes! Darauf antwortete ich: Crispin! Du irrst dich in der Person. Nein, versetzte er, du bist der brave Benvenuto, ich kenne dich recht gut! Ich habe dich nach Kastell Sant Angelo zu führen, wohin treffliche Männer und Herren deinesgleichen zu gehen pflegen.

Da nun hierauf viele seiner Leute sich auf mich warfen und mir mit Gewalt einen Dolch von der Seite und einige Ringe vom Finger reißen wollten, sagte er zu ihnen: Keiner unterstehe sich, ihn anzurühren! Genug, dass ihr eure Schuldigkeit tut und ihn nicht entwischen lasst. Dann trat er zu mir und verlangte mit höflichen Worten meine Waffen. Als ich sie ihm gab, fiel mir ein, dass ich an derselben Stelle den Pompeo ermordet hatte. Darauf führten sie mich ins Kastell und schlossen mich in eins der Zimmer oben auf dem Turm. Das war das erste Mal, dass ich das Gefängnis schmeckte, und war eben siebenunddreißig Jahr alt.

Zehntes Kapitel

Herr Peter Ludwig, des Papstes natürlicher Sohn, in Hoffnung, gedachten Schatz zu erhalten, überredet seinen Vater, mit der äußersten Strenge gegen den Autor zu verfahren. – Er wird von dem Gouverneur und ändern obrigkeitlichen Personen verhört. – Treffliche Rede zur Verteidigung seiner Unschuld. – Peter Ludwig tut alles Mögliche, ihn zu verderben, indessen der König von Frankreich sich für ihn verwendet. – Freundliches Betragen des Kastellkommandanten gegen ihn. – Geschichte des Mönchs Pallavicini. – Der Autor macht Anstalten zur Flucht. – Der Papst, ungehalten über das Fürwort des Königs von Frankreich, beschließt, den Autor in lebenslänglichem Gefängnis zu halten.

Herr Peter Ludwig, ein Sohn des Papstes, bedachte die große Summe, wegen welcher ich angeklagt war, und bat sogleich bei seinem Vater für mich um Gnade, unter der Bedingung, dass ich ihm ein Geschenk davon machte. Der Papst gewährte ihm seine Bitte und versprach zugleich, dass er ihm behilflich sein wolle, das Geld zu erlangen. So hielten sie mich acht Tage im Gefängnis, nach Verlauf derselben sie mich, um der Sache einige Gestalt zu geben, zum Verhör holen ließen. Man brachte mich in einen der Säle des Kastells. Der Ort war sehr ehrbar, und als Examinatoren fand ich daselbst den Gouverneur von Rom, Herrn Benedetto Conversini von Pistoia, der nachher Bischof von Jesi wurde, sodann den Fiskal, dessen Namen ich vergessen habe, und den Kriminalrichter, Herrn Benedetto da Cagli. Diese drei fingen an, mich zu befragen, erst mit freundlichen Worten, dann mit heftigen und fürchterlichen Ausdrücken; denn ich hatte zu ihnen gesagt: Meine Herren! Schon über eine Stunde fragt Ihr mich über Fabeln und leere Dinge; Ihr sprecht hin und wider, ohne dass ich weiß, was das heißen soll. Ich bitte Euch, sagt, was Ihr von mir verlangt, und lasst mich aus Eurem Munde gründliche Worte hören und nicht eitel Fabeln und Geschwätze.

Hierauf konnte der Gouverneur, der von Pistoia war, seine grimmige Natur nicht mehr verbergen und versetzte: Du sprichst sehr sicher, ja allzu kühn! Dafür soll dein Stolz so klein wie ein Hündchen werden, wenn du meine gründlichen Worte hören wirst, die weder Geschwätz noch Märchen sind, wie du sagst, sondern eine Folge von Gründen, die du Mühe genug haben wirst, gründlich zu widerlegen. Und zwar wissen wir ganz gewiss, dass du zur Zeit der unglücklichen Verheerung von Rom gegenwärtig [und] in dem Kastell Sant Angelo warst und man sich deiner als eines Artilleristen bediente. Da du nun eigentlich Goldschmied und Juwelier bist und Papst Clemens dich vorher gekannt hatte, auch kein anderer von dieser Profession in der Nähe war, ließ er dich insgeheim rufen und vertraute dir dergestalt, dass er die Juwelen seiner Kronen, Bischofsmützen und Ringe durch dich ausbrechen und in die Falten seiner Kleider nähen ließ. Bei dieser Gelegenheit hast du für achtzigtausend Scudi heimlich entwendet. Dieses hat uns einer deiner Gesellen gesagt, gegen den du dich dessen im Vertrauen gerühmt hast. Nun erklären wir dir freimütig: Schaffe die Juwelen oder ihren Wert herbei, so magst du alsdann frei wieder hingehen.

Als ich diese Worte hörte, konnte ich mich des lauten Lachens nicht enthalten, und erst, nachdem ich mich eine Weile ausgeschüttet, sagte ich: Gott sei gedankt, dass ich das erste Mal, da es ihm gefallen hat, mich gefänglich einziehen zu lassen, so glücklich bin, nicht etwa wegen einer geringen Sache verhaftet zu werden, wie es öfters jungen Leuten zu begegnen pflegt. Wenn auch alles wahr war, was Ihr sagt, so ist dabei nicht die geringste Gefahr für mich, dass ich etwa am Körper gestraft werden sollte; denn in jener Zeit hatte das Gesetz alle seine

Kraft verloren, und ich könnte mich daher entschuldigen und sagen, dass ich als Diener diesen Schatz dem heiligen apostolischen Sitz aufgehoben habe, mit der Absicht, solche Kostbarkeiten einem guten Papste wieder zuzustellen oder demjenigen, der mir sie wieder abfordern ließ, wie es nun durch Euch geschähe, wenn sich die Sache so verhielte.

Hierauf ließ mich der rasende Pistojeser keine weitern Gründe vorbringen und versetzte wütend: Verziere du die Sache, wie du willst, Benvenuto! Uns ist genug, das Unsere wiedergefunden zu haben, und mache nur geschwind, wenn wir nicht auf andere Weise als mit Worten verfahren sollen. Zugleich wollten sie aufstehn und weggehen, worauf ich zu ihnen sagte: Meine Herren! Mein Verhör ist nicht geendet, deswegen hört mich an und dann geht, wohin es Euch gefällt. Sogleich nahmen sie wieder in völligem Zorne Platz, als wenn sie entschieden wären, nichts zu hören, was ich vorbringen könnte, ja sie verbargen eine Art von Zufriedenheit nicht, denn sie glaubten, alles schon gefunden zu haben, was sie zu wissen verlangten. Ich fing daher auf folgende Weise zu reden an:

Wisst, meine Herren, dass ich ungefähr zwanzig Jahr in Rom wohne und dass ich weder hier noch anderswo jemals eingekerkert worden bin.

Darauf sagte der Häscher von Gouverneur: Und du hast hier doch Menschen umgebracht! Darauf versetzte ich: Das sagt Ihr und nicht ich! Denn wenn einer kam, Euch umzubringen, so würdet Ihr Euch schnell genug verteidigen, und wenn Ihr ihn erschlügt, würden es die heiligen Gesetze Euch nachsehen. Und nun lasst mich auch meine Gründe vorbringen, wenn Ihr dem Papst die Sache gehörig vorzutragen und ein gerechtes Urteil über mich zu sprechen gedenkt. Ich sage Euch von Neuem: es sind ungefähr zwanzig Jahre, dass ich das wundersame Rom bewohnt und hier die größten Arbeiten meiner Profession vollendet habe; und weil ich weiß, dass Christus hier wohnet und regieret, so hätte ich mich darauf mit der größten Sicherheit verlassen, ja wenn ein weltlicher Fürst versucht hätte, mir einigen Schaden zuzufügen, so würde ich meine Zuflucht zu dem Heiligen Stuhle und zu dem Statthalter Christi genommen haben, damit er mich beschützt hätte. Wehe mir, wo soll ich nun jetzo hingehen? Zu welchem Fürsten soll ich mich wenden, der mich vor diesen schändlichen Absichten rette? Hättet Ihr nicht, ehe Ihr mich gefangen nahmt, untersuchen sollen, wo ich dann auch diese achtzigtausend Scudi verwahren könnte? Hättet Ihr nicht das Verzeichnis der Juwelen durchsehen sollen, das man bei unsrer apostolischen Kammer seit fünfhundert Jahren fleißig fortsetzt? Hätte sich dann irgendeine Lücke gefunden, so hättet Ihr meine Bücher und mich nehmen und die Vergleichung anstellen sollen. Ich muss Euch nur sagen: Die Bücher, in welchen die Juwelen des Papstes und der Kronen verzeichnet stehen, sind noch alle vorhanden, und Ihr werdet finden, dass alles, was Papst Clemens besessen hat, sorgfältig aufgeschrieben ist. Das einzige könnte sein: Als der arme Mann, Papst Clemens, sich mit jenen kaiserlichen Freibeutern vergleichen wollte, die ihm Rom geplündert und die Kirche geschmäht hatten, da kam einer zu dieser Vergleichshandlung, der, wenn ich mich recht erinnere, Caesar Iscatinaro hieß.

Man hatte sich beinahe über alle Punkte mit dem bedrängten Papste vereinigt, der doch dem Abgeordneten auch etwas Angenehmes erzeigen wollte und einen Diamanten vom Finger fallen ließ, der ungefähr viertausend Scudi wert sein konnte. Iscatinaro bückte sich, ihn aufzuheben, worauf der Papst sagte: Er möchte sich des Rings aus Liebe zu ihm bedienen. Bei diesem Fall war ich gegenwärtig, und wenn dieser Diamant fehlen sollte, so sag ich Euch, wo er hin ist, ob ich gleich überzeugt bin: Auch dieses wird bemerkt sein. Und nun könnt Ihr an Eurer Stelle Euch schämen, einen Mann meinesgleichen so behandelt zu haben, der so vieles ehrenvoll für diesen apostolischen Sitz unternommen hat. Denn wisst nur: War ich jenen Morgen, als die Kaiserlichen in den Borgo drangen, nicht so tätig, so überrumpelten sie ohne Hindernis das Kastell. Niemand hatte mich dazu gedungen, und ich machte mich wacker an die Artillerie, welche von den Bombardierern und Soldaten ganz verlassen dastand. Ich sprach noch dabei einem meiner Bekannten Mut ein, der Raphael da Monte Lupo hieß und ein Bildhauer war. Auch er hatte seinen Posten verlassen und sich ganz erschrocken in eine Ecke verkrochen; ich weckte ihn aus seiner Untätigkeit, und wir beide allein töteten von oben herunter so viele Feinde, dass die Truppen einen andern Weg nahmen. Auch ich war es selbst, der nach dem Iscatinaro schoss, weil er in der Konferenz mit dem Papste ohne die mindeste Ehrfurcht sprach und als ein Lutheraner und Ketzer, wie er war, gegen Seine Heiligkeit eine grobe Verachtung zeigte. Papst Clemens ließ darauf eine Untersuchung anstellen und wollte den Täter hängen lassen. Auch ich war es, der den Prinzen von Oranien an den Kopf traf, als er die Laufgräben visitieren wollte. Dann habe ich der heiligen Kirche so viel Schmuck und Zierde von Silber, Gold und Juwelen und so viel schöne und treffliche Medaillen und Münzen gearbeitet. Und das soll nun die freche, pfäffische Belohnung sein, die man einem Manne zudenkt, der Euch mit so viel Treue und Anstrengung gedient und geliebt hat? Und geht nur, hinterbringt, was ich gesagt habe, alles dem Papste, sagt ihm, dass er seine sämtlichen Juwelen besitzt, und dass ich zur Zeit jener Verheerung von der Kirche nichts anders erhalten habe als hundert Wunden und Beulen. Ich habe immer auf eine kleine Vergeltung gehofft, die Papst Paul mir versprochen hatte: Nun bin ich aber ganz klar über Seine Heiligkeit und über Euch, seine Diener!

Indessen ich so redete, hörten sie mir mit Erstaunen zu, sahen einander ins Gesicht und verließen mich mit Verwunderung. Alle drei zusammen gingen, dem Papste alles zu hinterbringen, was ich gesagt hatte. Der Papst schämte sich und befahl eiligst, man solle die sämtlichen Rechnungen der Juwelen durchsehen. Es fand sich, dass nichts fehlte, aber sie ließen mich im Kastell sitzen, ohne etwas weiter zu fragen. Herr Peter Ludwig besonders, als er sah, dass er so übel gehandelt hatte, suchte meinen Tod zu beschleunigen.

Diese Unruhe und Verwirrung dauerte nicht lange, als der König Franz schon mit allen Umständen vernommen hatte, dass der Papst mich so widerrechtlich gefangen hielt, und er gab seinem Gesandten an diesem Hofe, Herrn von Montluc, in einem Schreiben den Auftrag, er solle mich als einen Diener Seiner Majestät vom Papste zurückfordern. Der Papst, der sonst ein verständiger und außerordentlicher Mann war, betrug sich doch in dieser meiner Sache sehr unüberlegt und albern. Er antwortete dem Gesandten: Seine Majestät möchten sich doch nicht weiter meiner annehmen, ich sei ein wilder und gefährlicher Mensch, er habe mich einziehen lassen wegen verschiedener Totschläge und anderer solcher Teufeleien. Der König antwortete aufs Neue: Auch in seinem Reiche pflege man der besten Gerechtigkeit. Seine Majestät wisse die wackern Leute zu belohnen und zu begünstigen und ebenso die Übeltäter zu bestrafen. Seine Heiligkeit habe den Benvenuto gehen lassen, ohne nach dessen Arbeiten weiter zu fragen. Als er, der König, diesen Mann in seinem Reiche gesehen, habe er ihn mit Vergnügen in seine Dienste genommen und verlange ihn nun als den Seinigen zurück.

Dieser Schritt des Königs brachte mir großen Verdruss und Schaden, so ehrenvoll mir auch der Anteil war, den er an mir nahm; denn der Papst war in eine rasende Verlegenheit geraten, ich möchte nun, wenn ich hinging, die verruchte Nichtswürdigkeit erzählen, die sie an mir begangen hatten. Deswegen sann er nach, wie er mich, ohne seine Ehre zu verletzen, aus der Welt schaffen könnte.

Der Kastellan des Kastells Sant Angelo war einer von unsern Florentinern, mit Namen Herr Georg Ugolini. Dieser brave Mann behandelte mich auf das Gefälligste von der Welt; und weil er das große Unrecht kannte, das mir geschah, ließ er mich auf mein Wort frei umhergehen. Ich hatte ihm, um diese Erlaubnis zu erhalten, Bürgschaft leisten wollen, allein er versetzte: Er könne sie nicht annehmen, denn der Papst sei über meine Sache gar zu sehr entrüstet; auf mein Wort hingegen wolle er trauen, denn er höre von jedem, was ich für ein zuverlässiger Mann sei. Da gab ich ihm mein Wort, und er verschaffte mir zugleich die Bequemlichkeit, dass ich kleine Arbeiten machen konnte.

Nun bedachte ich, dass dieser Verdruss des Papstes, sowohl wegen meiner Unschuld als wegen der Gunst des Königs, doch vorübergehen müsse, und erhielt meine Werkstatt offen. Ascanio, mein Gesell, kam und brachte mir Arbeit. Vor Verdruss über das Unrecht, was mir geschah, konnte ich zwar wenig tun, doch machte ich aus der Not eine Tugend und ertrug so heiter, als ich konnte, mein widriges Geschick, indem ich mir zugleich alle Wachen und Soldaten des Kastells zu Freunden gemacht hatte.

Manchmal speiste der Papst im Kastell, und unter der Zeit waren die Tore nicht bewacht, sondern standen einem jeden frei, wie an einem gewöhnlichen Palast. Man fand alsdann nötig, die Gefängnisse mit mehr Sorgfalt zu verschließen; aber ich ward immer gleich gehalten und konnte auch zu solchen Zeiten frei herumgehen, öfters rieten mir einige Soldaten: Ich solle mich davonmachen; sie wollten mir durch die Finger sehen, weil ihnen das große Unrecht bekannt sei, das mir geschehe. Darauf antwortete ich nur: Ich habe dem Kastellan mein Wort gegeben, der ein so braver Mann sei und der mir so viel Gefälligkeit erzeigt habe.

Unter andern war ein tapfrer und geistreicher Soldat, der zu mir sagte: Wisse, mein Benvenuto, dass ein Gefangener nicht verbunden ist und sich auch nicht verbinden kann, sein Wort zu halten oder irgendeine andere Bedingung zu erfüllen. Tue, was ich dir sage: fliehe vor diesem Schurken von *** und vor dem Bastard, seinem Sohn, die dir auf alle Weise nach dem Leben stehen! Aber ich, der ich lieber sterben wollte, als dass ich dem würdigen Kastellan mein Wort gebrochen hätte, ertrug diesen ungeheuren Verdruss, so gut ich konnte, in Gesellschaft eines Geistlichen aus dem Hause Pallavicini, der ein großer Prediger war. Man hatte ihn als einen Lutheraner eingezogen; er war ein sehr guter Gesellschafter, aber als Mönch der ruchloseste Kerl von der Welt, der zu allen Arten von Lastern geneigt war. Seine schönen Gaben bewunderte ich, und seine hässlichen Laster musste ich aufs Höchste verabscheuen. Auch unterließ ich nicht, ihn darüber ganz freimütig zu tadeln und zu schelten, dagegen wiederholte er mir immer: Ich sei als Gefangener nicht verbunden, dem Kastellan mein Wort zu halten. Darauf antwortete ich: als Mönch sage er wohl die Wahrheit, nicht als Mensch; denn wer Mensch und nicht Mönch wäre, müsste sein Wort unter allen Umständen halten, in die er geraten könnte, und so wollte ich auch mein einfaches und tugendsames Wort nicht brechen. Da er hieraus sah, dass er mich durch seine feinen und künstlichen Argumente, so geschickt er sie auch vorbrachte, nicht bewegen konnte, gedachte er mich auf einem andern Wege zu versuchen. Er schwieg viele Tage ganz von dieser Sache, las mir indessen die Predigten des Bruder Hieronymus Savonarola und machte so eine vortreffliche Auslegung dazu, die mir viel schöner vorkam als die Predigten selbst und mich ganz bezauberte. Ich hätte alles in der Welt für den Mann getan, nur nicht, wie schon gesagt, mein Wort gebrochen. Da er nun sah, dass ich vor seinen Talenten eine solche Ehrfurcht hatte, fing er an, mit guter Art mich zu fragen: auf welche Weise ich mich denn hätte flüchten wollen, wenn mir die Lust dazu gekommen wäre? Und wie ich, wenn man mich enger eingeschlossen hätte, das Gefängnis hätte eröffnen wollen? Diese Gelegenheit wollte ich nicht vorbeilassen, um diesem klugen Manne zu zeigen, dass ich auch Geschicklichkeit und Feinheit besitze; ich sagte ihm, dass ich jedes Schloss, selbst das schwerste, gewiss eröffnen wolle, und besonders die von diesem Gefängnisse sollten mich nicht mehr Mühe gekostet haben, als ein Stückchen frischen Käse zu verzehren. Der Mönch, der mein Geheimnis zu erfahren wünschte, verspottete mich und sagte: Die Menschen, die sich einmal in den Ruf gesetzt haben, dass sie geistreich und geschickt sind, rühmen sich gar vieler Dinge; wollte man sie immer beim Wort halten, so würde manches zurückbleiben, und sie würden einen guten Teil ihres Kredits verlieren. So möchte es auch wohl Euch gehen: Ihr sagt so unwahrscheinliche Dinge, und wenn man die Ausführung verlangte, würdet Ihr wohl schwerlich mit Ehre bestehen.

Das verdross mich von dem Teufelsmönche, und ich antwortete, dass ich immer viel weniger verspräche, als ich auszuführen verstünde. Das, was ich wegen der Schlüssel behauptet hätte, sei eine geringe Sache; mit wenig Worten solle er vollkommen einsehen, dass alles wahr sei. Darauf zeigte ich ihm unbesonnenerweise mit großer Leichtigkeit alles, was ich behauptet hatte. Der Mönch, ob es gleich schien, als wenn er sich um die Sache nichts bekümmere, lernte mir als ein fähiger Mann alles in der Geschwindigkeit ab.

Nun ließ mich, wie ich schon oben erwähnt habe, der wackre Kastellan des Tages frei herumgehen, auch ward ich des Nachts nicht wie die übrigen eingeschlossen. Ich konnte dabei in Gold, Silber und Wachs arbeiten, was ich wollte, und so hatte ich auch einige Wochen mich mit einem Becken für den Kardinal von Ferrara beschäftigt; zuletzt verlor ich über meinem eingeschränkten Zustande alle Lust und arbeitete nur, um mich zu zerstreuen, an einigen kleinen Wachsfiguren. Von diesem Wachs entwandte mir der Mönch ein Stück und führte das alles wegen der Schlüssel damit aus, was ich ihn unbedachtsamerweise gelehrt hatte. Er nahm zum Gesellen und Helfer einen Schreiber, namens Ludwig, einen Paduaner; allein als man die Schlüssel bestellte, tat der Schlösser sogleich die Anzeige. Der Kastellan, der mich einige Mal in meinem Zimmer besucht und meiner Arbeit zugesehen hatte, erkannte mein Wachs und sagte: Wenn man schon diesem armen Benvenuto das größte Unrecht von der Welt getan hat, so hätte er sich doch gegen mich solche Handlungen nicht erlauben sollen, da ich ihm alle mögliche Gefälligkeit erzeigt habe. Gewiss, ich will ihn fester halten, und alle Nachsicht soll aufhören! So ließ er mich mit einigem Unmut einschließen, und mich verdrossen besonders die Worte, welche mir seine vertrautesten Diener hinterbrachten, deren einige mir sehr wohl wollten und sonst von Zeit zu Zeit erzählten, wie sehr der Herr Kastellan sich zu meinem Besten verwendet habe. Nun aber hinterbrachten sie mir, dass er mich einen undankbaren, eitlen und treulosen Menschen schelte.

Da nun einer dieser Leute mir auf eine etwas harte und unschickliche Art diese Scheltworte ins Gesicht sagte, fühlte ich mich beleidigt in meiner Unschuld und antwortete: Ich hätte niemals mein Wort gebrochen, und ich wollte das mit der ganzen Kraft meines Lebens behaupten, und wenn er oder ein anderer wieder solche ungerechte Worte gegen mich brauchte, so würde ich ihn auf alle Fälle der Lügen strafen. Er entrüstete sich darüber, lief in das Zimmer des Kastellans, brachte mir das Wachs und meine Zeichnung des Schlüssels. Als ich das Wachs sah, sagte ich ihm: Wir hätten beide recht; allein er solle mir eine Unterredung mit dem Herrn Kastellan verschaffen, und ich wollte ihm eröffnen, wie sich die Sache befände, die von größerer Bedeutung sei, als sie glaubten. Sogleich ließ der Kastellan mich rufen. Ich erzählte den ganzen Vorfall, der Mönch ward enger eingeschlossen und bekannte auf den Schreiber, der dem Galgen sehr nahe kam. Doch unterdrückte der Kastellan die Sache, die schon bis zu den Ohren des Papstes gekommen war, rettete seinen Schreiber von dem Strick und ließ mir wieder so viel Freiheit als vorher.

Da ich sah, dass man sich bei diesem Falle mit so vieler Strenge benahm, fing ich doch auch an, an mich selber zu denken, und sagte bei mir: Wenn nun ein andermal eine solche Verwirrung entstünde und der Mann traute mir nicht mehr, so würde ich ihm auch nicht mehr verbunden sein und möchte mir wohl alsdann ein wenig mit meinen Erfindungen helfen, die gewiss besser als jene Pfaffenunternehmung ausfallen sollten. So fing ich nun an, mir neue, starke Leintücher bringen zu lassen, und die alten schickte ich nicht wieder zurück. Wenn meine Diener darnach fragten, so sagte ich: Sie sollten still sein, denn ich hätte sie einigen armen Soldaten geschenkt, die in Gefahr der Galeere gerieten, wenn so etwas herauskäme, und so hielten sie mir alle, besonders aber Felix, die Sache geheim. Indessen leerte ich einen Strohsack aus und verbrannte das Stroh im Kamine, das in meinem Gefängnis war, und fing an, von den Leintüchern Binden zu schneiden, ein Dritteil einer Elle breit; und als ich so viel gemacht hatte, als ich glaubte, dass genug sei, mich von der großen Höhe des Turms herunterzulassen, sagte ich meinen Dienern: Ich habe genug verschenkt, sie sollten nun, wenn sie mir neue Leintücher brächten, die alten immer wieder mitnehmen. Und so vergaßen meine Leute gar bald die ganze Sache.

Die Kardinale Santiquattro und Cornaro ließen mir die Werkstatt zuschließen und sagten frei heraus: Der Papst wolle nichts von meiner Loslassung wissen, die große Gunst des Königs habe mir mehr geschadet als genutzt. Denn die letzten Worte, welche Herr von Montluc vonseiten des Königs dem Papste hinterbracht habe, seien gewesen, er solle mich in die Hände der ordentlichen Hofrichter geben, und wenn ich gefehlt habe, solle man mich züchtigen, aber habe ich nicht gefehlt, so verlange die Vernunft, dass er mich loslasse. Diese Worte hatten den Papst so sehr verdrossen, dass er sich vorsetzte, mich niemals wieder freizugeben. Was den Kastellan betrifft, der half mir von seiner Seite, so gut er konnte.

Elftes Kapitel

Streit zwischen dem Autor und Ascanio. – Seltsame kranke Fantasie des Schlosshauptmanns, wodurch sein Betragen gegen Cellini verändert wird. – Dieser wird enger als jemals eingeschlossen und mit großer Strenge behandelt. – Kardinal Cornaro nimmt ihn auf und verbirgt ihn eine Zeit lang.

Als in dieser Zeit meine Feinde sahen, dass meine Werkstatt verschlossen war, sagten sie alle Tage mit Verachtung irgendein beleidigendes Wort zu meinen Dienern und Freunden, die mich noch im Gefängnis besuchten; unter anderm begegnete mit Ascanio folgende Geschichte. Er besuchte mich alle Tage zweimal und verlangte eines Tages: ich solle ihm aus einer blauen Samtweste, die ich nicht mehr trug und die mir nur ein einziges Mal bei der Prozession gedient hatte, ein Westchen machen lassen. Ich sagte ihm dagegen: Es sei weder Zeit noch Ort, solche Kleider zu tragen. Das nahm der junge Mensch so übel, dass er zu mir sagte: Er wolle nun auch nach Tagliacozzo zu den Seinigen gehen. Ich sagte ihm voll Verdruss: Er mache mir großes Vergnügen, wenn er mir aus den Augen ginge. Darauf schwur er mit heftiger Leidenschaft, dass er mir niemals mehr vors Gesicht kommen wolle. Als wir dieses sprachen, gingen wir eben um den Turm des Kastells spazieren. Es begab sich, dass der Kastellan uns eben begegnete, als Ascanio zu mir sagte: Nun gehe ich fort, leb wohl für immer! Und ich antwortete ihm: So sei es denn für immer! Und damit es wahr bleibe, will ich der Wache sagen, dass sie dich nicht mehr hereinlassen soll. Dann wendete ich mich zum Kastellan und bat ihn von ganzem Herzen: Er möge der Wache befehlen, dass Ascanio nicht wieder hereindürfe! Und setzte hinzu: Dieser Knabe vergrößert noch mein großes Übel; deswegen bitte ich Euch, Herr Kastellan, lasst ihn nicht wieder herein! Dem Kastellan tat das sehr leid, denn er wusste, dass es ein Junge von viel Fähigkeiten war; dabei hatte er eine so schöne Gestalt, dass jeder, der ihn nur einmal gesehen hatte, ihn ganz besonders lieb gewann.

Der junge Mensch ging weinend fort und hatte einen kleinen Säbel bei sich, den er manchmal heimlich unter seinen Kleidern trug. Als er aus dem Kastell mit so verweintem Gesicht kam, begegnete er zwei meiner größten Feinde, dem obgedachten Hieronymus von Perugia und einem gewissen Michael, zwei Goldschmieden. Michael, weil er Freund von jenem Schelm von Perugia und Feind von Ascanio war, sagte: Was will das heißen, dass Ascanio weint? Vielleicht ist sein Vater gestorben? Ich meine den Vater im Kastell. Ascanio versetzte: Er lebt, aber du sollst sterben! Und so hieb er ihn zweimal über den Kopf. Mit dem ersten Mal streckte er ihn auf die Erde, mit dem zweiten hieb er ihm die Finger der rechten Hand ab und traf ihm doch noch den Kopf: Der Mann blieb für tot liegen. Sogleich erfuhr es der Papst, der denn mit bedeutenden Worten sagte: Weil denn doch der König ein Urteil verlangt, so gebt ihm drei Tage Zeit, seine Gründe beizubringen. Alsbald kamen sie und besorgten das Geschäft, das ihnen der Papst aufgetragen hatte. Der brave Kastellan ging sogleich zum Papste und zeigte, dass ich von dieser Sache nichts wissen könne, indem ich den Knaben in dem Augenblick weggejagt habe. So verteidigte mich der Mann mit aller Kraft und rettete mir das Leben in diesem wilden Augenblick. Ascanio entfloh nach Tagliacozzo zu den Seinigen, schrieb mir von da und bat tausendmal um Vergebung. Er bekannte sein Unrecht, dass er mir bei meinem großen Unglück noch Verdruss gemacht habe; wenn mir aber Gott die Gnade erzeigte, dass ich wieder aus dem Gefängnis käme, so wolle er mich nicht mehr verlassen. Ich ließ ihm wissen, dass er fortfahren sollte, etwas zu lernen; wenn Gott mir die Freiheit gäbe, wollte ich ihn gewiss wieder zu mir berufen.

Der Kastellan, der mich übrigens sehr gut behandelte, ward alle Jahre von einer gewissen Krankheit befallen, die ihm ganz und gar den Kopf verrückte, und wenn er davon angegriffen wurde, pflegte er sehr viel zu schwatzen, und es waren seine grillenhaften Vorstellungen alle Jahre verschieden. Denn einmal glaubte er ein Ölkrug zu sein, ein andermal ein Frosch, und da hüpfte er auch nach Art dieses Tieres; hielt er sich für tot, so musste man ihn begraben, und so hatte er alle Jahr eine neue Einbildung. Diesmal stellte er sich vor, er sei eine Fledermaus, und wenn er so spazieren ging, zischte er manchmal leise wie diese Geschöpfe, bewegte sich auch ein wenig mit den Händen und dem Körper, als wollte er fliegen. Die Ärzte, die ihn wohl kannten, sowie seine alten Diener suchten ihm alle Art von Unterhaltung zu verschaffen, und weil sie glaubten, er habe großes Vergnügen, mich diskurieren zu hören, so holten sie mich alle Augenblicke und führten mich zu ihm. Ich musste manchmal vier bis fünf Stunden bei diesem armen Manne bleiben und durfte nicht aufhören zu reden. Er verlangte, dass ich an seiner Tafel gegen ihm über sitzen sollte, und dabei wurde von beiden Seiten unaufhörlich gesprochen. Bei dieser Gelegenheit aß ich sehr gut, aber er, der arme Mann, aß nicht und schlief nicht und ermüdete mich auch dergestalt, dass ich nicht mehr vermochte. Manchmal, wenn ich ihn ansah, konnte ich bemerken, dass seine Augen ganz falsch gerichtet waren: Das eine blickte dahin, das andere dorthin. Unter anderm fing er auch an, mich zu fragen: ob mir wohl niemals die Lust zu fliegen angekommen sei? Darauf versetzte ich: Eben diejenigen Dinge, die dem Menschen am schwersten vorkämen, hätte ich am liebsten zu vollbringen gewünscht und vollbracht, und was das Fliegen betreffe, so habe mir Gott und die Natur einen Körper, sehr geschickt zum Laufen, gegeben, und wenn ich nun noch einige mechanische Vorteile dazu täte, so sollte mir das Fliegen sicher glücken.

Darauf fragte er mich: auf welche Weise ich es anfangen wollte? Und ich versetzte: Wenn ich die Tiere, welche fliegen, betrachte, um das, was ihnen die Natur gegeben hat, durch Kunst nachzuahmen, so finde ich nur die Fledermaus, die mir zum Muster dienen kann.

Kaum hatte er den Namen ›Fledermaus‹ gehört, als seine diesjährige Narrheit bei ihm aufwachte und er mit lauter Stimme rief: Das ist wahr! Das ist das rechte Tier! Und dann wendete er sich an mich und sagte: Benvenuto! Nicht wahr, wenn man dir die Gelegenheit gäbe, so würdest du auch Mut haben zu fliegen? Ich versetzte: Er solle mir nur die Erlaubnis geben, so getraute ich mich, bis hinaus auf die Wiesen zu fliegen, wenn ich mir ein paar Flügel von feiner gewichster Leinwand machen wollte. Darauf versetzte er: Das könnte ich wohl zugeben, aber der Papst hat mir befohlen, dich aufs Genauste in acht zu nehmen. Auch weiß ich, dass du ein künstlicher Teufel bist und imstand wärst, mir zu entfliehen: Darum will ich dich mit hundert Schlüsseln verschließen lassen, damit du aushalten musst.

Nun fing ich an, ihn zu bitten, und brachte ihm ins Gedächtnis, dass ich also ihm ja schon hätte entfliehen können, dass ich aber mein Wort gegen ihn niemals gebrochen haben würde. Ich bat ihn um Gottes willen und bei allen denen Gefälligkeiten, die er mir schon erzeigt hatte, dass er das Übel, das ich ohnedies leiden musste, nicht noch vergrößern möchte.

Indem ich also sprach, befahl er ausdrücklich, dass sie mich binden und mich in meinem Gefängnisse wohl einschließen sollten. Da ich nun sah, dass nichts anders zu hoffen war, sagte ich ihm in Gegenwart aller der Seinigen: So verschließt mich nur wohl! Denn ich werde Euch auf alle Weise zu entkommen suchen. So führten sie mich weg und sperrten mich mit der größten Sorgfalt ein.

Nun fing ich an, die Art und Weise zu überlegen, wie ich entkommen könnte. Sobald ich eingeschlossen war, untersuchte ich das Gefängnis, und da ich sicher glaubte, den Weg gefunden zu haben, wie ich herauskommen könnte, so bedachte ich, wie ich von dem hohen Turm herunterkommen wollte, nahm meine Leintücher, die ich, wie gesagt, schon zerschnitten hatte, nähte sie wohl zusammen und bedachte, wie viel Öffnung ich brauchte, um durchzukommen, und bereitete überhaupt alles, was mir nur dienen konnte. Ich holte eine Zange hervor, die ich einem Savoyarden genommen hatte, der sich unter der Schlosswache befand. Er sorgte für die Wasserfässer und Brunnen und arbeitete dabei allerlei in Holz. Unter verschiedenen Zangen, die er brauchte, war auch eine sehr starke und große; ich überlegte, dass sie mir sehr nützlich sein könnte, nahm sie ihm weg und verbarg sie in meinem Strohsack. Als nun die Zeit herbeikam, dass ich mich ihrer bedienen wollte, so fing ich an, damit die Nägel zu untersuchen, wodurch die Bänder der Tür befestigt waren; weil aber die Tür doppelt war, so blieb auch der umgeschlagene Teil der Nägel ganz verborgen, sodass ich mit der größten Mühe von der Welt endlich einen herausbrachte. Darauf überlegte ich, wie ichs nun anzufangen hätte, dass man es nicht merkte, und vermischte ein wenig rostigen Eisenfeil mit Wachs, welches dadurch die völlige Farbe der Nägelköpfe erhielt, die ich nun, sowie ich einen herauszog, wieder auf den Bändern vollkommen nachahmte. So hatte ich die Bänder nur oben und unten befestigt, indem ich einige Nägel abstutzte und sie leicht wieder einsteckte, damit sie mir die Bänder nur festhalten sollten.

Dieses alles vollbrachte ich mit großer Schwierigkeit, denn der Kastellan träumte jede Nacht, ich sei entflohen, und schickte alle Stunden ins Gefängnis. Der Mensch, der jedes Mal kam, betrug sich wie ein Häscher; man nannte ihn Bozza. Er brachte immer einen andern mit sich, der Johannes hieß, mit dem Zunamen Pedignone; dieser war Soldat, jener Aufwärter. Johannes kam niemals in mein Gefängnis, ohne mir etwas Beleidigendes zu sagen; der andere war von Prato und daselbst bei einem Apotheker gewesen. Er betrachtete genau jene Bänder und überhaupt das ganze Gefängnis, und ich sagte zu ihm: Nehmet mich wohl in acht! Denn ich gedenke, auf alle Weise zu entfliehen. Über diese Worte entstand zwischen mir und ihm die größte Feindschaft, sodass ich mein Eisenwerk, die Zange nämlich und einen ziemlich langen Dolch, auch andere dergleichen Dinge sorgfältig in meinem Strohsack verbarg.

Sobald es Tag ward, kehrte ich das Behältnis selbst, und ob ich gleich von Natur mich an der Reinlichkeit ergötze, so trieb ich sie zu jener Zeit aufs Äußerste. Sobald ich gekehrt hatte, machte ich mein Bett aufs Zierlichste und putzte es mit Blumen, die ich mir fast alle Morgen vom Savoyarden bringen ließ, dem ich die Zange entwendet hatte. Wenn nun Bozza und Pedignone kamen, so sagte ich ihnen gewöhnlich: Sie sollten mir vom Bette bleiben, ich wollte es weder beschmutzt noch eingerissen haben! Und wenn sie es ja einmal, um mich zu necken, nur leicht berührt hatten, rief ich: ihr schmutzigen Lumpen! Werd ich doch gleich an einen eurer Degen meine Hand legen und euch so zurichten, dass ihr euch verwundern sollt! Glaubt ihr wohl wert zu sein, das Bett von meinesgleichen anzurühren? Wahrhaftig, ich werde mein Leben nicht achten, da ich gewiss bin, euch das eure zu nehmen. Ist es nicht genug an meinem Verdruss und meiner Not? Wollt ihr mich noch ärger quälen? Hört ihr nicht auf, so will ich euch zeigen, was ein verzweifelter Mensch tun kann.

Das sagten sie alles dem Kastellan wieder, der ihnen ausdrücklich befahl: Sie sollten sich meinem Bette nicht nähern und übrigens aufs Beste für mich sorgen. Da ich nun mein Bett gesichert hatte, glaubte ich schon alles getan zu haben, weil in demselben alle Hilfsmittel zu meinem Unternehmen verborgen lagen, und ich freute mich umso mehr, weil ich schon Aufsehen erregt hatte.

Am Abend eines Festtages unter anderm war der Kastellan in einem sehr üblen Zustand: Seine Krankheit hatte sich verschlimmert, und er wollte nun von nichts anderm wissen, als dass er eine Fledermaus sei. Er befahl seinen Leuten: Wenn sie hörten, dass Benvenuto weggeflogen wäre, sollten sie ihn nur gewähren lassen; er wolle mich gewiss wieder einholen, denn bei Nacht würde er stärker fliegen als ich. Benvenuto, pflegte er zu sagen, ist nur eine nachgemachte Fledermaus, ich aber bin es wahrhaftig. Mir ist er anbefohlen, ich will seiner schon wieder habhaft werden. So war es viele Nächte fortgegangen, er hatte alle seine Diener ermüdet; ich erfuhr, was vorging, auf verschiedenen Wegen, besonders durch den Savoyarden, der mir sehr wohl wollte.

An ebendiesem Abende hatte ich mich entschlossen, es koste, was es wolle, zu entfliehn. Ich wendete mich vor allen Dingen zu Gott und bat Seine göttliche Majestät, in so einem gefährlichen Unternehmen mich zu beschützen und mir beizustehn. Hernach legte ich Hand ans Werk und arbeitete die ganze Nacht an den Sachen, die ich brauchen wollte. Zwei Stunden vor Tage nahm ich die Bänder mit großer Mühe herunter, denn das Türgewände und der Riegel hinderten mich dergestalt, dass ich nicht aufmachen konnte, und ich musste daher das Holz zersplittern; doch brachte ich sie endlich auf und nahm die Binden auf den Rücken, die ich auf zwei Hölzer nach Art der Hanfspindeln gewunden hatte. Nun ging ich hinaus und an der rechten Seite des Turms herum, deckte von innen zwei Ziegel des Dachs auf und hub mich mit Leichtigkeit hinauf. Ich hatte ein weißes Nachtwestchen an, auch weiße Beinkleider und Halbstiefeln, und in die Stiefel hatte ich meinen Dolch gesteckt. Nachher nahm ich ein Ende meiner Binden und hing es an ein Stück Ziegel, das in den Turm gemauert war und ungefähr vier Finger herausstand. Die Binde hatte ich auf die Art eines Steigbügels zubereitet. Darauf wendete ich mich zu Gott und sagte: Hilf mir nun, weil ich recht habe, wie du weißt, und weil ich mir selbst zu helfen gedenke!

Nun ließ ich mich sachte hinab, und indem ich mich durch die Gewalt der Arme erhielt, kam ich endlich bis auf den Boden. Es war kein Mondenschein, aber eine schöne Helle. Da ich unten war, betrachtete ich die große Höhe, von der ich so kühn heruntergekommen war, und ging vergnügt weg, denn ich glaubte, befreit zu sein. Es fand sich aber anders; denn der Kastellan hatte an dieser Seite zwei hohe Mauern aufführen lassen, wo er seine Ställe und seinen Hühnerhof hatte, und es waren die Türen von außen mit großen Riegeln verschlossen. Da ich sah, dass ich nicht hinauskonnte, ging ich hin und wider und überlegte, was zu tun sei. Unversehens stieß ich wider eine große Stange, die mit Stroh bedeckt war, richtete sie mit großer Schwierigkeit gegen die Mauer und half mir mit der Gewalt meiner Arme in die Höhe; weil aber die Mauer sehr scharf war, so konnte ich nicht ganz hinaufkommen und entschloss mich, ein Stück meiner neuen Binde von der andern Spindel dazu anzuwenden, denn die andere war am Turm des Schlosses hängen geblieben. Da ich sie nun an den Balken gebunden hatte, ließ ich mich auch diese Mauer hinunter, doch hatte ich dabei große Mühe und war sehr ermüdet, denn die Hände waren mir inwendig aufgeschunden und bluteten. Ich ruhte deshalb ein wenig aus und wusch mir die Hände mit meinem eignen Wasser. Als ich nun glaubte, meine Kräfte wären wiederhergestellt, griff ich zu meinen noch übrigen Binden und wollte sie um einen Zacken des Mauerkranzes winden, um, wie von der größern Höhe, so auch von der kleinern herunterzukommen. Da bemerkte mich eine Schildwache, und in dieser Gefahr, meinen Zweck vereitelt und mein Leben ausgesetzt zu sehen, nahm ich mir vor, die Wache anzugreifen, die, als sie meinen entschiedenen Vorsatz bemerkte, und wie ich ihr mit gewaffneter Hand zu Leibe ging, größere Schritte machte und mir auswich.

Ich kehrte schnell zu meinen Binden zurück, und ob ich gleich wieder eine andere Schildwache sah, so wollte doch diese mich diesmal nicht sehen. Nun hatte ich meine Binden am Mauerkranz befestigt und ließ mich hinab. Ob ich nun zu früh glaubte, dass ich schon nahe genug an der Erde sei, und die Hände auf tat, um hinabzuspringen, oder ob sie mir zu müde waren und die Anstrengung nicht mehr ausdauern konnten, weiß ich nicht zu sagen: genug, ich fiel, verletzte mir den Kopf und blieb betäubt liegen.

Es mochten ungefähr anderthalb Stunden vergangen sein, als der Tau, der eine Stunde vor Sonnenaufgang fällt, mich wieder erfrischte und munter machte; doch war ich noch immer wie schlaftrunken, ob ich gleich einen Versuch machte, mich aufzuheben. Noch immer war ich nicht bei mir: Es kam mir vor, als hätte man mir das Haupt abgeschlagen und ich befände mich im Fegefeuer. So kamen mir nach und nach die Kräfte wieder, und der Gebrauch der Sinne stellte sich her; dann sah ich, dass ich außerhalb des Kastells war, und ich erinnerte mich alles dessen, was ich getan hatte. Vor allem ändern fühlte ich die Verletzung meines Hauptes, und als ich es mit den Händen befühlte, brachte ich sie ganz blutig wieder herunter. Darauf betastete ich mich überall und glaubte mich nicht sonderlich beschädigt zu haben; als ich mich aber von der Erde aufheben wollte, fand ich, dass ich meinen rechten Fuß gebrochen hatte, drei Finger über dem Knöchel, worüber ich sehr erschrak. Ich zog meinen Dolch aus dem Stiefel zusamt der Scheide; diese hatte leider an der Spitze des Ortbandes ein ziemlich großes Kügelchen, und da sich nun der Fuß deshalb auf keine Weise biegen konnte, so war es die Ursache, dass er an dieser Stelle brach. Darauf warf ich die Scheide des Dolchs weg und schnitt mit demselben ein Stück von der Binde, die mir übrig geblieben war, herunter, womit ich den Fuß, so gut ich konnte, zusammenband; dann kroch ich auf allen vieren mit dem Dolche nach dem Tor, das noch verschlossen war. Genau unter demselben bemerkte ich einen Stein, den ich nicht für sehr stark hielt; ich gedachte ihn loszubringen, deswegen legte ich Hand an, und als ich eine Bewegung fühlte, kam ich leicht zustande, zog den Stein heraus und schlüpfte hinein. Es mochten mehr als fünfhundert Schritte sein vom Orte, da ich herunterfiel, bis zum Tore.

Kaum war ich wieder nach Rom hinein, als einige große Hunde sich auf mich warfen, die mich übel bissen. Da sie nun verschiedene Male mich zu quälen wiederkamen, stach ich mit meinem Dolche unter sie und traf einen so tüchtig, dass er laut aufschrie und davonlief. Die andern Hunde, wie es ihre Art ist, liefen ihm nach, und ich gedachte, die nächste Kirche zu erreichen, immer auf allen vieren. Als ich nun an das Ende der Straße gekommen war, wo man sich nach Sant Angelo umkehrt, veränderte ich meinen Vorsatz und ging gegen St. Peter, und da es hell genug um mich wurde, betrachtete ich die Gefahr, in der ich schwebte. Da begegnete mir ein Wasserhändler mit seinem beladenen Esel und gefüllten Krügen. Ich rief ihn zu mir und bat ihn, er sollte mich aufheben und mich auf die Höhe der Treppe von St. Peter tragen. Dabei sagte ich ihm: Ich bin ein armer Jüngling, der bei einem Liebeshandel sich zum Fenster herunterlassen wollte. Ich bin gefallen und habe mir einen Fuß gebrochen, und da der Ort, von dem ich komme, von großer Bedeutung ist, so bin ich in Gefahr, in Stücken zerhauen zu werden; deswegen bitte ich dich, hebe mich schnell auf, du sollst einen Goldgülden haben.

Ich griff sogleich nach dem Beutel, in welchem eine gute Menge sich befanden. Er fasste mich unverzüglich an, nahm mich auf den Rücken und trug mich auf die Stufen von St. Peter: Da sagte ich ihm, er solle mich nur lassen und zu seinem Esel zurücklaufen. Alsdann kroch ich nach dem Hause der Herzogin, Gemahlin des Herzogs Ottavio, einer natürlichen Tochter des Kaisers, die vorher Gemahlin Herzog Alexanders von Florenz gewesen war. Ich wusste gewiss, dass bei dieser großen Fürstin viele von meinen Freunden sich befanden, die mit ihr von Florenz gekommen waren; auch hatte sie schon gelegentlich Gutes von mir gesprochen.

Denn als sie ihren Einzug in Rom hielt, war ich Ursache, dass ein Schade von mehr als tausend Scudi verhindert wurde: Es regnete sehr stark, und der Kastellan war äußerst verdrießlich, ich aber sprach ihm Mut ein und sagte ihm, wie ich mehrere Kanonen nach der Gegend gerichtet hätte, wo die stärksten Wolken wären; und als ich mitten in einem dichten Regen anfing, die Stücke abzufeuern, hörte es auf, und viermal zeigte sich die Sonne, und so war ich Ursache, dass dieses Fest aufs Glücklichste vorbeiging. Das hatte der Kastellan dem Papst erzählt, um etwas zu meinen Gunsten vorzubringen. Als es die Herzogin hörte, sagte sie: Der Benvenuto ist einer von den geschickten Leuten, die mit meinem seligen Herrn waren, und ich werde es ihm immer gedenken, wenn es Gelegenheit gibt. Auch hatte sie von mir mit ihrem jetzigen Gemahle gesprochen. Deswegen ging ich gerade nach Ihrer Exzellenz Wohnung, die im alten Borgo in einem sehr schönen Palaste war: Da wäre ich nun ganz sicher gewesen, und der Papst hätte mich nicht angerührt; aber weil das, was ich bisher getan hatte, zu außerordentlich für einen sterblichen Menschen war; so wollte Gott nicht, dass ich mich dieses eignen Ruhms überheben sollte, vielmehr sollte ich zu meinem Besten noch größere Prüfungen ausstehn, als jene waren, die ich schon erlitten hatte.

Daher begab sich, dass, als ich so auf Händen und Füßen die Treppe hinunterkroch, ein Bedienter des Kardinal Cornaro mich erkannte; dieser lief sogleich zu seinem Herrn, der im vatikanischen Palast wohnte, weckte ihn und sagte: Hochwürdigster Herr! Da ist Euer Benvenuto aus dem Kastell geflohen und kriecht ganz blutig auf allen vieren; soviel sich bemerken lässt, hat er ein Bein gebrochen, und wir wissen nicht, wo er hin will. Darauf sagte der Kardinal: Sogleich lauft und tragt mir ihn hierher in mein Zimmer! Als ich vor ihn kam, sagte er: Ich solle ruhig sein, und schickte sogleich nach den ersten Ärzten von Rom, die mich in die Kur nahmen. Unter denselben war Meister Jakob von Perugia, der trefflichste Chirurgus; der richtete mir den Fuß ein, verband mich und ließ mir selbst zur Ader. Da nun die Gefäße übermäßig aufgetrieben waren, er auch die Öffnung etwas groß gemacht hatte, so fuhr eine Menge Bluts dergestalt gewaltsam heraus, ihm ins Gesicht, und bedeckte ihn über und über, dass er sich entfernen musste. Er nahm die Sache für ein böses Anzeichen und kurierte mich mit großem Widerwillen; ja einige Male wollte er mich gar verlassen, denn er fürchtete, diese Kur könnte ihm sehr übel bekommen. Der Kardinal ließ mich in ein geheimes Zimmer legen und ging in der Absicht weg, mich von dem Papste zu erbitten.

Zwölftes Kapitel

Allgemeines Erstaunen über des Autors Entkommen. – Geschichte einer ähnlichen Flucht Pauls III. in seiner Jugend aus dem Kastell. – Peter Ludwig tut sein möglichstes, um seinen Vater abzuhalten, dass er dem Verfasser nicht die Freiheit schenke. – Kardinal Cornaro verlangt eine Gefälligkeit vom Papst und muss dagegen den Autor ausliefern. – Er wird zum zweiten Mal in die Engelsburg gebracht und von dem verrückten Schlosshauptmann mit äußerster Strenge behandelt.

Indessen war in der Stadt ein entsetzlicher Lärm entstanden: Man hatte die Binden am großen Turme hängen sehen, und ganz Rom lief, um diese unschätzbare Begebenheit zu betrachten. Der Kastellan war in seine größten Tollheiten verfallen, wollte mit aller Gewalt sich von seinen Dienern losreißen und auch vom Turme herunterfliegen, denn er behauptete: Es könne mich niemand erreichen als er, wenn er mir nachflöge.

Um diese Stunde war Herr Robert Pucci, Vater des Herrn Pandolfo, da er diese große Sache vernommen, selbst gegangen, um sie zu sehen; er kam darauf in den Palast, wo er dem Kardinal Cornaro begegnete, der ihm den ganzen Erfolg erzählte, und wie ich mich in einem seiner Zimmer schon verbunden befände. Diese zwei braven Männer gingen zusammen, sich zu den Füßen des Papstes zu werfen, der sie nicht zum Worte kommen ließ, sondern sogleich sagte: Ich weiß, was Ihr von mir wollt. Herr Robert Pucci versetzte: Heiligster Vater! Wir bitten um Gnade für den armen Mann, der wegen seiner Geschicklichkeit einiges Mitleiden verdient und der außerdem so viel Mut und Verstand gezeigt hat, dass es gar keine menschliche Sache zu sein scheint. Wir wissen nicht, wegen welcher Vergehungen er so lange im Gefängnis war: sind sie allzu groß und schwer, so wird Eure Heiligkeit, heilig und weise, wie Sie ist, nach Gefallen verfahren; aber sind es Dinge, die lässlich sind, so bitten wir um Gnade für ihn. Der Papst schämte sich und sagte: Er habe mich auf Ansuchen einiger der Seinigen inne behalten, weil ich ein wenig gar zu verwegen sei. Da er aber meine guten Eigenschaften kenne, so wolle er mich bei sich behalten und mir so viel Gutes erzeigen, dass ich nicht Ursache haben sollte, wieder nach Frankreich zu gehen. Sein großes Übel tut mir leid, setzte er hinzu; er soll für seine Gesundheit sorgen, und wenn er genesen ist, gedenken wir ihn von seinen andern Übeln zu heilen. Sogleich kamen die beiden wackern Männer und brachten mir diese gute Nachricht.

Mittlerweile nun der römische Adel mich besuchte, Junge, Alte und von aller Art, ließ sich der Kastellan, noch ganz zerstört, zum Papste tragen, und als er vor ihn kam, schrie er: Wenn Seine Heiligkeit den Benvenuto nicht wieder ins Gefängnis stellten, so geschähe ihm das größte Unrecht. Er ist, rief er aus, gegen sein gegebenes Wort geflohen; wehe mir! Er ist davongeflogen und hat mir doch versprochen, nicht wegzufliegen! Der Papst sagte lachend: Geht nur, geht! Ihr sollt ihn auf alle Fälle wiederhaben. Dann bat noch der Kastellan und sagte: Sendet doch den Gouverneur zu ihm, dass er vernehme, wer ihm geholfen hat; denn wenn es einer von meinen Leuten ist, so soll er an der Zinne hangen, von der sich Benvenuto herunterließ.

Als der Kastellan weg war, rief der Papst lächelnd den Gouverneur und sagte: Das ist ein braver Mann, und die Sache ist wundersam genug; doch als ich jung war, habe ich mich auch da oben heruntergelassen.

Daran sagte er nun freilich die Wahrheit, denn er hatte gefangen im Kastell gesessen, weil er, als Abbreviatur, ein Breve verfälscht hatte. Papst Alexander ließ ihn lange sitzen, und weil die Sache gar zu arg war, wollte er ihm den Kopf nach dem Fronleichnamsfeste abschlagen lassen. Farnese wusste das alles und ließ Peter Chiavelluzzi mit Pferden bestellen, bestach einige der Wache, sodass am Fronleichnamstage, indessen der Papst in Prozession zog, Farnese in einem Korb an einem Seile zur Erde gelassen wurde. Damals war das Kastell noch nicht mit Mauern umgeben, sondern der Turm stand frei, und er hatte keineswegs die großen Hindernisse bei seiner Flucht als ich, auch saß er mit Recht und ich mit Unrecht gefangen: genug, er wollte gegen den Gouverneur sich rühmen, dass er auch in seiner Jugend brav und lebhaft gewesen sei, und bemerkte nicht, dass er zu gleicher Zeit seine Niederträchtigkeit verriet. Darauf sagte er zu dem Gouverneur: Gehet und sagt ihm, er soll bekennen, wer ihm geholfen hat. Es mag sein, wer es will, genug, ihm ists verziehen; das könnt Ihr ihm frei versprechen.

Der Gouverneur, der einige Tage vorher Bischof von Jesi geworden war, kam zu mir und sagte: Mein Benvenuto! Wenn schon mein Amt die Menschen erschreckt, so komme ich doch diesmal, dich zu beruhigen, und ich habe dazu den eigensten Befehl und Auftrag vom Papste. Er hat mir gesagt, dass er auch von dort entflohen sei, und es wäre ihm nicht ohne viele Helfer und Gesellen möglich gewesen. Ich schwöre dir bei dem Eid, den ich auf mir habe (denn ich bin seit zwei Tagen Bischof), dass dir der Papst vergibt und dich freispricht, ja sogar dein Übel bedauert. Sorge für deine Gesundheit und nimm alles zum Besten! Selbst dieses Gefängnis, in das du ohne die mindeste Schuld gekommen bist, wird auf immer zu deinem Wohl gereichen, denn du wirst der Armut entgehen und nicht nötig haben, wieder nach Frankreich zurückzukehren und dirs da und dort sauer werden zu lassen. Daher gestehe mir frei, wie die Sache zugegangen ist, und wer dir beigestanden hat; dann sei getrost und ruhig und genese.

Da fing ich an und erzählte ihm die ganze Geschichte, wie sie sich ereignet hatte, und gab ihm die genausten Merkzeichen, sogar von dem Wassermanne, der mich getragen hatte. Darauf sagte der Gouverneur: Wahrlich, das ist zu viel für *einen* Mann und keines Menschen als deiner würdig! Darauf ließ er mich die Hand ausstrecken und sagte: Sei munter und getrost! Bei dieser Hand, die ich berühre, du bist frei, und solange du lebst, wirst du glücklich sein.

Da er weg war, traten viele große Edelleute und Herren herein, die so lange gewartet hatten, denn jeder wollte den Mann sehen, der so viele Wunder täte. Dieser Besuch blieb lange bei mir; manche boten mir Unterstützungen an, manche brachten mir Geschenke. Indessen war der Gouverneur zum Papste gekommen und fing an, die Geschichte zu erzählen, wie er sie von mir gehört hatte, und zufälligerweise war Herr Peter Ludwig, sein Sohn, gegenwärtig. Alle verwunderten sich höchlich, und der Papst sagte: Wahrhaftig, diese Begebenheit ist allzu groß. Darauf versetzte Herr Peter Ludwig: Heiligster Vater! Wenn Ihr ihn befreit, so wird er Euch noch größere sehen lassen, denn er ist ein allzu kühner Mann; ich will Euch etwas anders erzählen, was Ihr noch nicht wisst. Euer Benvenuto, ehe er noch gefangen gesetzt wurde, hatte einen Wortwechsel mit einem Edelmann des Kardinals Santa Fiore über eine Kleinigkeit. Benvenuto antwortete so heftig und kühn, beinahe als wenn er ihn herausfordern wollte; alles das hinterbrachte der Edelmann dem Kardinal, welcher sagte: Wenn Benvenuto zu Tätigkeiten käme, so wollte er ihm den Narren schon aus dem Kopfe treiben. Benvenuto hatte das vernommen: Gleich hielt er seine kleine Büchse parat, mit der er jedes Mal einen Pfennig trifft. Seine Werkstatt ist unter den Fenstern des Kardinals, und als dieser eines Tages heraussah, ergriff jener seine Büchse, um nach dem Kardinal zu schießen, der, weil man ihn warnte, sogleich zurücktrat. Benvenuto, damit es keinen Anschein haben sollte, schoss nach einer Feldtaube, die auf der Höhe des Palastes in einer Öffnung nistete, und traf sie an den Kopf, was kaum zu glauben ist. Nun tue Eure Heiligkeit mit ihm, was Ihnen beliebt! Ich habe es wenigstens sagen wollen, denn es könnte ihm einmal die Lust ankommen, nach Eurer Heiligkeit zu schießen, da er glaubt, man habe ihn unschuldig gefangen gesetzt. Es ist ein zu wildes, ein allzu sichres Gemüt. Als er den Pompeo ermordete, gab er ihm zwei Stiche in den Hals in der Mitte von zehn Männern, die ihn bewachten, und rettete sich sogleich, worüber jene, die doch brave und zuverlässige Leute waren, nicht wenig gescholten wurden. Der Edelmann des Kardinals Santa Fiore, der soeben gegenwärtig war, bekräftigte dem Papst alles, was sein Sohn gesagt hatte; der Papst schien verdrießlich und sagte nichts.

Nun will ich aber das wahre Verhältnis dieser Sache genau und treulich erzählen. Gedachter Edelmann kam eines Tages zu mir und zeigte mir einen kleinen goldnen Ring, der von Quecksilber ganz verunreinigt war, und sagte: Reinige mir den Ring und mach geschwind! Ich hatte viel wichtige Werke und Arbeiten von Gold und Edelsteinen vor mir, und da mir jemand so geradezu befahl, den ich niemals weder gesprochen noch gesehen hatte, sagte ich ihm: Ich hätte das Putzzeug soeben nicht bei der Hand, er möchte zu einem andern gehen. Darauf sagte er mir, ohne irgendeinen Anlass: Ich sei ein Esel! Darauf antwortete ich: er rede nicht die Wahrheit, ich sei in jedem Betracht mehr als er; wenn er mich aber anstieße, so wollte ich ihm Tritte geben ärger als ein Esel! Das hinterbrachte er dem Kardinal und malte ihm eine Hölle vor. Zwei Tage darauf schoss ich nach einer wilden Taube in ein hohes Loch an dem Palast; sie hatte dort genistet, und ich hatte einen Goldschmied, Johann Franziskus della Tacca, einen Mailänder, schon oft darnach schießen sehen, der sie nie getroffen hatte. Diesmal sah die Taube nur mit dem Kopf heraus, da ihr verdächtig vorkam, dass man schon einige Mal nach ihr geschossen hatte. Franziskus und ich waren auf der Jagd mit der Büchse Nebenbuhler, und einige Edelleute, meine Freunde, die an meiner Werkstatt lehnten, sagten zu mir: Siehe, da droben ist die Taube, nach der Francesco so lange geschossen und sie niemals getroffen hat! Siehe nur, wie das arme Tier in Furcht ist: Kaum lässt es den Kopf sehen. Da hob ich die Augen in die Höhe und sagte: Der Kopf allein wäre mir genug, um das Tier zu erlegen; wenn es nur warten wollte, bis ich meine Büchse angelegt hätte, gewiss, ich wollte nicht fehlen. Darauf sagten meine Freunde: Dem Erfinder der Büchse selbst würde ein solcher Schuss nicht gelingen. Ich aber versetzte: Wetten wir einen Becher griechischen Weins von dem guten des Wirtes Palombo! Wartet sie auf mich, bis ich meinen wundersamen Broccardo nur anlege (denn so nannte ich meine Büchse), so will ich sie auf das bisschen Kopf treffen, das sie mir zeigt. Sogleich zielte ich aus freier Hand, ohne irgendwo anzulehnen, und hielt mein Wort. Ich dachte dabei weder an den Kardinal noch an irgendeinen Menschen, vielmehr hielt ich den Kardinal Santa Fiore für meinen großen Gönner. Daraus kann man nun sehen, was das Glück für mancherlei Wege nimmt, wenn es einen einmal beschädigen und zugrunde richten will.

So war der Papst innerlich voll Ärger und Verdruss und bedachte, was ihm sein Sohn gesagt hatte. Nun begehrte zwei Tage hernach der Kardinal Cornaro ein Bistum für einen seiner Edelleute, welcher Andrea Centano hieß. Der Papst erinnerte sich wohl, dass er gedachtem Manne das erste zu erledigende Bistum versprochen hatte, und war auch bereit, es ihm zu geben; nur verlangte er eine Gegengefälligkeit, und zwar wollte er mich wieder in seine Hände haben. Darauf sagte der Kardinal: Da Eure Heiligkeit ihm schon verziehen haben, was wird die Welt sagen? Und da Sie ihn frei in meine Hände gaben, was werden die Römer von Eurer Heiligkeit und von mir sagen? Darauf antwortete der Papst: Ich verlange den Benvenuto, wenn Ihr das Bistum verlangt, und jeder denke, was er will! Der gute Kardinal versetzte: Seine Heiligkeit möchte ihm das Bistum geben, dabei aber die Sache doch bedenken und übrigens nach Belieben verfahren. Darauf antwortete der Papst, der sich doch einigermaßen seines schändlich gebrochenen Wortes schämte: Ich werde den Benvenuto holen lassen, und zu meiner kleinen Satisfaktion soll man ihn unten in die Zimmer des geheimen Gartens bringen, wo er völlig genesen mag. Ich will nicht verbieten, dass ihn alle seine Freunde besuchen können, und für seinen Unterhalt sorgen, bis ihm alle Grillen wieder aus dem Kopfe sind.

Der Kardinal kam nach Hause und ließ mir durch den, der das Bistum erwartete, sogleich sagen: Der Papst wolle mich wieder in seine Hände haben, ich sollte aber in einem untern Zimmer des geheimen Gartens bleiben, wo mich jedermann besuchen könnte, so wie bisher in seinem Zimmer. Darauf bat ich Herrn Andreas, er möge dem Kardinal sagen, dass er mich dem Papst doch ja nicht ausliefern sollte. Wenn er mich gewähren ließe, so wollte ich mich, in eine Matratze gewickelt, außerhalb Rom an einen sichern Ort bringen lassen; denn wenn ich wieder in die Hände des Papstes geriete, würde ich gewiss umkommen.

Wären meine Worte dem Kardinal hinterbracht worden, so glaube ich, er hätte es wohl getan; aber der Herr Andreas, der das Bistum erwartete, entdeckte die Sache: Der Papst schickte geschwind nach mir und ließ mich, wie er gesagt hatte, in eines der untern Zimmer seines geheimen Gartens bringen. Der Kardinal ließ mir sagen: Ich sollte nichts von den Speisen essen, die mir der Papst schicke; er wolle mir Essen senden. Was er getan habe, sei aus Notwendigkeit geschehen; ich sollte guten Muts sein, er wolle mir schon beistehen und mich befreien helfen.

Während dieses Aufenthalts hatte ich täglich Besuch, und große Dinge wurden mir von den Edelleuten angeboten. Vom Papst kam das Essen, das ich aber nicht anrührte, vielmehr nur das genoss, was der Kardinal mir schickte, und so ging es eine Weile. Unter andern

Freunden hatte ich einen griechischen Jüngling von fünfundzwanzig Jahren: derselbe war sehr munter, focht besser als irgendein anderer in Rom, dabei war er kleinmütig, äußerst treu, redlich und leichtgläubig. Nachdem ich vernommen hatte, wie der Papst von Anfang, und wie er nachher das Gegenteil gesprochen, vertraute ich mich dem jungen Griechen und sagte zu ihm: Lieber Bruder! Sie wollen mich umbringen, und es wird Zeit, dass ich mich rette; sie denken, ich merke es nicht, und erzeigen mir deswegen solche besondere Gunst, das alles nur lauter Verräterei ist. Der gute Jüngling sagte zu mir: Mein Benvenuto! In Rom erzählt man, der Papst habe dir eine Stelle von fünfhundert Scudi gegeben; ich bitte dich, bringe dich nicht durch deinen Verdacht um ein solches Glück! Ich aber bat ihn mit den Armen auf der Brust, er möchte mir forthelfen; ich wisse wohl, dass ein Papst mir viel Gutes tun könne, es sei aber leider nur zu gewiss, dass mir dieser, insofern er es nur mit Ehren tun dürfe, heimlich alles mögliche Böse zufügen werde. So beschwur ich meinen Freund, er solle mir das Leben retten, und wenn er mich wegbrächte, wie ich ihm die Mittel dazu angeben wollte, so würde ich anerkennen, dass ich ihm mein Leben schuldig sei, und es im Notfall auch wieder für ihn verwenden.

Der arme Jüngling sagte weinend zu mir: Lieber Bruder! Du willst dein eignes Verderben, und doch kann ich dir das, was du befiehlst, nicht versagen; zeige mir die Art und Weise, und ich will alles verrichten, obschon wider meinen Willen.

So waren wir entschlossen. Ich hatte ihm die Art gesagt und alles bestellt, sodass es leicht hätte gehen müssen.

Er kam, und ich glaubte, er werde nun ins Werk richten, was ich angeordnet hatte. Da sagte er: Um meines eignen Heilswillen wolle er ungehorsam sein; er wisse wohl, was er von Leuten gehört habe, die immer um den Papst seien und denen mein wahres Verhältnis bekannt sei. Da ich mir nun nicht anders zu helfen wusste, war ich höchst verdrießlich und voller Verzweiflung.

Unter diesem Zwist war der ganze Tag vergangen (es war Fronleichnam 1539), und man brachte mir aus der Küche des Papstes reichliches Essen, nicht weniger gute Speisen aus der Küche des Kardinals. Es kamen verschiedene Freunde, und ich bat sie zu Tische, hielt meinen verbundenen Fuß auf dem Bette und aß fröhlich mit ihnen. Sie gingen nach ein Uhr hinweg, zwei meiner Diener brachten mich zu Bette und legten sich darauf ins Vorzimmer.

Ich hatte einen Hund, wie ein Mohr so schwarz, von der zottigen Art, der mir auf der Jagd trefflich diente und der keinen Schritt von mir wich. Er lag unter dem Bette, und ich rief meinen Diener wohl dreimal, er solle ihn hervorholen, denn das Tier heulte erschrecklich. Sobald meine Diener kamen, warf er sich auf sie und biss um sich; meine Leute fürchteten sich, sie glaubten, der Hund sei toll, weil er beständig heulte. So brachten wir zu bis vier Uhr in der Nacht: Wie die Stunde schlug, trat der Bargell mit vielen Gehilfen in mein Zimmer; da fuhr der Hund hervor und fiel grimmig über sie her, zerriss ihnen Jacken und Strümpfe und jagte ihnen solche Furcht ein, dass sie ihn auch für wütend hielten. Deswegen sagte der Bargell als ein erfahrner Mann: Das ist die Art der guten Hunde, dass sie das Übel, das ihrem

Herrn bevorsteht, raten und voraussagen. Wehrt euch mit ein paar Stöcken gegen das Tier, bindet mir Benvenuto auf diesen Tragsessel und bringt ihn an den bewussten Ort! Das war nun, wie ich schon sagte, am Fronleichnamstage, ungefähr um Mitternacht. So trugen sie mich bedeckt und verstopft, und viere gingen voraus, die wenigen Menschen, die noch auf der Straße waren, beiseite zu weisen. Sie trugen mich nach Torre di Nona und brachten mich in das Gefängnis auf Leben und Tod, legten mich auf eine schlechte Matratze und ließen mir einen Wächter da, welcher die ganze Nacht mein übles Schicksal beklagte und immer ausrief: Armer Benvenuto! Was hast du diesen Leuten getan? Da begriff ich wohl, was mir begegnen konnte, teils, weil man mich an einen solchen Ort gebracht hatte, teils, weil der Mensch solche Worte wiederholte.

Einen Teil dieser Nacht quälte mich der Gedanke, aus was für Ursache Gott mir eine solche Buße auflege? Und da ich sie nicht finden konnte, war ich äußerst unruhig. Indessen bemühte sich die Wache, mich, so gut sie wusste, zu trösten und zu stärken; ich aber beschwor sie um Gottes willen, sie sollte schweigen und nichts zu mir sprechen, denn ich würde selbst am besten einen Entschluss zu fassen wissen, und sie versprach mir auch, meinen Willen zu tun. Dann wendete ich mein ganzes Herz zu Gott und bat ihn inbrünstig, er möge mir beistehn, denn ich habe mich allerdings über mein Schicksal zu beklagen. Meine Flucht sei eine unschuldige Handlung nach den Gesetzen, wie die Menschen solche erkennten. Habe ich auch Totschläge begangen, so habe mich doch sein Statthalter aus meinem Vaterlande zu-

rückgerufen und mir kraft der göttlichen Gesetze ver-
ziehn, und was ich auch getan habe, sei zur Verteidigung des Leibes geschehen, den mir Seine göttliche Majestät geliehen habe, sodass ich nicht einsehe, wie ich
nach den Einrichtungen, die wir auf der Welt befolgen,
einen solchen Tod verdiene; vielmehr schien es, dass es
mir wie unglücklichen Personen begegne, die auf der
Straße von einem Ziegel totgeschlagen werden. Daran
sehe man eben die Macht der Gestirne, nicht dass sie
sich etwa verbänden, um uns Gutes oder Böses zu erzeigen, sondern weil sie durch ihr Zusammentreffen solches Übel bewirkten. Ich erkenne zwar recht gut an, dass
ich einen freien Willen habe und dass, wenn mein Glaube recht geübt wäre, die Engel des Himmels mich aus
diesem Gefängnisse heraustragen und mich von jedem
Unglück retten könnten; allein weil ich einer solchen
göttlichen Gnade nicht wert sei, so würden jene astrali-
schen Einflüsse wohl ihre Bösartigkeit an mir beweisen.
Nachdem ich das so ein wenig durchgedacht hatte, fasste ich mich und schlief sogleich ein.

Als es Tag ward, weckte mich die Wache auf und sagte:
Unglücklicher guter Mann! Es ist nicht mehr Zeit zu
schlafen, denn es ist einer gekommen, der dir eine böse
Neuigkeit zu bringen hat. Darauf antwortete ich: Je geschwinder ich aus diesem irdischen Gefängnis befreit
werde, desto angenehmer ist es mir, besonders da ich sicher bin, dass meine Seele gerettet ist und dass ich widerrechtlich sterbe. Christus, unser herrlicher und göttlicher Erlöser, gesellt mich zu seinen Schülern und Freunden, die auch unschuldig den Tod erduldeten, und ich
habe deswegen Gott zu loben. Warum tritt der nicht

hervor, der mir das Urteil anzukündigen hat? Darauf sagte die Wache: Er bedauert dich gar zu sehr und weint. Darauf nannte ich ihn beim Namen (er hieß Herr Benedetto da Cagli) und sagte zu ihm: Kommt näher, mein Herr Benedetto! Denn ich bin gegenwärtig sehr gut gefasst und entschlossen. Es ist mir rühmlicher, dass ich unschuldig sterbe, als wenn ich schuldig umkäme. Tretet herbei, ich bitte Euch! Und gebt mir einen Priester, mit dem ich wenige Worte reden kann. Denn meine fromme Beichte habe ich schon meinem Herrn und Gott abgelegt, allein ich möchte doch auch die Befehle unsrer heiligen Mutter, der Kirche, erfüllen, der ich von Herzen das abscheuliche Unrecht, das sie mir antut, verzeihe. So kommt nur, mein Herr Benedetto, und vollzieht Euer Amt, ehe ich etwa wieder kleinmütig werde!

Als ich diese Worte gesprochen, entfernte sich der gute Mann und sagte zur Wache: Sie sollte die Türe verschließen, denn ohne ihn könne nichts vorgehn. Er eilte darauf zur Gemahlin des Herrn Peter Ludwig, die bei obgedachter Herzogin war, und sagte, indem er vor die Damen trat: Erlauchte Frau! Erzeigt mir um Gottes willen die Gnade, den Papst bitten zu lassen, dass er einen andern schicke, das Urteil an Benvenuto zu vollstrecken und mein Amt zu verrichten, dem ich auf immer entsage. Und so ging er mit großen Schmerzen hinweg. Die Herzogin, welche gegenwärtig war, verzog das Gesicht und sagte: Das ist eine schöne Gerechtigkeit, die der Statthalter Gottes in Rom ausübt! Der Herzog, mein Gemahl, wollte diesem Manne sehr wohl wegen seiner Kunst und seiner Tugenden und sah nicht gern, dass er nach Rom zurückkehrte; er hätte ihn viel lieber bei sich behalten. Und so ging sie mit vielen verdrießlichen Worten hinweg. Die Gemahlin des Herrn Peter Ludwig, welche Frau Hieronyma hieß, ging sogleich zum Papste, warf sich in Gegenwart vieler Kardinale ihm zu Füßen und sagte so große Dinge, dass der Papst sich schämen musste. Er versetzte darauf: Euch zuliebe mag es ihm hingehen! Auch sind wir niemals übel gegen ihn gesinnt gewesen. So äußerte sich der Papst, weil so viel Kardinäle die Worte dieser kühnen, bewundernswerten Frau gehört hatten.

Ich aber befand mich in den schlimmsten Umständen. Das Herz schlug mir in einem fort, und auch diejenigen, die den bösen Auftrag verrichten sollten, waren missbehaglich. Es ward immer später und endlich Tischzeit: Da ging jeder seiner Wege, und mir brachte man auch zu essen. Darüber verwunderte ich mich und sagte: Hier hat die Wahrheit mehr vermocht als der schlimme Einfluss der himmlischen Gestirne, und ich bitte Gott, dass er, nach seinem Gefallen, mich von diesem Unheil errette. Nun fing ich an zu essen, und wie ich mich vorher in mein großes Übel ergeben hatte, schöpfte ich gleich wieder gute Hoffnung. Ich speiste mit viel Appetit und sah und hörte nichts weiter, bis in der ersten Stunde der Nacht: da kam der Bargell mit mehrern seiner Leute, setzte mich wieder in den Sessel, worauf sie mich abends vorher an diesen Ort getragen hatten, und sagte mir mit vielen freundlichen Worten, ich solle ruhig sein; und den Häschern befahl er, sie sollten mich wohl in acht nehmen und nicht an meinen zerbrochenen Fuß stoßen. So trugen sie mich ins Kastell wieder zurück, und da wir auf der Höhe des Turms waren, wo ein kleiner Hof ist, hielten sie still.

Dreizehntes Kapitel

Erzählung der grausamen Misshandlung, die er während seiner Gefangenschaft erduldet. – Große Ergebung in sein trauriges Schicksal. – Wunderbare Vision, die eine baldige Befreiung verkündigt. – Er schreibt ein Sonett auf sein Elend, wodurch das Herz des Kastellans erweicht wird. – Der Kastellan stirbt. – Durante versucht, den Cellini zu vergiften. – Dieser entkommt dem Tode durch den Geiz eines armen Juweliers.

Darauf ließ sich der Kastellan, krank und elend, wie er war, gleichfalls an diesen Ort tragen und sagte: Nicht wahr, ich habe dich wieder? Ja, versetzte ich, aber nicht wahr, ich bin Euch entkommen? Und wäre ich nicht, unter päpstlicher Treue, um ein Bistum zwischen einem venezianischen Kardinal und einem Römer Farnese verhandelt worden, welche beide den heiligen Gesetzen sehr das Gesicht zerkratzt haben, so hättest du mich nicht wieder erwischen sollen. Weil sie sich aber so schlecht betragen haben, so tue nun auch das Schlimmste, was du kannst, denn ich bekümmere mich um nichts mehr in der Welt. Da fing der arme Mann an, gewaltig zu schreien, und rief: Wehe mir! Dem ist Leben und Sterben einerlei, und er ist noch kühner, als da er gesund war. Bringt ihn unter den Garten und redet mir nicht mehr von ihm, denn er ist Ursache an meinem Tode.

Man trug mich unter den Garten in ein dunkles Behältnis, das sehr feucht war, voll Taranteln und giftiger

Würmer. Man warf mir eine Matratze von Werg auf die Erde, gab mir diesen Abend nichts zu essen und verschloss mich mit vier Türen. So blieb ich bis neunzehn Uhr des andern Tages: Da brachte man mir zu essen, und ich verlangte einige meiner Bücher zum Lesen. Ohne mir zu antworten, hinterbrachten sie es dem Kastellan, welcher gefragt hatte, was ich denn sagte? Den andern Morgen reichten sie mir eine Bibel und die Chronik des Villani. Ich verlangte noch einige andere Bücher, aber sie sagten mir: Daraus würde nichts werden, ich hätte an diesen schon zu viel. So lebte ich, elend genug, auf der ganz verfaulten Matratze, denn in drei Tagen war alles nass geworden. Wegen meines zerbrochenen Fußes konnte ich mich nicht regen, und wenn ich um einer Notdurft willen aus dem Bette musste, so hatte ich mit großer Not auf allen vieren zu kriechen, um den Unrat nur nicht nahe zu haben.

Ungefähr anderthalb Stunden des Tages drang ein wenig Widerschein durch ein kleines Loch in die unglückseligste Höhle: Nur diese kurze Zeit konnte ich lesen, übrigens war ich Tag und Nacht in der Finsternis, und nicht ohne Gedanken an Gott und unsere menschliche Gebrechlichkeit. Ja, es schien mir gewiss, dass ich in wenigen Tagen mein unglückliches Leben auf diese Weise endigen würde. Ich tröstete mich, so gut ich konnte, und betrachtete, wie viel trauriger es gewesen wäre, dieses Leben durch den schmerzlichen Tod des Henkerbeiles zu endigen, als jetzt, da ich durch eine Art von Traum hinausgehen würde, den ich nach und nach angenehm fand. Denn ich fühlte meine Kräfte von Zeit zu Zeit abnehmen, bis meine gute Natur sich an dieses Fegefeuer gewöhnte.

Da ich nun einmal so weit gekommen war, fasste ich Mut, das unglaubliche Elend so lange zu erdulden, als meine Kräfte noch hinreichten. Ich fing die Bibel von Anfang an, und so fuhr ich täglich mit Lesen und frommen Betrachtungen fort, und ich war so verliebt darein, dass ich nichts anders getan haben würde; aber sobald mir das Licht mangelte, fiel der Verdruss mich wieder an und quälte mich so, dass ich mehr als einmal entschlossen war, mich selbst umzubringen. Weil sie mir aber kein Messer gelassen hatten, so war die Sache schwer zu verrichten. Doch hatte ich unter anderm einmal ein großes Holz zurecht gestellt, und wie eine Falle unterstützt und wollte es auf meinen Kopf schlagen lassen, sodass ich gewiss gleich tot geblieben wäre. Als ich nun das Gestelle zurechtgemacht hatte und eben, um loszudrücken, die Hand hineinsteckte, ward ich von einem unsichtbaren Wesen ergriffen und vier Ellen weit weggeworfen, worüber ich so erschrak, dass ich für tot liegen blieb.

Dieser Zustand dauerte von Tagesanbruch bis neunzehn Uhr, da sie mir das Essen brachten. Sie mochten oft hin und her gegangen sein, ehe ich sie bemerkte, denn zuletzt, als ich zu mir kam, hörte ich den Kapitän Sandrino Monaldi, der im Hereintreten sagte: Welches Ende haben so seltne Tugenden genommen! Als ich diese Worte vernahm, schlug ich die Augen auf und sah die Priester in ihren Chorhemden, welche ausriefen: Ihr habt ja gesagt, dass er tot sei! Darauf antwortete Bozza: Für tot habe ich ihn gefunden, und so sagte ichs auch.

Schnell huben sie mich auf, nahmen die Matratze weg, die ganz faul und wie Nudeln geworden war, warfen sie vor die Tür und erzählten den Vorfall dem Kastellan, der mir eine andere Matratze geben ließ.

Da ich nun überlegte, was das wohl gewesen sein könnte, das mich von meinem Vorsatz abgehalten hatte, so konnte ich wohl denken, dass es eine göttliche Kraft sei, die sich meiner annähme. Die Nacht darauf erschien mir eine wundersame Gestalt im Traume. Es war der schönste Jüngling; er sagte mir mit zorniger Stimme: Weißt du, wer dir den Körper geliehen hat, den du vor der Zeit verderben wolltest? Mir schien, als antwortete ich, dass ich alles nur Gott und der Natur schuldig sei. Nun, versetzte er, du verachtest seine Werke, indem du sie zerstören willst? Lass dich von ihm führen und verliere die Hoffnung nicht auf seine Macht! Er fügte noch viele der herrlichsten Worte hinzu, deren ich mich nicht den tausendsten Teil erinnere. Nun fing ich an zu betrachten, dass diese Engelsgestalt mir die Wahrheit gesagt habe. Ich sah mich im Gefängnis um und erblickte einen verwitterten Ziegel, ich rieb die Stücke gegeneinander und machte eine Art von Teig daraus; alsdann kroch ich an die Türe und arbeitete mit den Zähnen so lange, bis ich einen Splitter ablöste, und erwartete die Stunde, da mir das Licht ins Gefängnis kam, welches gegen Abend war. Dann fing ich an, so gut ich konnte, auf weiße Blätter, die an die Bibel angebunden waren, zu schreiben. Ich schalt meine Seelenkräfte, dass sie nicht mehr in diesem Leben bleiben wollten, sie antworteten meinem Körper, dass sie zu viel dulden müssten, und der Körper gab ihnen Hoffnung besserer Tage; und so brachte ich ein Gespräch in Versen zustande.

Nachdem ich mich also selbst gestärkt hatte, fühlte ich neue Kraft, fuhr fort, meine Bibel zu lesen, und hatte meine Augen so an die Dunkelheit gewöhnt, dass ich nunmehr statt anderthalb Stunden schon drei lesen konnte. Ich betrachtete mit Erstaunen die Gewalt des göttlichen Einflusses auf diese einfältigen Menschen, die mit so großer Inbrunst glaubten, dass Gott ihnen alles zu Gefallen tun würde, was sie sich nur ausgedacht hatten; und so versprach ich mir auch die Hilfe Gottes, sowohl weil er so erhaben und gnädig, als auch, weil ich so unschuldig sei. Beständig, bald mit Gebet, bald mit Gespräch, wendete ich mich zu Gott und fühlte ein so großes Vergnügen bei diesen Gedanken, dass ich mich keines andern Verdrusses erinnerte, den ich gehabt haben möchte. So sang ich auch den ganzen Tag Psalmen und viele andre meiner Gedichte, alle an Gott gerichtet. Nur machten mir meine Nägel, die immer fortwuchsen, das größte Übel. Ich konnte mich nicht anrühren, ohne dass sie mich verwundeten, noch mich ankleiden, ohne dass sie inwendig oder auswendig hängen blieben und mir große Schmerzen verursachten. Auch fingen mir die Zähne an im Munde abzusterben, und weil sie sich an den gesunden stießen, so wurden sie endlich ganz los in der Kinnlade, und die Wurzeln wollten nicht mehr in ihren Einfassungen bleiben. Wenn ich das merkte, zog ich sie heraus wie aus einer Scheide, ohne Schmerz und Blut, und so hatte ich leider viele verloren. Indessen schickte ich mich auch in diese neuen Übel: bald sang ich, bald betete ich, auch fing ich ein Gedicht zum Lob des Gefängnisses an und erzählte in demselben alle die Vorfälle, die mir begegnet waren.

Der gute Kastellan schickte oft heimlich, zu vernehmen, was ich mache, und ich hatte mich, eben den letzten Juli, mit mir selbst ergötzt und mich des großen Festes erinnert, das man in Rom am ersten August feiert. Ich sagte zu mir: Alle vergangenen Jahre habe ich dieses angenehme Fest mit der vergänglichen Welt gefeiert, diesmal will ich es mit der Gottheit des Herrn zubringen. O, wie viel erfreulicher ist dieses als jenes! Die Abgeschickten des Kastellans hörten diese Worte und sagten ihm alles wieder. Dieser versetzte mit unglaublichem Verdrusse: Bei Gott! Soll dieser, der in so großem Elend lebt, noch triumphieren, indessen ich bei aller Bequemlichkeit mich abzehre und bloß um seinetwillen sterbe? Gehet geschwind und werft ihn in die unterste Höhle, wo man den Prediger Foiano verhungern ließ; vielleicht wird sich ihm alsdann in diesem elenden Zustande der Mutwill aus dem Kopf verlieren.

Sogleich kam Kapitän Sandrino Monaldi mit ungefähr zwanzig Dienern des Kastellans in mein Gefängnis. Sie fanden mich auf meinen Knien, und ich kehrte mich nicht nach ihnen um, vielmehr betete ich einen Gott Vater an, von Engeln umgeben, und einen auf erweckten triumphierenden Christus, die ich mit einem Stückchen Kohle an die Mauer gezeichnet hatte, das ich in meinem Kerker von Schutt bedeckt fand.

Nachdem ich vier Monate rücklings auf dem Bette wegen des zerbrochenen Fußes gelegen und so oft geträumt hatte, die Engel kämen, mich zu heilen, so war ich zuletzt ganz gesund geworden, als wenn ich niemals beschädigt gewesen wäre. Nun kamen so viele Bewaffnete zu mir und schienen sich zu fürchten wie vor einem giftigen Drachen. Darauf sagte der Kapitän: Du hörst doch, dass wir Leute genug sind und mit großem Geräusch zu dir kommen, und du wendest dich nicht zu uns? Als ich diese Worte vernahm, dachte ich mir recht gut das Schlimmste, was mir begegnen konnte, und indem ich mich sogleich mit dem Übel bekannt machte und mich dagegen stärkte, sagte ich zu ihm: Zu diesem Gott und König des Himmels habe ich meine Seele gewendet, meine Betrachtung und alle meine Lebensgeister, und Euch habe ich gerade das zugekehrt, was Euch angehört. Was gut an mir ist, seid Ihr nicht wert zu sehen; deswegen macht nun mit dem, was Euer ist, alles, was Ihr könnt!

Der Kapitän, der nicht wusste, was ich tun wollte, schien furchtsam und sagte zu vier der stärksten unter allen: Legt eure Waffen ab! Als sie es getan hatten, rief er: Schnell, packt ihn an und fasst ihn! Und wenn er der Teufel wäre, so sollten wir uns so sehr nicht vor ihm fürchten; haltet ihn fest, dass er euch nicht entwische! So ward ich von ihnen überwältigt und übel behandelt und dachte mir viel was Schlimmeres als das, was mir zubereitet war. Da hub ich die Augen zu Christus auf und sagte: Gerechter Gott! Der du auf dem hohen Holze alle unsere Schulden bezahlt hast, warum soll meine Unschuld für Schulden büßen, die ich nicht kenne? Doch dein Wille geschehe!

Indessen trugen sie mich fort beim Scheine der Fackel, und ich glaubte, sie wollten mich in die Fallklappe des Sammalo stürzen: So heißt ein fürchterlicher Ort, der

Lebendige genug verschlungen hat, denn sie fallen in den Grund des Kastells hinunter, in einen Brunnen. Aber das begegnete mir nicht, und ich glaubte nun recht gut davonzukommen, weil sie mich in die gedachte hässliche Höhle hineinschleppten, wo Foiano verhungert war. Dort verließen sie mich und taten mir weiter kein Leids. Da sang ich ein De Profundis, ein Miserere, ein In te Domine und feierte den ganzen ersten August mit Gott, und mein Herz jauchzte voll Hoffnung und Glauben.

Den zweiten Tag zogen sie mich aus diesem Loche und trugen mich dahin zurück, wo die Zeichnungen der Bilder Gottes waren, und als ich diese wiedersah, weinte ich in ihrer Gegenwart vor süßer Freude. Nun wollte der Kastellan alle Tage wissen, was ich mache und was ich zu sagen hätte. Der Papst hatte den ganzen Vorgang vernommen, nicht weniger, dass die Ärzte dem Kastellan schon den Tod verkündigt hätten. Darauf sagte er: Ehe mein Kastellan stirbt, soll er auch den Benvenuto, der schuld an seinem Tode ist, nach seiner Art aus der Welt schaffen. Als der Kastellan diese Worte aus dem Munde des Herrn Peter Ludwigs hörte, sagte er zu diesem: So will also der Papst, dass ich meine Rache an Benvenuto nehmen soll? Er schenkt mir ihn? Gut, er soll nur ruhig sein und mich gewähren lassen! So schlimm nun die Gesinnungen des Papstes gegen mich waren, so übel dachte auch der Kastellan in diesem Augenblicke gegen mich, und sogleich kam das Unsichtbare, das mich vom Selbstmord abgehalten hatte, wieder unsichtbar zu mir, ließ sich aber mit lauter Stimme vernehmen, stieß mich an, dass ich mich aufrichtete, und sagte sodann: Wehe, mein Benvenuto! Eilig, eilig! Wende dich mit deinem gewohnten Gebet zu Gott und schreie heftig zu ihm! Ich erschrak, warf mich auf die Knie und sagte viele meiner Gebete, dann den ganzen Psalm: Qui habitat in adjutorio. Darauf sprach ich mit Gott ein wenig, und auf einmal sagte eine helle und deutliche Stimme: Ruhe nunmehr und fürchte dich nicht! Dieser Vorfall aber deutete darauf, dass der Kastellan, der den abscheulichsten Auftrag wegen meines Todes schon gegeben hatte, augenblicklich seinen Entschluss wieder veränderte und ausrief: Ist das nicht Benvenuto, den ich so sehr verteidigt habe, von dem ich so gewiss weiß, dass er unschuldig ist und dem alles dieses Übel widerrechtlich begegnet? Wie soll Gott Barmherzigkeit mit mir und meinen Sünden haben, wenn ich denen nicht verzeihe, die auch mich äußerst beleidigen? Warum soll ich einen guten und unschuldigen Mann verletzen, der mir Dienst und Ehre erwiesen hat? Nein! Anstatt ihn zu töten, will ich ihm Leben und Freiheit verschaffen, und in meinem Testamente will ich verordnen, dass ihm niemand etwas wegen seines hiesigen Aufenthaltes abfordern soll, denn er hätte sonst eine große Zeche zu bezahlen. Das vernahm der Papst und war darüber sehr ungehalten.

Ich indessen setzte meine gewöhnlichen Gebete fort, und meine Träume waren alle Nacht angenehmer und gefälliger, sodass sie alle Einbildungskraft überstiegen. Mir träumte immer, dass ich mich sichtlich bei dem befinde, den ich unsichtbar empfunden hatte und noch oft empfand; ich verlangte von ihm zur einzigen Gnade und bat ihn dringend, er möchte mich dahin führen, wo ich die Sonne sehen könnte: Das sei das einzige Verlangen, das ich habe, ich wollte alsdann zufrieden sterben und allen Verdruss dieses Gefängnisses vergessen. Auch war der Jammer mein Freund und Geselle geworden, und nichts konnte mich mehr irremachen. Anfangs erwarteten die Anhänger des Kastellans, er solle mich nach seiner Drohung an den Mauerzacken hängen lassen, von dem ich mich heruntergelassen hatte. Da sie aber seine entgegengesetzte Entschließung sahen, waren sie verdrießlich, suchten mir auf alle Weise Furcht einzujagen und mich in Besorgnis für mein Leben zu setzen. Das war ich aber, wie gesagt, alles so gewohnt, dass ich nichts fürchtete, dass nichts mich rührte. Das einzige Verlangen blieb mir, dass ich möchte im Traum die Sonnenscheibe erblicken.

Darauf waren stets meine großen Gebete gerichtet, in welchen ich Christum inbrünstig anrief und immer sagte: O wahrhaftiger Sohn Gottes! Ich bitte dich bei deiner Geburt, bei deinem Tod am Kreuze, bei deiner herrlichen Auferstehung, dass du mich wert achtest, die Sonne wiederzusehen, wo nicht wirklich, wenigstens im Traume! Aber solltest du mich würdig halten, dass ich sie mit meinen sterblichen Augen wiedersähe, so verspreche ich, dich an deinem Heiligen Grabe zu besuchen. Diesen Vorsatz fasste ich und tat unter großen Gebeten dieses Gelübde am zweiten Oktober 1539.

Den andern Morgen war ich bei Anbruch des Tages, etwa eine Stunde vor Sonnenaufgang von meinem unglückseligen Lager aufgestanden und hatte ein schlechtes Kleid angezogen, denn es fing an, kalt zu werden. Ich stand und betete andächtiger als sonst und sagte zu Christo: Er möchte mir wenigstens durch göttliche Eingebung wissen lassen, für welche Sünde ich so schwer zu büßen hätte? Denn da Seine göttliche Majestät mich nicht einmal wert hielte, die Sonne nur im Traume zu sehen, so bäte ich ihn bei aller seiner Kraft und Macht, dass er mir wenigstens die Ursache meiner Leiden entdecken möchte. Kaum hatte ich diese Worte ausgesprochen, als der Unsichtbare nach Art eines Windes mich ergriff und mich in ein Zimmer führte, wo er sich mir sichtbar in menschlicher Gestalt darstellte, als ein Jüngling, dem der Bart keimt, von wundersamer und schöner Bildung, aber ernst, nicht wollüstig. Er deutete mir auf die vielen Menschen in dem Saal und sagte: Du siehst hier, die bisher geboren und gestorben sind! Ich fragte ihn: warum er mich hierher führe? Er sagte: Komm nur mit mir, und du wirst es bald sehen. Ich hatte in der Hand einen Dolch und ein Panzerhemd über dem Leibe. So führte er mich durch den großen Saal und zeigte mir diejenigen, die zu unendlichen Tausenden darin hin und wider gingen. Er brachte mich immer vorwärts, ging endlich zu einer kleinen Türe hinaus, und ich hinter ihm drein. Wir kamen in eine Art von engem Gässchen, und als er mich hinter sich da hinein aus dem Saale zog, fand ich mich entwaffnet: Ich hatte ein weißes Hemd an, nichts auf dem Haupte und stand zur rechten Seite meines Gefährten. Da ich mich auf diese Weise fand, verwunderte ich mich, denn ich kannte die Straße nicht, und als ich die Augen erhob, sah ich den Teil einer Mauer, wider den die Sonne schien: es war, als wenn ich nahe an einem großen Gebäude stünde. Da sagte ich: O mein Freund! Wie mache ich es wohl, um mich so hoch in die Höhe zu heben, dass ich die Scheibe der Sonne selbst sehen kann? Da zeigte er mir einige Stufen, die zu meiner Rechten waren, und sagte mir: Steige du nur allein dahinauf! Ich entfernte mich von ihm ein wenig und stieg einige Stufen rückwärts hinauf, und nach und nach entdeckte ich die Nähe der Sonne; so eilte ich, auf gedachte Art immer höher zu steigen, und entdeckte zuletzt den ganzen Kreis der Sonne. Die Gewalt der Strahlen nötigte mich, wie gewöhnlich, die Augen zu schließen, aber ich erholte mich bald, öffnete die Augen wieder, sah unverwandt nach ihr und sagte: O meine Sonne, nach der ich so lange mich gesehnt habe! Ich will nun nichts weiter sehen, wenn auch deine Strahlen mich blind machen sollten. Und so blieb ich mit festem Blick stehen.

Nach einer kurzen Zeit bemerkte ich, dass die ganze Gewalt der Strahlen sich auf die linke Seite der Sonne warf und die Scheibe ganz rein und klar blieb; ich betrachtete sie mit dem größten Erstaunen und Vergnügen, und mir schien es die wundersamste Sache von der Welt, dass sich die Strahlen auf diese Weise weggewendet hatten. Ich betrachtete die besondere Gnade, welche Gott mir diesen Morgen erzeigte, und sagte mit starker Stimme: Wie wunderbar ist deine Macht! Wie herrlich deine Kraft! Und wie viel größer ist deine Gnade, als ich nie erwartete! Mir schien die Sonne, ohne ihre Strahlen, vollkommen wie ein Bad des reinsten Goldes. Indessen ich diesen merkwürdigen Gegenstand betrachtete, sah ich, dass die Mitte des Kreises sich aufblähte und in die Höhe strebte; auf einmal erzeugte sich ein Christus am Kreuz aus derselben Materie, woraus die Sonne war, so schön und gefällig gebildet und von dem gütigsten Anblick, sodass der menschliche Geist ihn nicht den tausendsten Teil so schön hätte ersinnen können. Indessen ich ihn betrachtete, rief ich laut: Wunder! O Wunder! Gnädiger und allvermögender Gott, was machst du mich würdig diesen Morgen zu sehen! Indessen ich nun so betrachtete und sprach, bewegte sich Christus nach der Gegend, wo sich vorher die Strahlen hingezogen hatten, und die Mitte der Sonne fing abermals an, sich aufzublähen. Diese Bewegung wuchs eine Weile und verwandelte sich schnell in die Gestalt der schönsten Heiligen Jungfrau. Sie saß erhaben, ihren Sohn auf dem Arm, in der gefälligsten Stellung und gleichsam lächelnd. An beiden Seiten standen zwei Engel, von solcher Schönheit, als die Einbildungskraft nicht erreicht. Auch sah ich in der Sonne zur rechten Hand eine Gestalt, nach Art eines Priesters gekleidet, der mir den Rücken zukehrte und gegen jene Muttergottes hinblickte. Alles dieses sah ich klar und wirklich und dankte beständig Gott mit lauter Stimme.

Nachdem ich diese wunderbaren Dinge etwas über den achten Teil einer Stunde vor den Augen gehabt hatte, entfernten sie sich, und ich ward wieder auf mein Lager zurückgetragen. Sogleich rief ich mit lauter Stimme: Die Kraft Gottes hat mich gewürdigt, mir seine ganze Herrlichkeit zu zeigen, wie sie vielleicht kein anderes sterbliches Auge gesehen hat. Nun erkenne ich, dass ich frei und glücklich bin und in der Gnade Gottes stehe, und ihr ändern Bösewichter werdet unglücklich und in seiner Ungnade bleiben. Wisst nur, ich bin ganz gewiss, am Allerheiligentage als an meinem Geburtstage, genau den ersten November, nachts um viere, werdet ihr genötigt sein, mich aus diesem finstern Kerker zu befreien. Weniger werdet ihr nicht tun können, denn ich habe es mit meinen Augen an dem Throne Gottes gesehen. Der Priester, welcher gegen den Herrn gekehrt stand und mir den Rücken wies, war St. Peter selbst, der für mich sprach und sich schämte, dass man in seinem Hause Christen so schändlich begegne. Sagt es nur, wem ihr wollt! Niemand hat Gewalt, mir weiter ein Übel anzutun. Sagt nur eurem Herrn, er soll mir Wachs oder Papier geben, dass ich die Herrlichkeit Gottes ausdrücken kann, die ich gesehen habe. Wahrlich, ich will es tun!

Der Kastellan, obgleich die Ärzte keine Hoffnung mehr zu seiner Genesung hatten, war doch wieder ganz zu sich gekommen, und die Launen seiner jährlichen Tollheit hatten ihn ganz und gar verlassen. Da er nun allein für seine Seele besorgt war, machte ihm sein Gewissen Vorwürfe, und er überzeugte sich, dass man mir sowohl vorher als bis auf diesen Augenblick großes Unrecht angetan hatte. Er ließ deswegen dem Papst von den großen Dingen berichten, die ich verkündigte. Der Papst als einer, der nichts glaubte, weder an Gott noch an sonst was, ließ ihm antworten: Ich sei toll geworden, und er solle nur, so gut er könne, für seine Gesundheit sorgen. Als der Kastellan diese Antwort hörte, ließ er mich trösten, schickte mir Schreibzeug, Wachs und Bossierstäbchen mit vielen freundlichen Worten, die mir einer seiner Diener hinterbrachte, der mir wohlwollte. Dieser war ganz das Gegenteil von den ändern sieben Schelmen, die mich gerne tot gesehen hätten. Ich nahm das Papier und das Wachs, fing an zu arbeiten, und schrieb dabei folgendes Sonett, das ich an den Kastellan richtete:

Um vor die Seele dir, mein Herr, zu bringen,
Welch Wunder diese Tage Gott mir schickte,
Welch herrliches Gesicht mich hoch entzückte,
Wünscht ich die Kraft, ein himmlisch Lied zu sin-
gen.

O möchte nur zum Heiligen Vater dringen,
Wie mich die Macht der Gottheit selbst beglückte,
Aus meiner dumpfen Wohnung mich entrückte!
Er würde meine große Not bezwingen.

Die Tore sprangen auf, ich könnte gehen,
Und Hass und Wut entflöhn, die grimmig-wilden,
Sie könnten künftig meinen Weg nicht hindern.

Ach, lass mich nur das Licht des Tages sehen,
Mit meiner Hand die Wunder nachzubilden!
Schon würden meine Schmerzen sich vermindern.

Den andern Tag brachte mir derselbe Diener zu essen.
Ich gab ihm das Gedicht, das er heimlich, ohne dass es
die übrigen bösartigen Leute bemerken konnten, dem
Kastellan überbrachte, der mich gern losgelassen hätte;
denn er glaubte, das Unrecht, das er mir angetan habe,
sei die eigentliche Ursache seines Todes. Er las das Sonett mehr als einmal, das weder Begriffe noch Worte eines Wahnsinnigen, vielmehr eines guten und braven
Mannes enthielt, und sogleich befahl er seinem Sekretär,
es dem Papste zu bringen, es in seine eignen Hände zu
geben und ihn zugleich um meine Freiheit zu bitten.

Hierauf schickte mir der Kastellan Licht für Tag und
Nacht mit allen Bequemlichkeiten, die man an solchem
Orte verlangen konnte, und so fing ich an, das Unge-

mach meines Lebens zu verbessern, das auf das Höchste gestiegen war. Der Papst las das Sonett und ließ dem Kastellan sagen: Er werde bald etwas tun, das ihm angenehm sein würde. Und gewiss, der Papst hätte mich gerne gehen lassen, hätte ich nicht um Herrn Peter Ludwigs willen, selbst gegen die Neigung des Vaters, müssen verwahrt bleiben.

Ich hatte jenes wunderbare Wunder gezeichnet und bossiert. Indessen nahte sich der Tod des Kastellans, und er schickte mir am Allerheiligentage des Morgens durch Peter Ugolini, seinen Neffen, einige Juwelen zu beschauen. Als ich sie erblickte, sagte ich sogleich: Das ist das Wahrzeichen meiner Freiheit! Darauf versetzte der Jüngling, der sehr wenig zu sprechen pflegte: Daran denke nur nicht, Benvenuto! Darauf versetzte ich: Trage deine Juwelen weg! Denn ich bin so zugerichtet, dass ich nur in der Dämmrung dieser finstern Höhle sehen kann, in welcher sich die Eigenschaft der Juwelen nicht erkennen lässt; aber ich werde bald aus diesem Gefängnis herausgehen, denn der ganze Tag wird nicht verstreichen, so werdet Ihr mich abholen: Das soll und muss geschehen, und Ihr werdet nicht weniger tun können. Da ging jener weg und ließ mich wieder einschließen. Nach Verlauf etwa zweier Stunden kam er wieder zu mir, ohne Bewaffnete, mit zwei Knaben, die mich unterstützen sollten, und so führte er mich in die weiten Zimmer, in denen ich vorher gewesen war, nämlich im Jahr 1538, und verschaffte mir daselbst alle Bequemlichkeit, die ich verlangte.

Wenig Tage darauf unterlag der Kastellan, der mich in Freiheit glaubte, seinem großen Übel und verließ das gegenwärtige Leben. An seine Stelle kam Herr Antonio Ugolini, sein Bruder, der ihm vorgespiegelt hatte, als habe er mich gehen lassen. Dieser Herr Antonio, soviel ich nachher vernahm, hatte Befehl vom Papste, mich in diesem weiten Gefängnis zu behalten, bis er ihm sagen würde, was mit mir geschehen sollte.

Obgedachter Herr Durante von Brescia hatte sich dagegen mit jenem Soldaten, dem Apotheker von Prato, verabredet, mir irgendeinen Saft in dem Essen beizubringen, der mich nicht gleich, sondern etwa in vier bis fünf Monaten tötete. Nun dachten sie sich aus, sie wollten mir gestoßenen Diamanten unter die Speise mischen, der an und für sich keine Art von Gift ist, aber wegen seiner unschätzbaren Härte die allerschärfsten Ecken behält und nicht etwa wie die ändern Steine, wenn man sie stößt, gewissermaßen rundlich wird. Kommt er nun mit den übrigen Speisen so scharf und spitzig in den Körper, so hängt er sich bei der Verdauung an die Häute des Magens und der Eingeweide, und nach und nach, wenn andere Speisen darauf drücken, durchlöchert er die Teile mit der Zeit, und man stirbt daran, anstatt dass jede andere Art von Steinen oder Glas keine Gewalt hat, sich anzuhängen, und mit dem Essen fortgeht.

Wie gesagt, gab Herr Durante einen Diamanten von einigem Werte einer Wache: die sollte ihn, wie ich nachher vernahm, einem gewissen Lione von Arezzo, einem Goldschmied, meinem großen Feinde, um den Stein in Pulver zu verwandeln, gebracht haben. Da nun dieser Lione sehr arm war und der Diamant doch manche zehn Scudi wert sein mochte, gab er ein falsches Pulver anstatt des gestoßenen Steins, das sie mir denn auch sogleich zu Mittage an alle Essen taten, an den Salat, an das Ragout und die Suppe. Ich speiste mit gutem Appetit, denn ich hatte den Abend vorher gefastet und es war ein Sonntag, und ob ich gleich etwas unter den Zähnen knirschen fühlte, so dachte ich doch nicht an solche Schelmstücke. Nach Tische, als ein wenig Salat in der Schüssel übrig geblieben war, betrachtete ich einige Splitterchen, die sich daran befanden. Sogleich ergriff ich sie und brachte sie ans helle Fenster; ich erinnerte mich, indem ich sie betrachtete, wie außerordentlich die Speisen geknirscht hatten, und soviel meine Augen urteilen konnten, glaubte ich schnell, es sei gestoßener Diamant. Ich hielt mich nun entschieden für ein Kind des Todes und wendete mich schmerzlich zum heiligen Gebete, und da ich mich in mein Schicksal ergeben hatte, betete ich zu Gott und dankte ihm für einen solchen leichten Tod. Da doch einmal meine Sterne es so bestimmt hatten, so schien es mir ein gutes Los, auf eine so bequeme Weise aus der Welt zu gehn. Als ich nun die Welt und meine Lebenszeit gesegnet hatte, wendete ich mich mit meinen Gedanken zu dem bessern Reiche, das ich mit der Gnade Gottes erlangt zu haben hoffte, und in diesen Gedanken rieb ich einige sehr feine Körner zwischen den Fingern, die ich ganz gewiss für Diamant hielt.

Wie nun die Hoffnung nimmer stirbt, so regten sich auch bei mir wieder einige eitle Lebensgedanken. Ich legte die gedachten Körnchen auf eine eiserne Fensterstange und drückte stark mit dem flachen Messer darauf. Da fühlte ich, dass der Stein sich zerrieb, und als ich recht genau darauf sah, fand ich auch, dass es sich also verhielt, und sogleich erquickte ich mich wieder mit neuer Hoffnung. Die Feindschaft des Herrn Durante sollte mir nicht schaden: es war ein schlechter Stein, der mir nicht das geringste Leid zufügen konnte, und wie ich vorher entschlossen war, ruhig zu sein und auf diese Weise in Frieden zu sterben, so machte ich nun aufs Neue meine Pläne und überlegte, was zu tun sei. Aber ich hatte vor allen Dingen Gott zu loben und die Armut zu segnen, die, wie sie öfters den Menschen den Tod bringt, nun die Ursache meines Lebens war: Denn Herr Durante, mein Feind, oder wer es auch sein mochte, hat seinen Endzweck nicht erreicht, Lione hat den Stein nicht gestoßen, sondern ihn aus Armut für sich behalten. Für mich aber zerrieb er einen geringen Beryll von wenigem Wert; vielleicht dachte er, weil es auch ein Stein sei, tue er dieselbigen Dienste.

Zu der Zeit war der Bischof von Pavia, Bruder des Grafen San Secondo, Monsignor de' Rossi von Parma genannt, gleichfalls Gefangener im Kastell; ich rief ihm mit lauter Stimme und sagte, dass die Schelmen, mich umzubringen, mir einen gestoßenen Diamanten unter das Essen gemischt hätten. Ich ließ ihm durch einen seiner Diener etwas von dem übergebliebenen Pulver zeigen und sagte ihm nicht, dass ich es für keinen gestoßenen Diamanten erkenne, vielmehr, dass sie mich gewiss nach dem Tode des guten Kastellans vergiftet hätten. Ich bat ihn, er möchte mir für meine wenige Lebenszeit nur des Tages eines von seinen Broten geben, denn ich hätte mir vorgenommen, nichts zu essen, was von ihnen käme, und er versprach mir, von seinem Essen zu schicken. Dieser Bischof war gefangen wegen einer Art von Verschwörung, die er in Pavia gemacht hatte, und ich, weil er so sehr mein Freund war, vertraute mich ihm.

Herr Antonio, der neue Kastellan, der gewiss nichts von der Sache wusste, machte großen Lärm, und auch er wollte den gestoßenen Stein sehen, den er gleichfalls für Diamant hielt; doch da er glaubte, der Anschlag käme vom Papste, ging er leicht darüber weg, und die Sache ward als ein Zufall behandelt. Ich aß nunmehr die Speisen, welche mir der Bischof sandte, schrieb beständig an meinem Gedichte über das Gefängnis und setzte täglich Punkt vor Punkt die Begebenheiten hinzu, die sich zutrugen. Inzwischen schickte mir der Kastellan mein Essen durch jenen Johannes, den ehemaligen Apothekersjungen von Prato, der nun hier Soldat war. Dieser, mein größter Feind, hatte mir eben den gestoßenen Diamant gebracht, und ich sagte ihm, dass ich nicht eher von seinen Speisen essen würde, ehe er sie mir kredenzt hätte. Er sagte darauf: Das geschähe wohl dem Papste! Ich versetzte ihm: Wie eigentlich Edelleute verbunden seien, einem Papst zu kredenzen, so sei er, Soldat, Apotheker und Bauer von Prato, schuldig, einem Florentiner meinesgleichen aufzuwarten. Darüber sagte er mir harte Worte, und ich erwiderte sie. Nun schämte sich Herr Antonio einigermaßen über das, was vorgegangen war, und weil er Lust hatte, mich alle Kosten zahlen zu lassen, die mir von dem guten verstorbenen Kastellan schon geschenkt waren, wählte er unter seinen Dienern einen ändern, der mir wohlwollte, und schickte mir das Essen durch ihn, der mir mit vieler Gefälligkeit jedes Mal kredenzte. Auch sagte er mir alle Tage, dass der Papst beständig vom Herrn von Montluc angegangen

werde, der vonseiten des Königs mich unablässig zu-
rückverlangte, wobei der Papst wenig Lust zeige, mich
herauszugeben, ja, dass sogar Kardinal Farnese, sonst
mein so großer Freund und Patron, sollte gesagt haben,
ich würde wohl noch eine Weile mich gedulden müssen.
Worauf ich versetzte: Und ich werde ihnen allen zum
Trutz doch frei werden! Der gute Mensch bat mich, ich
möchte still sein, dass niemand so etwas hörte, denn es
könne mir großen Schaden bringen, und mein Vertrauen
auf Gott möchte ich doch ja im Stillen erhalten und mich
damit stärken. Ich antwortete ihm darauf: Die Kraft Gottes hat keine Furcht vor der bösartigen Ungerechtigkeit.

Drittes Buch

Erstes Kapitel

Der Kardinal von Ferrara kommt aus Frankreich
nach Rom zurück. – Als er sich mit dem Papst bei
Tafel unterhält, weiß er die Freiheit des Autors zu
erbitten.

So vergingen wenige Tage, als der Kardinal von Ferrara in Rom erschien, der, als er dem Papst seine Aufwartung machte, solange bei ihm aufgehalten wurde, bis die
Stunde des Abendessens kam. Nun war der Papst ein
sehr kluger Mann und wollte bequem mit dem Kardinal
über die Franzosereien sprechen, weil man bei solchen
Gelegenheiten sich freier über viele Dinge als sonst her-
auslässt. Der Kardinal, indem er von der großmütigen
und freigebigen Art des Königs, die er genugsam kannte, sehr ausführlich sprach, gefiel dem Papste außerordentlich, der sich, wie er alle Woche einmal tat, bei die-

ser Gelegenheit betrank, von welchem Rausch er sich denn gewöhnlich sogleich befreite; indem er alles wieder von sich gab.

Da der Kardinal die gute Disposition des Papstes bemerkte, bei welcher wohl eine gnädige Gewährung zu hoffen war, verlangte er mich vonseiten des Königs auf das nachdrücklichste und versicherte, dass Seine Majestät auf das Lebhafteste nach mir begehre. Da nun der Papst sich nahe an der Zeit fühlte, wo er sich zu übergeben pflegte, auch sonst der Wein seine Wirkungen äußerte, so sagte er mit großem Lachen zum Kardinal: Nun sollt Ihr ihn gleich mit Euch nach Hause führen! Darauf gab er seinen besondern Befehl und stand vom Tische auf. Sogleich schickte der Kardinal nach mir, ehe es Herr Peter Ludwig erführe, denn der hätte mich auf keine Weise aus dem Gefängnis gelassen. Es kam der Befehl des Papstes und zwei der ersten Edelleute des Kardinals Ferrara; nach vier Uhr in der Nacht befreiten sie mich aus dem Gefängnisse und führten mich vor den Kardinal, der mich mit unschätzbarer Freundlichkeit empfing, mich gut einquartieren und sonst aufs Beste versorgen ließ. Herr Antonio, der neue Kastellan, verlangte, dass ich alle Kosten nebst allen Trinkgeldern für den Bargell und dergleichen Leute bezahlen sollte, und wollte nichts von alledem beobachtet wissen, was sein Bruder, der Kastellan, zu meinen Gunsten verordnet hatte. Das kostete mich noch manche zehn Scudi.

Der Kardinal aber sagte mir: Ich sollte nur guten Muts sein und mich wohl in acht nehmen, wenn mir mein Leben lieb sei, denn wenn er mich nicht selbigen Abend aus dem Gefängnis gebracht hätte, so wäre ich wohl niemals herausgekommen; er höre schon, dass der Papst sich beklage, mich losgelassen zu haben.

Nun muss ich noch einiger Vorfälle rückwärts gedenken, damit verschiedene Dinge deutlich werden, deren ich in meinem Gedicht erwähne.

Als ich mich einige Tage in den Zimmern des Kardinals Cornaro aufhielt, und nachher, als ich in dem geheimen Garten des Papstes war, besuchte mich unter andern werten Freunden ein Kassier des Herrn Bindo Altoviti, der Bernhard Galluzzi hieß, dem ich den Wert von einigen Hundert Scudi vertraut hatte. Er kam zu mir im geheimen Garten des Papstes und wollte mir alles zurückgeben; ich aber versetzte: Ich wüsste meine Barschaft keinem liebern Freunde zu geben, noch sie an einen Ort zu legen, wo sie sicherer stünde. Da wollte er mir das Geld mit Gewalt aufdringen, und ich hatte Not, ihn zu bewegen, dass er es behielt. Da ich nun aus dem Kastell befreit wurde, fand sichs, dass er verdorben war, und ich verlor meine Barschaft.

Ferner hatte ich noch im Gefängnis einen schrecklichen Traum, als wenn mir jemand mit der Feder Worte von der größten Bedeutung an die Stirn schrieb und mir dreimal sagte, ich sollte schweigen und niemand nichts davon entdecken.

So erzählte man mir auch, ohne dass ich wusste, wer es war, alles, was in der Folge Herrn Peter Ludwig begegnete, so deutlich und so genau, dass ich nicht anders glauben konnte, als ein Engel des Himmels habe es mir offenbaret.

Dann muss ich noch eine Sache nicht zurücklassen, die größer ist, als dass sie einem andern Menschen begegnet wäre, ein Zeichen, dass Gott mich losgesprochen und mir seine Geheimnisse selbst offenbaret hat. Denn seit der Zeit, dass ich jene himmlischen Gegenstände gesehen, ist mir ein Schein ums Haupt geblieben, den jedermann sehen konnte, ob ich ihn gleich nur wenigen gezeigt habe.

Diesen Schein sieht man des Morgens über meinem Schatten, wenn die Sonne aufgeht, und etwa zwei Stunden darnach. Am besten sieht man ihn, wenn ein leichter Tau auf dem Grase liegt, ingleichen abends bei Sonnenuntergang. Ich bemerkte ihn in Frankreich, in Paris, weil die Luft in jener Gegend viel reiner von Nebeln ist, sodass man den Schein viel ausdrücklicher sah als in Italien, wo die Nebel viel häufiger sind; dessen ungeachtet aber seh ich ihn auf alle Weise und kann ihn auch ändern zeigen, nur nicht so gut wie in jenen Gegenden.

Zweites Kapitel

Der Autor, nach seiner Befreiung, besucht den Ascanio zu Tagliacozzo. – Er kehrt nach Rom zurück und endigt einen schönen Becher für den Kardinal von Ferrara. – Modell zu einem Salzfass mit Figuren. – Er verbindet sich zu den Diensten des Königs von Frankreich, Franz L, und verreist mit dem Kardinal von Ferrara nach Paris. – Böses Abenteuer mit dem Postmeister von Siena. – Er kommt nach Florenz, wo er vier Tage bei seiner Schwester bleibt.

Als ich nun so im Palast des Kardinals von Ferrara mich befand, gern von jedermann gesehen und noch weit mehr besucht als vorher, verwunderten sich alle, dass ich aus so unglaublichem Unglück, in welchem ich gelebt hatte, wieder gerettet sei. Indessen ich nun mich wieder erholte, machte es mir das größte Vergnügen, meine Verse auszuarbeiten. Dann, um besser wieder zu Kräften zu kommen, nahm ich mir einst vor, wieder der freien Luft zu genießen, wozu mir mein guter Kardinal Freiheit und Pferde gab, und so ritt ich mit zwei römischen Jünglingen, deren einer von meiner Kunst war, der andere aber uns nur gern Gesellschaft leistete, von Rom weg und nach Tagliacozzo, meinen Lehrling Ascanio zu besuchen. Ich fand ihn mit Vater, Geschwistern und Stiefmutter, welche mich zwei Tage auf das Freundschaftlichste bewirteten. Ich kehrte darauf nach Rom zurück und nahm den Ascanio mit mir. Unterweges fingen wir an, von der Kunst zu sprechen, dergestalt, dass ich die lebhafteste Begierde fühlte, wieder nach Rom zu kommen, um meine Arbeiten anzufangen. Nach meiner Rückkunft schickte ich mich auch sogleich dazu an und fand ein silbernes Becken, das ich für den Kardinal angefangen hatte, ehe ich eingekerkert wurde: Daran ließ ich obgedachten Paul arbeiten; ein schöner Pokal aber, den ich zugleich mit diesem Becken in Arbeit genommen hatte, war mir indessen mit einer Menge anderer Sachen von Wert gestohlen worden: Ich fing ihn nun wieder von vorn an. Er war mit runden und halberhabenen Figuren geziert; desgleichen hatte ich auch auf dem Becken runde Figuren und Fische von halberhabener Arbeit vorgestellt, sodass jeder, der es sah, sich verwundern musste, sowohl über die Gewalt des Geistes und der Erfindung als über die Sorgfalt und Reinlichkeit, welche die jungen Leute bei diesen Werken anwendeten.

Der Kardinal kam wenigstens alle Tage zweimal mit Herrn Ludwig Alamanni und Herrn Gabriel Cesano, und man brachte einige Stunden vergnügt zu, ob ich gleich genug zu tun hatte. Er überhäufte mich mit neuen Werken und gab mir sein großes Siegel zu arbeiten, welches die Größe der Hand eines Knaben von zwölf Jahren hatte. Darein grub ich zwei Geschichten, einmal wie St. Johannes in der Wüsten predigte, und dann wie St. Ambrosius die Arianer verjagte; er war auf einem Pferde vorgestellt mit der Geißel in der Hand, von so kühner und guter Zeichnung und so sauber gearbeitet, dass jedermann sagte, ich habe den großen Lautizio übertroffen, der sich nur allein mit dieser Art Arbeiten abgab. Der Kardinal war stolz, sein Siegel mit den Siegeln der übrigen Kardinäle zu vergleichen, welche gedachter Meister fast alle gearbeitet hatte.

So ward mir auch von dem Kardinal und den zwei obgedachten Herren aufgetragen, ein Salzgefäß zu machen; es sollte sich aber von der gewöhnlichen Art entfernen. Herr Ludwig sagte bei Gelegenheit dieses Salzfasses viele verwundernswürdige Dinge, sowie auch Herr Gabriel Cesano die schönsten Gedanken über denselben Gegenstand vorbrachte. Der Kardinal hörte gnädig zu, und sehr zufrieden von den Zeichnungen, welche die beiden Herren mit Worten gemacht hatten, sagte er zu mir: Benvenuto! Die beiden Vorschläge gefallen mir so sehr, dass ich nicht weiß, von welchem ich mich trennen soll; deswegen magst du entscheiden, der du sie ins Werk zu setzen hast. Darauf sagte ich: Es ist bekannt, meine Herren, von welcher großen Bedeutung die Söhne der Könige und Kaiser sind, und in was für einem göttlichen Glanz sie erscheinen. Dessen ungeachtet, wenn Ihr einen armen, geringen Schäfer fragt: zu wem er mehr Liebe und Neigung empfinde, zu diesen Prinzen oder zu seinen eigenen Kindern? So wird er gewiss gestehn, dass er diese letztern vorziehe. So habe ich auch eine große Vorliebe für meine eigenen Geburten, die ich durch meine Kunst hervorbringe: daher, was ich Euch zuerst vorlegen werde, hochwürdigster Herr und Gönner, das wird ein Werk nach meiner eigenen Erfindung sein; denn manche Sachen sind leicht zu sagen, die nachher, wenn sie ausgeführt werden, keineswegs gut lassen. Und so wendete ich mich zu den beiden trefflichen Männern und versetzte: Ihr habt gesagt, und ich will tun! Darauf lächelte Herr Ludwig Alamanni und erwiderte mit der größten Anmut viele treffliche Worte zu meiner Gunst, und es stand ihm sehr wohl an, denn er war schön anzusehen, von Körper wohlgestaltet und hatte eine gefällige Stimme; Herr Gabriel Cesano war gerade das Gegenteil, so hässlich und ungefällig, und nach seiner Gestalt sprach er auch.

Herr Ludwig hatte mit Worten gezeichnet, dass ich Venus und Cupido vorstellen sollte, mit allerlei Galanterien umher, und alles sehr schicklich; Herr Gabriel hatte angegeben, ich solle eine Amphitrite vorstellen, mit Tritonen und mehreren Dingen, alle gut zu sagen, aber nicht zu machen. Ich hingegen nahm einen runden Untersatz, ungefähr zwei Drittel einer Elle, und darauf, um zu zeigen, wie das Meer sich mit der Erde verbindet, machte ich zwei Figuren, einen guten Palm groß, die mit verschränkten Füßen gegeneinander saßen, so wie man die Arme des Meeres in die Erde hineinlaufen sieht. Das Meer, als Mann gebildet, hielt ein reich gearbeitetes Schiff, welches Salz genug fassen konnte; darunter hatte ich vier Seepferde angebracht und der Figur in die rechte Hand den Dreizack gegeben. Die Erde hatte ich weiblich gebildet, von so schöner Gestalt und so anmutig, als ich nur wusste und konnte. Ich hatte neben sie einen reichen, verzierten Tempel auf den Boden gestellt, der den Pfeffer enthalten sollte; sie lehnte sich mit einer Hand darauf, und in der andern hielt sie das Horn des Überflusses, mit allen Schönheiten geziert, die ich nur in der Welt wusste. Auf derselben Seite waren die schönsten Tiere vorgestellt, welche die Erde hervorbringt, und auf der andern, unterhalb der Figur des Meeres, hatte ich die besten Arten von Fischen und Muscheln angebracht, die nur in dem kleinen Raum stattfinden konnten; übrigens machte ich an dem Oval ringsum die allerherrlichsten Zierraten.

Als nun darauf der Kardinal mit seinen zwei trefflichen Begleitern kam, brachte ich das Modell von Wachs hervor, worüber sogleich Herr Gabriel Cesano mit großem Lärm herfiel und sagte: Das Werk ist in zehn Menschenleben nicht zu vollenden, und Ihr wollt, hochwürdigster Herr, es doch in Eurem Leben noch fertig sehen? Ihr werdet wohl vergebens darauf warten. Benvenuto will Euch von seinen Söhnen zeigen, nicht geben; *wir* haben doch wenigstens Dinge gesagt, die gemacht werden konnten, er zeigt Dinge, die man nicht machen kann.

Darauf nahm Herr Ludwig Alamanni meine Partie, der Kardinal aber sagte: Er wolle sich auf ein so großes Unternehmen nicht einlassen. Da versetzte ich: Hochwürdigster Herr! Ich sage voll Zuversicht, dass ich das Werk für den zu endigen hoffe, der es bestellen wird. Ihr sollt es alle noch hundertmal reicher als das Modell vor Augen sehen, und ich hoffe, mit der Zeit noch mehr als das zu machen! Darauf versetzte der Kardinal mit einiger Lebhaftigkeit: Wenn du es nicht für den König machst, zu dem ich dich führe, so glaube ich nicht, dass du es für einen andern zustande bringst. Sogleich zeigte er mir den Brief, worin der König in einem Absatze schrieb, er solle geschwind wiederkommen und Benvenuto mitbringen. Da hub ich die Hände gen Himmel und rief: O, wann wird das ›Geschwinde‹ doch kommen? Der Kardinal sagte: Ich sollte mich einrichten und meine Sachen in Rom in Ordnung bringen, und zwar innerhalb zehn Tagen.

Als die Zeit der Abreise herbeikam, schenkte er mir ein schönes und gutes Pferd, das Tournon hieß, weil der Kardinal dieses Namens es ihm geschenkt hatte; auch Paul und Ascanio, meine Schüler, wurden mit Pferden versehen. Der Kardinal teilte seinen Hof, der sehr groß war: den einen edlern Teil nahm er mit sich auf den Weg nach der Romagna, um die Madonna von Loreto zu besuchen und alsdann nach Ferrara in sein Haus zu gehen; den andern Teil schickte er gegen Florenz, das war der größte, und dabei seine schönste Reiterei. Er sagte mir: Wenn ich auf der Reise sicher sein wollte, so sollte ich sie mit ihm zurücklegen; wo nicht, so könnte ich in Lebensgefahr geraten. Ich gab mein Wort, dass ich mit ihm gehen wollte; aber weil alles geschehen muss, was im Himmel beschlossen ist, so gefiel es Gott, dass mir meine arme leibliche Schwester in den Sinn kam, die so viele Betrübnis über mein großes Übel gehabt hatte. Auch erinnerte ich mich meiner Nichten, die in Viterbo Nonnen waren, die eine Äbtissin, die andere Schaffnerin, sodass sie die reiche Abtei gleichsam beherrschten. Sie hatten auch um meinetwillen so viele schwere Leiden erduldet und für mich so viel gebetet, dass ich für gewiss glaube: Meine Befreiung habe ich der Frömmigkeit dieser guten Mädchen zu verdanken.

Da ich das alles bedachte, beschloss ich, nach Florenz zu gehen, und statt dass ich auf diesem Wege, sowie auf dem andern, mit den Leuten des Kardinals die Reise hätte umsonst machen können, so gefiel es mir noch besser, für mich und in andrer Gesellschaft zu gehen. Den Heiligen Montag reisten wir zu drei von Rom ab. In Monterosi traf ich Meister Cherubin, einen trefflichen Juwelier, meinen sehr guten Freund, und glaubte, weil ich öffentlich gesagt hatte, ich würde mit dem Kardinal gehen, keiner meiner Feinde würde mir weiter aufgepasst haben; und doch hätte es mir bei Monterosi übel bekommen können. Denn man hatte vor uns einen Haufen wohlbewaffneter Leute hergeschickt, mir etwas Unangenehmes zu erzeigen, und indes wir bei Tische saßen, hatten jene, nachdem sie vernommen, dass ich nicht im Gefolge des Kardinals reiste, alle Anstalt gemacht, mich zu beschädigen. Da wollte Gott, dass das Gefolge soeben ankam, und ich zog mit ihm fröhlich und gesund nach Viterbo. Da hatte ich nun keine Gefahr mehr zu befürchten und ritt manchmal mehrere Meilen voraus, und die

Trefflichsten unter dieser Truppe bezeigten mir viele Achtung.

Als ich nun so durch Gottes Gnade gesund und wohl nach Viterbo kam, empfingen meine Nichten mich mit den größten Liebkosungen, sowie das ganze Kloster; dann reiste ich weiter mit meiner Gesellschaft, indem wir uns bald vor, bald hinter dem Gefolge hielten, sodass wir am Grünen Donnerstage um zweiundzwanzig nur ungefähr eine Post von Sicna entfernt waren. Da fand ich einige Pferde, die eben von gedachter Stadt kamen; der Postillon aber wartete auf irgendeinen Fremden, der für ein geringes Geld darauf allenfalls nach Siena zurückritte. Da stieg ich von meinem Pferde Tournon, legte mein Kissen und meine Steigbügel auf die gedachte Poststute, gab dem Knechte einen Julier, ließ meinen jungen Leuten mein Pferd, die es mir nachführen sollten, und machte mich auf den Weg, um eine halbe Stunde früher nach Siena zu kommen, sowohl, weil ich einen Freund besuchen, als auch, weil ich einige Geschäfte verrichten wollte. Und zwar kam ich geschwind genug [an], doch ritt ich keineswegs postmäßig. Ich fand eine gute Herberge in Siena, besprach Zimmer für fünf Personen und schickte das Pferd nach der Post, die vor dem Tor zu Camollia angelegt war; ich hatte aber vergessen, mein Kissen und meine Steigbügel herunterzunehmen.

Wir brachten den Abend sehr lustig zu. Karfreitag morgen erinnerte ich mich meines Pferdezeuges, und als ich darnach schickte, wollte der Postmeister es nicht wieder herausgeben, weil ich seine Stute zuschanden geritten hätte. Die Boten gingen oft hin und her, und er versicherte beständig, dass er die Sachen nicht wieder herausgeben wolle mit vielen beleidigenden und unerträglichen Worten. Da sagte der Wirt, wo ich wohnte: Ihr kommt noch gut weg, wenn er Euch nichts Schlimmers antut, als dass er Kissen und Steigbügel behält; denn einen solchen bestialischen Mann hat es noch nicht in unserer Stadt gegeben, und er hat zwei Söhne bei sich, die tapfersten Leute und als Soldaten noch weit bestialischer denn er. Drum kauft nur wieder, was Ihr bedürft, und reitet Eurer Wege, ohne Euch weiter mit ihm einzulassen! Ich kaufte ein paar Steigbügel und dachte, mein Kissen durch gute Worte wiederzuerlangen, und weil ich sehr gut beritten, mit Panzerhemd und Armschienen bewaffnet war, auch eine treffliche Büchse auf dem Sattel hatte, erregten die großen Bestialitäten, die der tolle Mensch mir hatte sagen lassen, in mir nicht die geringste Furcht; auch waren meine jungen Leute gewöhnt, Panzerhemde und –ärmel zu tragen, und auf meinen römischen Burschen hatte ich ein besonderes Vertrauen, denn ich wusste, dass er, solange wir in Rom waren, die Waffenstücke nicht abgelegt hatte. Auch Ascanio, ungeachtet seiner Jugend, trug dergleichen, und da es Karfreitag war, dachte ich, die Tollheit der Tollen sollte doch auch ein wenig feiern.

So kamen wir auf die gedachte Post Camollia, und ich erkannte den Mann gleich an den Wahrzeichen, die man mir gegeben hatte, denn er war am linken Auge blind. Da ließ ich meine zwei jungen Leute und die andere Gesellschaft hinter mir, ritt auf ihn los und sagte ganz gelassen: Postmeister! Wenn ich Euch versichre, dass ich Euer Pferd nicht zuschanden geritten habe, warum wollt

Ihr mir Kissen und Steigbügel, die doch mein sind, nicht wiedergeben? Darauf antwortete er mir wirklich auf eine tolle, bestialische Weise, wie man mir vorher hinterbracht hatte, worauf ich versetzte: Wie? Seid Ihr nicht ein Christ? Und wollt am heiligen Karfreitage Euch und mir ein solches Ärgernis geben? Er versetzte, dass er sich weder um Gottes noch um des Teufels Freitag bekümmere, und wenn ich mich nicht gleich wegmachte, wolle er mich mit einem Spieße, den er indessen ergriffen hatte, zusamt mit meinem Schießgewehr zu Boden schlagen.

Auf diese heftigen Worte kam ein alter sanesischer Edelmann herbei, der eben von einer Andacht, wie man sie am selbigem Tage zu halten pflegt, zurückkam; er hatte von Weitem recht deutlich meine Gründe vernommen und trat herzhaft hinzu, gedachten Postmeister zu tadeln, indem er meine Partei nahm. Er schalt auch auf die beiden Söhne, dass sie nicht nach ihrer Schuldigkeit die Fremden bedienten, vielmehr durch ihre Schwüre und gotteslästerlichen Reden der Stadt Siena Schande brächten. Die beiden Söhne sagten nichts, schüttelten den Kopf und gingen ins Haus. Der rasende Vater aber, der auf die Worte des Ehrenmanns noch giftiger geworden war, fällte unter schimpflichen Flüchen seinen Spieß und schwur, dass er mich gewiss ermorden wolle.

Als ich diese bestialische Resolution bemerkte, ließ ich ihn die Mündung meines Gewehrs in etwas sehen, um ihn einigermaßen zurückzuhalten, er fiel mir aber nur desto rasender auf den Leib. Nun hatte ich die Büchse noch nicht gerade auf ihn gerichtet, wie ich doch zur Verwahrung und Verteidigung meiner Person hätte tun können, sondern die Mündung war noch in der Höhe, als das Gewehr von selbst losging: die Kugel traf den Bogen des Tors, schlug zurück und traf den Mann gerade in den Hals, sodass er tot zur Erde fiel. Seine Söhne liefen schnell herbei, der eine mit einem Rechen, der andere mit der Partisane des Vaters, und fielen über meine jungen Leute her. Der mit dem Spieße griff meinen Paul, den Römer, auf der linken Seite an, der andere machte sich an einen Mailänder, der närrisch aussah und nicht etwa sich aus der Sache zog (denn er hätte nur sagen dürfen, ich gehe ihn nichts an), vielmehr verteidigte er sich gegen die Spitze jenes Spießes mit einem Stöckchen, das er in der Hand hatte, und konnte denn freilich damit nicht zum Besten parieren, sodass ihn sein Gegner am Ende ein wenig an den Mund traf.

Herr Cherubin war als Geistlicher gekleidet, denn ob er gleich ein trefflicher Goldschmied war, so hatte er doch viele Pfründen von dem Papste mit guten Einkünften erhalten. Ascanio, gut bewaffnet, gab kein Zeichen von sich, als wenn er fliehen wollte, und so wurden die beiden nicht angerührt. Ich hatte dem Pferde die Sporen gegeben und, indem es geschwind galoppierte, mein Gewehr wieder geladen. Ich kehrte darauf wütend zurück und dachte erst aus dem Spaße Ernst zu machen, denn ich fürchtete, meine Knaben möchten erschlagen sein, und da wollte ich auch mein Leben wagen. Ich war nicht weit zurückgeritten, als ich ihnen begegnete. Da fragte ich: ob ihnen ein Leids widerfahren wäre? Und Ascanio sagte: Paul sei tödlich mit einem Spieße verwundet. Darauf versetzte ich: Paul, mein Sohn! So ist der Spieß durch das Panzerhemd gedrungen? Er sagte: Ich habe es in den Mantelsack getan. Da antwortete ich: Wohl erst diesen Morgen? So trägt man also die Panzerhemden in Rom, um sich vor den Damen sehen zu lassen, und an gefährlichen Orten, wo man sie eigentlich brauchte, hat man sie im Mantelsack! Alles Übel, was dir widerfährt, geschieht dir recht, und du bist schuld, dass ich auch hier umkommen werde. Und indem ich so sprach, ritt ich immer rasch wieder zurück. Darauf baten Ascanio und er mich um Gottes willen, ich möchte sie und mich erretten, denn wir gingen gewiss in den Tod. Zu gleicher Zeit begegnete ich Herrn Cherubin und dem verwundeten Mailänder. Jener schalt mich aus, dass ich so grimmig sei, denn niemand sei beschädigt, Pauls Wunde sei nicht tief, der alte Postmeister sei tot auf der Erde geblieben, und die Söhne nebst andern Leuten seien dergestalt in Bereitschaft, dass sie uns sicher alle in Stücken hauen würden; er bat mich, dass ich das Glück, das uns beim ersten Angriffe gerettet hätte, nicht wieder versuchen möchte, denn es könnte uns diesmal verlassen. Darauf versetzt ich: Da Ihr zufrieden seid, so will ich mich auch beruhigen. Und indem ich mich zu Paul und Ascanio wendete, fuhr ich fort: Gebt euren Pferden die Sporen und lasst uns ohne weitern Aufenthalt nach Staggia galoppieren, und da werden wir sicher sein. Darauf sagte der Mailänder: Der Henker hole die Sünden! Das Übel da begegnet mir nur, weil ich gestern ein wenig Fleischsuppe gegessen habe, da ich nichts anders zu Mittage hatte. Darüber mussten wir ungeachtet der großen Not, in der wir uns befanden, laut lachen, denn die Bestie hatte gar zu dummes Zeug vorgebracht; wir setzten uns darauf in Galopp und ließen Herrn Cherubin und den Mailänder nach ihrer Bequemlichkeit langsam nachreiten.

Die Söhne des Toten waren sogleich zu dem Herzog von Amalfi gelaufen und hatten ihn um einige leichte Reiterei gebeten, um uns zu erreichen und zu fassen. Der Herzog, als er erfuhr, dass wir dem Kardinal von Ferrara angehörten, wollte weder Pferde noch Erlaubnis geben. Indessen kamen wir nach Staggia in Sicherheit; ich rief einen Arzt, so gut man ihn daselbst haben konnte, und ließ Paulen besichtigen, da sich denn fand, dass es nur eine Hautwunde war, die nichts zu sagen hatte, und wir bestellten das Essen. Hierauf erschienen Meister Cherubin und der närrische Mailänder, der nur immer sagte: Hole der Henker alle Händel! Er betrübte sich, dass er exkommuniziert sei, weil er diesen heiligen Morgen seinen Rosenkranz nicht hätte beten können. Der Mann war erstaunend garstig, hatte von Natur ein sehr großes Maul, und durch die Wunde war es ihm mehr als drei Finger gewachsen: Da nahmen sich erst seine wunderliche mailändische Sprache, die abgeschmackten Redensarten und die dummen Worte, die er hervorbrachte, recht närrisch aus und gaben uns so viel Gelegenheit zu lachen, dass wir, anstatt über den Vorfall zu klagen, uns bei jedem seiner Worte lustig machten. Nun wollte der Arzt ihm das Maul heften, und da derselbe schon drei Stiche getan hatte, sagte der Patient: Er möchte innehalten und sollte ihm nicht etwa gar aus bösem Willen das Maul ganz zunähen. Darauf nahm er einen Löffel und verlangte: Gerade so viel sollte man offen lassen, dass der Löffel durchkönne und er lebendig zu den Seinigen käme.

Bei diesen Worten, die er mit allerlei wunderlichen Bewegungen des Kopfes begleitete, ging erst das Lachen recht los, und so kamen wir mit der größten Lust nach Florenz. Wir stiegen beim Hause meiner armen Schwester ab, die uns sowohl als ihr Mann aufs Beste empfing und bewirtete. Herr Cherubin und der Mailänder gingen ihren Geschäften nach, wir aber blieben vier Tage in Florenz, in welchen Paul geheilt wurde. Dabei war es die sonderbarste Sache, dass wir, sooft vom Mailänder gesprochen wurde, in eine ausgelassene Lustigkeit verfielen, dagegen uns das Andenken der Unfälle, die wir ausgestanden, äußerst rührte, sodass wir mehr als einmal zugleich lachen und weinen mussten.

Drittes Kapitel

Der Verfasser kommt nach Ferrara, wo ihn der Herzog sehr wohl aufnimmt und sein Profil von ihm bossieren lässt. – Das Klima ist ihm schädlich, und er wird krank. – Er speist junge Pfauen und stellt dadurch seine Gesundheit her. – Missverständnisse zwischen ihm und des Herzogs Dienern, von manchen verdrießlichen Umständen begleitet. – Nach vielen Schwierigkeiten und erneuertem Aufschub reist er weiter und kommt glücklich nach Lyon, von dannen er sich nach Fontainebleau begibt, wo der Hof sich eben aufhielt.

Hierauf zogen wir nach Ferrara und fanden unsern Kardinal daselbst, der alle unsere Abenteuer gehört hatte, sich darüber beschwerte und sagte: Ich bitte nur Gott um die Gnade, dass ich dich lebendig zu dem Könige bringe, wie ich es ihm versprochen habe! Er wies mir darauf einen seiner Paläste in Ferrara, den angenehmsten Aufenthalt, an; der Ort hieß Belfiore, nahe an der Stadtmauer, und ich musste mich daselbst zur Arbeit einrichten. Dann machte er Anstalt, nach Frankreich zu gehen, aber keine, mich mitzunehmen, und als er sah, dass ich darüber sehr verdrießlich war, sagte er: Benvenuto! Alles, was ich tue, geschieht zu deinem Besten. Denn ehe ich dich aus Italien wegnehme, will ich erst gewiss sein, was in Frankreich mit dir werden wird; arbeite nur fleißig am Becken und am Becher, und ich befehle meinem Kassier, dass er dir geben soll, was du nötig hast. Nun verreiste er, und ich blieb höchst missvergnügt zurück. Oft kam mir die Lust an, in Gottes Namen davonzugehen: Nur der Gedanke, dass er mich aus den Händen des Papstes befreit hatte, konnte mich zurückhalten; übrigens war sein gegenwärtiges Betragen zu meinem großen Verdruss und Schaden. Deswegen hüllte ich mich in Dankbarkeit, suchte mich zur Geduld zu gewöhnen und den Ausgang der Sache abzuwarten. Ich arbeitete fleißig mit meinen jungen Leuten und Becher und Becken näherten sich immer mehr der Vollendung.

Unsere Wohnung, so schön sie war, hatte ungesunde Luft, und da es gegen den Sommer ging, wurden wir alle ein wenig krank. Um uns zu erholen, gingen wir in dem Garten spazieren, der zu unserer Wohnung gehörte und sehr groß war; man hatte fast eine Meile Landes dabei als Wildnis gelassen, wo sich unzählige Pfauen aufhielten und daselbst im Freien nisteten. Da machte ich meine Büchse zurecht und bediente mich eines Pulvers, das keinen Lärm machte; dann passte ich den jungen Pfauen auf und schoss alle zwei Tage einen. Dergestalt nährten wir uns reichlich und fanden die Speise so gesund, dass unsere Krankheiten sich gleich verloren. Wir arbeiteten noch einige Monate freudig fort und hielten uns immer zu den beiden Gefäßen als an eine Arbeit, die viel Zeit kostete.

Der Herzog von Ferrara hatte soeben mit dem Papst Paul einige alte Streitigkeiten verglichen, die schon lange wegen Modena und anderer Städte dauerten. Das Recht war auf der Seite der Kirche, und der Herzog erkaufte den Frieden mit schwerem Gelde. Ich glaube, er gab mehr als dreimal hunderttausend Kammerdukaten dafür. Nun hatte der Herzog einen alten Schatzmeister, einen Zögling seines Herrn Vaters, der Hieronymus Gigliolo hieß. Dieser konnte das Unglück nicht ertragen, dass so großes Geld zum Papste gehen sollte; er lief und schrie durch die Straßen: Herzog Alfons, der Vater, hätte mit diesem Gelde eher Rom weggenommen, als dass es der Papst sollte gesehen haben! Dabei rief er: Ich werde auf keine Weise zahlen! Endlich, als ihn der Herzog dennoch zwang, ward der Alte an einem Durchfall so heftig krank, dass er fast gestorben wäre.

Zu der Zeit ließ mich der Herzog rufen und verlangte, dass ich sein Bildnis machen sollte. Ich arbeitete es auf einer runden Schiefertafel, so groß wie ein mäßiger Teller, und ihm gefiel meine Arbeit sowie meine Unterhaltung sehr wohl, deswegen er mir auch öfters vier bis fünf Stunden saß und mich manchmal abends zur Tafel behielt. In Zeit von acht Tagen war ich mit dem Kopfe fertig; dann befahl er mir, die Rückseite zu machen, wo eine Frau als Friede mit der Fackel in der Hand Trophäen verbrannte. Ich machte diese Figur in freudiger

Stellung mit dem feinsten Gewande und der größten Anmut, und unter ihr stellte ich die Wut vor, traurig und schmerzlich und mit vielen Ketten gebunden. Diese Arbeit machte ich mit großer Sorgfalt, und sie brachte mir viel Ehre, denn der Herzog konnte mir nicht ausdrücken, wie zufrieden er sei, als er mir die Umschrift sowohl um den Kopf als um die Rückseite zustellte. Auf dieser stand: Pretiosa in conspectu Domini. (Kostbar vor den Augen des Herrn.) Und wirklich war ihm der Friede teuer genug zu stehen gekommen.

Zu der Zeit, als ich daran arbeitete, hatte mir der Kardinal geschrieben, ich solle mich bereithalten, denn der König habe nach mir gefragt, und er, der Kardinal, habe seinen Leuten geschrieben, alles mit mir in Ordnung zu bringen. Ich ließ mein Becken und meinen Pokal einpacken, denn der Herzog hatte sie schon gesehen. Damals besorgte die Geschäfte des Kardinals ein Edelmann von Ferrara, der Herr Albert Bendidio hieß. Dieser Mann war zwölf Jahre wegen einer Unpässlichkeit zu Hause geblieben. Er schickte eines Tages mit großer Eile zu mir und ließ mir sagen: Ich sollte geschwinde aufsitzen und nach Frankreich Post reiten, um dem König aufzuwarten, der nach mir mit großem Verlangen gefragt habe und glaube, dass ich schon in Frankreich sei. Der Kardinal, sich zu entschuldigen, habe gesagt: Ich sei in einer seiner Abteien zu Lyon ein wenig krank geblieben, er wolle aber sorgen, dass ich Seiner Majestät bald aufwartete; deswegen sei es nun nötig, dass ich Post nehme. Herr Albert war ein sehr redlicher Mann, aber dabei sehr stolz, und seine Krankheit machte ihn gar unerträglich. Als er mir nun sagte, dass ich mich geschwind fertigmachen und Post nehmen sollte, so antwortete ich: meine Arbeit mache sich nicht auf der Post, und wenn ich hinzugehen hätte, so wollte ich den Weg in bequemen Tagereisen zurücklegen, auch Ascanio und Paul, meine Kameraden und Arbeiter, mitnehmen, die ich schon von Rom gebracht habe; und dabei verlangte ich noch einen Diener zu Pferd, der mir aufwartete, und Geld, soviel nötig wäre. Der alte kranke Mann antwortete mir mit stolzen Worten: Auf die Art und nicht anders reisten die Söhne des Herzogs. Ich antwortete ihm: die Söhne meiner Kunst reisten nun einmal so; wie aber die Söhne eines Herzogs zu reisen pflegten, wüsste ich nicht, denn ich sei nie einer gewesen. Auf alle Weise würde ich jetzt nicht hingehen.

Da mir nun der Kardinal sein Wort nicht gehalten hatte und ich noch gar solche unartige Reden hören sollte, so entschloss ich mich, mit den Ferraresern nichts weiter zu tun zu haben, wendete ihm den Rücken und ging brummend fort, indem er nicht nachließ, harte und unanständige Reden zu führen. Ich ging nun, dem Herzog die geendigte Medaille zu bringen, und er begegnete mir mit den ehrenvollsten Liebkosungen und hatte Herrn Hieronymus Gigliolo befohlen, er solle mir einen Ring von mehr als zweihundert Scudi kaufen und ihn Fiaschino, seinem Kämmerer, geben, der ihn mir bringen möchte. Und so geschah es auch. Noch denselben Abend, um ein Uhr, kam Fiaschino und überreichte mir einen Ring mit einem Diamanten, der viel Schein hatte, und sagte vonseiten des Herzogs diese Worte: Mit diesem Edelstein solle die einzig kunstreiche Hand gezieret werden, die so trefflich zum Andenken Seiner Exzellenz gearbeitet habe. Als es Tag ward, betrachtete ich den Ring und fand einen flachen Stein von ungefähr zehn Scudi an Wert, und es war mir ungelegen, dass die herrlichen Worte, die mir der Herzog hatte sagen lassen, mit so einer geringen Belohnung sollten verbunden sein, da der Herzog doch glauben könnte, er habe mich vollkommen zufriedengestellt. Auch dachte ich wohl, dass der Streich von dem Schelmen, dem Schatzmeister, herkomme, und gab den Ring daher einem Freunde, mit Namen Bernhard Saliti, der ihn dem Kämmerer wiedergeben sollte, es möchte kosten, was es wolle, und das Geschäft wurde trefflich ausgerichtet. Da kam Fiaschino eilig zu mir, in großer Bewegung, und sagte: Wenn der Herzog wissen sollte, dass ich ein Geschenk zurückschicke, das er mir so gnädig zugedacht habe, so möchte er es sehr übel nehmen, und es dürfte mich gereuen. Darauf antwortete ich: Dieser Ring sei ungefähr zehn Scudi wert, und meine Arbeit dürfte ich wohl auf zweihundert Scudi schätzen. Mir sei bloß an einem Zeichen seiner Gnade gelegen, und er möchte mir nur einen von denen Krebsringen schicken, wie sie aus England kommen und wovon einer ungefähr einen Paul wert ist: Den wollte ich mein ganzes Leben zum Andenken Seiner Exzellenz tragen, mich dabei jener ehrenvollen Worte erinnern und mich dann für meine Arbeit hinlänglich belohnt fühlen, anstatt dass jetzt der geringe Wert des Edelsteins meine Arbeit erniedrige. Diese Worte missfielen dem Herzog so sehr, dass er den Schatzmeister rufen ließ und ihn mehr als jemals ausschalt. Mir ließ er bei Strafe seiner Ungnade befehlen, nicht aus Ferrara ohne seine Erlaubnis zu gehen, dem Schatzmeister aber befal er, für mich einen Diamanten auszusuchen, der gegen dreihundert Scudi wert wäre. Aber der alte Geizhals fand einen aus, für den er höchstens sechzig bezahlt hatte, und machte den Herzog glauben, dass er weit über zweihundert zu stehen komme.

Indessen hatte Herr Albert sich eines Bessern besonnen und mir alles gegeben, was ich nur verlangte, und ich wäre gleich des Tages von Ferrara weggegangen, wenn nicht der geschäftige Kämmerer mit Herrn Albert ausgemacht hätte, dass er mir keine Pferde geben solle.

Schon hatte ich mein Maultier mit vielen Gerätschaften beladen und auch Becken und Kelch für den Kardinal eingepackt, da kam nun eben ein ferraresischer Edelmann zu uns, der Herr Alfonso de' Trotti hieß. Er war alt und sehr angenehm; dabei liebte er die Künste außerordentlich, war aber einer von denen Personen, die schwer zu befriedigen sind, und wenn sie zufälligerweise sich auf etwas werfen, das ihnen gefällt, so malen sie sichs nachher so trefflich in ihrem Gehirn aus, dass sie glauben, niemals wieder so etwas Herrliches sehen zu können. Als er hereintrat, sagte Herr Albert zu ihm: Es ist mir leid, dass Ihr zu spät kommt, denn schon sind Becken und Becher eingepackt, die wir dem Kardinal nach Frankreich schicken. Herr Alfonso antwortete, dass ihm nichts daran gelegen sei, und schickte einen Diener fort, der ein Gefäß von weißer Erde, wie man sie in Faenza macht, das sehr sauber gearbeitet sei, herbeiholen sollte. Indessen sagte Herr Alfonso: Ich will Euch sagen, warum ich mich nicht kümmere, mehr Gefäße zu sehen; denn es ist mir einmal ein antikes silbernes zu Gesichte gekommen, so schön und wunderbar, dass der menschliche Geist so was Herrliches sich nicht vorstellen kann. Ein trefflicher Edelmann besaß es, der nach Rom wegen einiger Geschäfte gegangen war. Man zeigte ihm heimlich das alte Gefäß, und er bestach mit großem Gelde den, der es besaß, und so brachte er es hierher, hielt es aber geheim, damit der Herzog nichts davon erfahren sollte, denn der Besitzer war in großer Furcht, es zu verlieren.

Indes Herr Alfonso seine langen Märchen erzählte, gab er auf mich nicht acht, denn er kannte mich nicht. Endlich kam das herrliche Modell und ward mit großem Prahlen und Prangen aufgesetzt. Kaum hatt ich es angesehen, als ich mich zu Herrn Albert kehrte und sagte: Wie glücklich bin ich, so was gesehen zu haben! Herr Alfonso fing an zu schimpfen und sagte: Wer bist denn du? Du weißt nicht, was du sagst. Darauf versetzte ich: Höret mich an! Es wird sich zeigen, wer von uns beiden besser weiß, was er sagt. Dann wendete ich mich zu Herrn Albert, einem sehr ernsthaften und geistreichen Manne, und sagte: Dieses Modell ist von einem silbernen Becher genommen, der so und so viel wog, den ich zu der und der Zeit jenem Marktschreier Meister Jakob, Chirurgus von Carpi, machte, der nach Rom kam, sechs Monate daselbst blieb und mit seiner Salbe manche Dutzend Herren und arme Edelleute beschmierte, von denen er mehrere Tausend Dukaten zog. Da arbeitete ich ihm dieses Gefäß und noch ein anderes, verschieden von diesem. Er hat mir beide schlecht bezahlt, und noch sind in Rom die Unglücklichen, die er gesalbt und elend gemacht hat; mir aber gereicht es zur großen Ehre, dass meine Werke bei Euch reichen Leuten so einen großen

Namen haben. Aber ich versichre Euch: Seit der Zeit habe ich mir noch Mühe gegeben, etwas zu lernen, sodass ich denke, das Gefäß, das ich nach Frankreich bringe, soll ganz anders des Königs und des Kardinals wert sein als dieser Becher Eures Medikasters.

Als ich mich so herausgelassen hatte, wollte Herr Alfonso für Verlangen nach meiner neuen Arbeit schier vergehen, ich aber bestand darauf, sie nicht sehen zu lassen. Als wir uns eine Weile gestritten hatten, sagte er: Er wolle zum Herzog gehen, und Seine Exzellenz werde ihm schon dazu verhelfen. Darauf versetzte Herr Albert, der, wie ich schon gesagt habe, der stolzeste Mann war: Herr Alfonso! Eh Ihr von hier weggeht, sollt Ihr die Arbeit sehen, ohne dazu die Gunst des Herzogs zu bedürfen. Da ging ich weg und ließ Paul und Ascanio zurück, um ihm die Gefäße zu zeigen; die jungen Leute erzählten mir nachher, dass man die größten Sachen zu meinem Lobe gesagt hätte. Nun wollte Herr Alfonso, dass ich sein Hausgenosse werden sollte, und ebendeswegen schienen mirs tausend Jahre, bis ich von Ferrara weg und ihm aus den Augen kam.

Was ich übrigens Gutes und Nützliches an diesem Orte genossen hatte, war ich dem Umgang des Kardinals Salviati und des Kardinals von Ravenna schuldig. Auch hatte ich Bekanntschaft mit einigen geschickten Tonkünstlern gemacht und mit niemand sonst; denn die Ferrareser sind die geizigsten Leute, und was andern gehört, gefällt ihnen gar zu wohl, sie suchen es auf alle Weise zu erhaschen, und so sind sie alle.

Um zweiundzwanzig kam Fiaschino, überreichte mir den Ring von ungefähr sechzig Scudi und sagte mit kurzen Worten: Ich möchte den zum Andenken Seiner Exzellenz tragen. Ich antwortete: Das will ich! Und setzte sogleich den Fuß in den Steigbügel und ritt in Gottes Namen fort. Er hinterbrachte meine Worte und mein Betragen dem Herzog, der sehr erzürnt war und große Lust hatte, mich zurückholen zu lassen.

Ich ritt den Abend wohl noch zehn Meilen, immer im Trott, und war sehr froh, den andern Tag aus dem Ferraresischen zu sein; denn außer den jungen Pfauen, die ich gegessen und mich dadurch kuriert hatte, war mir dort nichts Gutes geworden. Wir nahmen den Weg durchs Monsanesische und berührten die Stadt Mailand nicht, aus obgedachter Ursache, und so kamen wir glücklich und gesund nach Lyon: Paul, Ascanio und ein Diener, alle vier auf guten Pferden. In Lyon erwarteten wir einige Tage das Maultier, worauf unser Gepäck und die Gefäße waren, und wohnten in einer Abtei des Kardinals. Als unsere Sachen ankamen, packten wir sie sorgfältig um und zogen nach Paris. Wir hatten auf dem Wege einige Händel, aber nicht von großer Bedeutung.

Viertes Kapitel

Der Autor wird von dem König in Frankreich sehr gnädig empfangen. – Gemütsart dieses wohldenkenden Monarchen. – Der Autor begleitet den König auf seiner Reise nach Dauphiné. – Der Kardinal verlangt von Cellini, er solle sich für einen geringen Gehalt verbinden. – Der Autor, darüber sehr verdrießlich, entschließt sich aus dem Stegreife, eine Pilgrimschaft nach Jerusalem anzutreten. – Man setzt ihm nach und bringt ihn zum König zurück,

*der ihm einen schönen Gehalt gibt und ein großes
Gebäude in Paris zu seiner Werkstatt anweist. – Er
begibt sich nach dieser Hauptstadt, findet aber großen Widerstand, indem er Besitz von seiner Wohnung nehmen will, welches ihm jedoch zuletzt vollkommen glückt.*

Den Hof des Königs fanden wir zu Fontainebleau. Wir
meldeten uns beim Kardinal, der uns sogleich Quartier
anweisen ließ, und diesen Abend befanden wir uns recht
wohl. Den andern Tag erschien der Karren, und da wir
nun unsere Sachen hatten, sagte es der Kardinal dem
König, der uns sogleich sehen wollte. Ich ging zu Seiner
Majestät mit dem Pokal und Becken; als ich vor ihn kam,
küsste ich ihm das Knie, und er hub mich gnädig auf.
Indessen dankte ich Seiner Majestät, dass er mich aus
dem Kerker befreit habe, und sagte: Es sei eigentlich die
Pflicht eines so guten und einzigen Fürsten, nützliche
Menschen zu befreien und zu beschützen, besonders
wenn sie unschuldig seien wie ich; solche Wohltaten sei-
en in den Büchern Gottes obenan geschrieben vor allem
andern, was man in der Welt tun und wirken könne. Der
gute König hörte mich an, bis ich geendigt und meine
Dankbarkeit mit wenigen Worten, die seiner wert waren, ausgedrückt hatte. Darauf nahm er Gefäß und Becken und sagte: Wahrhaftig, ich glaube nicht, dass die
Alten jemals eine so schöne Art zu arbeiten gesehen haben; denn ich erinnere mich wohl vieler guten Sachen,
die mir vor Augen gekommen sind, und auch dessen,
was die besten neuern Meister gemacht haben, aber ich
habe niemals ein Werk gesehen, das mich so höchlich
bewegt hätte als das gegenwärtige. Diese Worte sagte

der König auf Französisch zum Kardinal von Ferrara, mit noch größern Ausdrücken. Dann wendete er sich zu mir, sprach mich italienisch an und sagte: Benvenuto! Bringt Eure Zeit einige Tage fröhlich zu; dann wollen wir Euch alle Bequemlichkeit geben, irgendein schönes Werk zu verfertigen. Der Kardinal von Ferrara bemerkte wohl das große Vergnügen des Königs über meine Ankunft, und dass Seine Majestät sich aus meinen wenigen Arbeiten schon überzeugt hatte, von mir seien noch weit größere Dinge zu erwarten, die er denn auch auszuführen Lust hatte.

Nun mussten wir aber gleich dem Hofe folgen, und das war eine rechte Qual. Denn es schleppt sich hinter dem König beständig ein Zug von zwölftausend Pferden her, und das ist das geringste: Denn wenn in Friedenszeiten der Hof ganz beisammen ist, so sind es achtzehntausend Mann, und darunter mehr als zwölftausend Berittene. Nun kamen wir manchmal an Orte, wo kaum zwei Häuser waren, und man schlug nach Art der Zigeuner Hütten von Leinwand auf, und ich hatte oft gar viel zu leiden. Ich bat den Kardinal, er möchte den König bewegen, dass er mich zu arbeiten wegschickte; ich erhielt aber zur Antwort: Das Beste in einem solchen Falle sei, wenn der König selbst meiner gedächte, ich sollte mich manchmal sehen lassen, wenn Seine Majestät speiste. Das tat ich denn eines Mittags; der König rief mich und sprach italienisch mit mir und sagte: Er habe im Sinne, große Werke durch mich arbeiten zu lassen, er wolle mir bald befehlen, wo ich meine Werkstatt aufzuschlagen hätte, auch wolle er mich mit allem, was ich bedürfe, versorgen. Dann sprach er noch manches von angenehmen und verschiedenen Dingen.

Der Kardinal von Ferrara war gegenwärtig, denn er speiste fast beständig Mittags an der kleinen Tafel des Königs, und da er alle die Reden vernommen, sprach er, als der König aufgestanden war, zu meinen Gunsten, wie man mir hernach wiedererzählte, und sagte: Heilige Majestät! Dieser Benvenuto hat große Lust zu arbeiten, und man könnte es fast eine Sünde nennen, wenn man einen solchen Künstler Zeit verlieren lässt. Der König versetzte: Er habe wohl gesprochen und solle nur mit mir ausmachen, was ich für meinen Unterhalt verlange.

Noch denselben Abend nach Tische ließ mich der Kardinal rufen und sagte mir im Namen des Königs: Seine Majestät sei entschlossen, mir nunmehr Arbeit zu geben, er wolle aber zuerst meine Besoldung bestimmt wissen. Der Kardinal fuhr fort: Ich dächte, wenn Euch der König des Jahrs dreihundert Scudi Besoldung gibt, so könntet Ihr recht gut auskommen. Und dann sage ich Euch: Überlasst mir nur die Sorge! Denn alle Tage kömmt Gelegenheit in diesem großen Reiche, etwas Gutes zu stiften, und ich will Euch immer trefflich helfen.

Sogleich antwortete ich: Als Ihr mich in Ferrara ließet, hochwürdigster Herr, verspracht Ihr mir, ohne dass ich es verlangte, mich niemals aus Italien nach Frankreich zu berufen, wenn nicht Art und Weise, wie ich mich bei dem König stehen solle, schon bestimmt wäre. Anstatt mich nun hievon zu benachrichtigen, schicktet Ihr besondern Befehl, ich solle auf der Post kommen, als wenn eine solche Kunst sich postmäßig behandeln ließ; hättet Ihr mir damals von dreihundert Scudi sagen lassen, wie ich jetzt hören muss, so hätte ich mich nicht vom Platze bewegt, nicht für sechshundert! Aber ich gedenke dabei, dass Gott Eure Hochwürden als Werkzeug einer so großen Wohltat gebraucht hat, als meine Befreiung aus dem Kerker war, und ich versichre Eure Hochwürden, dass, wenn Ihr mir auch das größte Übel zufügtet, so würde doch dadurch nicht der tausendste Teil des großen Guten aufgewogen werden, das ich durch Dieselben erhalten habe. Ich bin von ganzem Herzen dankbar, nehme meinen Urlaub, und wo ich auch sein werde, will ich, solange ich lebe, Gott für Euch bitten.

Der Kardinal versetzte zornig: Gehe hin, wohin du willst! Denn mit Gewalt kann man niemanden wohltun. Darauf sagten gewisse Hofleute, so einige von den Semmelschindern: Der dünkt sich auch recht viel zu sein, da er dreihundert Dukaten Einkünfte verschmäht! Die Verständigen und Braven dagegen sagten: Der König wird nie seinesgleichen wiederfinden, und unser Kardinal will ihn erhandeln, als wenn es eine Last Holz wäre. Das sagte Herr Ludwig Alamanni, jener, der zu Rom den Gedanken über das Modell des Salzfasses vortrug. Er war ein sehr gefälliger Mann und äußerst liebevoll gegen alle Leute von Talenten. Man erzählte mir, dass er es vor vielen andern Herren und Hofleuten gesagt hatte. Das begab sich in Dauphiné in einem Schlosse, dessen Namens ich mich nicht mehr erinnere, wo man jenen Abend eingekehrt war.

Ich verließ den Kardinal und begab mich in meine Wohnung, denn wir waren immer etwas entfernt von dem Hofe einquartiert; diesmal mocht es etwa drei Miglien betragen. Ich ritt in Gesellschaft eines Mannes, der

Sekretär beim Kardinal und gleichfalls daselbst einquartiert war. Er hörte den ganzen Weg nicht auf, mit unerträglicher Neugierde zu fragen: was ich denn anfangen wollte, wenn ich nun zurückging? Und was ich denn allenfalls für eine Besoldung verlangt hätte? Ich war halb zornig, halb traurig, und voll Verdruss, dass man mich nach Frankreich gelockt hatte, um mir nun dreihundert Scudi des Jahres anzubieten; daher antwortete ich nichts und wiederholte nur immer: Ich wisse schon alles.

Als ich in das Quartier kam, fand ich Paul und Ascanio, die auf mich warteten. Sie sahen, dass ich sehr verstört war, und da sie mich kannten, fragten sie: was ich habe? Die armen Jünglinge waren ganz außer sich. Deswegen sagte ich zu ihnen: Morgen früh will ich euch so viel Geld geben, dass ihr reichlich wieder nach Hause kommen könnt, denn ich habe das wichtigste Geschäft vor, zu dem ich euch nicht mitnehmen kann; ich hatte es lange schon im Sinne, und ihr braucht es nicht zu wissen. Neben unserer Kammer wohnte gedachter Sekretär, und es ist möglich, dass er meine Gesinnung und meinen festen Entschluss dem Kardinal gemeldet habe, ob ich es gleich nicht für gewiss sagen kann.

Keinen Augenblick schlief ich die ganze Nacht, und es schienen mir tausend Jahre, bis es Tag wurde, um den Entschluss auszuführen, den ich gefasst hatte. Als der Tag graute, ließ ich die Pferde besorgen und setzte mich schnell in Ordnung. Ich schenkte den jungen Leuten alle Sachen, die ich mitgebracht hatte, und mehr als fünfzig Goldgülden; ebenso viel behielt ich für mich und überdies den Diamant, den mir der Herzog geschenkt hatte. Ich nahm nur zwei Hemden mit und einen schlechten

Reitrock, den ich auf dem Leibe hatte. Nun konnte ich mich aber von den jungen Leuten nicht losmachen, die ein für alle Mal mit mir kommen wollten; daher schalt ich sie aus und sagte: Der eine hat schon einen Bart, und dem andern fängt er an zu wachsen! Ihr habt von mir diese arme Kunst gelernt, so gut, als ich sie euch zeigen konnte, und so seid ihr am heutigen Tage die ersten Gesellen von Italien. Schämt euch doch, dass ihr nicht aus dem Kinderwägelchen herauswollt! Soll es denn euch immer fortschleppen? Das ist schimpflich! Und wenn ich euch gar ohne Geld gehen ließe, was würdet ihr sagen? Geht mir aus dem Gesichte! Gott segne euch tausendmal, und so lebt wohl!

Ich wendete mein Pferd um und verließ sie weinend. Ich nahm den schönsten Weg durch einen Wald und dachte mich diesen Tag wenigstens vierzig Miglien zu entfernen. Ich wollte an den unbekanntesten Ort gehen, den ich mir nur ausdenken konnte. Indem ich ungefähr einen Weg von zwei Miglien zurücklegte, hatte ich mir fest vorgenommen, mich an keinem Orte aufzuhalten, wo ich bekannt wäre, und wollte auch nichts weiter arbeiten als einen Christus von drei Ellen, wobei ich mich der unendlichen Schönheit zu nähern hoffte, welche er mir selbst gezeigt hatte. So war ich völlig entschlossen, nach dem Heiligen Grabe zu gehen, und dachte schon so weit zu sein, dass mich niemand mehr einholen könnte. Auf einmal hörte ich Pferde hinter mir, und ich war nicht ohne Sorgen, denn in jenen Gegenden schwärmten gewisse Haufen herum, die man Abenteurer nennt und die gar gern auf der Straße rauben und morden, und ob man gleich alle Tage genug von ihnen aufhängt, so scheint es doch, als wenn sie sich nicht darum bekümmern.

Da sie mir näher kamen, fand ich, dass es ein Abgeordneter des Königs sei, der den Ascanio bei sich hatte. Er sagte zu mir: Im Namen des Königs befehle ich Euch, zu ihm zu kommen! Ich antwortete: Du kömmst vom Kardinal Ferrara, und deswegen werde ich dir nicht folgen! Der Mann sagte: Wenn ich ihm nicht gutwillig folgen wolle, so habe er die Macht, seinen Leuten zu befehlen, mich als einen Gefangenen zu binden. Nun bat mich Ascanio, was er konnte, und erinnerte mich, dass der König, wenn er jemanden ins Gefängnis setzte, sich wenigstens fünf Jahre besänne, ehe er ihn wieder losließe. Das Wort ›Gefängnis‹ erschreckte mich dergestalt (denn ich dachte an mein römisches Unglück), dass ich geschwind das Pferd dahin wendete, wohin es der Abgeordnete des Königs verlangte, der immer auf Französisch murmelte und auf der ganzen Reise nicht einen Augenblick still war, bis er mich nach Hofe gebracht hatte. Bald trotzte er mir, bald sagte er dieses, bald jenes, sodass ich der Welt hätte entsagen mögen.

Als wir zu dem Quartier des Königs kamen, gingen wir bei der Wohnung des Kardinals vorbei. Dieser stand unter der Türe und sagte: Unser allerchristlichster König hat aus eigner Bewegung Euch dieselbe Besoldung ausgesetzt, die er Leonardo da Vinci, dem Maler, gab, nämlich siebenhundert Scudi des Jahrs; daneben bezahlt er Euch alle Arbeit, die Ihr machen werdet, und zum Antritt schenkt er Euch fünfhundert Goldgülden, die Euch ausgezahlt werden sollen, ehe Ihr von hier weggeht. Darauf antwortete ich: Das sind Anerbieten, eines so großen Königs würdig! Als der Abgeordnete, der mich nicht gekannt hatte, diese großen Anerbieten vonseiten des Königs hörte, bat er mich tausendmal um Vergebung. Paul und Ascanio sagten: Gott hat uns geholfen, in ein so ehrenvolles Wägelchen wieder zurückzukommen.

Den andern Tag ging ich, dem König zu danken, und er befahl mir, dass ich zwölf Modelle zu silbernen Statuen machen solle, um als zwölf Leuchter um seinen Tisch zu dienen; er wolle sechs Götter und sechs Göttinnen vorgestellt haben, gerade so groß wie er selbst: Und er war beinahe drei Ellen hoch. Als er mir diesen Auftrag gegeben hatte, wendete er sich zum Schatzmeister der Ersparnisse und fragte: ob man ihm befohlen habe, dass er mir fünfhundert Goldgülden zahlen solle? Dieser antwortete darauf: Es sei nicht geschehen. Das empfand der König sehr übel, denn er hatte dem Kardinal aufgetragen, dem Schatzmeister seinen Willen zu sagen. Ferner befahl er mir, ich solle nach Paris gehen und mir eine Wohnung aussuchen, die zu solchen Arbeiten bequem sei, und ich sollte sie haben.

Da nahm ich meine fünfhundert Goldgülden und ging nach Paris in ein Quartier des Kardinals von Ferrara, woselbst ich im Namen Gottes zu arbeiten anfing und vier Modelle, jedes von einem Fuß, verfertigte. Sie stellten Jupiter und Juno, Apoll und Vulkan vor. Indessen kam der König nach Paris, und ich eilte, ihm aufzuwarten, nahm meine Modelle mit mir, auch die jungen Leute Ascanio und Paul. Der König war zufrieden und befahl mir, ich sollte ihm zuerst den Jupiter von Silber machen, von obengedachter Höhe. Darauf stellte ich Seiner Majestät die beiden Jünglinge vor und sagte: Ich habe sie zum Dienste Seiner Majestät mit mir gebracht; denn da ich mir sie auf erzogen hätte, so würden sie mir wohl mehr Dienste leisten als die, die ich in Paris finden könnte. Darauf sagte der König: Ich sollte beiden eine Besoldung auswerfen, die hinreichend wäre, sie erhalten zu können. Ich sagte, dass hundert Goldgülden für jeden genug seien. Auch habe ich einen Ort gefunden, der mir zu einer Werkstatt höchst tauglich scheine. Das Gebäude gehörte Seiner Majestät eigen und hieß Klein-Nello [Petit-Nesle]; der König hatte es dem Prevost von Paris eingegeben, der sich aber dessen nicht bediente, und so konnte mirs der König ja wohl einräumen, da ich es zu seinem Dienst bedurfte. Darauf antwortete der König: Das Haus ist mein, und ich weiß recht gut, dass der, dem ich es gegeben habe, dasselbe nicht bewohnt noch gebraucht; deswegen sollt Ihr Euch dessen zu unserer Arbeit bedienen. Sogleich befahl er einem seiner Offiziere, er solle mich in das gedachte Nello einführen. Dieser weigerte sich einen Augenblick und sagte: Er könne das nicht tun. Da antwortete der König zornig: Er wolle die Dinge vergeben, wie es ihm gefiele, jener bediene sich dessen nicht, und ich sei ein nützlicher Mann, der für ihn arbeite; er wolle von keinem weitern Widerspruch hören. Da versetzte der Offizier: Es werde wohl nötig sein, ein bisschen Gewalt zu brauchen. Darauf antwortete der König: Jetzt geht, und wenn kleine Gewalt nicht hilft, so gebraucht große! Eilig führte der Mann mich zu dem Gebäude, und es war Gewalt nötig, um mich in Besitz zu setzen. Dann sagte er mir: Ich sollte nun wohl sorgen, dass ich drin nicht totgeschlagen würde.

Ich ging hinein, nahm sogleich Diener an, kaufte verschiedene Spieße und lebte mehrere Tage mit größtem Verdruss; denn mein Gegner war ein französischer Edelmann, und die übrigen Edelleute waren sämtlich meine Feinde und insultierten mich auf alle Weise, sodass es mir unerträglich schien. Hier muss ich noch bemerken, dass, als ich in Seiner Majestät Dienste ging, man 1540 schrieb, und ich also eben vierzig Jahr alt wurde. Nun ging ich, diese Beleidigung und meinen Verdruss dem König zu klagen, und bat ihn, er möchte mich an einem ändern Orte einrichten lassen. Darauf sagte der König: Wer seid Ihr? Und wie heißt Ihr? Ich war äußerst erschrocken, denn ich wusste nicht, was der König meinte, und als ich so still war, wiederholte er seine Frage. Darauf versetzte ich, dass ich Benvenuto hieße. Da sagte der König: Seid Ihr der Benvenuto, von dem ich gehört habe, so handelt nach Eurer Weise, und ich gebe Euch völlige Erlaubnis! Ich versetzte darauf, dass mir allein seine Gnade hinreichend sei, übrigens kenne ich keine Gefahr. Der König lächelte ein wenig und sagte: So geht nur! An meiner Gnade soll es Euch niemals fehlen. Sogleich befahl er einem seiner Sekretäre, welcher Villeroy hieß, er solle mich mit allem versehen und meine Bedürfnisse vollkommen einrichten lassen. Dieser Mann war ein großer Freund vom Prevost von Paris, der zuerst das kleine Nello besessen hatte. Dieses Gebäude war in dreieckiger Form an die Mauer der Stadt angelehnt, eigentlich ein altes Schloss von guter Größe; man hielt aber keine Wache daselbst. Herr von Villeroy riet mir, ich sollte mich ja nach einem andern Platz umsehen und diesen seinem alten Besitzer wieder einräumen, denn es sei ein sehr mächtiger Mann, und er werde mich gewiss totschlagen lassen. Darauf sagte ich: Ich sei aus Italien nach Frankreich gegangen, bloß um diesem wundersamen König zu dienen, und was das Totschlagen betreffe, so wisse ich recht gut, dass ich sterben müsse; ein bisschen früher oder später, daran sei nichts gelegen.

Dieser Villeroy war ein Mann von großem Geiste, bewundernswert in allen Dingen und sehr reich. Nun war nichts in der Welt, was er mir nicht zum Verdruss getan hätte, aber er ließ sich nichts merken. Es war ein ernsthafter Mann, von schönem Anblick, und sprach langsam. Die Besorgung meiner Sache trug er einem andern Edelmann auf, welcher Herr von Marmaignes hieß und Schatzmeister von Languedoc war: das erste, was dieser tat, war, dass er die besten Zimmer des Gebäudes für sich selbst einrichten ließ. Da sagte ich ihm: Der König habe mir diesen Ort zu seinem Dienste gegeben, und ich wolle nicht, dass jemand außer mir und den Meinigen hier seine Wohnung haben sollte. Dieser stolze, kühne und heftige Mann sagte zu mir: Er wolle tun, was ihm beliebte; ich renne nur mit dem Kopf gegen die Mauer, wenn ich ihm widerstehen wolle; er habe Befehl von Villeroy, das tun zu dürfen. Dagegen versetzte ich: Habe ich doch den Auftrag vom König, und weiß ich doch, dass weder Ihr noch Villeroy so etwas unternehmen sollt! Hierauf sagte mir der stolze Mann in seiner französischen Sprache viele hässliche Worte, worauf ich denn in der Meinigen versetzte, dass er lüge. Erzürnt griff er nach seinem kleinen Dolch, und ich legte Hand an meinen großen Dolch, den ich immer an der Seite zu meiner

Verteidigung trug, und sagte zu ihm: Bist du kühn genug zu ziehen, so stech ich dich auf der Stelle tot! Er hatte zwei Diener mit sich, und meine zwei Gesellen standen dabei. Marmaignes schien einen Augenblick unentschlossen, doch eher zum Bösen geneigt, und sagte murmelnd: Das werde ich nie ertragen. Ich befürchtete das Schlimmste und sagte entschlossen zu Paul und Ascanio: Sobald ihr seht, dass ich meinen Dolch ziehe, so werft euch gleich über die Diener her und erschlagt sie, wenn ihr könnt! Dieser soll gewiss zuerst fallen, und dann wollen wir uns mit Gott davonmachen! Marmaignes vernahm diesen Entschluss und war zufrieden, nur lebendig vom Platze zu kommen. Diese ganze Begebenheit schrieb ich mit etwas gelinderen Ausdrücken an den Kardinal, der sie augenblicklich dem König erzählte. Seine Majestät war verdrießlich und gab einem andern, der Vicomte d'Orbec hieß, die Aufsicht über mich; dieser Mann sorgte mit der größten Gefälligkeit für alle meine Bedürfnisse.

Fünftes Kapitel

Der König bestellt bei unserm Autor lebensgroße Götterstatuen von Silber; indessen er am Jupiter arbeitet, verfertigt er für Seine Majestät Becken und Becher von Silber, nicht weniger ein Salzgefäß von Gold mit mancherlei Figuren und Zierraten. – Der König drückt seine Zufriedenheit auf das Großmütigste aus; der Autor verliert aber den Vorteil durch ein sonderbares Betragen des Kardinals von Ferrara. – Der König, begleitet von Madame d'Estampes und dem ganzen Hof, besucht unsern Autor. – Der Kö-

nig lässt ihm eine große Summe Goldes zahlen. – Als er nach Hause geht, wird er von vier bewaffneten Freibeutern angefallen, die er zurückschlägt. – Streit zwischen ihm und einigen französischen Künstlern bei Gelegenheit des Metallgießens. – Der Ausgang entscheidet für ihn.

Da ich nun Haus und Werkstatt vollkommen eingerichtet hatte, sodass ich bequem an meine Arbeit gehen konnte und dabei sehr ehrenvoll wohnte, arbeitete ich sogleich an den drei Modellen, in der Größe, wie die Statuen von Silber werden sollten, und zwar stellten sie Jupiter, Vulkan und Mars vor; ich machte sie von Erde, inwendig sehr wohl mit eisernen Stäben verwahrt. Als ich fertig war, ging ich zum König, der mir, wenn ich mich recht erinnere, dreihundert Pfund Silber geben ließ, damit ich die Arbeit anfangen könnte. Indessen ich nun alles dazu vorbereitete, ward das Gefäß und das ovale Becken fertig, die mir verschiedene Monate wegnahmen. Als sie vollendet waren, ließ ich sie trefflich vergolden, und man konnte wohl sagen, dass es die schönste Arbeit sei, die man je in Frankreich gesehen hatte. Sogleich trug ich sie zum Kardinal von Ferrara, der mir über die Maßen dankte, hernach, aber ohne mich zum König ging und demselben damit ein Geschenk machte. Der König hielt sie sehr wert und lobte mich übermäßiger, als jemals ein Mensch meiner Art gelobt worden ist, und machte dem Kardinal ein Gegengeschenk mit einer Abtei, die siebentausend Scudi Einkünfte hatte, und ließ die Absicht merken, mir auch etwas zu verehren, woran ihn der Kardinal verhinderte und sagte: Seine Majestät verfahre zu geschwind, denn ich habe für ihn ja noch keine Arbeit vollendet. Da versetzte der freigebigste König, mehr als jemals entschlossen: Ich will ihm eben Lust und Mut zu seiner Arbeit machen. Da schämte sich der Kardinal und sagte: Ich bitte, lasst mich gewähren! Denn sobald ich die Abtei in Besitz genommen habe, will ich ihm eine Pension von wenigstens dreihundert Scudi aussetzen. Davon ist mir aber nie etwas geworden; und es wäre zu weitläufig, alle Teufeleien dieses Kardinals zu erzählen, besonders da ich wichtigere Dinge vor mir habe.

Ich kehrte nach Paris zurück, und jedermann verwunderte sich über die Gunst, die mir der König bezeigte. Ich erhielt das Silber und fing an, die Statue des Jupiters zu bearbeiten. Ich nahm viele Gesellen und fuhr mit großer Sorgfalt Tag und Nacht fort; Jupiter, Vulkan und Mars waren im Modell fertig, auch den ersten hatte ich in Silber schon weit gebracht, sodass meine Werkstatt reich genug aussah. Um diese Zeit erschien der König in Paris. Ich wartete ihm auf, und als er mich sah, rief er mir fröhlich zu: Wenn ich ihm in meinem Hause etwas Schönes zu zeigen hätte, so wolle er hinkommen! Da erzählte ich alles, was ich gemacht hatte, und er bezeigte großes Verlangen, die Arbeit zu sehen. Gleich nach Tafel machte er sich auf mit Madame d'Estampes, dem Kardinal von Lothringen, dem König von Navarra, seinem Vetter und der Königin, seiner Schwester; auch kamen der Dauphin und die Dauphine, sodass der ganze Adel des Hofes sich in Bewegung setzte.

Ich war wieder nach Hause gegangen und hatte mich an die Arbeit begeben. Als nun der König vor das Tor meines Schlosses kam und so viele Hämmer pochen hörte, befahl er, ein jeder solle still sein; so war in meinem Hause alles in Arbeit, und der König überfiel mich, eh ich es dachte. Er trat in meinen Saal und erblickte zuerst mich mit einem großen Silberblech in der Hand, das zum Leibe Jupiters bestimmt war; ein anderer machte den Kopf, ein dritter die Füße, sodass der Lärm außerordentlich war. Zufälligerweise hatte mir eben in diesem Augenblick ein französischer Knabe, der bei der Arbeit um mich war, irgendetwas nicht recht gemacht, deswegen ich ihm einen Tritt gab, der glücklicherweise nur zwischen die Beine traf, doch hatte ich den Jungen über vier Ellen weit weggestoßen: Der Knabe wollte fallen und hielt sich am König, der eben hereintrat. Der König lachte überlaut, und ich war sehr verlegen. Dann fing er an zu fragen, was ich mache, und verlangte, dass ich in seiner Gegenwart arbeiten sollte. Darauf sagte er: Es wäre ihm lieber, wenn ich mich nicht so anstrengen wollte; ich sollte doch so viel Leute nehmen, als mir beliebte, und diese arbeiten lassen und mich gesund erhalten, um ihm desto länger dienen zu können. Da antwortete ich, dass ich eben krank werden würde, wenn ich nicht arbeitete; auch würden die Werke nicht von der Art werden, wie ich sie für Seine Majestät zu fertigen hoffte. Der König konnte das nicht einsehen und glaubte, es sei nur Großsprecherei von mir, und der Kardinal von Lothringen musste mirs nochmals wieder sagen, dem ich aber so offen und umständlich meine Gründe vorlegte, dass er mich vollkommen begriff; er beruhigte daher den König und bat ihn, er möchte mich nur, viel oder wenig, nach meinem Belieben arbeiten lassen.

So zufrieden mit meinen Werken, begab sich der König nach seinem Palaste zurück und überhäufte mich dergestalt mit Gunst, dass ich nicht alles erzählen kann. Den andern Tag nach Tafel ließ er mich rufen; der Kardinal von Ferrara speiste mit ihm. Als ich kam, war der König eben an der zweiten Tracht; ich trat herzu, und Seine Majestät fing sogleich mit mir zu reden an. Da er einen so schönen Becher und so ein vortreffliches Becken von mir besitze, so wünsche er dazu auch ein ähnliches Salzfass zu haben; ich sollte ihm eine Zeichnung machen, und zwar so geschwind als möglich. Darauf versetzte ich: Eure Majestät sollen eine solche Zeichnung geschwinder sehen, als Sie denken, denn als ich Ihre beiden Gefäße verfertigte, überlegte ich wohl, dass diesen zur Gesellschaft auch ein Salzfass gearbeitet werden müsse; darum habe ich so was dergleichen schon aufgestellt, und wenn Eure Majestät einen Augenblick warten wollten, so könnte ich die Sache gleich vorzeigen. Das hörte der König mit vieler Zufriedenheit und wendete sich zu den gegenwärtigen Herren, als dem König von Navarra, den Kardinalen von Lothringen und Ferrara, und sagte: Das ist wahrhaftig ein Mann, den alle Welt lieben und wünschen muss! Dann sagte er zu mir: Er würde gern die Zeichnung sehen, die ich zu einem solchen Werke gemacht hätte. Da eilte ich fort, ging und kam geschwind (denn ich hatte nur die Seine zu passieren) und brachte das Modell von Wachs mit, das ich auf Verlangen des Kardinals schon in Rom gemacht hatte. Als ich es aufdeckte, verwunderte sich der König und sprach: Das ist hundertmal göttlicher, als ich gedacht habe! Das ist ein großes Werk dieses Mannes: Er sollte niemals feiern! Dann wendete er sich zu mir mit sehr freundlichem Gesichte und sagte: Das Werk gefalle ihm außerordentlich, er verlange, dass ich es ihm von Gold mache. Der Kardinal sah mir in die Augen und gab mir durch einen Wink zu verstehen, dass er das Modell recht gut wiedererkenne; darauf sagte ich: Ich habe wohl von diesem Modell schon gesagt, dass ich das Werk gewiss vollenden wollte, wenn es nur jemand bestellte. Der Kardinal erinnerte sich dieser meiner Worte, und weil es ihm schien, als habe ich mich rächen wollen, so sagte er mit einiger Empfindlichkeit zum König: Sire! Das Unternehmen ist groß, und ich fürchte nur, wir sehen es niemals geendigt. Denn diese braven Künstler, die so trefflicher Erfindungen fähig sind, fangen gar gern an, sie ins Werk zu stellen, ohne zu denken, wann sie geendigt werden können. Wenn ich so etwas bestellte, so wollte ich doch auch wissen, wann ich es haben sollte. Der König antwortete: Wenn man sich so ängstlich um das Ende der Arbeit bekümmere, so würde man sie niemals anfangen! Das sagte er auf eine Weise, dass man merken konnte, er wolle anzeigen, zu solchen Werken gehöre ein mutiger Geist. Ich versetzte darauf: Alle Fürsten, die wie Eure Majestät durch Handlungen und Reden ihren Dienern Mut machen, erleichtern sich und ihnen die größten Unternehmungen, und da Gott mir einen so außerordentlichen Herrn gegeben hat, so hoffe ich auch, große und außerordentliche Werke für ihn zu vollenden. Ich glaube es! Erwiderte der König und stand von Tafel auf.

Da ließ er mich auf sein Zimmer rufen und fragte mich: wie viel ich Gold zu diesem Salzfasse brauchte? Tausend

Scudi! Versetzte ich sogleich. Da rief er seinen Schatzmeister, den Vicomte d'Orbec, und befahl ihm, er solle
mir tausend alte, gewichtige Goldgülden auszahlen lassen. Ich ging weg und schickte nach den beiden Notari-
en, durch die ich auch das Silber für den Jupiter und viele andere Sachen erhalten hatte; dann holte ich zu Hause
ein kleines Körbchen, das mir meine Nichte, die Nonne,
als ich durch Florenz reiste, geschenkt hatte, und nahm
es (zu meinem Glück!) statt eines Sackes, und weil ich
dieses Geschäft noch bei Tage zu endigen dachte, auch
meine Leute nicht in der Arbeit stören mochte, nahm ich
nicht einmal einen Diener mit.

Ich fand den Schatzmeister zu Hause, der schon das
Geld vor sich hatte und die vollwichtigen Stücke nach
dem Befehl des Königs aussuchte, und indem mir
schien, dass der Spitzbube mit Fleiß die Auszahlung des
Geldes bis drei Stunden in die Nacht verzögerte, so
wollte ich mich auch vorsehen und schickte nach einigen
meiner Arbeiter, sie sollten kommen und mich begleiten,
denn es sei eine Sache von Bedeutung. Als sie in einer
gewissen Zeit nicht kamen, fragte ich den Schelm von
Bedienten, den ich abgeschickt hatte. Er versicherte mir,
dass er sie gerufen habe, sie aber könnten nicht kommen; hingegen erbiete er sich, mir das Geld zu tragen.
Ich antwortete: Das könnte ich selbst.

Indessen war der Kontrakt ausgefertigt, das Geld ward
in das Körbchen gelegt, und ich schob den Arm durch
die zwei Henkel. Weil sie nun sehr eng waren, so drückte mein Arm fest auf das Geld, und ich trug es bequemer
und sicherer, als wenn es ein Säckchen gewesen wäre.
Ich war gut bewaffnet mit Panzerhemd und –ärmeln,

hatte Degen und Dolch an der Seite und machte mich schnell auf den Weg. Da bemerkte ich, dass einige Diener zusammen lispelten, gleichfalls das Haus verließen und einen andern Weg nahmen, als den ich zu gehen hatte. Ich ging schnell und kam über der Brücke auf ein Mäuerchen am Flusse, das mich zu meiner Wohnung führte.

Eben befand ich mich bei den Augustinern, an einem sehr gefährlichen Orte, der zwar nur fünfhundert Schritte von meinem Schlosse entfernt war, weil aber inwendig die Wohnung fast noch einmal so weit ablag, so würde man, wenn ich auch hätte rufen wollen, mich doch nicht gehört haben. Als ich nun vier Degen hinter mir bemerkte, entschloss ich mich sogleich, bedeckte das Körbchen mit der Jacke, zog den Degen und rief, als sie mir näher kamen: Bei Soldaten ist nichts zu holen als die Jacke und der Degen, und ihr sollt wenig gewinnen, wenn ihr mir sie abnehmt! Da stritt ich heftig gegen sie und breitete öfters die Arme auseinander, damit, wenn sie auch von den Bedienten gehört hätten, dass ich so vieles Geld empfangen habe, sie vermuten sollten, es müsse ein anderer sein, der ledig ging. Das Gefecht dauerte kurz, sie zogen sich nach und nach zurück und sagten untereinander in ihrer Sprache: Das ist ein braver Italiener und gewiss der nicht, den wir suchen! Und wenn ers ist, so hat er nichts bei sich. Ich sprach italienisch, und mit vielen Stößen und Stichen ging ich ihnen zu Leibe, und da sie sahen, dass ich den Degen sehr gut führte, glaubten sie, ich sei eher Soldat als was anders, sie hielten zusammen und entfernten sich langsam. Sie murmelten immer in ihrer Sprache, und ich wiederholte auch mit einer gewissen gleichgültigen Bescheidenheit: Wer Waffen und Jacke von mir haben wolle, solle sie teuer bezahlen! Ich fing an, stärker zu gehen, und sie kamen immer langsam hinter mir drein; deswegen vermehrte sich meine Furcht, denn ich dachte, vielleicht lägen noch andere vor mir im Hinterhalt, sodass sie mich hätten in die Mitte nehmen können.

Da ich nun noch ungefähr hundert Schritte von meinem Hause war, fing ich an zu laufen, und rief mit lauter Stimme: Waffen, Waffen heraus! Man bringt mich um! Sogleich sprangen vier von meinen jungen Leuten mit Spießen aus dem Schlosse und wollten jenen nach, die man noch wohl sehen konnte. Da hielt ich sie an und sagte laut: Die vier Memmen haben nicht einmal einem einzigen Manne die Beute von tausend Goldgülden abnehmen können, da mir doch dieser Schatz bald den Arm zerbrach: Den wollen wir nur erst in Sicherheit bringen, dann will ich euch Gesellschaft leisten mit meinem Schwert zu zwei Händen, wohin ihr wollt! Wir gingen hinein, verschlossen das Geld, und meine jungen Leute beklagten die große Gefahr, in die ich mich begeben hatte, machten mir Vorwürfe und sagten: Ihr traut Euch selbst zu sehr, und wir werden Euch doch noch einmal zu beweinen haben. Nachdem wir uns lange darüber gestritten hatten, waren meine Widersacher verschwunden. Wir hielten uns nun vergnügt und fröhlich ans Abendessen und lachten über die sonderbaren Begebenheiten, die uns das Glück im Guten und Bösen zusendet, und nahmen uns das Vergangene nicht zu Herzen: Es war, als wenn es nichts gewesen wäre. Zwar sagt man: Du wirst nun lernen, ein andermal klüger sein! Aber ich finde den Spruch nicht richtig, denn was uns begegnet, kommt immer auf eine so verschiedene Weise, wie wir es uns nicht haben einbilden können.

Den folgenden Morgen machte ich sogleich den Anfang mit dem großen Salzfasse und ließ sowohl an diesem als an andern Werken mit großer Sorgfalt fortarbeiten. Ich hatte viele Gesellen angenommen, Bildhauer und Goldschmiede, es waren Italiener, Franzosen und Deutsche. Manchmal war eine große Menge beisammen, wenn ich sie gut und tauglich fand; doch ich machte jeglichen Tag mit ihnen eine Veränderung, weil ich nur die besten behielt. Diese trieb ich lebhaft an, besonders durch mein Beispiel, denn ich hatte eine stärkere Natur als sie: Da wollten einige, von der großen Anstrengung ermüdet, sich durch vieles Essen und Trinken wiederherstellen. Besonders verschiedene Deutsche, welches die besten Arbeiter waren, zeigten den größten Eifer, mir nachzuahmen, allein sie konnten die Arbeit nicht ertragen, sodass sie ihren Fleiß mit dem Leben bezahlen mussten.

Als nun mein silberner Jupiter vorwärtsging, bemerkte ich, dass mir noch Silber genug übrig blieb, und ohne Vorwissen des Königs legte ich Hand an ein großes Gefäß mit zwei Handhaben, ungefähr anderthalb Ellen hoch; auch kam mir die Lust an, mein großes Modell zum Jupiter in Erz gießen zu lassen.

Bei dieser neuen Unternehmung, da ich dergleichen selbst noch nicht gemacht hatte, überlegte ich die Sache mit einigen alten Pariser Meistern und sagte ihnen die ganze Art, wie man in Italien bei solchen Werken zu verfahren pflege. Sie antworteten mir darauf: dieser Weg sei ihnen unbekannt, aber wenn ich sie auf ihre Weise gehen ließe, so wollten sie mir das Bild so schön und glatt gießen, als es jetzt von Ton sei. Ich machte einen Akkord mit ihnen, damit sie ganz die Sache übernähmen, und über ihre Forderungen versprach ich ihnen noch einige Scudi mehr. Sie legten Hand ans Werk, und als ich sah, dass sie auf einem falschen Wege waren, fing ich die Büste des Julius Caesar mit bewaffneter Brust an, und zwar viel größer als die Natur. Ich arbeitete nach einem kleinen Modell, das ich in Rom nach der herrlichsten Antike gearbeitet hatte. Zugleich modellierte ich einen Frauenkopf von derselben Größe nach einem außerordentlich schönen Mädchen, das ich zu meiner Lust bei mir hatte. Ich nannte dieses Bildnis Fontainebleau, gleichsam, als wenn es die Nymphe jener Quelle wäre, bei welcher der König sich seinen Lustort ausgewählt hatte.

Das Öfchen zum Schmelzen des Erzes war aufs Beste gebaut, alles in Ordnung und unsere drei Formen ausgebrannt. Da sagte ich zu den Leuten: Ich glaube nicht, dass Euer Jupiter gut ausfallen wird! Denn Ihr habt ihm nicht genug Luftröhren von unten gelassen, die Zirkulation in Euren Formen wird nicht gehörig vor sich gehn, und Ihr werdet Eure Zeit verlieren. Das alles wurde in Gegenwart der Schatzmeister und anderer Edelleute gesprochen, die auf Befehl des Königs mich zu beobachten kamen und alles, was sie sahen und hörten, Seiner Majestät hinterbringen mussten. Die beiden Alten, welche den Jupiter gießen wollten, verlangten, man solle mit der ganzen Anstalt innehalten, weil sie notwendig an meinen Formen etwas verändern müssten; denn auf die

Art, wie ich sie eingerichtet habe, sei es nicht möglich, dass der Guss gerate, und es wäre schade, dass so schöne Arbeit verloren ginge. Als sie dieses dem König beibringen ließen, antwortete Seine Majestät: sie sollten lieber aufmerken und lernen als dem Meister Lehren geben! Da brachten sie mit großem Lachen ihr Werk in die Grube, und ich, ganz ruhig, ohne Freude oder Verdruss zu beweisen, stellte meine Formen zu beiden Seiten des Jupiters. Als unser Metall geschmolzen war, ließen wir es mit dem größten Vergnügen fließen: Die Form des Jupiters füllte sich aufs Beste, ebenso meine beiden Köpfe. Die Meister waren froh und ich zufrieden, dass es besser gegangen war, als ein beiderseitiges Misstrauen uns hatte vermuten lassen: Da verlangten sie auf französische Weise mit großer Fröhlichkeit zu trinken, und ich gab ihnen sehr gern einen guten Schmaus. Nun verlangten sie zunächst das Geld von mir, das ich ihnen noch zu geben hatte, sowie auch den versprochnen Überschuss. Darauf sagte ich: Ihr habt gelacht, aber ich fürchte, dass Ihr noch weinen werdet, denn ich habe überlegt, dass in Eure Form weit mehr Masse als nötig geflossen ist; deswegen werde ich Euch weiter kein Geld geben bis morgen früh. Nun fingen die armen Leute meine Worte zu bedenken an, und ohne was weiter zu sagen, gingen sie nach Hause. Frühmorgens kamen sie, stille, stille, die Arbeit aus der Grube zu nehmen, und weil sie zu der großen Form nicht kommen konnten, ohne zuerst meine Köpfe herauszunehmen, so brachten sie diese hervor: Sie waren trefflich geraten, und als man sie aufstellte, hatten sie ein sehr gutes Ansehen. Da sie nun mit vier Arbeitern noch zwei Ellen tiefer gegraben hatten, taten sie einen großen Schrei, den ich auf fünfhundert Schritte in meinem Zimmer hörte. Ich hielt es für ein Zeichen der Freude und lief herbei; als ich näher kam, fand ich sie an der Grube, wie man diejenigen abbildet, die in das Grab Christi schauten, bekümmert und erschrocken. Ich tröstete mich, als ich meine beiden Köpfe so wohl geraten erblickte, so missvergnügt ich übrigens war; sie aber entschuldigten sich und sagten: Da seht unser Unglück! Ich versetzte: Euer Glück war gut genug, aber schlecht Euer geringes Wissen. Hätte ich gesehen, wie Ihr den Kern in die Form brachtet, so hätte ich Euch mit einem einzigen Worte belehrt, und Eure Figur wäre aufs Beste gekommen: Ich hätte große Ehre und Ihr großen Nutzen davon gehabt. Was meine Ehre betrifft, die wird durch diese Köpfe gerettet, aber Euch wird weder Ehre noch Geld zuteilwerden: Deswegen lernt ein andermal arbeiten, und Eure Späße lasst beiseite! Dessen ungeachtet empfahlen sie sich mir und sagten: Ich habe recht; wenn ich ihnen aber nicht beistünde und sie sollten allen Aufwand und Schaden tragen, so würden sie und ihre Familien zugrunde gehen. Darauf antwortete ich: Wenn die Schatzmeister des Königs ihnen den Überrest noch bezahlen wollten, so wollte ich ihnen auch mein Versprechen halten, denn ich hätte wohl gesehen, dass sie mit gutem Willen nach ihrer besten Einsicht gehandelt hätten. Hierüber wurden mir die Schatzmeister und die Diener des Königs dergestalt günstig, dass es nicht auszusagen war; man schrieb alles Seiner Majestät, und dieser einzig freigebigste König befahl, dass man für mich alles tun sollte, was ich nur verlangte.

Sechstes Kapitel

Der Autor wird vom König aus eigner Bewegung naturalisiert und mit dem Schloss, worin er wohnt, Klein-Nello [Petit-Nesle] genannt, beliehen. – Der König besucht ihn zum andern Mal, begleitet von Madame d'Estampes, und bestellt treffliche Zierraten für die Quelle zu Fontainebleau. – Auf diesen Befehl verfertigt er zwei schöne Modelle und zeigt sie Seiner Majestät. – Beschreibung dieser Verzierung. – Merkwürdige Unterredung mit dem Könige bei dieser Gelegenheit. – Madame d'Estampes findet sich beleidigt, dass der Autor sich nicht um ihren Einfluss bekümmert. – Um sich bei ihr wieder in Gunst zu setzen, will er ihr aufwarten und ihr ein Gefäß von Silber schenken, aber er wird nicht vorgelassen. – Er überbringt es dem Kardinal von Lothringen. – Der Autor verwickelt sich selbst in große Verlegenheit, indem er einen Begünstigten der Madame d'Estampes, der im Schlösschen Klein-Nello eine Wohnung, bezogen, herauswirft. – Sie versucht, ihm die Gunst des Königs zu entziehen, aber der Dauphin spricht zu seinem Vorteil.

Zu derselben Zeit kam der bewundernswürdige, tapfre Herr Peter Strozzi an den Hof und erinnerte die Briefe seiner Naturalisation. Der König ließ solche sogleich ausfertigen und sagte: Lasst sie auch zugleich für Benvenuto schreiben, bringt sie ihm in sein Haus und nehmt ihm nichts dafür ab! Den großen Strozzi kosteten die Seinigen einige Hundert Dukaten, die Meinigen brachte einer der ersten Sekretarien, der Herr Antonio Massone [Le Maçon] hieß. Dieser Edelmann überreichte mir das

Dokument mit außerordentlichen Gnadenbezeigungen von selten Seiner Majestät und sagte: Dieses verehrt Euch der König, damit Ihr mit desto mehrerer Lust ihm dienen möget; durch dieses Dokument seid Ihr naturalisiert. Er erzählte mir, dass nur nach langer Zeit und nur als eine besondere Gunst Herr Peter Strozzi ein gleiches erhalten habe, dass der König mir dieses aus eigner Bewegung schicke, und dass eine solche Gnade in diesem Reiche unerhört sei. Darauf erwiderte ich eine umständliche Danksagung gegen den König, bat aber sodann gedachten Sekretär, mir zu sagen: was dann eigentlich ein solcher Naturalisationsbrief zu bedeuten habe? Dieser Mann, der voller Kenntnis und Anmut war und gut italienisch sprach, lachte zuerst laut, dann nahm er seinen Ernst wieder an und sagte zu mir auf Italienisch, was es zu bedeuten habe: dass es eine der größten Würden sei, die man einem Fremden geben könne, und dass es ganz was anders heiße, als zum venezianischen Edelmann erhoben zu werden. Dieses alles erzählte er dem König, der auch nicht wenig lachte und alsdann sprach: Nun soll er erst erfahren, warum ich ihm diese Briefe geschickt habe. Geht und macht ihn sogleich zum Herrn von Klein-Nello, dem Schlosse, das er besitzt, denn es ist mein Eigentum; da wird er eher begreifen, welch ein Vorteil es sei, naturalisiert zu werden! Nun kam ein anderer Abgeordneter mit gedachtem Geschenke, dem ich dagegen ein Gratial geben wollte, der es aber ausschlug: Denn der König habe es so befohlen. Beide Briefe, sowohl der Naturalisation als des Geschenkes, das mir der König mit dem Schlosse machte, nahm ich mit, als ich nach Italien zurückging, und wo ich auch sein und mein Leben endigen werde, sollen sie immer bei mir bleiben.

Nun wende ich mich wieder zu der übrigen Geschichte meines Lebens und meiner Arbeiten. Alles Angefangene ging gleichen Schrittes fort, der Jupiter von Silber, das goldene Salzgefäß, das große Gefäß von Silber und die zwei Köpfe von Erz; auch schickte ich mich an, das Fußgestell zum Jupiter aus Erz zu gießen, aufs Reichste verziert. Ich stellte daran den Raub des Ganymedes, nicht weniger Leda mit ihrem Schwane vor, und beide halberhabene Arbeiten gelangen aufs Beste. Zugleich machte ich ein anderes Fußgestell, um die Statue der Juno darauf zu setzen, denn ich dachte diese sogleich anzufangen, sobald mir der König Silber dazu aushändigen ließe. Schon waren der silberne Jupiter und das goldene Salzfass zusammengesetzt, das silberne Gefäß weit vorwärts und die beiden Köpfe von Erz schon geendigt; kleine Arbeiten hatte ich für den Kardinal von Ferrara gemacht und ein reich gearbeitetes kleines Gefäß, welches ich Madame d'Estampes schenken wollte. Sodann hatte ich für viele italienische Herren, als für Peter Strozzi, für die Grafen von Anguillara, Pitigliano, Mirandola und andere, mehrere Werke verfertigt.

Endlich, als mein großer König nach Paris zurückkam, besuchte er mich den dritten Tag in meiner Wohnung mit einer Menge des größten Adels seines Hofes; er verwunderte sich über so viele Werke, die ich vor mir hatte und die schon so weit waren. Seine Madame d'Estampes war bei ihm, und sie fingen an, von Fontainebleau zu sprechen. Sie sagte: Seine Majestät solle mich etwas zur Zierde dieses Lustortes arbeiten lassen. Der

König versetzte: Das sei wohl gesprochen, und er wolle sich sogleich entschließen. Darauf wendete er sich zu mir und fragte mich: was ich wohl, um jene schöne Quelle zu zieren, erfinden würde? Ich brachte darauf einige meiner Einfälle vor, und der König sagte auch seine Gedanken. Dann fügte er hinzu: Er wolle auf vierzehn bis zwanzig Tage eine Reise nach Saint Germain en Laye machen, das zwölf Meilen von Paris lag; in der Zeit sollte ich ein Modell für seine schöne Quelle fertigen, so reich an Erfindungen, als es mir möglich sei, denn dieser Ort sei die größte Lust, die er in seinem Reiche habe. Deswegen befehle und wünsche er, dass ich mein möglichstes tun möge, um etwas Schönes hervorzubringen. Und ich versprach es.

Der König betrachtete die vielen Sachen noch einmal und sagte zu Madame d'Estampes: Ich habe niemanden von dieser Profession gesehen, der mir besser gefallen hätte und der mehr verdiente, belohnt zu werden, als dieser. Wir müssen suchen, ihn festzuhalten: er verzehrt viel Geld, ist ein guter Geselle und arbeitet genug. Wir müssen auch seiner gedenken, umso mehr, Madame, als er niemals, er mochte zu mir oder ich hierher kommen, mir auch nur das Geringste abgefordert hat; man sieht wohl: sein Gemüt ist ganz auf die Arbeit gerichtet, und wir müssen ihm bald etwas zugutetun, damit wir ihn nicht verlieren. Madame d'Estampes sagte: Ich will Euch an ihn erinnern. So gingen sie weg, und ich arbeitete mit großem Fleiße an meinen angefangenen Werken. Auch begann ich das Modell zum Brunnen und brachte es mit Eifer vorwärts.

In Zeit von anderthalb Monaten kam der König nach Paris zurück, und ich, der ich Tag und Nacht gearbeitet hatte, machte ihm meine Aufwartung und brachte das Modell mit, so sauber ausgeführt, dass man alles klärlich verstehen konnte. Schon waren die Teufeleien zwischen ihm und dem Kaiser wieder angegangen, sodass ich ihn sehr verwirrt antraf, doch sprach ich mit dem Kardinal von Ferrara und sagte zu ihm, dass ich gewisse Modelle bei mir habe, die mir von Seiner Majestät aufgetragen worden; ich bat ihn, wenn er einen Augenblick fände, ein Wort darüber fallen zu lassen, es doch ja zu tun, weil ich überzeugt sei, der König würde viel Vergnügen daran finden, wenn ich sie ihm vorstellen könnte. Der Kardinal tats, und sogleich kam der König dahin, wo ich mich mit den Modellen befand. Erst hatte ich das Modell zu einem Portal des Schlosses Fontainebleau gemacht, wobei ich so wenig als möglich die Anlage des gegenwärtigen zu verändern dachte. Es war nach ihrer französischen Manier groß und doch zwergenmäßig, seine Proportion wenig über ein Viereck, und oben drüber ein halbes Rund, gedruckt, nach Art eines Korbhenkels. In diese Öffnung verlangte der König eine Figur, welche die Nymphe der Quelle vorstellen sollte. Nun gab ich zuerst dem obern Teil ein schönes Verhältnis, zeichnete einen reinen Halbzirkel darein und machte gefällige Vorsprünge an den Seiten. Dem untern Teile gab ich einen Sockel und Gesims, und weil wegen dieser Teile und Glieder an der Seite ein paar Säulen erforderlich schienen, machte ich anstatt derselben ein paar Satyren, höher als halberhaben. Der eine schien mit der Hand das Gebälk zu tragen und hielt im andern Arm einen großen

Stab, sein Gesicht war mutig und wild und konnte dem Anschauenden Furcht einjagen; der zweite hatte eine ähnliche Stellung, doch waren der Kopf und einige Nebenumstände abgeändert: Er hielt eine Geißel in der Hand mit drei Kugeln, die an ebenso viel Ketten festhingen. Diese Figuren hatten sonst nichts vom Satyr als ein Paar kleine Hörner und etwas ziegenmäßiges im Gesichte, das übrige war alles menschliche Gestalt.

In dem halben Rund hatte ich eine weibliche Figur in angenehmer liegender Stellung abgebildet; diese legte den linken Arm über den Hals eines Hirsches, so hatte es der König verlangt. Auf einer Seite hatte ich Rehe, wilde Schweine und anderes Wildbret vorgestellt, wie solches der schöne Wald, wo der Brunnen entspringt, in großer Menge ernährt. Auf der andern Seite sah man Doggen und Windhunde, um das Vergnügen der Jagd abzubilden. Dieses Werk hatte ich in ein länglichtes Viereck eingeschlossen und in die beiden Ecken, über dem halben Rund, zwei Siegesgöttinnen von halberhabener Arbeit angebracht, mit kleinen Fackeln in der Hand, nach dem Gebrauch der Alten. Noch hatte ich über das obere Viereck einen Salamander abgebildet, als des Königs eigenes Sinnbild, mit verschiedenen angenehmen Zierraten, wie sie sich zum Werke schickten, das eigentlich der ionischen Ordnung sich näherte.

Als der König das Modell sah, machte es ihn gleich vergnügt und zerstreute ihn von dem verdrießlichen Gespräch, das er einige Stunden geführt hatte. Als ich ihn auf diese Weise in guter Laune sah, deckte ich das andere Modell auf, das er wohl nicht erwartete, denn er dachte schon in dem ersten Arbeit genug gesehen zu haben. Das andere Modell war größer als zwei Ellen, und ich hatte einen Brunnen in vollkommenem Viereck vorgestellt; umher waren die schönsten Treppen, die einander durchschnitten, eine Art, wie man sie niemals in Frankreich und selten in Italien gesehen hatte. In der Mitte war ein Fußgestell, ein wenig höher als das Gefäß des Brunnens, darauf eine nackte Figur von großer Anmut stand: sie hielt mit der rechten Hand eine zerbrochene Lanze in die Höhe, die linke lag auf dem Griff eines Schwertes von der schönsten Form; die Figur ruhte auf dem linken Fuß, den rechten setzte sie auf einen Helm, der so reich als möglich gearbeitet war. Auf den vier Ecken des Brunnens hatte ich sitzende Figuren vorgestellt, eine jede mit angenehmen Sinnbildern. Da fragte der König: was das für eine schöne Erfindung sei, die ich ihm gemacht habe? Alles, was ich am Tore vorgestellt, sei ihm verständlich, aber das größere Modell, so schön es ihm vorkomme, wisse er nicht auszulegen, und ihm sei wohl bekannt, dass ich nicht wie manche unverständige Künstler zu Werke gehe, die, wenn sie auch allenfalls etwas mit einiger Anmut zu machen verstünden, dennoch ihren Vorstellungen keine Bedeutung zu geben wüssten.

Darauf nahm ich mich zusammen, denn da meine Arbeit dem König gefallen hatte, so wollte ich, es sollte ihm auch meine Rede angenehm sein, und sagte deshalb zu ihm: Heilige Majestät! Diese ganze kleine Arbeit ist sehr genau nach kleinen Füßen gemessen, sodass, wenn sie ausgeführt wird, sie eben auch im großen die gefällige Wirkung tun wird; die mittelste Figur soll vierundfünfzig Fuß hoch werden. Hier gab der König ein Zeichen großer Verwunderung von sich. Sie ist, fuhr ich fort, bestimmt, den Kriegsgott vorzustellen; diese vier übrigen Figuren stellen die Künste vor, an denen sich Eure Majestät ergötzt und die bei Eurer Majestät alle Unterstützung finden. Diese zur Rechten ist die Wissenschaft der Wissenschaften: hier ist das Sinnbild, woran man die Philosophie erkennt und alle die Eigenschaften, welche sie begleiten; die andere Figur stellt die bildenden Künste vor, nämlich Bildhauerkunst, Malerei und Baukunst; die dritte ist die Musik, welche sich gern zu jenen Künsten und Wissenschaften gesellt, aber die letzte, welche so angenehm und gütig aussieht, stellt die Freigebigkeit vor, weil ohne diese keines jener verwundersamen Talente ausgeübt werden kann. Die Figur in der Mitte soll Eure Majestät selbst abbilden, denn Ihr seid der Kriegsgott und der einzige Tapfre in der Welt, und Eure Tapferkeit wendet Ihr gerecht und fromm zur Erhaltung Eures Ruhmes an.

Kaum hatte der König so viel Geduld, mich ausreden zu lassen, als er mit lauter Stimme sprach: Wahrlich, in dir habe ich einen Mann nach meinem Herzen gefunden! Er rief die Schatzmeister und befahl, sie sollten mir geben, was ich bedürfte, der Aufwand möchte so groß sein, als er nur wollte. Dann schlug er mir mit der Hand auf die Schulter und sagte: Mon ami (das heißt: mein Freund), ich weiß nicht, wer das größte Vergnügen haben mag, ein Fürst, der einen Mann nach seinem Herzen gefunden hat, oder ein Künstler, der einen Fürsten findet, von dem er alle Bequemlichkeit erwarten kann, seine großen und schönen Gedanken auszuführen. Ich versetzte darauf: Wenn ich der sei, den er meine, so sei mein Glück immer das größte. Darauf versetzte er: Wir wollen sagen, es sei gleich.

Ich ging mit großer Freudigkeit fort und machte mich an meine Arbeit. Unglücklicherweise erinnerte mich niemand, dass ich ebendiese Komödie mit Madame d'Estampes hätte spielen sollen. Diese hörte alles, was vorgefallen war, abends aus dem Munde des Königs, und darüber erzeugte sich so eine giftige Wut in ihrem Busen, dass sie verdrießlich sagte: Hätte mir Benvenuto seine schönen Arbeiten gezeigt, so hätte ich wohl auch Gelegenheit gefunden, seiner zu denken. Der König wollte mich entschuldigen, aber es half nichts.

Das hörte ich erst vierzehn Tage darauf, als sie nach einer Reise durch die Normandie wieder nach Saint Germain en Laye zurückgekehrt war. Ich nahm das schöne Gefäßchen, das ich auf ihr Verlangen gemacht hatte, und dachte, wenn ich es ihr schenkte, könne ich ihre Gunst wiedererlangen. Ich zeigte es einer ihrer Kammerfrauen und sagte derselben, dass ich es als Geschenk brächte; diese begegnete mir mit unglaublicher Freundlichkeit und versprach mir, ihrer Frau ein Wort zu sagen, die noch nicht angekleidet sei, und ich würde sodann gewiss eingelassen werden. Sie sagte auch alles ihrer Dame, die verdrießlich antwortete: Sag ihm, er soll warten! Da ich das vernahm, hüllte ich mich in Geduld, welches mir äußerst schwer ankam, und so wartete ich, bis sie zur Tafel ging.

Weil es nun schon spät war, machte mich der Hunger so toll, dass ich nicht mehr widerstehen konnte. Ich verwünschte sie von Herzen und eilte fort, dem Kardinal von Lothringen aufzuwarten, dem ich das Gefäß verehrte und ihn bloß bat, mich in der Gnade des Königs zu erhalten. Darauf antwortete er: es sei das nicht nötig, und wenn es nötig wäre, so wollte er es gern tun. Dann rief er seinen Schatzmeister und sagte ihm etwas ins Ohr. Der Schatzmeister wartete, bis ich vom Kardinal wegging, dann sagte er zu mir: Benvenuto! Kommt, ich will Euch einen Becher guten Weins geben. Weil ich nicht wusste, dass er damit was anders sagen wollte, versetzte ich: Lasst mich ums Himmels willen einen Becher Wein trinken und gebt mir ein Stückchen Brot dazu! Fürwahr, ich werde ohnmächtig, denn ich habe diesen Morgen von acht Uhr bis jetzt nüchtern an der Türe der Madame d'Estampes gestanden, um ihr das schöne vergoldete Gefäß zu schenken. Ich ließ ihr alles hineinsagen, aber sie, um mich zu quälen, ließ mir immer antworten, ich solle warten; nun kömmt der Hunger dazu, und meine Kräfte wollen mir ausgehen. Gott hat nun gewollt, dass ich das Werk meiner Arbeit einem Manne schenken sollte, der es weit mehr verdienet. So gebt mir nur ein wenig zu trinken, denn da ich etwas cholerisch bin, so ist mir der Hunger dergestalt schmerzlich, dass ich auf der Stelle umfallen könnte. Indessen ich nun mit Not diese Worte hervorbrachte, war vortrefflicher Wein erschienen und sonst noch ein angenehmes Frühstück, sodass ich mich völlig wiederherstellte, und da meine Lebensgeister wiederkamen, verging auch der Ärger.

Darnach überreichte mir der Schatzmeister hundert Goldgülden, die ich ein für alle Mal nicht annehmen wollte. Er ging, dem Kardinal meine Weigerung zu hinterbringen, der ihn tüchtig ausschalt und ihm sagte: Er solle mir das Geld mit Gewalt aufdringen oder ihm nicht mehr vor die Augen kommen! Der Schatzmeister kehrte erzürnt zurück und sagte: So arg habe der Kardinal ihn noch niemals ausgescholten, und da ich noch immer ein wenig Widerstand leistete, so sagte er mir mit lebhaftem Verdruss: Er würde mir das Geld mit Gewalt aufnötigen. Darauf nahm ich das Geld, und als ich dem Kardinal deshalb danken wollte, ließ er mir durch einen seiner Sekretäre sagen: Er würde zu jeder Zeit gern etwas zu meinem Vergnügen tun. Ich kehrte noch selbigen Abend nach Paris zurück. Der König erfuhr die ganze Sache und plagte Madame d'Estampes scherzend darüber, die nur deshalb noch giftiger gegen mich ward und mich in große Lebensgefahr setzte, wie ich an seinem Ort erzählen werde.

Nun muss ich aber auch der Freundschaft eines trefflichen, liebevollen, geselligen und wackren Mannes gedenken, wie ich viel eher hätte tun sollen: Dieses war Herr Guido Guidi, ein sehr geschickter Arzt und florentinischer Edelmann. Bei dem Aufzeichnen der mancherlei Begebenheiten, die mir ein ungünstiges Geschick in den Weg legte, habe ich seiner zu erwähnen unterlassen, denn ich dachte, wenn ich ihn immer im Herzen hätte, so wäre es hinreichend; da ich aber wohl sehe, dass mein Leben ohne ihn nicht vollständig beschrieben werden kann, so will ich hier zwischen meinen sonderbaren Begebenheiten auch von ihm reden, dass, wie er mir damals Trost und Hilfe war, auch hier sein Andenken aufbewahrt werde.

Als derselbe nach Paris kam und ich ihn hatte kennenlernen, nahm ich ihn in mein Kastell und gab ihm freie Wohnung, da wir denn mehrere Jahre miteinander vergnügt zubrachten. Auch kam der Bischof von Pavia, Monsignor de' Rossi, Bruder des Grafen San Secondo; diesen Herrn nahm ich aus dem Gasthofe und gab ihm gleichfalls in meinem Schlosse freie Wohnung, wo er und seine Diener und Pferde mehrere Monate gut bewirtet wurden. Auch nahm ich Herrn Ludwig Alamanni mit seinen Söhnen einige Monate zu mir und dankte Gott für die Gnade, dass ich großen und talentreichen Männern einigermaßen gefällig sein konnte. Mit Herrn Guido Guidi dauerte meine Freundschaft so lange, als ich in Paris war, und wir rühmten untereinander oft das Glück, dass jeder in seiner Kunst auf Kosten eines so großen und wundernswürdigen Fürsten seine Talente vermehren konnte; denn ich kann wahrhaft sagen: was ich auch sei und was ich Gutes und Schönes gewirkt habe, daran war dieser außerordentliche König allein Ursache. Deswegen ergreife ich wieder den Faden, von ihm und von den großen Werken zu sprechen, die ich für ihn gearbeitet habe.

Es war in meinem Kastell auch ein Ballspiel, von dem ich manchen Nutzen zog, indem ich diese Übung verstattete. Es waren auch dabei einige kleine Zimmer, worin verschiedene Menschen wohnten, darunter ein geschickter Buchdrucker. Dieser hatte fast seinen ganzen Laden in meinem Schlosse und druckte Herrn Guidos erstes schönes Buch über die Medizin; da ich mich aber seiner Wohnung bedienen wollte, schickte ich ihn fort, jedoch nicht ohne Schwierigkeit. Auch wohnte dabei ein Salpeterfabrikant, und als ich dessen Wohnung für einige meiner guten deutschen Arbeiter verlangte, wollte er nicht ausziehen. Ich hatte ihm etliche Mal sehr gelassen gesagt, er solle meine Zimmer räumen, denn ich brauchte sie für meine Arbeiter zum Dienste des Königs. Je demütiger ich sprach, desto kühner und stolzer antwortete mir die Bestie. Zuletzt gab ich ihm drei Tage Zeit, worüber er lachte und sagte: In drei Jahren wollte er daran zu denken anfangen. Ich wusste zwar nicht, dass dieser Mann Zutritt zu Madame d'Estampes hatte; aber ich war überhaupt seit jenen Händeln mit dieser Dame etwas vorsichtiger geworden, sonst hätte ich ihn gleich fortgejagt. Nun hatte ich die drei Tage Geduld. Wie sie vorbei waren, sagte ich weiter nichts, sondern bewaffnete meine deutschen, italienischen und französischen Arbeiter und nahm noch die vielen Handlanger dazu, die ich hatte, und in kurzer Zeit riss ich das ganze Haus nieder und warf seine Sachen zum Kastell hinaus. Zu diesem, in etwas strengem Verfahren bewegten mich seine unverschämten Worte, denn er hatte gesagt: Es möchte wohl kein Italiener so kühn sein, ihm nur einen Span vom Orte zu rücken. Nachdem nun die Sache geschehen war und er herbeilief, sagte ich zu ihm: Ich bin der geringste Italiener und habe dir noch nichts angetan, wozu ich doch große Lust hätte und das du erfahren sollst, wenn du nur ein Wörtchen sprichst! So sagte ich zu ihm mit vielen andern schimpflichen Worten.

Erstaunt und erschrocken machte dieser Mann seine Sachen so gut zusammen, als er konnte, lief sogleich zu Madame d'Estampes und malte ihr eine Hölle vor, und diese meine Hauptfeindin schilderte mit ihrer außerordentlichen Beredsamkeit die Begebenheit dem König. Dieser war, wie man mich versichert hat, im Begriff, äußerst gegen mich aufgebracht zu werden und strenge zu verfügen; aber Heinrich, der Dauphin, jetziger König von Frankreich, war von jener kühnen Frau beleidigt worden, desgleichen die Königin von Navarra, Schwester des Königs: Diese beiden standen mir mit so vielem Ernste bei, dass der König zuletzt die Sache ins Lächerliche wendete, und so entkam ich mit der Hilfe Gottes einem großen Übel.

Siebentes Kapitel

Madame d'Estampes muntert den Maler Primaticcio, sonst Bologna genannt, auf, durch Wetteifer den Autor zu quälen. – Er wird in einen verdrießlichen Prozess verwickelt mit einer Person, die er aus Klein-Nello [Petit-Nesle] geworfen. – Beschreibung der französischen Gerichtshöfe. – Der Verfasser, durch diese Verfolgungen und durch die Advokatenkniffe aufs Äußerste gebracht, verwundet die Gegenpartei und bringt sie dadurch zum Schweigen. – Nachricht von seinen vier Gesellen und seiner Magd Katharine. – Ein heuchlerischer Geselle betrügt den Meister und hälts mit Katharinen. – Der Meister ertappt sie auf der Tat und jagt Katharinen mit ihrer Mutter aus dem Hause. – Sie verklagen ihn wegen unnatürlicher Befriedigung. – Dem Autor wirds bange. – Nachdem er sich gefasst und sich kühnlich dargestellt, verficht er seine eigne Sache und wird ehrenvoll entlassen.

Nun hatte ich freilich mit einem andern Manne denselben Fall, wobei ich aber das Haus nicht ruinierte, sondern ihm nur seine Sachen hinauswarf. Bei dieser Gelegenheit war Madame d'Estampes so kühn, dem Könige zu sagen: Ich denke, dieser Teufel wird Euch einmal Paris umkehren! Darauf antwortete der König erzürnt: Er tut wohl, sich gegen jene Kanaillen zu verteidigen, die ihn an meinem Dienst verhindern wollen. Durch dergleichen Vorfälle wuchs die Raserei dieses grausamen Weibes immer mehr. Sie rief einen Maler zu sich, der in Fontainebleau wohnte, wo der König sich immer aufhielt; es war ein Italiener und Bologneser und ward gewöhnlich nur Bologna genannt, doch hieß er eigentlich Franz Primaticcio. Zu diesem sagte Madame d'Estampes, er solle von dem König die Arbeit verlangen, welche Seine Majestät mir zugedacht habe, sie wolle ihm mit ihrer ganzen Gewalt beistehen. Und so wurden sie einig.

Als Bologna diese Arbeit schon so gut als gewiss vor sich sah, erfreute er sich über die Maßen, ob es gleich seine Profession nicht war, sondern er nur, da er gut zeichnete, einige Arbeiter an sich gezogen hatte, die von unserm florentinischen Maler Rosso gebildet worden. Dieser wirklich sehr geschickte Künstler war schon tot, und was Bologna Gutes hatte, war aus der verwundernswürdigen Manier seines Vorgängers genommen.

Nun brachten sie Tag und Nacht dem König ihre künstlichen Argumente vor: Bald lag ihm Madame, bald Bologna in den Ohren. Wodurch aber eigentlich zuletzt der König bewogen wurde, war die Geschicklichkeit, mit der sie einstimmig und wiederholt zu ihm sagten: Eure Majestät will, dass Benvenuto zwölf Statuen von Silber machen soll, und er hat noch nicht eine vollendet! Verwickelt Ihr ihn in ein so großes Unternehmen, so beraubt Ihr Euch aller übrigen Arbeiten, welche Ihr so sehr zu sehen wünscht. Hundert der geschicktesten Künstler könnten nicht so große Werke vollenden, als dieser wackre Mann begonnen hat; er ist voll vom besten Willen zu arbeiten, aber eben weil er so viel unternimmt, werden Eure Majestät ihn und die Arbeit verlieren. Durch solche und ähnliche Worte ließ der König sich bewegen, in ihr Begehren zu willigen, und hatte weder eine Zeichnung noch ein Modell zur Arbeit von Bolognas Hand gesehen.

In derselbigen Zeit erregte jener zweite Einwohner, den ich aus meinem Schlosse vertrieben hatte, einen Prozess gegen mich, indem er behauptete, ich habe ihm zu jener Zeit, als ich ihn herauswarf, viele seiner Sachen gestohlen. Dieser Prozess machte mir das größte Leiden und nahm mir so viel Zeit, dass ich mich öfters beinahe der Verzweiflung ergeben hätte und auf und davon gegangen wäre.

Sie haben die Gewohnheit in Frankreich, dass sie einen Prozess für ein Kapital halten, sie mögen ihn nun mit einem Fremden oder mit einer andern Person anfangen, von der sie merken, dass sie nicht ganz mit dem Gang ihrer Rechtstreite bekannt ist. Sobald sie nun sich einigermaßen im Vorteil sehen, finden sie Gelegenheit, den Prozess zu verkaufen; ja, manchmal hat man sie als Mitgift den Töchtern mitgegeben, wenn sie Männer heirateten, die ein Handwerk daraus machen, Prozesse zu kaufen.

Ferner haben sie noch eine andere hässliche Gewohnheit. Der größte Teil der Leute in der Normandie nämlich treibt es als ein Gewerb, dass sie falsch Zeugnis geben, sodass diejenigen, die einen Prozess kaufen, sogleich vier oder sechs solcher Zeugen, nach Bedürfnis, abrichten. Weiß nun der Gegenteil nicht dasselbe zu tun, indem die Gewohnheit ihm nicht bekannt ist, so hat er gleich ein Urteil gegen sich. Mir begegnete beides, und indem ich die Sache für schändlich hielt, erschien ich in dem großen Saale zu Paris, um meine Gründe selbst vorzubringen. Da sah ich den Richter, einen Zivilleutnant des Königs, erhoben auf einem großen Richterstuhle; dieser Mann war groß, stark und dick und von dem finstersten Ansehn. Zu seiner einen Seite standen viele Leute, zur andern Prokuratoren und Advokaten, sämtlich in Ordnung, zur Rechten und zur Linken; einige traten auf und brachten ihm eine Sache vor. Die Advokaten, die auf der Seite standen, redeten manchmal alle zusammen, und ich war höchst verwundert, dass dieser seltene Mann, der ein wahrhaft plutonisches Ansehn hatte, mit merklicher Gebärde bald diesem, bald jenem zuhörte und gehörig antwortete, und weil ich immer gern alle Arten von Geschicklichkeiten gesehen und genossen habe, so schien mir dieser Mann so verwundersam, dass ich für vieles seinen Anblick nicht hingegeben hätte.

Der Saal war sehr groß und voller Menschen, daher war man besorgt, niemanden hereinzulassen, als wer darin zu tun hatte: Die Tür war verschlossen, und es stand Wache dabei. Nun geschah es manchmal, dass die Wache einigen Personen widerstand, die sie nicht hereinlassen wollte, und durch ihren Lärm dem seltenen Richter beschwerlich ward, welcher äußerst zornig auf die Wache schimpfte. Dieser Fall kam öfters vor, und ich merkte besonders auf die Worte des Richters bei dieser

Gelegenheit. Als nun einmal zwei Edelleute bloß als Zuschauer hereindringen wollten, tat ihnen jener Türhüter den stärksten Widerstand. Da sah der Richter hin und rief: Stille, stille! Satan, fort, stille! Und zwar klingen diese Worte im Französischen folgendermaßen: Paix, paix! Satan, allez, paix! Ich, der ich die französische Sprache sehr wohl gelernt hatte, erinnerte mich bei diesem Spruche eines Ausdrucks, welchen Dante gebraucht, als er mit Virgil, seinem Meister, in die Tore der Hölle tritt, und ich verstand nun den dunkeln Vers; denn Dante war mit Giotto, dem Maler, in Frankreich und am längsten in Paris gewesen, und wahrscheinlich hat er auch diesen Ort, den man wohl eine Hölle nennen kann, besucht und hat diesen hier gewöhnlichen Ausdruck, da er gut Französisch verstand, auch in seinem Gedichte angebracht. Nun schien es mir sonderbar, dass man diese Stelle niemals verstanden hat. Wie ihn denn überhaupt seine Ausleger wohl manches sagen lassen, was er weder gedacht noch geträumt hat.

Dass ich nun wieder von meinen Angelegenheiten spreche, so wurde mir durch die Kunst dieser Advokaten mehr als ein ungünstiges Urteil gegeben. Als ich nun keine Mittel sah, mir weiter zu helfen, nahm ich meine Zuflucht zu einem großen Dolche, den ich besaß; denn ich liebte von jeher, schöne Waffen zu haben. Nun griff ich zuerst den Prinzipal an, der einen so ungerechten Prozess gegen mich angefangen hatte, und indem ich mich hütete, ihn zu ermorden, gab ich ihm so viel Stiche auf Arme und Schenkel, dass ich ihn des Gebrauchs beider Beine beraubte. Alsdann suchte ich den andern auf, der den Prozess gekauft hatte, und auch den traf ich so, dass er die Klage nicht weiter fortsetzte, und dafür dankte ich Gott wie für jede andere Wohltat und hoffte dann, doch nun eine Zeit lang in Ruhe zu bleiben.

Da sagte ich meinen Hausgesellen, besonders den Italienern: Jeder solle um Gottes willen sich zu seiner Arbeit halten und mir einige Zeit aufs Beste beistehen, damit ich nur sobald als möglich die angefangenen Werke zustande brächte; alsdann wollte ich nach Italien zurückkehren, denn die Schelmstreiche der Franzosen wären mir unerträglich. Und sollte ja der gute König einmal auf mich erzürnt werden, so könnte mir es sehr übel gehen, da ich zu meiner Verteidigung doch manche solcher Handlungen vorgenommen habe.

Unter den Italienern, welche ich bei mir hatte, war der erste und liebste Ascanio, aus dem neapolitanischen Städtchen Tagliacozzo, der andere Paul, ein Römer von sehr geringer Geburt, man kannte seinen Vater nicht. Diese hatte ich schon in Rom bei mir gehabt und sie mit nach Frankreich gebracht. Dann war noch ein anderer Römer, der gleichfalls Paul hieß, ausdrücklich mich aufzusuchen nach Paris gekommen. Sein Vater war ein armer Edelmann, aus dem Hause der Maccharoni; dieser verstand nicht viel von der Kunst, hielt sich aber äußerst brav in den Waffen. Ferner arbeitete ein Ferrareser bei mir, mit Namen Bartholomäus Chioccia, sodann ein anderer, ein Florentiner, der Paul Micceri hieß. Ein Bruder von diesem, mit dem Zunamen Gatta, war trefflich in der Feder; nur hatte er ein wenig zu viel ausgegeben, als er die Handlung des Thomas Guadagni, eines sehr reichen Kaufmanns, führte. Gatta richtete mir gewisse Bücher ein, in denen ich die Rechnung des großen allerchristlichsten Königs und anderer, für die ich Arbeit unternahm, einzuzeichnen pflegte. Nun führte gedachter Paul Micceri nach Art und Weise seines Bruders meine Bücher fort, und ich gab ihm dafür eine sehr gute Besoldung; so schien er mir auch ein gutartiger Jüngling, denn ich sah ihn immer sehr andächtig, und da ich ihn bald Psalmen; bald den Rosenkranz murmeln hörte, so versprach ich mir viel von seiner verstellten Güte.

Ich rief ihn beiseite und sagte zu ihm: Paul, liebster Bruder! Du siehst, wie gut du bei mir stehst, und weißt, dass du sonst keine Aussicht hattest; auch bist du ein Landsmann, und ich vertraue dir, besonders, weil ich sehe, du bist andächtig und beobachtest die Gebräuche der Religion; das gefällt mir sehr wohl, und ich vertraue dir mehr als allen ändern. Deswegen bitte ich dich, sorge mir vor allem für diese beiden ersten Dinge, damit ich keinen Verdruss habe. Zuvörderst gib wohl auf meine Sachen acht, dass mir nichts entwendet wird, und du selbst rühre mir nichts an; dann habe ich da das arme Mädchen, die Katharine, die ich besonders wegen meiner Kunst bei mir habe, denn ohne sie könnte ich nichts vollbringen. Nun habe ich freilich, weil ich ein Mensch bin, auch sinnliche Vergnügungen mit ihr gepflogen, und es könnte geschehen, dass sie mir ein Kind von einem ändern brächte und mir einen Schimpf antät, den ich nicht ertragen würde. Wäre jemand in meinem Hause kühn genug, dergleichen zu unternehmen, so glaube ich gewiss, ich würde das eine wie das andere totschlagen; deswegen bitte ich dich, Bruder, stehe mir bei, und wenn du irgendetwas bemerkst, so entdecke mirs, denn

379

ich schicke sie, die Mutter und ihren Verführer, an Galgen. Deswegen nimm dich vor allem selbst in acht!

Da machte der Schelm das Zeichen des Kreuzes, dass es ihm vom Kopf bis zu den Füßen reichte und sagte: gebenedeiter Jesus! Gott bewahre mich, dass ich an so was denken sollte, denn ich bekümmere mich um dergleichen Zeug nicht. Und glaubt Ihr denn, dass ich die große Wohltat verkenne, die ich bei Euch genieße? Diese Worte sagte er auf eine einfache und liebevolle Weise, sodass ich sie ihm buchstäblich glaubte. Zwei Tage hernach, an einem Sonntage, hatte Herr Matthäus del Nassaro, auch ein Italiener, ein Diener des Königs und ein trefflicher Mann in meiner Kunst, mich und einige meiner Gesellen in einen Garten eingeladen; es war mir angenehm, mich nach jenen verdrießlichen Prozessen ein wenig zu erholen, und ich sagte zu Paulen, er solle auch mit mir gehn.

Dieser Mensch antwortete mir: Wahrhaftig, es wäre ein großer Fehler, das Haus so allein zu lassen! Seht, wie viel Gold, Silber und Juwelen darin sind, und da wir uns in einer Stadt von Spitzbuben befinden, so muss man Tag wie Nacht Wache halten. Ich will einige Gebete verrichten, indem ich das Haus bewahre; geht nur ruhig und macht Euch einen guten Tag! Ein andermal mag ein anderer diesen Dienst tun. Nun ging ich mit beruhigtem Gemüt mit Paul, Ascanio und Chioccia, mich in gedachtem Garten zu vergnügen, und wir waren den größten Teil des Tages daselbst sehr lustig. Als es gegen Abend kam, überfiel mich eine böse Laune, und ich gedachte jener Worte, die mir der Unglückliche mit unendlicher Einfalt gesagt hatte. Da stieg ich zu Pferde und begab mich mit zwei meiner Diener auf mein Schloss. Ich ertappte Paulen und die abscheuliche Katharine fast auf der Tat, denn als ich ankam, rief die französische kupplerische Mutter: Paul und Katharine, der Herr ist da! Da sie nun beide erschrocken herankamen und ganz verworren vor mich traten und weder wussten, was sie sagten, noch wo sie sich hinwenden sollten, so sah ich ganz deutlich, dass sie das Verbrechen begangen hatten.

Da ward meine Vernunft durch den Zorn überwältigt, ich zog den Degen und beschloss, sie auf der Stelle beide zu ermorden. Er floh, und sie warf sich auf die Knie und schrie um alle Barmherzigkeiten des Himmels. Ich hätte gern den Burschen zuerst getroffen, konnte ihn aber sobald nicht erreichen; indessen hatte ich denn doch überdacht, dass es besser sei, beide wegzujagen: Denn da ich kurz vorher verschiedene andre Dinge der Art vorgenommen hatte, so wäre ich diesmal schwerlich mit dem Leben davongekommen. Deswegen sagte ich zu Paulen, als ich ihn erreichte: Hätten meine Augen gesehen, du Schelm, was ich glauben muss, so stach ich dir den Degen zehnmal durch den Leib! Mache, dass du fortkömmst, und bete, du Heuchler, dein letztes Paternoster unter dem Galgen! Darauf jagte ich Mutter und Tochter weg mit Stößen, Tritten und Faustschlägen.

Sie dachten darauf, sich zu rächen, und hielten einen Rat mit einem normannischen Advokaten. Der gab an, sie solle sagen, ich habe mich mit ihr auf italienische Weise vergnügt (das heißt: gegen die Natur), und sagte dabei: Sobald der Italiener das vernimmt und die große Gefahr bedenkt, so gibt er Euch ein paar Hundert Scudi, damit Ihr nur schweiget! Denn die Strafe ist groß, die in

Frankreich auf dieses Vergehen gesetzt ist. Und so wurden sie einig, verklagten mich, und ich ward gefordert.

Leider, je mehr ich mir Ruhe suchte, desto größer ward die Plage. Da mir nun das Glück täglich auf verschiedene Weise zuwider war, überlegte ich, was ich tun sollte: ob ich mit Gott fortgehen und Frankreich dem Henker lassen sollte, oder ob ich auch noch diesen Streit bestehen und zeigen könne, dass Gott mich nicht verlassen würde. Nachdem ich eine lange Zeit hierüber zweifelhaft gewesen war, entschloss ich mich fortzugehen, um nicht mein böses Glück so lange zu versuchen, bis es mir den Hals bräche. Als ich nun völlig entschlossen war, sorgte ich, diejenigen Sachen, die ich nicht mitnehmen konnte, an einem guten Orte unterzubringen, die kleinern aber so gut als möglich mir selbst und meinen Dienern aufzupacken. Doch vollbrachte ich dieses Geschäft mit großem Verdruss. Nun war ich allein in einem gewissen kleinen Studierzimmer geblieben; denn nachdem meine Gesellen mir zugeredet hatten, ich sollte nun mit Gott davongehen, so sagte ich zu ihnen, sie sollten mich nur allein lassen, denn ich wollte die Sache auch nun einmal mit mir selbst überlegen. Zwar hatte ich mich schon überzeugt, dass sie zum größten Teil recht hatten, denn wenn ich nur frei und außer dem Gefängnis blieb und dem Sturm ein wenig Platz machte, so konnte ich mich beim Könige besser entschuldigen, indem ich ihm diesen boshaft eingeleiteten Handel schriftlich erklärte, und so war ich, wie gesagt, auch entschlossen. Aber als ich weggehen wollte, fasste mich etwas bei der Schulter, und da ich mich umkehrte, sagte mir eine lebhafte Stimme: Benvenuto! Tue, wie du pflegst, und fürchte dich nicht. Sogleich entschloss ich mich anders und sagte zu meinen italienischen Gesellen: Nehmt tüchtige Waffen und kommt mit mir! Gehorcht allem, was ich euch sage, und denkt an nichts anders, denn ich will erscheinen. Wenn ich mich entfernte, so gingt ihr den andern Tag alle in Rauch auf; deswegen gehorcht und kommt mit! Da sagten meine Burschen mit *einer* Stimme: Da wir hier sind und von dem Seinigen leben, so müssen wir mit ihm gehn und, solange der Atem in uns ist, ihm beistehn in allem, was er gut findet, denn er hat es besser getroffen als wir. Fürwahr, sobald er weg wäre, würden uns seine Feinde sämtlich verjagen. Lasst uns die großen Werke betrachten, die er hier angefangen hat, Werke von so großer Wichtigkeit, die wir ohne ihn niemals endigen können, und seine Feinde würden sagen, er habe sich fortgemacht, weil er mit solchen Unternehmungen nicht habe zustande kommen können. Und so sagten sie noch viele große und bedeutende Worte.

Der erste aber, der ihnen Mut machte, war der römische Jüngling Maccharoni. Er rief noch einige Deutsche und Franzosen, die mir wohlwollten, und wir waren zehn in allem. So machte ich mich auf den Weg, entschlossen, mich nicht lebendig einfangen zu lassen. Als ich vor die Kriminalrichter kam, fand ich Katharinen mit ihrer Mutter, und da ich unvermutet hinzutrat, sah ich, dass sie mit ihrem Advokaten lachten. Ich fragte mutig nach dem Richter, der, aufgeblasen, dick und fett, höher als die andern auf einem Tribunal stand. Der Mann sah mich drohend an und sagte mit leiser Stimme: Zwar ist dein Name Benvenuto, doch diesmal wirst du übel ankommen. Ich vernahms und sagte noch einmal schnell:

Fertigt mich ab! Sagt, was ich hier zu tun habe! Darauf wendete er sich zu Katharinen und sagte: Katharine! Nun erzähle alles, was du mit Benvenuto vorgehabt hast. Sie sagte darauf: Ich habe auf italienische Weise mit ihr gelebt. Hörst du, Benvenuto, sagte darauf der Richter, was Katharine sagt? Ich versetzte darauf: Wenn es geschehen wäre, so wäre meine Absicht gewesen, Kinder zu zeugen, wie es andere auch täten. Der Richter aber sagte: Keineswegs! Denn sie bekennt eben, dass es dir nicht um Kinder zu tun war. Darauf sagte ich: Das muss also eine französische und keine italienische Manier sein, da Ihr sie kennt und ich nicht. Zugleich verlangte ich, sie solle genau die Art erzählen, was ich mit ihr begangen habe. Nun sagte die liederliche, schändliche Dirne alles klar, wie sie sichs vorgenommen hatte. Ich ließ sie dreimal alle Punkte einen nach dem ändern wiederholen, dann sagte ich mit lauter Stimme: Herr Richter, Stellvertreter des allerchristlichsten Königs! Ich fordere Gerechtigkeit, denn ich weiß, dass das Gesetz beide Teile zum Feuer verdammt. Diese bekennt das Verbrechen, und ich weiß nichts davon, und diese ihre kupplerische Mutter verdient wegen mehr als *einem* Verbrechen das Feuer. Ich fordere Gerechtigkeit! Diese Worte wiederholte ich so oft und laut und rief immer nach Feuer für sie und die Mutter und sagte zum Richter: Wenn er sie nicht in meiner Gegenwart gefänglich einzöge, so würde ich zum König laufen und ihm die Ungerechtigkeit seines Kriminalrichters anzeigen. Da ich nun so lärmte, mäßigten sie nach und nach ihre Stimmen, und ich ward nur immer lauter. Da fing die Dirne mit der Mutter zu weinen an, und ich rief immer zum

Richter: Feuer, Feuer! Als nun diese dicke Memme sah, dass die Sache nicht so ablief, wie er gedacht hatte, so fing er mit sanften Worten an, die Schwäche des weiblichen Geschlechts zu entschuldigen. Da konnte ich mich rühmen, eine große Schlacht gewonnen zu haben, und ging, murrend und drohend, aber sehr zufrieden, in Gottes Namen weg; doch hätte ich gern fünfhundert Scudi gegeben, wenn ich nicht hätte erscheinen müssen. Nun dankte ich Gott von Herzen, dass ich aus dieser Not entronnen war, und kehrte mit meinen jungen Leuten fröhlich nach dem Kastell zurück.

Achtes Kapitel

Offener Bruch zwischen Cellini und Bologna, dem Maler, weil dieser auf Eingeben der Madame d'Estampes verschiedene Entwürfe des Verfassers auszuführen unternommen. – Bologna, durch des Autors Drohungen in Furcht gesetzt, gibt die Sache auf. – Cellini bemerkt, dass Paul und Katharine ihr Verhältnis fortsetzen, und rächt sich auf eine besondere Weise. – Er bringt Seiner Majestät ein Salzgefäß von vortrefflicher Arbeit, von welchem er früher eine genaue Beschreibung gegeben. – Er nimmt ein ander Mädchen in seine Dienste, die er Scorzone nennt, und zeugt eine Tochter mit ihr. – Der König besucht den Autor wieder, und da er seine Arbeiten sehr zugenommen findet, befiehlt er, ihm eine ansehnliche Summe Geldes auszuzahlen, welches der Kardinal von Ferrara wie das vorige Mal verhindert. – Der König entdeckt, wie der Autor verkürzt worden, und befiehlt seinem Minister, demselben die erste Abtei, welche ledig würde, zu übertragen.

Wenn das feindselige Geschick oder, um eigentlich zu reden, unser widriger Stern sich einmal vornimmt, uns zu verfolgen, so fehlt es ihm niemals an neuen Arten und Weisen, uns zu quälen oder zu beschädigen. Kaum dachte ich, von einem unübersehlichen Unheil mich befreit zu haben, kaum hoffte ich, wenigstens einige Zeit einer erwünschten Ruhe zu genießen, noch hatte ich mich von jener großen Gefahr nicht erholt, als mein feindseliger Stern mir zwei neue zubereitete: Denn in Zeit von drei Tagen begegneten mir zwei Fälle, bei denen beiden mein Leben auf der Waagschale lag.

Es begab sich nämlich, dass ich nach Fontainebleau ging, um mit dem König zu sprechen, der mir einen Brief geschrieben hatte, in welchem sein Wille enthalten war, dass ich die Stempel aller Münzen seines Reiches arbeiten sollte; dabei lagen einige Zeichnungen; um mir einigermaßen seine Gedanken verständlich zu machen, doch gab er mir die Erlaubnis, ganz nach meinem Gefallen zu tun. Darauf hatte ich denn neue Zeichnungen nach meiner Einsicht und nach der Schönheit der Kunst gemacht.

Als ich nun nach Fontainebleau kam, sagte einer der Schatzmeister, die vom König den Befehl hatten, mir das Nötige zu geben, sogleich zu mir: Benvenuto! Der Maler Bologna hat vom König den Auftrag erhalten, Euren großen Koloss zu machen, und die sämtlichen schönen Aufträge, die der König für Euch bestimmt hatte, sind alle aufgehoben und nun auf ihn gerichtet. Das hat uns sehr übel geschienen, und es kommt uns vor, dass Euer Italiener sich sehr verwegen gegen Euch beträgt, denn Ihr hattet schon die Bestellung der Werke durch die

Kraft Eurer Modelle und Eurer Bemühungen erhalten; nun nimmt sie Euch dieser allein durch die Gunst der Madame d'Estampes weg, und ob es gleich schon mehrere Monate sind, dass er den Auftrag erhalten hat, so sieht man doch nicht, dass er irgend Anstalt zur Arbeit machte. Ich verwunderte mich und sagte: Wie ist es möglich, dass ich nie etwas davon erfahren habe? Darauf versetzte er mir: Jener habe die Sache äußerst geheim gehalten; der König habe ihm die Arbeit nicht geben wollen, und nur allein durch die Emsigkeit der Madame d'Estampes sei es ihm gelungen.

Da ich nun vernahm, man habe mich auf solche Weise beleidigt, mir ein solches Unrecht angetan und mir eine Arbeit entzogen, die ich mir durch meine Bemühungen erworben hatte, so nahm ich mir vor, etwas Großes von Bedeutung in den Waffen zu tun. Ich ging sogleich, den Bologna aufzusuchen, und fand ihn in seinem Arbeitszimmer. Er ließ mich hineinrufen und sagte mir mit so gewissen lombardischen Manieren, was ich ihm Gutes brächte? Darauf versetzte ich: Etwas Gutes und Großes! Sogleich befahl der Mann seinen Dienern, sie sollten zu trinken bringen, und sagte: Ehe wir von etwas sprechen, wollen wir zusammen trinken; denn es ist die französische Art so. Darauf versetzte ich: Das, was wir zu reden haben, bedarf nicht, dass man erst trinke; vielleicht lässt sichs hintendrein tun. Ich fing darauf an, mit ihm zu sprechen, und sagte: Jeder, der für einen rechtschaffenen Mann gehalten sein will, beträgt sich auch auf die Weise rechtschaffener Leute; tut er das Gegenteil, so verdient er den Namen nicht mehr. Ich weiß, dass Euch wohl bekannt war, wie der König mir den Koloss aufgetragen hatte, von dem man achtzehn Monate sprach, ohne dass weder Ihr noch sonst jemand hervorgetreten wäre, um auch sein Wort dazu zu geben; deswegen unternahm ich es, dem König meine großen Arbeiten vorzulegen, und da ihm meine Modelle gefielen, gab er mir das große Werk in die Arbeit, und so viele Monate habe ich nichts anders gehört: Nur diesen Morgen vernahm ich, dass es mir entzogen und Euch aufgetragen sein solle. Nun kann ich nicht zusehen, dass Ihr mir eine Arbeit, die ich durch bewundernswürdige Bemühungen mir verschafft habe, mit Euren eitlen Worten nur so entreißen sollt.

Darauf antwortete Bologna: O Benvenuto! Jeder sucht auf alle mögliche Weise seine Sachen zu betreiben, und wenn der König so will, was habt Ihr darein zu reden? Ihr würdet nur die Zeit wegwerfen, denn die Arbeit ist mir einmal aufgetragen, und sie ist mein!

Darauf versetzte ich: Wisset, Meister Franz, dass ich viel zu sagen hätte und Euch mit vielen wahren und fürtrefflichen Gründen zum Bekenntnis bringen könnte, dass sich unter vernünftigen Geschöpfen die Art, wie Ihr Euch betragt und sprecht, keineswegs geziemt; aber ich will mit kurzen Worten zum Punkt des Schlusses kommen! Öffnet die Ohren und versteht mich wohl, denn hier gilt es.

Da wollte er vom Sitz aufstehen, denn er sah, dass ich feuerrot im Gesicht wurde und höchlich verändert war; ich sagte aber: Es sei noch nicht Zeit aufzustehen, er solle sitzen bleiben und mich anhören. Darauf fing ich an und sagte: Meister Franz! Ihr wisst, dass das Werk zuerst mein war und dass nach der Welt Weise niemand mehr etwas darüber zu reden hat. Nun aber sage ich

Euch, dass ich zufrieden bin, wenn Ihr ein Modell macht, und ich will außer dem Meinigen noch ein anderes fertigen: Dann wollen wir sie beide zu unserm großen König tragen, und wer auf diesem Wege den Ruhm davonträgt, am besten gearbeitet zu haben, der verdient alsdann, den Koloss zu übernehmen. Trifft es Euch, so will ich das ganze Unrecht, das Ihr mir angetan habt, vergessen und Eure Hände segnen, die würdiger als die meinigen einer so großen Ehre sind, und so wollen wir bleiben und Freunde sein, da wir auf andere Weise Feinde werden müssten. Gott beschützt immer die Vernünftigen, und er mag Euch überzeugen, in welchen großen Irrtum Ihr verfallen seid, und dass das der rechte Weg ist, den ich angebe.

Da sagte Meister Franz: Das Werk ist mein! Und da es mir einmal aufgetragen ist, so will ich das Meinige nicht erst wieder infrage stellen. Darauf antwortete ich: Meister Franz! Da Ihr den guten Weg nicht gehen wollt, der gerecht und vernünftig ist, so will ich Euch den andern zeigen, der, wie der Eure, hässlich und missfällig aussieht, und ich sage Euch: Sobald ich auf irgendeine Weise vernehme, dass Ihr von diesem meinem Werke nur wieder ein Wort sprecht, so schlage ich Euch sogleich tot wie einen Hund! Und ob wir gleich weder in Rom noch in Florenz noch Neapel oder Bologna sind und man hier auf eine ganz andere Weise lebt, so seid doch überzeugt: Wenn ich nur irgend höre, dass Ihr davon mit dem König sprecht, so ermorde ich Euch auf alle Weise. Denkt, welchen Weg Ihr nehmen wollt, den ersten guten, den ich Euch vorschlug, oder den Letzten hässlichen, von dem ich Euch sage.

Der Mann wusste nicht, was er reden oder tun sollte, und ich hätte lieber gleich Wort gehalten, als dass ich noch viel Zeit sollte verstreichen lassen. Darauf sagte Bologna nichts weiter als: Wenn ich wie ein rechtschaffner Mann handle, so habe ich keine Furcht in der Welt! Ich aber versetzte: Ihr habt wohl gesprochen, und wenn Ihr das Gegenteil tut, mögt Ihr Euch nur fürchten, denn alsdann betriffts Euch!

Sogleich ging ich von ihm weg und zum König, da ich denn mit Seiner Majestät eine ganze Weile mich über das Geschäfte der Münzen stritt, worüber wir nicht sehr einig waren; denn seine Räte, die sich gegenwärtig befanden, überredeten ihn, man müsse die Münzen nach französischer Manier, wie bisher, schlagen. Darauf antwortete ich: Seine Majestät hätten mich aus Italien kommen lassen, damit ich Ihnen Werke machte, die gut aussähen; beföhlen Sie mir aber das Gegenteil, so würde ich niemals den Mut haben, sie zu machen. Und so wurde die Sache aufgeschoben, bis man noch einmal davon gesprochen hätte, und sogleich kehrte ich nach Paris zurück.

Kaum war ich abgestiegen, so kam eine von den guten Personen, die Lust haben, das Böse zu sehen, und sagte mir: Paul Micceri habe ein Haus für das Dirnchen Katharine und ihre Mutter gemietet; er liege beständig bei ihr, und wenn er mit ihr spreche, sage er mit Verachtung: Benvenuto hat den Bock zum Gärtner gesetzt, er glaubt, dass man gar keinen Appetit habe. Wenn er noch immer so großtut und denkt, ich fürchte mich vor ihm, so habe ich diesen Dolch und Degen angesteckt, um zu zeigen, dass auch mein Stahl schneide. Ich bin Florentiner wie er, und die Micceris sind besser als seine Cellinis.

Der Schelm, der mir diese Nachricht brachte, sagte sie mir mit so großer Lebhaftigkeit, dass ich sogleich einen Fieberanfall verspürte. Ich sage `Fieber´ nicht etwa gleichnisweise: Es fuhr eine solche bestialische Passion in mich, dass ich daran hätte sterben können. Nun suchte ich ein Mittel dagegen und ergriff sogleich die Gelegenheit, dieser Sache einen Ausgang zu geben nach der Art und Weise, wie meine Leidenschaft es verlangte. Ich sagte meinem ferraresischen Arbeiter, welcher Chioccia hieß, er solle mit mir kommen, und ich ließ mir von meinem Knechte das Pferd nachführen.

Als ich an das Haus kam, wo jener Unglückliche war, fand ich die Türe angelehnt und ging hinein. Ich beobachtete ihn und sah, dass er Degen und Dolch an der Seite hatte und auf einem Kasten saß; er hatte den Arm um den Hals der Katharine, und ich horchte nur kurze Zeit, als ich hörte, dass sie mit ihrer Mutter sich über meine Angelegenheiten lustig machte. Ich stieß die Tür auf, zog zu gleicher Zeit den Degen und setzte ihm die Spitze an die Gurgel, ohne dass ich ihm Zeit gelassen hätte zu denken, dass er auch einen Degen an der Seite habe; dabei rief ich: Schlechter Kerl, empfehle dich Gott, denn du bist des Todes! Er rührte sich nicht und sagte dreimal: O meine Mutter, hilf mir! Als ich nun, der ich die Absicht hatte, ihn auf alle Weise zu ermorden, diese dummen Worte vernahm, ging die Hälfte meines Zorns vorüber.

Ich hatte meinem Chioccia gesagt, er solle weder das Mädchen noch die Mutter hinauslassen; denn wenn ich

ihn einmal traf, so hätte ich es mit den beiden Men-
schern nicht besser gemacht. Ich hielt ihm beständig die
Spitze an der Kehle und stach ihn manchmal ein wenig
und stieß immer fürchterliche Worte aus. Da ich nun
sah, dass er sich auch nicht im Mindesten verteidigte, so
wusste ich nicht mehr, was ich machen sollte, und damit
mein Überfall und meine Drohung doch etwas bedeuteten, so fiel mir ein, ihn wenigstens mit dem Mädchen zu
verheiraten und mich nachher an ihm zu rächen. Da sagte ich entschlossen: Nimm den Ring, den du am Finger
hast, schlechter Mensch, und verlobe dich mit ihr, damit
ich mich nachher an dir rächen kann, wie du verdienst!
Darauf sagte er sogleich: Wenn Ihr mich nur nicht ermorden wollt, so will ich gern alles tun. Ich versetzte:
Stecke Katharinen den Ring an den Finger! Und entfernte die Spitze des Degens ein wenig von seiner Kehle,
damit er die Handlung desto bequemer verrichten könnte und sich nicht fürchten sollte. So steckte er ihr den
Ring an. Ich sagte: Das ist mir noch nicht genug, man
muss zu zwei Notarien gehn, dass der Kontrakt fest und
gültig werde! Und rief zu Chioccia, er solle die Notarien
holen, wendete mich sogleich zu dem Mädchen und der
Mutter und sagte zu ihnen auf Französisch: Es werden
Notarien und andere Zeugen kommen. Die erste, die zu
der Sache nur ein Wort spricht, ermorde ich auf der Stelle! ich ermorde euch alle drei; drum bedenkt euch und
atmet nicht! Und zu ihm sagte ich auf Italienisch: Wenn
du irgendetwas versetzest, auf das, was ich vortragen
werde, bei dem geringsten Worte, das du sprichst, leere
ich dir sogleich deine Eingeweide aus! Er aber antwortete: Wenn Ihr mich nur nicht umbringt, so will ich alles

tun, was Ihr nur wollt, und in nichts widersprechen! Als nun die Notarien und Zeugen gekommen waren, machte man einen gültigen und trefflichen Kontrakt: Sogleich waren Ärger und Wut, die mich bei jener Erzählung überfallen hatten, vorbei, und das Fieber verließ mich. Ich bezahlte die Notarien und ging weg.

Den andern Tag kam Bologna express nach Paris und ließ mich von Matthäus del Nassaro rufen. Als ich zu ihm ging, kam er mir entgegen und bat mich, ich möchte ihn als einen Bruder halten; er wolle nicht mehr von gedachtem Werke reden, denn ich habe recht.

Wenn ich nun bei einigen meiner Begebenheiten nicht bekennte, dass ich einsähe, übel gehandelt zu haben, so würden die andern, deren ich mich rühmen darf, nicht für wahr gehalten werden. Daher will ich nur bekennen, dass es nicht recht war, mich auf eine so seltsame Weise an Paul Micceri zu rächen, wie ich erzählen werde; denn es war schon genug, dass ich ihn nötigte, eine so vollendete Dirne zu heiraten. Nun ließ ich sie aber nachher, um meine Rache zu vollenden, zu mir rufen, modellierte sie, gab ihr ein Frühstück und vergnügte mich mit ihr, nur um Paulen Verdruss zu machen, und dann, um mich auch an ihr zu rächen, jagte ich sie mit Tritten und Schlägen fort. Sie weinte und schwur, sie wolle nicht wiederkommen. Den andern Morgen früh hörte ich an der Tür klopfen. Es war Katharine, die mit freundlichem Gesicht zu mir sagte: Meister, ich bin gekommen, mit Euch zu frühstücken. Ich sagte: Komm nur! Dann gab ich ihr das Frühstück, modellierte sie und ergötzte mich mit ihr, um mich an Paul zu rächen. Und das ging so viele Tage fort.

Indessen hatte ich die Stunden zu meinen Arbeiten eingeteilt und hielt mich besonders an das Salzfass, an welchem viele Leute arbeiten konnten, eine Bequemlichkeit, die ich nicht beim Jupiter hatte. Jenes war endlich vollkommen fertig; der König war wieder nach Paris gekommen, und ich brachte ihm das geendigte Salzfass, das ich nach Angabe des Modells mit dem größten Fleiße ausgearbeitet hatte. Das Werk selbst, das man aus meiner Beschreibung schon kennt, hatte ich auf eine Base von schwarzem Ebenholze gesetzt; diese war von gehöriger Stärke und von einem Gurt umgeben, in den ich vier Figuren von Gold ausgeteilt hatte, die mehr als halberhaben waren: Sie stellten die Nacht und den Tag vor, auch die Morgenröte war dabei. Dann waren noch vier andere Figuren von derselben Größe angebracht, welche die vier Hauptwinde vorstellten, so sauber gearbeitet und emailliert, als man sich nur denken kann. Da ich dieses Werk vor die Augen des Königs brachte, ließ er einen Ausruf der Verwunderung hören und konnte nicht satt werden, das Werk anzusehen. Dann sagte er zu mir: Ich möchte es wieder nach Hause tragen; er würde mir zu seiner Zeit befehlen, was ich damit machen solle. So trug ich es zurück, lud einige meiner lieben Freunde zusammen, und wir speisten in der größten Lust; das Salzfass ward in die Mitte des Tisches gesetzt, und wir bedienten uns dessen zuerst. Dann fuhr ich fort, am Jupiter von Silber zu arbeiten und an dem großen Gefäß, das mit den artigsten Einfällen und mit vielen Figuren verziert war.

Ungefähr um diese Zeit gab gedachter Bologna, der Maler, dem Könige zu verstehen, es sei gut, wenn Seine

Majestät ihn nach Rom gehen ließe und ihn daselbst durch Briefe dergestalt empfähle, dass er die schönsten vorzüglichen Altertümer, den Laokoon, die Kleopatra, die Venus, den Commodus, die Zigeunerin und den Apoll, abgießen könnte. Und wirklich sind auch das die schönsten Stücke, die sich in Rom befinden. Dabei sagte er dem König, dass, wenn Seine Majestät diese herrlichen Werke würde gesehen haben, er alsdann über die bildenden Künste erst würde urteilen können; denn alles, was er von uns Neuen gesehen, sei sehr entfernt von der Art, die von den Alten beobachtet worden. Der König war zufrieden und begünstigte ihn, wie er es wünschte. So ging die Bestie ins Teufels Namen fort, und da er sich nicht traute, in der Kunst mit mir zu wetteifern, so nahm er den lombardischen Ausweg und wollte meine Werke erniedrigen, indem er die Alten erhob; aber ob er gleich jene Werke vortrefflich formen ließ, so entstand doch eine ganz andere Wirkung, als er sich eingebildet hatte, wovon ich nachher an seinem Orte reden will.

Indessen hatte ich die Katharine völlig weggejagt, und der arme unglückliche Jüngling ging mit Gott von Paris weg. Nun wollte ich meine Nymphe Fontainebleau vollenden, die schon von Erz gegossen war; auch gedachte ich, die zwei Siegesgöttinnen in den Ecken über dem Halbrund gut auszuarbeiten: Deshalb nahm ich ein armes Mädchen zu mir, von ungefähr fünfzehn Jahren, von Körper sehr schön gebaut und ein wenig bräunlich. Sie war scheu in ihrem Wesen, von wenig Worten, schnell im Gange und von düsteren Blicken: Ich nannte sie Scorzone (die Gebändigte), ihr eigentlicher Name war Johanna. Nach diesem Mädchen endigte ich trefflich meine Nymphe und die zwei gedachten Siegesgöttinnen. Sie kam als Jungfrau zu mir, und ich erhielt von ihr den Siebenzehnten Juni 1544 eine Tochter, und also in meinem vierundvierzigsten Jahre. Dieser gab ich den Namen Constanza, und Herr Guido Guidi, Medikus des Königs, mein bester Freund, hielt sie bei der Taufe; er war nach französischer Gewohnheit der einzige Gevatter, und die beiden Gevatterinnen waren Frau Magdalena, Gattin Herrn Ludwigs Alamanni, florentinischen Edelmanns und trefflichen Dichters, mit der Gattin des Herrn Riccardo del Bene, eines florentinischen Bürgers und großen Kaufmanns: Sie stammte aus einer vornehmen französischen Familie. Dieses war das erste Kind, das ich jemals hatte, soviel ich weiß; der Mutter aber zahlte ich so viel Geld zur Mitgift aus, als eine Verwandte, der ich sie wiedergab, hinreichend fand, und ich hatte nachher kein weiteres Verhältnis mit ihr.

Ich war fleißig an meinen Arbeiten und hatte sie ziemlich weit gebracht. Jupiter war beinahe geendigt, das Gefäß gleichfalls, und die Tür fing an, ihre Schönheiten zu zeigen. Zu der Zeit kam der König nach Paris, und zwar hatten wir das Jahr 1543 noch nicht zurückgelegt. Von meiner Tochter, die 1544 geboren war, habe ich etwas zu früh gesprochen, werde nun aber, um Erzählungen von wichtigern Dingen nicht zu unterbrechen, nicht wieder als an seinem Orte von ihr reden. Der König kam nach Paris, wie ich gesagt habe, und begab sich sogleich in mein Haus, und da er so schöne Werke vor sich fand, die vor seinen Augen sehr gut bestehen konnten, war er damit so zufrieden, als nur jemand verlangen kann, der sich so viel Mühe gibt, als ich getan hatte. Sogleich erinnerte er sich von selber, dass der Kardinal von Ferrara mir nichts von dem gegeben hatte, was mir doch versprochen war, und sagte murmelnd zu seinem Admiral: Der Kardinal habe übel getan, mir nichts zu geben, und er selbst denke die Sache wieder gutzumachen; denn er sähe wohl, ich sei ein Mann von wenig Worten, und ehe man sichs versehe, könnte ich einmal fortgehen. Ohne was weiter zu sagen, gingen sie nach Hause, und nach der Tafel sagte Seine Majestät zum Kardinal: Er solle im Namen Seiner Majestät dem Schatzmeister der Ersparnisse sagen, dass er mir sobald als möglich siebentausend Goldgülden in drei oder vier Zahlungen einhändige, so wie es ihm bequem sei, doch solle er es nicht fehlen lassen. Ferner sagte der König: Ich habe Euch die Aufsicht über Benvenuto gegeben, und Ihr habt mir ihn ganz vergessen. Der Kardinal versetzte: Er wolle gern alles tun, was Seine Majestät befehle. Aber er ließ doch nachher, seiner bösen Natur nach, den guten Willen des Königs ohne Wirkung; denn indessen nahm der Krieg zu, und es kam die Zeit, in welcher der Kaiser mit seinem großen Heere gegen Paris zog. Der Kardinal sah wohl, dass in Frankreich großer Geldmangel war, und als er einmal mit Vorbedacht auf mich zu reden kam, sagte er zu Seiner Majestät: Ich glaubte besser zu tun, wenn ich Benvenuto das Geld nicht auszahlen ließe, einmal, weil man es gegenwärtig gar zu nötig braucht, und dann, weil uns so eine große Summe Geldes den Verlust des Benvenuto zuziehen könnte; denn er möchte sich reich scheinen und sich Güter in Italien kaufen, und so hätte gelegentlich sein wunderlicher Kopf einen guten Ausweg gesehen, von hier zu scheiden. Wenn Eure Majestät ihn bei sich fest behalten wollen, so geben Sie ihm lieber ein Besitztum in Ihrem Reiche.

Der König ließ diese Gründe für gut gelten, weil er diesen Augenblick selbst Mangel an Barschaft fühlte; dessen ungeachtet sah er in seinem edelsten und wahrhaft königlichen Gemüte, dass gedachter Kardinal in dieser Sache mehr aus eigenem Antrieb als aus Notwendigkeit so gehandelt habe: Denn wie hätte er denn die Notdurft eines so großen Reiches voraussehen können? Und so blieb der König insgeheim ganz anderer Gesinnung. Denn als er nach Paris zurückkam, besuchte er mich den ändern Tag, ohne dass ich gegangen wäre, ihn einzuladen. Ich ging ihm entgegen und führte ihn durch die Zimmer, wo sich verschiedene Arten von Arbeiten befanden. Ich fing bei denen von Erz an, die er von solchem Werte noch nicht gesehen hatte. Dann zeigte ich ihm den silbernen Jupiter, beinahe fertig, mit den schönsten Zierraten, den er mehr bewunderte, als vielleicht jeder andere getan hätte; denn es war ihm vor einigen Jahren ein sehr unangenehmer Fall begegnet. Er wollte nämlich dem Kaiser, der nach der Einnahme von Tunis durch Paris ging, ein Geschenk machen, das eines so großen Monarchen wert wäre: Da ließ er einen Herkules von Silber treiben, von derselben Größe, wie ich den Jupiter gemacht hatte. Der König versicherte, dass dieser Herkules das hässlichste Werk gewesen sei, das er jemals gesehen, und diese seine Überzeugung habe er auch den Leuten gesagt, die sich für die größten Meister der Welt in dieser Profession ausgaben. Sie mussten gestehen, dass dies alles sei, was sie in Silber machen könnten, und wollten dessen ungeachtet zweitausend Dukaten für ihre geringe Arbeit. Als nun der König meine Arbeit sah und sie so sauber ausgeführt fand, als er kaum geglaubt hatte, entschied er mit Bedacht und wollte, dass meine Arbeit am Jupiter auch auf zweitausend Scudi sollte geschätzt werden, und sagte: Jenen gab ich keinen Gehalt, und da ich diesem schon jährlich tausend Scudi gebe, so kann er für diesen Preis wohl zufrieden sein. Dann führte ich ihn, andere Werke von Silber und Gold zu sehen und viele Modelle von neuen Erfindungen. Zuletzt, da er weggehen wollte, deckte ich auf der Wiese meines Schlosses den großen Riesen auf und gab dem König zu verstehen, dass das alles sei, was man in Metall machen könne. Darüber bezeugte der König größere Verwunderung als bei keiner andern Sache und wendete sich zum Admiral, welcher Herr Hannibal hieß, und sagte: Nachdem der Kardinal nicht für ihn gesorgt hat und er selbst faul im Fordern ist, so will ich ohne Weiteres, dass man an ihn denken soll! Denn für die Menschen, welche wenig verlangen, sprechen ihre Werke desto mehr. Deswegen gebt ihm die erste Abtei, die aufgeht, bis zu zweitausend Scudi Einkünften, und wenn es nicht auf einmal sein kann, so gebt es ihm in zwei oder drei Pfründen, denn das kann ihm einerlei sein.

Ich war gegenwärtig und hörte alles und dankte sogleich, als wenn ich die Wohltat schon empfangen hätte, und sagte: wenn Seine Majestät mich also versorgten, wollte ich ohne weitern Gehalt, Pension oder Gabe für Seine Majestät so lange arbeiten, bis mich das Alter an meinen Bemühungen verhinderte und ich mein müdes

Leben ruhig auswarten könnte, immer mit den Gedanken beschäftigt, einem so großen König gedient zu haben. Auf diese Worte wendete sich der König freudig und mit großer Lebhaftigkeit zu mir und sagte: Dabei soll es bleiben! Und wie er zufrieden wegging, so ließ er mich auch zurück.

Neuntes Kapitel

Madame d'Estampes, in der Absicht, den Autor ferner zu verfolgen, erbittet von dem König für einen Destillateur die Erlaubnis, das Ballhaus in Klein-Nello [Petit-Nesle] zu beziehen. – Cellini widersetzt sich und nötigt den Mann, den Ort zu verlassen. – Der Autor triumphiert, indem der König sein Betragen billigt. – Er begibt sich nach Fontainebleau mit der silbernen Statue des Jupiters. – Bologna, der Maler, der eben Abgüsse antiker Statuen in Erz von Rom gebracht, versucht, den Beifall, den der Autor erwartet, zu verkümmern. – Parteilichkeit der Madame d'Estampes für Bologna. – Des Königs gnädiges und großmütiges Betragen gegen den Autor. – Lächerliches Abenteuer des Ascanio.

Madame d'Estampes erfuhr alles, was geschehen war, und ward nur giftiger gegen mich, indem sie bei sich selbst sagte: Ich regiere gegenwärtig die Welt, und ein kleiner Mensch dieser Art achtet mich nicht. Nun setzte sie sich recht in den Gang, um gegen mich zu arbeiten. Da kam ihr ein Mann zur Hand, der ein großer Destillierer war und ihr einige wohlriechende und wundersame Wasser übergab, welche die Haut glatt machten, dergleichen man sich niemals vorher in Frankreich bedient hatte; sie stellte ihn auch dem König vor, dem er einige abgezogene Wasser überreichte und diesem Herrn damit viel Vergnügen machte. In einem so günstigen Augenblick trieb sie den Mann an, vom König das Ballspiel zu begehren, das ich in meinem Schloss hatte, nebst einigen kleinen Zimmern, von denen sie sagte, dass ich mich derselben nicht bediene. Der gute König, der recht wohl einsah, woher die Sache kam, antwortete nicht. Madame d'Estampes aber wusste nachher ihren Willen auf die Weise durchzusetzen, wie es den Weibern bei den Männern gelingt, und ihr Plan ging durch: Denn sie benutzte eine verliebte Stimmung des Königs, der er manchmal unterworfen war, und Madame erhielt, was sie verlangte. Darauf kam gedachter Mann mit dem Schatzmeister Grolier, der sehr gut italienisch sprach, einem großen französischen Edelmann. Dieser fing erst an, mit mir zu scherzen, dann kam er auf die Sache und sagte: Im Namen des Königs setze ich diesen Mann in Besitz des Ballspiels und der kleinen Häuser, die dazu gehören. Darauf versetzte ich: Der heilige König ist Herr von allem, und alles kommt von ihm, deswegen könnt Ihr frei hineintreten; da man aber auf diese gerichtliche Weise durch Notarien den Mann einsetzt, so sieht es mehr einem Betrug als einem königlichen Auftrag ähnlich, und ich versichre Euch, dass ich, anstatt mich beim Könige zu beklagen, mich selbst verteidigen werde, wie Seine Majestät mir noch vor Kurzem befohlen hat. Ich werde Euch den Mann, den Ihr mir hier hereinsetzt, zum Fenster hinauswerfen, wenn ich nicht ausdrücklichen Befehl von des Königs eigner Hand sehe.

Da ging der Schatzmeister murmelnd und drohend hinweg; ich blieb und tat desgleichen, denn ich wollte vorerst nichts weiter unternehmen. Sodann ging ich zu den Notarien, die diesen Mann in Besitz gesetzt hatten. Sie waren meine guten Freunde und sagten: es sei eine Zeremonie, die wohl auf Befehl des Königs geschehen sei, aber nicht viel bedeuten wolle, denn wenn ich ein wenig widerstanden hätte, so wäre der Mann gar nicht in Besitz gekommen; es seien dieses Handlungen und Gewohnheiten des Gerichtshofs, wobei das Ansehen des Königs gar nicht zur Sprache komme, und wenn ich ihn aus dem Besitz werfen könne, wie er hineingekommen sei, so wäre es wohlgetan und würde weiter keine Folgen haben.

Mir war dieser Wink hinreichend, und ich nahm den andern Tag die Waffen zur Hand, und ob es mir gleich ein wenig sauer wurde, so hatte ich doch meinen Spaß dran; denn ich tat alle Tage einmal einen Angriff mit Steinen, Piken und Flinten, und ob ich gleich ohne Kugeln schoss, so setzte ich sie doch in solches Schrecken, dass niemand mehr kommen wollte, ihm beizustehen. Da ich nun eines Tags seine Partei schwach fand, drang ich ins Haus mit Gewalt, verjagte ihn und warf alles heraus, was er hereingebracht hatte; dann ging ich zum Könige und sagte: Ich hätte alles nach dem Befehl Seiner Majestät getan und mich gegen diejenigen gewehrt, die mich an seinen Diensten verhindern wollten. Der König lachte und ließ mir neue Briefe ausfertigen, dass man mich nicht weiter belästigen sollte.

Indessen endigte ich mit großer Sorgfalt den schönen Jupiter von Silber mit seiner vergoldeten Base, die ich auf einen hölzernen Untersatz gestellt hatte, der wenig zu sehen war, und in denselben hatte ich vier hölzerne Kügelchen gefügt, die über die Hälfte in ihren Vertiefungen verborgen waren, und alles war so gut eingerichtet, dass ein kleines Kind sehr leicht nach allen Seiten die gedachte Statue des Jupiters bewegen konnte. Da ich sie nun auf meine Weise zurechte gemacht hatte, brachte ich sie nach Fontainebleau, wo der König war. Zu der Zeit hatte Bologna die gedachten Statuen von Rom zurückgebracht und sie mit großer Sorgfalt in Erz gießen lassen; ich wusste nichts davon, teils, weil er die Sache sehr heimlich hielt, teils, weil Fontainebleau über vierzig Miglien von Paris entfernt ist, daher ich nichts erfuhr. Als ich beim König anfragen ließ, wo er den Jupiter zu sehen verlange, war Madame d'Estampes gegenwärtig und sagte: Es sei kein geschickterer Ort, um ihn aufzustellen, als in seiner schönen Galerie. Das war, wie wir in Toskana sagen würden, eine Loge, oder vielmehr ein Gang: Denn wir nennen ›Loge‹ die Zimmer, die von einer Seite offen sind. Es war aber dieses Zimmer mehr als hundert Schritte lang und außerordentlich reich verziert mit Malereien von der Hand des trefflichen Rosso, eines unserer Florentiner; unter den Gemälden war viele Arbeit von Bildhauerkunst angebracht, einige rund, einige halberhaben. Es konnte ungefähr zwölf Schritte breit sein. In dieser Galerie hatte Bologna alle die gedachten Arbeiten von Erz, die sehr gut vollendet waren, in bester Ordnung aufgestellt, jede auf ihrem Piedestal, und es waren, wie ich schon oben sagte, die besten Arbeiten der Alten in Rom.

In gedachtes Zimmer brachte ich meinen Jupiter, und als ich diese große Vorbereitung sah und erkannte, dass sie mit Fleiß gemacht sei, dachte ich bei mir selbst: Das ist, als wenn man durch die Piken laufen müsste! Nun helfe mir Gott! Ich stellte die Statue an ihren Ort, soviel ich vermochte, aufs Beste zurecht und erwartete die Ankunft des großen Königs. Jupiter hatte in seiner rechten Hand den Blitz, in der Stellung, als wenn er ihn schleudern wollte; in die linke hatte ich ihm die Welt gegeben und hatte zwischen die Flamme des Blitzes mit vieler Geschicklichkeit ein Stück weiße Kerze angebracht. Nun hatte Madame d'Estampes den König bis zur einbrechenden Nacht aufgehalten, um mir eins von den beiden Übeln zuzufügen: entweder, dass er gar nicht käme, oder dass mein Werk in der Nacht sich weniger ausnehmen sollte. Wie aber Gott denjenigen beisteht, welche an ihn glauben, so geschah das Gegenteil ganz. Denn als es Nacht wurde, zündete ich die Kerze an, die Jupiter in der Hand hielt, und weil sie etwas über den Kopf erhaben stand, fielen die Lichter von oben und gaben der Statue ein schöneres Ansehen, als sie bei Tage würde gehabt haben. Nun kam der König mit seiner Madame d'Estampes, mit dem Dauphin, seinem Sohn, der gegenwärtig König ist; auch war die Dauphine, der König von Navarra und Madame Margareta, seine Tochter, dabei nebst vielen großen Herren, die von Madame d'Estampes unterrichtet waren, gegen mich zu sprechen.

Als ich den König hereintreten sah, ließ ich durch meinen Gesellen Ascanio ganz sachte den schönen Jupiter vorwärtsbewegen, und weil die Statue gut und natürlich gemacht war und ich selbst in die Art, wie sie bei der

Bewegung schwankte, einige Kunst gelegt hatte, so schien sie lebendig zu sein. Die Gesellschaft ließ jene antiken Statuen hinter sich und betrachtete zuerst mein Werk mit vielem Vergnügen. Sogleich sagte der König: Das ist eine schönere Arbeit, als jemals ein Mensch gesehen hat, und ich, der ich mich doch an dergleichen Dingen vergnüge und sie verstehe, hätte mir sie nicht den hundertsten Teil so gut vorgestellt. Die Herren, die gegen mich sprechen sollten, waren umgewendet und konnten das Werk nicht genug loben; Madame d'Estampes sagte aber auf eine kühne Weise: Es scheint, als wenn Ihr nur zu loben hättet. Sehet Ihr nicht, wie viel schöner alle Figuren von Erz hier stehen, in welchen die wahre Kraft dieser Kunst besteht, und nicht in solchen modernen Aufschneidereien? Darauf machte der König eine Bewegung, und die ändern zugleich, und warf einen Blick auf gedachte Figuren, die aber, weil die Lichter tiefer stunden, sich nicht gut ausnahmen. Darauf sagte der König: Wer diesen Mann heruntersetzen wollte, hat ihn sehr begünstigt; denn eben bei diesen herrlichen Figuren sieht und erkennt man, dass die Seinige viel schöner und wundersamer ist, und man muss den Benvenuto sehr in Ehren halten, da seine Arbeiten nicht allein den alten gleich sind, sondern sie noch übertreffen! Madame d'Estampes sagte: Wenn man von diesem Werke sprechen wollte, so müsste man es bei Tage sehen, weil es alsdann nicht ein Tausendteil so schön als bei Nacht erscheinen würde; auch müsse man betrachten, dass ich der Figur einen Schleier umgeworfen habe, um ihre Fehler zu verbergen.

Es war das ein sehr feiner Schleier, den ich mit vieler Anmut dem Jupiter umgelegt hatte, damit er majestätischer aussehen sollte. Ich fasste ihn darauf an, indem ich ihn von unten aufhub, die schönen Zeugungsglieder entdeckte und, indem ich ein wenig Verdruss zeigte, ihn ganz zerriss. Nun dachte sie, ich habe ihr das zum Verdruss getan; der König aber merkte meinen Ärger, und dass ich, von der Leidenschaft hingerissen, anfangen wollte, zu reden. Da sagte der weise König in seiner Sprache diese verständigen Worte: Benvenuto! Ich schneide dir das Wort im Munde ab, und du sollst tausendmal mehr Belohnung erhalten, als du erwarten kannst. Da ich nicht reden konnte, machte ich die leidenschaftlichsten Bewegungen, und sie brummte immer auf eine verdrießliche Weise. Da ging der König geschwinder, als er sonst getan hätte, weg und sagte laut, um mir Mut zu machen, dass er aus Italien den vollkommensten Mann gezogen habe, der jemals zu solchen Künsten geboren worden sei.

Ich ließ den Jupiter daselbst, und da ich morgens weggehen wollte, empfing ich tausend Goldgülden. Zum Teil war es meine Besoldung, zum Teil Rechnung, weil ich von dem Meinigen ausgelegt hatte. Ich nahm das Geld, ging munter und vergnügt nach Paris. Sogleich ergötzte ich mich in meinem Hause und ließ nach Tische meine Kleider herbeibringen, die von dem feinsten Pelzwerk waren sowie von dem feinsten Tuche; davon machte ich allen meinen Arbeitern ein Geschenk, indem ich jedem nach seinem Verdienste gab, sogar den Mägden und den Stallburschen, und sprach ihnen allen Mut ein, mir mit gutem Willen zu helfen. Ich arbeitete nun auch wieder mit vollkommener Lebhaftigkeit und hatte zum Endzweck, mit großem Nachdenken und aller Sorgfalt die Statue des Mars zu endigen, deren Modell von Holz ich mit Eisen wohl befestigt hatte.

Der Überzug war eine Kruste von Gips, ungefähr ein Achtteil einer Elle stark und fleißig gearbeitet. Dann hatte ich veranstaltet, gedachte Figur in vielen Stücken auszuarbeiten und sie zuletzt mit Schwalbenschwänzen zu verbinden, wie es die Kunst fordert und wie ich sehr leicht tun konnte.

Nun will ich doch auch an diesem Orte ein Abenteuer erzählen, das bei Gelegenheit dieses großen Werkes vorfiel und das wirklich lachenswert ist. Ich hatte allen, die in meinen Diensten waren, verboten, dass sie mir keine Mädchen ins Kastell bringen sollten, und ich war zugleich sehr wachsam, dass es nicht geschehe. Nun war Ascanio in ein außerordentlich schönes Mädchen verliebt und sie in ihn; sie floh deshalb von ihrer Mutter und kam eines Nachts, um Ascanio aufzusuchen, wollte aber nicht wieder weg, und er wusste nicht, wohin er sie verbergen sollte. Zuletzt, als ein erfinderischer Kopf, versteckte er sie in die Figur des Mars und richtete ihr im Kopfe des Bildnisses eine Schlafstelle zu, wo sie sich lange aufhielt und des Nachts manchmal von ihm ganz stille abgeholt wurde. Nun war der Kopf beinahe vollendet, und ich ließ ihn aus einiger Eitelkeit aufgedeckt, sodass ihn wegen der Höhe, worauf er stand, ein großer Teil von Paris sehen konnte. Nun stiegen die Nachbarn auf die Dächer, und auf diese Art sahen ihn viele Menschen. Da man sich nun in Paris mit der Meinung trug, dass von alters her in meinem Schloss ein Geist umgehe, den sie Bovo hießen, ob ich gleich niemals das Geringste davon gespürt habe, so erhielt das Märchen durch diesen Zufall neue Kraft. Denn das Mädchen, das im Kopfe wohnte, musste sich doch manchmal regen, und weil die Augen sehr groß waren, so konnte man die Bewegung von etwas Lebendigem gar wohl bemerken; daher sagte das dumme Volk, der Geist sei schon in die Figur gefahren und bewege ihr Augen und Mund, als wenn sie reden wolle. Selbst einige klügere Zuschauer hatten die Sache genau betrachtet, konnten das Leuchten der Augen nicht begreifen und versicherten, es müsste ein Geist dahinter stecken; sie wussten aber nicht, dass wirklich ein guter Geist darin war und ein guter Leib dazu.

Zehntes Kapitel

Der Krieg mit Karl V. bricht aus: Der Verfasser soll zur Befestigung der Stadt mitwirken. – Madame d'Estampes, durch fortgesetzte Kunstgriffe, sucht den König gegen den Autor aufzubringen. – Seine Majestät macht ihm Vorwürfe, gegen die er sich verteidigt. – Madame d'Estampes wirkt nach ihren ungünstigen Gesinnungen weiter fort. – Cellini spricht abermals den König und bittet um Urlaub nach Italien, welchen ihm der Kardinal Ferrara verschafft.

Indessen befleißigte ich mich, mein schönes Tor aus allen den schon beschriebenen Teilen zusammenzustellen, und überlasse den Chronikenschreibern, dasjenige zu erzählen, was im Allgemeinen damals vorging, da der Kaiser mit seinem großen Heere angezogen kam und der König sich mit aller Macht bewaffnete. Zu der Zeit verlangte er meinen Rat, wie er Paris aufs Geschwindeste befestigen könnte. Er kam eigens deshalb in mein Haus und führte mich um die ganze Stadt, und da er vernahm, mit welcher guten Einsicht ich von einer so schnellen Befestigung sprach, gab er mir ausdrücklichen Auftrag, das, was ich gesagt hatte, auf das Schnellste zu vollbringen. Er gebot seinem Admiral, jedermann zu befehlen, dass man mir bei seiner Ungnade in allem gehorchen sollte. Der Admiral, der durch die Gunst der Madame d'Estampes und nicht durch sein Verdienst zu dieser Stelle gelangt war, hatte wenig Kopf und hieß eigentlich Herr Hannibal; die Franzosen sprechen aber den Namen anders aus, sodass er in ihrer Sprache fast klingt, als wollte man Esel und Ochs sagen, wie sie ihn denn auch gewöhnlich nannten. Diese Bestie erzählte Madame d'Estampes alles; da befahl sie ihm, er solle eilig den Hieronymus Bellarmato rufen lassen. Dieser war ein Ingenieur von Siena und wohnte etwas mehr als eine Tagreise von Paris. Er kam sogleich und fing auf dem längsten Wege an, die Stadt zu befestigen; daher zog ich mich aus dem Unternehmen, und wenn der Kaiser damals mit seinem Heere angerückt wäre, so hätte er Paris mit großer Leichtigkeit erobert. Auch sagte man, dass in dem Vertrag, der damals geschlossen wurde, Madame d'Estampes, die sich mehr als jemand darein mischte, den König verraten und bloßgestellt habe; doch mag ich hiervon nicht mehr sagen, denn es gehört nicht zu meiner Sache.

Ich arbeitete immerfort an der ehernen Tür, an dem großen Gefäße und ein paar andern von mittlerer Gattung, die ich aus meinem eignen Silber gemacht hatte.

Als die größte Gefahr vorbei war, kam der gute König nach Paris zurück, um ein wenig auszuruhen, und hatte das verwünschte Weib bei sich, die gleichsam zum Verderben der Welt geboren war, und ich kann mir wirklich etwas darauf einbilden, dass sie sich als meine Todfeindin bewies. Als sie einst mit dem König über meine Angelegenheiten zu sprechen kam, sagte sie so viel Übels von mir, dass der gute Mann, um ihr gefällig zu sein, zu schwören anfing: Er wolle sich nicht weiter um mich bekümmern, als wenn er mich niemals gekannt hätte! Diese Worte sagte mir eilig ein Page des Kardinals von Ferrara, der Villa hieß und mir versicherte: Er habe sie selbst aus dem Munde des Königs vernommen. Darüber erzürnte ich mich so sehr, dass ich alle meine Eisen und Arbeiten durcheinander warf und Anstalt machte, mit Gott wegzugehen. Ich suchte sogleich den König auf und kam nach der Tafel in ein Zimmer, wo Seine Majestät sich mit wenig Personen befanden. Als er mich hereinkommen sah und ich die gehörige Verbeugung, die man einem König schuldig ist, gemacht hatte, nickte er mit fröhlichem Gesichte mir sogleich zu. Da fasste ich wieder einige Hoffnung und näherte mich langsam, weil er gewisse Arbeiten von meiner Profession besah. Als man nun eine Zeit lang darüber gesprochen hatte, fragte er: ob ich ihm zu Hause etwas Schönes zu zeigen hätte und wann ich wünschte, dass er käme? Darauf versetzte ich: Wann es ihm auch gefällig sei, könne ich ihm jederzeit manches vorzeigen. Darauf sagte er: Ich solle nach Hause gehen, weil er gleich kommen wolle. Ich ging und erwartete den guten König, der von Madame d'Estampes erst Urlaub zu nehmen gegangen war. Sie wollte wissen, wohin er gehe, und sagte, dass sie ihn heute nicht begleiten könne, bat ihn auch, dass er aus Gefälligkeit heute nicht ohne sie ausgehen möchte. Sie musste ein paar Mal ansetzen, um den König von seinem Vorhaben abzubringen, der denn auch diesen Tag nicht in mein Haus kam. Tags darauf kehrte ich zur selbigen Stunde zum König zurück, der denn sogleich, als er mich sah, schwur, dass er mich besuchen wolle. Da er nun aber auch diesmal nach seiner Gewohnheit von Madame d'Estampes sich zu beurlauben ging und sie ihn mit aller ihrer Gewalt nicht abhalten konnte, sagte sie mit ihrer giftigen Zunge so viel Übels von mir, als man nur von einem Manne sagen könnte, der ein Todfeind dieser würdigen Krone wäre. Darauf versetzte der gute König: Er wolle nur zu mir gehen, mich dergestalt auszuschelten, dass ich erschrecken sollte. Und als er ihr dieses zugesichert hatte, kam er in mein Haus, wo ich ihn in gewisse untere Zimmer führte, in welchen ich das große Tor zusammengesetzt hatte, worüber der König so erstaunte, dass er die Gelegenheit nicht fand, mich auszuschelten, wie er es versprochen hatte. Doch wollte er den Augenblick nicht ganz vorbeilassen und fing an: Es ist doch eine wunderbare Sache, Benvenuto, dass Ihr andern, so geschickt Ihr seid, nicht einsehen wollt, dass Ihr Eure Talente nicht durch Euch selbst zeigen könnt, sondern dass Ihr Euch nur groß beweist bei Gelegenheiten, die wir Euch geben; daher solltet Ihr ein wenig gehorsamer sein, nicht so stolz und eigenliebig. Ich erinnere mich, Euch befohlen zu haben, dass Ihr mir zwölf Statuen von Silber machen solltet, und das war mein ganzes Verlangen: Nun wolltet Ihr aber noch Gefäße, Köpfe und Tore verfertigen, und ich sehe zu meinem Verdruss, dass Ihr das, was ich wünsche, hintansetzt und nur nach Eurem Willen handelt. Denkt Ihr aber so fortzufahren, so will ich Euch zeigen, wie mein Gebrauch ist, wenn ich verlange, dass man nach meinem Willen handeln soll. Indessen sage ich Euch: befolget, was man Euch gesagt hat! Denn wenn Ihr auf Euren Einfallen beharren wollt, so werdet Ihr mit dem Kopf gegen die Mauer rennen.

Indem er also sprach, waren die Herren aufmerksam, und da sie sahen, dass er den Kopf schüttelte, die Augenbrauen runzelte, bald den einen, bald den andern Arm bewegte, zitterten sie alle meinetwegen vor Furcht. Ich hatte mir aber vorgenommen, mich nicht im Mindesten zu fürchten, und als er nach seinem Versprechen den Verweis hergesagt hatte, beugte ich ein Knie zur Erde, küsste ihm das Kleid auf dem Knie und sagte: Heilige Majestät! Ich bejahe, dass alles wahr ist, was Ihr sagt; das einzige nur darf ich versichern, dass mein Herz beständig, Tag und Nacht, mit allen Lebensgeistern angespannt gewesen ist, Ihnen zu gehorchen und zu dienen. Sollte Eurer Majestät scheinen, dass ich gegen diese meine Absicht etwas gefehlt hätte, so ist das nicht Benvenuto gewesen, sondern ein ungünstiges Geschick, das mich hat unwürdig machen wollen, dem bewundernswertesten Prinzen zu dienen, den je die Erde gesehen hat; indessen bitte ich Sie, mir zu verzeihen, denn Eure Majestät gaben mir nur Silber zu einer Statue, und da ich keines von mir selbst habe, konnte ich nicht mehr als diese machen. Von dem wenigen Metalle, das von gedachter Figur mir übrig blieb, verfertigte ich dieses Gefäß, um Eurer Majestät die schöne Manier der Alten zu zeigen, und vielleicht war es das erste von dieser Art, das Sie je gesehen hatten. Was das Salzfass betrifft, so scheint mir, wenn ich mich recht erinnere, dass es Eure Majestät von selbst verlangten bei Gelegenheit, dass Sie ein ähnliches Gefäß gesehen hatten. Darauf zeigte ich auf Ihren Befehl das Modell vor, das ich schon aus Italien mitbrachte, und Sie ließen mir sogleich tausend Goldgülden zahlen, damit ich die Arbeit ungesäumt anfangen könnte. Sie waren zufrieden mit der Arbeit, und besonders erinnere ich mich, dass Sie mir dankten, als ich sie fertig überbrachte. Was das Tor betrifft, scheint mir, dass Eure Majestät deshalb gelegentlich Herrn von Villeroy, Ihrem Sekretäre, Befehl erteilten, welcher denen Herren von Marmaignes und von Apa [della Fa] auftrug, die Arbeit bei mir zu betreiben und mir in allem beizustehn. Ohne diese Beihilfe wäre ich nicht vorwärts gekommen, denn ich hätte die französischen Erden, die ich nicht kannte, unmöglich durchprobieren können. Ferner würde ich diese großen Köpfe nicht gegossen haben, wenn ich nicht hätte versuchen wollen, wie mir auch eine solche Arbeit gelänge. Die Piedestale habe ich gemacht, weil ich überzeugt war, dass sie nötig seien, um den Figuren ein Ansehen zu geben, und so habe ich in allem, was ich tat, geglaubt, das Beste zu tun und mich niemals vom Willen Eurer Majestät zu entfernen. Es ist wahr, dass ich den großen Koloss bis zur Stufe, auf der er sich befindet, ganz aus meinem Beutel gemacht habe, und ich dachte, dass ich als ein so kleiner Künstler in Diensten eines so großen Königs zu Eurem und meinem Ruhm eine Statue machen müsste, dergleichen die Alten niemals gehabt haben. Nun aber sehe ich, dass es

Gott nicht gefällt, mich eines solchen Dienstes wert zu achten, und bitte Eure Majestät, statt der ehrenvollen Belohnung, die Sie meinen Arbeiten bestimmt hatten, mir nur ein wenig Gnade zu gönnen und mir einen gnädigen Urlaub zu erteilen; denn ich werde sogleich, wenn Sie mir es erlauben, verreisen und auf meiner Rückkehr nach Italien immer Gott danken für die glücklichen Stunden, die ich in Ihrem Dienste zugebracht habe.

Darauf fasste mich der König an, hob mich mit großer Anmut auf und sagte: Ich sollte mit Zufriedenheit für ihn arbeiten; was ich gemacht hätte, wäre gut und ihm angenehm. Dann wendete er sich zu den Herren und sagte: Gewiss, wenn das Paradies Tore haben sollte, so würden sie nicht schöner sein als dieses! Da ich sah, dass er diese Worte, die ganz zu meinen Gunsten waren, mit Lebhaftigkeit aussprach, dankte ich ihm aufs Neue mit größter Ehrfurcht; aber weil bei mir der Verdruss noch nicht vorbei war, so wiederholte ich die Bitte um meine Entlassung. Da der König sah, dass ich seine außerordentlichen Liebkosungen nicht zu schätzen wusste, befahl er mir mit starker und fürchterlicher Stimme: Ich sollte kein Wort weiter reden, sonst würde es mich gereuen! Dann setzte er hinzu: Er wolle mich in Gold ersticken und mir Urlaub geben. Da die Arbeiten, die er befohlen, noch nicht angefangen wären, so sei er mit allem zufrieden, was ich aus eignem Triebe mache. Ich solle weiter keinen Verdruss mit ihm haben, denn er kenne mich, und ich solle mich nun auch bemühen, ihn kennenzulernen, wie es die Pflicht fordere. Ich sagte, dass ich Gott und Seiner Majestät für alles dankbar sei, bat ihn darauf, er möchte kommen, die große Figur zu sehen, und wie weit ich damit gelangt sei. Ich führte ihn dahin, und als ich sie aufdecken ließ, war er darüber aufs Äußerste verwundert und befahl einem seiner Sekretäre, er sollte mir sogleich alles Geld wiedergeben, was ich von dem Meinigen ausgelegt hatte, die Summe möchte sein, welche sie wollte, genug, wenn ich sie mit meiner Hand quittierte. Dann ging er weg und sagte: Adieu, mon ami! – ein Ausdruck, dessen sich sonst ein König nicht bedient.

Als er nach seinem Palaste zurückkam, erzählte er die so wundersam demütigen und so äußerst stolzen Worte, die ich gegen ihn gebraucht hatte und die ihm sehr aufgefallen waren, in Gegenwart der Madame d'Estampes und des Herrn St. Paul, eines großen Barons von Frankreich. Dieser hätte sonst für meinen großen Freund gelten wollen, und wirklich diesmal zeigte er es trefflich auf französische Weise; denn als der König sich weitläufig über den Kardinal von Ferrara beschwerte, dem er mich in Aufsicht gegeben, der sich aber weiter nicht um mich bekümmert hätte, sodass ich beinahe durch seine Schuld aus dem Königreiche gegangen wäre, fügte Seine Majestät hinzu: Er wolle mir nun wirklich einen andern Aufseher geben, der mich besser kenne; denn er möge nicht wieder in Gefahr kommen, mich zu verlieren. Darauf bot sich Herr von St. Paul gleich an und sagte zum König: Er solle mich in seine Gewahrsam geben; er wolle es schon so einrichten, dass ich nicht Ursache haben solle, mich aus dem Königreiche zu entfernen. Darauf versetzte der König: Er sei es wohl zufrieden, wenn ihm St. Paul sagen wolle, wie er es einzurichten gedenke, um mich festzuhalten. Madame, die gegenwärtig war, zeigte sich äußerst verdrießlich, und St. Paul machte Umstände, dem König seine Gedanken zu sagen; aber Seine Majestät fragte aufs Neue, und jener, Madame d'Estampes zu gefallen, versetzte: Ich würde ihn aufhängen lassen, und auf die Weise könntet Ihr ihn nicht aus dem Königreiche verlieren! Darauf erhub Madame d'Estampes ein großes Gelächter und sagte: Das verdiene ich wohl. Darauf lachte der König zur Gesellschaft mit und sagte: Er sei wohl zufrieden, dass St. Paul mich aufhängen lasse, wenn er ihm nur erst einen andern meinesgleichen schaffte, und ob ich es gleich nicht verdient habe, so gebe er ihm doch unter dieser Bedingung die völlige Erlaubnis. Auf diese Weise ging der Tag vorbei, und ich blieb frisch und gesund, dafür Gott gelobt und gepriesen sei.

In dieser Zeit hatte der König den Krieg mit dem Kaiser gestillt, aber nicht den mit den Engländern, sodass uns diese Teufel gewaltig zu schaffen machten. Nun hatte der König, ganz was anders als Vergnügen im Kopfe und befahl, Peter Strozzi, er solle einige Galeeren in die englischen Meere führen, das eine große und schwere Sache war. Dieser Herr war als Soldat einzig in seiner Zeit und auch ebenso einzig unglücklich. Nun waren verschiedene Monate vergangen, dass ich weder Geld erhalten hatte noch Befehl zu arbeiten, sodass ich alle meine Gesellen fortschickte, außer den zwei Italienern, die ich an den beiden Gefäßen von meinem Silber arbeiten ließ, denn sie verstunden sich nicht auf die Arbeit in Erz. Als sie die Gefäße geendigt hatten, ging ich damit nach einer Stadt, die der Königin von Navarra gehörte; sie hieß Argentan und liegt viele Tagereisen von Paris.

Als ich daselbst ankam, fand ich den König krank, und als der Kardinal von Ferrara zu ihm sagte, dass ich angekommen sei, antwortete der König nichts. Daher musste ich viele Tage an gedachtem Orte mit vieler Beschwerlichkeit aushallen, und gewiss, ich bin nicht leicht verdrießlicher gewesen. Doch ließ ich mich endlich einmal des Abends vor dem König sehen und zeigte ihm die beiden Gefäße, die ihm außerordentlich gefielen. Als ich ihn so wohl aufgelegt sah, bat ich ihn: Er möchte so gnädig sein und mir einen Spazierritt nach Italien erlauben; ich wollte sieben Monate Besoldung, die ich noch zu erheben hätte, zurücklassen, die mir Seine Majestät, wenn ich zurückkehrte, möchten bezahlen lassen. Ich bäte um diese Gnade, weil es jetzt Zeit zu kriegen und nicht zu bildhauen sei; auch habe Seine Majestät Bologna, dem Maler, ein Gleiches erlaubt, und ich bäte nur, mir dieselbe Gnade zu erzeigen. Indessen ich diese Worte sprach, betrachtete der König mit der größten Aufmerksamkeit die beiden Gefäße und traf mich manchmal mit einem seiner fürchterlichen Blicke; ich aber fuhr fort, ihn zu bitten, so gut ich wusste und konnte. Auf einmal sah ich ihn erzürnt, er stand auf und sagte mir auf Italienisch: Benvenuto! Ihr seid ein großer Tor. Bringt diese Gefäße nach Paris, denn ich will sie vergoldet haben! Weiter erhielt ich keine Antwort, und er ging weg. Ich näherte mich dem Kardinal von Ferrara und bat ihn, da er mir so viel Gutes erzeigt habe, indem er mich aus den Kerkern von Rom befreit und mich so viele andere Wohltaten genießen lassen, so möchte er mir auch dazu verhelfen, dass ich nach Italien gehen könnte. Der Kardinal versicherte, dass er alles in der

Welt tun wollte, um mir gefällig zu sein; ich sollte ihm nur die Sorge überlassen und könne nur ganz frei hingehen: Er wolle schon die Sache mit dem König ausmachen. Darauf versetzte ich: Da Seine Majestät ihm die Aufsicht über mich anvertraut habe, so würde ich verreisen, sobald er mir Urlaub gäbe, jedoch auf den geringsten Wink Seiner Hochwürden wiederkommen. Der Kardinal sagte darauf: Ich solle nur nach Paris gehen und daselbst acht Tage bleiben, in der Zeit hoffe er, Urlaub vom König zu erhalten. Wäre Seine Majestät es ja nicht zufrieden, so wolle er mich gleich davon benachrichtigen; wenn er aber weiter nichts schriebe, so könnte ich nur frei meines Weges gehen.

Viertes Buch

Erstes Kapitel

Der Verfasser, der seine Angelegenheiten in Ordnung gebracht, überlässt an zwei Gesellen Haus und Habe und macht sich auf den Weg nach Italien. – Ascanio wird ihm nachgeschickt, um zwei Gefäße, die dem König gehören, zurückzufordern. – Schrecklicher Sturm in der Nachbarschaft von Lyon. – Der Verfasser wird in Italien von dem Grafen Galeotto von Mirandola eingeholt, der ihm die Hinterlist des Kardinals von Ferrara und seiner zwei Gesellen entdeckt. – In Plazenz begegnet er dem Herzog Peter Ludwig. – Was bei dieser Zusammenkunft vorkommt. – Er gelangt glücklich nach Florenz, wo er seine Schwester mit ihren sechs jungen Töchtern findet.

Auf diese Worte des Kardinals ging ich nach Paris und ließ zwei tüchtige Kasten zu meinen silbernen Gefäßen verfertigen. Als nun zwanzig Tage vorbei waren, machte ich Anstalt und lud die beiden Gefäße auf ein Maultier, das mir bis Lyon der Bischof von Pavia borgte, dem ich aufs Neue die Wohnung in meinem Kastell gegeben hatte, und so machte ich mich auf mit Herrn Hippolytus Gonzaga, der in dem Dienste des Königs stund und zugleich vom Grafen Galeotto von Mirandola unterhalten wurde. In der Gesellschaft waren noch einige Edelleute des Grafen und Leonard Tedaldi, ein Florentiner. Ich überließ meinen Gesellen die Sorge für mein Kastell und alle meine Sachen, worunter sich einige Gefäße befanden, welche sie endigen sollten. Auch meine Mobilien waren von großem Werte, denn ich hatte mich sehr ehrenvoll eingerichtet; was ich zurückließ, mochte wohl fünfzehnhundert Scudi wert sein. Da sagte ich zu Ascanio: Er solle sich erinnern, wie viel Wohltaten er von mir erhalten habe. Bis jetzt sei er ein Knabe ohne Kopf gewesen, es sei nun Zeit, sich als ein Mann zu zeigen: Ich wolle ihm alle meine Sachen in Verwahrung geben und meine Ehre zugleich, und wenn die Bestien, die Franzosen, sich nur irgendetwas gegen mich vermessen sollten, so hätte er mir gleich Nachricht zu geben; denn ich möchte sein, wo ich wollte, so würde ich mit Post auf der Stelle zurückkommen, sowohl wegen der großen Verbindlichkeit gegen den König als wegen meiner eignen Ehre.

Ascanio sagte darauf unter verstellten, schelmischen Tränen: Ich kannte nie einen bessern Vater als Euch, und alles, was ein guter Sohn tun soll, will ich immer gegen

Euch tun! So wurden wir einig, und ich verreiste mit einem Diener und einem kleinen französischen Knaben. Nach Verlauf eines halben Tages kamen einige Schatzmeister auf mein Schloss, die nicht eben meine Freunde waren, und dieses nichtswürdige Volk sagte sogleich zu Herrn Guido und dem Bischof von Pavia: Sie sollten schnell nach den Gefäßen des Königs schicken; wo nicht, so würden sie es selbst tun und mir nicht wenig Verdruss machen. Der Bischof und Herr Guido hatten mehr Furcht, als nötig war, und schickten mir den Verräter Ascanio mit der Post nach, der gegen Mitternacht ankam. Ich schlief nicht, sondern lag in traurigen Gedanken. Wem lasse ich, sagte ich zu mir selbst, meine Sachen und mein Kastell? O! Welch ein Geschick ist das, das mich zu dieser Reise zwingt! Wahrscheinlich ist der Kardinal mit Madame d'Estampes einverstanden, die nichts mehr wünscht, als dass ich die Gnade des guten Königs verliere. Indessen ich so mit mir selbst uneins war, hörte ich die Stimme des Ascanio, stand sogleich vom Bett auf und fragte ihn: ob er gute oder traurige Nachrichten bringe? Gute Nachrichten! Sagte der Schelm, nur müsst Ihr die Gefäße zurückschicken, denn die schelmischen Schatzmeister schreien und laufen, sodass der Bischof und Herr Guido Euch sagen lassen, Ihr möchtet die Gefäße auf alle Weise zurückschicken. Übrigens habt keine Sorge und genießt glücklich diese Reise! Sogleich gab ich ihm die Gefäße zurück, die ich mit anderm Silber, und was ich sonst bei mir hatte, in die Abtei des Kardinals zu Lyon bringen wollte. Denn ob sie mir gleich nachsagten, es sei meine Absicht gewesen, sie nach Italien zu schaffen, so weiß doch jeder, dass man weder Geld noch Gold und Silber ohne ausdrückliche Erlaubnis aus dem Reiche führen kann: Wie hätte ich zwei solche Gefäße, die mit ihren Kisten ein Maultier einnahmen, unbemerkt durchbringen wollen? Wahr ists, sie waren schön und von großem Werte, und ich vermutete mir den Tod des Königs, den ich sehr krank zurückgelassen hatte, und ich glaubte bei einem solchen Ereignis nichts verlieren zu können, was in den Händen des Kardinals wäre.

Genug, ich schickte das Maultier mit den Gefäßen und andern bedeutenden Dingen zurück und setzte den andern Morgen mit gedachter Gesellschaft meinen Weg fort, und zwar unter beständigem Seufzen und Weinen. Doch stärkte ich mich einige Mal mit Gebet und sagte: Gott! Dir ist die Wahrheit bekannt, und du weißt, dass meine Reise allein zur Absicht hat, sechs armen unglücklichen Jungfrauen ein Almosen zu bringen, so auch ihrer Mutter, meiner leiblichen Schwester. Zwar haben sie noch ihren Vater, er ist aber so alt und verdient nichts in seiner Kunst, und so könnten sie leicht auf üble Wege geraten. Da ich nun dieses gute Werk tue, so hoffe ich Rat und Hilfe von deiner göttlichen Majestät. Auf diese Weise stärkte und tröstete ich mich, indem ich vorwärtsging.

Als wir uns etwa eine Tagereise von Lyon befanden (es war ungefähr zwei Stunden vor Sonnenuntergang), tat es bei ganz klarem Himmel einige trockene Donnerschläge. Ich war wohl den Schuss einer Armbrust weit vor meinen Gesellen hergeritten. Nach den Donnern entstand am Himmel ein so großer und fürchterlicher Lärm, dass ich dachte, das Jüngste Gericht sei nahe; als ich ein wenig stille hielt, fielen Schlossen, ohne einen Tropfen Wasser, ungefähr in der Größe der Bohnen, die mir sehr wehe taten, als sie auf mich fielen. Nach und nach wurden sie größer, wie Armbrustkugeln, und da mein Pferd sehr scheu ward, so wendete ich es um und ritt mit großer Hast, bis ich wieder zu meiner Gesellschaft kam, die, um sich zu schützen, in einem Fichtenwalde gehalten hatte. Die Schlossen wurden immer größer und endlich wie dicke Zitronen. Ich sang ein Miserere, und indessen ich mich andächtig zu Gott wendete, schlug der Hagel einen sehr starken Ast der Fichte herunter, wo ich mich in Sicherheit glaubte. Mein Pferd wurde auf den Kopf getroffen, sodass es beinah zur Erde gefallen wäre; mich streifte ein solches Stück und hätte mich totgeschlagen, wenn es mich völlig getroffen hätte; auch der gute Leonard Tedaldi empfing einen Schlag, dass er, der wie ich auf den Knien lag, vor sich hin mit den Händen auf die Erde fiel. Da begriff ich wohl, dass der Ast weder mich noch andere mehr beschützen könne und dass nebst dem Miserere man auch tätig sein müsse. Ich fing daher an, mir die Kleider über den Kopf zu ziehn; und sagte zu Leonarden, der immer nur Jesus! Jesus! Schrie: Gott werde ihm helfen, wenn er sich selbst hülfe; und ich hatte mehr Not, ihn als mich zu retten.

Als das Wetter eine Zeit lang gedauert hatte, hörte es auf, und wir, die wir alle zerstoßen waren, setzten uns, so gut es gehen wollte, zu Pferde, und als wir nach unsern Quartieren ritten und einander die Wunden und Beulen zeigten, fanden wir eine Meile vorwärts ein viel größeres Unheil als das, was wir erduldet hatten, sodass es unmöglich scheint, es zu beschreiben. Denn alle Bäume waren zerschmettert, alle Tiere erschlagen, soviel es nur angetroffen hatte. Auch Schäfer waren tot geblieben, und wir fanden genug solches Hagels, den man nicht mit zwei Händen umspannt hätte. Da sahen wir, wie wohlfeil wir noch davongekommen waren und dass unser Gebet und unsere Miserere wirksamer gewesen waren als alles, was wir zu unserer Rettung hätten tun können: So dankten wir Gott und kamen nach Lyon. Nachdem wir daselbst acht Tage ausgeruht und uns sehr vergnügt hatten, reisten wir weiter und kamen glücklich über die Berge; daselbst kaufte ich ein Pferd, weil die Meinigen von dem Gepäcke gedrückt waren.

Nachdem wir uns eine Tagreise in Italien befanden, holte uns Graf Galeotto von Mirandola ein, der mit Post vorbeifuhr und, da er bei uns stille hielt, mir sagte: Ich habe unrecht gehabt wegzugehen, ich solle nun nicht weiterreisen; denn wenn ich schnell zurückkehrte, würden meine Sachen besser stehen als jemals. Bliebe ich aber länger weg, so gäbe ich meinen Feinden freies Feld und alle Gelegenheit, mir Übels zu tun; käme ich aber sogleich wieder, so würde ich ihnen den Weg verrennen, den sie zu meinem Schaden einschlagen wollten; diejenigen, auf die ich das größte Vertrauen setzte, seien ebendie, die mich betrögen. Weiter wollte er mir nichts sagen, ob er gleich sehr gut wusste, dass der Kardinal von Ferrara mit den beiden Schelmen eins war, denen ich meine Sachen in Verwahrung gegeben hatte; doch bestand er darauf, dass ich auf alle Weise wieder zurückkehren sollte. Dann fuhr er weiter, und ich gedachte, dessen ungeachtet mit meiner Gesellschaft vorwärtszugehen. Ich fühlte bei mir aber eine solche Beklemmung des Herzens und wünschte, entweder schnell nach Florenz zu kommen oder nach Frankreich zurückzukehren, und weil ich diese Unschlüssigkeit nicht länger ertragen konnte, wollte ich Post nehmen, um nur desto geschwinder in Florenz zu sein. Auf der ersten Station ward ich nicht einig, doch nahm ich mir fest vor, nach Florenz zu gehen und dort das Übel abzuwarten. Ich verließ die Gesellschaft des Herrn Ippolito Gonzaga, der seinen Weg nach Mirandola genommen hatte, und wandte mich auf Parma und Piacenza.

Als ich an den letzten Ort kam, begegnete ich auf einer Straße dem Herzog Peter Ludwig Farnese, der mich scharf ansah und erkannte, und da ich wohl wusste, dass er allein schuld an dem Übel war, das ich im Kastell Sant Angelo zu Rom ausgestanden hatte, fühlte ich eine gewaltige Bewegung, als ich ihn sah; da ich aber kein ander Mittel wusste, ihm aus den Händen zu kommen, so entschloss ich mich, ihn zu besuchen, und kam eben, als man das Essen weggenommen hatte und die Personen aus dem Hause Landi bei ihm waren, die ihn nachher umbrachten.

Da ich zu Seiner Exzellenz kam, machte mir der Mann die unmäßigsten Liebkosungen, die sich nur denken lassen, und kam von selbst auf den Umstand, indem er zu denen sagte, die gegenwärtig waren, ich habe lange Zeit in Rom gefangen gesessen. Darauf wendete er sich zu mir und sagte: Mein Benvenuto! Das Übel, das Euch begegnet ist, tut mir sehr leid. Ich wusste, dass Ihr unschuldig wart, aber ich konnte Euch nicht helfen; denn mein Vater tat es einigen Eurer Feinde zu Gefallen, die ihm zu verstehen gaben, als wenn Ihr übel von ihm gesprochen hättet. Ich weiß es ganz gewiss, dass man die Unwahrheit von Euch sagte, und mir tut Euer Unglück äußerst leid. Er wiederholte mit andern Ausdrücken eben diese Erklärung sehr oft, und es sah fast aus, als wenn er mich um Verzeihung bitten wollte. Dann fragte er nach allen Werken, die ich für den allerchristlichsten König gemacht hatte, hörte meiner Erzählung aufmerksam zu und war überhaupt so gefällig als nur möglich. Sodann fragte er mich: ob ich ihm dienen wolle? Ich antwortete ihm, dass ich nicht mit Ehren die großen Werke, die ich für den König angefangen hätte, könnte unvollendet lassen; wären sie aber fertig, so würde ich jeden großen Herrn verlassen, nur um Seiner Exzellenz zu dienen. Nun erkennt man wohl bei dieser Gelegenheit, dass die große Kraft Gottes jene Menschen niemals ungestraft lässt, welche, stark und mächtig, die Unschuldigen ungerecht behandeln. Dieser Mann bat mich gleichsam um Verzeihung in Gegenwart von denen, die mich kurz darauf sowie viele andere, die von ihm gelitten hatten, auf das vollkommenste rächten. Und so mag kein Herr, so groß er auch sei, über die Gerechtigkeit Gottes spotten, wie einige tun, die ich kenne und die mich so schändlich verletzt haben, wie ich an seinem Orte sagen werde. Alles dieses schreibe ich nicht aus weltlicher Eitelkeit, sondern um Gott zu danken, der mich aus so großen Nöten erlöst hat. Auch bei allem, was mir täglich Übels begegnet, beklage ich mich gegen ihn, rufe zu ihm als zu meinem Beschützer und empfehle mich ihm. Ich helfe mir selbst, soviel ich kann; wenn man mich aber zu sehr unterdrücken will und meine schwachen Kräfte nicht mehr hinreichen, zeigt sich sogleich die große Kraft Gottes, welche unerwartet diejenigen überfällt, die andere unrechtmäßig verletzen und das große und ehrenvolle Amt, das ihnen Gott gegeben hat, mit weniger Sorgfalt verwalten.

Ich kehrte zum Wirtshause zurück und fand, dass gedachter Herzog mir schöne und ehrenvolle Geschenke an Essen und Trinken gesandt hatte; ich genoss die Speisen mit Vergnügen, dann setzte ich mich zu Pferde und ritt nach Florenz zu. Als ich daselbst anlangte, fand ich meine Schwester mit sechs Töchtern, die älteste mannbar und die jüngste noch bei der Amme. Ich fand auch meinen Schwager, der wegen den verschiedenen Vorfällen der Stadt nicht mehr an seiner Kunst arbeitete. Mehr als ein Jahr vorher hatte ich ihnen Edelsteine und französische Kleinode für mehr als zweitausend Dukaten an Wert geschickt, und ich hatte ungefähr für tausend Scudi mitgebracht. Da fand ich denn, dass, ob ich ihnen gleich vier Goldgülden des Monats gab, sie noch großes Geld aus meinen Geschenken nahmen, die sie täglich verkauften. Mein Schwager war so ein rechtschaffener Mann, dass, da das Geld, das ich ihm zu seinem Unterhalt schickte, nicht hinreichte, er lieber alles versetzte und sich von den Interessen aufzehren ließ, als dass er das angegriffen hätte, was nicht für ihn bestimmt war; daran erkannte ich den rechtschaffnen Mann, und ich fühlte ein großes Verlangen, ihm mehr Gutes zu tun. Auch nahm ich mir vor, ehe ich aus Florenz ging, für alle seine Töchter zu sorgen.

Zweites Kapitel

*Cellini wird von dem Großherzog Cosmus von Me-
dicis sehr gnädig aufgenommen. – Nach einer langen Unterhaltung begibt er sich in des Herzogs
Dienste. – Der Herzog weist ihm ein Haus an, um
darin zu arbeiten. – Die Diener des Herzogs verzö-
gern die Einrichtung. – Lächerliche Szene zwischen
ihm und dem Haushofmeister.*

Unser Herzog von Florenz befand sich zu dieser Zeit
(wir waren eben im August 1545) auf der Höhe von Caiano, einem Orte zehn Meilen von Florenz. Ich hielt für
Schuldigkeit, ihm aufzuwarten, teils, weil ich ein florentinischer Bürger war, teils, weil meine Vorfahren sich
immer freundschaftlich zu dem Hause Medicis gehalten
hatten und ich mehr als jemand diesen Herzog Cosmus
liebte; ich hatte aber diesmal nicht die geringste Absicht,
bei ihm festzubleiben. Nun gefiel es Gott, der alles gut
macht, dass gedachter Herzog mir, als er mich sah, unendliche Liebkosungen erzeigte und sowohl, als die
Herzogin nach den Werken fragte, die ich für den König
gemacht hatte. Darauf erzählte ich gern alles und jedes
nach der Reihe. Da er mich angehört hatte, sagte er zu
mir: Ich habe das alles auch gehört, und du redest die
Wahrheit; aber welch einen geringen Lohn hast du für
diese schönen und großen Arbeiten erhalten! Mein Benvenuto! Wenn du etwas für mich tun wolltest, so würde
ich dich ganz anders bezahlen, als dein großer König getan hat, von dem du dich so sehr lobst. Darauf erzählte
ich den großen Dank, den ich Seiner Majestät schuldig
sei, dass Sie mich aus einem so ungerechten Kerker gezogen und mir sodann Gelegenheit gegeben hätte, so

wundersame Arbeiten zu verfertigen, als jemals ein Künstler meiner Art gefunden hätte.

Indem ich so sprach, machte der Herzog allerlei Gebärden, als wenn er anzeigen wollte, dass er mich nicht hören könne. Dann, als ich geendigt hatte, sagte er: Wenn du ein Werk für mich machen willst, so werde ich dich dergestalt behandeln, dass du vielleicht darüber erstaunen wirst, wenn nur deine Werke mir gefallen, woran ich nicht im geringsten zweifle. Ich Armer, Unglücklicher fühlte ein großes Verlangen, auch unsrer wundersamen Schule zu zeigen, dass ich indessen mich in andern Künsten mehr geübt habe, als man vielleicht nicht glaubte, und antwortete dem Herzog, dass ich ihm gern von Erz oder Marmor eine große Statue auf seinen schönen Platz machen wolle. Darauf versetzte er, dass er von mir als erste Arbeit einen Perseus begehre; ein solches Bildnis habe er sich schon lange gewünscht. Darauf bat er mich, ich möchte ihm ein Modell machen, das in wenig Wochen ungefähr in der Größe einer Elle fertig ward. Es war von gelbem Wachs, ziemlich geendigt und überhaupt mit großem Fleiß und vieler Kunst gearbeitet.

Der Herzog kam nach Florenz, und ehe ich ihm gedachtes Modell zeigen konnte, gingen verschiedene Tage vorbei, sodass es ganz eigentlich schien, als wenn er mich weder gesehen noch gekannt hätte, weshalb mir mein Verhältnis gegen Seine Exzellenz nicht gefallen wollte; doch als ich eines Tags nach der Tafel das Modell in die Garderobe brachte, kam er mit der Herzogin und wenigen andern Herren, die Arbeit anzusehen. Sie gefiel ihm sogleich, und er lobte sie außerordentlich. Da schöpfte ich ein wenig Hoffnung, dass er sich einigermaßen darauf verstehen könnte.

Nachdem er das Modell genug betrachtet hatte, gefiel es ihm immer mehr; zuletzt sagte er: Wenn du, mein Benvenuto, dieses kleine Modell in einem großen Werk ausführtest, so würde es die schönste Arbeit sein, die auf dem Platze stünde. Darauf sagte ich: Gnädigster Herr! Auf dem Platze stehen die Werke des großen Donatello und des verwundersamen Michelagnolo, welches beide die größten Männer von den Alten her bis jetzt gewesen sind; indessen erzeigen Eure Exzellenz meinem Modell eine zu große Ehre, und ich getraue mir, das Werk dreimal besser zu machen. Darüber stritt der Herzog ein wenig mit mir und sagte: Er verstehe sich recht gut darauf und wisse genau, was man machen könne. Da versetzte ich: Meine Werke sollten seine Zweifel über diese Streitfrage auflösen, und gewiss wollte ich ihm mehr leisten, als ich verspräche; er möchte mir nur die Bequemlichkeit dazugeben, denn ohne dieselbe wäre ich nicht imstande, das große Unternehmen zu vollbringen, zu dem ich mich verbände. Darauf sagte Seine Exzellenz: Ich sollte ihm schriftlich anzeigen, was ich verlangte, und zugleich alle Bedürfnisse bemerken; er wolle alsdann deshalb umständlichen Befehl erteilen. Gewiss, wäre ich damals so verschmitzt gewesen, alles, was zu meinem Werke nötig war, durch einen Kontrakt zu bedingen, so hätte ich mir nicht selbst so großen Verdruss zugezogen, den ich nachher erleben musste; denn in diesem Augenblick schien der Herzog den besten Willen zu haben, teils Arbeiten von mir zu besitzen, teils alles Nötige deshalb zu befehlen. Freilich wusste ich nicht, dass dieser Herr auch sonst noch großes Verlangen zu andern außerordentlichen Unternehmungen hatte, und erzeigte mich auf das Freimütigste gegen ihn.

Als ich nun mein Bittschreiben eingereicht und der Herzog darauf vollkommen günstig geantwortet hatte, sagte ich zu demselben: Gnädigster Herr! Das wahre Bittschreiben und unser wahrer Kontrakt besteht weder in diesen Worten noch in diesen Papieren, sondern alles kömmt darauf an, ob mir meine Arbeit so gelingt, wie ich versprochen habe. Geschieht das, so kann ich hoffen, dass Eure Exzellenz sich auch meiner Person und Ihrer Versprechungen erinnern werde. Bezaubert von diesen Worten, von meinem Handeln und Reden, erzeigten mir der Herzog und seine Gemahlin die äußerste Gunst, die sich in der Welt denken lässt. Ich, der ich große Begierde hatte, meine Arbeit anzufangen, sagte Seiner Exzellenz, dass ich ein Haus nötig hätte, worin Platz genug sei, um meine Öfen aufzustellen und Arbeiten von Erde und Erz zu machen, worin auch abgesonderte Räume sich befänden, um in Gold und Silber zu arbeiten; denn da ich wisse, wie geneigt er sei, auch von solcher Arbeit zu bestellen, so bedürfe ich hinlängliche Zimmer, um alles mit Ordnung anlegen zu können. Und damit Seine Exzellenz sähe, welches Verlangen ich trüge, Ihr zu dienen, so habe ich schon das Haus gefunden, gerade wie ich es bedürfe, und in der Gegend, die mir sehr wohl gefalle; weil ich aber nicht eher Geld oder sonst was von Seiner Exzellenz verlange, bis Sie meine Werke gesehen hätten, so bäte ich, zwei Kleinode, die ich aus Frankreich mitgebracht habe, anzunehmen und mir dagegen das gedachte Haus zu kaufen, sie selbst aber so lange aufzuheben, bis ich sie mit meinen Arbeiten wiedergewinnen würde. Es waren aber diese Kleinode sehr gut gearbeitet, von der Hand meiner Gesellen nach meinen Zeichnungen.

Nachdem er sie lange genug betrachtet hatte, sagte er diese günstigen Worte, welche mir die beste Hoffnung gaben: Nimm, Benvenuto, deine Kleinode zurück, denn ich verlange dich und nicht sie; du sollst dein Haus frei erhalten. Dann schrieb er mir folgende Resolution unter meine Supplik, die ich immer aufgehoben habe: Man besehe gedachtes Haus und erkundige sich um den Preis, denn ich will Benvenuto damit zu Willen leben. Nun dachte ich des Hauses gewiss zu sein und war sicher, dass meine Werke mehr gefallen sollten, als ich versprochen hatte.

Nächst diesem hatte Seine Exzellenz ausdrücklichen Befehl seinem Haushofmeister gegeben, der Peter Franziskus Riccio hieß, von Prato gebürtig und ehemals ein ABC-Lehrer des Herzogs gewesen war. Ich sprach mit dieser Bestie und sagte ihr alles, was ich bedürfte; denn in dem Garten des gedachten Hauses wollte ich meine Werkstatt aufbauen. Sogleich gab der Mann einem gewissen Kassierer den Auftrag, der ein trockner und spitzfindiger Mensch war und Lattanzio Gorini hieß. Dieses Menschchen, mit seinen Spinnemanieren und einer Mückenstimme, tätig wie eine Schnecke, ließ mir mit genauer Not nur so viel Steine, Sand und Kalk ins Haus fahren, dass man nicht gar einen Taubenschlag daraus hätte bauen können. Da ich sah, dass die Sachen so böslich kalt vorwärtsgingen, fing mir an, der Mut zu fallen; doch sagte ich manchmal zu mir selbst: Kleine Anfänge haben ein großes Ende! Und machte mir wieder Hoffnung, wenn ich betrachtete, wie viele Tausend Dukaten der Herzog an gewisse hässliche Unformen von der Hand des bestialischen Baccio Bandinello weggeworfen hatte. So machte ich mir selbsten Mut und blies dem Lattanzio Gorini in den H***, und um ihn nur vom Platze zu bringen, hielt ich mich an einige lahme Esel und einen Blinden, der sie führte.

Unter allen diesen Schwierigkeiten hatte ich die Lage der Werkstatt entworfen, hieb Weinstöcke und Bäume nieder, nach meiner gewöhnlichen lebhaften Art, und ein wenig wütend. Zu meinem Glück hatte ich von der andern Seite Tasso, den Zimmermann, zur Hand, und ich ließ ihn ein Gerippe von Holz machen, um gedachten Perseus im großen anzufangen. Tasso war ein trefflicher Arbeiter, ich glaube, der größte von seiner Profession, dabei gefällig und froh, und sooft ich zu ihm kam, eilte er mir entgegen und sang ein Liedchen durch die Fistel, und ich, der ich schon halb verzweifelt war, sowohl, weil ich hörte, dass die Sache in Frankreich übel ging, als auch, weil ich mir hier wenig von dem kalten und langsamen Wesen versprach, musste doch wenigstens über die Hälfte seines Liedchens anhören. Manchmal erheiterte ich mich mit ihm und suchte wenigstens einen Teil meiner verzweifelten Gedanken loszuwerden.

So hatte ich nun, wie oben gesagt, alles in Ordnung gebracht und eilte vorwärtszugehen, umso schnell als möglich jenes große Unternehmen vorzubereiten. Schon war ein Teil des Kalks verwendet, als ich auf einmal zu gedachtem Haushofmeister gerufen wurde. Ich fand ihn, nach Tafel, in dem Saale der Uhr, und als ich mit der größten Ehrfurcht zu ihm trat, fragte er mich mit der größten Strenge: wer mich in das Haus eingesetzt habe? Und, mit welcher Befugnis ich darin angefangen habe, mauern zu lassen? Er verwundere sich sehr, wie ich so kühn und anmaßlich sein könne. Darauf antwortete ich: Seine Exzellenz der Herzog habe mich in dieses Haus eingewiesen und im Namen desselben der Herr Haushofmeister selbst, indem er darüber den Auftrag an Lattanzio Gorini gegeben; dieser Lattanzio habe Steine, Sand und Kalk anfahren lassen und nach meinem Verlangen alles besorgt und mich versichert, er habe dazu Befehl von dem Herrn, der gegenwärtig diese Frage an mich tue.

Als ich diese Worte gesagt hatte, wendete sich gedachte Bestie mit mehr Bitterkeit zu mir als vorher und sagte, dass weder jener noch irgendjemand, den ich anführe, die Wahrheit gesprochen habe. Darauf wurde ich unwillig und sagte: O Haushofmeister! Solange Dieselben der edlen Stelle gemäß leben, welche Sie bekleiden, so werde ich Sie verehren und mit derjenigen Unterwürfigkeit zu Ihnen sprechen, als wenn ich mit dem Herzog selbst redete; handeln Sie aber anders, so werde ich nur den Peter Franziskus del Riccio vor mir sehen. Da wurde der Mensch so zornig, dass ich dachte, er wollte auf der Stelle närrisch werden, um früher zu seinem Schicksale zu gelangen, das ihm der Himmel schon bestimmt hatte, und sagte zu mir mit einigen schimpflichen Worten: Er verwundere sich nur, wie ich zu der Ehre komme, mit einem Manne seinesgleichen zu reden. Darauf rührte ich mich und sagte: Nun hört mich, Franziskus del Riccio! Ich will Euch sagen, wer meinesgleichen sind. Aber vorher sollt Ihr wissen: Euresgleichen sind Schulmeister, die

Kindern das Lesen lehren. Als ich diese Worte gesprochen hatte, erhub der Mann mit zornigem Gesichte die Stimme und wiederholte seine Worte; auch ich machte ein Gesicht wie unter den Waffen, und weil er so großtat, so zeigte ich mich auch übermütig und sagte: Meinesgleichen seien würdig, mit Päpsten, Kaisern und großen Königen zu sprechen; meinesgleichen ginge vielleicht nur einer durch die Welt und von seiner Art durch jede Türe ein Dutzend aus und ein. Als er diese Worte vernahm, sprang er auf ein Fenstermäuerchen, das im Saal war; dann sagte er mir: Ich solle noch einmal die Worte wiederholen, deren ich mich bedient hätte! Und ich wiederholte sie mit noch mehr Kühnheit als vorher. Ferner sagte ich: Es kümmere mich gar nicht, dem Herzog zu dienen; ich wolle nach Frankreich zurück, welches mir völlig frei stehe. So blieb die Bestie erstaunt und erdfarb, und ich entfernte mich voller Verdruss, in der Absicht, in Gottes Namen fortzugehen. Und wollte Gott, ich hätte sie nur ausgeführt!

Ich wollte nicht, dass der Herzog sogleich diese Teufelei erfahren sollte, deswegen hielt ich mich einige Tage zu Hause und hatte alle Gedanken auf Florenz aufgegeben, außer was meine Schwester und meine Nichten betraf, die ich durch Empfehlungen und Vorsorge so gut als möglich eingerichtet hinterlassen, nach Frankreich zurückkehren und mir Italien aus dem Sinne schlagen wollte. Und so hatte ich mir vorgenommen, so geschwind als möglich alles in Ordnung zu bringen und ohne Urlaub des Herzogs oder jemand anders davonzugehen.

Eines Morgens ließ mich aber gedachter Haushofmeister von selbst auf das Höflichste rufen und fing an, eine gewisse pedantische Rede herzusagen, in der ich weder Art noch Anmut noch Kraft, weder Anfang noch Ende finden konnte. Ich hörte nur, dass er sagte: Er wolle als ein guter Christ keinen Hass gegen jemanden hegen, vielmehr frage er mich im Namen des Herzogs, was für eine Besoldung ich zu meinem Unterhalt verlange? Darauf besann ich mich ein wenig und antwortete nicht, fest entschlossen, nicht dazubleiben. Als er sah, dass ich nicht antwortete, hatte er so viel Verstand zu sagen: O Benvenuto! Den Herzogen antwortet man, und ich rede gegenwärtig im Namen Seiner Exzellenz mit dir. Darauf versetzte ich mit einiger Zufriedenheit: Er solle Seiner Exzellenz sagen, ich wolle keinem nachstehen, der in meiner Kunst arbeitete. Darauf sagte der Haushofmeister: Bandinello hat zweihundert Scudi Besoldung; bist du damit zufrieden, so ist auch die Deinige gemacht. Ich sagte, dass ich zufrieden sei, und das, was ich mehr verdiente, möchte man mir geben, wenn man meine Werke sähe; ich wolle dem guten Urteil Seiner Exzellenz alles überlassen. So knüpfte ich den Faden wider meinen Willen aufs Neue fest und machte mich an die Arbeit, indem mir der Herzog so unendliche Gunst bezeigte, als man sich in der Welt nur denken kann.

Drittes Kapitel

Der König von Frankreich wird durch Verleumdung der Gesellen des Autors gegen ihn eingenommen. – Wodurch er nach Frankreich zu gehen verhindert wird. – Er unternimmt, eine Statue des Per-

Ich hatte indessen öfters Briefe aus Frankreich von
meinem treusten Freunde Herrn Guido Guidi gehabt;
auch in diesen war nichts als Gutes enthalten. Ascanio
schrieb mir auch und bat mich, ich solle mir einen guten
Tag machen, und wenn irgendetwas begegne, so wolle
er mir es melden. Indessen sagte man dem König, dass
ich angefangen habe, für den Herzog in Florenz zu arbeiten, und weil es der beste Mann von der Welt war, so
sagte er oft: Warum kömmt Benvenuto nicht wieder?
Und als er sich deshalb besonders bei meinen Gesellen
erkundigte, sagten beide zugleich: Ich schriebe ihnen,
dass ich mich aufs Beste befände, und sie glaubten, dass
ich kein Verlangen trüge, in Seiner Majestät Dienste zurückzukehren. Als der König diese verwegenen Worte
vernahm, deren ich mich niemals bedient hatte, ward er
zornig und sagte: Da er sich von uns ohne irgendeine
Ursache entfernt hat, so werde ich auch nicht mehr nach
ihm fragen; er bleibe, wo er ist! So hatten die Erzschel-
men die Sache zu dem Punkte gebracht, den sie wünsch-

ten; denn wenn ich wieder nach Frankreich zurückgekehrt wäre, hätten sie wieder wie vorher als Arbeiter unter mir gestanden, blieb ich aber hinweg, so lebten sie frei und auf meine Kosten, und so wendeten sie alles an, um mich entfernt zu halten.

Indessen ich die Werkstatt mauern ließ, um den Perseus darin anzufangen, arbeitete ich im Erdgeschosse des Hauses und machte das Modell von Gips, und zwar von derselbigen Größe, wie die Statue werden sollte, in der Absicht, sie nachher von diesem Modell abzugießen. Als ich aber bemerkte, dass die Arbeit auf diesem Wege mir ein wenig zu lange dauerte, so griff ich zu einem andern Mittel; denn schon war ein bisschen Werkstatt, Ziegel auf Ziegel, so erbärmlich aufgebaut, dass es mich ärgert, wenn ich nur wieder daran denke. Da fing ich die Figur sowohl als auch die Meduse vom Geripp an, das ich von Eisen machte. Dann verfertigte ich die Statuen von Ton und brannte sie, allein mit einigen Knaben, unter denen einer von großer Schönheit war, der Sohn einer Dirne, ›die Gambetta‹ genannt. Ich hatte mich dieses Knaben zum Modell bedient, denn wir finden keine anderen Bücher, die Kunst zu lernen, als die Natur. Ich hatte mir geübte Arbeiter gesucht, um das Werk schnell zu vollenden, aber ich konnte keine finden, und doch allein nicht alles tun. Es waren wohl einige in Florenz, die gern gekommen wären, wenn sie Bandinello nicht verhindert hätte, der, indem er mich so aufhielt, noch dabei zum Herzog sagte: Ich wolle ihm seine Arbeiter entziehen, denn mir selbst sei es nicht möglich, eine große Figur zusammenzusetzen. Ich beklagte mich beim Herzog über den großen Verdruss, den mir die Bestie machte, und bat ihn, dass er mir einige Arbeitsleute zugestehen möge. Diese Worte machten den Herzog glauben, dass Bandinello wahr rede. Als ich das nun bemerkte, nahm ich mir vor, alles so viel als möglich allein zu tun, und gab mir alle erdenkliche Mühe. Indessen ich mich nun so Tag und Nacht bemühte, ward der Mann meiner Schwester krank, und als er in wenigen Tagen starb, hinterließ er mir meine jüngere Schwester mit sechs Töchtern, große und kleine: Das war meine erste Not, die ich in Florenz hatte, Vater und Führer einer solchen zerstörten Familie zu sein.

Nun wollte ich aber, dass alles gut gehen sollte, und da mein Garten sehr verwildert war, suchte ich zwei Taglöhner, die man mir von Ponte Vecchio zuführte. Der eine war ein alter Mann von siebzig Jahren, der andere ein Jüngling von achtzehn. Als ich sie drei Tage gehabt hatte, sagte mir der Jüngling, der Alte wollte nicht arbeiten, und ich täte besser, ihn wegzuschicken, denn er sei nicht allein faul, sondern verhindere auch ihn, den Jungen, etwas zu tun; dabei versicherte er mir, er wolle die wenige Arbeit allein verrichten, ohne dass ich das Geld an andere Leute wegwürfe. Als ich sah, dass dieser Mensch, der Bernardino Mannellini von Mugello hieß, so ein fleißiger Arbeiter war, fragte ich ihn, ob er bei mir als Diener bleiben wolle, und wir wurden sogleich darüber einig. Dieser Jüngling besorgte mir ein Pferd, arbeitete im Garten und gab sich alle Mühe, mir auch in der Werkstatt zu helfen, wodurch er nach und nach die Kunst mit so vieler Geschicklichkeit lernte, dass ich nie eine bessere Beihilfe als ihn gehabt habe. Nun nahm ich mir vor, mit diesem alles zu machen, um dem Herzog zu zeigen, dass Bandinello gelogen habe, und dass ich recht gut ohne seine Arbeiter fertig werden könne.

Zu derselben Zeit litt ich ein wenig an der Nierenkrankheit, und weil ich meine Arbeit nicht fortsetzen konnte, hielt ich mich gern in der Garderobe des Herzogs auf, mit einigen jungen Goldschmieden, die Johann Paul und Domenico Poggini hießen. Diese ließ ich ein goldnes Gefäßchen, ganz mit erhabenen Figuren und andern schönen Zierraten gearbeitet, verfertigen: Seine Exzellenz hatte dasselbe der Herzogin zum Wasserbecher bestellt. Zugleich verlangte er von mir, dass ich ihm einen goldenen Gürtel machen solle, und auch dieses Werk ward aufs Reichste mit Juwelen und andern gefälligen Erfindungen von Masken und dergleichen vollendet. Der Herzog kam sehr oft in die Garderobe und fand ein großes Vergnügen, bei der Arbeit zuzusehen und mit mir zu sprechen. Da ich mich von meiner Krankheit etwas erholt hatte, ließ ich mir Erde bringen, und indessen der Herzog auf und ab ging, porträtierte ich ihn weit über Lebensgröße. Diese Arbeit gefiel Seiner Exzellenz so wohl und er warf so große Neigung auf mich, dass er sagte: Es werde ihm das größte Vergnügen sein, wenn ich im Palast arbeiten wollte und mir darin Zimmer aussuchte, wo ich meine Öfen aufbauen und, was ich sonst bedürfte, aufs Beste einrichten könnte; denn er habe an solchen Dingen das größte Vergnügen. Darauf sagte ich Seiner Exzellenz: Es sei nicht möglich, denn ich würde die Arbeit in hundert Jahren nicht vollenden.

Die Herzogin erzeigte mir gleichfalls unschätzbare Liebkosungen und hätte gewünscht, dass ich nur allein für sie gearbeitet und weder an den Perseus noch an etwas anders gedacht hätte. Ich konnte mich dieser eitlen Gunst nicht erfreuen, denn ich wusste wohl, dass mein böses und widerwärtiges Schicksal ein solches Glück nicht lange dulden, sondern mir ein neues Unheil zubereiten würde; ja, es lag mir immer im Sinne, wie sehr übel ich getan hatte, um zu einem so großen Gute zu gelangen.

Denn was meine französischen Angelegenheiten betraf, so konnte der König den großen Verdruss nicht verschlucken, den er über meine Abreise gehabt hatte, und doch hätte er gewünscht, dass ich wiederkäme, freilich auf eine Art, die ihm Ehre brächte. Ich glaubte aber so viel Ursachen zu haben, um mich nicht erst zu demütigen, denn ich wusste wohl: Wenn ich diesen ersten Schritt getan hätte und vor den Leuten, als ein gehorsamer Diener erschienen wäre, so hätten sie gesagt, ich sei der Sünder und verschiedene Vorwürfe, die man mir fälschlich gemacht hatte, seien gegründet. Deswegen nahm ich mich zusammen und schrieb als ein Mann von Verstande in strengen Ausdrücken über meine Angelegenheiten. Darüber hatten meine beiden verräterischen Zöglinge die größte Freude, denn ich rühmte mich und meldete ihnen die großen Arbeiten, die mir in meinem Vaterlande von einem Herrn und einer Dame aufgetragen worden wären, die unumschränkte Herren von Florenz seien.

Mit einem solchen Briefe gingen sie zum König und drangen in Seine Majestät, ihnen mein Kastell zu überlassen, auf die Weise, wie er mir es gegeben hatte. Der König, der ein guter und vortrefflicher Herr war, wollte niemals die verwegenen Forderungen dieser beiden

Spitzbübchen verwilligen, denn er sah wohl ein, worauf ihre boshaften Absichten gerichtet waren. Um ihnen jedoch einige Hoffnung zu geben und mich zur Rückkehr zu veranlassen, ließ er mir auf eine etwas zornige Weise durch einen seiner Schatzmeister schreiben. Dieser hieß Herr Julian Buonaccorsi, ein florentinischer Bürger. Dieser Brief enthielt: dass, wenn ich wirklich den Namen eines rechtschaffenen Mannes, den ich immer gehabt habe, behaupten wolle, so sei ich nun, da ich für meine Abreise keine Ursache anführen könne, ohne Weiteres verbunden, Rechenschaft von allem zu geben, was ich von Seiner Majestät in Händen gehabt und was ich für Sie gearbeitet habe.

Als ich diesen Brief erhielt, war ich äußerst vergnügt, denn ich hätte selbst nicht mehr noch weniger verlangen können. Nun machte ich mich daran und füllte neun Bogen gewöhnlichen Papiers und bemerkte darauf alle Werke, die ich gemacht hatte, alle Zufälle, die mir dabei begegnet waren, und die ganze Summe des darauf verwendeten Geldes. Alles war durch die Hand von zwei Notarien und eines Schatzmeisters gegangen und alles von denen Leuten, an die ich ausgezahlt hatte, eigenhändig quittiert, sie mochten das Geld für Materialien oder für Arbeitslohn erhalten haben. Ich zeigte, dass mir davon nicht ein Pfennig in die Tasche gefallen war und dass ich für meine geendigten Werke nichts in der Welt erhalten hatte außer einigen würdigen königlichen Versprechungen, die ich mit nach Italien genommen hatte; ich fügte hinzu, dass ich mich nicht rühmen könne, etwas anderes für meine Werke empfangen zu haben als eine ungewisse Besoldung, die mir zu meinem Bedürfnis ausgesetzt gewesen. Auf dieselbe sei man mir noch über siebenhundert Goldgülden schuldig, die ich deswegen habe stehen lassen, damit sie mir zu meiner Rückreise dienen könnten. Ich merke wohl, fuhr ich fort, dass einige boshafte, neidische Menschen mir einen bösen Dienst geleistet haben, aber die Wahrheit muss doch siegen, und es ist mir um die Gunst des allerchristlichsten Königs und nicht um Geld zu tun. Denn ich bin überzeugt, weit mehr geleistet zu haben, als ich antrug, und doch sind mir dagegen nur Versprechungen erfolgt. Mir ist einzig daran gelegen, in Seiner Majestät Gedanken als ein braver und reiner Mann zu erscheinen, dergleichen ich immer war, und wenn Seine Majestät den geringsten Zweifel hegen wollten, so würde ich auf den kleinsten Wink sogleich erscheinen und mit meinem eignen Leben Rechenschaft ablegen. Da ich aber sehe, dass man so wenig aus mir mache, so habe ich nicht wollen wieder zurückkehren und mich anbieten, denn ich wisse, dass ich immer Brot finde, wo ich auch hingehe, und wenn man Ansprüche an mich mache, so werde ich zu antworten wissen. Übrigens waren in diesem Briefe noch manche Nebenumstände bemerkt, die vor einen so großen König gehören und zur Verteidigung meiner Ehre gereichten. Diesen Brief, ehe ich ihn wegschickte, trug ich zu meinem Herzog, der ihn mit Zufriedenheit durchlas; dann schickte ich ihn sogleich nach Frankreich unter der Adresse des Kardinals von Ferrara.

Zu der Zeit hatte Bernardone Baldini, der Juwelenhändler Seiner Exzellenz, einen Diamanten von Venedig gebracht, der mehr als fünfunddreißig Karat wog; auch hatte Antonio Vittorio Landi einiges Interesse, diesen

Stein dem Herzog zu verkaufen. Der Stein war erst eine Rosette gewesen, weil er aber nicht jene glänzende Klarheit zeigte, wie man an einem solchen Juwel verlangen konnte, so hatten die Herren die Spitze wegschleifen lassen, und nun nahm er sich als Brillant auch nicht sonderlich aus. Unser Herzog, der die Juwelen äußerst liebte, gab dem Schelm Bernardo gewisse Hoffnung, dass er diesen Diamant kaufen wolle, und weil Bernardo allein die Ehre haben wollte, den Herzog zu hintergehen, so sprach er mit seinem Gesellen niemals von der Sache. Gedachter Antonio war von Jugend auf mein großer Freund gewesen, und weil er sah, dass ich bei unserm Herzog immer aus und ein ging, so rief er mich eines Tages beiseite (es war gegen Mittag, an der Ecke des neuen Marktes) und sagte zu mir: Benvenuto! Ich bin gewiss, der Herzog wird Euch einen gewissen Diamant zeigen, den er Lust hat zu kaufen; Ihr werdet einen herrlichen Diamant sehen. Helft zu dem Verkaufe! Ich kann ihn für siebenzehntausend Scudi hingeben, und wenn der Herzog Euch um Rat fragt und Ihr ihn geneigt zum Handel seht, so wird sich schon was tun lassen, dass er ihn behalten kann. Antonio zeigte große Sicherheit, dieses Juwel loszuwerden, und ich versprach ihm, dass, wenn man mir es zeigte, so wollte ich alles sagen, was ich verstünde, ohne dem Steine Schaden zu tun.

Nun kam, wie ich oben gesagt habe, der Herzog alle Tage einige Stunden in die Werkstatt der Goldschmiede in der Nähe von seinem Zimmer, und ungefähr acht Tage, nachdem Antonio Landi mit mir gesprochen hatte, zeigte mir der Herzog nach Tische den gedachten Diamant, den ich an den Zeichen, die mir Antonio gegeben hatte, sowohl der Gestalt als dem Gewicht nach, leicht erkannte, und da der Diamant, wie schon gesagt, von etwas trüblichem Wasser war und man die Spitze deshalb abgeschliffen hatte, so wollte mir die Art und Weise desselben gar nicht gefallen und ich würde ihm von diesem Handel abgeraten haben. Daher, als mir Seine Exzellenz den Stein zeigte, fragte ich: was er wolle, das ich sagen solle? Denn es sei ein Unterschied bei den Juwelieren, einen Stein zu schätzen, wenn ihn ein Herr schon gekauft habe, oder ihm den Preis zu machen, wenn er ihn kaufen wolle. Darauf sagte der Herzog mir: Er habe ihn gekauft, und ich sollte nur meine Meinung sagen. Da konnte ich nicht verfehlen, auf eine bescheidene Weise das wenige anzuzeigen, was ich von dem Edelstein verstand. Er sagte mir: Ich solle die Schönheit der langen Facetten sehen, die der Stein habe; darauf sagte ich: es sei das eben keine große Schönheit, sondern vielmehr nur eine abgeschliffene Spitze. Darauf gab mein Herr, welcher wohl einsah, dass ich wahr rede, einen Ton des Verdrusses von sich und sagte: Ich solle den Wert des Edelsteins betrachten und sagen, was ich ihn schätze. Da nun Antonio Landi den Stein für siebenzehntausend Scudi angeboten hatte, glaubte ich, der Herzog habe höchstens fünfzehntausend dafür bezahlt, und weil ich sah, dass er übel nahm, wenn ich die Wahrheit sagte, so wollte ich ihn in seiner falschen Meinung erhalten und sagte, indem ich ihm den Diamant zurückgab: Achtzehntausend Scudi habt Ihr bezahlt. Da tat der Herzog einen großen Ausruf und machte mit dem Munde ein O, größer als die Öffnung eines Brunnens, und sagte: Nun sehe ich, dass du dich nicht darauf verstehst! Ich versetzte: Gnädiger Herr! Ihr seht nicht recht. Wenn Ihr Euch bemüht, den Ruf Eures Edelsteins zu erhalten, so werde ich bemüht sein, mich drauf zu verstehn. Sagt mir wenigstens, wie viel Ihr bezahlt habt, damit ich auf Weise Eurer Exzellenz mich drauf verstehn lerne! Der Herzog ging mit einer etwas verdrießlichen Miene weg und sagte: Fünfundzwanzigtausend Scudi und mehr, Benvenuto, habe ich dafür gegeben. Das geschah in der Gegenwart von den beiden Poggini, den Goldschmieden; Bachiaccia aber, ein Sticker, der in einem benachbarten Zimmer arbeitete, kam auf diesen Lärm herbeigelaufen. Vor diesen sagte ich: Ich würde dem Herzog nicht geraten haben, den Stein zu kaufen! Hätte er aber ja Lust dazu gehabt, so hat mir ihn Antonio Landi vor acht Tagen für siebenzehntausend Scudi angeboten, und ich glaube, für fünfzehntausend, ja noch für weniger hätte man ihn bekommen. Aber der Herzog will seinen Edelstein in Ehren halten, ob ihm gleich Bernardone einen so abscheulichen Betrug gespielt hat; er wird es niemals glauben, wie die Sache sich eigentlich verhält. So sprachen wir untereinander und lachten über die Leichtgläubigkeit des guten Herzogs.

Ich hatte schon die Figur der Meduse, wie gesagt, ziemlich weit gebracht. Über das Gerippe von Eisen war die Gestalt gleichsam anatomisch übergezogen, ungefähr um einen halben Finger zu mager. Ich brannte sie aufs Beste, dann brachte ich das Wachs drüber, um sie zu vollenden, wie sie dereinst in Erz werden sollte. Der Herzog, der oft gekommen war, mich zu sehen, war so besorgt, der Guss möchte mir nicht geraten, dass er wünschte, ich möchte einen Meister zu Hilfe nehmen, der diese Arbeit verrichtete. Diese Gunst des Herrn ward mir sehr beneidet, und weil er oft mit Zufriedenheit von meiner Unterhaltung sprach, so dachte sein Haushofmeister nur auf eine Gelegenheit, um mir den Hals zu brechen. Der Herzog hatte diesem schlechten Mann, der von Prato und also ein Feind aller Florentiner war, große Gewalt gegeben und ihn aus einem Sohn eines Böttchers, aus einem unwissenden und elenden Pedanten, bloß weil er ihn in seiner Jugend unterrichtet hatte, als er an das Herzogtum noch nicht denken konnte, zum Oberaufseher der Polizeidiener und aller Gerichtsstellen der Stadt Florenz gemacht. Dieser, als er mit aller seiner Wachsamkeit mir nichts Übels tun und seine Klauen nirgends einschlagen konnte, fiel endlich auf einen Weg, zu seinem Zweck zu gelangen. Er suchte die Mutter meines Lehrburschen auf, der Cencio hieß, ein Weib, der man den Namen ›die Gambetta‹ gegeben hatte. Nun machte der pedantische Schelm mit der höllischen Spitzbübin einen Anschlag, um mich in Gottes Namen fortzutreiben. Sie hatten auch einen Bargell auf ihre Seite gebracht, der ein gewisser Bologneser war und den der Herzog nachher wegen ähnlicher Streiche wegjagte. Als nun die Gambetta den Auftrag von dem schelmischen pedantischen Narren, dem Haushofmeister, erhalten hatte, kam sie eine Sonnabendnacht mit ihrem Sohn zu mir und sagte: Sie habe das Kind um meines Wohles willen einige Tage eingeschlossen. Darauf antwortete ich ihr: Um meinetwillen solle sie ihn gehen lassen, wohin er wolle. Ich lachte sie aus und fragte: warum sie ihn eingeschlossen habe? Sie antwortete: Weil er mit mir gesündigt habe, so sei ein Befehl ergangen, uns beide einzuziehen. Darauf sagte ich, halb erzürnt: Wie habe ich gesündigt? Fragt den Knaben selbst! Sie fragte darauf den Sohn, ob es nicht wahr sei? Der Knabe weinte und sagte: Nein! Darauf schüttelte die Mutter den Kopf und sagte zum Sohne: Du Schelm! Ich weiß wohl nicht, wie das zugeht? Dann wendete sie sich zu mir und sagte: Ich sollte ihn im Hause behalten, denn der Bargell suche ihn und werde ihn überall wegnehmen, nur nicht aus meinem Hause. Darauf sagte ich: Ich habe bei mir eine verwitwete Schwester mit sechs frommen Töchtern, und ich will niemand bei mir haben! Darauf sagte sie: Der Haushofmeister habe dem Bargell die Kommission gegeben, man solle suchen, mich auf alle Weise gefangen zu nehmen; da ich aber den Sohn nicht im Hause behalten wolle, so sollte ich ihr hundert Scudi geben und weiter keine Sorge haben, denn der Haushofmeister sei ihr größter Freund und sie werde mit ihm machen, was sie wolle, wenn ich ihr das verlangte Geld gäbe. Ich war indessen ganz wütend geworden und rief: Weg von hier, nichtswürdige Hure! Tat ich es nicht aus Achtung gegen die Welt und wegen der Unschuld eines unglücklichen Kindes, so hätte ich dich schon mit diesem Dolche ermordet, nach dem ich zwei-, dreimal gegriffen habe. Mit diesen Worten und mit viel schlimmen Stößen warf ich sie und das Kind zum Hause hinaus.

Viertes Kapitel

Der Autor, verdrießlich über das Betragen der herzoglichen Diener, begibt sich nach Venedig, wo ihn Tizian, Sansovino und andere geschickte Künstler sehr gut behandeln. – Nach einem kurzen Aufent-

halt kehrt er nach Florenz zurück und fährt in sei-
ner Arbeit fort. – Den Perseus kann er nicht zum
Besten fördern, weil es ihm an Hilfsmitteln fehlt; er
beklagt sich deshalb gegen den Herzog. – Die Her-
zogin beschäftigt ihn als Juwelier und wünscht, dass
er seine ganze Zeit auf diese Arbeit verwende; aber
aus Verlangen, sich in einem höhern Felde zu zei-
gen, greift er seinen Perseus wieder an.

Da ich aber nachher bei mir die Verruchtheit und Gewalt des verwünschten Pedanten betrachtete, überlegte
ich, dass es besser sei, dieser Teufelei ein wenig aus dem
Wege zu gehen, und nachdem ich morgens zu guter Zeit
meiner Schwester Juwelen und andere Dinge für ungefähr zweitausend Scudi aufzuheben gegeben hatte, stieg
ich zu Pferde und machte mich auf den Weg nach Venedig und nahm meinen Bernardin von Mugello mit. Als
ich nach Ferrara kam, schrieb ich Seiner Exzellenz dem
Herzog: So wie ich ohne Urlaub weggegangen sei, so
wollte ich auch ohne Befehl wiederkommen. Als ich
nach Venedig kam und betrachtete, auf wie verschiedene Weise mein grausames Schicksal mich verfolgte, tröstete ich mich, da ich mich so munter und frisch befand,
und nahm mir vor, mit ihm auf meine gewöhnliche Weise zu scharmutzieren. Indessen ich so an meine Umstände dachte, vertrieb ich mir die Zeit in dieser schönen
und reichen Stadt. Ich besuchte den wundersamen Tizian, den Maler und Meister Jakob del Sansovino, einen
trefflichen Bildhauer und Baumeister, einen unserer Florentiner, den die venezianischen Obern sehr reichlich
unterhielten. Wir hatten uns in Rom und Florenz in un-

serer Jugend genau gekannt. Diese beiden trefflichen Männer erzeigten mir viel Liebkosungen.

Den andern Tag begegnete ich Herrn Lorenz Medicis, der mich sogleich bei der Hand nahm und mir aufs Freundlichste zusprach, denn wir hatten uns in Florenz gekannt, als ich die Münzen des Herzogs Alexander verfertigte, und nachher in Paris, als ich im Dienste des Königs war. Damals wohnte er im Haus des Herrn Julian Buonaccorsi, und weil er ohne seine größte Gefahr sich nicht überall durfte sehen lassen, brachte er die meiste Zeit in meinem Schlösschen zu und sah mich an jenen großen Werken arbeiten. Wegen dieser alten Bekanntschaft nahm er mich bei der Hand und führte mich in sein Haus, wo ich den Herrn Prior Strozzi fand, den Bruder des Herrn Peter. Sie freuten sich und fragten: wie lange ich in Venedig bleiben wolle? Denn sie dachten, es sei meine Absicht, nach Frankreich zurückzukehren. Da erzählte ich ihnen die Ursache, warum ich aus Florenz gegangen sei, und dass ich in zwei, drei Tagen wieder zurückgehe, meinem Großherzog zu dienen. Auf diese Worte wendeten sich beide mit so viel Ernst und Strenge zu mir, dass ich mich wirklich äußerst fürchtete, und sagten: Du tätest besser, nach Frankreich zu gehen, wo du reich und bekannt bist! Was du da gewonnen hast, wirst du alles in Florenz verlieren und daselbst nur Verdruss haben.

Ich antwortete nichts auf ihre Reden und verreiste den andern Tag, so geheim, als ich konnte, und nahm den Weg nach Florenz.

Indessen legten sich die Teufeleien meiner Feinde, denn ich hatte an meinen Großherzog die ganze Ursache geschrieben, die mich von Florenz entfernt hatte. So ernst und klug er war, durfte ich ihn doch ohne Zeremonien besuchen. Nach einer kurzen ernsthaften Stille redete er mich freundlich an und fragte: wo ich gewesen sei? Ich antwortete: Mein Herz sei nicht einen Fingerbreit von Seiner Exzellenz entfernt gewesen, ob mich gleich die Umstände genötigt hätten, den Körper ein wenig spazieren zu lassen. Darauf ward er noch freundlicher, fragte nach Venedig, und so diskutierten wir ein wenig. Endlich sagte er zu mir: Ich solle fleißig sein und ihm seinen Perseus endigen.

So ging ich nach Hause, fröhlich und munter, erfreute meine Familie, meine Schwester nämlich mit ihren sechs Töchtern, nahm meine Werke wieder vor und arbeitete daran mit aller Sorgfalt. Das erste, was ich in Erz goss, war das große Bildnis Seiner Exzellenz, das ich in dem Zimmer der Goldschmiede bossiert hatte, da ich nicht wohl war. Dieses Werk gefiel: Ich hatte es aber eigentlich nur unternommen, um die Erden zu versuchen, welche zu den Formen geschickt seien. Denn ich bemerkte wohl, dass Donatello, der bei seinen Arbeiten in Erz sich auch der florentinischen Erden bedient hatte, dabei sehr große Schwierigkeiten fand, und da ich dachte, dass die Schuld an der Erde liege, so wollte ich, ehe ich den Guss meines Perseus unternahm, keinen Fleiß sparen, um die beste Erde zu finden, welche der wundersame Donatell nicht musste gekannt haben, weil ich eine große Mühseligkeit an seinen Werken bemerkte. So setzte ich nun zuletzt auf künstliche Weise die Erde zusammen, die mir aufs Beste diente, und der Guss des Kopfes geriet mir; weil ich aber meinen Ofen noch nicht fertig hatte, bediente ich mich der Werkstatt des Meister Zanobi von Pagno, des Glockengießers, und da ich sah, dass der Kopf sehr rein ausgefallen war, erbaute ich sogleich einen kleinen Ofen in der Werkstatt, die auf Befehl des Herzogs nach meiner Angabe und Zeichnung in dem Hause, das er mir geschenkt hatte, errichtet worden war, und sobald mein Ofen mit aller möglichen Sorgfalt sich in Ordnung befand, machte ich Anstalt, die Statue der Meduse zu gießen, die Figur nämlich des verdrehten Weibchens, das sich unter den Füßen des Perseus befindet. Da dieses nun ein sehr schweres Unternehmen war, so unterließ ich nichts von allem dem, was mir durch Erfahrung bekannt geworden war, damit mir nicht etwa ein Irrtum begegnen möchte. Und so geriet mir der erste Guss aus meinem Ofen auf das Allerbeste: Er war so rein, dass meine Freunde glaubten, ich brauchte ihn weiter nicht auszuputzen. Sie verstanden es aber so wenig, als gewisse Deutsche und Franzosen, die sich der schönsten Geheimnisse rühmen und behaupten, dergestalt in Erz gießen zu können, dass man nachher nicht nötig habe, es auszuputzen. Das ist aber ein närrisches Vorgeben, denn jedes Erz, wenn es gegossen ist, muss mit Hammer und Grabstichel nachgearbeitet werden, wie es die wundersamen Alten getan hatten, und auch die Neuen – ich meine diejenigen, welche in Erz zu arbeiten verstanden. Dieser Guss gefiel Seiner Exzellenz gar sehr, als Sie in mein Haus kamen, ihn zu sehen, wobei Sie mir großen Mut einsprachen, meine Sachen gut zu machen. Aber doch vermochte der rasende Neid des Bandinello zu viel, der immer Seiner Exzellenz in den Ohren lag und Ihr zu verstehen gab, dass, wenn ich auch dergleichen Statuen gösse, so sei ich doch nie imstande, sie zusammenzusetzen; denn ich sei neu in der Kunst, und Seine Exzellenz solle sich sehr in acht nehmen, Ihr Geld nicht wegzuwerfen. Diese Worte vermochten so viel auf das ruhmvolle Gehör, dass mir die Bezahlung für meine Arbeiter verkürzt wurde, sodass ich genötigt war, mich gegen Seine Exzellenz eines Morgens lebhaft darüber zu erklären. Ich wartete auf ihn in der Straße der Serviten und redete ihn folgendergestalt an: Gnädiger Herr! Ich erhalte das Notdürftige nicht mehr und besorge daher, Eure Exzellenz misstraue mir; deswegen sage ich von Neuem, ich halte mich für fähig, das Werk dreimal besser zu machen, als das Modell war, so wie ich versprochen habe. Als ich bemerkte, dass diese Worte nichts fruchteten, weil ich keine Antwort erhielt, so ärgerte ich mich dergestalt und fühlte eine unerträgliche Leidenschaft, sodass ich den Herzog aufs Neue anging und sagte: Gnädiger Herr! Diese Stadt war auf alle Weise die Schule der Talente; wenn aber einer einmal bekannt ist und etwas gelernt hat, so tut er wohl, um den Ruhm seiner Stadt und seines Fürsten zu vermehren, wenn er auswärts arbeitet. Eurer Exzellenz ist bekannt, was Donatello und Leonardo da Vinci waren und was jetzt der wundersame Michelagnolo Buonarroti ist; diese vermehren auswärts durch ihre Talente den Ruhm von Eurer Exzellenz. Und so hoffe ich auch meinen Teil dazu zu tun und bitte deswegen, mich gehen zu lassen; aber ich bitte Euch sehr, den Bandinello festzuhalten und ihm immer mehr zu geben, als er verlangt, denn wenn er auswärts geht, so wird seine Anmaßung und Unwissenheit dieser edlen Schule auf alle Weise Schande machen.

Und so gebt mir Urlaub, denn ich verlange nichts anders für meine bisherigen Bemühungen als die Gnade von Eurer Exzellenz!

Da der Herzog mich also entschieden sah, kehrte er sich halb zornig um und sagte: Benvenuto! Wenn du Lust hast, das Werk zu vollenden, soll dir nichts abgehen. Darauf antwortete ich, dass ich kein anderes Verlangen habe, als den Neidern zu zeigen, dass ich imstande sei, das versprochene Werk zu vollenden. Da ich nun auf diese Weise von Seiner Exzellenz wegging, erhielt ich eine geringe Beihilfe, sodass ich genötigt war, in meinen eigenen Beutel zu greifen, wenn das Werk mehr als Schritt gehen sollte.

Ich ging noch immer des Abends in die Garderobe Seiner Exzellenz, wo Dominikus und Johann Paul Poggini fortfuhren, an dem goldnen Gefäß für die Herzogin und einem goldenen Gürtel zu arbeiten; auch hatte Seine Exzellenz das Modell eines Gehänges machen lassen, worin obgedachter großer Diamant gefasst werden sollte. Und ob ich gleich vermied, so etwas zu unternehmen, so hielt mich doch der Herzog mit so vieler Anmut alle Abend bis vier Uhr in der Nacht an der Arbeit und verlangte von mir auf die gefälligste Weise, dass ich sie bei Tage fortsetzen solle. Ich konnte mich aber unmöglich dazu verstehen, ob ich gleich voraussah, dass der Herzog mit mir darüber zürnen würde. Denn eines Abends unter anderm, da ich etwas später als gewöhnlich hereintrat, sagte er zu mir: Du bist unwillkommen (Malvenuto)! Darauf antwortete ich: Gnädiger Herr! Das ist mein Name nicht, denn ich heiße Benvenuto. Aber ich denke, Eure Exzellenz scherzt nur, und ich will also weiter nichts sagen. Darauf sagte der Herzog: er scherze nicht, es sei sein völliger Ernst; ich sollte mich in meinen Handlungen in acht nehmen, denn er höre, dass ich im Vertrauen auf seine Gunst dieses und jenes tue, was sich nicht gehöre. Darauf bat ich ihn, er möge mir jemand anzeigen, dem ich unrecht getan hätte. Da ward er zornig und sagte: Gib erst wieder, was du von Bernardone borgtest! Da hast du eins! Darauf versetzte ich: Gnädiger Herr! Ich danke Euch und bitte, dass Ihr mich nur vier Worte anhören wollt. Es ist wahr, dass er mir eine alte Wage geborgt hat, zwei Ambosse und drei kleine Hämmer, und es sind schon fünfzehn Jahre, dass ich seinem Georg von Cortona sagte, er möge nach diesem Geräte schicken. Da kam gedachter Georg selbst, sie abzuholen, und wenn Eure Exzellenz jemals erfährt, dass ich von meiner Geburt an von irgendeiner Person auf diese Weise etwas besitze, in Rom oder in Florenz, es sei von denen, die es Ihnen selbst hinterbringen, oder von andern, so strafen Sie mich nach dem Kohlenmaße!

Als der Herzog mich in dieser heftigen Leidenschaft sah, wendete er sich auf eine gelinde und liebevolle Weise zu mir und sagte: Wer nichts verschuldet hat, dem ist es nicht gesagt. Verhält es sich, wie du versicherst, so werde ich dich immer gerne sehen, wie vorher. Darauf versetzte ich: Die Schelmstreiche des Bernardone zwingen mich, Eure Exzellenz zu fragen und zu bitten, dass Sie mir sagen, wie viel Sie auf den großen Diamant mit der abgeschliffenen Spitze verwendet haben, denn ich hoffe, die Ursache zu zeigen, warum dieser böse Mensch mich in Ungnade zu bringen sucht. Darauf antwortete der Herzog: Der Diamant kostet mich fünfundzwanzigtausend Scudi, warum fragst du darnach? Darauf antwortete ich, indem ich ihm Tag und Stunde bezeichnete: Weil mir Antonio Vittorio Landi gesagt, wenn ich suchen wollte, diesen Handel mit Eurer Exzellenz zu machen, so wolle er ihn für sechzehntausend Scudi geben. Das war nur sein erstes Gebot, und Eure Exzellenz weiß nun, was Sie gezahlt hat. Und dass mein Angeben wahr sei, fragen Sie den Domenico Poggini und seinen Bruder, die hier gegenwärtig sind, ob ich es damals nicht gleich gesagt habe? Nachher habe ich aber nicht weiter davon geredet, weil Eure Exzellenz sagten, dass ich es nicht verstehe, und ich wohl sah, dass Sie Ihren Stein bei Ruhm erhalten wollten. Allein wisset, gnädiger Herr: ich verstehe mich sehr wohl darauf, und gegenwärtig handle ich als ein ehrlicher Mann, so gut, als einer auf die Welt gekommen ist, und ich werde Euch niemals acht- bis zehntausend Scudi stehlen, vielmehr werde ich sie Euch mit meiner Arbeit zu erwerben suchen. Ich befinde mich hier, Eurer Exzellenz als Bildhauer, Goldschmied und Münzmeister zu dienen, nicht aber, Ihnen die Handlungen anderer zu hinterbringen, und dass ich dieses jetzt sage, geschieht zu meiner Verteidigung. Ich habe weiter nichts dabei, und ich sage es in Gegenwart so vieler wackren Leute, die hier sind, damit Eure Exzellenz dem Bernardone nicht mehr glauben, was er sagt.

Sogleich stund der Herzog entrüstet auf und schickte nach Bernardone, der mit Antonio Landi genötiget wurde, bis Venedig zu reisen. Antonio behauptete, er habe nicht von diesem Diamant gesprochen. Als sie von Venedig zurückkamen, ging ich zum Herzog und sagte: Gnädiger Herr! Was ich gesagt habe, ist wahr, und was

Bernardone wegen der Gerätschaften sagt, ist nicht wahr; wenn er es beweist, will ich ins Gefängnis gehen. Darauf wendete sich der Herzog zu mir und sagte: Benvenuto! Bleibe ein rechtschaffner Mann und sei übrigens ruhig. So verrauchte die Sache, und es ward niemals mehr davon gesprochen. Ich hielt mich indessen zu der Fassung des Edelsteins, und als ich das Kleinod der Herzogin geendigt brachte, sagte sie mir selbst: Sie schätze meine Arbeit so hoch als den Diamant, den ihr der Bernardaccio verkauft habe. Sie wollte auch, dass ich ihr die Juwele selbst an die Brust stecken sollte, und gab mir dazu eine große Stecknadel; darauf befestigte ich den Edelstein und ging unter vielen Gnadenbezeugungen, die sie mir erwies, hinweg. Nachher hörte ich aber, dass sie ihn wieder habe umfassen lassen, durch einen Deutschen oder einen andern Fremden; denn Bernardone behauptete, der Diamant würde sich nur besser ausnehmen, wenn er einfacher gefasst wäre.

Die beiden Brüder Poggini arbeiteten, wie ich schon gesagt habe, in der Garderobe des Herzogs immer fort und verfertigten nach meinen Zeichnungen gewisse goldne Gefäße mit halberhabenen Figuren, auch andere Dinge von großer Bedeutung. Da sagte ich bei Gelegenheit zu dem Herzog: Wenn Eure Exzellenz mir einige Arbeiter bezahlten, so wollte ich die Stempel zu Ihren gewöhnlichen Münzen und Medaillen mit Ihrem Bildnisse machen und mit den Alten wetteifern, ja vielleicht sie übertreffen; denn seitdem ich die Medaillen Papst Clemens des Siebenten gemacht, habe ich so viel gelernt, dass ich mir wohl etwas Besseres zu liefern getraue. So sollten sie auch besser werden als die Münzen, die ich für den Herzog Alexander gearbeitet habe, die man noch für schön halte. Auch wollte ich Seiner Exzellenz große Gefäße von Gold und Silber machen, wie dem wundersamen König Franz von Frankreich, den ich so gut bedient habe, weil er mir die große Bequemlichkeit vieler Arbeiter verschaffte, sodass ich indessen meine Zeit auf Kolossen oder andere Statuen verwenden konnte. Darauf sagte der Herzog: Tue nur, und ich werde sehen! Er gab mir aber weder Bequemlichkeit noch irgendeine Beihilfe.

Eines Tages ließ er mir einige Pfund Silber zustellen und sagte: Das ist Silber aus meinem Bergwerk, mache mir ein schönes Gefäß! Weil ich aber meinen Perseus nicht zurücklassen wollte und doch großes Verlangen hatte, ihm zu dienen, gab ich das Metall mit einigen meiner Modelle und Zeichnungen einem Schelm, der Peter Martini der Goldschmied hieß, der die Arbeit ungeschickt anfing und sie nicht einmal förderte, sodass ich mehr Zeit verlor, als wenn ich sie eigenhändig gemacht hätte. Er zog mich einige Monate herum, und als ich sah, dass er weder selbst noch durch andere die Arbeit zustande brachte, verlangte ich sie zurück, und ich hatte große Mühe, einen übel angefangenen Körper des Gefäßes und das übrige Silber wiederzuerhalten. Der Herzog, der etwas von diesem Handel vernahm, schickte nach den Gefäßen und Modellen und sagte niemals weder wie und warum. So hatte ich auch nach meinen Zeichnungen verschiedene Personen in Venedig und an andern Orten arbeiten lassen und ward immer schlecht bedient.

Die Herzogin sagte mir oft: Ich sollte Goldschmiedear-
beiten für sie verfertigen. Darauf versetzte ich öfters: Die
Welt und ganz Italien wisse wohl, dass ich ein guter
Goldschmied sei, aber Italien habe keine Bildhauerarbeit
von meiner Hand gesehen, und einige rasende Bildhauer verspotteten mich und nennten mich den ›neuen
Bildhauer‹; denen hoffte ich zu zeigen, dass ich kein
Neuling sei, wenn mir nur Gott die Gnade gäbe, meinen
Perseus auf dem ehrenvollen Platz Seiner Exzellenz geendigt aufzustellen. So ging ich nach Hause, arbeitete
Tag und Nacht und ließ mich nicht im Palast sehen;
doch um mich bei der Herzogin in gutem Andenken zu
erhalten, ließ ich ihr einige kleine silberne Gefäße machen, groß wie ein Zweipfennigtöpfchen, mit schönen
Masken, auf die reichste antike Weise. Als ich die Gefäße
brachte, empfing sie mich auf das Freundlichste und bezahlte mir das Gold und Silber, das ich darauf verwendet hatte; ich empfahl mich ihr und bat sie, sie möchte
dem Herzog sagen, dass ich zu einem so großen Werke
zu wenig Beihilfe hätte und dass er doch der bösen
Zunge des Bandinells nicht glauben solle, die mich verhindere, meinen Perseus zu vollenden. Zu diesen meinen kläglichen Worten zuckte sie die Achsel und sagte:
Fürwahr, der Herzog sollte nur zuletzt einsehen, dass
sein Bandinello nichts taugt!

Fünftes Kapitel

Die Eifersucht des Bandinello legt unserm Verfasser
unzählige Schwierigkeiten in den Weg, wodurch der
Fortgang seines Werks durchaus gehindert wird. –
In einem Anfall von Verzweiflung geht er nach Fie-

sole, einen natürlichen Sohn zu besuchen, und trifft auf seinem Rückweg mit Bandinello zusammen. – Erst beschließt er, ihn zu ermorden; doch da er sein feiges Betragen erblickt, verändert er den Sinn, fühlt sich wieder ruhig und hält sich an sein Werk. – Unterhaltung zwischen ihm und dem Herzog über eine antike Statue, die der Autor zum Ganymed restauriert. – Nachricht von einigen Marmorstatuen Cellinis, als einem Apoll, Hyazinth und Narziss. – Durch einen Zufall verliert er fast sein Auge. – Art seiner Genesung.

So hielt ich mich zu Hause, zeigte mich selten im Palast und arbeitete mit großer Sorgfalt, mein Werk zu vollenden. Leider musste ich dabei die Arbeiter aus meinem Beutel bezahlen, denn der Herzog hatte mir durch Lattanzio Gorini etwa achtzehn Monate lang gewisse Arbeiter gut getan: Nun währte es ihm zu lange, und er nahm den Auftrag zurück. Hierüber befragte ich den Lattanzio, warum er mich nicht bezahle? Er antwortete mir mit seinem Mückenstimmchen, indem er seine Spinnenfinger bewegte: Warum endigst du nicht das Werk? Man glaubt; dass du nie damit fertig werden wirst! Ich sagte darauf erzürnt: Hol Euch der Henker und alle, die glauben, dass ich es nicht vollenden könne! So ging ich verzweiflungsvoll wieder nach Hause zu meinem unglücklichen Perseus, und nicht ohne Tränen, denn ich erinnerte mich des glücklichen Zustandes, den ich in Paris im Dienste des verwundernswürdigen Königs verlassen hatte, der mich in allem unterstützte, und hier fehlte mir alles.

Oft war ich im Begriff, mich auf den Weg der Verzweiflung zu werfen. Einmal unter anderm stieg ich auf ein schönes Pferd, nahm hundert Scudi zu mir und ritt nach Fiesole, meinen natürlichen Sohn zu besuchen, den ich bei einer Gevatterin, der Frau eines meiner Gesellen, in der Kost hatte. Ich fand das Kind wohl auf und küsste es in meinem Verdrusse. Da ich wegwollte, ließ er mich nicht fort, hielt mich fest mit den Händen unter einem wütenden Weinen und Geschrei, das in dem Alter von ungefähr zwei Jahren eine äußerst verwundersame Sache war.

Da ich mir aber vorgenommen hatte, den Bandinell, der alle Abend auf ein Gut über San Domenico zu gehen pflegte, wenn ich ihn fände, verzweiflungsvoll auf den Boden zu strecken, riss ich mich von meinem Knaben los und ließ ihn in seinen heftigen Tränen. So kam ich nach Florenz zurück, und als ich auf den Platz von San Domenico gelangte, kam Bandinello eben an der ändern Seite herein, und ich, sogleich entschlossen, das blutge Werk zu vollbringen, eilte auf ihn los. Als ich aber die Augen aufhob, sah ich ihn ohne Waffen auf einem Maultier wie einen Esel sitzen; er hatte einen Knaben von zehn Jahren bei sich. Sobald er mich sah, ward er leichenblass und zitterte vom Kopf bis zu den Füßen. Da ich nun diesen niederträchtigen Zustand erblickte, sagte ich: Fürchte nichts, feige Memme! Du bist meiner Stiche nicht wert. Er sah mich mit niedergeschlagenen Augen an und sagte nichts. Da fasste ich mich wieder und dankte Gott, dass er mich durch seine Kraft verhindert hatte, eine solche Unordnung anzurichten, und fühlte mich befreit von der teuflischen Raserei. Ich fasste Mut und sagte zu mir selber: Wenn mir Gott so viel Gnade erzeigt, dass ich mein Werk vollende, so hoffe ich damit alle meine Feinde zu ermorden, und meine Rache wird größer und herrlicher sein, als wenn ich sie an einem einzigen ausgelassen hätte. Und mit diesem guten Entschluss kehrte ich ein wenig munterer nach Hause.

Nach Verlauf von drei Tagen vernahm ich, dass meine Gevatterin mir meinen einzigen Sohn erstickt hatte, worüber ich solche Schmerzen fühlte, dass ich niemals einen größern empfunden habe. Dessen ungeachtet kniete ich nieder und nach meiner Gewohnheit nicht ohne Tränen dankte ich Gott und sagte: Gott und Herr! Du gabst mir ihn und hast mir ihn nun genommen: Für alles danke ich dir von Herzen. Und obschon der große Schmerz mich fast ganz aus der Fassung gebracht hatte, so machte ich doch aus der Not eine Tugend und schickte mich so gut als möglich in diesen Unfall.

Um diese Zeit hatte ein junger Arbeiter den Bandinell verlassen, er hieß Franziskus, Sohn Matthäus des Schmiedes. Dieser Jüngling ließ mich fragen, ob ich ihm wollte zu arbeiten geben? Ich war es zufrieden und stellte ihn an, die Figur der Meduse auszuputzen, die schon gegossen war. Nach vierzehn Tagen sagte mir dieser junge Mensch: Er habe mit seinem vorigen Meister gesprochen, der mich fragen lasse, ob ich eine Figur von Marmor machen möchte, er wolle mir ein schönes Stück Stein dazu geben. Darauf versetzte ich: Sag ihm, dass ich es annehme, und es könnte ein böser Stein für ihn werden, denn er reizt mich immer und erinnert sich nicht der großen Gefahr, der er auf dem Platze San Domenico entronnen ist. Nun sag ihm, dass ich den Stein auf alle

Weise verlange. Ich rede niemals von dieser Bestie, und er kann mich nicht ungehudelt lassen: fürwahr, ich glaube, er hat dich abgeschickt, bei mir zu arbeiten, um nur meine Handlungen auszuspähen! Nun gehe und sag ihm, ich werde den Marmor auch wider seinen Willen abfordern, und du magst wieder bei ihm arbeiten.

Ich hatte mich viele Tage nicht im Palaste sehen lassen. Einst kam mir die Grille wieder, und ich ging hin. Der Herzog hatte beinah abgespeist, und wie ich hörte, so hatte Seine Exzellenz des Morgens viel Gutes von mir gesprochen, besonders hatte er mich sehr über das Fassen der Steine gelobt. Als mich nun die Herzogin erblickte, ließ sie mich durch Herrn Sforza rufen, und da ich mich ihr näherte, ersuchte sie mich, ihr eine kleine Rosette in einen Ring zu passen, und setzte hinzu, dass sie ihn immer am Finger tragen wolle. Sie gab mir das Maß und den Diamant, der ungefähr hundert Scudi wert war, und bat mich, ich solle die Arbeit bald vollenden. Sogleich fing der Herzog an, mit der Herzogin zu sprechen, und sagte: Gewiss war Benvenuto in dieser Kunst ohnegleichen; jetzt, da er sie aber beiseitegelegt hat, wird ihm ein Ring, wie Ihr ihn verlangt, zu viel Mühe machen. Deswegen bitte ich Euch: Quält ihn nicht mit dieser Kleinigkeit, die ihm, weil er nicht in Übung ist, zu große Arbeit verursachen würde! Darauf dankte ich dem Herzog und bat ihn, dass er mir diesen kleinen Dienst für seine Gemahlin erlauben solle. Alsbald legte ich Hand an, und in wenig Tagen war der Ring fertig; er passte an den kleinen Finger und bestand aus vier runden Kindern und vier Masken. Dazu fügte ich noch einige Früchte nebst Bändchen von Schmelz, sodass der

Edelstein und die Fassung sich sehr gut ausnahmen. Sogleich trug ich ihn zur Herzogin, die mir mit gütigen Worten sagte: Ich habe ihr eine sehr schöne Arbeit gemacht, und sie werde an mich denken. Sie schickte gedachten Ring dem König Philipp zum Geschenk und befahl mir nachher immer etwas anders, und zwar so liebevoll, dass ich mich immer anstrengte, ihr zu dienen, wenn mir gleich auch nur wenig Geld zu Gesichte kam. Und Gott weiß, dass ich es brauchte, denn ich wünschte nichts eifriger, als meinen Perseus zu endigen.

Es hatten sich gewisse Gesellen gefunden, die mir halfen, die ich aber von dem Meinigen bezahlen musste, und ich fing von Neuem an, mich mehr im Palast sehen zu lassen als vorher. Eines Sonntags unter anderm ging ich nach der Tafel hin, und als ich in den Saal der Uhr kam, sah ich die Garderobentür offen, und als ich mich sehen ließ, rief der Herzog und sagte mir auf eine sehr freundliche Weise: Du bist willkommen! Siehe, dieses Kästchen hat mir Herr Stephan von Palestrina zum Geschenke geschickt, eröffne es und lass uns sehen, was es enthält! Als ich das Kästchen sogleich eröffnet hatte, sagte ich zum Herzog: Gnädiger Herr! Das ist eine Figur von griechischem Marmor, die Gestalt eines Kindes, wundersam gearbeitet. Ich erinnere mich nicht, unter den Altertümern ein so schönes Werk und von so vollkommener Manier gesehen zu haben; deswegen biete ich mich an, zu dieser verstümmelten Figur den Kopf, die Arme und die Füße zu machen, und ich will einen Adler dazu verfertigen, damit man das Bild einen Ganymed nennen kann. Zwar schickt sich nicht für mich, Statuen auszuflicken (denn das ist das Handwerk gewisser Pfuscher, die ihre Sache schlecht genug machen), indessen fordert mich die Vortrefflichkeit dieses Meisters zu solcher Arbeit auf. Der Herzog war sehr vergnügt, dass die Statue so schön sei, fragte mich viel darüber und sagte: Mein Benvenuto! Erkläre mir genau, worin denn die große Fürtrefflichkeit dieses Meisters bestehe, worüber du dich so sehr verwunderst. Darauf zeigte ich Seiner Exzellenz, so gut ich nur konnte und wusste, alle Schönheiten und suchte ihm das Talent, die Kenntnis und die seltne Manier des Meisters begreiflich zu machen. Hierüber hatte ich sehr viel gesprochen und es umso lieber getan, als ich bemerkte, dass Seine Exzellenz großen Gefallen daran habe.

Indessen ich nun den Herzog auf diese angenehme Weise unterhielt, begab sichs, dass ein Page aus der Garderobe ging, und als er die Tür aufmachte, kam Bandinello herein. Der Herzog erblickte ihn, schien ein wenig unruhig und sagte mit ernsthaftem Gesichte: Was wollt Ihr, Bandinello? Ohne etwas zu antworten, warf dieser sogleich die Augen auf das Kästchen, worin die aufgedeckte Statue lag, und sagte mit einem widerwärtigen Lächeln und Kopfschütteln, indem er sich gegen den Herzog wendete: Herr! Das ist auch eins von denen Dingen, über die ich Eurer Exzellenz so oft gesprochen habe. Wisst nur, dass die Alten nichts von der Anatomie verstunden, deswegen auch ihre Werke voller Fehler sind. Ich war still und merkte nicht auf das, was er sagte, ja ich hatte ihm den Rücken zugewendet. Sobald als die Bestie ihr ungefälliges Gewäsch geendigt hatte, sagte der Herzog zu mir: Das ist ganz das Gegenteil von dem, was du mit so viel schönen Gründen mir erst aufs Beste bewiesen hast; verteidige nun ein wenig deine Meinung! Auf diese herzoglichen Worte, die mir mit so vieler Anmut gesagt wurden, antwortete ich sogleich: Eure Exzellenz wird wissen, dass Baccio Bandinello ganz aus bösen Eigenschaften zusammengesetzt ist, so wie er immer war, dergestalt dass alles, was er auch ansieht, selbst Dinge, die im allerhöchsten Grad vollkommen gut sind, sich vor seinen widerlichen Augen sogleich in das schlimmste Übel verwandeln; ich aber, der ich zum Guten geneigt bin, erkenne reiner die Wahrheit: Daher ist das, was ich Eurer Exzellenz von dieser fürtrefflichen Statue gesagt habe, vollkommen wahr, was aber Bandinell von ihr behauptet, das ist nur ganz allein das Böse, woraus er zusammengesetzt ist.

Der Herzog stand und hörte mit vielem Vergnügen zu, und indessen, als ich sprach, verzerrte Bandinell seine Gebärde und machte die hässlichsten Gesichter seines Gesichts, das hässlicher war, als man sichs in der Welt denken kann. Sogleich bewegte sich der Herzog, und indem er durch einige kleine Zimmer ging, folgte ihm Bandinell; die Kämmerer nahmen mich bei der Jacke und zogen mich mit. So folgten wir dem Herzog, bis er in ein Zimmer kam, wo er sich niedersetzte. Bandinell und ich standen zu seiner Rechten und Linken. Ich hielt mich still, und die Umstehenden, verschiedne Diener Seiner Exzellenz, sahen den Bandinell scharf an und lächelten manchmal einer zum andern über die Worte, die ich in den Zimmern oben gesagt hatte. Nun fing Bandinell zu reden an und sagte: Als ich meinen Herkules und Kakus aufdeckte, wurden mir gewiss über hundert schlechte Sonette darauf gemacht, die das Schlimmste enthielten, was man von einem solchen Pöbel erwarten kann. Gnädiger Herr! Versetzte ich dagegen, als Euer Michelagnolo Buonarroti seine Sakristei eröffnete, wo man so viele schöne Figuren sieht, machte diese wundersame und tugendreiche Schule, die Freundin des Wahren und Guten, mehr als hundert Sonette, und jeder wetteiferte, wer etwas Besseres darüber sagen könnte. Und so wie jener das Gute verdiente, das man von ihm aussprach, so verdient dieser alles das Übel, was über ihn ergangen ist. Auf diese Worte wurde Bandinell so rasend, dass er hätte bersten mögen, kehrte sich zu mir und sagte: Und was wüsstest du noch mehr? Ich antwortete: Das will ich dir sagen, wenn du so viel Geduld hast, mir zuzuhören. Er versetzte: Rede nur!

Der Herzog und die ändern, die gegenwärtig waren, zeigten große Aufmerksamkeit, und ich fing an: Wisse, dass es mir unangenehm ist, dir die Fehler deines Werkes herzuerzählen, aber ich werde nichts aus mir selbst sagen, vielmehr sollst du nur hören, was in dieser trefflichen Schule von dir gesprochen wird.

Nun sagte dieser ungeschickte Mensch bald verdrießliche Dinge, bald machte er mit Händen und Füßen eine hässliche Bewegung, sodass ich auch auf eine sehr unangenehme Weise anfing, welches ich nicht getan haben würde, wenn er sich besser betragen hätte. Daher fuhr ich fort: Diese treffliche Schule sagt, dass, wenn man dem Herkules die Haare abschöre, kein Hinterkopf bleiben würde, um das Gehirn zu fassen, und was das Gesicht betrifft, so wisse man nicht, ob es einen Menschen oder Löw-Ochsen vorstellen solle. Er sehe gar nicht auf das, was er tue; der Kopf hänge so schlecht mit dem

Hals zusammen, mit so wenig Kunst und so übler Art, dass man es nicht schlimmer sehen könne. Seine abscheulichen Schultern glichen, sagt man, zwei hölzernen Bogen von einem Eselssattel, die Brust mit ihren Muskeln sei nicht nach einem Menschen gebildet, sondern nach einem Melonensacke, den man gerade vor die Wand stellt; so sei auch der Rücken nach einem Sack voll langer Kürbisse modelliert. Wie die beiden Füße an dem hässlichen Leib hängen, könne niemand einsehen; man begreife nicht, auf welchem Schenkel der Körper ruhe oder auf welchem er irgendeine Gewalt zeige. Auch sehe man nicht, dass er etwa auf beiden Füßen stehe, wie es manchmal solche Meister gebildet haben, die etwas zu machen verstunden; man sehe deutlich genug, dass die Figur vorwärtsfalle, mehr als den dritten Teil einer Elle, und das allein sei der größte und unerträglichste Fehler, den nur ein Dutzendmeister aus dem Pöbel begehen könne. Von den Armen sagt man, sie seien beide ohne die mindeste Zierlichkeit heruntergestreckt, man sehe daran keine Kunst, eben als wenn Ihr niemals lebendige nackte Menschen erblickt hättet; an dem rechten Fuße des Herkules und des Kakus seien die Waden ineinander versenkt, dass, wenn sich die Füße voneinander entfernten, nicht einer, sondern beide ohne Waden bleiben würden. Ferner sagen sie, einer der Füße des Herkules stecke in der Erde, und es scheine, als wenn Feuer unter dem andern sei.

Nun hatten diese Worte den Mann so ungeduldig gemacht, und er wollte nicht erwarten, dass ich auch noch die großen Fehler des Kakus anzeigte. Denn ich sagte nicht allein die Wahrheit, sondern ich machte sie auch dem Herzog und allen Gegenwärtigen vollkommen anschaulich, sodass sie die größte Verwunderung zeigten und einsahen, dass ich vollkommen recht hatte. Auf einmal fing dagegen der Mensch an und sagte: O du böse Zunge! Und wo bleibt meine Zeichnung? Ich antwortete: Wer gut zeichnet, kann nichts Schlechtes hervorbringen; deswegen glaub ich, deine Zeichnung ist wie deine Werke. Da er nun das herzogliche Gesicht und die Gesichter der andern ansah, die ihn mit Blicken und Mienen zerrissen, ließ er sich zu sehr von seiner Frechheit hinreißen, kehrte sein hässlichstes Gesicht gegen mich und sagte mit Heftigkeit: O schweige still, du Sodomit! Der Herzog sah ihn auf diese Worte mit verdrießlichen Augen an, die ändern schlossen den Mund und warfen finstere Blicke auf ihn, und ich, der ich mich auf eine so schändliche Weise beleidigt sah, obgleich bis zur Wut getrieben, fasste mich und ergriff ein geschicktes Mittel. O du Tor! Sagte ich, du überschreitest das Maß. Aber wollte Gott, dass ich mich auf eine so edle Kunst verstünde! Denn wir lesen, dass Jupiter sie mit Ganymeden verübte, und hier auf der Erde pflegen die größten Kaiser und Könige derselben; ich aber als ein niedriges und geringes Menschlein wüsste mich nicht in einen so wundersamen Gebrauch zu finden. Hierauf konnte sich niemand halten: der Herzog und die übrigen lachten laut, und ob ich mich gleich bei dieser Gelegenheit munter und gleichgültig bezeigte, so wisset nur, geneigte Leser, dass mir inwendig das Herz springen wollte, wenn ich dachte, dass das verruchteste Schwein, das jemals zur Welt gekommen, so kühn sein sollte, mir in Gegenwart eines so großen Fürsten einen solchen

Schimpf zu erzeigen. Aber wisst: Er beleidigte den Herzog und nicht mich! Denn hätte er diese Worte nicht in so großer Gegenwart ausgesprochen, so hätte er mir tot auf der Erde liegen sollen.

Da der schmutzige, dumme Schurke nun sah, dass die Herren nicht aufhörten zu lachen, fing er an, um dem Spott einigermaßen eine andere Richtung zu geben, sich wieder in eine neue Albernheit einzulassen, indem er sagte: Dieser Benvenuto rühmt sich, als wenn ich ihm einen Marmor versprochen hätte. Darauf sagte ich schnell: Wie? Hast du mir nicht durch Franzen, den Sohn Matthäus des Schmieds, deinen Gesellen, sagen lassen, dass, wenn ich in Marmor arbeiten wollte, du mir ein Stück zu schenken bereit seist? Ich habe es angenommen und verlange es. Er versetzte darauf: Rechne nur, dass du es nicht sehen wirst! Noch voll Raserei über die vorher erlittene Beleidigung, verließ mich alle Vernunft, sodass ich die Gegenwart des Herzogs vergaß und mit großer Wut versetzte: Ich sage dir ausdrücklich, wenn du mir nicht den Marmor bis ins Haus schickst, so suche dir eine andere Welt, denn in dieser werde ich dich auf alle Weise erwürgen! Sogleich kam ich wieder zu mir, und als ich bemerkte, dass ich mich in Gegenwart eines so großen Herzogs befand, wendete ich mich demütig zu Seiner Exzellenz und sagte: Gnädiger Herr! Ein Narr macht hundert. Über der Narrheit dieses Menschen habe ich die Herrlichkeit von Eurer Exzellenz und mich selbst vergessen; deswegen verzeiht mir! Darauf sagte der Herzog zum Bandinell: Ist es wahr, dass du ihm den Marmor versprochen hast? Dieser antwortete: Es sei wahr. Der Herzog sagte darauf zu mir: Geh in seine Werkstatt und nimm dir ein Stück nach Belieben! Ich versetzte: Er habe versprochen, mir eins ins Haus zu schicken. Es wurden noch schreckliche Worte gesprochen, und ich bestand darauf, nur auf diese Weise den Stein anzunehmen.

Den andern Morgen brachte man mir den Marmor ins Haus. Ich fragte: wer mir ihn schicke? Sie sagten: Es schicke ihn Bandinello, und es sei das der Marmor, den er mir versprochen habe. Sogleich ließ ich ihn in meine Werkstatt tragen und fing an, ihn zu behauen, und indessen ich arbeitete, machte ich auch das Modell: Denn so groß war meine Begierde, in Marmor zu arbeiten, dass ich nicht Geduld und Entschluss genug hatte, ein Modell mit so viel Überlegung zu machen, als eine solche Kunst erfordert. Da ich nun gar unter dem Arbeiten bemerkte, dass der Marmor einen stumpfen und unreinen Klang von sich gab, gereute es mich oft, dass ich angefangen hatte. Doch machte ich daraus, was ich konnte, nämlich den Apollo und Hyazinth, den man noch unvollendet in meiner Werkstatt sieht. Indessen ich nun arbeitete, kam der Herzog manchmal in mein Haus und sagte mir öfters: Lass das Erz ein wenig stehen und arbeite am Marmor, dass ich dir zusehe! Darauf nahm ich sogleich die Eisen und arbeitete frisch weg. Der Herzog fragte nach dem Modell; ich antwortete: Dieser Marmor ist voller Stiche, dessen ungeachtet will ich etwas herausbringen, aber ich habe mich nicht entschließen können, ein Modell zu machen, und will mir nur so gut als möglich heraushelfen.

Geschwind ließ mir der Herzog von Rom ein Stück griechischen Marmor kommen, damit ich ihm jenen antiken Ganymed restaurieren möchte, der Ursache des Streites mit Bandinell war. Als das Stück Marmor ankam, überlegte ich, dass es eine Sünde sei, es in Stücke zu trennen, um Kopf, Arme und das Beiwesen zum Ganymed zu verfertigen. Ich sah mich nach anderm Marmor um, zu dem ganzen Stücke aber machte ich ein kleines Wachsmodell und nannte die Figur Narziss. Nun hatte der Marmor leider zwei Löcher, die wohl eine viertel Elle tief und zwei Finger breit waren: Deshalb machte ich die Stellung, die man sieht, um meine Figur fern davon zu erhalten. Aber die vielen Jahre, die es darauf geregnet hatte, sodass die Öffnungen immer voll Wasser standen, war die Feuchtigkeit dergestalt eingedrungen, dass der Marmor in der Gegend vom obern Loch geschwächt und gleichsam faul war. Das zeigte sich nachher, als der Arno überging und das Wasser in meiner Werkstatt über anderthalb Ellen stieg. Weil nun gedachter Marmor auf einem hölzernen Untersatz stand, so warf ihn das Wasser um, darüber er unter der Brust zerbrach, und als ich ihn wiederherstellte, machte ich, damit man den Riss nicht sehen sollte, jenen Blumenkranz, den er unter der Brust hat. So arbeitete ich an seiner Vollendung gewisse Stunden vor Tag oder auch an Festtagen, nur um keine Zeit an meinem Perseus zu verlieren, und als ich unter anderm eines Morgens gewisse kleine Eisen, um daran zu arbeiten, zurechte machte, sprang mir ein Splitter vom feinsten Stahl ins rechte Auge und drang so tief in den Augapfel, dass man ihn auf keine Weise herausziehen konnte, und ich glaubte für gewiss, das Licht dieses Auges zu verlieren. Nach verschiedenen Tagen rief ich Meister Raphael Pilli, den Chi-

471

rurgus, der zwei lebendige Tauben nahm und, indem er mich rückwärts auf den Tisch legte, diesen Tieren eine Ader durchstach, die sie unter dem Flügel haben, sodass mir das Blut in die Augen lief, da ich mich denn schnell wieder gestärkt fühlte. In Zeit von zwei Tagen ging der Splitter heraus, ich blieb frei, und mein Gesicht war verbessert. Als nun das Fest der heiligen Lucia herbeikam (es war nur noch drei Tage bis dahin), machte ich ein goldnes Auge aus einer französischen Münze und ließ es der Heiligen durch eine meiner sechs Nichten überreichen. Das Kind war ungefähr zehn Jahr alt, und durch sie dankte ich Gott und der heiligen Lucia. Ich hatte nun eine Zeit lang keine Lust, an gedachtem Narziss zu arbeiten; denn da ich den Perseus unter so vielen Hindernissen doch so weit gebracht hatte, so war ich entschlossen, ihn zu endigen und mit Gott hinwegzugehen.

Sechstes Kapitel

Der Herzog zweifelt an Cellinis Geschicklichkeit, in Erz zu gießen, und hat hierüber eine Unterredung mit ihm. – Der Verfasser gibt einen hinreichenden Beweis seiner Kunst, indem er den Perseus gießt. – Die Statue gerät zu aller Welt Erstaunen und wird unter vielen Hindernissen mit großer Anstrengung vollendet.

Als der Guss meiner Meduse so gut geraten war, arbeitete ich mit großer Hoffnung meinen Perseus in Wachs aus und versprach mir, dass er ebenso gut wie jene in Erz ausfallen solle. So ward er in Wachs wohl vollendet und zeigte sich sehr schön. Der Herzog sah ihn, und die Arbeit gefiel ihm sehr wohl. Nun mochte ihm aber jemand eingebildet haben, die Statue könne so von Erz nicht ausfallen, oder er mochte sich es selbst vorgestellt haben, genug, er kam öfter, als er pflegte, in mein Haus und sagte mir einmal unter anderm: Benvenuto! Die Figur kann dir nicht von Erz gelingen, denn die Kunst erlaubt es nicht. Über diese Worte war ich sehr verdrießlich und sagte: Ich weiß, dass Eure Exzellenz mir wenig vertrauen, und das mag daher kommen, weil Sie entweder denen zu viel glauben, die von mir Übels reden, oder dass Sie die Sache nicht verstehen. Er ließ mich kaum ausreden und versetzte: Ich gebe mir Mühe, mich darauf zu verstehen, und versteh es recht gut. Darauf antwortete ich: Ja, als Herr, aber nicht als Künstler! Denn, wenn Eure Exzellenz es auf die Weise verstünden, wie Sie glauben, so würden Sie Vertrauen zu mir haben, da mir der schöne Kopf von Erz geraten ist, das große Porträt von Eurer Exzellenz, das nach Elba geschickt wurde, und da ich den Ganymed von Marmor mit so großer Schwierigkeit restauriert und dabei mehr Arbeit gehabt habe, als wenn ich ihn ganz neu hätte machen sollen; so auch, weil ich die Meduse gegossen habe, die Eure Exzellenz hier gegenwärtig sehen. Dies war ein sehr schwerer Guss, wobei ich getan habe, was niemand vor mir in dieser verteufelten Kunst leistete. Sehet, gnädiger Herr, ich habe dazu eine ganz neue Art von Ofen gebaut, völlig von den ändern verschieden. Denn außer manchen Abänderungen und kunstreichen Einrichtungen, die man daran bemerkt, habe ich zwei Öffnungen für das Erz gemacht, weil diese schwere und verdrehte Figur auf andere Weise niemals gekommen wäre, wie es allein durch meine Einsicht geschehen ist und wie es keiner von den Geübten in dieser Kunst glauben wollte. Ja gewiss, mein Herr, alle die großen und schweren Arbeiten, die ich in Frankreich unter dem wundersamen König Franziskus gemacht habe, sind mir trefflich geraten, bloß weil dieser gute König mir immer so großen Mut machte mit dem vielen Vorschuss und indem er mir so viel Arbeiter erlaubte, als ich nur verlangte, sodass ich mich manchmal ihrer vierzig, ganz nach meiner Wahl, bediente. Deswegen habe ich in so kurzer Zeit so eine große Menge Arbeiten zustande gebracht. Glaubt mir, gnädiger Herr, und gebt mir die Beihilfe, deren ich bedarf, so hoffe ich ein Werk zustande zu bringen, das Euch gefallen soll. Wenn aber Eure Exzellenz mir den Geist erniedrigt und mir die nötige Hilfe nicht reichen lässt, so ist es unmöglich, dass weder ich noch irgendein Mensch in der Welt etwas leisten könne, das recht sei.

Der Herzog hörte meine Worte und Gründe nicht gern und wendete sich bald da-, bald dorthin, und ich Unglücklicher, Verzweifelter betrübte mich äußerst, denn ich erinnerte mich des schönen Zustands, den ich in Frankreich verlassen hatte. Darauf versetzte der Herzog: Nun sage, Benvenuto, wie ist es möglich, dass der schöne Kopf der Meduse da oben in der Hand des Perseus jemals kommen könne? Sogleich versetzte ich: Nun sehet, gnädiger Herr, dass Ihr es nicht versteht! Denn wenn Eure Exzellenz die Kenntnis der Kunst hätte, wie Sie behauptet, so würde Sie keine Furcht für den schönen Kopf haben, der nach Ihrer Meinung nicht kommen wird, aber wohl für den rechten Fuß, der da unten so weit entfernt steht.

Auf diese meine Worte wendete sich der Herzog halb erzürnt gegen einige Herren, die mit ihm waren: Ich glaube, Benvenuto tut es aus Prahlerei, dass er von allem das Gegenteil behauptet. Dann kehrte er sich schnell zu mir, halb verächtlich, worin ihm alle, die gegenwärtig waren, nachfolgten, und fing an zu reden: Ich will so viel Geduld haben, die Ursache anzuhören, die du dir ausdenken kannst, damit ich deinen Worten glaube. Ich antwortete darauf: Ich will Eurer Exzellenz so eine wahre Ursache angeben, dass Sie die Sache vollkommen einsehen soll. Denn wisset, gnädiger Herr, es ist nicht die Natur des Feuers, abwärts, sondern aufwärtszugehen, deswegen verspreche ich, dass der Kopf der Meduse trefflich kommen soll; weil es aber, um zu dem Fuße zu gelangen, durch die Gewalt der Kunst sechs Ellen hinabgetrieben werden muss, so sage ich Eurer Exzellenz, dass er sich unmöglich vollkommen ausgießen, aber leicht auszubessern sein wird. Da versetzte der Herzog: Warum dachtest du nicht dran, es so einzurichten, dass er ebenso gut als der Kopf sich ausgießen möge? Ich sagte: Ich hätte alsdann einen weit größern Ofen machen müssen und eine Gussröhre wie mein Fuß, und die Schwere des heißen Metalls hätte es alsdann gezwungen, da jetzt der Ast, der bis zu den Füßen hinunter diese sechs Ellen reicht, nicht stärker als zwei Finger ist; aber es hat nichts zu bedeuten, denn alles soll bald ausgebessert sein. Wenn aber meine Form halb voll sein wird, wie ich hoffe, alsdann wird das Feuer von dieser Hälfte an nach seiner Natur in die Höhe steigen und der Kopf des Perseus und der Meduse werden aufs Beste geraten, wie ich Euch ganz sicher verspreche. Da ich nun meine gründlichen Ursachen gesagt hatte, nebst noch unendlich vielen andern, die ich nicht aufschreibe, um nicht zu lang zu werden, schüttelte der Herzog den Kopf und ging in Gottes Namen weg.

Nun sprach ich mir selbst Sicherheit und Mut ein und verjagte alle Gedanken, die sich mir stündlich aufdrangen und die mich oft zu bittern Tränen bewegten und zur lebhaften Reue, dass ich Frankreich verlassen hatte und nach Florenz, meinem süßen Vaterland, gekommen war, nur um meinen Nichten ein Almosen zu bringen: Nun sah ich freilich für eine solche Wohltat den Anfang eines großen Übels vor mir. Dessen ungeachtet versprach ich mir, dass, wenn ich mein angefangenes Werk, den Perseus, vollendete, sich meine Mühe in das größte Vergnügen und in einen herrlichen Zustand verwandeln würde, und griff mutig das Werk mit allen Kräften des Körpers und des Beutels an. Denn ob mir gleich weniges Geld übrig geblieben war, so schaffte ich mir doch manche Klafter Pinienholz, die ich aus dem Walde der Serristori zunächst Monte Lupo erhielt. Und indem ich darauf wartete, bekleidete ich meinen Perseus mit jenen Erden, die ich verschiedene Monate vorher zurechtgemacht hatte, damit sie ihre Zeit hätten, vollkommen zu werden, und da ich den Überzug von Erde gemacht, ihn wohl verwahrt und äußerst sorgfältig mit Eisen umgeben hatte, fing ich mit gelindem Feuer an, das Wachs herauszuziehen, das durch viele Luftlöcher abfloss, die ich gemacht hatte: denn je mehr man deren macht, desto besser füllt sich nachher die Form aus.

Da ich nun alles Wachs herausgezogen hatte, machte ich einen Ofen um gedachte Form herum, den ich mit

Ziegeln auf Ziegeln aufbaute und vielen Raum dazwischen ließ, damit das Feuer desto besser ausströmen könnte; alsdann legte ich ganz sachte Holz an und machte zwei Tage und zwei Nächte Feuer, so lange, bis das Wachs völlig verzehrt und die Form selbst wohl gebrannt war. Dann fing ich schnell an, die Grube zu graben, um meine Form hereinzubringen, und bediente mich aller schönen Vorteile, die uns diese Kunst anbefiehlt.

Als nun die Grube fertig war, hub ich meine Form durch die Kraft von Winden und guten Hanfseilen eine Elle über den Boden meines Ofens, sodass sie ganz frei über die Mitte der Grube zu schweben kam. Als ich sie nun wohl gerichtet hatte, ließ ich sie sachte hinunter, dass sie dem Grunde des Bodens gleichkam, und stellte sie mit aller Sorgfalt, die man nur denken kann. Nachdem ich diese schöne Arbeit vollbracht hatte, fing ich sie mit eben der Erde, woraus der Überzug bestand, zu befestigen an, und so wie ich damit nach und nach heraufkam, vergaß ich nicht, die Luftkanäle anzubringen, welches kleine Röhren von gebrannter Erde waren, wie man sie zu den Wasserleitungen und ändern dergleichen Dingen braucht. Da ich sah, dass die Form gut befestigt war und meine Art, sie mit Erde zu umgeben sowohl als die Röhren am schicklichsten Orte anzubringen, von meinen Arbeitern gut begriffen wurde, ob ich gleich dabei ganz anders als die übrigen Meister dieser Kunst zu Werke ging, so wendete ich mich, überzeugt, dass ich trauen konnte, zu meinem Ofen, in welchem ich vielen Abgang von Kupfer und andere Stücke Erz aufgehäuft hatte, und zwar kunstmäßig eins über das andere geschichtet, um der Flamme ihren Weg zu weisen. Damit aber das Metall schneller erhitzt würde und zusammenflösse, so sagte ich lebhaft, sie sollten dem Ofen Feuer geben.

Nun warfen sie von dem Pinienholze hinein, das wegen seines Harzes in dem wohlgebauten Ofen so lebhaft flammte und arbeitete, dass ich genötigt war, bald von einer, bald von der andern Seite zu helfen. Die Arbeit war so groß, dass sie mir fast unerträglich ward, und doch griff ich mich an, was nur möglich war. Dazu kam unglücklicherweise, dass das Feuer die Werkstatt ergriff und wir fürchten mussten, das Dach möchte über uns zusammenstürzen. Von der andern Seite gegen den Garten jagte mir der Himmel so viel Wind und Regen herein, dass mir der Ofen sich abkühlte. So stritt ich mit diesen verkehrten Zufällen mehrere Stunden und ermüdete mich dergestalt, dass meine starke Natur nicht widerstand. Es überfiel mich ein Fieber, so heftig, als man es denken konnte, dass ich mich genötigt fühlte, wegzugehen und mich ins Bette zu legen. Da wendete ich mich sehr verdrießlich zu denen, die mir beistanden, das ungefähr zehn oder mehrere waren, sowohl Meister im Erzgießen als Handlanger und Bauern, ingleichen die besondern Arbeiter meiner Werkstatt, unter denen sich Bernardino von Mugello befand, den ich mir verschiedene Jahre durch angezogen hatte. Zu diesem sagte ich, nachdem ich mich allen empfohlen hatte: Siehe, lieber Bernardin, beobachte die Ordnung, die ich dir gezeigt habe; halte dich dazu, was du kannst, denn das Metall wird bald gar sein, du kannst nicht irren. Die andern braven Männer machen geschwind die Kanäle, und mit diesen beiden Eisen könnt ihr die Löcher aufstechen, und ich bin gewiss, dass meine Form sich zum Besten anfüllen wird. Ich empfinde ein größeres Übel als jemals in meinem Leben, und gewiss, in wenigen Stunden wird es mich umbringen. So ging ich höchst missvergnügt von ihnen weg und legte mich zu Bette. Dann befahl ich meinen Mägden, sie sollten allen zu essen und zu trinken in die Werkstatt bringen, und setzte hinzu: Ich würde den Morgen nicht erleben. Sie munterten mich auf und sagten: Dieses große Übel würde vorbeigehen, das mich nur wegen zu gewaltsamer Anstrengung überfallen habe! Und so litt ich zwei ganze Stunden, ja ich fühlte das Fieber immer zunehmen und hörte nicht auf zu sagen: Ich fühle mich sterben.

Diejenige, die meinem ganzen Hauswesen vorstand und den Namen Frau Fiore von Castell del Rio hatte, war die trefflichste Person von der Welt und zugleich äußerst liebevoll. Sie schalt mich, dass ich so außer mir sei, und suchte mich dabei wieder auf das Freundlichste und gefälligste zu bedienen; da sie mich aber mit diesem unmäßigen Übel befallen sah, konnte sie den Tränen nicht wehren, die ihr aus den Augen fielen, und doch nahm sie sich so viel als möglich in acht, dass ich es nicht sehen sollte.

Da ich mich nun in diesen unendlichen Nöten befand, sah ich einen gewissen Mann in mein Zimmer kommen, der von Person so krumm war wie ein großes S. Dieser fing mit einem erbärmlichen und jämmerlichen Ton, wie diejenigen, die den armen Sündern, die zum Gericht geführt werden, zusprechen, an zu reden und sagte: Armer Benvenuto! Euer Werk ist so verdorben, dass ihm in der

Welt nicht mehr zu helfen ist. Sobald ich die Worte dieses Unglücklichen vernahm, tat ich einen solchen Schrei, dass man ihn hätte im Feuerhimmel hören mögen. Ich stand vom Bett auf, nahm meine Kleider und fing an, sie anzulegen, und wer sich näherte, mir zu helfen, Mägde oder Knabe, nach dem trat und schlug ich. Dabei jammerte ich und sagte: O Ihr neidischen Verräter! Dieses Unheil ist mit Fleiß geschehen, und ich schwöre bei Gott, ich will es wohl herausbringen, und ehe ich sterbe, will ich noch so ein Beispiel auf der Welt lassen, dass mehr als einer darüber erstaunen soll. Als ich angezogen war, ging ich mit schlimmen Gedanken gegen die Werkstatt, wo ich alle Leute, die ich so munter verlassen hatte, erstaunt und höchst erschrocken fand. Da sagte ich: Nun versteht mich! Weil ihr die Art und Weise, die ich euch angab, weder befolgen wolltet noch konntet, so gehorchet mir nun, da ich unter euch und in der Gegenwart meines Werkes bin. Niemand widersetzte sich mir, denn in solchen Fällen braucht man Beistand und keinen Rat. Hierauf antwortete mir ein gewisser Meister Alessandro Lastricati und sagte: Sehet, Benvenuto! Ihr bestehet vergebens darauf, ein Werk zu machen, wie es die Kunst nicht erlaubt und wie es auf keine Weise gehen kann. Auf diese Worte wendete ich mich mit solcher Wut zu ihm und zum Allerschlimmsten entschlossen, sodass er und alle die übrigen mit *einer* Stimme riefen: Auf! Befehlt uns nur! Wir wollen Euch in allem gehorchen und mit allen Leibes- und Lebenskräften beistehn. Diese freundlichen Worte, denk ich, sagten sie nur, weil sie glaubten, ich würde in kurzem tot niederfallen.

Sogleich ging ich, den Ofen zu besehen, und fand das Metall stehend und zu einem Kuchen geronnen. Ich sagte zwei Handlangern, sie sollten zum Nachbar Capretta, dem Fleischer, gehen, dessen Frau mir einen Stoß Holz von jungen Eichen versprochen hatte, die schon länger als ein Jahr ausgetrocknet waren, und als nur die ersten Trachten herankamen, fing ich an, den Feuerherd damit anzufüllen. Diese Holzart macht ein heftiger Feuer als alle andern, und man bedient sich des Erlen- und Fichtenholzes zum Stückgießen, weil es gelinderes Feuer macht. Als nun der Metallkuchen dieses gewaltige Feuer empfand, fing er an zu schmelzen und zu blitzen. Von der andern Seite betrieb ich die Kanäle, andere hatte ich auf das Dach geschickt, dem Feuer zu wehren, das bei der großen Stärke des Windes wieder aufs Neue gegriffen hatte; gegen den Garten zu ließ ich Tafeln, Tapeten und Lappen aufbreiten, die mir das Wasser abhalten sollten. Nachdem ich nun alles dieses große Unheil so viel als möglich abgewendet hatte, rief ich mit starker Stimme bald diesem, bald jenem zu: Bringe dies! Nimm das! Sodass die ganze Gesellschaft, als sie sah, dass der Kuchen zu schmelzen anfing, mir mit so gutem Willen diente, dass jeder die Arbeit für drei verrichtete. Alsdann ließ ich einen halben Zinnkuchen nehmen, der ungefähr sechzig Pfund wiegen konnte, und warf ihn auf das Metall im Ofen, das durch allerlei Beihilfe, durch frisches Feuer und Anstoßen mit eisernen Stangen in kurzer Zeit ganz flüssig ward.

Nun glaubte ich einen Toten auferweckt zu haben, triumphierte über den Unglauben aller der Ignoranten und fühlte in mir eine solche Lebhaftigkeit, dass ich weder ans Fieber dachte noch an die Furcht des Todes. Auf einmal hörte ich ein Getöse, mit einem gewaltsamen Leuchten des Feuers, sodass es schien, als wenn sich ein Blitz in unserer Gegenwart erzeugt hätte. Über diese unerwartete fürchterliche Erscheinung war ein jeder erschrocken, und ich mehr als die andern. Als der große Lärm vorbei war, sahen wir einander an und bemerkten, dass die Decke des Ofens geplatzt war und sich in die Höhe hob, dergestalt, dass das Erz ausfloss. Sogleich ließ ich die Mündung meiner Form eröffnen und zu gleicher Zeit die beiden Gusslöcher aufstoßen. Da ich aber bemerkte, dass das Metall nicht mit der Geschwindigkeit lief, als es sich gehörte, überlegte ich, dass vielleicht der Zusatz durch das grimmige Feuer könnte verzehrt worden sein, und ließ sogleich meine Schüsseln und Teller von Zinn, deren etwa zweihundert waren, herbeischaffen und brachte eine nach der andern vor die Kanäle; zum Teil ließ ich sie auch in den Ofen werfen, sodass jeder nunmehr das Erz auf das Beste geschmolzen sah und zugleich bemerken konnte, dass die Form sich füllte. Da halfen sie mir froh und lebhaft und gehorchten mir, ich aber befahl und half bald da und bald dort und sagte: O Gott, der du durch deine unendliche Kraft vom Tode auferstanden und herrlich gen Himmel gefahren bist, verschaffe, dass meine Form sich auf einmal fülle! Darauf kniete ich nieder und betete von Herzen. Dann wendete ich mich zu der Schüssel, die nicht weit von mir auf einer Bank stand, aß und trank mit großem Appetit, und so auch der ganze Haufen. Dann ging ich froh und gesund zu Bette (es waren zwei Stunden vor Tag), und als wenn ich nicht das mindeste Übel gehabt hätte, war meine Ruhe sanft und süß.

Indessen hatte mir jene wackre Magd aus eigenem Antrieb einen guten, fetten Kapaun zurechtgemacht, und als ich aufstund, war es eben Zeit zum Mittagessen. Sie kam mir fröhlich entgegen und sagte: Ist das der Mann, der sterben wollte? Ich glaube, Ihr habt das Fieber diese Nacht mit Euren Stößen und Tritten vertrieben; denn als die Krankheit sah, dass Ihr in Eurer Raserei uns so übel mitspieltet, ist sie erschrocken und hat sich davongemacht aus Furcht, es möchte ihr auch so gehen. So war unter den Meinigen Schrecken und Furcht verschwunden, und wir erholten uns wieder von so saurer Arbeit. Ich schickte geschwind, meine zinnernen Teller zu ersetzen, nach Töpferware, wir aßen alle zusammen fröhlich zu Mittag, und ich erinnere mich nicht, in meinem Leben heiterer und mit besserem Appetit gespeist zu haben. Nach Tische kamen alle diejenigen, die mir geholfen hatten, erfreuten sich und dankten Gott für alles, was begegnet war, und sagten, sie hätten Sachen gesehen und gelernt, die alle andern Meister für unmöglich hielten. Ich war nicht wenig stolz und rühmte mich mit manchen Worten über den glücklichen Ausgang; dann bedachte ich das Nötige, griff in meinen Beutel, bezahlte und befriedigte sie alle.

Sogleich suchte mein tödlicher Feind, der abscheuliche Haushofmeister des Herzogs, mit großer Sorgfalt zu erfahren, was alles begegnet sei, und die beiden, die ich im Verdacht hatte, als wenn sie am Gerinnen des Metalls schuld seien, sagten ihm: ich sei kein Mensch, sondern eigentlich ein großer Teufel, denn ich habe das verrichtet, was der Kunst unmöglich sei. Das brachten sie nebst viel andern großen Dingen vor, die selbst für einen bösen Geist zu viel gewesen wären. Sowie sie nun wahrscheinlich mehr, als geschehen war, vielleicht um sich zu entschuldigen, erzählten, so schrieb der Haushofmeister geschwind an den Herzog, der sich in Pisa befand, noch schrecklicher und noch wundersamer, als jene erzählt hatten.

Als ich nun zwei Tage mein gegossenes Werk hatte verkühlen lassen, fing ich an, es langsam zu entblößen, und fand zuerst den Kopf der Meduse, der sehr gut gekommen war, weil ich die Züge richtig angebracht hatte und weil, wie ich dem Herzog sagte, die Wirkung aufwärtsging; dann fuhr ich fort, das übrige aufzudecken, und fand den zweiten Kopf, nämlich den des Perseus, der gleichfalls sehr gut gekommen war. Hierbei hatte ich Gelegenheit, mich noch mehr zu verwundern: Denn wie man sieht, ist dieser Kopf viel niedriger als das Medusenhaupt, und die Öffnungen des Werks waren auf dem Kopfe des Perseus und auf den Schultern angebracht. Nun fand ich, dass grade auf dem Kopfe des Perseus das Erz, das in meinem Ofen war, ein Ende hatte, sodass nicht das Mindeste drüberstand, noch auch etwas fehlte, worüber ich mich sehr verwunderte und diese seltsame Begebenheit für eine Einwirkung und Führung Gottes halten musste. So ging das Aufdecken glücklich fort, und ich fand alles auf das Beste gekommen, und als ich an den Fuß des rechten Schenkels gelangte, fand ich die Ferse ausgegossen sowie den Fuß selbst, sodass ich mich von einer Seite ergötzte, die Begebenheit aber mir von der ändern Seite unangenehm war, weil ich gegen den

Herzog behauptet hatte, der Fuß könne nicht kommen. Da ich aber weiter vorwärtskam, ward ich wieder zufriedengestellt, denn die Zehen waren ausgeblieben und ein wenig von der vordem Höhe des Fußes, und ob ich gleich dadurch wieder neue Arbeit fand, so war ich doch zufrieden, nur damit der Herzog sehen sollte, dass ich verstehe, was ich vornehme. Und wenn viel mehr von diesem Fuß gekommen war, als ich geglaubt hatte, so war die Ursache, dass viele Dinge zusammenkamen, die eigentlich nicht in der Ordnung der Kunst sind, und weil ich auf die Weise, wie ich erzählt habe, dem Guss mit den zinnernen Tellern zu Hilfe kommen musste, eine Art und Weise, die von andern nicht gebraucht wird.

Da ich nun mein Werk so schön geraten fand, ging ich geschwind nach Pisa, um meinen Herzog zu finden, der mich so freundlich empfing, als sichs nur denken lässt. Desgleichen tat auch die Herzogin, und obgleich der Haushofmeister ihm die ganze Sache geschrieben hatte, so schien es Ihren Exzellenzien noch viel erstaunlicher und wundersamer, die Geschichte aus meinem Munde zu hören, und als ich zuletzt an den Fuß des Perseus kam, der sich nicht angefüllt hatte, wie ich Seiner Exzellenz voraussagte, so war er voll Erstaunen und erzählte der Herzogin, was zwischen uns vorgefallen war. Da ich nun sah, dass meine Herrschaft so freundlich gegen mich war, bat ich den Herzog, er möchte mich nach Rom gehen lassen: Da gab er mir gnädigen Urlaub und sagte mir, ich möchte bald zurückkommen, seinen Perseus zu endigen. Zugleich gab er mir Empfehlungsschreiben an seinen Gesandten, welcher Averardo Serristori hieß. Es war in den ersten Jahren der Regierung Papst Julius des Dritten (1550,1551).

Siebentes Kapitel

*Cellini erhält einen Brief von Michelagnolo, betref-
fend eine Porträtbüste des Bindo Altoviti. – Er geht
mit des Herzogs Erlaubnis nach Rom, zu Anfang
der Regierung des Papstes Julius III. – Nachdem er
diesem aufgewartet, besucht er den Michelagnolo,
um ihn zum Dienste des Herzogs von Toscana zu
bereden. – Michelagnolo lehnt es ab mit der Entschuldigung, weil er bei St. Peter angestellt sei. –
Cellini kehrt nach Florenz zurück und findet eine
kalte Aufnahme bei dem Herzog, woran die Ver-
leumdungen des Haushofmeisters Ursache sein
mochten. – Er wird mit dem Fürsten wieder ausge-
söhnt, fällt aber sogleich wieder in die Ungnade der
Herzogin, weil er ihr bei einem Perlenhandel nicht
beisteht. – Umständliche Erzählung dieser Begebenheit. – Bernardone setzt es beim Herzog durch, dass
dieser gegen Cellinis Rat die Perlen für die Herzogin kauft. – Diese wird des Verfassers unversöhnli-
che Feindin.*

Ehe ich verreiste, befahl ich meinen Arbeitern, dass sie
nach der Art, wie ich ihnen gezeigt hatte, am Perseus
fortfahren sollten. Die Ursache aber, warum ich nach
Rom ging, war folgende. Ich hatte das Porträt in Erz von
Bindo Altoviti in natürlicher Größe gemacht und es ihm
nach Rom geschickt; er hatte dieses Bild in sein Schreib-
zimmer gestellt, das sehr reich mit Altertümern und ändern schönen Dingen verziert war, aber dieser Ort war

weder für Bildhauerarbeit noch für Malerei. Denn die Fenster standen zu tief, die Kunstwerke hatten ein falsches Licht und zeigten sich keineswegs auf die günstige Weise, wie sie bei einer vernünftigen Beleuchtung würden getan haben. Eines Tages begab sichs, dass gedachter Bindo an seiner Tür stand und den Michelagnolo Buonarroti, der vorbeiging, ersuchte, er möchte ihn würdigen, in sein Haus zu kommen, um sein Schreibezimmer zu sehen. Und so führte er ihn hinein. Jener, sobald er sich umgesehen hatte, sagte: Wer ist der Meister, der Euch so gut und mit so schöner Manier abgebildet hat? Wisset, dass der Kopf mir gefällt! Ich finde ihn besser als die Antiken hier, obgleich gute Sachen hier zu sehen sind. Stünden die Fenster oben, so würde sich alles besser zeigen, und Euer Bildnis würde sich unter so schönen Kunstwerken viel Ehre machen.

Als Michelagnolo nach Hause kam, schrieb er mir den gefälligsten Brief, der Folgendes enthielt: Mein Benvenuto! Ich habe Euch so viele Jahre als den trefflichsten Goldschmied gekannt, von dem wir jemals gewusst hätten, und nun werde ich Euch auch für einen solchen Bildhauer halten müssen. Wisset, dass Herr Bindo Altoviti mir sein Porträt von Erz zeigte und mir sagte, dass es von Eurer Hand sei. Ich hatte viel Vergnügen dran, nur musste ich tadeln, dass die Büste in schlechtem Lichte stand; denn wenn sie vernünftig beleuchtet wäre, so würde sie als das schöne Werk erscheinen, das sie ist.

Diesen Brief, der so liebevoll und so günstig für mich geschrieben war, zeigte ich dem Herzog, der ihn mit viel Zufriedenheit las und sagte: Benvenuto! Wenn du ihm schreibst, so suche ihn zu bereden, dass er wieder nach

Florenz komme; ich will ihn zu einem der Achtundvierzig machen. Darauf schrieb ich ihm einen sehr gefälligen Brief und sagte ihm darin im Namen des Herzogs hundertmal mehr, als mir aufgetragen war. Doch um nicht zu irren, zeigte ich das Blatt Seiner Exzellenz, ehe ich siegelte, und fragte: ob ich vielleicht zu viel versprochen habe? Er antwortete mir dagegen: Du hast nach seinem Verdienste geschrieben; gewiss, er verdient mehr, als du ihm versprochen hast, und ich will ihm noch mehr halten! Auf diesen Brief antwortete Michelagnolo niemals, und deswegen war der Herzog sehr auf ihn erzürnt.

Als ich nun wieder nach Rom kam, wohnte ich im Hause des gedachten Bindo Altoviti, der mir sogleich erzählte, wie er sein Bild von Erz dem Michelagnolo gezeigt, und wie dieser es außerordentlich gelobt habe, und wir sprachen darüber viel und weitläufig. Nun hatte er von mir zwölfhundert Goldgülden in Händen, die sich mit unter den fünftausend befanden, welche er unserm Herzog geborgt hatte, und zahlte mir meinen Teil von Interessen richtig. Das war die Ursache, dass ich sein Bildnis machte, und als Bindo es von Wachs sah, schickte er mir zum Geschenk fünfzig Goldgülden durch einen seiner Leute, Julian Paccalli, einen Notar, welches Geld ich nicht nehmen wollte und durch denselben Mann zurückschickte. Dann sagte ich zu gedachtem Bindo: Mir ists genug, dass Ihr mir nur mein Geld lebendig erhaltet, dass es mir etwas gewinne.

Nun sah ich aber, dass er gegenwärtig übel gegen mich gesinnt sei. Anstatt mich liebzukosen, wie er sonst gewohnt war, zeigte er sich verschlossen gegen mich, und ob ich gleich in seinem Hause wohnte, sah ich ihn doch niemals heiter, sondern immer grämlich. Zuletzt kamen wir mit wenig Worten überein: Ich verlor mein Verdienst an seinem Bildnisse und das Erz dazu, und wir wurden einig, dass ich mein Geld bei ihm auf Leibrenten lassen wollte, und er sollte mir, solange ich lebte, fünfzehn Prozent geben. Vor allen Dingen war ich gegangen, dem Papst den Fuß zu küssen, und glaubte, nach der Art, wie er mit mir sprach, würde ich leicht mit ihm übereinkommen, denn ich wäre gern wieder nach Rom gegangen, weil ich in Florenz allzu große Hindernisse fand; aber ich bemerkte bald, dass obgedachter Gesandte gegen mich gewirkt hatte. Dann besuchte ich Michelagnolo Buonarroti und erinnerte ihn an jenen Brief, den ich ihm von Florenz im Namen des Herzogs geschrieben hatte. Er antwortete mir, dass er bei der Peterskirche angestellt sei und deshalb sich nicht entfernen könne. Ich sagte darauf: Da er sich entschlossen habe, das Modell von gedachtem Gebäude zu machen, so könne er nur seinen Urbino dalassen, der fürtrefflich alles befolgen würde, was er ihm befehle; dazu fügte ich noch viele andere Worte und Versprechungen vonseiten des Herzogs.

Auf einmal fasste er mich ins Auge und sagte mit einem spöttischen Lächeln: Und Ihr, wie seid Ihr mit ihm zufrieden? Ob ich nun gleich darauf versetzte, dass ich äußerst vergnügt sei und sehr wohl behandelt werde, so ließ er mir doch merken, dass er den größten Teil meiner Verdrießlichkeiten kenne, und antwortete mir: Er werde sich unmöglich losmachen können. Darauf setzte ich hinzu: Er würde besser tun, nach Hause in sein Vaterland zu kehren, das von einem gerechten Herrn regiert werde und von einem so großen Liebhaber der Künste, als die Welt niemals gesehen hätte.

Nun hatte er, wie oben gesagt, einen Knaben bei sich, der von Urbino war; dieser hatte ihm viele Jahre mehr als Knecht und Magd als auf andere Weise gedient, welches man sehr wohl bemerken konnte, weil der junge Mensch gar nichts von der Kunst gelernt hatte. Als ich nun den Michelagnolo mit so vielen guten Gründen festhielt, dass er nicht wusste, was er sagen sollte, wendete er sich schnell zu Urbino, als wenn er fragen wolle, was er dazu sage? Da rief dieser Mensch auf seine bäuerische Weise und mit lauter Stimme: Ich lasse nicht von Michelagnolo, bis ich ihn schinde oder er mich! Über diese dummen Reden musste ich lachen, und ohne weiter Abschied zu nehmen, zuckte ich die Schultern, wendete mich und ging. Da ich nun so schlecht mein Geschäft mit Bindo Altoviti vollbracht hatte, wobei ich die eherne Büste verlor und ihm mein Geld noch als Leibrente lassen musste, lernte ich einsehen, von was für einer Art der Kaufleute Treue und Glauben sei, und kehrte verdrießlich wieder nach Florenz zurück. Ich fragte nach Seiner Exzellenz, dem Herzog, der eben im Kastell an der Brücke zu Rifredi war. Im Palast zu Florenz fand ich Herrn Peter Franziskus Ricci, den Haushofmeister, und als ich mich ihm nähern wollte, um ihm nach Gewohnheit mein Kompliment zu machen, sagte er mit unmäßiger Verwunderung: Wie? Du bist zurückgekommen? Darauf schlug er in die Hände und sagte, noch immer voll Erstaunen: Der Herzog ist zu Castello. Er wendete mir darauf den Rücken und ging, und ich konnte nicht begreifen, warum die Bestie sich so gebärdete. Sogleich ging ich nach Castell, und als ich in den Garten kam, wo der Herzog war, sah ich ihn in einiger Entfernung; er machte gleichfalls ein Zeichen der Verwunderung und gab mir zu verstehen, dass ich mich wegbegeben sollte. Ich, der ich gedacht hatte, Seine Exzellenz sollten mich so freundlich, ja noch freundlicher empfangen, als Sie mich entlassen hatten, musste nun so ein wunderliches Betragen sehen, kehrte sehr verdrießlich nach Florenz zurück und suchte meine Werke mit Fleiß zu vollenden.

Da ich mir nun nicht denken konnte, was zu so einem Betragen hätte Anlass geben können, und dabei auf die Art merkte, womit Herr Sforza und die übrigen, welche zunächst um den Herzog waren, mir begegneten, kam mir die Lust an, Herrn Sforza selbst zu fragen, was das denn eigentlich bedeuten sollte? Er sagte darauf lachend zu mir: Benvenuto! Bleibe ein wackrer Mann und bekümmere dich um weiter nichts. Erst viele Tage hernach hatte er die Gefälligkeit, mir mit dem Herzog eine Unterredung zu verschaffen, der auf eine trübe Weise freundlich war und mich fragte, was man in Rom mache? Ich fing, so gut ich nur wusste, meine Erzählung an, sprach von dem ehernen Kopf, den ich für Bindo Altoviti gemacht hatte, und dem, was daraus gefolgt. Dabei konnte ich bemerken, dass er mir mit großer Aufmerksamkeit zuhörte. Gleichfalls sagte ich ihm alles wegen Michelagnolo Buonarroti, worüber er sich ein wenig verdrießlich zeigte; doch lachte er wieder sehr über die Worte des Urbino und über die Schinderei, von der dieser Bursche gesprochen hatte, allein er sagte zu allem dem nichts weiter als: Es ist sein eigner Schade! Ich aber neigte mich und ging. Gewiss hatte der Haushofmeister wieder etwas Böses gegen mich aufgebracht, das ihm aber nicht gelang, wie denn Gott immer ein Freund der Wahrheit ist und mich aus so unsäglichen Gefahren bis zu diesem meinem Alter errettet hat und mich erretten wird bis ans Ende meines Lebens, durch dessen Mühseligkeiten ich allein mit Beihilfe seiner Kraft mutig hindurchgehe und weder die Wut des Glückes noch ungünstiger Sterne befürchte, solange mir Gott seine Gnade erhält.

Nun aber vernimm, gefälliger Leser, einen schrecklichen Vorfall! Mit aller möglichen Sorgfalt befliss ich mich, mein Werk zu Ende zu bringen, und ging abends in die Garderobe des Herzogs, den Goldschmieden zu helfen, die für Seine Exzellenz arbeiteten, und fast alle ihre Werke waren nach meinen Zeichnungen. Der Herzog sah gern der Arbeit zu und hatte Vergnügen, mit mir zu sprechen; deswegen ging ich auch manchmal am Tage hin. Einmal unter anderm war ich auch in gedachter Garderobe, der Herzog kam nach seiner Gewohnheit und besonders, da er wusste, dass ich zugegen sei. Sogleich fing er an, mit mir zu sprechen, und ich hatte ihm diesmal so wohl gefallen, dass er sich mir freundlicher als jemals zeigte. Da kam einer von seinen Sekretarien eilig und sagte ihm etwas ins Ohr, vielleicht Sachen von der größten Wichtigkeit. Der Herzog stand auf, und sie gingen zusammen in ein ander Zimmer. Indessen hatte die Herzogin geschickt, um zu sehen, was Seine Exzellenz mache. Der Page sagte zu ihr: Er spricht und lacht mit Benvenuto und ist sehr wohl aufgeräumt. Sogleich kam die Herzogin selbst in die Garderobe, und als sie den Herzog nicht fand, setzte sie sich zu uns, und als sie uns eine Weile zugesehen hatte, wendete sie sich mit großer Freundlichkeit zu mir und zeigte mir einen Schmuck von großen Perlen, der wirklich sehr selten war, und fragte mich: was ich davon hielte? Ich lobte ihr ihn. Darauf sagte sie: Ich will, dass mir sie der Herzog kauft; darum, mein Benvenuto, lobe sie ihm, soviel du kannst! Darauf versetzte ich mit aller Bescheidenheit und Aufrichtigkeit: Ich dachte, dieser Schmuck gehöre schon Eurer Exzellenz, und da verlangt es die Vernunft, von den Dingen, die Ihnen gehören, nicht mit Tadel zu sprechen; jetzt aber muss ich sagen, dass ich vermöge meiner Profession viele Fehler an diesen Perlen wahrnehme und deswegen nicht raten wollte, dass Eure Exzellenz sie kaufte. Darauf sagte sie: Der Kaufmann gibt mir sie für sechstausend Scudi; wenn sie ohne Mängel wären, würden sie zwölftausend wert sein! Darauf versetzte ich: Wäre dieser Schmuck auch von unendlicher Güte, so würde ich doch niemand raten, mehr als fünftausend Scudi dafür zu geben; denn Perlen sind keine Juwelen, sie werden mit der Zeit geringer, aber ein Edelstein altert nicht, und den sollte man kaufen. Darauf sagte die Herzogin ein wenig verdrießlich: Ich will aber diese Perlen! Lobe sie dem Herzog, ich bitte dich drum. Und wenn du ja zu lügen glaubst, so tue es, mir zu dienen: Es soll dein Vorteil sein. Ein solcher Auftrag war mir als einem beständigen Freunde der Wahrheit und Feinde der Lügen höchst beschwerlich, aber um die Gnade einer so großen Prinzessin nicht zu verlieren, fand ich mich doch in die Notwendigkeit versetzt. Ich ging daher mit diesen verfluchten Perlen in das Zimmer, wo sich der Herzog befand, der, als er mich sah, zu mir sagte: Benvenuto, was willst du? Ich deckte den Schmuck auf und versetzte: Ich komme, Euch einen Schmuck von den schönsten Perlen zu zeigen! Und als ich sie noch sehr gelobt hatte, setzte ich hinzu: Deshalb solltet Ihr sie kaufen! Darauf sagte der Herzog: Ich kaufe sie nicht, weil sie nicht von unendlicher Güte sind. Ich aber versetzte: Verzeiht! Denn sie übertreffen andere Perlen sehr an Schönheit.

Die Herzogin stand hinten und musste gehört haben, was ich sagte, sowie meine unendliche Lobeserhebung. Der Herzog wendete sich freundlich zu mir und sagte: Benvenuto! Ich weiß, dass du die Sache recht gut verstehst, und wenn die Perlen von solcher Schönheit wären, so würde ich sie gern kaufen, sowohl um die Herzogin zufriedenzustellen als auch um sie zu besitzen. Da ich nun einmal angefangen hatte zu lügen, fuhr ich fort und widersprach allem, was der Herzog sagte, indem ich mich auf seine Gemahlin verließ, dass sie mir zur rechten Zeit beistehen sollte. Ja, sie hatte mir sogar merken lassen; dass ich zweihundert Scudi haben sollte; ich hätte aber nichts genommen, damit man nicht glauben möchte, ich habe es aus Eigennutz getan. Der Herzog fing wieder an und sagte: ich verstünde mich recht gut darauf, und wenn ich der rechtschaffene Mann wäre, wie er überzeugt sei, so sollte ich ihm die Wahrheit sagen. Da wurden mir die Augen rot und feucht von Tränen, und ich sagte: Gnädiger Herr! Wenn ich Eurer Exzellenz die Wahrheit sage, so wird die Herzogin meine Todfeindin, und ich bin genötigt, mit Gott davonzugehen, und die Ehre meines Perseus, den ich unserer herr-

lichen Schule versprochen habe, wird von meinen Feinden verkümmert werden; darum empfehle ich mich
dem Schutz Eurer Exzellenz. Der Herzog sah wohl ein,
dass ich alles nur aus Zwang gesagt hatte, [und] versetzte: Wenn du mir traust, so sorge für nichts weiter! Darauf sagte ich: Wie ist es möglich, dass die Herzogin
nichts erfahre? Er verdoppelte seine Zusicherung und
sagte: Rechne, dass du deine Worte in ein Diamanten-
kästchen vergraben hast! Darauf sagte ich ihm, wie ichs
verstand, und dass sie nicht mehr als zweitausend Scudi
wert seien.

Als die Herzogin hörte, dass wir still wurden (denn wir
redeten ziemlich leise), kam sie hervor und sagte: Mein
Herr! Habt die Gnade und kauft mir den Schmuck Perlen, denn ich habe große Lust dazu, und Euer Benvenuto
wird Euch gesagt haben, dass er nie einen schönern gesehen hat. Darauf versetzte der Herzog: Ich will ihn
nicht kaufen! Sie versetzte: Warum will Eure Exzellenz
mir den Gefallen nicht tun und diese Perlen anschaffen?
Er antwortete: Weil ich nicht Lust habe, mein Geld wegzuwerfen. Wie? Sagte die Herzogin von Neuem, warum
Geld wegwerfen, wenn Euer Benvenuto, auf den Ihr mit
Recht so viel Vertrauen habt, mir versichert, dass über
dreitausend Scudi noch ein wohlfeiler Preis ist? Darauf
sagte der Herzog: Signora! Mein Benvenuto hat mir gesagt, dass ich, wenn ich sie kaufe, mein Geld wegwerfe,
denn diese Perlen sind weder rund noch gleich, und es
sind auch genug alte darunter. Und dass das wahr ist: so
seht nur diese, sehet jene, sehet hier, sehet da! Das ist
keine Ware für mich. Auf diese Worte sah mich die Herzogin mit zornigem Blick an, drohte mir mit dem Haupt

und ging weg, sodass ich versucht war, mit Gott wegzugehen und mich aus Italien zu verlieren. Weil aber mein
Perseus beinahe geendigt war, so wollte ich doch nicht
verfehlen, ihn aufzustellen.

Nun bedenke ein jeder, in welcher großen Not ich mich
befand! Der Herzog hatte seinen Türhütern in meiner
Gegenwart befohlen, sie sollten mich immer durch die
Zimmer lassen, wo sich Seine Exzellenz befinde, und die
Herzogin hatte eben denselbigen aufgegeben, sooft ich
in den Palast käme, sollten sie mich wegjagen. Wenn sie
mich nun sahen, verließen sie ihren Posten und jagten
mich weg; sie nahmen sich aber wohl in acht, dass es der
Herzog nicht gewahr wurde, sodass, wenn er mich eher
als diese Schelmen erblickte, er mir entweder zurief oder
mir winkte, dass ich hereinkommen sollte.

Indessen hatte die Herzogin den Bernardone gerufen,
über dessen Feigheit und Schlechtigkeit sie sich gegen
mich so sehr beklagt hatte, und empfahl ihm, so wie
vormals mir, die Sache. Er antwortete: Gnädige Frau,
lasst mich nur gewähren! Darauf zeigte sich der Schelm
vor dem Herzog mit dem Schmuck in der Hand. Der
Herzog, sobald er ihn erblickte, sagte: Er solle sich weg-
heben! Der Schelm sagte darauf mit einer hässlichen
Stimme, die ihm durch seine Eselsnase klang: O gnädiger Herr, kaufet doch den Schmuck der armen Dame,
die für Verlangen darnach stirbt und ohne denselben
nicht leben kann! Da er nun noch andere seiner dummen
Worte hinzufügte, ward er dem Herzog zur Last, der zu
ihm sagte: Entweder du gehst, oder du kriegst Ohrfeigen! Dieser Lumpenhund wusste sehr gut, was er tat
(denn ihm war wohl bekannt, dass er auf dem Wege der

Ohrfeigen und Unverschämtheiten die Einwilligung zum Handel vom Herzog erhalten und sich die Gnade der Herzogin zugleich mit einer guten Provision erwerben könne, die einige Hundert Scudi betrug), und so blies er aus Possen die Backen auf, und der Herzog gab ihm einige tüchtige Maulschellen, um ihn loszuwerden, und zwar ein bisschen derber, als er pflegte. So tüchtig getroffen, wurden die hässlichen Wangen rot, und die Tränen kamen ihm aus den Augen, und so fing er an: Ach, gnädiger Herr! Ein treuer Diener, der Gutes zu tun sucht, wird aller Art von Übel ertragen, wenn nur die arme Dame zufriedengestellt wird. Hierüber wurde der Mensch dem Herzog äußerst zur Last, und sowohl wegen der Ohrfeigen als wegen der Liebe zur Herzogin, die Seine Exzellenz immer zu befriedigen wünschte, sagte er sogleich: Hebe dich weg! Gott möge dich zeichnen! Gehe und mache den Handel! Ich bin alles zufrieden, was meine Gemahlin wünscht.

Da sehe man nun die Wut des bösen Glückes gegen einen armen Mann und die schändliche Gunst des guten Glückes gegen eine nichtswürdige Person! Ich verlor die ganze Gnade der Herzogin und dadurch auch nach und nach die Gnade des Herzogs, jener dagegen gewann sich die große Provision und ihre Gnade. So ist es nicht genug, ein ehrlicher und tugendhafter Mann zu sein, wenn das Glück uns übel will.

Achtes Kapitel

Der Herzog fängt mit den Bewohnern von Siena Krieg an. Der Verfasser wird mit andern zu Ausbesserung der florentinischen Festungswerke ange-

stellt. – Wortstreit zwischen ihm und dem Herzog
über die beste Befestigungsart. – Cellinis Händel
mit einem lombardischen Hauptmann, der ihm un-
höflich begegnet. – Entdeckung einiger Altertümer
in Erz in der Gegend von Arezzo. – Die verstüm-
melten Figuren werden von Cellini wiederherge-
stellt. – Er arbeitet in des Herzogs Zimmern daran,
wobei er Hindernisse vonseiten der Herzogin findet.
– Seltsamer Auftritt zwischen ihm und Ihrer Ho-
heit. – Er versagt ihr die Gefälligkeit, einige Figuren
von Erz in ihrem Zimmer aufzustellen, wodurch das
Verhältnis zwischen beiden verschlimmert wird. –
Verdruss mit Bernardo, dem Goldschmied. – Der
Verfasser endigt seine berühmte Statue des Perseus;
sie wird auf dem Platze aufgestellt und erhält gro-
ßen Beifall. – Der Herzog besonders ist sehr zufrie-
den damit. – Cellini wird von dem Vizekönig nach
Sizilien berufen, will aber des Herzogs Dienste nicht
verlassen. – Sehr vergnügt über die gelungene Ar-
beit, unternimmt er eine Wallfahrt von wenig Tagen
nach Vallombrosa und Camaldoli.

Zu der Zeit entstand der Krieg von Siena, und der Herzog, der Florenz befestigen wollte, verteilte die Tore unter geschickte Bildhauer und Baukünstler. Mir teilte man das, Tor al Prato zu und das Törchen am Arno, das nach den Mühlen gehet; dem Kavalier Bandinell das Tor bei San Friano; Pasqualino von Ancona ward bei dem Tor San Pier Gattolini angestellt; Julian von Baccio d'Agnolo, der Zimmermeister, bei St. Georg; Particino, der Zimmermeister, bei St. Nikolas; Franziskus von San Gallo, den Bildhauer, Margolla genannt, beim Kreuze, und Johann Baptista, Tasso genannt, bei dem Tore Pinti. Und so wurden andere Bastionen und Tore andern Ingenieuren übergeben, deren ich mich nicht erinnere und die auch auf meine Geschichte keinen Einfluss haben.

Der Herzog, der wirklich immer die besten Einsichten zeigte, ging selbst um die Stadt, und da Seine Exzellenz alles wohl überlegt und sich entschlossen hatte, rief er Lattanzio Gorini, seinen Kassierer, der sich auch ein wenig mit dieser Profession abgab, und ließ ihn alle die Art und Weise zeichnen, wie die Stadt und gedachte Tore befestigt werden sollten, und schickte einem jeden sein gezeichnetes Tor.

Da ich nun diejenigen Risse betrachtete, die man mir zugeschickt hatte, schien es mir, dass sie keineswegs nach den Umständen eingerichtet, sondern äußerst fehlerhaft wären. Sogleich eilte ich, mit der Zeichnung in der Hand, meinen Herzog aufzusuchen, und als ich Seiner Exzellenz die Mängel dieser Arbeit zeigen wollte, hatte ich kaum zu reden angefangen, als der Herzog sich ergrimmt zu mir wendete und sagte: Wenn die Rede ist, wie man treffliche Figuren machen soll, so will ich dir nachgeben, aber in dieser Kunst musst du mir gehorchen; drum befolge die Zeichnung, die ich dir gegeben habe! Auf diese kurzen Worte antwortete ich so gelind, als ich in der Welt nur wusste, und sagte: Gnädiger Herr! Auch die gute Art, Figuren zu machen, habe ich von Eurer Exzellenz gelernt, denn wir haben immer ein wenig darüber gestritten. Nun ist die Rede von der Befestigung Eurer Stadt, einer Sache von viel größerer Bedeutung als Figuren zu machen: Deshalb bitte ich Eure Exzellenz, mich anzuhören, und wenn ich so mit Ihnen spreche, werden Sie mir die Art und Weise zeigen, wie ich Ihnen zu dienen habe. Diese meine gefälligen Worte nahm der Herzog sehr gütig auf und fing an, mit mir über die Sache zu disputieren: Ich zeigte sodann mit lebhaften und deutlichen Gründen, dass die Art, die man mir vorgeschrieben hatte, nicht gut sei. Darauf sagte der Herzog: Nun gehe und mache selbst eine Zeichnung! Und ich will sehen, ob sie mir gefällt. So machte ich ein paar Zeichnungen von der wahren Art, wie die beiden Tore befestigt werden mussten, und brachte sie ihm; er unterschied das Wahre vom Falschen und sagte mir sehr freundlich: Nun gehe und mach es nach deiner Art! Ich bin es zufrieden. Da fing ich denn mit großer Sorgfalt an.

Die Wache des Tors al Prato hatte ein lombardischer Kapitän von schrecklicher, starker Gestalt und von gemeinen Redensarten; dabei war er eingebildet und äußerst unwissend. Dieser fragte mich sogleich: was ich machen wollte? Darauf ließ ich ihm gefällig meine Zeichnungen sehen, und mit der äußersten Mühe erklärte ich ihm die Art, nach der ich verfahren wolle. Nun schüttelte die Bestie den Kopf, wendete sich da- und dorthin, trat von einem Bein aufs andere, wickelte seinen ungeheuren Knebelbart, strich sich am Kinn, zog die Mütze über die Augen und sagte nur immer: Zum Henker! Ich verstehe das alles nicht. Verdrießlich über diese Bestie, sagte ich: So lasst es *mich* machen, der ichs verstehe! Dabei wendete ich ihm den Rücken, das er höchst übel nahm und sagte: Du willst gewiss, dass ich mit dir aufs Blut rechten soll. Ich wendete mich erzürnt herum und sagte: Es sollte mir lieber sein, mit dir als mit der Bastion zu tun zu haben. Sogleich legten wir Hand an die Degen; wir hatten sie aber nicht einmal ganz gezogen, als sich viele wackere Leute von unsern Florentinern und andern Hofleuten dazwischenlegten. Der große Teil schalt ihn aus und sagte: er habe unrecht; ich sei ein Mann, es mit ihm aufzunehmen, und wenn es der Herzog erführe, sollte es ihm übel bekommen. Nun bekümmerte er sich um seine Geschäfte, und ich fing meine Bastion an. Als ich nun die gehörige Anstalt getroffen hatte, ging ich zu dem kleinen Tor am Arno, wo ich einen Kapitän von Cesena fand, den artigsten Mann, den ich jemals von dieser Profession gekannt hatte. Äußerlich zeigte er sich wie ein zierliches Mädchen, und im Notfalle war er einer der bravsten und tödlichsten Menschen, die man sich denken kann. Dieser Edelmann beobachtete mich so genau, dass er mir oft Nachdenken erregte, er wünschte meine Arbeit zu verstehen, und ich zeigte ihm alles aufs Gefälligste. Genug, wir wetteiferten, wer sich gegen den andern freundlicher bezeigen könne, sodass ich diese Bastion weit besser als jene zustande brachte.

Als ich mit meinen Festungswerken fertig war, hatten die Völker des Herrn Peter Strozzi im Lande gestreift, und das ganze Gebiet von Prato war so in Furcht gesetzt, dass alles ausräumte und flüchtete. Nun kamen sie mit allen ihren Karren herbei, und jeder fuhr seine Habe in die Stadt: Ein Wagen berührte den andern, und es war eine unendliche Menge. Da ich nun solche Unordnung sah, sagte ich zur Torwache: Sie sollten achthaben, dass unter dem Tore nicht das Unglück begegne wie in Turin, wo das Fallgatter, als man es brauchen wollte, von einem solchen Wagen in die Höhe gehalten wurde und seinen Dienst nicht leisten konnte. Als das Ungeheuer von Kapitän diese meine Worte hörte, wendete er sich mit Schimpfreden gegen mich, die ich ihm sogleich zurückgab, sodass es zwischen uns hätte schlimmer als vorher werden können; doch trennte man uns wieder. Da ich nun meine Bastion vollendet hatte, erhielt ich unerwartet vieles Geld, mit dem ich mir wieder aufhalf und mich wieder an die Arbeit begab, um meinen Perseus zu vollenden.

In diesen Tagen hatte man einige Altertümer in der Gegend von Arezzo ausgegraben, worunter sich auch die Chimära befand, nämlich der eherne Löwe, den man in den nächsten Zimmern am großen Saal des Palastes noch sehen kann, und zugleich hatte man viele kleine Statuen von Erz gefunden, die ganz mit Erde und Rost bedeckt waren, und einer jeden fehlte entweder der Kopf, die Hände oder die Füße. Der Herzog hatte Vergnügen, sie selbst mit gewissen Grabsticheln rein zu machen, und einst, als ich mit Seiner Exzellenz sprach, reichte er mir einen Hammer, womit ich auf die Meißelchen, die er in der Hand hielt, schlug, sodass die Figuren von Erde und Rost gereinigt wurden. So vergingen einige Abende, und der Herzog veranlasste mich, dass ich die fehlenden Glieder wiederherstellte, und da er so viel Vergnügen an dem wenigen Meißeln hatte, so ließ er mich auch des Tages arbeiten, und wenn ich mich verspätete, so musste ich gerufen werden. Öfters gab ich Seiner Exzellenz zu verstehen, dass ich mich von meinem Perseus abzöge und dass daraus gar manches Unangenehme entstehen könnte. Erstlich fürchtete ich, dass die lange Zeit, die ich zu meinem Werke brauchte, zuletzt Seiner Exzellenz verdrießlich fallen möchte, wie es denn auch wirklich nachher geschah; das andere war, dass meine Arbeiter, wenn ich mich nicht gegenwärtig befand, mir teils mein Werk verdarben, teils so wenig als möglich arbeiteten. Darauf begnügte sich der Herzog, dass ich nur beim Einbruche der Nacht in den Palast kommen sollte. Seine Exzellenz war äußerst sanft und gütig gegen mich geworden, und jeden Abend, den ich zu ihm kam, nahmen die Liebkosungen zu.

In diesen Tagen baute man an jenen neuen Zimmern gegen die Löwen, sodass Seine Exzellenz, um abgesondert zu sein, sich in den neuen Gemächern eine kleine Wohnung einrichten ließ; mir aber hatte er befohlen, ich sollte durch seine Garderobe kommen, da ich denn heimlich über die Galerie des großen Saals ging und durch gewisse Schlupflöcher zu jenem Gemach gelangte. Wenige Tage darauf brachte mich die Herzogin um diese Zugänge und ließ alle diese Türen verschließen, sodass ich alle Abende, wenn ich in den Palast kam, eine Weile warten musste, weil sie sich selbst in diesen Vorzimmern befand, wo man vor ihrer Bequemlichkeit vorbei musste, und weil sie nicht wohl war, so kam ich niemals, ohne sie zu stören. Nun warf sie deswegen und wegen der schon bekannten Ursache den äußersten Groll auf mich und konnte mich auf keine Weise weder sehen noch leiden. Doch mit aller dieser großen Not und diesem unendlichen Verdruss fuhr ich gelassen fort hinzugehen. Der Herzog hatte ausdrücklich befohlen, dass man mir, wenn ich an die Tür pochte, sogleich aufmachen sollte, und so ließen sie mich, ohne mir etwas weiter zu sagen, durch alle Zimmer. Nun begegnete es manchmal, wenn ich ruhig und unerwartet durchging, dass ich die Herzogin bei ihrer Bequemlichkeit fand, die sich denn mit einem so wütenden Zorne gegen mich herausließ, dass ich mich entsetzte. Sie sagte mir immer: Wann wirst du denn einmal mit den kleinen Figuren fertig sein! Dein Kommen wird mir allzu lästig. Darauf antwortete ich mit der größten Gelassenheit: Gnädige Frau und einzige Gönnerin! Ich verlange nichts mehr, als Ihnen mit Treue und äußerstem Gehorsam zu dienen. Die Werke, die mir der Herzog befohlen hat, werden mehrere Monate brauchen; wenn aber Eure Exzellenz nicht will, dass ich mehr hierher kommen soll, so werde ich auch nicht kommen, es rufe mich, wer will, und wenn der Herzog zu mir schickt, so will ich sagen, dass ich krank bin, und Sie sollen mich auf keine Weise hier wieder sehen. Darauf versetzte sie: Ich sage nicht, dass du dem Herzog nicht gehorchen sollst, aber mir scheint, dass deine Arbeit kein Ende nehmen wird. Mochte nun der Herzog hievon etwas gemerkt haben oder auf andere Weise veranlasst worden sein, genug, wenn vierundzwanzig Uhr herbeikam, so ließ er mich rufen, und der Bote sagte jederzeit: Verfehle nicht zu kommen! Der Herzog erwartet dich. Und so fuhr ich fort, mit ebendenselben Schwierigkeiten mehrere Abende hinzugehen. Einmal unter anderm, als ich nach meiner Gewohnheit hereintrat, sprach der Herzog wahrscheinlich von geheimen Dingen mit seiner Gemahlin und wendete sich mit heftigem Zorne gegen mich, darüber ich einigermaßen erschreckt eilig zurückgehen wollte; er aber sagte schnell zu mir: Komm herein, mein Benvenuto! Gehe an deine Arbeit, und ich werde bald bei dir sein. Indessen ich vorbeiging, nahm mich Prinz Grazia, ein Kind von wenigen Jahren, bei der Jacke und trieb so artige Scherze, als ein solches Kind nur machen kann. Der Herzog verwunderte sich darüber und sagte: Was ist das für eine anmutige Freundschaft, die meine Kinder zu dir haben?

Indessen ich nun an diesen Kleinigkeiten arbeitete, waren die Prinzen Don Giovanni, Don Arnando und Don Grazia den ganzen Abend um mich herum und stachen mich, ohne dass es der Herzog sah, ich aber bat sie, ruhig zu sein. Sie antworteten: Wir können nicht! Und ich versetzte: Was man nicht kann, will man auch nicht! Drum lasst mich ruhen! Darüber fingen der Herzog und die Herzogin an, laut zu lachen.

Einen andern Abend, als ich jene vier Figuren von Erz fertig hatte, die an der Base des Perseus angebracht sind, nämlich Jupiter, Merkur, Minerva und Danae, Mutter des Perseus, mit ihrem kleinen Knaben zu Füßen, hatte ich sie zusammen in gedachtes Zimmer bringen lassen, wo ich abends arbeitete, und sie in eine Reihe, ein wenig höher als das Auge, gestellt, wo sie sich wirklich sehr gut ausnahmen. Der Herzog, der es gehört hatte, kam etwas früher als gewöhnlich, und weil die Person, die ihm die Nachricht brachte, diese Arbeiten über Verdienst gerühmt und gesagt hatte, sie seien besser als die Alten, und mehr solche Dinge, so kam nun der Herzog mit der Herzogin und sprach mit Zufriedenheit von meinen Werken; ich aber stand geschwind auf und ging ihm entgegen. Er hob darauf nach seiner fürstlichen und edlen Art die rechte Hand auf, worin er eine Birn hielt, so groß und schön, als man sie nur sehen kann, und sagte dabei: Nimm hier, mein Benvenuto, und bringe diese Birn in den Garten deines Hauses! Darauf antwortete ich gefällig: O gnädiger Herr! Ist es Ihr Ernst, dass ich die Birn in den Garten *meines* Hauses legen soll? Der Herzog sagte von Neuem: In den Garten des Hauses, das dein ist! Verstehst du mich recht? Darauf dankte ich Seiner Exzellenz und der Herzogin mit den besten Zeremonien, die ich nur in der Welt zu machen wusste. Dann setzten sie sich gegen die Figuren über und sprachen über zwei Stunden von nichts als von denselben, sodass die Herzogin ein unmäßiges Verlangen darnach empfand und zu mir sagte: Ich will nicht, dass du diese schönen Figuren da unten auf dem Platz verschwendest, wo sie in Gefahr kämen, verdorben zu werden; vielmehr sollst du sie mir in einem meiner Zimmer anbringen, wo ich sie aufs Beste will halten lassen, wie ihre seltne Tugend verdient. Gegen diese Worte setzte ich mich mit unendlichen Gründen, weil ich aber sah, wie fest sie entschlossen war, dass ich die Figuren nicht an die Base, wo sie sich jetzo befinden, aufstellen sollte, so wartete ich den andern Tag ab und ging um zweiundzwanzig in den Palast, und als ich fand, dass der Herzog und die Herzogin ausgeritten waren, ließ ich die Figuren hinuntertragen, und weil ich an der Base schon alles zurechtgemacht hatte, so lötete ich sie sogleich ein, wie sie bleiben sollten. Als die Herzogin es hörte, wurde sie so zornig, dass sie mir, wenn ihr Gemahl nicht gewesen wäre, gewiss vieles Übel zugefügt hätte. Nun kam dieser Verdruss noch zu jenem wegen der Perlen, und sie wirkte so viel, dass der Herzog sein weniges Vergnügen aufgab. Ich kam also abends nicht mehr hin, denn ich fand alle die vorigen Schwierigkeiten, wenn ich in den Palast wollte.

Ich wohnte nun, wo ich meinen Perseus schon hingebracht hatte, und arbeitete an seiner Vollendung unter allen den Hindernissen, deren ich schon erwähnt habe, das heißt: ohne Geld und unter so vielen andern Vorfällen, deren Hälfte schon einen Mann von Diamant zur Verzweiflung gebracht hätte. Als der Herzog vernahm, dass ich den Perseus schon als geendigt zeigen konnte, kam er einen Tag, das Werk zu sehen, und gab auf eine deutliche Art zu erkennen, dass es ihm außerordentlich gefalle. Darauf wendete er sich zu gewissen Herren, die mit ihm waren, und sagte: Ob uns gleich dieses Werk sehr schön vorkommt, so muss es doch auch dem Volke gefallen. Deswegen, mein Benvenuto, ehe du die letzte Hand anlegst, wünschte ich, dass du mir zuliebe diese vordere Tür nach meinem Platze zu öffnetest, um zu sehen, was das Volk dazu sagt; denn es ist keine Frage, dass es ein Unterschied sein muss, es frei oder in einer solchen Enge zu sehen, und es wird sich gewiss anders als gegenwärtig zeigen. Auf diese Worte sagte ich demütig zu Seiner Exzellenz: Es wird gewiss um die Hälfte besser aussehen. Erinnern sich Eure Exzellenz nicht, es in dem Garten meines Hauses gesehen zu haben, wo es sich so gut zeigte? Ja sogar Bandinello, der es daselbst sah, war genötigt, ungeachtet seiner bösen Natur Gutes davon zu reden, er, der sein ganzes Leben lang von niemand Gutes gesprochen hat! Und ich fürchte, Eure Exzellenz trauen ihm zu viel.

Darauf sagte der Herzog ein wenig verdrießlich, aber mit gefälligen Worten: Tue es, mein Benvenuto, zu meiner geringen Genugtuung!

Als er weg war, machte ich mich daran, die Statue aufzudecken; weil aber noch ein wenig Gold fehlte und ein gewisser Firnis und andere Kleinigkeiten, die zu Vollendung eines Werks gehören, murmelte ich verdrießlich, schalt und betrübte mich und verwünschte den verfluchten Tag, der mich veranlasst hatte, nach Florenz zu gehen. Denn ich sah freilich den großen Verlust, den ich mir zugezogen hatte, indem ich Frankreich verließ, und sah und wusste noch nicht, was ich Gutes von meinem Herrn in Florenz erwarten sollte; denn alles, was ich vom Anfang bis zur Mitte und bis zum Ende getan hatte, war alles zu meinem größten Schaden geschehen. Und so mit größtem Verdrusse deckte ich die Bildsäule des folgenden Tags auf.

Nun gefiel es Gott, dass, sobald als sie gesehen wurde, sich ein unmäßiges Geschrei zum Lobe des Werks erhub, wobei ich mich ein wenig getröstet fühlte. Die Leute hörten nicht auf, immerfort Sonette an die Türgewände anzuheften, wodurch gleichsam ein festliches Ansehen entstand. Indessen suchte ich, das Werk zu vollenden, und arbeitete an demselben Tage daran, an welchem es mehrere Stunden aufgedeckt blieb und mehr als zwanzig Sonette zum unmäßigen Lobe meiner Arbeit angeheftet wurden. Das hörte nicht auf, nachdem ich sie wieder zugedeckt hatte, alle Tage fanden sich neue Gedichte, lateinische Sonette und griechische Verse; denn eben waren Ferien auf der Universität Pisa, und alle die vortrefflichsten Lehrer und Schüler bemühten sich um die Wette. Was mir aber das größte Vergnügen machte und mir die größte Hoffnung wegen der Gesinnung des Herzogs gab, war, dass die von der Kunst, nämlich Maler und Bildhauer, gleichfalls wetteiferten, wer das meiste Gute davon sagen könnte, und unter andern der geschickte Maler Jakob von Pontormo. Am höchsten aber schätzte ich das Lob des trefflichen Bronzino, des Malers, dem es nicht genug war, verschiedene Gedichte öffentlich anheften zu lassen, sondern der mir derselben auch noch ins Haus schickte, worin er so viel Gutes auf seine seltene und angenehme Weise sagte, dass ich mich wieder einigermaßen beruhigte. Und so hatte ich das Werk wieder bedeckt und suchte es mit allem Fleiß zu vollenden.

Als mein Herzog die Gunst erfuhr, welche mir die treffliche Schule bei diesem kurzen Anblick erzeigt hatte, sagte er: Ich freue mich, dass Benvenuto diese kleine Zufriedenheit gehabt hat, so wird er desto geschwinder die Arbeit vollenden; aber er denke nur nicht, wenn sie ganz aufgedeckt ist, dass die Leute noch immer auf gleiche Weise sprechen werden. Es werden dann auch alle Fehler, die daran sind, aufgedeckt sein, und man wird andere, die nicht daran sind, hinzutun: So mag er sich mit Geduld waffnen. An diesen Reden war Bandinell schuld, denn er hatte bei dieser Gelegenheit die Werke des Andrea del Verrocchio angeführt, der den schönen Christus und St. Thomas von Erz gemacht hatte, die man an der Fassade Orsanmichele sieht, und noch andere Werke, sogar den verwundernswürdigen David des göttlichen Michelagnolo Buonarroti, von dem er auch behauptete, er zeige sich nur von vorn gut. Dann sprach er von seinem Herkules und seinen unendlichen Sonetten, die daran geheftet wurden, und sprach alles Übel vom Volk. Der Herzog hatte ihn zu diesen Reden veranlasst und glaubte wirklich, die Sache werde auch so ablaufen, denn der neidische Bandinell hörte nicht auf, Übles zu reden. So sagte auch einmal in der Gegenwart des Herzogs der Schurke Bernardone, der Mäkler, nur um dem Bandinell zu schmeicheln: Wisst, gnädiger Herr, große Figuren zu machen ist eine andere Kost, als kleine zu arbeiten! Ich will nicht sagen, dass er die kleinen Figürchen nicht gut gemacht habe, aber Ihr werdet sehen: die große gelingt ihm nicht. Und unter diese hämischen Worte mischte er nach seiner Spionenart noch andere und häufte Lügen auf Lügen.

Nun gefiel es aber meinem glorreichen Herrn und unsterblichen Gott, dass ich meine Statue vollendete und sie an einem Donnerstag ganz aufdecken konnte. Alsobald (es war noch nicht ganz Tag) vereinigte sich eine solche Menge Volks, dass es nicht zu zählen war, und alle wetteiferten, das Beste davon zu sprechen. Der Herzog stand an einem niedern Fenster des Palastes, das über der Türe war, und so vernahm er, halb verborgen, alles, was man sagte. Als er nun einige Stunden zugehört hatte, stand er mit so viel Zufriedenheit und Lebhaftigkeit auf, wendete sich zu Herrn Sforza und sagte: Sforza! Geh zu Benvenuto und sag ihm von meinetwegen, dass er mich mehr, als ich hoffte, befriedigt hat, ich will ihn auch zufriedenstellen, er soll sich verwundern, und sag ihm, er soll gutes Muts sein. Herr Sforza brachte mir diesen ruhmvollen Auftrag, wodurch ich äußerst gestärkt ward und denselben Tag sehr vergnügt zubrachte, weil das Volk auf mich mit Fingern wies und mich dem und jenem als eine neue und wundersame Sache zeigte. Unter anderm waren zwei Edelleute, die der Vizekönig von Sizilien an unsern Herzog in Geschäften gesendet hatte. Als man mich diesen beiden gefälligen Männern auf dem Platze zeigte, kamen sie heftig auf mich los, und mit ihren Mützen in der Hand hielten sie mir eine so umständliche Rede, die für einen Papst zu viel gewesen wäre. Ich demütigte mich, soviel ich konnte, aber sie deckten mich dergestalt zu, dass ich sie inständig bat, mit mir vom Platze wegzugehn, weil die Leute bei uns stillstanden und mich schärfer ansahen als unsern Perseus selbst. Unter diesen Zeremonien waren sie so kühn und verlangten, ich möchte nach Sizilien kommen, da sie mir denn einen solchen Kontrakt versprachen, mit dem ich zufrieden sein sollte. Sie sagten mir: Bruder Johann Angiolo von den Serviten habe ihnen einen Brunnen gemacht, mit vielen Figuren verziert, aber sie seien lange nicht von der Vortrefflichkeit wie der Perseus, und er sei dabei reich geworden. Ich ließ sie nicht alles, was sie sagen wollten, vollenden, sondern versetzte: Ich verwundere mich sehr, dass ihr von mir verlangt, dass ich einen Herrn verlassen soll, der die Talente mehr schätzt als irgendein andrer Fürst, der je geboren wurde, umso mehr, da ich ihn in meinem Vaterlande finde, der Schule aller der großen Künste. Hätte ich Lust zu großem Gewinn, so wäre ich in Frankreich geblieben, im Dienste des großen Königs Franziskus, der mir tausend Goldgülden für meinen Unterhalt gab und dazu die Arbeit meiner sämtlichen Werke bezahlte, sodass ich mich alle Jahre über viertausend

Goldgülden stand; nun bin ich aber doch weggegangen und habe den Lohn meiner Werke von vier Jahren in Paris zurückgelassen. Mit diesen und andern Worten schnitt ich die Zeremonien durch, dankte den Herren für das große Lob, das sie mir gegeben hatten, und versicherte sie, das sei die größte Belohnung für jeden, der sich ernsthaft bemühe. Ich setzte hinzu: Sie hätten meine Lust, gut zu arbeiten, so vermehrt, dass ich in wenigen Jahren ein anderes Werk aufzustellen hoffte, mit dem ich der vortrefflichen florentinischen Schule noch mehr als mit diesem zu gefallen gedächte. Die beiden Edelleute hätten gerne den Faden der Zeremonien wieder angeknüpft, aber ich, mit einer Mützenbewegung und einem tiefen Bückling, nahm sogleich von ihnen Abschied.

Auf diese Weise ließ ich zwei Tage vorübergehen, und als ich sah, dass das große Lob immer zunahm, entschloss ich mich, meinem Herzog aufzuwarten, der mit großer Freundlichkeit zu mir sagte: Mein Benvenuto! Du hast mich und das ganze Volk zufriedengestellt; aber ich verspreche dir, dass ich dich auch auf eine Weise befriedigen will, über welche du dich verwundern sollst, und ich sage dir: Der morgende Tag soll nicht vorübergehen! Auf diese herrlichen Versprechungen wendete ich alle Kräfte der Seele und des Leibes in *einem* Augenblick zu Gott und dankte ihm aufrichtig; zugleich hörte ich meinen Herzog an, und halb weinend vor Freude küsste ich ihm das Kleid und sagte: Mein glorreicher Herr, freigebig gegen alle Talente und gegen die Menschen, die sie ausüben! Ich bitte Eure Exzellenz um gnädigen Urlaub auf acht Tage, damit ich Gott danken möge. Denn ich weiß wohl, wie übermäßig ich mich angestrengt habe, und bin überzeugt, dass mein fester Glaube Gott zu meiner Hilfe bewogen hat. Wegen diesem und so manchem andern wunderbaren Beistand will ich acht Tage als Pilgrim auswandern und meinem unsterblichen Gott und Herrn danken, der immer demjenigen hilft, der ihn mit Wahrheit anruft.

Darauf fragte mich der Herzog: wohin ich gehen wollte? Und ich versetzte: Morgen frühe will ich weggehen, auf Vallombrosa zu, von da nach Camaldoli und zu den Eremiten, dann zu den Bädern der heiligen Maria und vielleicht bis Sestile, weil ich höre, dass daselbst schöne Altertümer sind. Dann will ich über San Francesco della Vernia zurückkehren, unter beständigem Danke gegen Gott und mit dem lebhaften Wunsch, Eurer Exzellenz weiter zu dienen. Darauf sagte mir der Herzog mit heiterem Gesichte: Geh und kehre zurück! Wirklich, so gefällst du mir. Lasse mir zwei Verse zum Andenken und sei unbesorgt! Sogleich machte ich vier Verse, in welchen ich Seiner Exzellenz dankte, und gab sie Herrn Sforza, der sie dem Herzog in meinem Namen überreichte. Dieser empfing sie, gab sie sodann zurück und sagte: Lege sie mir täglich vor die Augen! Denn wenn Benvenuto zurückkäme und seine Sache nicht ausgefertigt fände, ich glaube, er brächte mich um. Auf diese scherzhafte Weise verlangte der Herzog, erinnert zu werden. Diese bestimmten Worte sagte mir Herr Sforza noch selbigen Abend, verwunderte sich über die große Gunst und sagte mir auf eine sehr gefällige Weise: Geh, Benvenuto, und komme bald wieder! Ich beneide dich.

Neuntes Kapitel

Der Autor begegnet auf seinem Wege einem alten Alchimisten von Bagno, der ihm von einigen Gold- und Silberminen Kenntnis gibt und ihn mit einer Karte von seiner eignen Hand beschenkt, worauf ein gefährlicher Pass bemerkt ist, durch welchen die Feinde in des Herzogs Land kommen könnten. – Er kehrt damit zum Herzog zurück, der ihn wegen seines Eifers höchlich lobt. – Differenz zwischen ihm und dem Herzog wegen des Preises des Perseus. – Man überlässt es der Entscheidung des Hieronymus Albizzi, welcher die Sache keineswegs zu des Autors Zufriedenheit vollbringt. – Neues Missverständnis zwischen ihm und dem Herzog, welches Bandinello und die Herzogin vermitteln sollen. – Der Herzog wünscht, dass er halberhabene Arbeiten in Erz für den Chor von Santa Maria del Fiore unternehmen möge. – Nach wenig Unterhaltungen gibt der Herzog diesen Vorsatz auf. – Der Autor erbietet sich, zwei Pulte für den Chor zu machen und sie mit halberhabenen Figuren in Erz auszuzieren. – Der Herzog billigt den Vorschlag.

Nun ging ich im Namen Gottes von Florenz weg, immer Psalmen und Gebete zu Verherrlichung des göttlichen Namens auf der ganzen Reise singend und aussprechend. Auf dem Wege hatte ich das größte Vergnügen; denn es war die schönste Sommerzeit, und die Aussicht in ein Land, wo ich nie gewesen war, schien mir so reizend, dass ich erstaunte und mich ergötzte. Zum Führer hatte ich einen jungen Mann aus meiner Werkstatt mitgenommen, der von Bagno war und Caesar hieß, von dessen Eltern ich auf das Freundschaftlichste aufgenommen ward. Unter andern war ein alter Mann in der Familie, über siebzig Jahre, vom gefälligsten Wesen, ein Oheim des gedachten Caesars, eine Art von chirurgischem Arzt, der ein wenig nach der Alchimie hinzielte. Dieser Mann zeigte mir, dass die Gegend Minen von Gold und Silber habe; er ließ mich viele schöne Sachen des Landes sehen, woran ich ein großes Vergnügen fand. Als er nun auf diese Weise mit mir bekannt geworden war, sagte er unter anderm eines Tages zu mir: Ich will Euch einen Gedanken nicht verhehlen, woraus was sehr Nützliches entstehen könnte, wenn Seine Exzellenz darauf hören wollte. Nämlich in der Gegend von Camaldoli ist ein so verdeckter Pass, dass Peter Strozzi nicht allein sicher durchkommen, sondern auch Poppi ohne Widerstand wegnehmen könnte. Als er mir die Sache mit Worten erklärt hatte, zog er ein Blatt aus der Tasche, worauf der gute Alte die ganze Gegend dergestalt gezeichnet hatte, dass man die große Gefahr sehr wohl sehen und deutlich erkennen konnte. Ich nahm die Zeichnung und ging sogleich von Bagno weg, nahm meinen Weg über Prato Magno und über San Francesco della Vernia, und so kam ich nach Florenz zurück. Ohne Verweilen, nur dass ich die Stiefel auszog, ging ich nach dem Palaste und begegnete dem Herzog, der eben aus dem Palast des Podesta zurückkehrte, bei der Abtei. Als er mich sah, empfing er mich aufs Freundlichste, doch mit ein wenig Verwunderung, und sagte: Warum bist du so geschwind zurückgekommen? Ich erwartete dich noch nicht in acht Tagen. Darauf versetzte ich: Zum Dienst Eurer Exzellenz bin ich zurückgekehrt, denn gern wäre ich noch mehrere Tage in jenen schönen Gegenden geblieben. Und was Gutes bringst du denn bei deiner schnellen Wiederkehr? Fragte der Herzog. Darauf versetzte ich: Mein Herr! Es ist nötig, dass ich Euch Dinge von großer Bedeutung sage und vorzeige. Und so ging ich mit ihm nach dem Palast. Daselbst führte er mich in ein Zimmer, wo wir allein waren. Ich sagte ihm alles und ließ ihm die wenige Zeichnung sehen, und es schien ihm angenehm zu sein. Darauf sagte ich zu Seiner Exzellenz: Es sei nötig, einer Sache von solcher Wichtigkeit bald abzuhelfen. Der Herzog dachte darauf ein wenig nach und sagte: Wisse, dass wir mit dem Herzog von Urbino einig sind, der nun selbst dafür sorgen mag, aber behalte das bei dir. Und so kehrte ich mit großen Zeichen seiner Gnade wieder nach Hause.

Den andern Tag ließ ich mich wieder sehen, und der Herzog, nachdem er ein wenig gesprochen hatte, sagte mit Heiterkeit: Morgen ganz gewiss soll deine Sache ausgefertigt werden, deswegen sei guten Muts! Ich hielt es nun für gewiss und erwartete den andern Tag mit großem Verlangen. Der Tag kam, ich ging nach dem Palast, und wie es gewöhnlich ist, dass man böse Neuigkeiten früher als die guten erfährt, so rief mich Herr Jakob Guidi, Sekretär Seiner Exzellenz, mit seinem schiefen Maule und stolzem Ton; dabei zog er sich auf sich zurück, stand wie angepfählt und wie ein erstarrter Mensch. Dann fing er an, folgendermaßen zu reden: Der Herzog sagt, er wolle von dir wissen, was du für deinen Perseus verlangst. Ich stand erstaunt und erschrocken und antwortete sogleich: Es sei meine Art nicht, den Preis meiner Arbeiten zu bestimmen; Seine Exzellenz habe mir vor zwei Tagen ganz was andres versprochen. Sogleich sagte mir der Mensch mit noch stärkerer Stimme: Ich befehle dir ausdrücklich vonseiten des Herzogs, dass du mir sagst, was du verlangst, bei Strafe, völlig in Ungnade Seiner Exzellenz zu fallen.

Ich hatte mir geschmeichelt, bei den großen Liebkosungen, die mir der Herzog erzeigt hatte, nicht sowohl etwas zu gewinnen, sondern ich hoffte nur, seine ganze Gnade erlangt zu haben. Nun kam ich über das unerwartete Betragen dergestalt in Wut, und besonders, dass mir die Botschaft durch diese giftige Kröte nach ihrer Weise vorgetragen wurde, und antwortete sogleich: Wenn der Herzog mir zehntausend Scudi gäbe, so würde er mir die Statue nicht bezahlen, und wenn ich geglaubt hätte, auf solche Weise behandelt zu werden, so wäre ich nie geblieben! Sogleich sagte mir der verdrießliche Mensch eine Menge schimpflicher Worte, und ich tat desgleichen. Den ändern Tag wartete ich dem Herzog auf, er winkte mir, und ich näherte mich. Darauf sagte er zornig: Die Städte und großen Paläste der Fürsten und Könige bauet man mit zehntausend Dukaten! Darauf antwortete ich schnell, indem ich das Haupt neigte: Seine Exzellenz würde sehr viele Menschen finden, die Ihr Städte und Paläste zu vollenden verstünden, aber Statuen wie der Perseus möchte vielleicht niemand in der Welt so zu machen imstande sein. Sogleich ging ich weg, ohne was weiter zu sagen und zu tun.

Wenige Tage darauf ließ mich die Herzogin rufen und sagte mir: Ich solle den Zwist, den ich mit dem Herzog habe, ihr überlassen, denn sie glaube, etwas tun zu können, womit ich zufrieden sein würde. Auf diese gütigen

Worte antwortete ich, dass ich nie eine größere Belohnung meiner Mühe verlangt hätte als die Gnade des
Herzogs; Seine Exzellenz habe mir sie zugesichert, und
ich überlasse mich nicht erst gegenwärtig ihnen beider-
seits gänzlich, da ich es von der ersten Zeit meines
Dienstes an mit aller Freundlichkeit schon getan habe.
Dann setzte ich hinzu: Wenn Seine Exzellenz mir für
meine Arbeit ein Gnadenzeichen gäben, das nur fünf
Pfennige wert sei, so würde ich vergnügt und zufrieden
sein, wenn ich mich dabei nur seiner Gnade versichern
könnte. Darauf sagte mir die Herzogin lächelnd: Du
würdest am besten tun, wenn du meinem Rate folgtest.
Sogleich wendete sie mir den Rücken und ging hinweg.

Ich dachte, mein Bestes getan zu haben, indem ich so
demütige Worte brauchte, denn ob sie gleich vorher ein
wenig über mich gezürnt hatte, so war ihr doch eine
gewisse gute Art zu handeln eigen. Aber die Sache
nahm für mich leider eine schlimme Wendung. Ich war
zu der Zeit sehr vertraut mit Hieronymus Albizzi, Vor-
gesetztem der Truppen des Herzogs, der mir eines Tages
unter anderm sagte: O Benvenuto! Es wäre doch gut, die
kleine Differenz, die du mit dem Herzog hast, ins Gleiche zu bringen. Hättest du Vertrauen in mich, so glaubte
ich wohl, damit fertig zu werden, denn ich weiß, was ich
sage. Wird der Herzog wirklich einmal böse, so wirst du
dich dabei sehr übel befinden: Das sei dir genug! Ich
kann dir nicht alles sagen. Nun hatte mich vorher schon
wieder ein Schalk gegen die Herzogin misstrauisch gemacht, denn er erzählte mir, er habe sie bei irgendeiner
Gelegenheit sagen hören: Er will ja für weniger als zwei

Pfennige den Perseus wegwerfen, und damit wird der ganze Streit geendigt sein.

Wegen dieses Verdachts sagte ich Herrn Albizzi: Ich überlasse ihm alles, und ich würde mit dem, was er tue, völlig zufrieden sein, wenn ich nur in der Gnade des Herzogs bliebe. Dieser Ehrenmann, der sich recht gut auf die Soldatenkunst verstand, besonders aber auf die Anführung leichter Truppen, das alles rohe Menschen sind, hatte keine Lust an der Bildhauerei und verstand auch deswegen nicht das Mindeste davon. Als er nun mit dem Herzog sprach, sagte er: Benvenuto hat sich mir ganz überlassen und mich gebeten, ich solle ihn Eurer Exzellenz empfehlen. Darauf sagte der Herzog: Auch ich will Euch die Entscheidung übertragen und mit allem, was Ihr bestimmt, zufrieden sein. Darauf machte Herr Hieronymus einen Aufsatz, der sehr gut und zu meinen Gunsten geschrieben war, und bestimmte, der Herzog solle mir dreitausendfünfhundert Goldgülden reichen lassen, wodurch zwar ein solches Werk nicht völlig bezahlt, aber doch einigermaßen für meinen Unterhalt gesorgt sei, und womit ich zufrieden sein könnte. Es waren noch viele Worte hinzugefügt, die sich alle auf diesen Preis bezogen. Diesen Aufsatz unterschrieb der Herzog so gern, als ich übel damit zufrieden war. Als es die Herzogin vernahm, sagte sie: Es wäre besser für den armen Mann gewesen, wenn er sich auf mich verlassen hätte; ich würde ihm wenigstens fünftausend Goldgülden verschafft haben! Und dieselbigen Worte sagte sie mir eines Tages, als ich in den Palast kam, in Gegenwart des Herrn Alamanni Salviati; sie lachte mich aus und sagte: Das Übel, das mir begegne, treffe mich mit Recht.

Der Herzog hatte befohlen, mir sollten hundert Goldgülden monatlich bezahlt werden; nachher fing Herr
Antonio de' Nobili, der gedachten Auftrag hatte, mir nur
fünfzig zu zahlen an, dann gab er mir manchmal nur
fünfundzwanzig, manchmal auch gar nichts. Da ich nun
sah, dass ich so hingehalten ward, wendete ich mich
aufs Höflichste an ihn und bat ihn, mir die Ursache zu
sagen, warum er die Zahlung nicht vollendete. Er antwortete mir sehr gütig, und es schien mir, dass er sich
gar zu weit herausließe, denn er sagte: Er könne die Zahlung nicht regelmäßig fortsetzen, weil man im Palast
nicht zum Besten mit Geld versehen sei; er verspreche
aber, dass er mich bezahlen wolle, sobald er Geld erhalte. Dann setzte er hinzu: Ich müsste ein großer Schelm
sein, wenn ich dich nicht bezahlte. Ich verwunderte
mich, ein solches Wort von ihm zu hören, und hoffte
nun, ich würde mich sobald als möglich befriedigt sehen. Allein es erfolgte gerade das Gegenteil, und da ich
mich so aufziehen sah, erzürnte ich mich mit ihm und
sagte ihm kühne und heftige Worte und erinnerte ihn an
seine eignen Ausdrücke. Indessen starb er, und man
blieb mir fünfhundert Goldgülden schuldig bis heute, da
wir nahe am Ende des Jahres 1566 sind.

Auch war ein Teil meiner Besoldung rückständig geblieben, und ich dachte nicht, diesen Rest jemals zu erhalten, denn es waren schon drei Jahre verflossen. Aber
der Herzog fiel in eine gefährliche Krankheit und konnte
in achtundvierzig Stunden das Wasser nicht lassen. Als
er nun merkte, dass ihm die Ärzte mit ihren Mitteln
nicht helfen konnten, wendete er sich vielleicht zu Gott
und beschloss, dass jeder seinen Rückstand erhalten sol-

le: Da wurde ich denn auch bezahlt, aber für meinen Perseus erhielt ich nicht die ganze Summe.

Fast hatte ich mir vorgesetzt, dem Leser von meinem unglücklichen Perseus nichts mehr zu erzählen, doch kann ich einen merkwürdigen Umstand nicht verschweigen und nehme daher den Faden ein wenig rückwärts wieder auf. Damals, als ich mit der Herzogin sprach und mit aller Demut zu erkennen gab, dass ich mit allem zufrieden sein wolle, was der Herzog mir geben würde, hatte ich die Absicht, mich wieder allmählich in Gunst zu setzen und bei dieser Gelegenheit den Herzog einigermaßen zu besänftigen: Denn wenige Tage vorher, ehe Albizzi den Akkord machte, hatte sich der Herzog heftig über mich erzürnt. Denn als ich mich bei Seiner Exzellenz über die äußerst schlechte Behandlung beklagte, die ich von Alfonso Quistello, Herrn Jakob Polverino, dem Fiskal, und besonders von Baptista Brandini von Volterra dulden musste, und mit einiger Leidenschaft meine Gründe vortrug, sah ich den Herzog in so großen Zorn geraten, als man sich denken kann. Er sagte mir dabei: Das ist ein Fall wie mit deinem Perseus, für den du mir zehntausend Scudi gefordert hast. Du bist zu sehr auf deinen Vorteil bedacht. Ich will die Statue schätzen lassen, und was man recht findet, sollst du haben. Hierauf antwortete ich, ein wenig zu kühn und halb erzürnt, wie man sich gegen große Herren nicht betragen soll: Wie wäre es möglich, dass mein Werk nach seinem Wert geschätzt würde, da gegenwärtig niemand in Florenz ist, der ein gleiches machen kann! Darauf ward der Herzog noch zorniger und sagte mir viele heftige Worte, unter andern rief er aus: Ja! Es ist gegenwärtig ein Mann in Florenz, der ein solches Werk machen könnte, und deswegen wird er es auch zu beurteilen wissen! Er meinte den Bandinell, Kavalier von St. Jakob. Darauf versetzte ich: Eure Exzellenz hat mich in den Stand gesetzt, in der größten Schule der Welt ein großes und schweres Werk zu vollenden, das mir mehr gelobt worden ist als irgendeins, das jemals in dieser göttlichen Schule aufgedeckt worden; und was mir am meisten schmeichelte, war, dass die trefflichen Männer, die von der Kunst sind und sich darauf verstehen, wie zum Beispiel Bronzino, der Maler, mir allen Beifall gaben. Dieser treffliche Mann bemühte sich und machte mir vier Sonette, worin er die edelsten und herrlichsten Worte sagte, die man nur ausdrücken kann, und ebendieser wundersame Mann war schuld, dass die ganze Stadt so sehr in Bewegung kam. Freilich, wenn sich dieser Mann so gut mit der Bildhauerkunst als der Malerei abgeben wollte, so würde er vielleicht ein solches Werk vollenden können. Auch gestehe ich Eurer Exzellenz, dass mein Meister Michelagnolo Buonarroti, als er jünger war, gleichfalls ein ähnliches gemacht hatte, aber nicht mit weniger Anstrengung als ich selbst: Nun aber, da er sehr alt ist, wird ihm eine solche Arbeit gewiss nicht gelingen, sodass ich gewiss überzeugt bin, dass zu unserer Zeit niemand bekannt sei, der sie ausführen könne. Nun hat meine Arbeit den größten Lohn erhalten, den ich in der Welt erlangen kann, besonders da Eure Exzellenz sich davon so zufrieden zeigten und mir sie mehr als ein andrer lobten: Was konnte ich für eine größere und ehrenvollere Belohnung verlangen? Gewiss, Eure Exzellenz konnte mir sie nicht mit einer herrlichern Münze bezahlen, denn keine Art von Schatz kann sich mit diesem vergleichen. So bin ich überflüssig belohnt, und ich danke Eurer Exzellenz dafür von Herzen.

Darauf antwortete der Herzog: Du denkst nicht, dass ich reich genug bin, dich zu bezahlen, aber ich sage dir, du sollst mehr haben, als sie wert ist! Darauf versetzte ich: Ich denke an keine andere Belohnung, als die mir Eure Exzellenz und die Schule schon gegeben haben, und nun will ich mit Gott fortgehen, ohne das Haus jemals wieder zu betreten, das Eure Exzellenz mir schenkte, und ich will nicht denken, jemals Florenz wiederzusehen.

Wir waren eben bei San Felice, denn der Herzog ging nach dem Palaste zurück, und auf meine heftigen Worte wendete er sich schnell in großem Zorne gegen mich und sagte: Du gehst nicht weg! Hüte dich wohl wegzugehen! Halb erschrocken begleitete ich ihn nach dem Palast. Dort gab er dem Erzbischof von Pisa, Bartolini und Herrn Pandolfo della Stufa den Auftrag, sie sollten Baccio Bandinello von seinetwegen sagen, er möge meinen Perseus wohl betrachten und das Werk schätzen, denn der Herzog wolle mir den rechten Preis bezahlen. Diese beiden wackern Männer gingen sogleich zum Bandinell und verrichteten ihren Auftrag. Er wusste sehr gut, was sie wert war, aber weil er mit mir über vergangene Dinge erzürnt war, so wollte er sich in meine Angelegenheiten auf keine Weise mischen. Darauf fügten die beiden Edelleute hinzu: Der Herzog hat uns gesagt, dass er bei Strafe seiner Ungnade Euch befiehlt, ihm den Preis zu bestimmen. Wollt Ihr zwei, drei Tage, um sie recht zu betrachten, so nehmt Euch die Zeit und dann sagt uns, was die Arbeit verdiene! Darauf antwortete jener: Er habe sie genug betrachtet und wolle gern den Befehlen des Herzogs gehorchen; das Werk sei reich und schön geraten, sodass es wohl sechzehntausend Goldgülden und mehr wert sei. Diese Worte hinterbrachten sogleich die guten Edelleute dem Herzog, welcher sich sehr darüber erzürnte. Auch sagten sie mir es wieder, worauf ich antwortete, dass ich auf keine Weise das Lob des Bandinells annehmen wolle, da er nur Übels von jedermann spreche. Diese meine Worte sagte man dem Herzog wieder, und deshalb verlangte die Herzogin, dass ich ihr die Sache überlassen sollte. Das ist nun alles die reine Wahrheit; genug, ich hätte besser getan, die Herzogin walten zu lassen, denn ich wäre in kurzem bezahlt gewesen und hätte einen größern Lohn empfangen.

Der Herzog ließ mir durch Herrn Lelio Torelli, seinen Auditor, sagen: Er verlange, dass ich gewisse Geschichten in halberhabener Arbeit von Erz rings um den Chor von Santa Maria del Fiore verfertigen solle. Weil aber dieser Chor ein Unternehmen des Bandinells war, so wollte ich sein Zeug nicht durch meine Bemühungen bereichern. Zwar hatte er selbst die Zeichnung dazu nicht gemacht (denn er verstand nichts in der Welt von Architektur), vielmehr war der Riss von Julian di Baccio d'Agnolo, dem Zimmermann, der die Kuppel verdarb: genug, es ist nicht die mindeste Kunst daran. Aus dieser doppelten Ursache wollte ich das Werk nicht machen, doch hatte ich immer auf das Ergebenste dem Herzog versichert, dass ich alles tun würde, was Seine Exzellenz mir beföhle. Nun hatte der Herzog den Werkmeistern von Santa Maria del Fiore befohlen, sie sollten mit mir übereinkommen, er wolle mir eine Besoldung von zweihundert Scudi des Jahrs geben, und meine Arbeit sollten sie mir aus der Baukasse bezahlen. So erschien ich vor gedachten Werkmeistern, welche mir den erhaltenen Befehl bekannt machten. Da ich nun glaubte, meine Gründe ihnen sicher vorlegen zu können, zeigte ich ihnen, dass so viele Geschichten von Erz eine große Ausgabe machen würden, die völlig weggeworfen wäre; dabei führte ich meine Ursachen an, welche sie alle sehr wohl begriffen. Die erste war, die Zeichnung des Chors sei ganz falsch und ohne die mindeste Vernunft gemacht, man sehe weder Kunst noch Bequemlichkeit, weder Anmut noch Proportion daran. Die zweite Ursache war, weil gedachte Geschichten so niedrig zu stehen kämen, dass sie unter dem Auge blieben, von Hunden besudelt und immer von Staub und allem Unrat voll sein würden. Deswegen wollte ich sie nicht machen, denn ich möchte nicht gern den Überrest meiner besten Jahre wegwerfen und dabei Seiner Exzellenz nicht dienen, da ich Ihr doch so sehr zu gefallen und zu dienen wünsche. Wenn aber der Herzog mir etwas wolle zu tun geben, so möchte er mich die Mitteltüre von Santa Maria del Fiore machen lassen: Dieses Werk würde gesehen werden und Seiner Exzellenz zu größerm Ruhme gereichen. Ich wollte mich durch einen Kontrakt verbinden, dass, wenn ich sie nicht besser machte als die schönste Türe von St. Johann, so verlange ich nichts für meine Arbeit; wenn ich aber sie nach meinem Versprechen vollendete, so wäre ich zufrieden, dass man sie schätzen lasse, und man solle mir alsdann tausend Scudi weniger geben, als sie von Kunstverständigen geschätzt würde.

Denen Bauherren gefiel mein Vorschlag sehr wohl, und sie gingen, um mit dem Herzog zu reden, unter andern Peter Salviati, der dem Herzog das Angenehmste zu sagen glaubte; es war aber gerade das Gegenteil, denn dieser versetzte: Ich wolle nur immer das nicht tun, was er verlange. Und so ging Herr Peter weg, ohne dass etwas entschieden worden wäre.

Als ich das vernahm, suchte ich schnell den Herzog auf, der einigermaßen über mich erzürnt schien. Ich bat ihn nur, dass er mich anhören möchte, und er versprach mirs. So fing ich umständlich an und zeigte ihm die Reinheit der Sache mit so viel Gründen, und dass eine große Ausgabe nur würde weggeworfen sein, dass ich ihn endlich besänftigt hatte. Dann setzte ich hinzu: Wenn es Seiner Exzellenz nicht gefalle, dass gedachte Türe gemacht würde, so gebrauche man in jenem Chor zwei Kanzeln, welches zwei große Werke seien und Seiner Exzellenz zum Ruhm gereichen würden. Ich wolle daran eine Menge Geschichten in erhabner Arbeit von Erz verfertigen und viele Zierraten anbringen. Dergestalt erweichte ich ihn, und er trug mir auf, Modelle zu machen. Ich machte deren verschiedene mit der äußersten Anstrengung, unter andern eins zu acht Seiten, mit mehr Fleiß als die andern, und es schien mir viel bequemer zu dem Dienste, wozu es bestimmt war. Ich hatte sie oft in den Palast getragen, und der Herzog ließ mir durch seinen Kämmerer sagen, ich sollte sie dalassen. Nachdem sie der Herzog gesehen, bemerkte ich wohl, dass Seine Exzellenz nicht das Beste gewählt hatte. Eines Tages ließ er mich rufen, und im Gespräch über die Modelle zeigte ich mit vielen Gründen, dass das zu acht Seiten das bequemste zum Dienst und das schönste zur Ansicht sei. Der Herzog antwortete mir, dass ihm das zu vier Seiten besser gefalle und dass er es so haben wolle, und sprach lange auf eine freundliche Weise mit mir. Ich tat alles, was mir möglich war, um die Kunst zu verteidigen. Ob nun der Herzog einsah, dass ich wahr redete, und es doch auf seine Art wollte gemacht haben, weiß ich nicht: genug, es verging viel Zeit, dass mir nichts weiter gesagt wurde.

Zehntes Kapitel

Streit zwischen Cellini und Bandinello, wer die Statue des Neptuns aus einem großen vorrätigen Stück Marmor machen solle. – Die Herzogin begünstigt Bandinello; aber Cellini, durch eine kluge Vorstellung, bewegt den Herzog zur Erklärung, dass der die Arbeit haben solle, der das beste Modell mache. – Cellinis Modell wird vorgezogen, und Bandinell stirbt vor Verdruss. – Durch die Ungunst der Herzogin erhält Ammannato den Marmor. – Seltsamer Kontrakt des Autors mit einem Viehhändler, mit Namen Sbietta. – Das Weib dieses Mannes bringt dem Autor Gift bei, und er wird mit Mühe gerettet. – Cellini, während seiner Krankheit, welche sechs Monate dauert, wird bei Hof von Ammannato verdrängt.

Zu dieser Zeit hatte man den großen Marmor, woraus nachher der Neptun gemacht wurde, auf dem Arno hergebracht, man fuhr ihn sodann auf den Weg nach Poggio zu Caiano, um ihn besser auf der flachen Straße nach Florenz zu bringen. Ich ging, ihn zu besehen, und ob ich gleich gewiss wusste, dass die Herzogin aus ganz besonderer Gunst ihn dem Kavalier Bandinell zugedacht hatte, so jammerte mich doch der arme, unglückliche Marmor, und ich hatte die besten Absichten für ihn. Denke nur aber niemand, irgendeiner Sache, die unter der Herrschaft eines bösen Geschicks liegt, auf irgendeine Weise zu Hilfe zu kommen: Denn wenn er sie auch aus einem offenbaren Übel errettet, so wird sie doch in ein viel schlimmeres fallen, sowie dieser Marmor in die Hände des Bartholomäus Ammannato kam, wie ich zu seiner Zeit wahrhaft erzählen werde. Als ich nun den schönen Marmor gesehen hatte, nahm ich sogleich seine Höhe und seine Stärke nach allen Seiten und kehrte nach Florenz zurück, wo ich verschiedene zweckmäßige Modelle machte; dann ging ich auf die Höhe von Caiano, wo sich der Herzog und die Herzogin mit dem Prinzen, ihrem Sohn, befanden. Sie waren sämtlich bei Tafel, jene aber speisten allein, und ich suchte diesen zu unterhalten. Da ich eine ganze Weile mit dem Prinzen gesprochen hatte, hörte mich der Herzog, der in einem benachbarten Zimmer saß, und ließ mich mit sehr günstigen Ausdrücken rufen. Als ich in ihre Gegenwart kam, fing die Herzogin mit vielen gefälligen Worten an, mit mir zu reden, und ich leitete nach und nach das Gespräch auf den schönen Marmor, den ich gesehen hatte, und sagte, wie ihre Vorfahren diese edelste Schule nur dadurch so vollkommen gemacht hätten, dass sie den Wetteifer aller Künstler untereinander zu erregen gewusst; auf diese Weise seien die wundersame Kuppel und die schönen Türen von St. Johann und so viel andere schöne Tempel und Statuen fertig und ihre Stadt durch Talente so berühmt worden, als seit den Alten keine bisher gewesen. Sogleich sagte die Herzogin mit Verdruss: Sie wisse recht gut alles, was ich sagen wolle; ich solle in ihrer Gegenwart nicht mehr von dem Marmor sprechen, denn ich mache ihr Verdruss. Ich aber versetzte: Also mache ich Euch Verdruss, weil ich für Eure Exzellenzen besorgt bin und alles bedenke, damit Sie besser bedient sein mögen? Beherzigt nur, gnädige Frau, wenn Eure Exzellenzen zufrieden wären, dass jeder ein Modell des Neptuns machte (wenn Ihr auch schon entschlossen seid, dass Bandinell denselben machen soll), so würde dieser um seiner Ehre willen mit größerm Fleiße arbeiten, ein schönes Modell hervorzubringen, als wenn er weiß, dass er keine Mitwerber hat! Auf diese Weise werdet Ihr besser bedient sein, der trefflichen Schule den Mut nicht nehmen und denjenigen kennenlernen, der nach dem Guten strebt, ich meine, nach der schönen Art dieser wundersamen Kunst; Ihr werdet zeigen, dass Ihr Euch daran ergötzt und sie versteht. Darauf sagte die Herzogin in großem Zorne: Meine Worte wären umsonst, sie wolle, dass Bandinell den Marmor haben solle! Frage den Herzog, setzte sie hinzu, ob dies nicht auch sein Wille sei? Darauf sagte der Herzog, der bisher immer still gewesen war: Es sind zwanzig Jahre, dass ich diesen schönen Marmor ausdrücklich für Bandinell brechen ließ, und so will ich auch, dass er ihn haben und darin arbeiten soll. Sogleich wendete ich mich zum Herzog und sagte: Ich bitte Eure Exzellenz, mir die Gnade zu erzeigen, dass ich nur wenige Worte zu Ihrem eignen Vorteil sage. Der Herzog versetzte: Ich solle sagen, was ich wolle; er werde mich anhören. Darauf fuhr ich fort: Wisset, mein Herr, der Marmor, woraus Bandinell seinen Herkules und Kakus machte, ward für den trefflichen Michelagnolo Buonarroti gebrochen, der das Modell eines Simsons mit vier Figuren gemacht hatte, wornach er das schönste Werk der Welt ausgearbeitet hätte, und Bandinell brachte nur zwei einzige Figuren heraus, übel gebildet und geflickt: Deswegen schreit die treffliche Schule noch über das große Unrecht, das man jenem Marmor angetan. Ich glaube, dass mehr als tausend Sonette zur Schmach dieser schlechten Arbeit angeschlagen worden, und ich weiß, dass Eure Exzellenz dieses Vorfalls sich sehr gut erinnert. Deswegen, mein trefflicher Herr, wenn die Männer, denen das Geschäft aufgetragen war, so unweise handelten, dem Michelagnolo seinen schönen Marmor zu nehmen und ihn dem Bandinell zu geben, der ihn verdarb, wie man sieht, könntet Ihr jemals ertragen, dass dieser viel schönere Marmor, ob er gleich dem Bandinell zugedacht ist, von ihm verdorben werde? Und wolltet Ihr ihn nicht lieber einem andern geschickten Manne geben, der ihn zu Eurem Vergnügen bearbeitete? Lasst, mein Herr, einen jeden, der will, ein Modell machen, lasst sie vor der Schule sämtlich aufstellen! Eure Exzellenz wird hören, was man sagt, und mit Ihrem richtigen Urteil das Beste wählen. Auf diese Weise werft Ihr Euer Geld nicht weg und nehmt einer so trefflichen Schule nicht den Mut auf dem Wege der Kunst, einer Schule, die jetzt einzig auf der Welt ist und Eurer Exzellenz zum größten Ruhme gereicht. Als der Herzog mich gütigst angehört hatte, stand er sogleich von Tafel auf, wendete sich zu mir und sagte: Gehe, mein Benvenuto, gewinne dir den schönen

Marmor! Denn du sagst mir die Wahrheit, und ich erkenne sie. Die Herzogin drohte mir mit dem Kopfe und murmelte erzürnt, ich weiß nicht was. Ich beurlaubte mich und kehrte nach Florenz zurück, und es schienen mir tausend Jahre, ehe ich die Hand an das Modell legen konnte.

Als der Herzog nach Florenz zurückkehrte, kam er, ohne mich etwas wissen zu lassen, in meine Wohnung, wo ich ihm zwei Modelle zeigte, die beide voneinander unterschieden waren. Er lobte sie; doch sagte er zu mir: das eine gefalle ihm besser als das andere, und dieses, womit er zufrieden sei, solle ich nun ausarbeiten, es werde mein Vorteil sein. Seine Exzellenz hatten schon dasjenige gesehen, was Bandinell gemacht hatte, und auch die Modelle einiger andern, und doch lobte er meines vor allen, wie mir viele seiner Hofleute sagten, die es gehört hatten. Unter andern merkwürdigen Nachrichten über diese Sache ist aber folgende von großem Wert: Es kam nämlich der Kardinal Santa Fiore nach Florenz. Der Herzog führte ihn auf die Höhe nach Caiano, und als der Kardinal unterwegs gedachten Marmor erblickte, lobte er ihn sehr und fragte: wem er zur Arbeit bestimmt sei? Der Herzog antwortete sogleich: Meinem Benvenuto, der ein sehr schönes Modell dazu gemacht hat. Diese Rede ward mir von glaubwürdigen Leuten hinterbracht. Deshalb ging ich, die Herzogin aufzusuchen, und brachte ihr einige angenehme Kleinigkeiten meiner Kunst, welche sie sehr gut aufnahm; dann fragte sie: was ich arbeite? Darauf versetzte ich: Gnädige Frau! Ich habe zum Vergnügen eine der schwersten Arbeiten in der Welt unternommen, ein Kruzifix von dem weißesten

Marmor auf einem Kreuze von dem schwärzesten, so groß als ein lebendiger Mensch. Sogleich fragte sie mich: was ich damit machen wolle? Ich aber versetzte: Wisset, gnädige Frau, dass ich es nicht für zweitausend Goldgülden hingäbe! Denn so hat wohl eine Arbeit niemals einem Menschen zu schaffen gemacht, auch hätte ich mich niemals unterstanden, sie für irgendeinen Herrn zu unternehmen, aus Furcht, damit in Schande zu geraten. Deswegen habe ich mir den Marmor für mein Geld gekauft und einen Arbeiter zwei Jahre gehalten, der mir helfen musste, und wenn ich alles rechne, Marmor und Eisen, besonders da der Stein hart ist, dazu das Arbeitslohn, so kömmt er mich über dreihundert Scudi zu stehen, sodass ich ihn nicht für zweitausend Goldgülden geben möchte. Wenn aber Eure Exzellenz mir die erlaubteste Gnade erzeigen will, so mache ich Ihnen gern damit ein reines Geschenk. Nur bitte ich, dass Sie mir bei Gelegenheit der Modelle, die zum Neptun befohlen sind, weder Gunst noch Ungunst erzeigen. Darauf sagte sie zornig: Also schätzest du weder meine Hilfe noch meinen Widerstand? Ich antwortete: Ja, gnädige Frau! Ich weiß sie zu schätzen, denn ich biete Ihnen ein Werk an, das ich zweitausend Goldgülden wert halte; aber ich verlasse mich zugleich auf meine mühsamen und kunstmäßigen Studien, womit ich die Palme zu erringen gedenke, und wenn der große Michelagnolo Buonarroti selbst gegenwärtig wäre, von welchem und von sonst niemanden ich das, was ich weiß, erlernt habe. Ja, es wäre mir lieber, dass der, der soviel versteht, ein Modell machte, als die, welche nur wenig wissen, denn durch den Wetteifer mit meinem großen Meister könnte ich gewinnen, da mit den andern nichts zu gewinnen ist. Als ich ausgesprochen hatte, stand sie halb erzürnt auf, und ich kehrte an meine Arbeit zurück, indem ich mein Modell, so gut ich nur konnte, vorwärtszubringen suchte.

Als es fertig war, kam der Herzog, es zu besehen, und mit ihm zwei Gesandten, der eine von dem Herzog von Ferrara, der andere von der Stadt Lucca. Das Modell gefiel sehr wohl, und der Herzog sagte zu den Herren: Wirklich, Benvenuto verdients! Da begünstigten mich beide gar sehr, am meisten der Gesandte von Lucca, der ein Gelehrter und Doktor war. Ich hatte mich ein wenig entfernt, damit sie alles sagen möchten, was ihnen gefiele. Als ich aber vernahm, dass ich begünstigt wurde, trat ich sogleich näher, wendete mich zum Herzog und sagte: Eure Exzellenz sollte noch eine andere wundersame Vorsicht brauchen und befehlen, dass jeder ein Modell von Erde und gerade so groß, als es der Marmor fordert, verfertigen solle. Dadurch würden Sie sich am besten überzeugen können, wer ihn verdient. Denn sollte der Marmor unrecht zugesprochen werden, so werden Sie nicht dem verdienten Manne, sondern sich selbst großen Schaden tun, und es wird Ihnen zur Scham und großen Schande gereichen; im Gegenteil, wenn die Arbeit an den Rechten kömmt, werden Sie zuerst den größten Ruhm erlangen. Sie werden Ihr Geld nützlich verwenden, und einsichtsvolle Personen werden sich überzeugen, dass Sie an der Kunst Freude haben und sich darauf verstehen. Auf diese Worte zog der Herzog die Achseln, und indem er wegging, sagte der luccesische Abgesandte zu ihm: Herr! Euer Benvenuto ist ein schrecklicher

Mensch. Der Herzog sagte darauf: Er ist viel schrecklicher, als Ihr glaubt, und es wäre gut für ihn, wenn er es nicht gewesen wäre, denn er würde Sachen erhalten haben, die ihm entgangen sind. Diese ausdrücklichen Worte sagte mir derselbe Gesandte und schien mich über meine Handelsweise zu tadeln. Worauf ich versetzte: Ich will meinem Herrn wohl als ein treuer und liebevoller Diener, aber es ist mir nicht möglich zu schmeicheln.

Verschiedene Wochen hernach starb Bandinello, und man glaubte, dass außer seiner unordentlichen Lebensart der Verdruss, den Marmor verloren zu haben, wohl die Ursache seines Todes gewesen sei. Denn als er vernommen hatte, dass ich obengedachtes Kruzifix in der Arbeit habe, so legte er auch eilig Hand an ein wenig Marmor und machte jenes Bild der Muttergottes, den toten Sohn auf dem Schöße, wie man es in der Kirche der Verkündigung sieht. Nun hatte ich mein Kruzifix nach Santa Maria Novella bestimmt und schon die Haken befestigt, um es anzuhängen; nur verlangte ich zu Füßen meines Bildes eine kleine Gruft, um nach meinem Tode darein gebracht zu werden. Darauf sagten mir die Geistlichen: Sie könnten mir das nicht zugestehen, ohne von ihren Bauherren die Erlaubnis zu haben. Darauf sagte ich: Warum verlangtet Ihr nicht erst die Erlaubnis Eurer Bauherren, um das Kruzifix aufstellen zu lassen, und seht zu, wie ich die Haken und andere Vorbereitungen anbringe? Deshalb wollte ich auch dieser Kirche die Frucht meiner äußersten Bemühung nicht mehr überlassen, wenngleich nachher die Werkmeister zu mir kamen und mich darum baten. Ich warf sogleich meine Gedanken auf die Kirche der Verkündigung, und als ich angezeigt, auf welche Bedingung ich mein Kruzifix dahin zu verehren gedächte, so waren die trefflichen Geistlichen auf der Stelle willig und einig, dass ich es in ihre Kirche bringen und mein Grab auf alle Weise, wie es mir gefalle, darinne zurichten sollte. Bandinello hatte dieses gemerkt und eilte, sein Bild mit großem Fleiß zu vollenden. Auch verlangte er von der Herzogin, sie solle ihm die Kapelle, welche den Pazzi gehört hatte, verschaffen, die ihm auch, nicht ohne große Schwierigkeit, zuteil wurde. Alsobald stellte er sein Werk hinein, das noch keineswegs fertig war, als er starb.

Da sagte die Herzogin: Sie habe ihm im Leben geholfen, sie wolle ihm im Tode auch noch beistehen, und ob er gleich weg sei, sollte ich mir doch niemals Hoffnung machen, den Marmor zu bearbeiten. Darauf erzählte mir Bernardone, der Mäkler, eines Tages, als ich ihm begegnete: Die Herzogin habe den Marmor weggegeben! Ich aber rief aus: Unglücklicher Marmor! Wahrlich, in den Händen des Bandinells wärest du übel gefahren, aber in den Händen des Ammannato wird dirs noch übler ergehen.

Ich hatte, wie oben gesagt, Befehl vom Herzog, ein Modell von Erde zum Neptun zu machen, so groß, als er aus dem Marmor kommen könnte. Er hatte mich mit Holz und Ton versehen lassen und ließ mir ein wenig Schirm in der Loge, wo mein Perseus stand, aufrichten. Auch bezahlte er mir einen Arbeiter. Ich legte mit allem möglichen Fleiße Hand ans Werk, machte das Gerippe von Holz nach meiner guten Ordnung und arbeitete glücklich vorwärts, ohne daran zu denken, dass ich ihn von Marmor machen wollte, denn ich wusste wohl, dass die Herzogin sich vorgesetzt hatte, mir ihn nicht zu überlassen. Und doch hatte ich Freude an der Arbeit, denn ich versprach mir, wenn die Herzogin mein Modell geendigt sehen würde, dass sie als eine Person von Einsicht es selbst bedauern müsste, dem Marmor und sich selbst einen so ungeheuren Schaden zugefügt zu haben.

Noch verschiedene Künstler machten solche Modelle: Johann Fiammingo im Kloster Santa Croce, Vincenzio Danti von Perugia im Hause des Herrn Octaviano Medicis; der Sohn des Moschino zu Pisa fing auch eins an, und ein anderes machte Bartolommeo Ammannato in der Loge, die für uns geteilt wurde.

Da ich das Ganze gut bronziert hatte und im Begriff war, den Kopf zu vollenden, und man ihm schon ein wenig die letzte Hand ansah, kam der Herzog vom Palaste herunter, mit Giorgetto, dem Maler, der ihn in den Raum des Ammannato geführt hatte, um ihm den Neptun zu zeigen, an welchem gedachter Giorgetto mehrere Tage nebst Ammannato und allen seinen Gesellen gearbeitet hatte. Indessen der Herzog das Modell ansah, war er damit, wie man mir erzählte, wenig zufrieden, und ob ihn gleich gedachter Georg mit vielem Geschwätz einnehmen wollte, schüttelte doch der Herzog den Kopf und wandte sich zu seinem Herrn Stephan und sagte: Geh und frage den Benvenuto, ob sein Koloss so weit vorwärts ist, dass ich einen Blick darauf werfen könne? Herr Stephan richtete sehr gefällig und gütig den Auftrag des Herzogs aus und sagte mir dazu: Wenn ich glaubte, dass ich mein Werk noch nicht könne sehen lassen, so solle ich es frei sagen, denn der Herzog wisse wohl, dass ich wenig Hilfe bei einem so großen Unternehmen gehabt habe. Ich versetzte, dass er nach Belieben kommen möge, und obgleich mein Werk noch wenig vorwärts sei, so würde doch der Geist Seiner Exzellenz hinlänglich beurteilen, wie das Werk fertig aussehen könne. Das hinterbrachte gemeldeter Edelmann dem Herzog, welcher gerne kam, und sobald Seine Exzellenz in den Verschlag trat und die Augen auf mein Werk geworfen hatte, zeigte er sich sehr zufrieden damit. Dann ging er ringsherum, blieb an allen vier Ansichten stehen, nicht anders, als der erfahrenste Künstler getan hätte, dann ließ er viele Zeichen und Gebärden des Beifalls sehen, wobei er die wenigen Worte sagte: Benvenuto! Du musst ihm nun die letzte Oberhaut geben. Dann wendete er sich zu denen, die bei ihm waren, und rühmte viel Gutes von meinem Werke. Unter anderm sprach er: Das kleine Modell, das ich in seinem Hause gesehen hatte, gefiel mir wohl, aber dieses Werk übertrifft jenes weit.

Wie nun nach Gottes Willen alle Dinge denjenigen, die ihn lieben und ehren, zum Besten gereichen, so begegnete mir auch ein sonderbarer Vorfall. Um diese Zeit besuchte mich ein gewisser Schelm von Vicchio, der Peter Maria von Anterigoli hieß und den Zunamen Sbietta hatte. Er war eigentlich ein Viehhändler, und weil er mit Herrn Guido Guidi, dem Arzt, der jetzt Aufseher von Pescia ist, verwandt war, gab ich ihm Gehör, als er mir sein Landgut auf Leibrenten verkaufen wollte. Zwar konnte ich es nicht besehen, weil ich eifrig das Modell meines Neptuns zu endigen gedachte, und eigentlich war auch die Besichtigung des Guts bei diesem Handel nicht nötig. Denn er verkaufte mir die Einkünfte, deren Verzeichnis er mir gegeben hatte, als so viel Scheffel Korn, so viel Wein, Öl, andere Feldfrüchte, Kastanien, und was sonst noch für Vorteile waren, die nach der Zeit, in der wir lebten, mir sehr zustatten kamen; denn diese Dinge waren wohl hundert Goldgülden wert, und ich gab ihm hundertundsechzig Scudi, die Zölle mitgerechnet. So ließ er mir seine Handschrift, dass er mir, solange ich lebte, die gedachten Einkünfte ausliefern wolle, und es schien mir, wie ich schon sagte, nicht nötig, das Gut zu besehen, sondern ich erkundigte mich nur aufs Beste, ob gedachter Sbietta und Herr Philipp, sein leiblicher Bruder, dergestalt wohlhabend wären, dass ich mich für sicher halten könnte? Und mehrere Personen, welche die beiden Bruder kannten, sagten mir: Ich könne ganz ohne Sorge sein.

Nun ersuchten wir beide Herrn Peter Franziskus Bertoldi, Notar bei der Kaufmannschaft, dem ich vor allen Dingen das Verzeichnis der Sachen gab, die Sbietta mir überliefern wollte, und nicht anders dachte, als dass diese Schrift im Kontrakt angeführt werden müsste; aber der Notarius hörte nur auf zweiundzwanzig Punkte, die ihm gedachter Sbietta vorsagte, und rückte mein Verzeichnis nicht in den Kontrakt. Indessen als der Notarius schrieb, fuhr ich fort zu arbeiten, und weil er einige Stunden damit zubrachte, so machte ich ein großes Stück an dem Kopfe meines Neptuns. Da nun also der Kontrakt geschlossen war, erzeigte mir Sbietta die größten Liebkosungen, und ich tat ihm ein Gleiches; dann brachte er mir Ziegenkäse, Kapaunen, weichen Käse und viele Früchte, sodass ich anfing, mich zu schämen, und ihn, sooft er nach Florenz kam, aus dem Gasthause in meine Wohnung holte, sowie auch seine Verwandten, die er oft bei sich hatte. Da fing er denn auf gefällige Weise mir zu sagen an: Es sei nicht erlaubt, dass ich vor so viel Wochen ein Gut gekauft habe und mich noch nicht entschließen könnte, meine Arbeiten nur auf drei Tage ruhen zu lassen; ich solle doch ja kommen und es besehen. Endlich vermochte er so viel über mich, dass ich zu meinem Unglück hinausreiste. Mein Neptun war durch vielen Fleiß schon ziemlich weit gekommen, er war nach guten Grundsätzen entworfen, die niemand vor mir weder genutzt noch gewusst hatte, und ob ich gleich nach allen oben angeführten Vorfällen gewiss war, den Marmor nicht zu erhalten, so dachte ich doch, das Modell bald zu endigen und es auf dem Platz zu meiner Genugtuung sehen zu lassen. Nun aber verließ ich die Arbeit, und Sbietta empfing mich in seinem Hause so freundlich und ehrenvoll, dass er einem Herzog nicht mehr hätte tun können, und die Frau erzeigte mir noch mehr Liebkosungen als er. So blieb es eine Weile, bis sie das ausführen konnten, was er und sein Bruder Philipp sich vorgenommen hatten. Das Wetter war warm und angenehm, sodass ich mich eines Mittwochs, da zwei Feiertage einfielen, von meinem Landgut zu Trespiano, nachdem ich ein gutes Frühstück zu mir genommen hatte, nach Vicchio auf den Weg machte. Als ich daselbst ankam, fand ich Herrn Philipp am Tor, der von meiner Ankunft unterrichtet schien, denn er begegnete mir aufs Freundlichste und führte mich in das Haus des Sbietta, der aber nicht gegenwärtig war; da fand ich sein schamloses Weib, die mich mit unmäßiger Freundlichkeit empfing. Ich schenkte ihr einen sehr feinen Strohhut, weil sie versicherte, keinen schönern gesehen zu haben. Als der Abend herbeikam, speisten wir sehr vergnügt zusammen, dann gab er mir ein anständiges Zimmer, und ich legte mich in das reinlichste Bett. Meinen beiden Dienern gab man ein ähnliches nach ihrer Art. Des Morgens, als ich aufstand, wieder dieselbe Freundlichkeit!

Ich ging, mein Gut zu besehen, das mir sehr wohl gefiel. Man bestimmte mir so viel Weizen und andere Feldfrüchte, und als ich wieder nach Vicchio kam, sagte der Priester Herr Philipp zu mir: Benvenuto! Habt keinen Zweifel, und wenn Ihr auch das Gut nicht ganz so gefunden hättet, wie man es Euch beschrieben hat, seid versichert, man wird Euch über das Versprochene befriedigen, denn Ihr habt es mit rechtschaffnen Leuten zu tun. Auch haben wir eben unsern Feldarbeiter abgedankt, weil er ein trauriger (gefährlicher) Mensch ist. Dieser Arbeiter nannte sich Mariano Roselli und sagte mir mehr als einmal: Sehet nur zu Euren Sachen! Es wird sich zeigen, wer von uns der Traurigste sein wird. Als er diese Worte aussprach, lächelte der Bauer auf eine gewisse unangenehme Weise, die mir nicht ganz gefallen wollte, aber dennoch dachte ich auf keine Weise an das, was mir begegnen sollte. Als ich nun vom Gut zurückkehrte, das zwei Meilen von Vicchio gegen das Gebirge lag, fand ich gedachten Geistlichen, der mich mit seinen gewöhnlichen Liebkosungen erwartete, und wir nahmen ein tüchtiges Frühstück zu uns. Dann ging ich durch den Ort, wo ein Jahrmarkt schon angegangen war, und alle Einwohner sahen mich mit Verwunderung wie einen seltenen Gegenstand an, besonders aber ein wackrer Mann, der sich schon lange Zeit an dem Ort befindet, dessen Frau Brot auf den Verkauf bäckt; was er an Gütern besitzt, liegt ungefähr eine Meile weit entfernt, er aber mag sich gern im Ort aufhalten. Dieser gute Mann nun wohnte zur Miete in einem Hause, dessen Einkünfte mir auch mit jenem Gütchen angewiesen waren, und sagte zu mir: Ich bin in Eurem Hause, und Ihr sollt zur rechten Zeit Euren Zins erhalten, oder wollt Ihr ihn voraus? Denn ich wünschte, dass Ihr auf jede Weise mit mir zufrieden sein möget. Indes wir so sprachen, bemerkte ich, dass dieser Mann mich ganz besonders betrachtete, sodass es mir auffiel und ich zu ihm sagte: Sagt mir, lieber Johann, warum Ihr mich so starr anseht? Darauf sagte der wackre Mann: Ich will es Euch gern eröffnen, wenn Ihr mir, zuverlässig wie Ihr seid, versprecht, mein Vertrauen nicht zu missbrauchen. Ich versprachs ihm, und er fuhr fort: So wisset denn, dass der Pfaffe, der Herr Philipp, vor einigen Tagen sich gerühmt hat, was sein Bruder Sbietta für ein gescheiter Mann sei! Er habe sein Gut einem Alten auf Lebzeit verkauft, der aber kein Jahr mehr dauern würde. Ihr habt Euch mit Schelmen eingelassen; drum lebt nur, solange es gehen will! Tut die Augen auf, denn Ihr habts Ursache! Ich sage nichts weiter.

Alsdann ging ich auf den Markt spazieren und fand Johann Baptista Santino, und gedachter Priester führte uns beide zu Tische. Es war ungefähr zwanzig Uhr, und man speiste meinetwegen so früh, weil ich gesagt hatte, ich wolle noch abends nach Trespiano zurückkehren. So machte man alles geschwind zurecht. Die Frau des Sbietta war äußerst geschäftig, und unter andern auch ein gewisser Cecchino Buti, ihr Aufwärter. Als die Gerichte fertig waren und man sich eben zu Tische setzen wollte, sagte der leidige Pfaffe mit so einer gewissen vertrackten Miene: Ihr werdet verzeihen, dass ich mit Euch nicht speisen kann, denn es ist mir ein Geschäft von Wichtigkeit, das meinen Bruder betrifft, vorgefallen, und weil er nicht da ist, muss ich statt seiner eintreten. Durch unsere Bitten, doch bei uns zu bleiben, ließ er sich auf keine Weise bewegen, und wir fingen an zu speisen. Als wir die Salate, die in gewissen Schüsselchen aufgetragen wurden, gegessen hatten und man anfing, das gesottne Fleisch zu geben, kam ein Schüsselchen für *einen* Mann. Santino, der mir gegenübersaß, sagte darauf: Habt Ihr jemals so gute Kost gesehen? Und Euch geben sie noch dazu immer was Apartes. Ich habe das nicht bemerkt, versetzte ich darauf. Dann sagte er zu mir: Ich möchte doch die Frau des Sbietta zu Tische rufen, welche mit gedachtem Buti hin und wider lief, beide ganz außerordentlich beschäftigt. Endlich bat ich das Weib so sehr, dass sie zu uns kam, aber sie beklagte sich und sagte: Meine Speisen schmecken Euch nicht, denn Ihr esst so wenig. Ich lobte aber ihr Gastmahl über die Maßen und sagte, dass ich hinreichend gegessen habe. Nun hätte ich mir wahrlich nicht eingebildet, aus was Ursache dieses Weib mich so außerordentlich nötigte. Als wir aufstanden, waren schon die einundzwanzig vorbei, und ich wünschte, noch den Abend nach Trespiano zu kommen und den andern Tag wieder an meine Arbeit zu gehen. So empfahl ich mich allen, dankte der Frau und reiste fort. Ich war nicht drei Miglien entfernt, als mich deuchte, der Magen brenne mir. Ich litt entsetzlich, und mir schienen es tausend Jahre, bis ich auf mein Gut nach Trespiano kam. Mit großer Not langte ich daselbst an und begab mich zu Bette, aber ich konnte die ganze Nacht nicht ruhen: es trieb mich öfters zu Stuhle, und weil es mit großen Schmerzen geschah, ging ich, als es Tag ward, nachzusehen und fand den Abgang alles blutig. Da dachte ich gleich, ich müsse etwas Giftiges gegessen haben, und als ich weiter darüber nachdachte, fielen mir die Speisen und Tellerchen ein, die mir das Weib besonders vorgesetzt hatte; auch fand ich bedenklich, dass der leidige Pfaffe, nachdem er mir so viel Ehre erzeigt hatte, nicht einmal bei Tische bleiben wollte, ja dass er sollte gesagt haben, sein Bruder habe einem Alten das Gut auf Leibrenten gegeben, der aber das Jahr schwerlich überleben würde, wie mir der gute Sardella erzählt hatte. Hierdurch überzeugte ich mich, dass sie mir in einem Schüsselchen Brühe, die sehr gut gemacht und angenehm zu essen war, eine Dosis Sublimat gegeben hatten, ein Gift, das alle gedachten Übel hervorbringt; weil ich aber das Fleisch nicht mit Brühe und andern Zubereitungen, sondern mit bloßem Salze genieße, so aß ich auch nur ein paar Bissen hiervon, so sehr mich auch, wie ich mich noch wohl erinnerte, die Frau zum Essen aufgefordert hatte. Und vielleicht haben sie mir noch auf andere Weise Sublimat beigebracht.

Ob ich mich nun schon auf solche Weise angegriffen fühlte, fuhr ich doch immer fort, in der Loge an meinem Koloss zu arbeiten, bis mich nach wenigen Tagen das Übel dergestalt überwältigte, dass ich im Bette bleiben musste. Sobald als die Herzogin hörte, dass ich krank

war, ließ sie den unglücklichen Marmor dem Bartholomäus Ammannato frei zur Arbeit übergeben, der mir
darauf sagen ließ: Ich möchte nun, was ich wollte, mit
meinem angefangenen Modell machen, er habe den
Marmor gewonnen, und es sollte viel davon zu reden
geben. Nun wollte ich mich aber nicht bei dieser Gelegenheit wie Bandinell betragen, der in Reden ausbrach,
die einem Künstler nicht ziemen, genug, ich ließ ihm
antworten: Ich habe es immer vermutet; er solle nur
dankbar gegen das Glück sein, da es ihm nach Würden
eine solche Gunst erzeigt habe. So blieb ich wieder missvergnügt im Bette und ließ mich von dem trefflichen
Mann, Meister Franziskus da Monte Varchi, kurieren;
daneben vertraute ich mich dem Chirurgus, Meister
Raphael de' Pilli. Der Sublimat hatte dergestalt meinen
Eingeweiden die Empfindung genommen, dass ich
nichts bei mir behalten konnte, aber der geschickte Meister Franziskus sah wohl ein, dass das Gift alle Wirkung
getan hatte und, da die Portion nicht groß war, meine
starke Natur nicht hatte überwältigen können. Daher
sagte er eines Tages: Benvenuto! Danke Gott, du hast
gewonnen. Zweifle nicht, ich werde dich zum Verdrusse
der Schelmen, welche dir zu schaden gedachten, durchbringen! Darauf versetzte Meister Raphael: Das wird eine von den besten und schwersten Kuren sein, denn du
musst wissen, Benvenuto, dass du eine Portion Sublimat
verschluckt hast. Sogleich unterbrach ihn Meister Franziskus und sagte: Es war vielleicht ein giftiges Insekt. Da
versetzte ich: Ich weiß recht wohl, dass es Gift ist, und
wer mir ihn gegeben hat! Sie kurierten an mir sechs Mo-

nate, und es währte über ein Jahr, bis ich meines Lebens wieder froh werden konnte.

Elftes Kapitel

Cellini, nach seiner Genesung, wird besonders von Don Francesco, des Herzogs Sohn, begünstigt und aufgemuntert. – Großes Unrecht, das er von dem Magistrat in einem Prozess erduldet, den er mit Sbietta führt. – Er begibt sich zum Herzog nach Livorno und trägt ihm seine Angelegenheit vor, findet aber keine Hilfe. – Das Gift, das er bei Sbietta bekommen, anstatt ihn zu zerstören, reinigt seinen Körper und stärkt seine Leibesbeschaffenheit. – Fernere Ungerechtigkeit, die er in seinem Rechtsstreite mit Sbietta durch den Verrat des Raphael Schieggia erfährt. – Der Herzog und die Herzogin besuchen ihn, als sie von Pisa zurückkommen. – Er verehrt ihnen bei dieser Gelegenheit ein trefflich gearbeitetes Kruzifix. – Der Herzog und die Herzogin versöhnen sich mit ihm und versprechen ihm alle Art von Beistand und Aufmunterung. – Da er sich in seiner Erwartung getäuscht findet, ist er geneigt, einem Vorschlag Gehör zu geben, den Katharina von Medicis, verwitwete Königin von Frankreich, an ihn gelangen lässt, zu ihr zu kommen und ihrem Gemahl, Heinrich II., ein prächtiges Monument zu errichten. – Der Herzog lässt merken, dass es ihm unangenehm sei, und die Königin geht von dem Gedanken ab. – Der Kardinal von Medicis stirbt, worüber am florentinischen Hof große Trauer entsteht. – Cellini reist nach Pisa.

Um diese Zeit war der Herzog verreist, um seinen Einzug in Siena zu halten, wohin Ammannato schon einige Monate vorher gegangen war, um die Triumphbögen aufzurichten. Ein natürlicher Sohn von ihm war in der Loge bei der Arbeit geblieben und hatte mir einige Tücher von meinem Modell des Neptuns, das ich bedeckt hielte, weggezogen. Sogleich ging ich, mich darüber bei Don Francesco, dem Sohn des Herzogs, zu beschweren, der mir sonst einiges Wohlwollen bezeigte. Ich sagte: Sie hätten mir meine Figur aufgedeckt, die doch unvollkommen sei; wenn sie fertig wäre, so hätte es mir gleichgültig sein können. Darauf antwortete mir der Prinz mit einer unzufriedenen Miene: Benvenuto! Bekümmert Euch nicht, dass sie aufgedeckt ist, denn sie haben es zu ihrem eignen Schaden getan; wollt Ihr aber, dass ich sie soll bedecken lassen, so soll es gleich geschehen. Außer diesen Worten sagte Seine Exzellenz noch manches zu meinen Gunsten in Gegenwart vieler Herren; ich aber versetzte: Er möge doch die Gnade haben und mir Gelegenheit verschaffen, dass ich das Modell endigen könnte, denn ich wünschte, sowohl mit dem großen als dem kleinen ihm ein Geschenk zu machen. Er antwortete mir, dass er eins wie das andere annehme, und ich solle alle Bequemlichkeit haben, die ich verlange. Diese geringe Gunst richtete mich wieder auf und war Ursache, dass ich wieder nach und nach gesund wurde; denn der viele Verdruss und die großen Übel hatten mich dergestalt niedergedrückt, dass ich irgendeiner Aufmunterung bedurfte, um nur wieder einige Hoffnung fürs Leben zu schöpfen.

Es war nun ein Jahr vorbei, dass ich jenes Gut von Sbietta auf gedachte Weise besaß, und ich musste nun nach ihren Giftmischereien und andern Schelmstreichen bemerken, dass es mir so viel nicht eintrug, als sie mir versprochen hatten. Da ich nun außer dem Hauptkontrakte von Sbietta selbst noch eine besondere Handschrift hatte, wodurch er mir vor Zeugen die bestimmten Einkünfte zusagte, so ging ich zu den Herren Räten, welche derzeit Averardo Serristori und Friedrich Ricci waren. Alfonso Quistello war Fiskal und kam auch mit in ihre Sitzung; der Namen der übrigen erinnere ich mich nicht, es war auch ein Alessandri darunter, genug, alles Männer von großer Bedeutung. Als ich nun meine Gründe den Herren vorgelegt hatte, entschieden sie alle mit *einer* Stimme, Sbietta habe mir mein Geld zurückzugeben. Der einzige Friedrich Ricci widersprach, denn er bediente sich zur selbigen Zeit meines Gegners in seinen Geschäften. Alle waren verdrießlich, dass Friedrich Ricci die Ausfertigung ihres Schlusses verhinderte und einen erstaunlichen Lärm machte, indem Averardo Serristori und die andern Widerpart hielten. Dadurch ward die Sache so lange aufgehalten, bis die Stunde der Session verflossen war. Nachdem sie auseinander gegangen waren, fand mich Herr Alessandri auf dem Platze der Nunziata und sagte ohne Rücksicht mit lauter Stimme: Friedrich Ricci hat so viel über uns andere vermocht, dass du wider unsern Willen bist verletzt worden!

Darüber mag ich nun nichts weiter sagen, denn der oberste Gewalthaber der Regierung müsste darüber unruhig werden: genug, mir geschah eine so auffallende

Ungerechtigkeit, bloß weil ein reicher Bürger sich jenes Hutmanns bediente.

Zurzeit, da der Herzog in Livorno war, ging ich, ihm aufzuwarten, in Absicht eigentlich, mir Urlaub von ihm zu erbitten, denn ich fühlte meine Kräfte wieder, und da ich zu nichts gebraucht wurde, so tat es mir leid, meine Kunst so sehr hintanzusetzen. Mit diesen Entschließungen kam ich nach Livorno und fand meinen Herzog, der mich aufs Beste empfing. Ich war verschiedene Tage daselbst und ritt täglich mit Seiner Exzellenz aus; denn gewöhnlich ritt er vier Miglien am Meer hin, wo er eine kleine Festung anlegte, und er sah gern, dass ich ihn unterhielt, um die große Menge von Personen dadurch von ihm abzuhalten.

Eines Tags, als er mir sehr günstig schien, fing ich an, von dem Sbietta, nämlich von Peter Maria von Anterigoli zu sprechen, und sagte: Ich will Eurer Exzellenz einen wundersamen Fall erzählen, damit Sie die Ursache erfahren, warum ich das Modell des Neptuns, woran ich in der Loge arbeitete, nicht fertigmachen konnte. Ich erzählte nun alles aufs Genauste und nach der vollkommensten Wahrheit, und als ich an den Gift kam, so sagte ich: wenn mich Seine Exzellenz jemals als einen guten Diener geschätzt hätten, so sollten Sie den Sbietta oder diejenigen, welche mir den Gift gegeben, eher belohnen als bestrafen, weil der Gift, indem er nicht so stark gewesen, mich umzubringen, mir als ein gewaltiges Mittel gedient habe, den Magen und die Gedärme von einer tödlichen Verschleimung zu reinigen, die mich vielleicht in drei bis vier Jahren umgebracht hätte. Durch diese sonderbare Medizin aber bin ich wieder auf zwanzig

Jahre lebensfähig geworden, wozu ich denn auch mehr als jemals Lust habe und Gott von Herzen danke, da er das Übel, das er über mich geschickt, so sehr zu meinem Besten gewendet hat. Der Herzog hörte mir über zwei Miglien Wegs mit Aufmerksamkeit zu und sagte nur: O die bösen Menschen! Ich aber versetzte, dass ich ihnen Dank schuldig sei, und brachte das Gespräch auf andere angenehme Gegenstände.

Eines Tages trat ich sodann mit Vorsatz zu ihm, und als ich ihn in guter Stimmung fand, bat ich, er möchte mir Urlaub geben, damit ich nicht einige Jahre, worin ich noch etwas nütze wäre, untätig verlebte; was das Geld betreffe, das ich an der Summe für meinen Perseus noch zu fordern habe, so könne mir dasselbe nach Gefallen ausgezahlt werden. Dann dankte ich Seiner Exzellenz mit umständlichen Zeremonien, worauf ich aber keine Antwort bekam, vielmehr schien es mir, als wenn er es übel genommen hätte. Den andern Tag begegnete mir Herr Bartholomäus Concino, einer von den ersten Sekretären des Herzogs, und sagte mir halb trotzig: Der Herzog meint, wenn du Urlaub willst, so wird er dir ihn geben; willst du aber arbeiten, so sollst du auch zu tun finden, mehr als du gedenkst. Ich antwortete, dass ich nichts Besseres wünsche als zu arbeiten, und Seiner Exzellenz mehr als irgendjemand, er möchte Papst, Kaiser oder König sein, ja, lieber wollte ich Seiner Exzellenz um einen Pfennig dienen als einem andern für einen Dukaten. Dann sagte er: Wenn du so denkst, so seid Ihr einig ohne Weiteres. Drum gehet nach Florenz zurück und seid guten Muts! Denn der Herzog will Euch wohl. Und so ging ich nach Florenz.

In dieser Zeit beging ich den großen Fehler, dass ich mit obgedachtem Sbietta nicht allein einen veränderten Kontrakt einging, sondern dass ich ihm auch noch eine Hälfte eines andern Gutes abkaufte; das letzte geschah im Dezember 1566. Doch ich will weiter dieser Sache nicht gedenken und alles Gott überlassen, der mich so oft aus manchen Gefahren gerissen hat.

Ich hatte nun mein marmornes Kruzifix geendigt, nahm es von der Erde auf und brachte es in einiger Höhe an der Wand an, wo es sich viel besser als vorher ausnahm, wie ich wohl erwartet hatte. Ich ließ es darauf jeden sehen, wer kommen wollte. Nun geschah es nach Gottes Willen, dass man dem Herzog und der Herzogin auch davon sagte, sodass sie eines Tages nach ihrer Rückkehr von Pisa unerwartet mit dem ganzen Adel ihres Hofes in mein Haus kamen, nur um das Kruzifix zu sehen. Es gefiel so sehr, dass beide Herrschaften sowohl als alle Edelleute mir unendliche Lobeserhebungen erteilten.

Da ich nun sah, dass Ihre Exzellenzen so wohl zufrieden mit dem Werke waren und es so sehr lobten, auch ich niemand gewusst hätte, der würdiger gewesen wäre, es zu besitzen, so machte ich ihnen gern ein Geschenk damit und bat nur, dass sie mit mir in das Erdgeschoss gehen möchten. Auf diese Worte standen sie gefällig auf und gingen aus der Werkstatt in das Haus. Daselbst sah die Herzogin mein Modell des Neptuns und des Brunnens zum ersten Mal, und es fiel ihr so sehr in die Augen, dass sie sich mit lautem Ausdruck von Verwunderung zum Herzog wendete und sagte: Bei meinem Leben! Ich hätte nicht gedacht, dass dieses Werk den zehnten Teil so schön sein könnte. Der Herzog wiederholte darauf verschiedene Mal: Hab ichs Euch nicht gesagt? So sprachen sie untereinander zu meinen Ehren lange Zeit und schienen mich gleichsam um Vergebung zu bitten. Darauf sagte der Herzog: Ich solle mir einen Marmor nach Belieben aussuchen und eine Arbeit für ihn anfangen. Auf diese gütigen Worte versetzte ich: Wenn Sie mir dazu die Bequemlichkeit verschaffen wollten, so würde ich Ihnen zuliebe gern ein so schweres Werk unternehmen. Darauf antwortete der Herzog schnell: Du sollst alle Bequemlichkeit haben, die du verlangst, und was ich dir von selbst geben werde, soll noch viel mehr wert sein. Mit so gefälligen Worten gingen sie weg und ließen mich höchst vergnügt zurück. Als aber viele Wochen vergingen, ohne dass man meiner gedachte, und ich nun wohl sah, dass man zu nichts Anstalt machte, geriet ich beinah in Verzweiflung.

In dieser Zeit schickte die Königin von Frankreich (Katharina von Medicis) Herrn Baccio del Bene an unsern Herzog, um von ihm in Eile eine Geldhilfe zu verlangen, womit er ihr auch aushalf, wie man sagt. Gedachter Abgesandte war mein genauer Freund, und wir sahen uns oft. Als er mir nun die Gunst erzählte, die Seine Exzellenz ihm bewies, fragte er mich auch: was ich für Arbeit unter den Händen habe? Darauf erzählte ich ihm den Fall mit dem Neptun und dem Brunnen. Er aber sagte mir im Namen der Königin: Ihre Majestät wünsche sehr, das Grab Heinrichs (des Zweiten), ihres Gemahls, geendigt zu sehen. Daniel von Volterra habe ein großes Pferd von Erz unternommen, sein Termin aber sei verlaufen, und überhaupt sollten an das Grab die herrlichsten Zierraten kommen: Wollte ich nun nach Frankreich in mein Kastell zurückkehren, so wolle sie mir alle Bequemlichkeit verschaffen, wenn ich nur Lust hätte, ihr zu dienen. Darauf versetzte ich gedachtem Baccio: Er solle mich vom Herzog verlangen, und wenn der es zufrieden sei, so würde ich gern nach Frankreich zurückkehren. Darauf sagte Herr Baccio fröhlich: So gehen wir zusammen! Und nahm die Sache als schon ausgemacht an. Den andern Tag, als er mit dem Herzog sprach, kam auch die Rede auf mich, worauf er denn sagte, dass, wenn Seine Exzellenz es zufrieden wären, so würde sich die Königin meiner bedienen. Darauf versetzte der Herzog sogleich: Benvenuto ist der geschickte Mann, wofür ihn die Welt kennt, aber jetzt will er nicht mehr arbeiten! Worauf er sogleich das Gespräch veränderte. Den andern Tag sagte mir Herr Baccio alles wieder, ich aber konnte mich nicht halten und sagte: Wenn ich, seitdem mir Seine Exzellenz nichts mehr zu arbeiten gibt, eines der schwersten Werke vollendet habe, das mich mehr als zweihundert Scudi von meiner Armut kostet, was würde ich getan haben, wenn man mich beschäftigt hätte! Ich sage, man tut mir sehr unrecht. Der gute Mann erzählte dem Herzog alles wieder, dieser aber sagte: Das sei nur Scherz, er wolle mich behalten. Auf diese Weise stand ich verschiedene Tage an und wollte mit Gott davongehen. Nachher wollte die Königin nicht mehr in den Herzog dringen lassen, weil es ihm unangenehm zu sein schien.

Zu dieser Zeit ging der Herzog mit seinem ganzen Hof und allen seinen Kindern, außer dem Prinzen, der in Spanien war, in die Niederungen von Siena und von da nach Pisa. Der Gift jener bösen Ausdünstungen ergriff den Kardinal zuerst: Er verfiel in ein pestilenzialisches Fieber, das ihn in wenig Tagen ermordete. Er war des Herzogs rechtes Auge, schön und gut, es war recht schade um ihn. Ich ließ verschiedene Tage vorbeigehen, bis ich glaubte, dass die Tränen getrocknet seien; dann ging ich nach Pisa.

Anhang zur Lebensbeschreibung des Benvenuto Cellini bezüglich auf Sitten, Kunst und Technik

I. Vorwort

Wenn hinter einem Werke wie die Lebensbeschreibung Cellinis eine Nachschrift den Leser anziehen sollte, so müsste sie etwas Gleichartiges leisten und zu einem lebhafteren Anschauen der Zeitumstände führen, welche die Ausbildung einer so merkwürdigen und sonderbaren Person bewirken konnten.

Indem uns aber, dieser Forderung im ganzen Umfange Genüge zu tun, Vorarbeiten, Kräfte, Entschluss und Gelegenheit abgehen, so gedenken wir für diesmal skizzenhaft, aphoristisch und fragmentarisch einiges beizubringen, wodurch wir uns jenem Zweck wenigstens annähern.

II. Gleichzeitige Künstler

Wenn von Jahrhunderten oder andern Epochen die Rede ist, so wird man die Betrachtung vorzüglich dahin richten, welche Menschen sich auf dieser Erde zusammengefunden, wie sie sich berührt oder aus der Ferne einigen Einfluss aufeinander bewiesen, wobei der Umstand, wie sie sich den Jahren nach gegeneinander verhalten, von der größten Bedeutung ist. Deshalb führen wir die Namen gleichzeitiger Künstler in chronologischer Ordnung dem Leser vor und überlassen ihm, sich einen flüchtigen Entwurf jenes großen Zusammenwirkens selbst auszubilden.

Hiebei drängt sich uns die Betrachtung auf, dass die vorzüglichsten im fünfzehnten Jahrhundert geborenen Künstler auch das sechzehnte erreicht und mehrere eines hohen Alters genossen: durch welches Zusammentreffen und -bleiben wohl die herrlichen Kunsterscheinungen jener Zeiten mochten bewirkt werden, umso mehr, als man die Anfänge, deren sich schon das vierzehnte Jahrhundert rühmen konnte, von Jugend auf vor Augen hatte.

Und zwar lebten, um nur die merkwürdigsten anzuführen, im Jahre 1500, als Cellini geboren wurde:

Gentile Bellin, Johann Beilin, Luca Signorelli, Leonard da Vinci, Peter Perugin, Andreas Mantegna, Tizian, Giorgione, Raphael, Andrea del Sarto, Primaticcio, Franz Penni, Sansovino, Fra Bartolommeo, Franz Rustici, Albrecht Dürer, Michelangelo, Balthasar Peruzzi, Julius Roman, Correggio Polidor von Caravaggio, Rosso, Holbein, der erste in einem Alter von einundachtzig, der letzte von zwei Jahren.

Ferner wurden in dem ersten Viertel des sechzehnten Jahrhunderts geboren:

Perin del Vaga, Parmegianin, Daniel von Volterra, Jakob Bassan, Bronzin, Franz Salviati, Georg Vasari, Andrea Schiavone und Tintoret.

In einer so reichen Zeit ward Cellini geboren und von einem solchen Elemente der Mitwelt getragen. Der unterrichtete Leser rufe sich die Eigenschaften dieser Männer summarisch in Gedanken zurück, und er wird über das Gedränge von Verdiensten erstaunen, welches jene Epoche verschwenderisch hervorbrachte.

III. Näherer Einfluss auf Cellini

Wenden wir nun unsern Blick auf die Vaterstadt des Künstlers, so finden wir in derselben eine höchst lebendige Kunstwelt.

Ohne umständlich zu wiederholen, was anderwärts bei manchen Gelegenheiten über die Bildung der florentinischen Schule von mehrern, besonders auch von unsern Freunden in dem ersten Stück des dritten Bandes der ›Prophyläen‹ unter dem Artikel ›Masaccio‹, abgehandelt worden, begnügen wir uns hier, eine summarische Übersicht zu geben.

Cimabue ahmt die neuen Griechen nach mit einer Art dunkler Ahnung, dass die Natur nachzuahmen sei. Er hängt an der Tradition und hat einen Blick hinüber in die Natur, versucht sich also hüben und drüben.

Giotto lernt die Handgriffe der Malerei von seinem Meister, ist aber ein außerordentlicher Mensch und erobert das Gebiet der Natur für die Kunst.

Seine Nachfolger, *Gaddi* und andere, bleiben auf dem Naturwege.

Orcagna hebt sich höher und schließt sich an die Poesie, besonders an die Gestalten des Dante.

Brunelleschi, Donato und *Ghiberti,* drei große Männer, ergreifen dem Geist und der Form nach die Natur und rücken die Bildhauerkunst vor. Der erste erfand vielleicht die Gesetze der Perspektive, wenigstens benutzt er sie früh und befördert diesen Teil der Kunst, worauf denn aber leider eine Art technischer Raserei, das eine Gefundene durch alle Bedingungen durchzuarbeiten, fast hundert Jahre dauert und das echte Kunststudium sehr zurücksetzt.

Masaccio steht groß und einzig in seiner Zeit und rückt die Malerei vor. Alles drängt sich nun, in der von ihm gemachten Kapelle zu studieren, weil die Menschen, wenn sie auch das Rechte nicht deutlich verstehen, es doch allgemein empfinden.

Masaccio wird nachgeahmt, insofern er sich der Natur in Gestalt und Wahrheit der Darstellung nähert, ja sogar an Kunstfertigkeit übertroffen vom ältern *Lippi, Botticelli, Ghirlandaio,* welche aber alle in der Naturnachahmung stecken bleiben.

Endlich treten die großen Meister auf: *Leonardo da Vinci, Fra Bartolommeo, Michelangelo* und *Raphael.*

IV. Kartone

So stark auch die Eindrücke dieser früheren meisterhaften Arbeiten auf das Gemüt des jungen Künstlers mögen gewesen sein, wie er selbst hie und da zu bezeugen nicht unterlässt, so war ihm doch vorzüglich die Wirkung bedeutend und erinnerlich, welche zwei gleichzeitige Werke auf ihn ausgeübt hatten: Kartone des Leonard da Vinci und des Michelangelo, die sogleich bei ihrer Entstehung die Aufmerksamkeit und den Nacheifer der ganzen lebenden Kunstwelt erregten.

Von jeher hatten sowohl die Vorsteher des florentinischen Staats als einzelne Gilden und Gesellschaften sich zur Ehre gerechnet, durch Architektur, Skulptur und Malerei die Zeiten ihrer Administration zu verherrlichen und besonders geistlichen Gebäuden durch bildende Kunst einen lebendigen Schmuck zu verschaffen.

Nun waren die Medicis vertrieben, und das schöne Kunstkapital, das Lorenz besonders in seinem Stadtgarten gesammelt hatte (woselbst er eine Bildhauerschule unter der Aufsicht des alten Bertoldo anlegte), war in den Tagen der Revolution durch das leidenschaftliche Ungestüm der Menge zerstreut und vergeudet. Eine neue republikanische Verfassung trat ein. Für den Großen Rat war ein neuer Saal gebaut, dessen Wände durch Veranstaltung Peter Soderinis, des Gonfaloniers, und seiner Regimentsgenossen von den würdigsten Künstlern jener Zeit belebt werden sollten.

Leonardo da Vinci, ungefähr im siebenundvierzigsten Jahre, hatte sich von Mailand nach dem Einmarsch der Franzosen auf Florenz zurückgezogen, woselbst Michelangelo, ungefähr im sechsundzwanzigsten, mit größter Anstrengung den Studien oblag. Man verlangte von beiden Künstlern Kartone zu großen Gemälden, worauf man glückliche Kriegstaten der Florentiner bewundern wollte.

Schon Cellini hegte die Meinung, als wären die auf gedachten Kartonen vorgestellten Taten und Ereignisse in dem Kriege vorgefallen, welchen die Florentiner gegen die Pisaner führten, der sich mit der Eroberung von Pisa endigte. Die Gründe, warum wir von dieser Meinung abgehen, werden wir zunächst anzeigen, wenn wir vorher eine Darstellung jener Kunstwerke mithilfe älterer Überlieferungen und neuem Nachrichten im Allgemeinen versucht haben. Nikolaus Piccinini, Feldherr des Herzogs Philipp von Mailand, hatte um die Hälfte des fünfzehnten Jahrhunderts einen Teil von Tuscien weggenommen und stand gegen die päpstlichen und florentinischen Truppen unfern von Arezzo. Durch einige Kriegsunfälle im obern Italien genötigt, berief ihn der Herzog zurück; die Florentiner, denen dies bekannt wurde, befahlen den Ihrigen, sorgfältig ein Treffen zu vermeiden, wozu Piccinin, um bei seinem Abzug ehrenvoll zu erscheinen, sehr geneigt war.

1. Karton des Michelangelo

Die florentinischen Anführer standen nicht genugsam auf ihrer Hut, sowie überhaupt die lose Art, Krieg zu führen, in damaliger Zeit, ingleichen die Insubordination der Truppen über alle Begriffe geht. Die Hitze war heftig, die Soldaten hatten zum großen Teil, um sich zu erfrischen oder zu ergötzen, das Lager verlassen.

Unter diesen Umständen kommt Piccinin herangezogen. Ein Florentiner, dessen Namen uns die Geschichte bewahrt, Michael Attendulo, entdeckt zuerst den Feind und ruft die zerstreuten Krieger zusammen.

Wir glauben ihn in dem Manne zu sehen, der fast im Zentrum des Bildes steht und, indem er vorschreitet, mit seiner kriegerischen Stimme die Trompete zu begleiten und mit ihr zu wetteifern scheint.

Mag nun der Künstler den Umstand, dass die Krieger sich eben im Flussbad erquicken, als der Feind unerwartet heranzieht, in der Geschichte vorgefunden oder aus seinem Geiste geschöpft haben: Wir finden dieses gehörigste Motiv hier angewendet. Das Baden steht als das höchste Symbol der Abspannung entgegengesetzt der höchsten Kraftäußerung im Kampfe, zu der sie aufgefordert werden.

›In dieser durch den unerwarteten Aufruf belebten Menge ist beinahe jede Behändigkeit des menschlichen Alters, jede Bewegung, jeder Gesichtszug, jede Pantomime von Bestürzung, Schreck, Hass, Angst, Eil und Eifer dargestellt. Wie Funken aus einem glühenden Eisen unter dem Hammer, gehen alle diese Gemütszustände aus ihrem Mittelpunkt heraus. Einige Krieger haben das Ufer erreicht, andere sind im raschen Fortschritt dazu begriffen, noch andere unternehmen einen kühn gewagten Felsensprung; hier tauchen zwei Arme aus dem Wasser auf, die dem Felsen zutappen, dort flehen ein paar andere um Hilfe. Gefährten beugen sich über, Gefährten zu retten, andere stürzen sich vorwärts zum Beistand. Oft nachgeahmt ist das glutvolle Antlitz des grimmen, in Waffen grau gewordenen Kriegers, bei dem jede Sehne in ungeheurer Anstrengung dahin arbeitet, die Kleider mit Gewalt über die träufelnden Glieder zu ziehen, indem er zürnend widerwillig mit dem einen Fuß durch die verkehrte Öffnung hindurchfährt.

Mit dieser kriegerischen Hast, mit diesem edlen Unmut hat der sinnvolle Künstler die langsam bedächtige Eleganz eines halb abgewendeten Jünglings, der eifrig bemüht ist, sich die Buckeln seiner Rüstung unterwärts der

Knöchel zuzuschnallen, in den sprechendsten Kontrast gesetzt. Hier ist auch ein Eilen, aber es ist Methode darin. Ein dritter schwingt seinen Kürass auf die Schulter, indes ein vierter, der ein Anführer zu sein scheint, unbekümmert um Schmuck, kampffertig mit geschwungenem Speer einen Vormann über den Haufen rennt, der sich eben gebückt hat, eine Waffe aufzusammeln. Ein Soldat, der selbst ganz nackt ist, schnallt an dem Harnisch seines Kriegskameraden herum, und dieser, gegen den Feind gekehrt, scheint ungeduldig den Grund zu stampfen. Erfahrung, Wut, gealterte Kraft, jugendlicher Mut und Schnelligkeit, hinausdrängend oder in sich zurückgezogen, wetteifern miteinander in kraftvollen Ausbrüchen. Nur *ein* Motiv indes beseelt diese ganze Szene des Tumults: Streitbegierde, Eifer, mit dem Feinde gemein zu werden, um durch die größte Anstrengung die verschuldete Fahrlässigkeit wieder abzubüßen.‹

Dieses gelang denn auch, wie uns die Geschichte weiter erzählt. Vergebens griffen die Truppen des Piccinin das verbündete Heer der päpstlich-florentinischen Truppen zu wiederholten Malen an; hartnäckig widerstanden diese und schlugen zuletzt, begünstigt durch ihre Stellung, den oft wiederkehrenden Feind zurück, dessen Fahnen, Waffen und Gepäck den Siegern in die Hände fielen.

2. Karton des Leonardo da Vinci

Hatte Michelangelo den zweifelhaften Anfang des Treffens in einer vielfachen Komposition dargestellt, so wählte Leonardo da Vinci den letzten schwankenden Augenblick des Sieges und trug ihn in einer künstlichen gedrängten Gruppe vor, die wir, insofern sie sich aus der Beschreibung des Vasari und anderer entwickeln lässt, unsern Lesern darzustellen suchen.

Vier Soldaten zu Pferde, wahrscheinlich ein Paar von jedem Heere, sind miteinander in Konflikt gesetzt: Sie kämpfen um eine Standarte, deren Stab sie alle angefasst haben. Zwei widerstreben einander von beiden Seiten, sie heben die Schwerter empor, sich zu verwunden oder, wie es auch scheinen will, den Stab der Standarte durch- zuhauen.

Ein dritter, wahrscheinlich im Vordergrunde, wendet sein Pferd gleichsam zur Flucht, indem er mit umge- wendetem Körper und ausgestrecktem Arm die Stange festhält und durch diese gewaltsame Bewegung das Sie- geszeichen den übrigen zu entreißen strebt, indessen ein vierter, vermutlich von hinten, gerade hervorwärts dringt und, indem er die Stange selbst gefasst hat, mit aufgehobenem Schwert die Hände derer, die sie ihm streitig machen, abzuhauen droht. Charakter und Aus- druck dieses letztern als eines entschieden-gewaltigen, in den Waffen grau gewordenen Kriegers, der hier mit einer roten Mütze erscheint, wird besonders gerühmt, sowie der Zorn, die Wut, die Siegesbegier in Gebärden und Mienen der übrigen, zu denen die Streitlust der Pferde sich gesellt, deren zwei mit verschränkten Füßen aufeinander einbauen und mit dem Gebiss als natürli- chen Waffen, wie ihre Reiter mit künstlichen, sich be- kämpfen; wobei der Meister, welcher diese edle Tiergat- tung besonders studiert hatte, mit einem seltenen Talen- te glänzen konnte.

So zeigte diese geschlossene, in allen ihren Teilen aufs Künstlichste angeordnete Handlung den dringenden letzten Moment eines unaufhaltsamen Sieges.

Unterwärts kämpften zwei Figuren, in Verkürzung, zwischen den Füßen der Pferde. Ein Krieger, beinahe auf die Erde ausgestreckt, sollte im Augenblick ein Opfer des wütend einstürzenden Gegners werden, der gewaltsam ausholt, um mit dem Dolch des Unterliegenden Kehle zu treffen. Aber noch widerstand mit Füßen und Armen der Unglückliche der Übermacht, die ihm den Tod drohte.

Genug, alle Figuren, Menschen und Tiere, waren von gleicher Tätigkeit und Wut belebt, sodass sie ein Ganzes von der größten Natürlichkeit und der höchsten Meisterschaft darstellten.

Beide Werke, welche die Bewunderung und den Nacheifer aller künstlerischen Zeitgenossen erregten und höher als andere Arbeiten dieser großen Meister geschätzt wurden, sind leider verloren gegangen.

Wahrscheinlich hatte die Republik weder Kräfte noch Ruhe genug, einen so groß gefassten Gedanken ausführen zu lassen, und schwerlich fühlten sich die Medicis geneigt, als sie bald zur Herrschaft wieder zurückkehrten, das, was jene begonnen hatten, zu vollenden.

Andere Zeiten, andere Sorgen! Sowohl für Künstler als für Oberhäupter. Und sehen wir nicht in unsern Tagen das mit großem Sinne und Enthusiasmus entworfene, mit schätzbarem Kunstverdienst begonnene revolutionäre Bild Davids, den Schwur im Ballhause vorstellend, unvollendet? Und wer weiß, was von diesem Werke in drei Jahrhunderten übrig sein wird?

Doch was überhaupt so manche Kunstunternehmungen in Florenz zum Stocken brachte, war die Erwählung Johanns von Medicis zum römischen Papste. Ihm, der unter dem Namen Leo X. so große Hoffnungen erregte und erfüllte, zog alles nach, was unter einem solchen Gestirn zu gedeihen wert war oder wert zu sein glaubte.

Wie lange nun aber jene Kartone in den Sälen, in welchen sie aufgehängt gewesen, unversehrt geblieben, ob sie abgenommen, versteckt, verteilt, versendet oder zerstört worden, ist nicht ganz gewiss.

Indessen trägt der Ritter Bandinell wenigstens den Verdacht, dass er den Karton des Michelangelo in den ersten unruhigen Zeiten des Regimentswechsels zerschnitten habe, wodurch uns der Verlust eines solchen Werks noch unerträglicher wird, als wenn wir ihn der gleichgültigen Hand des Zufalls zuschreiben müssten.

Späterhin klingt wieder etwas von ihm nach, und Fragmente scheinen in Mantua aufzutauchen; doch alle Hoffnung, einen Originalzug wieder davon zu erblicken, ist für Liebhaber verloren.

Der Karton des Leonardo da Vinci soll erhalten und nach Frankreich geschafft worden sein, wo er denn aber auch verschwunden ist.

Desto wichtiger bleibt uns die Nachricht, dass dieser Werke Gedächtnis nicht allein in Schriften aufbewahrt worden, sondern auch noch in nachgebildeten Kunstwerken übrig ist.

Von der Leonardischen Gruppe findet sich eine nicht allzu große Kopie im Poggio Imperiale, wahrscheinlich von Bronzin. Ferner ist sie in dem Gemälde des Leonardo, welches die Anbetung der Könige vorstellt, im Hintergrund als ein Beiwerk angebracht. Auch soll davon ein Kupfer von Gerhard Edelinck, jedoch nach einer schlechten, manierierten Zeichnung eines Niederländers, in den Sammlungen vorkommen.

Von dem Werke des Michelangelo waren bisher nur wenige Figuren auf einem Kupfer aus damaliger Zeit bekannt; gegenwärtig aber hat uns Heinrich Füßli, ein würdiger Bewunderer des großen Michelangelo, eine Beschreibung des Ganzen gegeben, wobei er eine kleine Kopie, welche sich zu Holkham in England befindet, zum Grunde legte.

Wir haben unsere obige Beschreibung daher entlehnt und wünschen nichts mehr, als dass Füßli in England und Morghen in Italien die Herausgabe gedachter Werke in Kupfer besorgen und befördern mögen. Sie würden sich um die Kunstgeschichte ein großes Verdienst erwerben, so wie solches von dem letzten durch den Stich des mailändischen Abendmahls bereits geschehen ist.

Möge doch die Kupferstecherkunst, die so oft zu geringen Zwecken gemissbraucht wird, immer mehr ihrer höchsten Pflicht gedenken und uns die würdigsten Originale, welche Zeit und Zufall unaufhaltsam zu zerstören in Bewegung sind, durch tüchtige Nachbildung einigermaßen zu erhalten suchen!

Übrigens können wir uns nicht enthalten, im Vorbeige- hen anzumerken, dass die Komposition des Michelange- lo, durch die er jenen Aufruf zur Schlacht dargestellt, mit der Komposition des Jüngsten Gerichtes große Ähn- lichkeit habe, indem in beiden Stücken die Wirkung von einer einzigen Person augenblicklich auf die Menge übergeht. Eine Vergleichung beider Bilder wird deshalb dereinst höchst interessant werden und die Huldigung, die wir dem großen Geiste des Verfassers zollen, immer vermehren.

Schließlich rechtfertigen wir mit wenigem, dass wir in Darstellung der historischen Gegenstände von der ge- wöhnlichen Meinung abgewichen.

Cellini nimmt als bekannt an, dass beide Kartone sol- che Kriegsbegebenheiten vorstellen, welche bei Gele- genheit der Belagerung von Pisa zu Anfang des fünf- zehnten Jahrhunderts vorgefallen; Vasari hingegen deu- tet nur den *einen* Gegenstand, welchen Michelangelo be- handelt, dorthin, erzählt aber, dass Leonard auf dem Seinigen einen Vorfall aus der Schlacht zwischen den verbundenen florentinisdipäpstlichen Truppen gegen Nikolaus Piccinin, Feldherrn des Herzogs von Mailand, in der Hälfte des fünfzehnten Jahrhunderts gewählt ha- be.

Nun begann diese Schlacht mit einem merkwürdigen Überfall, wie Machiavell im fünften Buche seiner floren- tinischen Geschichte mit folgenden Worten umständlich erzählt:

›Niemand war bewaffnet, alles entfernt vom Lager, wie nur ein jeder, entweder Luft zu schöpfen (denn die Hitze war groß) oder sonst zum Vergnügen sich verlieren mochte.‹

Wir glauben hier den Anlass jenes Bildes, das Michelangelo ausgeführt, zu erblicken, wobei ihm jedoch die Ehre der Erfindung des Badens als des höchsten Symbols einer völligen Auflösung kriegerischer Tätigkeit und Aufmerksamkeit zukommen dürfte.

Wir werden in dieser Meinung umso mehr bestärkt, als in einer sehr ausführlichen Beschreibung der Belagerung und Eroberung von Pisa, von Palmerius, sowie in den pisanischen Annalen des Tronci, welcher sonst die ganze Geschichte nicht zugunsten der Florentiner darstellt, keine Spur eines solchen Überfalls zu finden ist.

Bedenkt man zunächst, dass es nicht wohl schicklich für eine Regierung gewesen wäre, durch Kunstwerke den alten Groll gegen die Pisaner, welche nun schon seit hundert Jahren die Ihrigen geworden, zu erneuern und zu verewigen, so lässt sich dagegen vermuten, dass ein gemeiner, leidenschaftlicher Florentiner überall, wo er Krieg und Streit sah, sich der bekämpften, überwundenen, unterjochten Pisaner erinnerte, anstatt dass von dem so bedeutenden Sieg über Piccinin keine sinnliche Spur übrig geblieben war und kein Nationalhass die Erinnerung an denselben schärfte.

Was hiebei noch zweifelhaft bleibt, findet vielleicht bei erregter Aufmerksamkeit bald seine Auflösung.

V. Antike Zierraten

Wenn nun gleich Cellini von Jugend auf an menschliche Gestalt und ihre Darstellung im höchsten Sinne geführt worden, so zog ihn doch sein Metier und vielleicht auch eine gewisse subalterne Neigung zu den Zierraten hin, welche er an alten Monumenten und sonst sehr häufig vor sich fand und studierte.

Er gedenkt seines Fleißes auf dem Campo Santo zu Pisa und an einer nachgelassenen, unübersehlichen Sammlung des Filippo Lippi, welcher dergleichen Gegenstände sorgfältig nachahmte, um sie in seinen Gemälden anzubringen.

VI. Vorzügliches technisches Talent

Das allgemeine technische Talent, das unserm Benvenuto angeboren war, konnte bei der Goldschmiedezunft, die sich nach allen Seiten hin verbreiten durfte und sehr viel Geschicklichkeit und Anstrengung von ihren Gesellen forderte, genügsamen Anlass zur Tätigkeit finden und sich stufenweise durch vielfältige Praktik zu der Höhe der Skulptur, auf der er unter seinen Zeitgenossen einen bedeutenden Platz einnimmt, hinaufbilden.

VII. Zwei Abhandlungen über Goldschmiedearbeiten und Skulptur

Wenn er uns nun in seiner Lebensbeschreibung nächst seinen Schicksalen auch seine Werke vonseiten der Erfindung und Wirkung bekannt macht, so hat er in ein paar Abhandlungen uns das einzelne Technische dergestalt beschrieben, dass ihm unsere Einbildungskraft auch in die Werkstatt folgen kann.

Aus diesen Schriften machen wir einen summarischen Auszug, durch welchen der Leser, der sich bisher am

Leben und an der Kunst ergötzt, sich nun auch das Handwerk einigermaßen vergegenwärtigen, die Terminologie deutlich machen und so zu einem vollständigem Anschauen, wenn ihm darum zu tun ist, gelangen kann.

VIII. Goldschmiedegeschäft

1. Kenntnis der Edelsteine

Die Aristotelische Lehre beherrschte zu damaliger Zeit alles, was einigermaßen theoretisch heißen wollte. Sie kannte nur vier Elemente, und so wollte man auch nur vier Edelsteine haben. Der Rubin stellte das Feuer, der Smaragd die Erde, der Saphir das Wasser und der Diamant die Luft vor. Rubinen von einiger Größe waren damals selten und galten achtfach den Wert des Diamanten. So stand auch der Smaragd in hohem Preise. Die übrigen Edelsteine kannte man wohl, doch schloss man sie entweder an die vier genannten an, oder man versagte ihnen das Recht, Edelsteine zu heißen.

Dass einige Steine im Dunkeln leuchteten, hatte man bemerkt. Man schrieb es nicht dem Sonnenlichte zu, dem sie dieses Leuchten abgewonnen hatten, sondern einer eigenen, inwohnenden Kraft und nannte sie Karfunkel.

2. Fassen der Edelsteine

Bei dem Fassen der Edelsteine behandelte man die Folien mit der äußersten Sorgfalt. Es sind dieses gewöhnlich dünne, glänzende, farbige Metallblättchen, welche den farbigen Steinen untergelegt werden, um Farbe und Glanz zu erhöhen. Doch tun auch andere Materialien den gleichen Dienst, wie zum Beispiel Cellini durch feingeschnittene, hochrote Seide, mit der er den Ringkasten gefüttert, einen Rubin besonders erhöht haben will. Überhaupt tut er sich auf die Geschicklichkeit, Folien zu verfertigen und anzuwenden, viel zugute. Er tadelt bei gefärbten Steinen die allzu dunkle Folie mit Recht, indem keine Farbe erscheint, wenn nicht Licht durch sie hindurchfällt. Der Diamant erhält eine Unterlage aus dem feinsten Lampenruß bereitet; schwächern Diamanten legte man auch ein Glas unter.

3. Niello

Mit Strichen eingegrabene Zierraten oder Figuren in Kupfer oder Silber wurden mit einer schwarzen Masse ausgefüllt. Diese Art zu arbeiten war schon zu Cellinis Zeiten abgekommen, wahrscheinlich, weil sie durch die Kupferstecherkunst, die sich daher ableitete, vertrieben worden war. Jeder, der sich bemüht hatte, kunstreiche Striche ins Metall zu graben, mochte sie lieber durch Abdruck vervielfacht sehen als sie ein- für allemal mit einer schwarzen Masse ausfüllen.

Diese Masse bestand aus einem Teil Silber, zwei Teilen Kupfer und drei Teilen Blei, welche zusammengeschmolzen und nachher in einem verschlossenen irdenen Gefäß mit Schwefel zusammengeschüttelt worden, wodurch eine schwarze körnige Masse entsteht, welche sodann durch öftere Schmelzungen verfeinert wird.

Zum Gebrauch wurde sie gestoßen und die eingegrabene Metallplatte damit überschmolzen, nach und nach wieder abgefeilt, bis die Platte zum Vorschein kam, und endlich die Fläche dergestalt poliert, dass nur die schwarzen Striche reinlich stehen blieben.

Thomas Finiguerra war ein berühmter Meister in dieser Arbeit, und man zeigt in den Kupferstichsammlungen Abdrücke von seinen eingegrabenen; noch nicht mit Niello eingeschmolzenen Platten.

4. Filigran

Aus Gold- und Silberdrähten von verschiedener Stärke sowie aus dergleichen Körnern wurden Zierraten zusammengelegt, mit Dragant verbunden und die Löte gehörig angebracht, sodann auf einer eisernen Platte einem gewissen Feuergrad ausgesetzt und die Teile zusammengelötet, zuletzt gereinigt und ausgearbeitet.

5. Email

In Gold oder Silber wurden flach erhabene Figuren und Zierraten gearbeitet, diese alsdann mit wohlgeriebenen Emailfarben gemalt und mit großer Vorsicht ins Feuer gebracht, da denn die Farben wieder als durchsichtiges Glas zusammenschmolzen und der unterliegende metallische Grund zum Vorschein kam.

Man verband auch diese Art zu arbeiten mit dem Filigran und schmelzte die zwischen den Fäden bleibenden Öffnungen mit verschieden gefärbten Gläsern zu, eine Arbeit, welche sehr große Mühe und Genauigkeit erforderte.

6. Getriebene Arbeit

Diese war nicht allein halberhaben, sondern es wurden auch runde Figuren getrieben. Die ältern Meister, unter denen Caradosso vorzüglich genannt wird, machten erst ein Urbild von Wachs, gossen dieses in Erz, überzogen das Erz sodann mit einem Goldblech und trieben nach und nach die Gestalt hervor, bis sie das Erzbild herausnahmen und nach genauer Bearbeitung die in das Goldblech getriebenen Figuren zulöteten. Auf diese Weise wurden Medaillen von sehr hohem Relief, um sie am Hut zu tragen, und kleine, ringsum gearbeitete Kruzifixe gefertigt.

7. Große Siegel

wurden besonders für Kardinäle gearbeitet. Man machte das Modell von Wachs, goss es in Gips aus und druckte in diese Form eine feine, im Feuer nicht schmelzende Erde. Dieses letzte Modell ward zum Grund einer zweiten Form gelegt, in welche man das Metall goss, da denn das Siegel vertieft zum Vorschein kam, welches, mit dem Grabstichel und stählernen Stempeln weiter ausgearbeitet, mit Inschriften umgeben und zuletzt mit einem verzierten Handgriff versehen ward.

8. Münzen und Medaillen

Zuerst wurden Figuren, Zierraten, Buchstaben teilweise, wie es sich zum Zweck am besten schickte, erhöht in Stahl geschnitten, gehärtet und sodann mit diesen erhabenen Bunzen der Münzstempel nach und nach eingeschlagen, wodurch man in den Fall kam, viele ganz gleiche Stempel geschwind hervorzubringen. Die Medaillenstempel wurden nachher noch mit dem Grabstichel ausgearbeitet und beide Sorten entweder mit dem Hammer oder mit der Schraube ausgeprägt. Letzterer gab man schon zu Cellinis Zeiten den Vorzug.

9. Grosserie

Hierunter begriff man alle große getriebene Arbeit, besonders von Gefäßen, welche aus Gold oder Silber gefertigt wurden.

Das Metall wurde zuerst gegossen, und zwar bediente man sich dabei eines Ofens mit einem Blasebalg oder eines Windofens. Cellini erfand eine dritte Art, die er ›aus der Schale gießen‹ benannte.

Die Formen wurden aus eisernen Platten, zwischen die man eiserne Stäbe legte, zusammengesetzt und mit eisernen Federn zusammengehalten. Inwendig wurden diese Formen mit Öl und auswendig mit Ton bestrichen.

Die also gegossene Platte wird im Allgemeinen gereinigt, dann geschabt, sodann erhitzt und mit dem dünnen Teile des Hammers aus den Ecken nach der Mitte und dann von innen heraus, bis sie rund wird, geschlagen. In der Mitte bleibt sie am stärksten. Im Centro wird ein Punkt gezeichnet, um welchen die Zirkel gezogen werden, wonach sich die Form des Gefäßes bestimmt. Nun wird die Platte von gedachtem Punkt aus in einer Schneckenlinie geschlagen, wodurch sie sich nach und nach wie ein Hutkopf vertieft und endlich das Gefäß seine bestimmte Größe erhält. Gefäße, deren Hals enger ist als der Körper, werden auf besondern Ambossen, die man von ihrer Form ›Kuhzungen‹ nennt, ausgetrieben, sowie überhaupt die Werkzeuge, worauf man schlägt und womit man schlägt, die Arbeit möglich machen und erleichtern.

Nun wird das Gefäß mit schwarzem Pech gefüllt und die Zierraten, welche daraufkommen sollen, erst gezeichnet und leicht eingestochen und die Umrisse mit verschieden geformten Meißeln leicht eingeschlagen, das Pech herausgeschmolzen und auf langen, an dem Ende besonders geformten Ambossen die Figuren nach und nach herausgetrieben. Alsdann wird das Ganze ausgesotten, die Höhlung wieder mit Pech gefüllt und wieder mit Meißeln die Arbeit auswendig durchgeführt. Das Ausschmelzen des Pechs und das Aussieden des Gefäßes wird so oft wiederholt, bis es beinahe vollendet ist.

Sodann, um den Kranz und die Handhaben zu erlangen, werden sie von Wachs an das Gefäß angebildet, eine Form gehörig darüber gemacht und das Wachs herausgeschmolzen, da sich denn die Form vom Gefäße ablöst, welche, von der Hinterseite zugeschlossen, wohl getrocknet und ausgegossen wird.

Manchmal gießt man auch die Form zum ersten Mal mit Blei aus, arbeitet noch feiner in dieses Metall und macht darüber eine neue Form, um solche in Silber auszugießen; wobei man den Vorteil hat, dass man das bleierne Modell aufheben und wieder brauchen kann.

Die Kunst, kleine Statuen aus Gold und Silber zu treiben, war, wie aus dem vorigen bekannt ist, hoch gebracht. Man verweilte nicht lange bei diesem kleinen

Format, den man nach und nach bis zur Lebensgröße steigerte. Franz I. bestellte einen solchen Herkules, der die Himmelskugel trug, um Karl V., als er durch Paris ging, ein Geschenk zu machen; allein, obschon in Frankreich die Grosserie sehr häufig und gut gearbeitet wurde, so konnten doch die Meister mit einer solchen Statue nicht fertig werden, bei welcher das letzte Zusammenlöten der Glieder äußerst schwierig bleibt. Die Art, solche Werke zu verfertigen, ist verschieden, und es kommt dabei auf mehr oder weniger Gewandtheit des Künstlers an.

Man macht eine Statue von Ton, von der Größe, wie das Werk werden soll; diese wird in mehrere Teile geteilt und teilweise geformt, sodann einzeln in Erz gegossen, die Platten drübergezogen und die Gestalt nach und nach herausgeschlagen, wobei vorzüglich auf die Stellen zu sehen ist, welche künftig zusammentreffen sollen. Weil nun der Kopf allein aus dem Ganzen getrieben wird, der Körper aber, sowie Arme und Beine, jedes aus einem Vorder- und Hinterteil besteht, so werden diese erst zusammengelötet, sodass das Ganze nunmehr in sechs Stücken vorliegt.

Cellini, weil er in der Arbeit sehr gewandt war und sich auf seine Einbildungskraft sowie auf seine Hand verlassen konnte, goss das Modell nicht in Erz, sondern arbeitete aus freier Hand nach dem Ton, indem er das Blech, wie er es nötig fand, von einer oder der andern Seite behämmerte.

Jene oben genannten sechs Teile der Statue werden nun erst mit Pech ausgegossen und mit Meißeln, so wie von den Gefäßen erzählt worden, ausgearbeitet, mehr als einmal ausgesotten und wieder mit Pech gefüllt und so mit der Arbeit fortgefahren, bis das getriebene Werk dem von Erde völlig gleich ist. Dann werden jene Teile mit Silberfäden aneinander befestigt, die lötende Materie aufgestrichen und über einem eigens dazu bereiteten Herde gelötet.

Das Weißsieden hat auch bei so großen Werken seine Schwierigkeit. Cellini verrichtete es bei seinem Jupiter in einem Färbekessel.

Hierauf gibt Cellini noch Rechenschaft von verschiedenen Arbeiten, die hierher gehören, als vom Vergolden, von Erhöhung der Farbe des Vergoldeten, Verfertigung des Ätz- und Scheidewassers und dergleichen.

IX. Skulptur

1. Erzguss

Um in Erz zu gießen, macht man zweierlei Arten von Formen.

Bei der ersten geht das Modell verloren, indem man es als Kern benutzt. Es wird in Ton so groß gearbeitet, als der künftige Guss werden soll. Man lässt es um einen Fingerbreit schwinden und brennt es. Alsdann wird Wachs darüber gezogen und dieses sorgfältig ausbossiert, sodass dadurch das ganze Bild seinen ersten Umfang wiedererhält. Hierüber wird eine feuerfeste Form gemacht und das Wachs herausgeschmolzen, da denn eine Höhlung bleibt, welche das Erz wieder ausfüllen soll.

Die andere Art zu formen ist folgende.

Das Modell von Ton erhält einen leichten Anstrich von Terpentinwachs und wird mit feinen Metallblättern überlegt. Dieses geschieht deshalb, damit die Feuchtigkeit dem Modell nicht schade, wenn darüber eine Gipsform gemacht wird.

Diese wird auf die noch übliche Weise verfertigt und dergestalt eingerichtet, dass sie in mehrere Hauptteile zerfällt, sodass man bequem etwas Wachs oder Teig hineindrücken kann, so stark, als künftig der Guss werden soll.

Hierauf wird das Gerippe zur Statue von eisernen Stangen und Drähten zusammengefügt und mit feuerbeständiger Masse überzogen, so lange, bis dieser Kern jene eingedrückte Oberhaut berührt, weshalb man immer Form und Kern gegeneinander probieren muss. Sodann wird jene Oberhaut aus der Form genommen, Form und Kern werden wechselseitig befestigt, und der Raum, den die Oberhaut einnahm, wird mit Wachs ausgegossen.

Nun wird die Gipsform wieder abgenommen und das neue wächserne Grund- und Musterbild durchaus überarbeitet. Sodann werden wächserne Stäbe von Glied zu Glied geführt, je nachdem künftig das Metall durch verschiedene Wege zu zirkulieren hat, indem alles, was künftig in der Form hohl bleiben soll, an dem Modell von Wachs ausgearbeitet wird. Über diese also zubereitete wächserne Gestalt wird eine feuerbeständige Form verfertigt, an welcher man unten einige Öffnungen lässt, durch welche das Wachs, wenn nunmehr die Form über ein gelindes Feuer gebracht wird, ausschmelzen kann.

Ist alles Wachs aus der Form geflossen, so wird diese nochmals auf das Sorgfältigste getrocknet und ist alsdann, das Metall zu empfangen, bereit; das erste Modell aber, welches völlig imstande geblieben, dient dem Meister und den Gesellen bei künftiger Ausarbeitung des Gusses, welcher folgendermaßen veranstaltet wird.

Man gräbt eine Grube vor dem Ofen, weit und tief genug. In diese wird die Form mit Flaschenzügen hineingelassen, an die untern Öffnungen der Form, durch welche das Wachs ausgeflossen, werden tönerne Röhren angesetzt und nach oben zu geleitet. Der Raum um die Form in der Grube wird mit Erde nach und nach ausgefüllt, welche von Zeit zu Zeit festgestampft wird.

Wie man damit weiter heraufkommt, werden an die obern in der Form gelassenen Öffnungen gleichfalls tönerne Röhren angelegt und solche nach den Forderungen der Kunst miteinander verbunden und zuletzt in einen großen Mund vereinigt, welcher etwas über die Höhe des Hauptes zu stehen kommt. Alsdann wird ein Kanal von dem Ofen bis zu gedachtem Munde abhängig gepflastert und das im Ofen geschmolzene Erz in die Form gelassen, wobei es denn sehr viel auf das Glück ankommt, ob sie sich gehörig füllt.

Den Bau des Ofens, die Bereitung und Schmelzung des Metalls übergehen wir, als zu weit von unsern Zwecken entfernt. Wie denn überhaupt die technischen Kunstgriffe in diesem Fache in den neuern Zeiten vollkommener ausgebildet worden, wovon sich der Liebhaber aus mehrern Schriften belehren kann.

2. Marmorarbeit

Cellini nimmt fünferlei Arten weißen Marmor an, von dem gröbsten Korn bis zum feinsten. Er spricht alsdann von härtern Steinen, von Porphyr und Granit, aus denen gleichfalls Werke der Skulptur verfertigt werden; dann von den weichen, als einer Art Kalkstein, welche, indem sie aus dem Bruch kommt, leicht zu behandeln ist, nachher an der Luft verhärtet. Ferner gedenkt er der florentinischen grauen Sandsteine, welche, sehr fein und mit Glimmer gemischt, besonders in der Gegend von Fiesole, brechen und gleichfalls zu Bildhauerarbeiten gebraucht werden.

Bei Statuen in Lebensgröße ging man folgendermaßen zu Werke. Man machte ein kleines Modell mit vieler Sorgfalt und arbeitete, teils aus Ungeduld, teils im Gefühl seiner Meisterschaft, öfters gleich nach diesem die Statue im großen aus dem Marmor heraus.

Doch wurden auch nach gedachtem kleinen große Modelle verfertigt und diese bei der Arbeit zum Grunde gelegt; doch auch alsdann arbeitete man noch leichtsinnig genug, indem man auf den Marmor die Hauptansicht der Statue mit Kohle aufzeichnete und sofort dieselbe nach Art eines Hochreliefs herausarbeitete. Zwar erwähnt Cellini auch der Art, eine Statue von allen Seiten her zuerst ins Runde zu bringen, er missbilligt sie aber. Und freilich mussten ohne genaues Maß bei beiden Arten Fehler entstehen, die man bei der ersten, weil man noch Raum in der Tiefe behielt, eher verbessern konnte.

Ein Fehler solcher Art ist der, welchen Cellini dem Bandinello vorwirft, dass an der Gruppe von Herkules und Kakus die Waden der beiden Streitenden so zusammenschmelzen, dass, wenn sie die Füße auseinander täten, keinem eine Wade übrig bleiben würde. Michelangelo selbst ist von solchen Zufällen nicht frei geblieben.

Die Art also, nach Perpendikeln, mit welchen das Modell umgeben wird, die Maße hineinwärts zu nehmen, scheint zu Anfange des sechzehnten Jahrhunderts unbekannt gewesen zu sein. Wenigstens will Cellini sie selbst erfunden haben, als er in Frankreich nach kleinern Modellen einen ungeheuern Koloss zu fertigen unternahm. Seine Vorrichtungen dazu verdienen, erzählt zu werden.

Erst machte er mit großer Sorgfalt ein kleines Modell, sodann ein größeres von drei Ellen. Um solches schlug er einen waage- und senkrechten Kasten, in welchem das Maß der vierzig Ellen, als so groß der Koloss werden sollte, in verjüngtem Maßstab aufgezeichnet war. Um sich nun zu versichern, dass auf diesem Weg die Form ins Große übertragen werden könne, zeichnete er auf den Fußboden seines Saals ein Profil des Kolosses, indem er jemanden die Maße innerhalb des Kastens nehmen und aussprechen ließ. Als auf diese Weise eine Silhouette gut gelang, schritt er weiter fort und verfertigte zuerst ein Gerippe in der Größe des eingekasteten Modells, indem er einen geraden Stab, der durch den linken Fuß bis zum Kopfe ging, aufstellte und an diesen, wie ihm sein Modell nachwies, das Gerippe der übrigen Glieder befestigte. Er ließ darauf einen Baumstamm, vierzig Ellen hoch, im Hofe aufrichten und vier gleiche Stämme ins Gevierte um ihn her; diese letzten wurden mit Brettern verschlagen, woraus ein ungeheurer Kasten entstand. Nun ward nach dem kleinen Modell des Gerippes das große Gerippe innerhalb des Kastens ausgemessen und aufgebaut. Die Figur stand auf dem linken Fuße, durch welchen der Pfahl ging, den rechten Fuß setzte sie auf einen Helm, welcher so eingerichtet war, dass man in denselben hineingehen und sodann die ganze Figur hinaufsteigen konnte.

Als nun das Gerippe auf diese Weise zustande war, überzog man solches mit Gips, indem die Arbeiter die Maße des kleinen Kastens in den großen übertrugen. So wurde in kurzer Zeit durch gemeine Arbeiter dieses ungeheure Modell bis gegen die letzte Haut fertig gebracht und sodann die vordere Brettwand weggenommen, um das Werk übersehen zu können.

Dass der Kopf dieses Kolosses völlig ausgeführt worden und zu artigen Abenteuern Anlass gegeben, erinnern wir uns aus der Lebensbeschreibung unsers Verfassers; die Vollendung aber des Modells und noch mehr der Statue in Erz unterblieb, indem die Kriegsunruhen von außen und die Leidenschaften des Künstlers von innen sich solchen Unternehmungen entgegensetzten.

X. Flüchtige Schilderung florentinischer Zustände

Können wir uns nun von dem sonderbaren Manne schon eine lebhaftere Vorstellung, einen deutlichem Begriff machen, wenn wir denselben in seine Werkstätte begleitet, so werden diejenigen seinen Charakter in einem weit hellern Lichte sehen, die mit der Geschichte überhaupt und besonders mit der florentinischen bekannt sind. Denn indem man einen merkwürdigen Menschen als einen Teil eines Ganzen, seiner Zeit oder seines

Geburts- und Wohnorts, betrachtet, so lassen sich gar manche Sonderbarkeiten entziffern, welche sonst ewig ein Rätsel bleiben würden. Daher entsteht bei jedem Leser solcher frühern eignen Lebensbeschreibungen ein unwiderstehlicher Reiz, von den Umgebungen jener Zeiten nähere Kenntnis zu erlangen, und es ist ein großes Verdienst lebhaft geschriebener Memoiren, dass sie uns durch ihre zudringliche Einseitigkeit in das Studium der allgemeinern Geschichte hineinlocken.

Um auf diesen Weg wenigstens einigermaßen hinzudeuten, wagen wir eine flüchtige Schilderung florentinischer Zustände, die, je nachdem sie Lesern begegnet, zur Erinnerung oder zum Anlass weiterer Nachforschung dienen mag.

Die Anfänge von Florenz wurden wahrscheinlich in frühen Zeiten von den Fiesolanern, welche die Bergseite jener Gegend bewohnten, in der Ebene zunächst am Arno zu Handelszwecken erbaut, sodann von den Römern durch Kolonien zu einer Stadt erweitert, die, wie sie auch nach und nach an Kräften mochte zugenommen haben, gar bald das Schicksal des übrigen Italiens teilte. Von Barbaren beschädigt, von fremden Gebietern eine Zeit lang unterdrückt, gelang es ihr endlich, das Joch abzuschütteln und sich in der Stille zu einer bedeutenden Größe zu erheben.

Unter dem Jahre 1010 wird uns die erste merkwürdige Tat der Florentiner gemeldet. Sie erobern ihre Mutterstadt und hartnäckige Nebenbuhlerin Fiesole und versetzen mit altrömischer Politik die Fiesolaner nach Florenz.

Von dieser Epoche an ist unserer Einbildungskraft abermals überlassen, eine sich mehrende Bürgerschaft, eine sich ausbreitende Stadt zu erschaffen. Die Geschichte überliefert uns wenig von solcher glücklichen Zeit, in welcher selbst die traurige Spaltung Italiens zwischen Kaiser und Papst sich nicht bis in die florentinischen Mauern erstreckte.

Endlich, leider! Zu Anfang des dreizehnten Jahrhunderts trennt sich die angeschwollene Masse der Einwohner zufällig über dem Leichtsinn eines Jünglings, der eine edle Braut verstößt, in zwei Parteien und kann drei volle Jahrhunderte durch nicht wieder zur Vereinigung gelangen, bis sie, durch äußere Macht genötiget, sich einem Alleinherrscher unterwerfen muss.

Da mochten denn Bondelmontier und Amideer, Donati und Uberti wegen verletzter Familienehre streiten, gegenseitig bei Kaiser und Papst Hilfe suchen und sich nun zu den Guelfen und Ghibellinen zählen, oder schnell reich gewordne, derb-grobe Bürger mit armen und empfindlichen Edelleuten sich veruneinigen und so die Cerci und Donati und daraus die Schwarzen und Weißen entstehen, späterhin die Ricci und Albizzi einander entgegenarbeiten: Durchaus erblickt man nur ein hin- und widerschwankendes, unzulängliches, parteiisches Streben.

Ritter gegen Bürger, Zünfte gegen den Adel, Volk gegen Oligarchien, Pöbel gegen Volk, Persönlichkeit gegen Menge oder Aristokratie findet man in beständigem Konflikt. Hier zeigen sich dem aufmerksamen Beobachter die seltsamen Vereinigungen, Spaltungen, Untervereinigungen und Unterspaltungen, alle Arten von Koalitionen und Neutralisationen, wodurch man die Herrschaft zu erlangen und zu erhalten sucht. Ja, sogar werden Versuche gemacht, die oberste Gewalt einem oder mehreren Fremden aufzutragen, und niemals wird Ruhe und Zufriedenheit erzielt.

›Die meisten Städte‹, sagt Machiavell, ›besonders aber solche, die weniger gut eingerichtet sind und unter dem Namen von Republiken regiert werden, haben die Art ihrer Verwaltung öfters verändert, und zwar gewöhnlich nicht, weil Freiheit und Knechtschaft, wie viele meinen, sondern weil Knechtschaft und Gesetzlosigkeit miteinander im Streite liegen.‹

Bei so mannigfaltigen Veränderungen des Regiments, bei dem Schwanken der Parteigewalten entsteht ein immerwährendes Hin- und Herwogen von Verbannten, Ausgewanderten und Zurückberufenen, und niemals waren solche Veränderungen ohne Zerstreuung, Zerstörung, Mord, Brand und Plünderung.

Hierbei hat Florenz nicht allein seine eigne Verirrung zu büßen, sondern trägt die Verirrungen benachbarter Städte und Ortschaften, woselbst ähnliche politische Unruhen durch florentinische Ausgewanderte oft erregt, immer Unterhalten werden.

Siena, Pisa, Lucca, Pistoia, Prato beunruhigen auf mehrerlei Weise Florenz lange Zeit und müssen dagegen gar viel von der Hab- und Herrschsucht, von den Launen und dem Übermut ihrer Nachbarin erdulden, bis sie alle zuletzt, außer Lucca, welches sich selbstständig erhält, in die Hände der Florentiner fallen.

Daher wechselseitig ein unauslöschlicher Hass, ein unvertilgbares Misstrauen. Wenn Benvenuto den Verdacht einer ihm verderblichen Todfeindschaft auf diesen oder jenen wälzen will, so bedarf es nur, dass dieser von Pistoia oder Prato gewesen. Ja, bis auf diesen Tag pflanzt sich eine leidenschaftliche Abneigung zwischen Florentinern und Luccesern fort.

Wie bei ihrer ersten Entstehung, so auch in den spätem Zeiten erfährt die Stadt das Schicksal des übrigen Italiens, insofern es durch in- oder ausländische große Mächte bestimmt wird.

Der Papst und die Herrscher von Neapel im Süden, der Herzog von Mailand, die Republiken Genua und Venedig im Norden machen ihr auf mancherlei Weise zu schaffen und wirken auf ihre politischen und kriegerischen Anstalten mächtig ein, und dies umso mehr und so schlimmer, als kein Verhältnis, groß oder klein, Festigkeit und Dauer gewinnen konnte. Alles, was sich in Italien geteilt hatte oder teil am Raube zu nehmen wünschte, Päpste, Könige, Fürsten, Republiken, Geistlichkeit, Barone, Kriegshelden, Usurpatoren, Bastarden, alle schwirren in fortwährendem Streite durcheinander. Hier ist an kein dauerhaftes Bündnis zu denken. Das Interesse des Augenblicks, persönliche Gewalt oder Ohnmacht, Verrat, Misstrauen, Furcht, Hoffnung bestimmen das Schicksal ganzer Staaten wie vorzüglicher Menschen, und nur selten blickt bei einzelnen oder Gemeinheiten ein höherer Zweck, ein durchgreifender Plan hervor. Zieht nun gar ein deutscher Kaiser oder ein anderer Prätendent an der Spitze von schlecht besoldeten Truppen durch Italien und verwirrt durch seine Gegenwart das Verworrene aufs Höchste, ohne für sich selbst etwas zu erreichen, zerreißt ein Zwiespalt die Kirche und gesellen sich zu diesen Übeln auch die Plagen der Natur, Dürre, Teuerung, Hungersnot, Fieber, Pestilenz, so werden die Gebrechen eines übel regierten und schlecht polizierten Staates immer noch fühlbarer.

Liest man nun in den florentinischen Geschichten und Chroniken, die doch gewöhnlich nur solche Verwirrungen und Unheile anzeigen und vor die Augen bringen, weil sie das breite Fundament bürgerlicher Existenz, wodurch alles getragen wird, als bekannt voraussetzen, so begreift man kaum, wie eine solche Stadt entstehen, zunehmen und dauern können. Wirft man aber einen Blick auf die schöne Lage in einem reichen und gesunden Tale, an dem Fuße fruchtbarer Höhen, so überzeugt man sich, wie ein solches Lokal, von einer Gesellschaft Menschen einmal in Besitz genommen, nie wieder verlassen werden konnte.

Man denke sich diese Stadt zu Anfang des elften Jahrhunderts hergestellt und ihre genügsame Bevölkerung durch den Einzug der Einwohner von Fiesole ansehnlich vermehrt! Man vergegenwärtige sich, was jede wachsende bürgerliche Gesellschaft, nur um ihren eignen nächsten Bedürfnissen genugzutun, für technische Tätigkeiten ausüben müsse, wodurch neue Tätigkeiten aufgeregt, neue Menschen herbeigezogen und beschäftigt werden!

So finden wir denn schon die Zünfte, in früherer Zeit an diese oder jene Partei angeschlossen, bald selbst als Partei, nach dem Regimente strebend oder an dem Regimente teilnehmend.

Die Zunft der Wollwirker treffen wir schnell in vorzüglicher Aufnahme und besonderm Ansehen und erblicken alle Handwerker, die sich mit Bauen beschäftigen, in der größten Tätigkeit. Was der Mordbrenner zerstört, muss durch den gewerbsamen Bürger hergestellt werden, was der Kriegsmann zu Schutz und Trutz fordert, muss der friedliche Handwerker leisten. Welche Nahrung, und man kann sagen, welchen Zuwachs von Bevölkerung gewährte nicht die öftere Erneuerung der Mauern, Tore und Türme, die öftere Erweiterung der Stadt, die Notwendigkeit, ungeschickt angelegte Festungswerke zu verbessern, die Aufführung der Gemeinde- und Zunfthäuser, Hallen, Brücken, Kirchen, Klöster und Paläste! Ja, das Stadtpflaster, als eine ungeheure Anlage, verdient, mit angeführt zu werden, dessen bloße Unterhaltung gegenwärtig große Summen aufzehrt.

Wenn die Geschichte von Florenz in diesen Punkten mit den Geschichten anderer Städte zusammentrifft, so erscheint doch hier der seltnere Vorzug, dass sich aus den Handwerkern die Künste früher und allmählich entwickelten. Der Baumeister dirigierte den Maurer, der Tüncher arbeitete dem Maler vor, der Glockengießer sah mit Verwunderung sein tönendes Erz in bedeutende Gestalten verwandelt, und der Steinhauer überließ die edelsten Blöcke dem Bildhauer. Die neu entstandene Kunst, die sich an Religion festhielt, verweilte in den höhern Gegenden, in denen sie allein gedeiht. Erregte und begünstigte nun die Kunst hohe Gefühle, so musste das Handwerk, in Gesellschaft des Handels, mit gefälligen und neuen Produktionen der Pracht- und Scheinliebe des Einzelnen schmeicheln. Wir finden daher schon frühe Gesetze gegen übermäßigen Prunk, die von Florenz aus in andere Gegenden übergingen.

Auf diese Weise erscheint uns der Bürger mitten in fortdauernden Kriegsunruhen friedlich und geschäftig. Denn ob er gleich von Zeit zu Zeit nach den Waffen griff und gelegentlich bei dieser oder jener Expedition sich hervorzutun und Beute zu machen suchte, so ward der Krieg zu gewissen Epochen doch eigentlich durch eine besondere Zunft geführt, die, in ganz Italien, ja in der ganzen Welt zu Hause, um einen mäßigen Sold bald da, bald dort Hilfe leistete oder schadete. Sie suchten mit der wenigsten Gefahr zu fechten, töteten nur aus Not und Leidenschaft, waren vorzüglich aufs Plündern gestellt und schonten sowohl sich als ihre Gegner, um gelegentlich an einem andern Ort dasselbige Schauspiel wieder aufführen zu können.

Solche Hilfstruppen beriefen die Florentiner oft und bezahlten sie gut; nur wurden die Zwecke der Städter nicht immer erreicht, weil sie von den Absichten der Krieger gewöhnlich verschieden waren und die Heerführer mehrerer zusammenberufener Banden sich selten vereinigten und vertrugen.

Über alles dieses waren die Florentiner klug und tätig genug gewesen, an dem Seehandel teilzunehmen und, ob sie gleich in der Mitte des Landes eingeschlossen lagen, sich an der Küste Gelegenheiten zu verschaffen. Sie nahmen ferner durch merkantilische Kolonien, die sie in der Welt verbreiteten, teil an den Vorteilen, welche der gewandtere Geist der Italiener über andere Nationen zu jener Zeit davontrug. Genaue Haushaltungsregister, die Zaubersprache der doppelten Buchhaltung, die feenmäßigen Wirkungen des Wechselgeschäftes, alles finden wir sowohl in der Mutterstadt tätig und ausgeübt als in den europäischen Reichen durch unternehmende Männer und Gesellschaften verbreitet.

Immer aber brachte über diese rührige und unzerstörliche Welt die dem Menschen angeborne Ungeschicklichkeit, zu herrschen oder sich beherrschen zu lassen, neue Stürme und neues Unheil.

Den öfteren Regimentswechsel und die seltsamen, mitunter beinahe lächerlichen Versuche, eine Konstitution zu allgemeiner Zufriedenheit auszuklügeln, möchte sich wohl kaum ein Einheimischer, dem die Geschichte seines Vaterlandes am Herzen läge, im Einzelnen gern ins Gedächtnis zurückrufen; wir eilen umso mehr nach unsern Zwecken darüber hin und kommen zu dem Punkte, wo, bei innerer lebhafter Wohlhabenheit der Volksmasse, aus dieser Masse selbst Männer entstanden, die mit großem Vater- und Bürgersinn nach innen und mit klarem Handels- und Weltsinn nach außen wirkten.

Gar manche tüchtige und treffliche Männer dieser Art hatten die Aufmerksamkeit und das Zutrauen ihrer Mitbürger erregt, aber ihr Andenken wird vor den Augen der Nachwelt durch den Glanz der *Mediceer* verdunkelt. Diese Familie gewährt uns die höchste Erscheinung dessen, was Bürgersinn, der vom Nutzbaren und Tüchtigen ausgeht, ins Ganze wirken kann.

Die Glieder dieser Familie, besonders in den ersten Generationen, zeigen keinen augenblicklichen gewaltsamen Trieb nach dem Regiment, welcher sonst manchen Individuen sowohl als Parteien den Untergang beschleunigt; man bemerkt nur ein Festhalten im großen Sinne am hohen Zwecke, sein Haus wie die Stadt, die Stadt wie sein Haus zu behandeln, wodurch sich von innen und außen das Regiment selbst anbietet. Erwerben, Erhalten, Erweitern, Mitteilen, Genießen gehen gleichen Schrittes, und in diesem lebendigen Ebenmaß lässt uns die bürgerliche Weisheit ihre schönsten Wirkungen sehen.

Den *Johannes* Medicis bewundern wir auf einer hohen Stufe bürgerlichen Wohlstandes als eine Art Heiligen: Gute Gefühle, gute Handlungen sind bei ihm Natur. Niemanden zu schaden, jedem zu nutzen! Bleibt sein Wahlspruch, unaufgefordert, eilt er den Bedürfnissen anderer zu Hilfe, seine Milde, seine Wohltätigkeit erregen Wohlwollen und Freundschaft. Sogar aufgefordert mischt er sich nicht in die brausenden Parteihändel, nur dann tritt er standhaft auf, wenn er dem Wohl des Ganzen zu raten glaubt, und so erhält er sich, sein Leben durch, bei wachsenden Glücksgütern ein dauerhaftes Zutrauen.

Sein Sohn *Cosmus* steht schon auf einer höhern und gefährlichern Stelle. Seine Person wird angefochten, Gefangenschaft, Todesgefahr, Exil bedrohen und erreichen ihn, er bedarf hoher Klugheit zu seiner Rettung und Erhaltung.

Schon sehen wir des Vaters Tugenden zweckmäßig angewendet: Milde verwandelt sich in Freigebigkeit und Wohltätigkeit in allgemeine Spende, die an Bestechung grenzt. So wächst sein Anhang, seine Partei, deren leidenschaftliche Handlungen er nicht bändigen kann. Er lässt diese selbstsüchtigen Freunde gewähren und einen nach dem andern untergehen, wobei er immer im Gleichgewicht bleibt.

Ein großer Handelsmann ist an und für sich ein Staatsmann, und so wie der Finanzminister doch eigentlich die erste Stelle des Reichs einnimmt, wenn ihm auch andere an Rang vorgehen, so verhält sich der Wechsler zur bürgerlichen Gesellschaft, da er das Zaubermittel zu allen Zwecken in Händen trägt.

An Cosmus wird die Lebensklugheit besonders gepriesen, man schreibt ihm eine größere Übersicht der politischen Lagen zu als allen Regierungen seiner Zeit, deren leidenschaftliche, planlose Ungeschicklichkeit ihm freilich manches Unternehmen mag erleichtert haben.

Cosmus war ohne frühere literarische Bildung; sein großer, derber Haus- und Weltsinn, bei einer ausgebreiteten Übung in Geschäften, diente ihm statt aller andern Beihilfe. Selbst vieles, was er für Literatur und Kunst getan, scheint in dem großen Sinne des Handelsmanns geschehen zu sein, der köstliche Waren in Umlauf zu bringen und das Beste davon selbst zu besitzen sich zur Ehre rechnet.

Bediente er sich nun der entstehenden bessern Architektur, um öffentlichen und Privatbedürfnissen auf eine vollständige und herrliche Weise genugzutun, so hoffte seine tiefe Natur in der auflebenden Platonischen Philosophie den Aufschluss manches Rätsels, über welches er im Laufe seines mehr tätigen als nachdenklichen Lebens mit sich selbst nicht hatte einig werden können, und im ganzen war ihm das Glück, als Genösse einer nach der höchsten Bildung strebenden Zeit das Würdige zu kennen und zu nutzen; anstatt dass wohl andere in ähnlichen Lagen das nur für würdig halten, was sie zu nutzen verstehen.

In *Peter*, seinem Sohn, der geistig und körperlich ein Bild der Unfähigkeit bei gutem Willen darstellt, sinkt das Glück und das Ansehen der Familie. Er ist ungeschickt genug, sich einbilden zu lassen, dass er allein bestehen könne, ohne die Welt um sich her auf eine oder die andere Weise zu bestechen. Er fordert auf Antrieb eines falschen Freundes die Darlehne, welche der Vater freiwillig selbst Wohlhabenden aufdrang und wofür man sich kaum als Schuldner erkennen will, zurück und entfernt alle Gemüter.

Die Partei seines Stammes, welche der bejahrte Cosmus selbst nicht mehr beherrschen konnte, wird noch weniger von ihm gebändigt; er muss sie gewähren lassen, und Florenz ist ihrer unerträglichen Raubsucht ausgesetzt. *Lorenz* wird nun schon als Prinz erzogen. Er bereist die Höfe und wird mit allem Weltwesen früh bekannt. Nach seines Vaters Tode erscheint er mit allen Vorteilen der Jugend an der Spitze einer Partei. Die Ermordung seines Bruders durch die Pazzi und seine eigne Lebensgefahr erhöhen das Interesse an ihm, und er gelangt stufenweise zu hohen Ehren und Einfluss. Seine Vaterstadt erduldet viel um seinetwillen von äußeren Mächten, deren Hass auf seine Person gerichtet ist; dagegen wendet er große Gefahren durch Persönlichkeit von seinen Mitbürgern ab. Man möchte ihn einen bürgerlichen Helden nennen. Ja, man erwartet einige Mal, dass er sich als Heerführer zeigen werde, doch enthält er sich des Soldatenhandwerks mit sehr richtigem Sinne.

Durch die Vorsteher seiner auswärtigen Handelsverhältnisse bevorteilt und beschädigt, zieht er nach und nach seine Gelder zurück und legt durch Ankauf größerer Landbesitzungen den Grund des fürstlichen Daseins. Schon steht er mit den Großen seiner Zeit auf *einer* Stufe des Ansehns und der Bedeutung. Er sieht seinen zweiten Sohn im dreizehnten Jahr als Kardinal auf dem Wege zum päpstlichen Thron und hat dadurch seinem Hause für alle Stürme künftiger Zeit Schutz und Wiederherstellung von Unglücksfällen zugesichert.

So wie er sich in körperlich-ritterlichen Übungen hervortat und an der Falkenjagd ergötzte, so war er früh zu literarischen Neigungen und poetischen Versuchen gebildet. Seine zärtlichen enthusiastischen Gedichte haben weniger Auffallendes, weil sie nur an höhere Arbeiten dieser Art erinnern, aber unter seinen Scherzen gibt es Stücke, in denen man eine geistreiche Darstellung geselliger Laune und eine heitere Lebensleichtigkeit bewundert. Wie er denn überhaupt im Verhältnis gegen Kinder und Freunde sich einem ausgelassenen lustigen Wesen hingeben konnte. Von Gelehrten, Philosophen, Dichtern häuslich umgeben, sieht man ihn sehr hoch über den dunkeln Zustand mancher seiner Zeitgenossen erhaben. Ja, man könnte eine der katholischen Kirche, dem Papsttume drohende Veränderung mitten in Florenz vorahnen.

Diesem großen, schönen, heitern Leben setzt sich ein fratzenhaftes, fantastisches Ungeheuer, der Mönch Savonarola, undankbar, störrisch, fürchterlich entgegen und trübt pfäffisch die in dem mediceischen Hause erbliche Heiterkeit der Todesstunde.

Ebendieser unreine Enthusiast erschüttert nach Lorenzens Tode die Stadt, die dessen Sohn, der so unfähige als unglückliche *Peter*, verlassen und die großen mediceischen Besitztümer mit dem Rücken ansehen muss.

Hätte Lorenz länger leben und eine fortschreitende stufenhafte Ausbildung des gegründeten Zustandes statthaben können, so würde die Geschichte von Florenz eins der schönsten Phänomene darstellen; allein wir sollen wohl im Lauf der irdischen Dinge die Erfüllung des schönen Möglichen nur selten erleben.

Oder wäre Lorenzens zweiter Sohn *Johann*, nachmals Leo X., im Regimente seinem Vater gefolgt, so hätte wahrscheinlich alles ein andres Ansehn gewonnen. Denn nur ein vorzüglicher Geist konnte die verworrenen Verhältnisse auffassen und die gefährlichen beherrschen; allein leider ward zum zweiten Male der mediceischen Familie der Name Peter verderblich, als dieser Erstgeborne bald nach des Vaters Tod von der schwärmerisch aufgeregten Menge sich überwältigt und mit so manchen schönen ahnherrlichen Besitzungen das aufgespeicherte Kapital der Künste und Wissenschaften zerstreut sah.

Eine neu eingerichtete, republikanische Regierung dauerte etwa sechzehn Jahre. Peter kehrte nie in seine Vaterstadt zurück, und die nach seinem Tode überbliebenen Glieder des Hauses Medicis hatten nach wiedererlangter Herrschaft mehr an ihre Sicherheit als an die Verherrlichung der Vaterstadt zu denken.

Entfernt nun die Erhöhung Leos X. zur päpstlichen Würde manchen bedeutenden Mann von Florenz und schwächt auf mehr als *eine* Weise die dort eingeleitete Tätigkeit aller Art, so wird doch durch ihn und seinen Nachfolger Clemens VII. die Herrschaft der Mediceer nach einigem abermaligen Glückswechsel entschieden.

Schließen sie sich ferner durch Heirat an das österreichische, an das französische Haus, so bleibt Cosmus, dem ersten Großherzog, wenig für die Sicherheit seines Regiments zu sorgen übrig, obgleich auch noch zu seiner Zeit manche Ausgewanderte von der Volkspartei in mehrern Städten Italiens einen ohnmächtigen Hass verkochen.

Und so wären wir denn zu den Zeiten gelangt, in denen wir unsern Cellini finden, dessen Charakter und Handelsweise uns durchaus den Florentiner, im fertigen technischen Künstler sowohl als im schwer zu regierenden Parteigänger, darstellt.

Kann sich der Leser nunmehr einen solchen Charakter eher vergegenwärtigen und erklären, so wird er diese flüchtig entworfene Schilderung florentinischer Begebenheiten und Zustände mit Nachsicht aufnehmen.

XI. Stammtafel des Hauses Medicis

XI. STAMMTAFEL DES HAUSES MEDICIS

Johann, geb. 1360, Gonfalomere 1421, gest. 1428.

Cosmus, Vater des Vaterlandes, geb. 1389, gest. 1464. Lorenz, geb. 1394, gest. 1440.

Peter, Gonfaloniere 1460, gest. 1469. Peter Franz L. ermordet 1474.

Lorenz, der herrliche Vater der Gelehrsamkeit, geb. 1448, gest. 1492. Julian, geb. 1453, ermordet 1478, wahrscheinlich Vater Lorenz II. Peter Franz II., Gonfaloriere 1516. Johann, auch Julian, geb. 1467, gest. 1498. Johann der Brave, geb. 1498, gest. 1526.

Peter, geb. 1471, verjagt 1494, umgekommen 1503. Johann (Leo X.), geb. 1475, Kardinal 1488, Papst 1513, gest.1521. Julian, geb. 1478, von Julius (Clemens VII.), geb. 1478, Kardinal 1513, Papast 1523, gest. 1534.

Lorenz, Herzog von Urbino, geb. 1492, gest. 1519. Hippolytus Nothus, Kardinal 1529, gest. 1535. Lorenz, Mörder Alexanders. Julian, Erzbischof zu Aix, gest. 1588. gest. 1588 Cosmus, erster Großherzog [von Toscana], geb. 1519, Herzog 1537, Großh. 1569, gest. 1574.

Katharina, Gemahlin Heinrichs II., Königs von Frankreich. Alexander, erster Herzog von Florenz, geb. 1510, ermordet 1537. Es ist ungewiss, ob er ein Sohn Lorenzens, Herzogs von Urbino, oder Clemens des Siebenten gewesen.

XII. Schilderung Cellinis

In einer so regsamen Stadt, zu einer so bedeutenden Zeit erschien ein Mann, der als Repräsentant seines Jahrhunderts und vielleicht als Repräsentant sämtlicher Menschheit gelten dürfte. Solche Naturen können als geistige Flügelmänner angesehen werden, die uns mit heftigen Äußerungen dasjenige andeuten, was durchaus, obgleich oft nur mit schwachen, unkenntlichen Zügen, in jeden menschlichen Busen eingeschrieben ist.

Bestimmter jedoch zeigt er sich als Repräsentanten der Künstlerklasse, durch die Allgemeinheit seines Talents. Musik und bildende Kunst streiten sich um ihn, und die erste, ob er sie gleich anfangs verabscheut, behauptet in fröhlich- und gefühlvollen Zeiten über ihn ihre Rechte.

Auffallend ist seine Fähigkeit zu allem Mechanischen. Er bestimmt sich früh zum Goldschmied und trifft glücklicherweise den Punkt, von wo er auszugehen hatte, um, mit technischen, handwerksmäßigen Fertigkeiten ausgestattet, sich dem Höchsten der Kunst zu nähern. Ein Geist wie der seinige musste bald gewahr werden, wie sehr die Einsicht in das Hohe und Ganze die Ausübung der einzelnen subalternen Forderungen erleichtert.

Schon waren die trefflichsten florentinischen Bildhauer und Baumeister, Donato, Ser Brunellesco, Ghiberti, Verrocchio, Pollaiuolo, aus der Werkstatt der Goldschmiede ausgegangen, hatten unsterbliche Werke geliefert und die Nacheiferung jedes talentreichen Florentiners rege gemacht.

Wenn aber ein solches Handwerk, indem es echte und große Kunst zu Hilfe rufen muss, gar manche Vorteile einer solchen Verbindung genießt, so lässt es doch, weil mit geringerem Kraftaufwand die Zufriedenheit anderer sowie der eigene, bare Nutzen zu erzwecken ist, gar oft Willkür und Frechheit des Geschmacks vorwalten.

Diese Betrachtung veranlassen Cellini und seine spätern Zeitgenossen: Sie produzierten leicht, ohne geregelte Kraft, man betrachtete die höhere Kunst als Helferin, nicht als Meisterin.

Cellini schätzte durchaus die Natur, er schätzte die Antiken und ahmte beide nach, mehr, wie es scheint, mit technischer Leichtigkeit als mit tiefem Nachdenken und ernstem, zusammenfassendem Kunstgefühl.

Jedes Handwerk nährt bei den Seinigen einen lebhaften Freiheitssinn. Von Werkstatt zu Werkstatt, von Land zu Land zu wandern und das gültigste Zeugnis ohne große Umstände augenblicklich durch Tat und Arbeit selbst ablegen zu können, ist wohl ein reizendes Vorrecht für denjenigen, den Eigensinn und Ungeduld bald aus dieser, bald aus jener Lage treiben, ehe er einsehen lernt, dass der Mensch, um frei zu sein, sich selbst beherrschen müsse.

Zu damaliger Zeit genoss der Goldschmied vor vielen, ja man möchte wohl sagen vor allen Handwerkern einen bedeutenden Vorzug. Die Kostbarkeit des Materials, die Reinlichkeit der Behandlung, die Mannigfaltigkeit der Arbeiten, das beständige Verkehr mit Großen und Reichen, alles versetzte die Genossen dieser Halbkunst in eine höhere Sphäre.

Aus der Heiterkeit eines solchen Zustandes mag denn wohl Cellinis guter Humor entspringen, den man durchgängig bemerkt, und der, wenn er gleich öfters getrübt wird, sogleich wieder zum Vorschein kommt, sobald nur das heftige Streben, sobald flammende Leidenschaften einigermaßen wieder Pause machen.

Auch konnte es ihm an Selbstgefälligkeit bei einem immer produziblen, brauchbaren und anwendbaren Talente nicht fehlen, umso weniger, als er sich schon zur Manier hinneigte, wo das Subjekt, ohne sich um Natur oder Idee ängstlich zu bekümmern, das, was ihm nun einmal geläufig ist, mit Bequemlichkeit ausführt.

Dessen ungeachtet war er doch keineswegs der Mann, sich zu beschränken, vielmehr reizten ihn günstige äußere Umstände immer an, höhere Arbeiten zu unternehmen.

In Italien hatte er sich innerhalb eines kleinern Maßstabs beschäftigt, jedoch sich bald von Zierraten, Laubwerk, Blumen, Masken, Kindern zu höhern Gegenständen, ja zu einem Gott Vater selbst erhoben, bei welchem er, wie man aus der Beschreibung wohl sieht, die Gestalten des Michelangelo als Muster vor Augen hatte.

In Frankreich wurde er ins Größere geführt, er arbeitete Figuren von Gold und Silber, die letzten sogar in Lebensgröße, bis ihn endlich Fantasie und Talent antrieben, das ungeheure achtzig Fuß hohe Gerippe zum Modell eines Kolosses aufzurichten, woran der Kopf, allein ausgeführt, dem erstaunten Volke zum Wunder und Märchen ward.

Von solchen ausschweifenden Unternehmungen, wozu ihn der barbarische Sinn einer nördlicher gelegnen, damals nur einigermaßen kultivierten Nation verführte, ward er, als er nach Florenz zurückkehrte, gar bald abgerufen. Er zog sich wieder in das rechte Maß zusammen, wendete sich an den Marmor, verfertigte aber von Erz eine Statue, welche das Glück hatte, auf dem Platze von Florenz im Angesicht der Arbeiten des Michelangelo und Bandinello aufgestellt, neben jenen geschätzt und diesen vorgezogen zu werden.

Bei dergleichen Aufgaben fand er sich nun durchaus genötigt, die Natur fleißig zu studieren, denn nach je größerm Maßstabe der Künstler arbeitet, desto unerlässlicher wird Gehalt und Fülle gefordert. Daher kann Cellini auch nicht verleugnen, dass er besonders die schöne weibliche Natur immer in seiner Nähe zu besitzen gesucht, und wir finden durchaus bald derbe, bald reizende Gestalten an seiner Seite. Wohlgebildete Mägde und Haushälterinnen bringen viel Anmut, aber auch manche Verwirrung in seine Wirtschaft, und eine Menge so abenteuerlicher als gefährlicher Romane entspringen aus diesem Verhältnisse.

Wenn nun von der einen Seite die Kunst so nahe mit roher Sinnlichkeit verwandt ist, so leitet sie auf der entgegengesetzten ihre Jünger zu den höchsten, zartesten Gefühlen. Nicht leicht gibt es ein so hohes, heiteres, geistreiches Verhältnis als das zu Porzia Chigi, und kein sanfteres, liebevolleres, leiseres als das zu der Tochter des Goldschmieds Raffaello del Moro.

Bei dieser Empfänglichkeit für sinnliche und sittliche Schönheiten, bei einem fortdauernden Wohnen und Bleiben unter allem, was alte und neue Kunst Großes und Bedeutendes hervorgebracht, musste die Schönheit männlicher Jugend mehr als alles auf ihn wirken. Und fürwahr, es sind die anmutigsten Stellen seines Werks, wenn er hierüber seine Empfindungen ausdrückt. Haben uns denn wohl Poesie und Prosa viele so reizende Situationen dargestellt, als wir an dem Gastmahl finden, wo die Künstler sich mit ihren Mädchen unter dem Vorsitz des Michelangelo von Siena vereinigen und Cellini einen verkleideten Knaben hinzubringt?

Aber auch hiervon ist die natürliche Folge, dass er sich dem Verdacht roher Sinnlichkeit aussetzt und deshalb manche Gefahr erduldet.

Was uns jedoch aus seiner ganzen Geschichte am lebhaftesten entgegenspringt, ist die entschieden ausgesprochene allgemeine Eigenschaft des Menschencharakters, die augenblickliche lebhafte Gegenwirkung, wenn sich irgendetwas dem Sein oder dem Wollen entgegensetzt. Diese Reizbarkeit einer so gewaltigen Natur verursacht schreckliche Explosionen und erregt alle Stürme, die seine Tage beunruhigen.

Durch den geringsten Anlass zu heftigem Verdruss, zu unbezwinglicher Wut aufgeregt, verlässt er Stadt um Stadt, Reich um Reich, und die mindeste Verletzung seines Besitzes oder seiner Würde zieht eine blutige Rache nach sich.

Furchtbar ausgebreitet war diese Weise zu empfinden und zu handeln in einer Zeit, wo die rechtlichen Bande, kaum geknüpft, durch Umstände schon wieder loser geworden und jeder tüchtige Mensch bei mancher Gelegenheit sich durch Selbsthilfe zu retten genötigt war. So stand Mann gegen Mann, Bürger und Fremder gegen Gesetz und gegen dessen Pfleger und Diener. Die Kriege selbst erscheinen nur als große Duelle. Ja, hat man nicht schon das unglückliche Verhältnis Karls des Fünften und Franz des Ersten, das die ganze Welt beunruhigte, als einen ungeheuren Zweikampf angesehen?

Wie gewaltsam zeigt sich in solchen Fällen der italienische Charakter! Der Beleidigte, wenn er sich nicht augenblicklich rächt, verfällt in eine Art von Fieber, das ihn als eine physische Krankheit verfolgt, bis er sich durch das Blut seines Gegners geheilt hat. Ja, wenig fehlt, dass Papst und Kardinäle einem, der sich auf diese Weise geholfen, zu seiner Genesung Glück wünschen.

In solchen Zeiten eines allgemeinen Kampfes tritt eine so technisch gewandte Natur zuversichtlich hervor, bereit, mit Degen und Dolch, mit der Büchse sowie mit der Kanone sich zu verteidigen und andern zu schaden. Jede Reise ist Krieg, und jeder Reisender ein gewaffneter Abenteurer. Wie aber die menschliche Natur sich immer ganz herzustellen und darzustellen genötigt ist, so erscheint in diesen wüsten, sinnlichen Welträumen an unserm Helden sowie an seinen Umgebungen ein sittliches und religiöses Streben, das erste im größten Widerspruch mit der leidenschaftlichen Natur, das andere zu Beruhigung in verdienten und unverdienten unausweichlichen Leiden.

Unserm Helden schwebt das Bild sittlicher Vollkommenheit, als ein unerreichbares, beständig vor Augen. Wie er die äußere Achtung von andern fordert, ebenso verlangt er die innere von sich selbst, umso lebhafter, als er durch die Beichte auf die Stufen der Lässlichkeit menschlicher Fehler und Laster immer aufmerksam erhalten wird. Sehr merkwürdig ist es, wie er in der Besonnenheit, mit welcher er sein Leben schreibt, sich durchgehends zu rechtfertigen sucht und seine Handlungen mit den Maßstäben der äußern Sitte, des Gewissens, des bürgerlichen Gesetzes und der Religion auszugleichen denkt.

Nicht weniger treibt ihn die Glaubenslehre seiner Kirche sowie die drang- und ahndungsvolle Zeit zu dem

Wunderbaren. Anfangs beruhigt er sich in seiner Gefangenschaft, weil er sich durch ein Ehrenwort gebunden glaubt, dann befreit er sich auf die künstlichste und kühnste Weise; zuletzt, da er sich hilflos eingekerkert sieht, kehrt alle Tätigkeit in das Innere seiner Natur zurück. Empfindung, Leidenschaft, Erinnerung, Einbildungskraft, Kunstsinn, Sittlichkeit, Religiosität wirken Tag und Nacht in einer ungeduldigen, zwischen Verzweiflung und Hoffnung schwankenden Bewegung und bringen, bei großen körperlichen Leiden, die seltsamsten Erscheinungen einer innern Welt hervor. Hier begeben sich Visionen, geistig-sinnliche Gegenwarten treten auf, wie man sie nur von einem andern Heiligen oder Auserwählten damaliger Zeit andächtig hätte rühmen können.

Überhaupt erscheint die Gewalt, sich innere Bilder zu wirklich-gewissen Gegenständen zu realisieren, mehrmals in ihrer völligen Stärke und tritt manchmal sehr anmutig an die Stelle gehinderter Kunstausübung, wie er sich zum Beispiel gegen die ihm als Vision erscheinende Sonne völlig als ein plastischer Metallarbeiter verhält.

Bei einem festen Glauben an ein unmittelbares Verhältnis zu einer göttlichen und geistigen Welt, in welchem wir das Künftige vorauszuempfinden hoffen dürfen, musste er die Wunderzeichen verehren, in denen das sonst so stumme Weltall bei Schicksalen außerordentlicher Menschen seine Teilnahme zu äußern scheint. Ja, damit ihm nichts abgehe, was den Gottbegabten und Gottgeliebten bezeichnet, so legte er den Limbus, der bei aufgehender Sonne einem Wanderer um den Schatten seines Haupts auf feuchten Wiesen sichtbar wird, mit demütigem Stolz als ein gnädiges Denkmal der glänzenden Gegenwart jener göttlichen Personen aus, die er von Angesicht zu Angesicht in seliger Wirklichkeit glaubte, geschaut zu haben.

Aber nicht allein mit den obern Mächten bringt ihn sein wunderbares Geschick in Verhältnis: Leidenschaft und Übermut haben ihn auch mit den Geistern der Hölle in Berührung gesetzt.

Zauberei, so hoch sie verpönt sein mochte, blieb immer für abenteuerlich gesinnte Menschen ein höchst reizender Versuch, zu dem man sich leicht durch den allgemeinen Volksglauben verleiten ließ.

Wodurch sich es auch die Berge von Norcia, zwischen dem Sabinerlande und dem Herzogtum Spoleto, von alten Zeiten her verdienen mochten: Noch heutzutage heißen sie die Sibyllenberge. Ältere Romanenschreiber bedienten sich dieses Lokals, um ihre Helden durch die wunderlichsten Ereignisse durchzuführen, und vermehrten den Glauben an solche Zaubergestalten, deren erste Linien die Sage gezogen hatte. Ein italienisches Märchen, Guerino Meschino, und ein altes französisches Werk erzählen seltsame Begebenheiten, durch welche sich neugierige Reisende in jener Gegend überrascht gefunden, und Meister Cecco von Ascoli, der wegen nekromantischer Schriften im Jahr 1327 zu Florenz verbrannt worden, erhält sich durch den Anteil, den Chronikenschreiber, Maler und Dichter an ihm genommen, noch immer in frischem Andenken. Auf jenes Gebirg nun ist der Wunsch unsers Helden gerichtet, als ihm ein sizilianischer Geistlicher Schätze und andere glückliche Ereignisse im Namen der Geister verspricht.

Kaum sollte man glauben, dass, aus solchen fantastischen Regionen zurückkehrend, ein Mann sich wieder so gut ins Leben finden würde; allein er bewegt sich mit großer Leichtigkeit zwischen mehrern Welten. Seine Aufmerksamkeit ist auf alles Bedeutende und Würdige gerichtet, was zu seiner Zeit hervortritt, und seine Verehrung aller Talente nimmt uns für ihn ein.

Mit so viel Parteilichkeit er diesen oder jenen schelten kann, so klar und unbefangen nimmt dieser leidenschaftlich-selbstische Mann an allem teil, was sich ihm als außerordentliche Gabe oder Geschicklichkeit aufdringt, und so beurteilt er Verdienste in verschiedenen Fächern mit treffender Schärfe.

Auf diesem Wege erwirbt er sich nach und nach, obgleich nur zum Gebrauch für Augenblicke, den gefassten Anstand eines Weltmanns. Wie er sich denn gegen Päpste, Kaiser, Könige und Fürsten auf das Beste zu betragen weiß.

Der Versuch, sich bei Hofe zu erhalten, will ihm desto weniger gelingen, wobei er, besonders in älteren Tagen, mehr durch Misstrauen und Grillen als durch seine Eigenheiten, die er in solchen Verhältnissen ausübt, den Obern lästig wird und bequemeren, obgleich an Talent und Charakter viel geringeren Menschen den Platz einräumen muss.

Auch als Redner und Dichter erscheint er vorteilhaft. Seine Verteidigung vor dem Gouverneur von Rom, als er sich wegen entwendeter Juwelen angeklagt sieht, ist eines Meisters wert, und seine Gedichte, obgleich ohne sonderliches poetisches Verdienst, haben durchaus Mark und Sinn. Schade, dass uns nicht mehrere aufbehalten worden, damit wir einen Charakter, dessen Andenken sich so vollständig erhalten hat, auch durch solche Äußerungen genauer kennenlernen!

So wie er nun in Absicht auf bildende Kunst wohl unstreitig dadurch den größten Vorteil gewann, dass er in dem unschätzbaren florentinischen Kunstkreise geboren worden, so konnte er als Florentiner, ohne eben auf Sprache und Schreibart zu studieren, vor vielen andern zu der Fähigkeit gelangen, durch die Feder seinem Leben und seiner Kunst fast mehr als durch Grabstichel und Meißel dauerhafte Denkmale zu setzen.

XIII. Letzte Lebensjahre

Nach diesem Überblick seines Charakters, den wir seiner Lebensbeschreibung verdanken, welche sich bis 1562 erstreckt, wird wohl gefordert werden können, dass wir erzählen, was ihm in acht Jahren, die er nachher noch gelebt, begegnet sei, in denen ihm, wenn er auch mit der äußern Welt mehr in Frieden stand, doch noch manches innere wunderbare Abenteuer zu schaffen machte.

Wir haben bei seinem ungebändigten Naturwesen durchaus einen Hinblick auf moralische Forderungen, eine Ehrfurcht für sittliche Grundsätze wahrgenommen; wir konnten bemerken, dass sich sein Geist in Zeiten der Not zu religiösen Ideen, zu einem gründlichen Vertrauen auf Teilnahme und Einwirkung einer waltenden Gottheit erhob. Da sich nun eine solche Sinnesweise bei zunehmendem Alter zu reinigen, zu bestärken und den

Menschen ausschließlicher zu beherrschen pflegt, so stand es seiner heftigen und drangvollen Natur wohl an, dass er, um jenes Geistige, wornach er sich sehnte, recht gewiss und vollständig zu besitzen, endlich den zerstreuten und gefährlichen Laienstand verließ und in geistlicher Beschränkung Glück und Ruhe zu finden trachtete.

Er nahm auch wirklich die Tonsur an, wodurch er den Entschluss, seine Leidenschaften völlig zu bändigen und sich höhern Regionen anzunähern, entschieden genug an den Tag legte.

Allein die allgemeine Natur, die von jeher stärker in ihm als eine jede besondere Richtung und Bildung geherrscht, nötigt ihn gar bald zu einem Rückschritt in die Welt.

Bei seinem mannigfaltigen, lebhaften Verhältnis zu dem andern Geschlecht, woraus er uns in seiner Geschichte kein Geheimnis macht, finden wir doch nur ein einzig Mal erwähnt, dass er einen ernsten Vorsatz gefasst habe, sich zu verheiraten.

Ferner gedenkt er im Vorbeigehen zweier natürlicher Kinder, wovon das eine in Frankreich bleibt und sich verliert, das andere ihm auf eine ungeschickte Weise durch einen gewaltsamen Tod entrissen wird.

Nun aber, in einem Alter von mehr als sechzig Jahren, wird es ihm erst klar, dass es löblich sei, eheliche Kinder um sich zu sehen: alsobald tut er auf seine geistlichen Grade Verzicht, heiratet und hinterlässt, da er 1570 stirbt, zwei Töchter und einen Sohn, von denen wir keine weitere Nachricht gefunden.

Jedoch existierte ein geschickter, geistreicher, gut gelaunter, wohlhabender Schuster kurz vor der Revolution in Florenz, der den Namen Cellini führte und wegen seiner trefflichen Arbeit von allen Elegants höchlich geschätzt wurde.

Cellinis Leichenbegängnis zeugt von der Achtung, in der er als Bürger und Künstler stand.

Von seinem letzten Willen ist auch eine kurze Notiz zu uns gekommen.

XIV. Hinterlassene Werke

I. Goldschmiedearbeit

Von seinen getriebenen Arbeiten in Gold und Silber mag wenig übrig geblieben sein, wenigstens wüssten wir keine mit Gewissheit anzugeben. Vielleicht ist auch noch gar in diesen letzten Zeiten manches, was sich hie und da befunden, vermünzt worden. Übrigens war sein Ruf so groß, dass ein jedes Kunststück dieser Art ihm von den Aufsehern der Kloster- und Familienschätze gewöhnlich zugeschrieben wurde. Auch noch neuerlich kündigt man einen Harnisch von verguldetem Eisen an, der aus seiner Werkstatt ausgegangen sein soll. (Journal de Francfort Nr. 259.1802.)

Indessen findet sich in Albertollis drittem Bande auf der zwanzigsten Tafel der Kopf eines zum Opfer geschmückten Widders, an welchem die tierische Natur, das strenge Fell, die frischen Blätter, das gewundne Horn, die geknüpfte Binde mit einer zwar modernen, jedoch bedeutenden, kräftigen, geistreichen, geschmackvollen Methode sowohl im ganzen dargestellt als im Einzelnen ausgeführt.

Man wird sich dabei des Einhornkopfes erinnern, den Cellini als Base des großen Hornes, das der Papst dem König in Frankreich zu schenken gedachte, vorschlug.

In dem Jahre 1815 erfuhren wir durch einen aufmerksamen, reisenden Kunstliebhaber, dass jenes goldene Salzfass, welches in Cellinis Leben eine so große Rolle gespielt, noch vorhanden sei, und zwar zu Wien im achten Zimmer des untern Belvedens, nebst anderen Schätzen, welche von dem Schlosse Ambras dahin versetzt worden, glücklich aufbewahrt werde.

Sehr wohlgeratene Zeichnungen dieses wundersamen Kunstwerkes, welches den Charakter des Künstlers vollkommen ausspricht, befinden sich auf der großherzoglichen Bibliothek zu Weimar. Man hat die runden Figuren von zwei Seiten genommen, um ihre Stellungen deutlicher zu machen, besonders aber auch, um die unendlichen, bis ins kleinste ausgeführten Nebenwerke dem Beschauer vors Gesicht zu bringen.

Ebenso verfuhr man mit den halberhabenen Arbeiten der ovalen Base, welche erst im Zusammenhang mit dem Aufsatz, sodann aber flach und streifenweis vorgestellt sind. Soviel bekannt, war dieses Werk für Franz I. bestimmt und kam als Geschenk Karls IX. an den Erzherzog Ferdinand von Österreich und wurde nebst andern unübersehbaren Schätzen auf dem Schloss Ambras bis auf die neusten Zeiten bewahrt. Nun können Kunstfreunde sich glücklich schätzen, dass dieses Werk, welches die Verdienste und Seltsamkeiten des sechzehnten

Jahrhunderts in sich schließt, vollkommen erhalten und jedem zugänglich ist.

2. Plastische Arbeiten

Größere Arbeiten hingegen, wo er sich in der Skulptur als Meister bewiesen, sind noch übrig und bestätigen das Gute, das er von sich selbst, vielleicht manchmal allzu lebhaft, gedacht haben mag.

An seinem Perseus, der in der Loge auf dem Markte zu Florenz steht, lässt sich manches erinnern, wenn man ihn mit den höhern Kunstwerken, welche uns die Alten hinterlassen, vergleicht; doch bleibt er immer das beste Werk seiner Zeit und ist den Werken des Bandinell und Ammannato vorzuziehen.

Ein *Kruzifix* von weißem Marmor in Lebensgröße, auf einem schwarzen Kreuze, ist das letzte bedeutende Werk, dessen Cellini in seiner Lebensbeschreibung erwähnt.

Es war ein Eigentum des Großherzogs Cosmus, der es eine Zeit lang in seiner Garderobe aufbewahren ließ; wo es sich aber gegenwärtig befinde, lässt sich nicht mit Gewissheit angeben.

Diejenigen, welche die Merkwürdigkeiten des Escurials beschreiben, behaupten, dass es dort aufbewahrt werde; und wirklich zeigt man den Reisenden daselbst ein solches Kruzifix von vortrefflicher Arbeit.

Anton de la Puente meldet in seiner Reisebeschreibung durch Spanien, dass in einem Durchgange hinter dem Sitze des Priors und dem Portal der Kirche ein Altar gesehen werde, worauf ein Kruzifix von Marmor stehe.

Die Figur, sagt er, ist in Lebensgröße und vortrefflich von Benvenuto Cellini gearbeitet. Der Großherzog von Toscana hat es dem Könige Philipp II. zum Geschenk gesandt. – Der Name des Künstlers ist auf dem Kreuz bezeichnet, nämlich: Benvenutus Cellinus civis florentinus faciebat. 1562.

Ferner bemerkt Pater Siguenza als ein wunderbares Ereignis, dass in ebendemselben Jahre der Ort zum Bau bestimmt und mit dem Bau des Escorials der Anfang gemacht worden, und dass in ebendenselben Monaten Cellini sein Werk angefangen habe. Er setzt hinzu, dass es von dem Orte der Ausschiffung auf den Schultern bis nach dem Escorial getragen worden.

Überdies nimmt Paolo Mini in seinem Discorso sopra la nobiltà di Firenze 1593 als bekannt an, dass Spanien ein bewundernswertes Kruzifix von unserm Verfasser besitze. Gegen diese Nachrichten streiten aber die Herausgeber der oft angeführten Traktate über Goldschmiedekunst und Skulptur, indem sie behaupten, dass Cellinis Kruzifix, welches erst für die kleine Kirche im Palaste Pitti bestimmt gewesen, nachher in die unterirdische Kapelle der Kirche San Lorenzo gebracht worden, wo es sich auch noch zu ihrer Zeit, 1731, befinde.

Die neusten Nachrichten aus Florenz melden, es sei ein solches Kruzifix aus gedachter unterirdischer Kapelle auf Befehl des letzten Großherzogs vor wenigen Jahren in die Kirche San Lorenzo gebracht worden, wo es gegenwärtig auf dem Hauptaltar aufgerichtet stehe. Es sei wesentlich von dem spanischen verschieden und keins als eine Kopie des andern anzusehen.

Das spanische sei durchaus mit sich selbst übereinstimmender, nach einer höhern Idee geformt. Der sterbende oder vielmehr gestorbene Christus trage dort das Gepräge einer höhern Natur, der florentinische hingegen sei viel menschlicher gebildet. Der ganze Körper zeige sichtbare Spuren des vorhergegangenen Leidens, doch sei der Kopf voll Ausdruck einer schönen Ruhe. Arme, Brust und Leib bis zur Hüfte sind sorgsam gearbeitet, eine etwas dürftige, aber wahre Natur. Schenkel und Beine erinnern an gemeine Wirklichkeit.

Über den Künstler, der es verfertigt, ist man in Florenz selbst nicht einig. Die meisten schreiben es dem Michelangelo zu, dem es gar nicht angehören kann, einige dem Johann von Bologna, wenige dem Benvenuto.

Vielleicht lässt sich künftig durch Vergleichung mit dem Perseus, einer beinahe gleichzeitigen Arbeit unsers Künstlers, eine Auflösung dieser Zweifel finden.

Ein von ihm zum *Ganymed* restaurierter fürtrefflicher Apoll befand sich zu Florenz, an welchem freilich die neuen, ins Manierierte und Vielfache sich neigenden Teile von der edlen Einfalt des alten Werks merklich abweichen. Das Brustbild in Bronze von *Cosmus I.* steht wahrscheinlich auch noch zu Florenz, dessen sehr gezierter Harnisch als ein Beispiel der großen Liebhaberei unsers Künstlers zu Laubwerk, Masken, Schnörkeln und dergleichen angeführt werden kann.

Die halberhobene *Nymphe* in Bronze, welche er für eine Pforte in Fontainebleau gearbeitet, ist zur Revolutionszeit abgenommen worden und stand vor einigen Jahren in Paris, zwar unter seinem Namen, doch an einem Orte, wohin nur wenig Fremde gelangten: In dem letzten Teile der Galerie des Museums, welche zunächst an den Palast der Tuilerien stößt; die Decke war zum Teil eingebrochen und sollte erst gebaut werden, daher auch die freie Ansicht des Basreliefs durch altes Bauholz und dergleichen gehindert war.

Die beiden *Viktorien*, welche in den Gehren über der Nymphe an dem Tor zu Fontainebleau angebracht waren, standen in dem Vorrat des französischen Museums bei den Augustinern, ohne dass dort der Name des Meisters bekannt war.

Ein von ihm durch ein Stück getriebener Goldarbeit restaurierter *Kamee*, ein zweispänniges Fuhrwerk vorstellend, fand sich in der Gemmensammlung zu Florenz.

3. Zeichnungen

Eine Zeichnung des *goldenen Salzfasses*, das in der Lebensbeschreibung eine so wichtige Rolle spielt, war in der florentinischen Zeichnungssammlung zu finden.

Mehrere von ihm angefangne Bildhauerarbeiten sowie eine Anzahl großer und kleiner Modelle, wovon das Verzeichnis noch vorhanden, sind schon früher zerstreut worden und verloren gegangen.

XV. Hinterlassene Schriften

1. Lebensbeschreibung

Indem wir zu bewundern Ursache haben, dass eine allgemeinere Ausbildung, als gewöhnlich dem Künstler zuteil zu werden pflegt, aus einer so gewaltsamen Natur durch Übung eines mannigfaltigen Talents hervorgegangen, so bleibt uns nicht unbemerkt, dass Cellini seinen Nachruhm fast mehr seinen Schriften als seinen Werken zu verdanken habe. Seine Lebensbeschreibung, ob sie gleich beinahe zweihundert Jahre im Manuskript verweilte, ward von seinen Landsleuten höchlich geschätzt und im Original, wovon er den Anfang selbst geschrieben, das Ende aber diktiert hatte, sowie in vielfältigen Abschriften aufbewahrt. Und gewiss ist dieses Werk, das der deutsche Herausgeber genugsam kennt, um es völlig zu schätzen, das er aber nicht nach seiner Überzeugung preisen darf, weil man ihm Parteilichkeit vorwerfen könnte, ein sehr schätzbares Dokument, worin sich ein bedeutendes und gleichsam unbegrenztes Individuum und in demselben der gleichzeitige sonderbare Zustand vor Augen legt.

Unter den fremden Nationen, die sich um dieses Werk bekümmerten, ging die englische voran. Ihrer Liebe zu biografischen Nachrichten, ihrer Neigung, seltsame Schicksale merkwürdiger, talentreicher Menschen zu kennen, verdankt man, wie es scheint, die erste und, soviel ich weiß, einzige Ausgabe der Cellinischen Lebensbeschreibung. Sie ist unter dem Schild eines geheuchelten Druckorts: Köln, ohne Jahrzahl, wahrscheinlich in Florenz um 1730 herausgekommen. Sie ward einem angesehenen und reichen Engländer, Richard Boyle, zugeschrieben und dadurch seinen Landsleuten, mehr aber noch durch eine Übersetzung des Thomas Nugent, welche in London 1771 herauskam, bekannt.

Dieser Übersetzer bediente sich einer bequemen und gefälligen Schreibart, doch besitzt er nicht Ort- und Sachkenntnis genug, um schwierige Stellen zu entziffern. Er gleitet vielmehr gewöhnlich darüber hin. Wie er denn auch zu Schonung mancher Leser das Derbe, Charakteristische meistens verschwächt und abrundet.

Von einer ältern deutschen Übersetzung hat man mir erzählt, ohne sie vorweisen zu können.

Lessing soll sich auch mit dem Gedanken einer solchen Unternehmung beschäftigt haben, doch ist mir von einem ernstern Vorsatz nichts Näheres bekannt geworden. Dumouriez sagt in seiner Lebensbeschreibung, dass er das Leben Cellinis im Jahr 1777 übersetzt, aber niemals Zeit gehabt habe, seine Arbeit herauszugeben. Leider scheint es nach seinen Ausdrücken, dass das Manuskript verloren gegangen; wodurch wir des Vorteils entbehren zu sehen, wie ein geistreicher Franzos in seiner Sprache die Originalität des Cellini behandelt habe.

2. Zwei Abhandlungen

Die Traktate von der Goldschmiede- und Bildhauerkunst, von denen wir oben einen Auszug gegeben, wurden von ihm 1565 geschrieben und 1568, also noch bei seinen Lebzeiten, gedruckt. Als nun im vergangenen Jahrhundert sein Leben zum ersten Male herauskam, gedachte man auch jener Traktate wieder und veranstaltete, da die erste Ausgabe längst vergriffen war, eine neue, Florenz 1731, wobei sich eine lehrreiche Vorrede befindet, welche wir bei unsern Arbeiten zu nutzen gesucht haben.

3. Kleine Aufsätze

Ein Mann, der mit so entschiedenem Hange zur Reflexion von sich selbst in einer Lebensbeschreibung, von seinem Handwerk in einigen Traktaten Rechenschaft gegeben, musste sich zuletzt gedrungen fühlen, auch die Regeln seiner Kunst, insofern er sie einsehen gelernt, den Nachkommen zu überliefern. Hierin hatte er Leonardo da Vinci zum Vorgänger, dessen fragmentarischer Traktat im Manuskript zirkulierte und hoch verehrt ward.

Je unzufriedner man mit der Methode ist, durch die man gebildet worden, desto lebhafter entsteht in uns der Wunsch, einer Folgewelt den nach unserer Einsicht bessern Weg zu zeigen. Cellini unternahm auch wirklich ein solches Werk, das aber bald ins Stocken geriet und als Fragment zu uns gekommen ist.

Es enthält eine Anleitung, wie man sich das Skelett bekannt machen soll, mit so vieler Liebe zum Gegenstand geschrieben, dass der Leser den Knochenbau von unten herauf entstehen und wachsen sieht, bis endlich das Haupt als der Gipfel des Ganzen sich hervortut.

Wir haben diese wenigen Blätter unsern Lesern in der Übersetzung vorlegen wollen, damit diejenigen, die dem Verfasser günstig sind, ihn auch in dem sonderbaren Zustand erblicken, wo er sich gern als Theoretiker zeigen möchte.

Wie wenig seine leidenschaftliche, nur aufs Gegenwärtige gerichtete Natur ein dogmatisches Talent zulässt, erscheint so auffallend als begreiflich, und wie er sich aus dem didaktischen Schritt durch diesen und jenen

Nebengedanken, durch freundschaftliche oder feindselige Gesinnungen ablenken lässt, gibt zu heiteren Betrachtungen Anlass.

Ein Gleiches gilt von dem Aufsatz über den Rangstreit der Malerei und Skulptur. Wie denn beide kleine Schriften manches Merkwürdige und Belehrende enthalten.

4. Poetische Versuche

Die beschränkte Form der Sonette, Terzinen und Stanzen, durch die Natur der italienischen Sprache höchlich begünstigt, war allen Köpfen der damaligen Zeit durch fleißiges Lesen früherer Meisterwerke und fortdauernden Gebrauch des Verseprunks bei jeder Gelegenheit dergestalt eingeprägt, dass jeder, auch ohne Dichter zu sein, ein Gedicht hervorzubringen und sich an die lange Reihe, die sich von den Gipfeln der Poesie bis in die prosaischen Ebenen erstreckte, mit einigem Zutrauen anzuschließen wagen durfte.

Verschiedene Sonette und andere kleine poetische Versuche sind seiner Lebensbeschreibung teils vorgesetzt, teils eingewebt, und man erkennt darin durchaus den ernsten, tiefen, nachsinnenden, weder mit sich noch der Welt völlig zufriedenen Mann.

Wenige findet der Leser durch Gefälligkeit eines Kunstfreundes übersetzt, andere sind weggeblieben, sowie ein langes sogenanntes Capitolo in Terzinen zum Lobe des Kerkers. Es verdient, im Original gelesen zu werden, ob es gleich die auf eine Übersetzung zu verwendende Mühe nicht zu lohnen schien. Es enthält die Umstände seiner Gefangenschaft, welche dem Leser

schon bekannt geworden, auf eine bizarre Weise dargestellt, ohne dass dadurch eine neue Ansicht der Begebenheiten oder des Charakters entstehen kann.

5. Ungedruckte Papiere und Nachrichten

Verschiedne seiner Landsleute bewahrten sorgfältig
andere Manuskripte, davon sich in Florenz noch manches, besonders in der Bibliothek Riccardi, finden soll.
Vorzüglich werden einige Haushaltungs- und Rech-
nungsbücher geschätzt, welche über die Lebensweise jener Zeiten besondere Aufschlüsse geben. Vielleicht bemüht sich darum einmal ein deutscher Reisender, aufgefordert durch das Interesse, das denn auch wohl endlich
unsere Nation an einem so bedeutenden Menschen und
durch ihn aufs Neue an seinem Jahrhundert nehmen
möchte.

XVI. Über die Grundsätze, nach welchen man das Zeichnen erlernen soll

Unter andern wundersamen Kunstfertigkeiten, welche
in dieser unserer Stadt Florenz ausgeübt worden und
worin sie nicht allein die Alten erreicht, sondern gar
übertroffen hat, kann man die edelsten Künste der
Skulptur, Malerei und Baukunst nennen, wie sich künftig an seinem Ort wird beweisen lassen.

Aber weil mein Hauptvorsatz ist, über die Kunst, ihre
wahren Grundsätze, und wie man sie erlernen soll, zu
reden, ein Vorhaben, welches auszuführen meine Vorfahren große Neigung gehabt, sich aber nicht entschließen können, einem so nützlichen und gefälligen Unternehmen den Anfang zu geben, so will ich, obgleich der

geringere von so vielen und vortrefflichen Geistern, damit ein solcher Nutzen den Lebenden nicht entgehe, auf die beste Weise, wie die Natur mir es reichen wird, dieses Geschäft übernehmen und mit aller Anstrengung, doch so fasslich, als es sich nur tun lässt, diesen ruhmwerten Vorsatz durchzuführen suchen.

Es ist wahr, dass manche zu Anfang eines solchen Unternehmens eine große Abhandlung zur Einleitung schreiben würden, weil so eine ungeheure Maschine zu bewegen man sehr viele Instrumente nötig hat.

Solche große Vorbereitungen erregen jedoch mehr Überdruss als Vergnügen, und deshalb wollen wir den Weg einschlagen, der uns besser dünkt, dass wir von denen Künsten reden, welche andern zum Grunde liegen, und so nach und nach eine jede in Tätigkeit setzen, wie sie eingreift. Auf diese Weise wird man alles in einem bessern Zusammenhang im Gedächtnis behalten. Deshalb wir auch ohne Weiteres mit Bedacht zu Werke gehen.

Ihr Fürsten und Herren, die Ihr Euch an solchen Künsten vergnügt, Ihr vortrefflichen Meister und Ihr Jünglinge, die Ihr Euch noch erst unterrichten wollt, wisset für gewiss, dass das schönste Tier, das die Natur hervorgebracht, der Mensch sei, dass das Haupt sein schönster Teil und der schönste und wundersamste Teil des Hauptes das Auge sei.

Will nun jemand ebendeshalb die Augen nachahmen, so muss er darauf weit größere Kunst verwenden als auf andere Teile des Körpers. Deshalb scheint mir die Gewohnheit, die man bis auf den heutigen Tag beibehält, sehr unschicklich, dass Meister ihren armen zarten Knaben gleich zu Anfang ein menschliches Auge zu zeichnen und nachzuahmen geben. Dasselbe ist mir in meiner Jugend begegnet, und ich denke, es wird andern auch so gegangen sein.

Aus oben angeführten Ursachen halte ich aber für gewiss, dass diese Art keineswegs gut sei und dass man weit schicklicher und zweckmäßiger leichtere und zugleich nützlichere Gegenstände den Schülern vorlegen könne.

Wollten jedoch einige stöckische Pedanten oder irgendein Sudler gegen mich rechten und anführen, dass ein guter Fechtmeister seinen Schülern zu Anfang die schwersten Waffen in die Hände gibt, damit ihnen die gewöhnlichen desto leichter scheinen, so könnte ich gar vieles dagegen auf das Schönste versetzen; allein das wäre doch in den Wind gesprochen, und ich, der ich ein Liebhaber von Resultaten bin, begnüge mich, ihnen mit diesen Worten den Weg verrannt zu haben, und wende mich zu meiner leichtern und nützlichern Methode.

Weil nun das Wichtigste eines solchen Talentes immer die Darstellung des nackten Mannes und Weibes bleibt, so muss derjenige, der so etwas gut machen und die Gestalten gegenwärtig haben will, auf den Grund des Nackten gehen, welches die Knochen sind. Hast du dieses Gebäude gut im Gedächtnis, so wirst du weder bei nackten noch bekleideten Figuren einen Irrtum begehen, welches viel gesagt ist. Ich behaupte nicht, dass du dadurch mehr oder mindere Anmut deinen Figuren verschaffst: es ist hier die Rede, sie ohne Fehler zu machen, und dieses, kann ich dich versichern, wirst du auf meinem Wege erreichen.

Nun betrachte, ob es nicht leichter sei, einen Knochen zum Anfang zu zeichnen als ein Auge?

Hierbei verlange ich, dass du zuerst den Hauptknochen des Beines zeichnest. Denn wenn man einen solchen dem Schüler von dem zartesten Alter vorlegt, so wird er einen Stab zu zeichnen glauben. Fürwahr! In den edelsten Künsten ist es von der größten Wichtigkeit, wenn man sie überwinden und beherrschen will, dass man Mut fasse, und kein Kind wird so kleinmütig sein, das ein solches beinernes Stäbchen, wo nicht auf das erste, doch auf das zweite Mal nachzuahmen sich verspräche, wie solches bei einem Auge nicht der Fall sein würde. Alsdann wirst du die kleine Röhre, welche wohl über die Hälfte dünner ist als die große, mit dem Hauptknochen gehörig zusammenfügen und also nachzeichnen lassen. Über diese beiden setzest du den Schenkelknochen, welcher einzeln und stärker ist als die beiden vorhergehenden.

Dann fügst du die Kniescheibe zwischenein und lassest den Schüler diese vier Knochen sich recht ins Gedächtnis fassen, indem er sie von allen Seiten zeichnet, sowohl von vorn und hinten als von den beiden Profilen. Sodann wirst du ihm die Knochen des Fußes nach und nach erklären, welche der Schüler, von welchem Alter er sei, zählen und ins Gedächtnis prägen muss.

Daraus wird sich ergeben, dass, wenn sich jemand die Knochen des ganzen Beines bekannt gemacht, ehe er an den Kopf kömmt, ihm alle andern Knochen leicht scheinen werden, und so wird er nach und nach das schöne Instrument zusammensetzen lernen, worauf die ganze Wichtigkeit unserer Kunst beruht.

Lass nachher den Schüler einen der schönen Hüftknochen zeichnen, welche wie ein Becken geformt sind und sich genau mit dem Schenkelknochen verbinden, da, wo dessen Ende gleich einer Kugel an einen Stab befestigt ist. Dagegen hat der Beckenknochen eine wohl eingerichtete Vertiefung, in welcher der Schenkelknochen sich nach allen Seiten bewegen kann, wobei die Natur gesorgt hat, dass er nicht über gewisse Grenzen hinausschreite, in welchen sie ihn mit Sehnen und andern schönen Einrichtungen zurückhält.

Ist nun dieses gezeichnet und dem Gedächtnis wohl eingedrückt, so kommt die Reihe an einen sehr schönen Knochen, welcher zwischen den beiden Hüftknochen befestigt ist. Er hat acht Öffnungen, durch welche die Meisterin Natur mit Sehnen und andern Vorrichtungen das ganze Knochenwerk zusammenhält. Am Ende von gedachtem Bein ist der Schluss des Rückgrates, welcher als ein Schwänzchen erscheint, wie er es denn auch wirklich ist.

Dieses Schwänzchen wendet sich in unsern warmen Gegenden nach innen; aber in den kältesten Gegenden, weit hinten im Norden, wird es durch die Kälte nach außen gezogen, und ich habe es vier Finger breit bei einer Menschenart gesehen, die sich Iberni nennen und als Monstra erscheinen. Es verhält sich aber damit nicht anders, als wie ich gesagt habe.

Sodann lassest du den wunderbaren Rückgrat folgen, der über gedachtem heiligen Bein aus vierundzwanzig Knochen besteht. Sechzehn zählt man bis dahin, wo die Schultern anfangen, und acht bis zur Verbindung mit dem Haupte, welchen Teil man den Nacken nennt. Der letzte Knochen hat eine runde Vertiefung, in welcher der Kopf sich trefflich bewegt.

Von diesen Knochen musst du einige mit Vergnügen zeichnen, denn sie sind sehr schön. Sie haben eine große Öffnung, durch welche der Strang des Rückenmarks durchgeht.

An dieses Knochenwerk des Rückens schließen sich vierundzwanzig Rippen, zwölf auf jeder Seite, sodass man das Zimmerwerk einer Galeere zu sehen glaubt. Dieses Rippenwesen musst du oft zeichnen und dir wohl von allen Seiten bekannt machen. Du wirst finden, dass sie sich am sechsten Knochen, vom heiligen Bein an gerechnet, anzusetzen anfangen. Die vier ersten stehen frei. Von diesen sind die beiden ersten klein und ganz knöchern. Die erste ist klein, die zweite größer, die dritte hat ein klein Stückchen Knorpel an der Spitze, die vierte aber ein größeres, die fünfte ist auch noch nicht mit dem Brustknochen verbunden, wie die übrigen sieben. Dieser Knochen ist porös wie ein Bimsstein und macht einen Teil des ganzen Rippenwerks aus.

Einige dieser sieben Rippen haben den dritten, einige den vierten Teil Knorpel, und dieser Knorpel ist nichts anders als ein zarter Knochen ohne Mark. Auf alle Weise lässt er sich mehr einem Knochen als einer Sehne vergleichen, denn der Knochen ist zerbrechlich, der Knorpel auch, die Sehne aber nicht.

Nun verstehe wohl! Wenn du dieses Rippenwesen gut im Gedächtnis hast und dazu kommst, Fleisch und Haut darüberzuziehen, so wisse, dass die fünf untersten freien Rippen, wenn sich der Körper dreht oder vor- und rückwärts biegt, unter der Haut viele schöne Erhöhungen und Vertiefungen zeigen, welches eben die schönen Dinge sind, welche an dem Körper des Menschen unfern des Nabels erscheinen.

Diejenigen, welche nun diese Knochen nicht gut im Gedächtnis haben, wie mir einige einbildische Maler, ja Schmierer vorgekommen sind, die sich auf ihr Gedächtnislein verlassen und ohne ander Studium als schlechter und oberflächlicher Anfänge zur Arbeit rennen, nichts Gutes verrichten und sich dergestalt gewöhnen, dass sie, wenn sie auch wollten, nichts Tüchtiges leisten können: Mit diesem Handwerkswesen, wobei sie noch der Geiz betört, schaden sie denen, die auf dem guten Wege der Studien sind, und machen den Fürsten Schande, die, indem sie sich von solcher Behändigkeit betören lassen, der Welt zeigen, dass sie nichts verstehn. Die trefflichen Bildhauer und Maler verfertigen ihre Arbeiten für viele Hundert Jahre, zum Ruhme der Fürsten und zur größten Zierde ihrer Städte. Da solche Werke nun ein so langes Leben haben sollen, so erwarte nicht, mächtiger und würdiger Fürst, dass man sie geschwind vollbringe! Die gute Arbeit braucht vielleicht nur zwei oder drei Jahre mehr als die schlechte. Nun bedenke, ob sie nicht, da sie so viele Jahre leben soll, diesen Aufschub verdient!

Habe ich mich nun ein wenig von meinem Hauptzwecke entfernt, so kehre ich gleich dahin wieder zurück. Über diesem Rippenbau befinden sich noch zwei Kno-

chen außer der Ordnung, die sich beide auf den Brustknochen auflegen und mit einiger Wendung sich mit
den Schulterknochen verbinden. Du brauchst sie nicht
besonders zu zeichnen wie mehrere der andern, sondern
zugleich mit dem Rippenkasten musst du dir sie wohl in
das Gedächtnis eindrücken. Es sind dieses die Schlüs-
selbeine.

Diejenigen Knochen, mit welchen sie sich hinterwärts
verbinden, haben die Form zweier Schaufeln. Es sind
sehr schöne Knochen, die, weil sie gewisse Erhöhungen
haben, unter der Haut erscheinen und daher von deinem
Schüler anstatt des Auges zu zeichnen sind. Es kömmt
viel darauf an, dass er sie recht kenne. Denn wenn ein
Arm einige Gewalt brauchen will, so macht dieser Knochen verschiedene schöne Bewegungen, welche der, so
es versteht, auf dem Rücken wohl erkennen kann, weil
sich diese Knochen sehr von den Muskeln auszeichnen.
Man nennt sie Schulterblätter.

An diesen sind die Armknochen befestigt, welche den
Beinen ähnlich, obgleich viel kleiner sind. Wenn du dich
mit diesen beschäftigst, so brauchst du es gerade nicht
auf ebendie Art zu tun, wie du es mit den Füßen gehalten hast. Denn wenn du in der Ordnung, wie ich dir angezeigt habe, bis zu den Armen gelangt bist, so kannst
du diese alsdann gewiss zugleich mit der Hand zeichnen, welches eine künstliche und schöne Sache ist. Auch
diese Teile musst du genugsam nach allen Seiten hin
zeichnen, und zwar sowohl die rechte als die linke.

Bist du so weit gelangt, so kannst du dich gleichsam
zum Vergnügen an dem wundersamen Knochen des
Schädels versuchen, den du alsdann, wenn du fleißig

und anhaltend die untern Teile studiert hast, mit Ernst vornehmen magst. Hast du ihn nun von irgendeiner Seite gezeichnet und deine Arbeit gefällt dir, so musst du suchen, ihn mit den untern Teilen zu verbinden und dieses von allen Seiten und in allen Wendungen tun. Denn wer die Knochen des Schädels nicht gut in Gedanken hat, der wird keinen Kopf, er sei von welcher Art er wolle, mit einiger Anmut ausführen können.

Das Beste wäre, dass du während der Zeit, wenn du das menschliche Knochengerüste zeichnest, nichts weiter vornähmest, um dein Gedächtnis nicht zu beschweren. Nun musst du noch dieses wissen, dass du auch das Maß aller dieser Teile dir bekannt zu machen hast, auf dass du mit mehr Sicherheit Sehnen und Muskeln darüberziehen könnest, womit die göttliche Natur mit so vieler Kunst das schöne Instrument verbindet.

Wenn du nun diese Knochen messen willst, so musst du sie so aufstellen, als wenn es ein lebendiger Mensch wäre, zum Beispiel: Der Fuß muss sich in seiner Pfanne befinden, welche Richtung er auch nehme.

Den Körper kannst du daher kühnlich zurechtrücken, dass er auf zwei Beinen stehe, und den Kopf ein wenig zur Seite wenden. Auch kannst du dem Arm einige Handlung geben.

Nachher magst du das Gerippe, hoch oder niedrig, sitzen lassen und ihm verschiedene Wendungen und Bewegungen geben. Dadurch wirst du dir ein wundersames Fundament bereiten, das dir die großen Schwierigkeiten unserer göttlichen Kunst erleichtern wird. Damit ich dir ein Beispiel zeige und den größten Meister anführe, so betrachte die Werke des Michelangelo Buonarroti, dessen hohe Weise, die von allen andern und von allem, was man bisher gesehen, so sehr verschieden ist, nur darum so wohl gefallen hat, weil er das Gefüge der Knochen genau betrachtete. Dich hievon zu überzeugen, betrachte alle seine Werke, sowohl der Skulptur als Malerei, wo die an ihrem Ort wohlbezeichneten Muskeln ihm kaum so viel Ehre machen als die sichere Andeutung der Knochen und ihres Übergangs zu den Sehnen, wodurch das künstliche Gebäude des Menschen erst entschieden Gestalt, Maß und Verbindung erhält.‹

XVII. Über den Rangstreit der Skulptur und Malerei

Man zeichnet mit verschiedenen Materien und auf verschiedene Weise, mit Kohle, Bleiweiß und der Feder. Die Zeichnungen mit der Feder werden gearbeitet, indem man eine Linie mit der andern durchschneidet und mehr Linien aufsetzt, wo man die Schatten verstärken will; soll er schwächer sein, so lässt man es bei weniger Linien bewenden, und für die Lichter bleibt das Papier ganz weiß. Gedachte Art ist sehr schwer, und nur wenige Künstler haben sie vollkommen zu behandeln gewusst. Auf diesem Wege sind die Kupferstiche erfunden worden, in welchen sich Albrecht Dürer als ein wahrhaft bewundernswürdiger Meister bewiesen hat, sowohl durch die Lebhaftigkeit und Feinheit der Zeichnung als durch die Zartheit des Stichs.

Man zeichnet auch noch auf andere Weise, indem man, nach vollendetem Umriss mit der Feder, Pinsel nimmt und mit mehr oder weniger in Wasser aufgelöster und verdünnter Tusche nach Bedürfnis helleren oder dunklern Schatten anbringt. Diese Art nennt man Aquarell.

Ferner färbt man mit verschiedenen Farben das Papier und bedient sich der schwarzen Kreide, den Schatten, und des Bleiweißes, das Licht anzugeben. Dieses Weiß wird auch gerieben, mit etwas arabischem Gummi vermischt und in Stäbchen, so stark als eine Feder, zu gedachtem Zwecke gebraucht.

Ferner zeichnet man mit Rotstein und schwarzer Kreide. Mit diesen Steinen wird die Zeichnung überaus angenehm und besser als auf die vorige Weise. Alle guten Zeichner bedienen sich derselben, wenn sie etwas nach dem Leben abbilden; denn wenn sie mit gutem Bedacht Arm oder Fuß auf diese oder jene Weise gestellt haben und sie ihn nachher anders zu bewegen gedenken, höher oder niedriger, vor oder zurück, so können sie es leicht tun, weil sich mit ein wenig Brotkrume die Striche leicht wegwischen lassen, und deswegen wird diese Weise für die beste gehalten.

Da ich nun von der Zeichnung rede, so sage ich nach meinem Dafürhalten, die wahre Zeichnung sei nichts anders als der Schatten des Runden, und so kann man sagen, dass das Runde der Vater der Zeichnung sei; die Malerei aber ist eine Zeichnung, mit Farben gefärbt, wie sie uns die Natur zeigt.

Man malt auf zweierlei Weise, einmal, dass man die sämtlichen Farben nachahmt, wie wir sie in der Natur vorfinden; sodann, dass man nur das Helle und Dunkle ausdrückt, welche letztere Art in unsern Zeiten in Rom wieder aufgebracht worden, von Polidor und Maturino, außerordentlichen Zeichnern, welche unter der Regierung Leos, Hadrians und Clemens' unendliche Werke darin verfertigt haben, ohne sich mit den Farben abzugeben.

Indem ich nun aber zu der Art, wie man zeichnet, zurückkehre und besonders meine Beobachtungen über die Verkürzung mitteilen will, so erzähle ich, dass, wenn wir, mehrere Künstler, zusammen studierten, ließen wir einen Mann von guter Gestalt und frischem Alter in einer geweißten Kammer, entweder sitzend oder stehend, verschiedene Stellungen machen, wobei man die schwersten Verkürzungen beobachten konnte. Dann setzten wir ein Licht an die Rückseite, weder zu hoch noch zu tief noch zu weit entfernt von der Figur, und befestigten es, sobald es uns den wahren Schatten zeigte. Dieser wurde denn alsbald umgezogen, und man zeichnete die wenigen Linien, die man im Schatten nicht hatte sehen können, in den Umriss hinein, als: die Falten am Arm, die von der Biegung des Ellbogens herkommen, und so an andern Teilen des Körpers.

Dieses ist die wahre Art zu zeichnen, durch die man ein trefflicher Maler wird, wie es unserm außerordentlichen Michelangelo Buonarroti gelungen ist, der, wie ich überzeugt bin, aus keiner andern Ursache in der Malerei so viel geleistet hat, als weil er der vollkommenste Bildhauer war und in dieser Kunst mehr Kenntnisse hatte als niemand anders zu unsern Zeiten.

Und welch ein größeres Lob kann man einer schönen Malerei geben, als wenn man sagt, sie trete dergestalt hervor, dass sie als erhoben erscheine? Daraus lernen wir, dass das Runde und Erhobene als der Vater der Malerei, einer angenehmen und reizenden Tochter, angesehen werden müsse.

Der Maler stellt nur eine der acht vornehmsten Ansichten dar, welche der Bildhauer sämtlich leisten muss. Daher, wenn dieser eine Figur, besonders eine nackte, verfertigen will, nimmt er Erde oder Wachs und stellt die Teile nach und nach auf, indem er von den vordem Ansichten anfängt. Da findet er nun manches zu überlegen, die Glieder zu erhöhen und zu erniedrigen, vorwärts und rückwärts zu wenden und zu biegen. Ist er nun mit der vordem Ansicht zufrieden und betrachtet die Figur auch von der Seite als einer der vier Hauptansichten, so findet er oft, dass sie weniger gefällig erscheint, deswegen er die erste Ansicht, die er bei sich schon festgesetzt hatte, wieder verderben muss, um sie mit der zweiten in Übereinstimmung zu setzen. Und es begegnet wohl, dass ihm jede Seite neue Schwierigkeiten entgegensetzt. Ja, man kann sagen, dass es nicht etwa nur acht, sondern mehr als vierzig Ansichten gibt; denn wie er nur seine Figur im geringsten wendet, so zeigt sich ein Muskel entweder zu sehr oder zu wenig, und es kommen die größten Verschiedenheiten vor. Daher muss der Künstler von der Anmut der ersten Ansicht gar manches aufopfern, um die Übereinstimmung rings um die ganze Figur zu leisten; welche Schwierigkeit so groß ist, dass man niemals eine Figur gesehen hat, welche sich gleich gut von allen Seiten ausnähme.

Will man aber die Schwierigkeit der Bildhauerkunst sich recht vorstellen, so kann man die Arbeiten des Michelangelo zum Maßstabe nehmen. Denn wenn er ein lebensgroßes Modell mit aller gehörigen Sorgfalt, die er bei seinen Arbeiten zu beobachten pflegte, vornahm, so endigte er es gewöhnlich in sieben Tagen. Zwar habe ich ihn auch manchmal ein solches nacktes Modell von morgens bis auf den Abend mit allem gehörigen Kunstfleiß vollenden sehen. Dieses leistete er manchmal, wenn ihn unter der Arbeit ein wundersamer wütender Paroxysmus überfiel. Wir können daher im Allgemeinen sieben Tage annehmen. Wollte er aber eine solche Statue in Marmor ausführen, so brauchte er sechs Monate, wie man öfters beobachtet hat.

Auch könnte die Zahl der Werke, welche Michelangelo gemacht, zum Beweis der Schwierigkeit der Bildhauerkunst dienen: Denn für eine Figur in Marmor brachte er hundert gemalte zustande, und bloß deswegen, weil die Malerei nicht an der Schwierigkeit so vieler Ansichten haftet. Wir dürfen daher wohl schließen, dass die Schwierigkeit der Bildhauerei nicht bloß von der Materie herkomme, sondern die Ursache in den größern Studien liege, die man machen, und in den vielen Regeln, die man beobachten muss, um etwas Bedeutendes zu leisten, welches bei der Malerei nicht der Fall ist. Daher glaube ich mit aller Bescheidenheit behaupten zu können, dass die Bildhauerkunst der Malerei weit vorzuziehen sei.

Da mich nun aber diese Meinung noch auf eine andere führt, die einen verwandten Gegenstand betrifft, so halte ich für schicklich, auch dieselbe hier vorzutragen.

Ich bin nämlich überzeugt, dass diejenigen Künstler, welche durch Übung der Bildhauerkunst den menschlichen Körper mit seinen Proportionen und Maßen am besten verstehen, auch die bessern Architekten sein werden, vorausgesetzt, dass sie die andern Studien dieser nötigen und trefflichen Kunst nicht versäumt haben. Denn nicht allein haben die Gebäude einen Bezug auf den menschlichen Körper, sondern die Proportion und das Maß der Säulen und anderer Zierraten haben daher ihren Ursprung, und wer eine Statue mit ihren übereinstimmenden Maßen und Teilen zu machen versteht, dem wird es auch in der Baukunst gelingen, weil er gewohnt ist, große Schwierigkeiten zu überwinden und mit besonderm Fleiß zu arbeiten; daher er denn auch ein besonderes Urteil sich über die Gebäude erwerben wird.

Dadurch will ich aber nicht behaupten, dass nur der treffliche Bildhauer ein guter Baumeister sein könne, denn Bramante, Raphael und viele andere Maler haben auch mit großem Sinn und vieler Anmut sich in der Baukunst bewiesen; doch sind sie nicht zu der Höhe gelangt, auf welcher sich unser Buonarroti gezeigt hat, welches nur daher kam, weil er besser als jeder andere eine Statue zu machen verstand. Deswegen finden wir so viel Zierlichkeit und Anmut in seinen architektonischen Werken, dass unsere Augen sich an ihrem Anschauen niemals genug sättigen können.

Dieses habe ich nicht sowohl um des Streites der Bildhauerkunst und der Malerei willen hier anführen wollen, sondern weil es viele gibt, denen nur ein kleines Lichtchen in der Zeichenkunst geschienen und die, als völlige Idioten, sich unterstehen, Werke der Baukunst zu unternehmen. Dies begegnete dem Meister Terzo, einem ferraresischen Krämer, der mit einer gewissen Neigung zur Baukunst und mithilfe einiger Bücher, die davon handelten, welche er fleißig las, mehrere bedeutende

Männer überredete und viele Gebäude aufführte. Ja, er ward so kühn, dass er sein erstes Gewerb verließ und sich der Baukunst ganz ergab. Er pflegte zu sagen, die vollkommensten Meister dieser Kunst seien Bramante und Antonio von San Gallo gewesen; außer diesen nehme er es mit jedem auf. Dadurch erwarb er sich den Spitznamen ›Meister Terzo‹ (der dritte).

Wusste denn der Mann nicht, dass Brunellesco der erste gewesen, der die Baukunst nach so vielen Jahren wieder aufgeweckt, nachdem sie unter den Händen barbarischer Handwerker völlig erloschen? Wohl haben sich nachher Bramante, Antonio von San Gallo und Balthasar Peruzzi hervorgetan, aber zuletzt ist sie auf den höchsten Grad der Vortrefflichkeit durch Michelangelo gelangt, welcher, da er die lebhafteste Kraft der Zeichnung durch das Mittel der Bildhauerkunst erlangt, vieles an dem Tempel von St. Peter in Rom veränderte, was jene angegeben hatten, wobei er sich nach dem allgemeinen Urteil den guten Regeln der Architektur mehr angenähert.

Übrigens behalte ich mir vor, ein andermal mehr hierüber zu sprechen, da ich denn auch die Perspektive abhandlen und nächst dem, was ich aus mir selbst mitzuteilen denke, auch unzählige Bemerkungen des Leonardo da Vinci, die ich aus einer schönen Schrift desselben gezogen, überliefern werde.

Daher will ich nicht länger säumen und dasjenige, was ich bisher gesagt habe, denen übergeben, die mit größern und bessern Gründen, ohne Leidenschaft, diese Dinge abzuhandeln werden imstande sein.

www.ingramcontent.com/pod-product-compliance
Lightning Source LLC
Chambersburg PA
CBHW021931110726
47901CB00003B/795